Birgit Urmson – Germaine

Birgit Urmson

Germaine

Leidenschaft und Macht

Roman

Königshausen & Neumann

Bibliografische Information Der Deutschen Bibliothek

Die Deutsche Bibliothek verzeichnet diese Publikation in der Deutschen Nationalbibliografie; detaillierte bibliografische Daten sind im Internet über <http://dnb.ddb.de> abrufbar.

Gedruckt auf säurefreiem, alterungsbeständigem Papier
Umschlaggestaltung: Susanne Weihl, unter Verwendung von:
Shade And Darkness: The Evening of the Deluge. Joseph M. W. Turner (1843)
Bindung: Buchbinderei Diehl+Co.GmbH, Wiesbaden

Printed in Germany
ISBN 3-8260-2595-4
www.koenigshausen-neumann.de
www.buchhandel.de

Alles ist vergangen. Der junge Mann auf dem Pferd stemmt sich in die Halfter und gibt dem Pferd die Sporen, daß es vor Schmerz vorwärtsspringt. Es ist naß vor Anstrengung, und stechender Schweißgeruch geht von ihm aus. Der junge Mann beachtet es nicht. Er läßt sich auf den Hals des Pferdes fallen und ganz von ihm umgeben. Die raue Mähne nimmt sein tränenüberströmtes Gesicht auf, der fliegende Atem umweht ihn, das Zittern vor Anspannung, das Pochen des Herzens. Er wird eins mit dem Pferd, überläßt sich der Kreatur, die ihm zutiefst vertraut ist. Er ist in seinem Reich, ein ganz männliches, wo seine Kraft sich mit trotzender Zuversicht, berstende Ungeduld mit wildem Mut paart. Die Hitze des Pferdekörpers, den er unerbittlich vorwärts zwingt, erregt ihn. Er umschlingt den Pferdehals mit seinen Armen und legt die heiße Wange an die Schläfe des Tieres. Ganz nahe will er ihm sein, Erleichterung für die überreizten Sinne finden. Der heiße Atem des Pferdes, der aus seinen geweiteten Nüstern dringt, schlägt ihm ins Gesicht. Mit dem Finger streicht er über das weiche Maul, schließt die Augen, läßt sich fallen in eine Welt von Sinnlichkeit, überläßt den jugendlichen, übermüdeten Körper dem Rhythmus der Bewegung des Pferdes, läßt sich einlullen vom regelmäßigen Trommeln der Hufe auf dem festen Erdboden, das wie von weither zu ihm dringt. Als er die Augen wieder öffnet, blickt er in das braune Auge des Pferdes und sieht darin Bäume und Wiesen vorbeieilen, verzerrt und unwirklich. Er ist wie in Trance und versinkt in die Tiefe des Pferdeauges, bis ihn ihre großen dunklen Augen auffangen, die jede Regung ihrer Seele verrieten. Lust steigt in ihm auf, und die Vorstellung folgt ihr nach. Er sieht ihren vollen Körper vor sich, den er endlich in die Arme schließt, und der sich ihm mit kindlichem Vertrauen in die Arme legt, spürt die erotische Kraft ihrer unerschöpflichen Energie. Die Berührung ihrer weißen straffen Haut brennt ihm in den Händen. Er greift unwillkürlich in die Mähne, kühlt sich an den rauen Haaren des Pferdes. Und ihr Mund, voll und rot, aus dem Worte quellen, unaufhörlich, wie zum Kuß. Ihre Worte, die der ganzen Welt gehören. Eine kindliche Seele, die sich immer zu erneuern weiß. Wie soll er ohne sie sein? Er mag nicht daran denken. Er hat den Gedanken nicht zugelassen, seit der schrecklichen Sekunde, in der er sich von ihr losgerissen, sein Pferd bestieg und davongeritten war. Ihr verzweifelter Blick und ihr unterdrücktes Schluchzen haben seinen Rücken durchbohrt und von ihm Besitz genommen. Er ließ es geschehen. Damit trug er etwas von ihr in sich, konnte sich der Illusion hingeben, daß die Trennung nicht endgültig war. Besser als die Verzweiflung, die aus seinem lodernden Herzen aufstieg. Ihre Liebe war ein seidenes Band, purpurrot, vom Traum der Ewigkeit gesponnen. Die Zeit, der Raum, die Erschöpfung zerrten an ihm, würden es bald zerreißen und alles, was gewesen war, in das Reich der Erinnerung verweisen. Er bäumt sich auf vor Zorn. Noch nicht. Solange er nur nicht anhält, weiter drängt, keinen Raum läßt für andere Gesetze als die der Bewegung. Alles zieht ihn zurück und zugleich drängt er vorwärts wie ein Wahnsinniger. Seine Augen glühen, gerötet vor Müdigkeit, wild vor Entschlossenheit und erfüllt von bodenlosem Schmerz.

Die Landschaft, die Orte, die er durchstiebt, sind wie Schemen, die an ihm vorbeiziehen. Der Hannoveraner sprengt durch eine Schar Hühner, die gackernd auseinanderfliegen. Er hört es kaum. Er sieht nicht die entsetzten Blicke der Menschen, die dem jungen, schönen Zentauren mit blonden fliegenden Haaren, mit der gutsitzenden Kleidung, der geraden Haltung, der schlanken Figur staunend nachgaffen und von seltsamen Sehnsüchten ergriffen werden. Sein übermächtiges Sehnen, das sich in ihm ballt und in Blitzen ausbricht, lädt den Raum um ihn auf, ergreift Mensch und Natur. Wie ein Phantom löst sich alles auf, sobald er aus der Sichtweite verschwindet. Er erkennt die Gegend wieder. Doch nichts stimmt mehr. Alles ist aus den Fugen geraten. Bruchstückhaft dringen die Eindrücke des lieblichen Landes in die seines Schmerzes. Eine lange gerade Straße, von Lindenbäumen gesäumt, leidlich gepflastert. Nur vor wenigen Wochen war er hier entlang geritten. In Gedanken begegnet er sich selbst, seiner sicher, gelangweilt, vom Erfolg verwöhnt. Wie ahnungslos er doch gewesen ist. Wie zuversichtlich. Er drückt die Knie in den zitternden Pferdeleib, daß er wie der Wind vorwärtsjagt. Auf dem Rücken des Pferdes hält er die Fäden des Schicksals fest in der Hand, wie die Lederriemen des Zaumzeugs, bestimmt selbst Ziel, Zeit und Richtung. Nur sie hat er in sich eindringen lassen. Sie war das Wunder seines Lebens. Er schließt die Augen, krümmt sich, preßt ihre Gestalt in sich zusammen, daß es ihm den Atem verschlägt. Ist er zum Verräter geworden? Würde man ihn so sehen? Der große Bonaparte? Warum hat man ihn zurückgerufen, wer steht dahinter? Angst hat er keine. Die Angst besiegte er damals in Ägypten im Schatten der Pyramiden, als die Mameluken wie eine Welle der drohenden Gefahr, schreiend, waffenblitzend, mit flatternden leuchtenden Gewändern auf sie zuritten. Der Boden der Wüste dröhnte vom Trappeln unzähliger Pferdehufe. Ungeduld, quälende Ungeduld, die Prüfung, die ihm nun bevorstand, zu bestehen, treibt ihn voran. Er muß es so schnell wie möglich hinter sich bringen, alles erfahren. Er wird sie nicht verraten. Wie ein Refrain summt es in ihm, unaufhörlich, selbst in den wenigen Stunden, die er sich zum Schlafen gönnt, in denen er in ein schwarzes Loch eintaucht. Ihre weißen Arme fangen ihn auf, sein Kopf ruht auf ihrem festen Busen. Im Reich der Nacht findet er sie ganz. Dann sieht er die Mündungen der Gewehre vor sich, auf sich gerichtet, hört das Kommando zum Schuß. Sie klammert sich an ihn. Jäh, voller Verzweiflung, wacht er auf. Endlich die Grenze. Die Hufe des Pferdes auf der Brücke über den großen Fluß hallen wider. Bald vertraute Laute und Blicke. Sie bringen Erleichterung. Die Konturen der Welt um ihn werden klarer. Als er die Umrisse von Paris vor sich sieht, steigen ihm Tränen in die Augen. Wie sie diese Stadt liebt! Sehnsucht überfällt ihn mit voller Wucht. Er muß anhalten, die von der Wärme der Sonne dampfende Erde unter sich spüren, die bekannten Gerüche der reichen Gemüse- und Kornfelder einatmen, die wie wohlbestellte Gärten den breiten Rücken des Pariser Umlandes überziehen. Pappeln zittern im Wind und streuen Lichtdiamanten. Das Wasser eines kleinen Flusses glitzert, elegante Kutschen der Pariser beim Landausflug rollen leicht auf der schönen Straße. Der perlblaue Himmel von Paris spannt sich seidig über allem. Nie hat er solche Liebe zu seinem Land und dieser einzigen Stadt empfunden. Es war ihre Liebe, die sich wie alles, was von ihr kam, grenzenlos verströmte. Sein Schicksal, ihrer beider Schicksal würde sich in wenigen Tagen entscheiden. Der Gedanke tröstet ihn. Er treibt sein Pferd an. Die Zukunft würde sich mit der Vergangenheit verbinden.

1

'Das ist Glück', dachte Baronesse Madame de Staël. Sie lebte genau da, wo sie leben wollte und war von Menschen umgeben, die sie liebten. Der Gedanke durchflutete sie und versetzte sie in Hochstimmung. Es war später Nachmittag, ihre liebste Stunde, in der die vielen Einzelheiten und Pflichten des Tages Raum machten für den Glanz des Abends. Noch war nichts wirklich vergangen, und das Neue lag als Versprechen in der Luft. Für einen kurzen Augenblick ruhte die Schlacht gegen die fliehende Zeit und ihre rastlose Energie hielt an. Zufriedenheit mit dem Tag und erwartungsvolle Aufregung hielten sich die Waage. Bald würden die Geräusche der ersten ankommenden Gäste von draußen hereindringen, Olive das neue Kleid bringen und ihr beim Anziehen helfen. Es war der Tag, an dem ihre wöchentliche Einladung stattfand. Wie immer würden mehrere neue Gesichter unter den Gästen sein, die sie an sich zog und die es sich nicht nehmen ließen, ihren berühmten Salon aufzusuchen. Manche darunter wurden ihre Freunde, denen sie unerschütterlich treu blieb. Sie blickte um sich, und ihre dunklen Augen, die vor Neugierde und Lebenslust glänzten, saugten die Welt um sie herum auf und nahmen sie wie zum erstenmal mit Staunen wahr.

Sie war in ihrem Schlafzimmer, das groß genug war, um als Wohnzimmer zu dienen. Es war das Zentrum ihres Universums, in dem jede Ecke die ihrige war, und alles ihren Geschmack und ihre impulsive Natur widerspiegelte. Kostbarkeiten befanden sich überall: elegante Möbel im Stil Ludwig XVI. mit feinen Einlegearbeiten aus edlen Hölzern und poliertem Stein gearbeitet, ein Vermögen wert, auf weichen Teppichen und glänzendem Parkett. Seidene Tapeten und schwere Vorhänge aus Samt, Kissen aus kostbarem Brokat und Seide, Schals, Kaskaden davon in leuchtenden Farben aus den feinsten Kaschmir- und Seidenstoffen und Paradiesvogelfedern in großen Ständern angeordnet. Alles lag und stand wie von ungefähr herum, wirkte angefaßt, benützt, gesehen und ausgewählt. Dabei nahmen die Spuren intellektuellen Lebens den gleichen Rang ein wie die Zeichen der Eitelkeit der Mächtigen und Reichen: Bücher und Zeitschriften auf Stühlen, Tischen, auf dem Fußboden und auf dem mit dicken Kissen bedeckten großen Bett aufgetürmt, überall beschriebene Seiten verstreut, angefüllt mit ihrer hastigen, großformatigen, fließenden Schrift. Olive, ihre Kammerfrau, war dabei, die Seiten aufzusammeln und sie sorgfältig aufeinander zu legen. Sie befand sich in ihrem inneren Heiligtum, in einem Zirkel der Intimität, in dem sie mit sich und ihren Kindern existierte, unterstützt von ihrer getreuen Olive, die sich um ihr persönliches Wohlergehen und das der Kinder unermüdlich sorgte.

Es war die sichere Festung eines Lebens, das über das Heim hinausreichte, in die Welt der Politik und Geschichte. Hier verbrachte sie auch ihre schlaflosen Nächte, meist allein. Benjamin! Wo war er bloß! Sie schob die Frage weg, und mit einer abrupten Bewegung wandte sie sich dem Manuskript ihres ältesten Sohns, Auguste, zu, ein linkischer, unsicherer Halbwüchsiger, der geduldig und ängstlich neben ihr stand und sich auf ihre Ablehnung gefaßt machte. Die Seiten lagen auf einem Tragschreibtisch aus grünem marokkanischen Leder, den sie auf ihren Knien hielt. Sie saß am Rand eines Stuhls, ihre Füße fest auf dem Fußboden verwurzelt, und doch, als ob sie jeden Moment aufspringen und in Tätigkeit verfallen wollte. Eine geballte Konzentration ging von ihrer kräftigen Gestalt aus und zugleich eine kindliche Aufregung und Lebhaftigkeit, eine kaum zu unterdrückende Energie. Sie strich Wörter aus, unterstrich andere, seufzte und schüttelte den Kopf. Schließlich schaute sie auf und lächelte ihren Sohn an. Dieser stieß einen Seufzer der Erleichterung aus. Doch dann kam die Enttäuschung. "Ein Enkel von Necker muß seine Gedanken mit Kraft und Genauigkeit ausdrücken können", verkündigte sie mit ihrer energischen Stimme. Die Schultern Augustes fielen herab. Wußte sie nicht, welche Anstrengung es für ihn war, ihr zu gefallen? Sein Bestes hatte er in den Aufsatz gegeben und nun wieder den Beweis seiner Mittelmäßigkeit erhalten. Er hatte sie erneut enttäuscht. Ihre grenzenlosen Erwartungen drohten ihn zu zerstören, wären nicht ihr warmes Lächeln, ihre spontanen Umarmungen gewesen, wie in diesem Moment. Er atmete auf und mit erneutem Mut küßte er sie auf ihre Wangen. Alles würde er für die Mutter tun. "Danke, Maman." Er ging, mit dem brennenden Vorsatz, seinen Aufsatz sofort umzuschreiben, solange das warme Nachglühen ihrer Zuwendung andauerte, die ihn glauben machte, er könne über sich selbst hinauswachsen.

Nun richtete sich Germaines Aufmerksamkeit auf ihren jüngeren Sohn Albert, einen neunjährigen Jungen, der mit zackigen Bewegungen durch den Raum fegte. Er simulierte eine Schlacht, in der er mit eigener Hand mehrere vorgestellte Angreifer zurückschlug. Germaine beobachtete ihn mit Gefallen. Er war ein schöner Junge und erinnerte sie an seinen Vater, den bestaussehenden Mann seiner Zeit, Graf Louis Narbonne, einer der Männer, die sie geliebt hatte. Der Ruf, er sei ein unehelicher Sohn von Louis XV., schien durch seine vornehme und sichere Art und sein blendendes Aussehen nicht aus der Luft gegriffen. "Was machst du, Albert?" fragte sie, so als ob sie nicht wüßte, daß eingebildete Schlachten seine Leidenschaft und Hauptbeschäftigung waren. Wenigstens hat er Feuer, und sorgfältig geführt und erzogen, wird er ein Mann der Tat werden. “Ich verteidige Ihre Ehre, Maman.” “Ich fühle mich geehrt, aber selbst ein Ritter muß wissen, wie man richtig schreibt. Zeig mir Deinen Aufsatz.” Sie streckte ihre Hand mit einer fordernden Bewegung aus, und er überreichte ihr eine Seite, auf der wenige Sätze in riesigen, kindlichen Buchstaben gekritzelt waren. Tintenflecke überall. Sie überflog sie entsetzt. Voller Fehler war sie, fast in jedem Wort. Aufs Neue wunderte sie sich über die seltsame Schicksalsfügung, daß ihre beiden Söhne von dem Mann, nach dem sie verrückt gewesen war, weder seinen brennenden Ehrgeiz noch ihre Talente und die Begeisterung für Ideen besaßen. Welcher Laune des Schicksals war es zuzuschreiben? Sollten sich ihre Kraft und ihre Liebe für Gedanken und Sprache in ihrer Tochter vererbt haben? Sie schaute auf Albertine, die in ihrer Nähe auf dem Fußboden mit ihren Puppen spielte. Sie war ein hinreißendes kleines Mädchen mit feinen Zügen, einer Prozellanhaut, ganz blauen Augen und roten Haaren, schlank und groß für ihre fünf Jahre, mit bewußten und anmutigen Bewegungen. Intuitiv und über ihr Alter hinaus weise, war sie völlig im Einklang mit dem stürmischen Herzen und der brennenden Seele der Mutter, die sie leidenschaftlich liebte. Die Stunden, in denen sich die Mutter ausschließlich mit ihr allein beschäftigte, waren die Höhepunkte ihres Daseins und gaben ihr eine ungewöhnliche Sicherheit und Festigkeit, die sich inmitten des stürmischen Lebens der Mutter behaupteten. Sie kannte diese wie niemand sonst und nahm jede ihrer Stimmungen auf. Beglückt über diese Nähe, bemerkte Germaine nicht, daß die kleine Tochter sich ihr Leben aufbürdete und dessen Last über ihre Jahre hinaus ging. “Nun müßt ihr sehr, sehr brav sein, oder Eure drei Papas werden sehr, sehr, böse sein”, schimpfte sie mit ihren Puppen. Germaine verhehlte nicht ihr Mißfallen mit Alberts schulischer Unzulänglichkeit. “Albert, dies ist schrecklich. Jedes Wort hat einen Fehler”, stieß sie verärgert hervor. “Ein Soldat muß nicht wissen, wie man richtig schreibt”, antwortete er trotzig. “Doch, das muß er schon”, fiel Albertine ein. Wütend grabschte Albert sich eine Puppe und stürzte davon. Albertine rannte schnell hinter ihm her und holte ihn ein. Er hielt die Puppe hoch, außer Reichweite für sie. Sie schlug ihm ins Gesicht. Schockiert ließ er den Arm sinken, und Albertine kehrte mit der Entführten im Triumph zu ihrem Puppenlager zurück. “Wörter, Albertine, keine Gewalt”, ermahnte Germaine sie in freundlichem Ton und strahlte sie an, entzückt von dem feurigen Temperament ihrer Tochter, die sich nicht unterkriegen ließ. Sie wird sie sorgfältig erziehen und darauf achten, daß ihr Charakter sich entfalten durfte.

Olive, eine mütterliche Frau mit einem zufriedenen und freundlichen Gesichtsausdruck, machte sich nun mit einem außergewöhnlichen Toilettenkasten zu schaffen. Er enthielt kristallene Fläschchen, gefüllt mit Parfüms und Rosenwasser, Pasten und Kremen, Puder in verschiedenen Farben, Bürsten, Kämme, Spiegel, Maniküreetui. Alles war aus dem feinsten Material gemacht, aus Elfenbein, Gold, Silber, Perlmutt und Halbedelsteinen und fein getrieben wie edle Schmuckstücke. Der Kasten stammte aus der elegantesten Manufaktur von Paris, der Stadt, die unendlich nachgiebig war den Eitelkeiten der Frau gegenüber. Nur Josephine, Bonapartes Frau, die in teuren Kleidern, Schmuck und allen Zeichen weiblicher Eitelkeit förmlich ertrank, hatte angeblich einen schöneren Toilettenkasten. Germaines ließ sich fürs Reisen zu einem Koffer zusammenfalten. Wie alles in ihrer Welt hatte auch ihre Toilette etwas Zufälliges und Zeitweiliges.

Olive begann Germaines Haare zu bürsten, zog sanft durch ihre reichen und dunklen Locken. Für einen kurzen Moment hielt Germaine still und lehnte den Kopf nach hinten. Ihre Züge entspannten sich. Ihr Gesicht war nicht mehr jung, ihre siebenunddreißig Jahre zeigten sich durchaus, doch ihre vollen Lippen waren noch glatt und – was zu ihrem frischen Eindruck beitrug – sie trugen keine Fältchen der Bitterkeit. Ihr Mund war leicht geöffnet, bereit zu lächeln, zu kosten, sich um Worte zu wickeln, wie ein Kuß. Sie genoß, für einen Augenblick, die festen Bürstenstriche und kam ihnen entgegen. Ihr Nacken beugte sich nach hinten, ihr Morgenmantel glitt über die stattlichen Schultern und enthüllte ihren vollen und festen Busen, alles der Bestimmtheit und Intensität der Augen und des Mundes gleichkommend. Das Robuste ihrer Gesichtszüge und ihres Körperbaus hielten sie aus dem Bereich einer klassischen Schönheit heraus, aber dieser Mangel war ausgeglichen durch ihre feurigen Eigenschaften, ihre ungezähmte Kraft, eine starke Gesundheit und eine ungebrochene Lebenslust, die sich auf ihrem Gesicht abmalten und aus jeder ihrer Bewegungen sprachen. Sie wirkte wie eine Frau, die im Einklang mit sich war. Nichts ließ auf den ersten Blick auf eine tiefliegende Verzagtheit und Unsicherheit schließen, die in eine verzweifelte und nagende Sehnsucht nach Erlösung umschlagen konnten.

Olive war es gelungen, die wilden Kaskaden von Germaines Locken zu zähmen, als das Trappeln von Pferdehufen und das Knarren von Wagenrädern auf dem Pflaster des Hofes durch die dichten samtenen Vorhänge drangen, die sie von der Außenwelt abschirmten. Germaine fuhr hoch. Die Kutsche kam näher, wurde lauter, kam endlich zum Halten, die Türe wurde geöffnet. Germaine wartete gespannt auf die Schritte, die bald laut und fest widerhallten. Enttäuscht schüttelte sie den Kopf, und ihre Locken fielen natürlich auf die Schultern zurück. Ihre gewohnte Unruhe war zurückgekehrt und würde sie bis zur Erschöpfung vorantreiben. Alles mußte nun schnell gehen, besonders die langweilige Putzerei. Olive seufzte ergeben. Ein Zimmermädchen eilte mit mehreren Schals herbei, und Germaine deutete ungeduldig auf einen leuchtend roten aus Seide. Olive überredete sie zu einem hellgelben und begann geschickt eine turbanähnliche Kopfbedeckung daraus zu drehen, die einige Locken an den Schläfen freiließ und das breite Gesicht Germaines vorteilhaft einrahmte. Diese Art Turban war Germaines Erfindung, ganz ihre Idee, ein Teil ihrer Identität, und Olive verstand ihn in allen möglichen Variationen zu binden, immer dem Stil des Kleids, dem Anlaß und der Stimmung Germaines entsprechend. Er war Germaines Krone, ohne die sie sich nie sehen ließ. Sie hatte überhaupt eine feste Vorstellung darüber, wie sie aussehen sollte. Sie bevorzugte ausgefallene Kleider aus schweren Stoffen und gesättigten Farben, mit üppigen Falten und weitem Ausschnitt, änderte den Schnitt kaum, selbst wenn diese Eigenschaften aus der Mode gekommen waren. Ausladende Schals und riesige Paradiesfedern liebte sie besonders, und oft hatte Olive alle Mühe, ihre stilistischen Ausschweifungen zu bremsen. Man hatte sich in Paris angewöhnt, Germaine de Staël als einen modischen Sonderfall zu betrachten, mit nachsichtigen Augen von ihren Freunden, mit spöttischen von ihren Feinden.

Germaine begann, mit ihren Fingern zu nesteln. Sobald sie still saß, nahm eine ungehemmte Flut von Gedanken und Gefühlen von ihr Besitz, die gleichzeitig um triviale Belange und Unternehmen von großem Zuschnitt kreisten. Der Haushalt, die Buchführung, die Erziehung der Kinder standen gleichwertig neben ihren Liebeshändeln und den Gedanken über die Gesellschaft und die Politik. Für sie bildeten sie keinen Gegensatz, denn sie verband ihr privates Dasein mit den größeren Vorgängen um sich, und mühelos glitt sie von einem Bereich in den anderen. Stillsitzen, während alles weiterlief, Neues unentwegt im Entstehen sich befand, war Leerlauf. Sie mußte Ordnung schaffen, eingreifen, beeinflussen, umbiegen. Neben der Tat waren Worte ihr Mittel, die sie nun zu Papier bringen mußte. Olive hielt in ihren Verschönerungskünsten inne und mit einem Seufzer holte sie Schreibzeug, das immer in Reichweite lag. Germaine griff nach ihrer Schreibfeder, hielt sie fest umklammert, tunkte sie in ein Tintenfaß, blickte nach oben, schloß die Augen, und als sich eine feste Idee in ihrem Kopf formte, begann sie mit hastigen und fliegenden Bewegungen ein leeres Blatt zu füllen. Die Worte flossen ihr nun ohne Unterlaß aus der Feder, ihre Lippen beschrieben sie lautlos mit Lust, jedes davon auskostend. Ihr ganzer Körper war von dem Akt des Schreibens beansprucht. Oft bewegte sie sich ruckartig und ohne Warnung, und Olive, einen weiteren Schal in den Turban hineinbindend, hatte alle Mühe, sich ihren Bewegungen anzugleichen. In Gedanken formulierte Germaine die Themen, die sie in ihrem Salon anschneiden wollte, hörte alle möglichen Gegenargumente und bereitete ihre Antworten vor. Gleichzeitig begann sie einen persönlichen Brief, laut und schnell atmend, in Hast und mit so festem Handdruck, daß die Feder sich auf dem Papier bog. Dann brach sie ihn ab und kehrte zu ihrem Schlachtplan für den Abend zurück, kritzelte Anmerkungen, Begriffe, die bald einen eigenen Bogen Papier beanspruchten. Bald wechselte sie hin und her zwischen den verschiedenen Schriftstücken, ohne Zwischenpausen. Die Mutter nachahmend, malte Albertine sorgfältig Buchstaben auf einen Bogen teuren Papiers.

Draußen polterten die Kutschen durch den großen Bogen in den Ehrenhof ein und hielten vor der Freitreppe an. Türen wurden geöffnet und zugeschlagen, aufgeregte Stimmen und Rufe der Kutscher, Schritte, Lachen und Worte ertönten. Es war Musik in Germaines Ohren, das Vorspiel der großen Symphonie geteilter Geschmäcker und Interessen, des Treffens reger Geister und des Triumphs der Phantasie. Ihre Aufregung stieg, ihre Bewegungen wurden hastiger. Alle, die etwas zu sagen hatten und gehört werden wollten, tauchten früher oder später in ihrer Residenz auf, 117 Rue de Grenelle, im modischen Stadtteil St. Germain, im Zentrum des gesellschaftlichen Vorteils und Einflusses. Sie war das unsichtbare Zentrum des öffentlichen Lebens, ein privates Reich innerhalb eines Imperiums, sammelte Persönlichkeiten mit Stimme und Rang und solche, die nach Ansehen und Einfluß strebten. Talleyrand, Fouché zählten zu ihren früheren, die Brüder Bonapartes, Berthier zu ihren momentanen Trophäen. In ihren Wänden wurden alte Gedanken bewahrt, neue geboren, Themen und Aspekte des öffentlichen Lebens, politische Grundsätze diskutiert und Strategien ausgeheckt, Karrieren begonnen und zerstört. Benjamin Constant, der intime Freund, schärfte die Argumente seiner öffentlichen Reden auf dem Forum ihres Salons und in ihrem Schlafzimmer. In ihrem Salon wurde Politik gemacht. Sie wollte es so, denn alle Fäden ihrer Sehnsüchte und ihres Strebens liefen auf der Ebene der Politik zusammen. Nur die Politik umfaßte alle Bereiche des Lebens, auch die Liebe, und versprach die höchstmögliche Erfüllung.

Der Lärm geschäftigen Treibens draußen erinnerte daran, daß es Zeit war, sich anzuziehen. Ein Zimmermädchen brachte das neue Kleid und breitete es auf dem Bett aus. Albertine stieß einen Schrei des Entzückens aus, Olive nickte bewundernd. Es war hinreißend schön, aus durchsichtigem, federleichtem Stoff, beige mit feinen griechischen Motiven aus Gold und dem laufenden Hund als Borte über dem Ausschnitt, mit gefälteten Puffärmeln. Ein anderes Zimmermädchen brachte die Unterwäsche, die ohne Firlefanz war, doch blendend weiß, ordentlich gefaltet und tadellos gebügelt. Germaine zog den Morgenrock aus. Ihr nackter Körper war gerundet und noch straff. Fügsam wie ein Kind warf sie die Arme nach oben, um Olive das Überstreifen des Unterleibchens zu erleichtern.

Als der Marmorfußboden des Vestibüls von den Schritten ihrer Gäste widerhallte und sich das Echo der aufgeregten Stimmen zum Crescendo steigerte, zwängte sie sich gerade ungeduldig in das Unterkleid. Das Gesicht rot vor Anstrengung, stieß sie einen Seufzer der Erleichterung aus. Der Skandal um 'Delphine' hatte ihr also nicht geschadet, ganz im Gegenteil. Man drängte sich nur so, um sich in der Aura ihres neuen Ruhms als Autorin zu sonnen. Die große Resonanz auf ihr Buch hatte sie selbst überrascht. Ihr Herz hatte sie ausgeschüttet, ihrer Enttäuschung Ausdruck verliehen, als sie das Schicksal einer überragenden und begabten Frau schilderte, die rückhaltlos und frei liebt und an der Feigheit ihres Liebhabers zerbricht. Dieser verläßt die Geliebte, obwohl er sie liebt, denn ihr freies Benehmen und Denken gefährden sein gesellschaftliches Fortkommen. Das Glück ihrer Heldin zerschellte, doch ihre Forderung nach dem Recht der Frau auf Glück und auf Selbstbestimmung schallte laut und traf einen Nerv. Ihr Buch war in aller Munde und sofort vergriffen, und eine neue Auflage war in Vorbereitung. Das Lieben und Leiden ihrer Heldin verlockte unwiderstehlich zu Parallelen in der Lebensführung der Autorin, die vielen ein Dorn im Auge war. Mehrere Journalisten griffen zu und nahmen die Provokation ihrer ungewöhnlichen und grenzenüberschreitenden Heldin zur Rechtfertigung, Germaine persönlich anzugreifen. "Hexe, Krähe, Prostituierte" waren noch milde Bezeichnungen. Tief verletzt, versuchte Germaine, sich tapfer über die Beleidigungen hinwegzusetzen und tröstete sich mit dem Gedanken, daß sie das gesellschaftliche Bild der Frau verrückt hatte. Das war offensichtlich. Sie ließ sich auch nicht davon abbringen, zu glauben, daß sie mit der Zeit die öffentliche Meinung zu Gunsten der Freiheit der Frau beeinflussen würde. Sie war eine unverbesserliche Optimistin.

Was sie am allermeisten tröstete, war, daß Bonaparte das Buch gelesen hatte. Freilich übersah sie geflissentlich, daß er es verdammte. Denn ihr

Buch war ja nicht nur die Klage einer tiefverwundeten Frau, sondern eine unmißverständlich politische Aussage, die das Recht auf Scheidung und Gewissensfreiheit verkündigte. Sie pries die Vorzüge des Protestantismus, gerade als Bonaparte den Katholizismus wieder einführte. Der Konsul gehörte zu denen, die ihr Buch als politischen Zunder verstanden. Er warf sich in das Gewand des Literaturkritikers, griff irritiert zur Feder und verriß es in einem Artikel in dem einflußreichen "Journal des Debats" als "moralisch falsch, mit falschen Prinzipien". Doch Germaine ahnte die weitreichende Bedeutung seiner Ablehnung nicht, begriff nicht, daß ihre Weltsicht mit dem Mann der Stunde im Prinzip unversöhnlich war, ja daß schon die Würfel ihres Schicksals gefallen waren. Weiterhin hielt sie ihn für einen aufgeklärten, romantischen Menschen und freute sich, daß der große Mann sie öffentlich zur Kenntnis genommen hatte. Sie sah ihn vor sich, das edle Profil, die klaren kühnen Augen, spürte sein Charisma, die magnetische Energie, die von ihm ausging, und zitternde Aufregung stieg in ihr auf. Was, wenn er heute mit den Brüdern käme? Wenn sie ihn nur für sich gewinnen könnte! Wenn sie nur so unwiderstehlich und gelassen wie Juliette wäre! Wie glühend sie die Freundin beneidete. Einen verstohlenen Blick in den Spiegel werfend, bemerkte sie den schüchternen mädchenhaften Ausdruck in ihrem Gesicht, der in seltsamem Kontrast zu ihrer Reife stand und nicht zu der teuren Aufmachung paßte, die ihre sichere weltliche Stellung bezeugte. Sie fühlte sich wie ertappt, in einer unerlaubten, geheimen Sehnsucht entlarvt und errötete bis unter die Haarwurzeln. Dann sah sie mit Genugtuung, daß ihre Vorzüge durch Olives Werk gut zur Geltung kamen, und ihr Selbstbewußtsein kehrte zurück. Ihre starkdurchblutete Haut war vornehm von dem weißen Puder abgedeckt, ihre Wangenknochen durch das Rouge geschickt hervorgehoben, die Frisur wirkte natürlich, die Locken gebändigt. Sie ging ohne Schmuck. Unverstellt sollte die Natur sein. Das Kleid stand ihr sehr gut, unterstrich ihre statueske Figur, und seine weichen Falten ließen sie weiblich wirken, fast verwundbar. Ihre runden Arme schienen zarter unter den feingefältelten Puffärmeln, der Ausschnitt zeigte den vollen Busen her, der im warmen Licht des späten Nachmittags samten schimmerte. Sie richtete sich auf, streckte den Hals gerade nach oben, breitete die Arme nach den Seiten aus und ließ sie entspannt nach unten fallen.

Olive eilte mit der Parfümflasche herbei, und Germaine betupfte sich reichlich damit. Der Duft von Maiglöckchen umwehte sie. Dann drapierte Olive einen großen roten Schal aus Kaschmir um ihre Schultern. Uginet, ihr Majordomo, eine würdevolle Figur in altmodischer Livree, trat ins Zimmer und sagte mit neutraler Stimme: "Madame, Ihre Gäste erwarten Sie." Sie sah ihn fragend an. Er senkte den Kopf und antwortete leise: "Monsieur Constant ist noch nicht angekommen." Ein scharfer Schmerz durchzuckte sie. Angestrengt hörte sie nach draußen. Doch die Laute der ankommenden Gäste waren verebbt. Letzte Kutschen waren angekommen und die eiligen Schritte der Nachzügler auf den Marmorstufen der großen Freitreppe verhallt. Es war ganz still. Um Fassung ringend, bemerkte sie die kleine Gestalt Albertines und ihre hingerissenen Augen. Benjamins Tochter, dachte sie in einer Aufwallung von Schmerz und Liebe und streckte die Arme nach ihr aus. Albertine warf sich in ihre Arme, und Germaine drückte sie fest an sich. Für einen kurzen Moment war alles weit weg, das Chaos des Lebens und die Anforderungen, es zu bewältigen.

2

Mit Uginet im Schlepptau hastete Germaine die Treppe zum Hauptgeschoß hinunter, in dem sich der Ballraum befand. Das anschwellende Gemurmel der Unterhaltung steigerte den Vorgeschmack ihres Genusses und trieb sie voran. Ihr ganzer Körper warf sich förmlich nach vorne, wie eine Dürstende zur Quelle drängend, bevor sie versiegte. Uginet holte sie ein und öffnete die Tür zum Ballraum. Er war voll mit Gästen in lebhafter Unterhaltung. Sie blieb an der Schwelle stehen und suchte nach einem Kopf mit roten Haaren. Vergeblich. Benjamin war nicht anwesend. Sie unterdrückte ihre Enttäuschung und tröstete sich mit der Gegenwart anderer, ihr ganz wichtiger Gäste. Lucien und Joseph Bonaparte, Feldmarschall Berthier, Bonapartes erster Mann, und Mitglieder der Legislative und des Senats waren anwesend und vertraten die Macht der Regierung. Bonapartes Kritik hatte ihrer Stellung bei den Mächtigen also nicht geschadet. Ihr Salon war voller denn je. Sie war in Mode.

Vor Energie und Erwartung vibrierend, zog Germaine die Aufmerksamkeit ihrer Gäste auf sich, die nun voller Zustimmung und Bewunderung klatschten. Sie trat in den Raum, ihre Augen vor Genugtuung und Stolz glänzend. Vom ersten Schritt an spann sie einen Faden der Worte, der ununterbrochen weiterlief, als sie sich von einer Gruppe zur anderen bewegte, Bekannte begrüßte und Neuankömmlinge willkommen hieß, vergleichbar einer Biene in einem Garten, die von einer Blume zur anderen summte. Volle Sätze sprudelten heraus, und wenn sie anderen kurz zuhörte, senkte sie die Augenlider, ihre Antworten stauten sich förmlich hinter dem halbgeöffneten Mund und kamen bald vollständig und wohlgeformt zum Vorschein. Kein Satz glich dem anderen, wie Kleider probierte sie eine Idee, änderte sie, verwarf sie, holte sie wieder hervor. Sie sprach mit Nachdruck, machte kleine dramatische Pausen, steigerte und verringerte die Lautstärke, betonte und unterstrich ihren Wortfluß mit theatralischen Gesten. Die geräumigen Kammern ihres regen Geistes waren weit geöffnet und seine Schätze mit wortgewandter Leichtigkeit zur Schau gestellt. Ohne Umschweife lenkte sie das Gespräch auf die großen Themen, die ihr auf der Seele lagen und nach Ausdruck drängten, und bewegte sich nahtlos von einem Thema zum anderen. Unwiderstehlich war sie, als sie ihr ganzes Sein in ihre Rede warf, ihre vollen Lippen den Wortfluß auskostend, daß er fast spürbare Gestalt annahm, ihre dunklen Augen sprühend, ihr Ausdruck ständig wechselnd von intensiver Konzentration zu Neugierde, Entzücken, Staunen und Spannung. Ihre Redekunst und ihre Ausstrahlung krönten sie zur unbestreitbaren Herrscherin eines Reichs der Ideen und der Vorstellung. Mit dem flammenden Zepter ihrer Begeisterung zog sie von einer Gruppe zur anderen im Versuch, die Leidenschaft zu feurigem Gedankenaustausch anzuzünden. Wie mit einem Zauberstab hauchte sie ihren Gästen das Gefühl von gesteigertem Leben ein und versetzte sie in einen Rausch, in dem sie sich frei fühlten, kühn zu denken und sich auszudrücken. Sie gerieten in ein Hochgefühl von Gedanken und Gefühlen, in das sie sich gegenseitig hineinsteigerten, und das sie nicht mehr missen wollten.

Germaines Gäste zehrten von ihr. Doch ebenso zehrte sie von ihnen. Das Leben war köstlich in diesen Momenten, wo sie von Stimmen und menschlicher Wärme und Gedanken umbrandet war. Wenn sie ihre Wirkung in den Gesichtern las, fühlte sie sich ganz lebendig. Hier war der Beweis, daß ihre Ideen wirklich waren und neue zur Welt brachten. Im Feuerwerk der Dialoge und im Austausch der Gefühle nahm ihre Welt erneut Gestalt an. Nur wenige Schritte trennten eine Sphäre von der anderen, und jedesmal begann sie begeistert aufs neue den Prozeß der Neugestaltung. Hier entstand die Antithese zu Langeweile und Stillstand, es bedeutete Leben, Überraschung, Herausforderung.

Germaines Salon war ein Mikrokosmos der Pariser Gesellschaft. Männer mit der aufrechten Körperhaltung, charakteristisch für hohe militärische Ränge, in schmucken dunkelblauen Ausgehuniformen mit präzisem Stickmuster, hohen Kragen und klaren Linien, den entscheidungsfreudigen Geist Bonapartes ausdrückend, standen im deutlichen Kontrast zu den Mitgliedern des Ancien Régimes, Aristokraten, die die Zeit des Terrors durch Flucht überlebt hatten und der alten Zeit nachtrauerten. Ihre Spitzenjabots, die gepuderten Haare, die Kleidung aus weichem Seidenstoff in pastellenen Tönen erinnerten an eine nachgiebige, verführerische Kultur. Manch einer darunter verdankte seine Rettung vor der Guillotine Germaines Tatkraft und Geld. Auch der Mensch des neuen Zeitalters, der Bürger, war vertreten, Verleger, Unternehmer, Bankiers, Kaufleute, in bequemer und vernünftiger Kleidung, die Haare à la Titus, kurz geschnitten und forsch nach vorwärts auf die Schläfen zu gekämmt. Sie strahlten Energie und Selbstbewußtsein aus. Es war ihr Zeitalter, das ihren Unternehmungsgeist mit Ruhm und Reichtum belohnte.

Die intellektuelle Elite von Paris war ebenfalls anwesend. Philosophen und Schriftsteller, einige bleich und dünn von den Anforderungen ihres Genius, einige in bescheidener Kleidung. Liberal, antiklerikal, rational denkend, hatten sie den Fortschritt auf die Fahne der Wissenschaften geschrieben und waren durch ihre Talente in der Gesellschaft aufgestiegen. Von Germaines anregender Unterhaltung angezogen, konnten sie sich ihrer Achtung und, in manchen Fällen, auch ihrer materiellen Unterstützung sicher sein.

Die Zeiten waren gut für Männer von aktivem Geist. Bonaparte warb um sie, gab ihnen Aufträge, händigte Anstellungen und Titel aus und wurde mit Lob und Begeisterung belohnt. Ein Gast, Pierre Cabanis, hatte den ersten Konsul als den Retter der Nation, als den Herold von Freiheit und Glück gepriesen und wurde prompt zum Mitglied des Tribunats ernannt. Hatten sie nicht Grund zu glauben, daß Bonaparte ernsthaft daran interessiert war, Denken und Wissen zu fördern? Dienten nicht selbst seine Militärkampagnen dem Triumph des Wissens und Forschens? Wissenschaftler und Künstler, die den Ägyptenfeldzug begleitet hatten, setzten die Pariser mit der Ausbeute neuer Kenntnisse in Erstaunen. Bonaparte zeigte sich als Kind des neuen Geistes, das fragt und nach neuen Ufern strebt, und besuchte das ehrwürdige Institut Français, den Olymp des Geistes, huldigte dem erlesenen Kreis der Berufenen und Erwählten und erklärte bescheiden, das Institut sei seine Religion. Das war allerdings, bevor er sich mit dem Papst in einem Konkordat versöhnte und den Katholizismus wieder zuließ, dessen autoritäre Strukturen seiner Vorstellung von Ordnung und Gehorsam beim Volk entsprachen. Manche verteidigten das Konkordat im Namen der Zivilisation, andere erblickten in ihm das Ende des Fortschritts. Andere sahen in den Maßnahmen Bonapartes den Sturm im Wasserglas eines ehrgeizigen Emporkömmlings, einen Zufall der Geschichte, der sich von selbst totlaufen würde, und schwiegen ironisch. In jedem Fall, es wurde mehr und mehr offensichtlich, daß der Geist, der stets verneinte, nicht Bonapartes Sache war.

Germaine blickte mit Wohlgefallen in die Runde. Alles war, wie es sein sollte. Die Gesellschaft war in Bewegung, und ihr Salon war ein Spiegel dieser Veränderungen. In die höchste Gesellschaftsschicht hineingeboren, hatte sie keinen Antrieb, sozial aufzusteigen. Sie stand schon da, wo die meisten hinstrebten, und ihr ganzes Sinnen und Trachten richtete sich darauf, was ihr das Wichtigste war, die Bildung ihres politischen Einflusses durch einen Konsens der verschiedenen Parteien und Meinungen. Der Bogen der Meinungen und Interessen war in der Tat weitgespannt, und sie sah sich dazu befugt, Brücken zwischen den verschiedenen Lagern zu bauen. Sie glaubte, alle zu verstehen und miteinander aussöhnen zu können. Die geistreiche Ironie und Skepsis der alten Höflinge Ludwig des XVI., die sie geradezu liebte, der Zukunftsglaube der Bürger, darauf erpicht, ihren Platz an der Sonne einzunehmen, der sie als pragmatische Schweizerin bürgerlicher Herkunft begeisterte, sowie der Ehrgeiz der Bonapartisten, voran der Brüder Bonapartes. Sie alle hatten ihren rechtmäßigen Platz im neuen Frankreich und das gleiche Ziel, den Fortschritt der Zivilisation. Als Mitglieder dieser großen Nation bauten sie an etwas Größerem als am eigenen Selbstinteresse. Frankreich, das progressivste, zivilisierteste und begabteste Land der Welt, in dem die Vernunft gesiegt hatte, war der Garant des Fortschritts und verlangte den gesellschaftlichen Vertrag selbst zwischen Gegnern. So sah es Germaine jedenfalls und brachte es fertig, daß sich die verschiedenen Lager unter der Fahne der Größe und des Ruhms Frankreichs zusammenfanden. Sie verstand zu überzeugen, daß es trotz aller Kontroversen keine Verlierer gab, und daß, solange sie alle zusammen handelten, jeder gewann.

Die Stimmung war festlich und optimistisch. Dazu trug der Champagner bester Qualität bei, den Diener auf Tabletts herbeischleppten. Andere brachten kleine Happen. Alles floß ineinander, die geistigen und die leiblichen Genüsse. Glücklich darüber, in Frankreich zu leben, tranken sie auf sein Wohl, hoben ihre Gläser auf Bonaparte und seine glänzenden Siege in Italien, die endlich Frieden gebracht hatten. Um Frankreich hatte er sich verdient gemacht. Daran gab es nichts zu rütteln. Auch die Führung in den Künsten und Wissenschaften hatte es wieder durch ihn übernommen. Ganz Paris strömte in den Louvre, um die Kunstschätze Italiens zu bewundern, die er geplündert und über die Alpen nach Frankreich geschickt hatte.

Germaine strahlte glücklich. Sie, die französische Wahlbürgerin, liebte Frankreich leidenschaftlich. Obwohl sie, als eine der wenigen, mit der Meinung herausforderte, daß es von anderen Ländern lernen konnte, trugen Frankreich und ihr geliebtes Paris in ihren Augen die Krone der Überlegenheit. In schwungvollen Zügen huldigte sie seiner Größe und war bereit, ihre Kräfte dessen Blühen und Gedeihen zu widmen. Ihr ungezwungenes Plaudern mit den Brüdern Bonapartes und Berthier, die ihr fasziniert zuhörten, dienten diesem hohen Zweck, und als ihre Gegenüber sich auf eine intensive Diskussion über die Beziehungen zu England einließen, wurde offensichtlich, daß ihr politischer Einfluß in der Tat beträchtlich war. Es lag in ihrer Natur, Reiche zu gründen und herrschen zu wollen. Sie war dominant, darin Bonaparte ähnlich, doch im Gegensatz zu ihm suchte sie nach Gleichklang unter Gleichen. Ihr Wille zum Herrschen wurde von ihrem Streben nach Glück im Zaum gehalten, denn nichts brauchte sie mehr als menschliche Nähe, und sie verstand, daß uneingedämmte Herrschsucht sie vereinsamen und die Ideale verraten würde, an denen sie sich orientierte, Freundschaft, Liebe, Verständnis für den Mitmenschen. In ihrem Universum nahm das menschliche Herz und seine Bedürfnisse den höchsten Rang ein. Tapfer stellte sie sich seiner Widersprüchlichkeit und Ambivalenz, besonders des eigenen Herzens, und übte sich in Toleranz. In einem ständigen Werden des Verstehens, welches nie zu Ende kam, sich nicht mit Gewalt lenken ließ und ihr immer wieder entglitt, zügelte sie ihr Drängen zur Macht und ihre Impulse zur Herrschaft. Im Namen des Herzens wollte sie das Gute mehren. Es war verhängnisvoll, davon auszugehen, daß es jeder wollte. Naiv in diesem Glauben, ließ sie sich weit offen für ihre Feinde, die sie nie als solche erkannte. Ihr Idealismus machte sie blind.

3

Während sich im Ballsaal zunehmend eine festliche Stimmung verbreitete, näherte sich draußen zu Fuß ein elegant gekleideter Mann in den dreißigern der Residenz. Fast war er klein zu nennen, doch ein modischer Hut auf der tadellosen Frisur ließ ihn größer erscheinen. Bemüht, gelassen zu wirken, ging er aufrecht und langsam. Am Eingang zückte er einen Brief vor dem fragenden Portier, der an Madame Baronesse de Staël-Holstein gerichtet war, und wurde eingelassen. Er blieb ungläubig stehen. Alles war zierlich und in gemäßigtem Maßstab und zeugte von Geschmack und Reichtum. Die schlanken Säulen, die nach unten weit ausschweifende Freitreppe, der rosige Marmorfußboden, der goldverzierte Stuck. Er kam sich wie ein Eindringling in einer Welt vor, zu der er nicht gehörte. Diesen Gedanken schob er weg. Denn auch er hatte Schätze, Wissen und geistige Wendigkeit, die er in sich trug. Auf seinen Witz konnte er sich immer verlassen, und in gehobenen Kreisen war er gesucht. Er richtete sich gerade auf, als Uginet ihn in Empfang nahm, blickte diesem forsch ins Gesicht und stellte sich vor: "Monsieur Schlegel. Ich bin hier, um Madame de Staël zu treffen, auf Empfehlung." Sein Französisch floß und war fehlerlos, doch ein kleiner Akzent ließ sich nicht verbergen. Uginet bemerkte, wie nervös er war und schaute ihn diskret mit Kennerblick an. Das Gesicht nicht gerade schön, eine lange Nase, ein fleckiger Teint, ein kleiner, dünnlippiger Mund. Die braunen Augen, die, obwohl nicht groß, ungeheuer lebendig wirkten, waren das Schönste in seinem Gesicht und ließen seine anderen äußeren Mängel vergessen. Uginet fand ihn sympathisch und lud ihn freundlich ein, ihm zu folgen. Sie gingen die Freitreppe hinauf. In diesem Moment jagte Albert hinter Albertine die Treppe hoch. Oben angekommen, entging Albertine dem Zugriff des Bruders, indem sie auf die Balustrade sprang und herunterrutschte. Sie lachten ausgelassen. Überrascht blieb Schlegel stehen. "Madames Kinder" erklärte Uginet. Die Kinder bemerkten den Fremden, und Albert gab vor, Schlegel zu erschießen. Dieser simulierte, getroffen zu sein und sackte zusammen. Albert war hingerissen. "Madame glaubt an die Vorzüge der Natürlichkeit", setzte Uginet gelassen hinzu und ging die Treppe voran.

Oben angekommen, wurde die Türe von innen geöffnet. Eine Gruppe von Männern trat heraus. Ihre festen Schritte, der aufrechte Gang und der selbstbewußte Blick, der die Umgebung nicht wirklich wahrnahm, verlieh ihnen die Aura von Macht. Als sie an ihnen vorbei gingen, warf Schlegel ihnen einen neugierigen Blick zu. "Die ersten beiden waren Joseph und Lucien Bonaparte", flüsterte Uginet. Vor dem Eingang zum Ballsaal machte er Anstalten, Schlegels Hut entgegenzunehmen. Schlegel nahm ihn behutsam ab, warf einen Blick in seine Innenseite, wo ein Spiegel angebracht war, prüfte die Frisur, strich sich die ausladende Halsbinde glatt, betrachtete sein Profil, biß sich auf die Lippen, um sie voller zu machen, richtete den Kopf gerade auf, und überreichte den Hut schließlich Uginet, der geduldig wartete und ihn einem Diener übergab. Dann öffnete Uginet die Tür und sie traten ein.

Schlegel entdeckte Germaine sofort. Sie war das leuchtende Gestirn unter Planeten, die um sie kreisten und ihr Licht von ihr bezogen. Spürbar stand ihre Anziehungskraft im Raum. Sie machte sofort einen großen Eindruck auf ihn. Die berühmte Frau war ganz anders, als er sie sich vorgestellt hatte. Natürlich und spontan. Verwirrt beobachtete er, wie sie mit dem Kopf lebhaft auf und ab nickte und starrte hingerissen auf ihren vollen halbgeöffneten Mund, der immer in Bewegung war. Sie schien wie jemand, der ganz in der Gegenwart lebte und sie völlig ausschöpfte und genoß. Die größte Überraschung war, daß sie ungeheuer weiblich auf ihn wirkte. Er hatte das Gegenteil gehört. Angeblich war sie männlich und ungeschickt, sogar häßlich. Böse Zungen ihrer Feinde, offensichtlich. Er war ein Frauenkenner und hatte einen untrüglichen Blick für das Besondere an einer Frau. Unwiderstehlich war er von begabten und starken Frauen eingenommen, die nach eigenen Gesetzen lebten und nach Selbstausdruck strebten. Die Liebe eines solch weiblichen Wesens machte seine Vorstellung von Glück aus, und das Grundverlangen nach Glück war der beständige Unterton in seinem Wesen, das er als unmännlich versteckte. Nach ihrem Roman zu urteilen, hatten die Begriffe des Glücks und der Liebe eine zentrale Bedeutung bei Germaine, und er fühlte sich zu ihr hingezogen. Er glaubte, sie auf Anhieb zu verstehen, trotz der gesellschaftlichen Distanz zwischen ihnen, dem oft brotlosen Gelehrten und der großen, reichen und berühmten Frau. Dann gab Uginet ihm ein Zeichen, weiter zu gehen, und er riß sich los von seinen Träumen. Sich durch die Gäste bahnend, bemerkte er, welch angenehme Gelassenheit die Gesellschaft ausstrahlte, wie angeregt und heiter der Ton war. Von der berühmten Pariser Ironie war nichts zu spüren, der gefürchteten Waffe im gesellschaftlichen Wettbewerb, mit der verletzt und herabgesetzt wurde, und auf die er sich sorgfältig vorbereitet hatte.

"Madame, Monsieur Schlögell." Schlegel setzte den linken Fuß leicht vor den rechten und verbeugte sich geschickt vor Germaine. Er atmete tief ein und der Duft ihres Maiglöckchenparfums stieg ihm angenehm in die Nase. "Monsieur Schlegel, Madame Baronesse", sagte er. Germaine sah ihn neugierig und gerade an. "Monsieur Schlegel, willkommen." Sie wiederholte seinen Namen richtig. "Darf ich?" fuhr Schlegel fort und reichte ihr einen Empfehlungsbrief. Sie warf einen kurzen Blick darauf und stieß einen Schrei des Entzückens aus, dessen Inbrunst im ungleichen Verhältnis zum Anlaß stand. "Von Villiers, meinem guten Freund … . Wie ich ihn vermisse!" Sie seufzte aus tiefer Brust und musterte Schlegel mit Interesse. "Monsieur Schlegel aus Berlin! Die preußische Hauptstadt. Wie interessant! Sie müssen mir alles darüber erzählen." Schon las sie weiter und mit Aufregung in der Stimme zitierte sie: "Ein Kenner der Weltliteratur, ein hochgebildeter Mann … ." Sie blickte auf und sah ihn erwartungsvoll an. Er wand sich geschmeichelt: "Monsieur Villiers übertreibt, Madame…, übrigens, ich habe Ihr Buch über die Literatur mit großem Vergnügen gelesen." "Danke Monsieur", warf sie ihm anerkennend zu. "Villiers sagt, Ihre Shakespeare-Übersetzungen und Ihre Vorlesungen in Berlin gründeten Ihren Ruf… ." Er war ihr sympathisch. Sie bemerkte nicht, daß er kleiner war als sie, sah die uninteressanten Gesichtszüge nicht, sondern nur die gescheiten Augen und verkündete mit Begeisterung in der Stimme: "Wir sind verwandte Geister, Monsieur Schlegel. Sie schrieben über Racine. Sie müssen mein Theseus sein in meiner nächsten Aufführung von Phaedra. Würden Sie, bitte?" Mit einer nervösen Bewegung zwirbelte sie das Ende ihre Schals und schaute ihn fast flehend an, so als ob ihr Glück von seiner Entscheidung abhinge. Daß ihre Gedanken und Gefühle ungehemmt aus ihr herausflossen, beeindruckte ihn, und daß er der Gegenstand ihres Wunsches war, schmeichelte ihm ungeheuer. "Es wird mir ein Vergnügen sein, Madame." Sie strahlte zufrieden. "Wir sind geehrt, Sie bei uns zu begrüßen. Fühlen Sie sich wie zu Hause, Monsieur Schlegel." Er verbeugte sich leicht, etwas steif, und überlegte gerade, wie er sich mit der richtigen Dosis von Anstand und Lässigkeit von ihr lösen sollte, als die Ankunft eines neuen Gastes ihn aus diesem Dilemma befreite.

Juliette Recamier war angekommen und hielt leichtfüßig ihren Einzug. Wie Wogen teilten sich die Gäste vor ihr, um ihr freie Bahn zu machen. Barfuß, mit vollkommenen Zehen schritt sie wie auf Flügeln mit unbeschreiblich graziösen Bewegungen durch den Raum: ihre langen bloßen Arme völlig ruhig, ihre schönen und fein geschwungenen Schultern gerade, und ihr hübscher Kopf anmutig und hoch auf einem weißen Schwanenhals aufgerichtet, ihr fester, kleiner Busen halbenthüllt. Sie trug keinen Schmuck, so als ob sie sagen wollte, sie wisse, daß ihre natürliche Schönheit der einzige Schmuck war, den sie benötigte. Das Kleid aus feinem weißen Musselin erinnerte an eine römische Tunika und umhüllte ihren vollkommenen Körper, der fest und ebenmäßig gebildet einer Marmorstatue glich. In reichen Falten umspielte ihr Gewand die langen Beine bis zu den schlanken Fesseln. Der zarte Duft eines blumigen Parfüms, es erinnerte an weiße Lilien, ging ihr voraus. Noch nie hatte Schlegel eine so hinreißend schöne Frau gesehen mit einem Gesicht, das man nie vergaß: Mandelförmig, vollkommen geformt, wie gemeißelt mit hohen Wangenknochen, der Mund herzförmig, fest und rot, die haselnußbraunen Augen unter elegant geschwungenen Augenbrauen friedlich und ruhig, ein makelloser, feiner Teint. Ihr Haar türmte sich in anscheinend natürlichen Locken hinter einem breiten Stirnband. Ein heiteres und ruhiges Lächeln lag auf ihren Zügen. Die Natur hatte sie für die Ewigkeit erschaffen. Kein Wunder, daß sich die größten Maler darum stritten, sie zu malen. Sie wirkte wie ein unschuldiger Engel und strahlte zugleich eine köstliche Erotik aus, die alle Männer verrückt machte. Diese postierten sich in einer Reihe in gezierten Haltungen auf, streckten sich, strichen sich über das Haar, glätteten die Jacke. Juliette bemerkte sie nicht, sondern ging schnurstracks auf Germaine zu.

Germaine breitete die Arme aus und drückte Juliette fest an sich. Ihr entzückter Ausdruck war ohne Neid, und Juliette sonnte sich in ihrer offensichtlichen Liebe und Bewunderung. Sie flüsterten miteinander. Fasziniert, konnte Schlegel seinen Blick nicht von den beiden abwenden. Die Schönheit und der Geist ehrten sich gegenseitig ohne Vorbehalte und Hemmnisse. Kein Wunder, daß man über die Freundschaft der beiden klatschte. Eine andere Frauengestalt stand im Inneren vor ihm auf. "Caroline", sagte er unhörbar. Er sah ihre spöttischen Augen, den ironischen Zug um den fest geschlossenen Mund, der ihren Rückzug in sich selbst ankündigte. Wie anders hätte sie sich doch in dieser Welt entfalten und ausdrücken können! Was hätte gewesen sein können! Der Gedanke durchzog ihn schmerzlich. Diese ungenierte Freiheit, man selbst zu sein! Wie es ihn selbst darnach verlangte! Da wandte sich ihm Germaine zu, um ihn als neue Trophäe ihres internationalen Ruhms der Freundin vorzuzeigen. "Juliette, das ist Monsieur Schlegel aus Berlin, ein bekannter Mann in seinem Land." Juliette bedachte ihn mit einem kurzen freundlichen Blick, aus dem kein Urteil zu lesen war, und der ihn verunsicherte. "Berlin?" fragte sie leichthin. "Wie interessant", und wandte sich wieder Germaine zu, hakte sie mit einem zauberhaften Lächeln unter und zog sie sanft mit sich fort.

Verwirrt beobachtete der stehengelassene Schlegel, wie die beiden Frauen am Ende des Raumes auf einem kleinen Sofa Platz nahmen, als ob sie allein im Raum wären, ihre Köpfe vertraut zusammensteckten und lachten. Germaine empfing die Freundin wie in ihrem Privatgemach vor aller Augen. Das Licht des Spätnachmittags flutete durch die Fenster und tauchte die beiden Gestalten in ein warmes Licht, hellte ihre Kleidung auf und brachte den roten Schal Germaine zum Leuchten. Schlegels Blick registrierte die kostbaren Möbel, mit seltenem Brokat bezogen, die Seidentapeten, den teuren Parkettboden, die silbernen ausladenden Kerzenleuchter, mit prallen Kerzen gefüllt, bereit, bei Dämmerung angezündet zu werden. In dieser Welt schien es keine Grenzen zu geben. Der üppige Reichtum war wie das materielle Gegenstück zu dem freien Verströmen der Freundschaft. Germaine wurde zusehends weiblicher und weicher in der Gesellschaft Juliettes. Ihre Hand entspannte sich und ruhte auf dem Arm der Freundin. Wie diese, neigte sie den Kopf leicht zur Seite und lächelte charmant, ihre Haltung gelockert und elegant, so als ob sie gefallen wollte. Es war schwierig in diesem Moment, sich vorzustellen, daß sie eine Frau war, deren Leidenschaft auf politische Belange gerichtet war, die nichts lieber diskutierte als die Wirtschaft und die Rechte der Frau und die das Zepter im Reich der öffentlichen Meinung in der Hand hatte. Sie lebte eine Synthese von privater und öffentlicher Welt, wie er sie noch nie erlebt hatte. Seine permanente Sehnsucht, dem weiblichen Geheimnis näherzukommen, regte sich, und er mischte sich unter die Gesellschaft, die sich zunehmend um die beiden Frauen scharte. Hier wurde die Kunst der Verführung und der Schmeichelei der Pariserin auf eine raffinierte und ungewöhnliche Weise gepflegt.

Ein lebhafter älterer Herr mit einem schalkhaften Glänzen in den Augen verbeugte sich vor den beiden: "Meine Damen. Das Vergnügen in der Gesellschaft der Musen der Schönheit und des Geistes zu sein, übersteigt meine bescheidene Ausdruckskraft." Und zu Germaine sagte er: "Madame, auf meinem Weg zu Ihnen, fand ich die Straßen von Paris leer, die Cafés verlassen, jeder blieb zu Hause, um Ihren neuen Roman zu lesen. Aber, bitte verehrte Damen, sind die Männer wirklich so grausam, wie Sie sie darstellen?" Germaine antwortete: "Mein lieber Graf, wenn eine Frau an gebrochenem Herzen stirbt, ist meist ein Mann daran schuld." "Ich bitte Sie, Madame, ist es etwa eine Todsünde, eine Frau zu verlassen, wenn die Liebe verschwunden ist?" kam es protestierend zurück. "Männer, die Frauen verlassen, um gesellschaftlich aufzusteigen, gibt es zur Genüge, ein Mann, der den Mut hat, sich seinen Gefühlen zu unterwerfen, ist selten." "Madame, ist es nicht das Vergnügen, das uns durch den Nebel der Gefühle zu leiten vermag?" Germaine sah die feinen Fältchen um seinen Mund, der von vielen Genüssen sprach. "Vergnügen, mein lieber Freund?" fragte sie gedehnt. Der Graf war entzückt über ihre Einladung, sich über etwas zu verbreiten, was er offensichtlich aus erster Erfahrung kannte. "Das Vergnügen, aus der Liebe eine Kunst zu machen, die Kunst der Verführung ist es, was das Leben erträglich und angenehm macht. Habe ich nicht recht?" Er kennt die Liebe nicht, dachte Germaine nachsichtig. Aber wer kannte die Liebe unter ihren Freunden? Wer suchte sie so verzweifelt wie sie? Wessen Herz brach immer wieder vor Enttäuschung? Sie hörte Juliette leise auflachen. Es klang sorglos und glücklich, mit sich. Doch Juliette liebte nicht, verliebte sich nie, konnte es nicht, obwohl unzählige Männer ihr ihr Herz zu Füßen legten. Germaine sah sie ratlos an. Juliette sah die Bekümmernis in den Augen der Freundin und flüsterte: "Er kommt wieder, Germaine. Du mußt es glauben ... sorge dich doch nicht so." Zärtlichkeit lag in ihrer Stimme und eine unverstellte Zuneigung in den Augen, und dann wurde sie wieder von einem Anbeter in Anspruch genommen. Germaine fühlte die Augen Schlegels auf sich gerichtet, rundglänzend und intensiv. 'Ein seltsamer Mann', dachte sie, 'doch nicht uninteressant.' Dann wandte sie sich wieder dem

Grafen zu, der gespannte Erwartung zur Schau stellte, und verkündete mit betonter Leichtigkeit in der Stimme: "Mein lieber Freund, ein aufgeklärter Mann würde danach streben, die Quellen seiner Kraft zu vergrößern, seinen Geist zu bereichern, seine Inspiration durch die magische Kraft der Liebe zu entzünden. Ströme von Freude würden in seiner Welt fließen." "Madame, die Kunst zu leben verlangt Kompromisse, den Ausgleich verschiedener Welten ...", entgegnete der Graf begütigend, und ein anderer Gast fiel ein: "... und die Natur des Mannes ist es, diese Welten auseinander zu halten." Germaine lachte. "Mir scheint, mehr der Ehrgeiz des Mannes als die Natur kommt zwischen sein Herz und seinen Geist."

Auf dem erotischen Feld beharrend, sagte der Graf mit einer kleinen Verbeugung: "Meine Damen, ein Mann vermeidet es, sein Herz den Launen einer Frau auszusetzen." "Halten Sie also das Herz des Mannes für schwach?" hauchte Juliette und warf dem alten Schwerenöter einen hinreißenden Blick zu. "Ja, ganz und gar, Madame", säuselte der Graf. "Der Mann hat keine Chance gegen eine schöne Frau ... . Unser großer Bonaparte ist ein lebendiges Beispiel. Unbesiegbar auf dem Schlachtfeld, wird er von seiner Josephine zur Geisel gemacht." Andere Gäste, auf die Gelegenheit lauernd, mit Juliette zu plänkeln, schlossen sich an. "Ihre Indiskretionen machen ihn zur Witzfigur Europas." Und nachdem er sich versichert hatte, daß die Brüder des Genannten gegangen waren, setzte ein anderer ausgelassen hinzu: "Angeblich hat er ihr befohlen, von nun an treu zu sein." Alle lachten vergnügt. "Ja, und stellen Sie sich vor, unglücklicherweise soll sie sich seiner Order fügen." Der Graf gab wirklichen Kummer vor: "Ah, wie schade! Die Freuden erotischer Verstrickungen bringen dem Herzen Mitgefühl und Toleranz bei, erzwungene Treue verhärtet es." Er sah sich beifallsheischend um und traf den zustimmenden Blick Germaines. Sie gönnte ihm seinen Triumph. Wie schön die Menschlichkeit doch den Wüstling zierte!

4

"Es ist offensichtlich, meine Freunde, der Fortschritt für Bonaparte verlangt Gehorsam und saubere Moral." Chenier, ein ernsthaft gesinnter Gast, ergriff die Gelegenheit, dem Gespräch eine bedeutungsvollere Richtung zu verleihen. Die Freuden der belanglosen Unterhaltung verteidigend, lächelte Juliette, und mit einer koketten Kopfhaltung flötete sie: "Können Sie sich unser revolutionäres Frankreich wirklich als eine tugendhafte, unterwürfige Ehefrau vorstellen?" Der Graf war entzückt. "Sie sagen es, Madame, Bonaparte betrachtet Frankreich als seine Geliebte. Er überschüttet es mit den Juwelen des Glanzes und der Glorie und verlangt Gehorsam als Gegengabe." Chenier fiel düster ein: "Der Korse wird seine französische Geliebte ruinieren." Aber Juliette behauptete sich: "Lieber Freund, seien Sie beruhigt. Eine französische Geliebte wird die Juwelen annehmen und ihren Kopf bewahren." Es war ein Spiel für Juliette, welches ihre Anbeter begeisterte, die in ihren Worten nach Tiefe schürften und einen Einblick in ihre verborgene Frauenseele zu gewinnen glaubten. Aber Chenier ließ sich nicht durch ihren Zauber von seinen Sorgen ablenken und widersprach leidenschaftlich: "Bonaparte hat vierzigtausend Priester wieder eingesetzt. Vierzigtausend Eunuchen, die uns vorsagen, was wir zu fühlen und zu denken haben und uns das Fürchten lehren sollen." Haß schwang in seiner Stimme, und die Gesellschaft verstummte. Alle hatten sie seine kürzlich erschienene Satire "Nouveaux Saints", in der er die falschen Heiligen verspottete und das Abkommen Bonapartes mit dem Vatikan geißelte, mit Vergnügen gelesen. Sein Mut, Bonaparte öffentlich anzugreifen, sorgte für prickelnde Aufregung, aber niemand wollte sich die gehobene Stimmung über die guten Zeiten trüben lassen. Ein Mann im Habit eines Geistlichen versuchte einzulenken und sagte sanft: "Vergessen wir bitte nicht, daß das Konkordat die ersten Märtyrer des Gewissens hervorgebracht hat. Fouché verfolgt alle Kleriker, die sich der glücklichen Ehe zwischen dem ersten Konsul und dem Papst entgegenstellen."

Fouché! Wie eine steife Brise fuhr dieser Name in die Gesellschaft und vertrieb das allseitige Wohlbefinden. Ein Gefühl von kalter Isolation verbreitete sich, wo jeder für sich selbst stand, wie auf voneinander getrennten Eisbergen treibend, umgeben von einem kalten Ozean. Angst ergriff die Seelen. Fouché, schon Großmeister des Geheimdiensts während des Direktoriums, zog nun die Maschen seines Netzes enger, mit unveränderter, wenn auch ausgewählter Brutalität. Gnadenlos ging er gegen Rebellen, angebliche Verschwörer, aufsässige Priester vor und ließ Tausende hinrichten. Gerüchte kursierten, daß seine Polizei körperliche Nötigung anwandte, um ein Geständnis abzupressen. Doch daran wollte man lieber nicht denken. Wahrscheinlich handelte es sich nur um eine zu lebhafte Erinnerung an vorherige Zustände, und ihre Phantasie lief Amok. Die Tortur war schließlich offiziell verboten. Die Zeiten des Terrors und der Gesetzlosigkeit gehörten der Vergangenheit an.

Sicher, es wurde gemunkelt, Fouché ließ alle überwachen, die eine eigene Meinung hatten, und dies schloß die meisten von ihnen ein. Das aber mußte noch nichts bedeuten, denn gegen sie würde er sicher nicht vorgehen. Waren sie doch eine privilegierte Gruppe, die im Grunde für Bonaparte war. Außerdem war er nachsichtig gegenüber Denkern und Schriftstellern. Er hatte große Achtung vor dem Talent. Nein, die Situation konnte bestimmt nicht mit der unter dem Direktorium verglichen werden, wo rund siebzig Journalisten, der Verschwörung angeklagt, ohne Gerichtsverhandlung hingerichtet wurden. Das böse Gerücht, daß spezielle Tribunale im Aufbau waren, um angebliche Regierungsgegner im Geheimen zu richten und ohne Berufungsrecht war sicherlich grundlos. Durch Bonapartes Code Civil, das neue Gesetzbuch, war klar, was sein und nicht sein durfte. Ein Gerücht allerdings behauptete sich hartnäckig. Angeblich hatte Fouché Hunderte von Spionen in die Gesellschaft geschickt. Jeder Salon war infiltriert. Verstohlen schauten sie sich um und Mißtrauen mit dem anderen wollte aufkommen. Wer war der Spion unter ihnen?

Auch Germaine wurde von Beklommenheit erfaßt. Gerüchte über sie flottierten immer, aber nun waren auf einmal kleine Einzelheiten über ihr privates Leben im Umlauf, die nur ihre Dienerschaft wissen konnten. Weniger harmlos war, daß zu den gewöhnlichen Happen der Halbwahrheiten, des Klatsches und der Verleumdung Zitate von ihr auftauchten, die, wenn aus dem Zusammenhang genommen, gefährlich sein konnten. Neuerdings wurden Anspielungen verbreitet, die sie als Umstürzlerin darstellten. Sie verwarf den Gedanken. Es war einfach zu herbeigeholt, und Fouché würde diesen Gerüchten keinen Glauben schenken. Schließlich stand sie auf freundschaftlichem Fuß mit ihm. Ein regulärer Gast ihres Salons während des Direktoriums, hatte er sie vor der Wut der Volksmenge und der Regierung mehrmals beschützt und vor dem Verderben bewahrt. Einmal, als sie aus Paris fliehen mußte, nachdem ihr früherer Metzger sie denunziert hatte, war er selbst gekommen, um sie zu warnen. Sich auf ein paar Tage in der Öffentlichkeit nicht sehen lassen, sich auf den Landsitz des Vaters nach St. Ouen zurückzuziehen, war sein dosierter Rat gewesen. Er hatte bewiesen, daß er ihr gut gesinnt war und versicherte ihr immer noch, wie sehr er ihre literarischen Arbeiten schätzte.

Der Absturz aus der Hochstimmung des Abends, der Feier des Lebens in Mißbehagen und Angst war nicht zu ertragen. Was sollte ihnen schon passieren? Sie hatten doch nichts zu verstecken! Portalis, kühler Advokat, Verfasser des Konkordats, übernahm die Führung zum Gegenangriff. "Fouché verfolgt nur die, welche den Staat offen angreifen und für seinen Sturz arbeiten", und setzte mit angestrengter Ironie hinzu: "Er ist ein Ungeheuer nur, wenn er es unbedingt sein muß." Die anderen stimmten eifrig zu. Ein Mann mit grauem Haar, losen Hautfalten und ruhelosen grauen Augen, getrieben von dem Kampf ums Überleben, begrüßte den Versuch, das Gefühl eines schleichenden Unheils zu vertreiben. “Verglichen mit der Korruption, den Verschwörungen, den Morden des Direktoriums, leben wir in einem goldenen Zeitalter.” Ein anderer schloß sich an: “Es ist ganz einfach. Verschwunden sind das Schlangestehen nach Brot, die Verzweiflung, der Hunger. Uns geht es gut.” “Ja, Bonaparte hat die Republik gerettet.” “Ja”, fauchte Chenier, “Retten und Bewahren sind nicht dasselbe Wort. Der Beweis steht noch aus, daß es ihm um die Rettung der Republik geht.”

Diener kamen mit frischaufgefüllten Gläsern von Getränken und Süßigkeiten. Die Gäste bedienten sich erleichtert. Genug der düsteren Gedanken. Die Zeiten waren witrklich nicht danach. Juliette hob ihr Glas, prostete den anderen spielerisch zu, beugte den Schwanenhals und nippte von ihrem Champagner. Warum sollte sie sich um die Politik grämen! Eines Tages würde der ganze Spuk der Republik, einschließlich Bonaparte und seinem krankhaften Ehrgeiz, vorüber sein und die rechtmäßige Monarchie wieder eingeführt werden. Germaine griff zu einem Krapfen, biß kräftig hinein und spülte ihn mit Champagner hinunter. Sie glaubte an Bonaparte.

Der Bissen blieb ihr förmlich im Hals stecken, als die Tür aufging und die Gestalt eines Mannes im besten Alter hereintaumelte, müde und blaß, die Haare durcheinander, die Kleidung zerrissen, die Schultern eingesunken vor Erschöpfung. Germaine sprang auf, und ihm entgegeneilend, stieß sie hervor: “Nodier, was ist passiert?” Dieser hatte Mühe, die Tränen zurückzuhalten, zog laut den Atem ein und hielt ihn an, um Fassung zu bewahren. Die Gäste scharten sich aufgeregt um ihn. Schließlich stieß er heraus: “Dubin ist ruiniert. Die Polizei ist ohne Warnung in seinen Laden eingebrochen und hat alles in Stücke zerhackt ... alles ist zerstört, der Druckstock, alles.” Sie starrten ihn ungläubig an. Nodier fuhr fort: “Sie schleppten ihn fort... ins Gefängnis.“ Es war totenstill. Nodier schluchzte auf. ”Und ich bin dafür verantwortlich. Es war mein Pamphlet, und ich hab ihm versichert, daß es erlaubt war, es zu drucken. Oh, mein Gott.” Die Tränen liefen ihm über die bleichen Wangen.

Germaine manövrierte den Unglücklichen in einen gemütlichen Sessel, wickelte eine Decke um ihn, die Uginet anbrachte, und rieb Kölnisch Wasser auf seine Stirn, bestand darauf, daß er aß und trank und hielt seine Hand. Nodier beruhigte sich etwas. Er gehörte in diesen Kreis, man verstand ihn. Wie mehrere der Anwesenden war er begeisterter Bewunderer Bonapartes, hatte ihn als den “größten Mann des Universums” besungen. Wie Germaine liebte er die Republik und verteidigte sie glühend in Wort und Schrift. Mehrere Male hatte er sich indes gegen die wachsende Macht des ersten Konsuls ausgesprochen. Hatte er es doch als seine Pflicht gesehen, und böse Folgen hatte es keine gegeben.

Nodier begann wieder zu weinen. Ratlos und zutiefst erschüttert, war er die Verkörperung des schleichenden Unheils, das die Anwesenden kurz vorher noch als Phantom eingestuft und zu vertreiben versucht hatten. Das Bild wütender Polizeimänner, die einen Druckerladen kleinschlagen und seinen Besitzer wegzerren, ließ sich nicht verscheuchen. Eingriffe dieser Art waren bisher die Angelegenheit anderer gewesen, und nun waren sie plötzlich in ihren Kreis getreten. Was sie tief verunsicherte, war, daß die Pressefreiheit in Bonapartes Code Civil nicht angegriffen worden war, und das Drucken von Pamphleten gesetzlich war, nur das Aufrufen nicht. Nodiers Jammergestalt machte deutlich, es gab keine klaren Richtlinien. Ein braver Drucker hatte seinen Unterhalt und seine Freiheit verloren. Die Willkür war im Triumph zurückgekehrt, hatte sich mit Gewalt eingefunden in der Gestalt des am Boden zerstörten Nodier. Ein plötzliches Gefühl von Machtlosigkeit und Unwirklichkeit griff um sich. Sie ahnten, daß die Geschehnisse dabei waren, sich ihrem Willen und Einfluß zu entziehen und sie zu überrollen drohten. Was war zu tun? Sie waren ratlos.

Das bedrückte Schweigen wurde durch die sanfte Stimme des alten Suards, Verleger und Familienfreund Germaines, unterbrochen: "Ich schrieb neulich an Bonaparte und bat ihn um Richtlinien für meine Zeitung." Suard war beliebt, hatte viel gesehen und erlebt und wußte, es war Zeit, vorsichtig zu sein und Kompromisse zu schließen, wollte man in Frieden leben und arbeiten. Sie nickten zustimmend.

Das Unbehagen war abzuschütteln. Eine fieberhafte Diskussion setzte ein. Man stritt sich darüber, ob die schwindende Pressefreiheit unter Bonaparte eine notwendige und nur vorübergehende Maßnahme war oder die Symptome einer autoritären Macht. Die Tatsache, daß links und rechts Zeitungen verboten wurden, daß die stolze Zahl von siebzig auf einige wenige schmolz, daß der von Bonaparte gegründete 'Moniteur' ein Meinungsmonopol betrieb, bereitete für die einen den Exzessen der Presse endlich ein Ende, die nichts als verleumdete, während die anderen darin den Anfang vom Ende sahen. Selbst das Theater kam nicht ungeschoren davon, das größte Volksvergnügen der Pariser. Bonaparte, selbst fleißiger Theaterbesucher, mistete auch hier den Stall aus. Dreizehn von dreißig durften offen bleiben und die Stücke spielen, die seine Zensoren zuließen. Man durfte sich durchaus weiter amüsieren, besonders an den Karikaturen der Gegner Bonapartes und angeblichen Gegnern des Regimes. Die satirischen Talente eines Dupaty nahmen sich Germaine und ihren Vater zur Zielscheibe. Ganz

Paris hielt sich den Bauch vor Lachen über das Paar. Vorher hatte der Autor seinen messerscharfen Geist an historischen und fiktiven Tyrannen geübt. Doch Bonaparte vermeinte, zu nahe Parallelen zur eigenen Figur zu erkennen und fühlte sich auf den Fuß getreten, und nur der tränenreichen Josephines' Fußfall vor dem erzürnten Ehemann und ihrem Bitten um Gnade für den unglücklichen Autor war es zu verdanken, daß dieser vor der Verschickung in die höllische Strafkolonie Cayenne im letzten Moment bewahrt wurde. Dupaty wußte sich erkenntlich zu zeigen und brachte seine Freundschaft für Germaine, seiner großen Gönnerin, dem Gnadenbeweis Bonapartes zum Opfer. "Bonaparte ist wie der indische Gott Shiva", ließ sich belehrend eine hohe Fistelstimme vernehmen. Sie gehörte einem weißhaarigen Gelehrten, der Schlegel über die Vorzüge des Sanskrit belehrte. "Mit einer Hand zerstört er, mit der anderen richtet er auf." "Ein Cäsar ist er, ein Tyrann im Schafspelz des Aufklärers, dessen Wille und Laune das Gesetz ersetzt", stieß Chenier hitzig hervor. Alle schauten ihn entsetzt an. Wußte er nicht, daß er sich in Gefahr brachte? Wieder kam das Mißtrauen gegeneinander auf, und sie blickten sich prüfend an.

Germaine war tief verstört. Irgend etwas lief entsetzlich falsch. Es durfte einfach nicht wahr sein. Bonaparte war doch im Grunde ein aufgeklärter Mensch. Vielleicht hatte er falsche Ratgeber. Das war es! Alles würde sich zum Guten wenden, wenn man ihn vom Geschehen unterrichtete, rechtzeitig eingriff. Sie mußte etwas unternehmen, bevor es zu spät wurde. Abrupt stand sie auf und tätschelte die Hand Nodiers. "Bleiben Sie Nodier, ich bin bald zurück", und schon war sie zur Tür hinaus und auf den Weg zum ersten Konsul.

Schlegel machte Anstalten zu gehen. "Bleiben Sie ruhig, Monsieur, der Abend ist noch nicht zu Ende ... das Essen wird bald serviert", meinte sein gelehrter Gesprächspartner und setzte treuherzig hinzu: "Ich muß sagen, Monsieur, ich hatte keine Ahnung, daß es einen Mann Ihrer Bildung in Deutschland geben könnte. Ich kann mir überhaupt nicht vorstellen, wie man dort leben kann." 'Niemand konnte es oder machte sich die Mühe, es herauszufinden', dachte Schlegel. Und mit einem Anflug von Heimweh erinnerte er sich an die vielen Abende voll intensiver Gespräche mit dem genialen und hochgebildeten Freund. Joseph Schelling. Welches Hochgefühl hatte ihn erfüllt, sobald dieser ihn mit seinen ernsten Augen ansah, ihm aufmerksam zuhörte und ihm überlegt antwortete. Er vermißte ihn plötzlich sehr und war ungehalten über die eigenen Gefühle, die ihn überfielen wie hungrige Wölfe einen einsamen Reisenden in der Fremde. Er wollte nicht leiden.

5

Germaines Stadtkutsche stand immer abfahrtbereit, selbst an den Tagen ihres Salons. Sie kam schnell vorwärts. Bald erreichte sie die Brücke, die über die Seine zum rechten Ufer führte. Sie warf einen aufgeregten Blick auf die Tuilerien, die parallel zum Seineufer verliefen und den alten Louvre nach Westen zu abschlossen. Erst kürzlich hatte Bonaparte das Königsschloß bezogen, eine unmißverständliche Geste, die sagte, daß er voll Besitz von Paris genommen hatte. Sie passierte die Brücke ohne Hindernisse. Seit dem Attentat auf sein Leben hatte man mit dem chaotischen Straßenleben aufgeräumt. Die öffentliche Ordnung war durch ihn wiederhergestellt, das mußte man ihm lassen. Dafür sorgte die Polizei, die überall herumstand, auf der Suche nach suspekten Elementen. Sie schauderte, als sie an der engen Rue Niçaise vorbeifuhr. Hier war der Wagen gestanden mit dem riesigen Faß darauf und hatte die Straße blockiert. Es war der erste Weihnachstag des neuen Jahrhunderts, 1800. Der erste Konsul war auf dem Weg in die Oper zu einer Aufführung von Haydns Schöpfung. Sie saß gerade beim Mittagstisch mit Freunden, als ein ungeheurer Knall die Luft zerriß. Sofort sprang sie in ihre Kutsche und mischte sich unter die Leute. Jeden Winkel der Stadt kannte sie, und ein untrüglicher Spürsinn für die Stelle, wo sich Wichtiges ereignete, jagte sie über die Brücke. Die Nachricht vom Attentat verbreitete sich wie ein Lauffeuer, Gerüchte jagten sich, und schließlich kam die Botschaft von der wundersamen Errettung des Konsuls. Instinktiv Gefahr witternd oder aus der Unschuld des Betrunkenen, wie andere behaupteten, hatte Bonapartes Kutscher die Kutsche um Haaresbreite an dem Wagen vorbei gezwungen anstatt anzuhalten. Wenige Sekunden später explodierte die Bombe und tötete und verstümmelte sechzig Menschen. Das Nachspiel des Wunders gab allerdings Anlaß zur Bestürzung. Bonaparte nützte die Stunde, die ihm durch das Schicksal in den Schoß gefallen war und verbannte, zum Wohl des Staates, alle Jakobiner, ohne Gnade, ohne Gerichtsverhandlung, obwohl die Schuldigen, wie Fouché beweisen konnte, Royalisten waren. Und die Empörung des Volks gegen das Attentat nutzend, ließ er sich von einer von ihm geschickt aufgezogenen Volksabstimmung zum Konsul auf Lebenszeit wählen. Seitdem bezog er seine Legitimität aus dem sogenannten Willen des Volkes, das er im Grunde verachtete.

Nun war sie auf dem Weg zu ihm. Sie zitterte bei dem Gedanken, und ihre Hände griffen nach dem Stoff ihres Kleides und zwirbelten es. Wenn er sich weigern würde, sie zu empfangen? Nein, die Tochter des großen Neckers abzuweisen, das würde Bonaparte nicht fertigbringen. Schließlich bewunderte er den Vater, und diese Bewunderung trug dazu bei, warum sie an Bonaparte glaubte. Ihre Zuversicht kehrte zurück, ihre Erinnerungen wurden wach, und sie gab sich ihnen mit Lust hin. Der bis dahin unbekannte General war siegreich aus Italien zurückgekehrt und wurde von ganz Paris jubelnd empfangen. Seine magere kleine Gestalt war voller Würde und Bescheidenheit, und sein schönes, römisches Profil, das einer Gemme glich, grub sich in ihre Seele ein. In seinen tiefblauen Augen hatte sie Liebe zur Freiheit und den Glauben an den Fortschritt gelesen. Völlig überwältigt war sie gewesen und von einem grenzenlosen Hochgefühl mitgerissen, das ihrer Vorstellung von Lebensintensität so sehr entsprach, daß sie an seinem Bild wie an der Wahrheit selbst festhielt. Sie glaubte ihn zu verstehen. Beide waren sie Kinder der Revolution und der Aufklärung, an Rousseau und Voltaire geschult, Romantiker, dem Großen zugewandt, aus dem gleichen Material gemacht, füreinander bestimmt. Tief in ihr lag der Traum, ihr selbst nicht völlig bewußt, an der Seite des Helden, so wie sie sich ihn damals erkannte und in sich bewahrte, zu leben und die Macht mit ihm zu teilen. Zwei sich ähnliche Menschen würden sich erkennen. Es war ein ungeheuer süßes Gefühl. Würde es ihr gelingen, sein Herz zu treffen, und er sie sähe, wirklich sehen, so wie sie war? Ihre lebhafte Phantasie ergriff sie und trug sie fort auf Flügeln.

Die Kutsche kam abrupt zum Halten, sie sprang von ihrem Sitz hoch und blickte hinaus. Sie hatten die Tuilerien erreicht. Eine wunderschöne Kutsche mit sechs weißen Pferden, prächtig aufgezäumt, stand vor dem Seiteneingang. Gefolgt von ihren Kammerfrauen, trat eine unglaublich aufgemachte und elegante Josephine heraus und bestieg ihr Gefährt, das sich bald darauf in Bewegung setzte. Das Getrappel der zierlichen Pferdehufe wurde von feinem Klingeln vieler Glöckchen untermischt. Es war ein märchenhafter Anblick, der die Sinne bezauberte, und Germaine war ganz in seinen Bann gezogen. Man sagte, Bonaparte liebte diese putzsüchtige, verschwenderische, nachgiebige, gutherzige Frau, die ihre Tränen auf Anhieb fließen lassen konnte. 'So hat er Herz. Was ihm fehlt, ist eine ihm geistig ebenbürtige Frau', tröstete sie sich. Der Schlag zur Kutsche wurde geöffnet, und das neue Kleid hochraffend, stieg sie aus und ging mit großen Schritten in die Tuilerien. Das Gebäude war ihr vertraut aus den Zeiten, als sie mit ihrem Vater dem unglückseligen Königspaar die Aufwartung machte. Die leichtsinnige Marie-Antoinette lebte damals im Erdgeschoß wie nun Josephine, und die Wohnung des Königs war über die große Freitreppe zu erreichen gewesen. Sie stieg schnell die Treppen hoch, daß sie ganz außer Atem war, und fand den langen Korridor, der zum Eingang in die Privatgemächer

Bonapartes führte. Während man damals von weitem das Ticken der vielen Uhren hören konnte, die der König gesammelt hatte, war es nun ganz still. Nur das Pochen ihres Herzens war zu hören, das laut bis zum Hals klopfte. Sie rang nach Luft. Ihr wurde heiß. Es war ein Weg ohne Umkehr. Sie fügte sich, wie ein Verurteilter, ihrem eigenen Entschluß und ging den Korridor mit entschlossenen Schritten hinunter. Am Eingang zu Bonapartes Wohnung stand ein harmlos aussehender Soldat Wache, der sie freundlich musterte. Wie einfach es war, zur Wohnung des Konsuls zu gelangen. "Bitte melde dem Ersten Konsul, daß Baronesse Germaine de Staël ihn sprechen möchte." Die Wache war verwirrt. Anmelden war seine Sache nicht. "Es ist sehr dringend", setzte sie hinzu. Die Wache verschwand hinter der Tür. Wellen der Panik stiegen in ihr hoch. 'Wie sah sie aus?' Sie hatte vergessen sich zu pudern, die Lippen zu bemalen, und das Haar, das unter dem Turban vordrängte, in seine Schranken zu weisen. Zu spät. Schon war die Wache zurück und öffnete die Tür. "Bitte, Madame." Sie warf sich in die Wogen der Panik und wurde von ihnen in den Raum getragen. Dieser war groß, und wenig stand darin. Ihr schwindelte, sie fühlte sich seltsam eingeschüchtert. Sie spürte Bonapartes' Präsenz, hatte aber nicht den Mut, ihn zu suchen. Sie zwang sich, sich auf die Gegenstände zu konzentrieren. Auf einem Tisch standen die Überreste einer hastigen Mahlzeit. Der Leibdiener, auch Constant genannt, nicht verwandt mit ihrem Benjamin, war dabei, abzuräumen. Sie sah ein Stehpult, an dem Bourienne, der Sekretär, stand, fertig zum Diktat, und einen Schreibtisch mit Bergen von ordentlich gestapelten Zeitungen. Da stand der legendäre Rustam, der Georgier, den Bonaparte aus Ägypten mitgebracht hatte, bestechend durch seine prächtige orientalische Kleidung, bereit mit dem Krummsäbel das Leben seines Herrn zu verteidigen. Wie in einem Nebel sah sie Berthier, der kurz vorher noch in ihrem Salon gewesen war und ihr nun aufmunternd zunickte. Sie hob den Kopf, und ihre Augen folgten der Richtung, wo sie Bonaparte intuitiv vermutete.

Da stand er, sie ungeduldig und etwas spöttisch musternd. Sein Charisma traf sie unvermutet. Der volle Blick seiner klaren Augen war auf sie gerichtet, durchschnitt sie wie ein kaltes Messer und ließ brennende Wunden zurück. Er war in völliger Kontrolle seiner selbst. Er schwieg. Ihr kam es vor, als ob er sie auszöge und sie nach ihrer verwundbaren Stelle abtastete, ihre Schwäche suchte, die Achillesferse ihrer geheimen Bewunderung. Sie konnte ihre Befangenheit nicht verbergen, und er ließ sie länger zappeln. Schwieg. Diesen Luxus konnte er sich leisten. Sie fand die Stille unerträglich, wurde wütend, ging ein paar Schritte auf ihn zu und blickte ihn aus ihren dunklen, großen Augen gerade an. Er las Ehrfurcht und Empfindlichkeit darin, und es gefiel ihm, daß er sie beeindrucken konnte. 'So ist sie also eine Frau wie jede andere', dachte er, öffnete den wundervoll geschwungenen Mund mit den ebenmäßigen Lippen, den leichten Grübchen in den Mundwinkeln und gönnte ihr ein kurzes Lächeln. Es war das Signal für seine Umgebung, daß er ihre Ankunft positiv aufzunehmen sich entschlossen hatte. Wie von einer Lähmung befreit, gingen die Männer um ihn herum plötzlich freier und geräuschvoller ihren Verrichtungen nach als vorher, beinahe unmerkliche Schattierungen, die Germaine wie von selbst in sich aufnahm. Fasziniert nahm sie ihn in Augenschein, bemerkte seinen großen Kopf mit den weiten Schläfen, das feine kastanienbraune Haar, dünn an den Seiten, die hohe Stirn. Sein Gemmenprofil in ihrer Seele belebte sich. Da war die gerade Nase mit den feinen Nasenflügeln, die sein Profil so edel erscheinen ließ. Er wirkte groß, obwohl er klein war. Seine Brust war breit, die Beine leicht gebogen, wie von schlechter Ernährung in der Kindheit. Die Füße, die in kniehohen Stiefeln steckten, waren klein. Bonaparte stand auf kleinen Füßen. Darüber war sie beinahe gerührt. Sie drückten Empfindlichkeit aus, wie bei einem Kind. Wie allein er gewesen sein mußte, als Neunjähriger nach Frankreich in die Militärschule geschickt. Zärtlichkeit kam in ihr auf, und diese entging ihm nicht. Er sah auf die Rundung ihres Bauches, das Zeichen, daß sie Kinder ausgetragen hatte, und es stimmte ihn freundlich.

Er gab seiner Umgebung das Signal, sie alleine zu lassen. Schnellstens verließen alle Anwesenden den Raum. Mit leisen Schritten trat er nahe an sie heran und sagte freundlich: "Madame, welch unerwartetes Vergnügen. Wie Sie sehen, mache ich eine Ausnahme und empfange Sie ohne Einladung." "Ich danke Ihnen", antwortete sie. Er nahm sie am Arm mit einer Geste, die keinen Widerspruch duldete, und führte sie auf eine Sitzgruppe zu. Er roch stark nach Kölnisch Wasser. Es überzog sie heiß. Sie hatte von seinen erotischen Angriffen gehört, die einer Vergewaltigung glichen. Seine Hand brannte auf ihrem Arm. Sie war überrascht, wie schön sie war, welch lange und schlanke Finger er hatte. "Danken Sie den Verdiensten Ihres Vaters für Frankreich, Madame. Ich bewundere einen Mann, der sich selbst erschaffen hat." Es klang charmant, aber seine Taktik der feinen Erniedrigung verfehlte ihr Ziel nicht. Nicht ihre Verdienste rissen ihn zum Lob hin. Sie war es nicht wert, um ihrer selbst willen empfangen zu werden, dachte sie verletzt.

Er bot ihr einen Platz an und ließ ab von ihr. Sie setzte sich. Er blieb stehen, demütigte sie aufs Neue. Dabei lächelte er sie wiederum an und seine Augen verrieten Neugier. "Nun Madame, was ist so dringend?" fragte er jäh. Germaine sammelte ihren Mut und antwortete: "Bürger Konsul, das

Anwesen von Monsieur Dubin wurde heute morgen vandalisiert. Von der Polizei. Angeblich durch Ihre Autorität. Er ist ruiniert. Sie müssen die verantwortlichen Personen zu Verantwortung ziehen und Monsieur Dubin entschädigen." "Madame, Dubin druckte falsche Anschuldigungen gegen mich. Ich werde keine Angriffe dulden auf das, was ich tue. Oft sind es Lügen, motiviert mehr von persönlichem Ehrgeiz als von der Wahrheit." Sie staunte. Er wußte also genau Bescheid. Wollte er ein abschreckendes Beispiel setzen? Glaubte er wirklich, daß jegliche Kritik Lüge war, von persönlichem Ehrgeiz bestimmt? Machte er sich über sie lustig? "Madame, warum stellen auch Sie sich gegen mich?" hörte sie ihn fragen. "Gegen Sie?" rief sie erstaunt aus. "Ist es gegen Sie gerichtet, die Freiheiten zu verteidigen, für die wir beide gekämpft haben?" "Madame, in Ihrem Salon gibt es Kritik gegen mich." "Wenn Sie eine offene Diskussion über alles, was das Schicksal Frankreichs betrifft, als Kritik an Ihnen begreifen ... ." Sie atmete tief, ihre Brust hob sich und ihre Stimme wurde hell und schallend: "Ist es nicht das Privileg der Freiheit, die wir erkämpft haben, offen seine Meinung zu sagen? Ist es nicht unser Recht und sogar unsere Pflicht?" Ihre Empörung fand er anziehend, aber wie zu einem unbelehrbaren Kind entgegnete er: "Madame, zu regieren erlaubt das Privileg nicht, über die Freiheit nachzudenken. Es gibt Fälle, in denen ich die Freiheit auf die Seite schieben muß, um größere Ziele zu erreichen." "Die Freiheit opfern?" fragte sie ungläubig. "Wenn die Freiheit die Politik des Staates unterminiert, muß sie geopfert werden."

Sie fühlte Panik. Panik vor einer grenzenlosen Enttäuschung. Er hatte keinen Respekt vor den Idealen der Revolution, so wenig wie vor den Menschen. Um die Verteidigung der Freiheit ging es ihm nicht, und niemand durfte ihm im Weg stehen. Ein Wolf in Schafskleidung war er, der alle täuschte, Liebe zur republikanischen Freiheit vorgab, um die Macht zu gewinnen. Er hatte sie gewonnen und zeigte nun seine wahren Fänge. Hatte sie richtig verstanden? Sie sah ihm gerade in die Augen, und ihre Stimme war flehend und weich: "Bürger Konsul, ich flehe Sie an, ehren Sie die Freiheit der Presse. Sie können es sich erlauben, kleine Dinge zu übersehen und sich über Meinungen und Kritik hinwegsetzen. Es gibt keinen anderen Menschen, der Ihnen die Liebe im Herzen des Volkes und den Ruhm Frankreichs streitig machen könnte."

Es war die Sprache, die er verstand, und er mochte ihren Mut, ihrem Herzen Luft zu machen, trat näher an sie heran und sagte ruhig: "Der Punkt ist doch der ... hören Sie genau hin ... verstehen Sie meine Position. Ich, der Staat, werde einen Verleger respektieren, der sein Recht auf Meinungsäußerung legitim anwendet, spezifische Punkte meiner Politik zu recht hinterfragt … ." Er sprach wie zu jemanden, der auf gleichem Fuß mit ihm stand und den er überzeugen wollte. Dann wurde er hitziger: "Doch kurz gesagt, es entsteht in unserer Mitte eine Haltung, die einen Mangel an Kooperation ausdrückt … im Prinzip, eine inoffizielle Opposition … mehr noch, ein Netz der Verschwörung gegen die Politik meiner Regierung." "Eine Verschwörung?" entfuhr es ihr. "Ja", beeilte er sich. "Ja. Es gibt Attentate auf mein Leben, Ihnen sicher bekannt. Selbst meinen Generälen kann ich nicht mehr trauen." Ein Gefühl der Verletztheit schwang in seinen Worten, er hielt inne und wandte sich ab, als ob er versuchte, sich zu fassen. Dann drehte er sich ihr wieder zu und, mit plötzlicher Schärfe in der Stimme, sagte er: "Und im Zentrum des Netzes der Verschwörung finde ich Sie, Madame." Er sah sie direkt und feindselig an, als ob sie einer schrecklichen Wahrheit überführt worden wäre. "… Unmerklich das Fundament meiner Autorität unterbauend durch willkürliches Hinterfragen und Diskutieren aller Schritte, die ich unternehme. Irgendwie dringen die Meinungen Ihres Zirkels in die Öffentlichkeit und beeinflussen, was die Leute denken. Madame, immer wo Sie sind, bin ich etwas weniger populär."

Sie warf sich mit aller Kraft in ihre Verteidigung. Mit einem Unterton von Empörung sagte sie: "Aber die öffentliche Meinung muß von verschieden Quellen informiert werden, meinen Sie nicht?" "Nein", schrie er wütend auf, "die öffentliche Meinung muß kontrolliert werden. Freies Denken korrumpiert. Es ist wie eine ansteckende Krankheit." Seine Worte klangen nach in der Stille, die folgte. Er faßte sich und versuchte einzulenken: "Madame, bitte versuchen Sie zu verstehen. Sie würden erstaunt sein, wie zerbrechlich die Macht ist. Ich bin gezwungen, eine feste Autorität zu schaffen über eine Nation, die es nicht liebt, regiert zu werden. Meine Regierung steht auf tönernen Füßen. Nicht die Geschichte, nicht das göttliche Recht des Königtums stehen auf meiner Seite … Ihr Vater würde das verstehen." Es klang. "Mein Vater hatte einen lebenslangen Respekt für die Freiheit", stieß sie hervor mit dem Eifer eines kleinen Mädchens und mit der Leidenschaft einer reifen Frau, ihre Wangen gerötet vor Aufregung. Er war beeindruckt. Ihre Liebe zum Vater rührte ihn.

"Madame, sagen Sie, warum sind Sie gegen mich?" Seine Stimme klang fast bittend und weich. Ganz nahe war er an sie herangetreten und sah sie konzentriert an, schenkte ihr seine volle Aufmerksamkeit, gab vor, daß er sie ganz sah. Etwas Magnetisches und Hypnotisches lag in seinen Worten und in seinem Blick. Sie spürte die hinreißende Wirkung seiner Persönlichkeit, die Macht, die er über andere hatte, die, wenn sie unter seinen Zauber fielen, alles verrieten, woran sie glaubten. Er sah sie unvermindert fragend an, tat, als ob er ihre Antwort hören wollte und musterte sie fast zärtlich, wie ein Mann, der an der Frau in ihr interessiert war. Von seiner männlichen Wirkung auf Frauen hielt er viel, und es reizte ihn, sie bei der unabhängigen und selbstständigen Germaine de Staël auszuprobieren. Er würde beweisen, sie war eine Frau wie jede andere, die gefallen wollte.

Germaine sperrte sich gegen seine Wirkung. Sie wollte gesehen und gehört werden, nicht durch weibliche Eitelkeit überrumpelt. Zu genau wußte sie, daß sie nicht durch ihr Aussehen wirkte und verführte, so sehr sie sich dies auch wünschte, und stemmte sich mit aller Kraft gegen sein Verführungsmanöver. Es ging ihm darum, das Schicksal des kleinen Druckers als geringfügig fallen zu lassen, ja sie von ihren großen Anliegen abzulenken und sie dazu zu verleiten, sich ihrer weiblichen Wirkung auf ihn zu widmen. Wütend sah sie ihn mit festem Blick an, der ausdrückte, daß sie ihn durchschaute, und sagte: "Bürger Konsul, zeigen Sie mir eine Frau, die begeisterter über Sie ist als ich."

Das schlug ihn zurück, denn es lag nichts Anbiederndes in ihren Worten. Sie meinte es ehrlich. Das verwirrte ihn noch mehr, und zugleich gefiel ihm ihr Kompliment. Sie schlug ihn mit den eigenen Waffen, zielte auf seine Eitelkeit. Sie sah ihn erwartungsvoll an. Sie konnte seine Blöße lesen, und es ärgerte ihn. Er musterte sie kalt. Ihre Augen waren unschuldig. Ihr Mangel an Berechnung reizte ihn. Mit Gerissenheit konnte er besser umgehen als mit dieser verdammten Ehrlichkeit. Wie naiv sie war. Wie dumm, sich so weit offen zu lassen, dachte er mit Verachtung, und zugleich konnte er die Tatsache, daß sie ihn bewunderte, nicht übersehen. Darüber wollte er mehr wissen und sah sie auffordernd an.

Sie verstand und sagte: "Sie haben Frankreich vor dem Chaos gerettet, Sie haben dem Blutvergießen ein Ende gemacht, und zugleich haben Sie die Revolution gerettet." Ihre Stimme klang feierlich. Er nickte zustimmend. So wollte er gesehen werden. Sie verstand ihn durchaus. Ihr Urbild von ihm stand voll vor ihr, und mit schwärmerischer Hingabe setzte sie hinzu: "Der Tag, an dem Sie in weißer Toga vor dem Volk von Paris knieten, als Sieger Italiens, ist mir unvergeßlich. Sie wurden mit einem Lorbeerkranz gekrönt. Sie waren bescheiden ... und ... Bürger Konsul, Sie eroberten mein Herz ... ." Ihre Züge waren sanft geworden, ihre vollen Lippen wirkten jung und vital, und ihre Augen leuchteten. Es war ihre Sternstunde. Wenn sie sich auf diese Weise schutzlos und arglos öffnete, die Fülle ihres Herzens enthüllte und ihre Begeisterung verströmte, wurde sie ungeheuer anziehend und berührte andere im tiefsten Herzen. Dann konnte sie auch als Frau erobern. Daß sie sich ihrer Macht in diesem Momenten nicht bewußt war, vergrößerte ihre Anziehungskraft.

Gegen seine Vorsätze drang ihre Weichheit in ihn ein. Er sah sie als Frau, bemerkte ihren schönen Busen, ihre schimmernde Haut, die Energie ihrer braunen Locken und blieb an dem vollen Mund hängen, der ihre kräftigen geraden Zähne freigab, als sie in der Erinnerung lächelte. Er übersah für einen Moment, daß sie eine gefährliche Widersacherin war, die ihn kritisierte und die öffentliche Meinung zu beeinflussen verstand, und sah sie als begehrenswerte Frau.

Germaine wandte den Blick von ihren Erinnerungen ab und traf seinen. Das Blau seiner Augen schien dunkler, und etwas Liebevolles und Zartes sah sie an. Für einen zeitlosen Moment war Friede zwischen ihnen, wie fließendes Gold. Sie könnten Liebende sein, die ewigen Liebenden aus den Romanen ihrer Jugend und ihrer Phantasie, die über allen Gesetzen der Gesellschaft und der Natur standen, Liebende, die ähnliche Leidenschaft, Intelligenz und Wagemut zusammenband. Überrascht, blickte sie ihn aus geweiteten Augen erwartungsvoll an. Neugierde und Begehren stand in den seinen. Eine Frau wie sie war ein ihm ganz und gar unbekanntes Territorium, das ihn reizte und ihn zugleich verunsicherte. Er begab sich in ihre Macht und wartete auf ein Zeichen von ihr. Für einen Augenschlag war der Mantel des Kairos in ihrer Reichweite, doch fast kindlich ahnungslos über die eigene erotische Wirkung und befangen in ihrem Idealismus, griff sie nicht darnach, ließ ihn vorbeiwehen. Sie begriff nicht, daß sie für wenige Sekunden die Macht hatte, ihn als Frau zu verführen, und daß er es wollte. Sie erkannte ihre Gelegenheit nicht, und im Bruchteil einer Sekunde entschied er sich gegen sie, verärgert, daß er sich offen für sie gemacht hatte.

Er trat einige Schritte weg von ihr, verschränkte die Hände hinter seinem Rücken, ließ die vertraute Skepsis und Abwehr in sich zurückfließen und sagte mit unheimlicher Stimme, jedes Wort betonend: “Die Macht gehört mir, und ich muß sie bewahren und gebrauchen. Die Macht gehört mir, um die Vorstellung, meine Vorstellung einer neuen Welt zu verwirklichen. Madame, sie ist keine Angelegenheit für Diskussion oder Ablehnung.”
Germaine wagte sich noch einmal vor, wie eine Ertrinkende klammerte sie sich im Schiffbruch ihrer Illusionen an einen Gedanken. “Bürger Konsul, wo bleibt die Freiheit? Ist sie nicht eine der Grundsäulen der neuen Welt?”
Mit Verachtung schlug er in die Bresche ihres Glaubens: “Madame, der Begriff der Freiheit wird von einer unbequemen Elite hochgepäppelt, aber bedeutet dem kleinen Mann wenig. Gleichheit ist, was die Menschen wollen, nicht was Ihre Ideologen unter Gleichheit verstehen, sondern die gleiche

Chance voranzukommen, Geld zu verdienen, Einfluß zu gewinnen und sich über den anderen erheben. Darin keine Hindernisse in den Weg gelegt zu bekommen, ist Freiheit für die Leute."

Sie starrte ihn ungläubig an. Seine Meinung über die Natur des Menschen konnte nicht so zynisch sein. Als ob er ihre Gedanken lesen konnte, fuhr er fort: "Der Mensch ist immer derselbe, nichts kann seine Natur ändern, ... ich ertrinke in tausenden von Bitten um Stellen in meiner Regierung von Leuten, die noch vor kurzer Zeit ihre brennende Abneigung für mich verkündigt haben... .Vielleicht, Madame, ist es schwierig, dies zu verstehen für jemanden, der mit Privilegien und Geld geboren ist." Er war nahe an sie herangetreten und berührte ihren Arm, lächelte gewinnend, während er ihre Welt in Stücke hackte. Spott lag in seinen Augen. 'Er leitet jede menschliche Handlung von der sozialen Position ab, bezieht alles auf Gier, auf Ehrgeiz und Machtstreben. Welch eine schreckliche Welt', dachte sie. Er sah das Entsetzen und Unglauben in ihren Augen und genoß es. "Madame, was ist der Grund, daß Sie hier sind? Was möchten Sie von mir? Sie wünschen eine Garantie, daß Sie in Frankreich leben können? Ich will sie Ihnen gewähren... .. Sie möchten das Geld, das Frankreich Ihrem Vater schuldet? Ich werde es bezahlen." Er sah sie ruhig und lauernd an. Mit ihrer Antwort durfte sie sich Zeit lassen, denn er hatte sie, wo er sie haben wollte, und es machte ihm Spaß, sie zappeln zu sehen. Alles hing nun von ihr ab, sie würde für die Folgen ihrer Antwort verantwortlich sein. Den Blick lauernd, mit Lust gemischt, rieb er die Hände aneinander. Er hatte er ihr einen Köder hingeworfen.

Germaine wurde von einer Woge der Abscheu und der Enttäuschung ergriffen. Er teilte die Welt in Feinde und Freunde ein, und es lag an ihr, ob sie Freund oder Feind wurde. Seine einmal gefaßte Meinung revidierte er nicht, egal ob sie gerechtfertigt war oder nicht. Jeden Vorwand würde er ergreifen, sich seiner vermeintlichen Feinde zu entledigen, wie des armen Dubin. Sie wandte sich ab, blickte um sich, warf einen Blick durch das Fenster auf die Seine, die goldrot im Glanz der Abendsonne glänzte, sah die dichtgedrängten grauen Häuser an seinem Ufer, die Brücke voller Menschen und Kutschen. Das wundervolle, geliebte Paris, voller Leben und Versprechen, erinnerte sie an all die Momente, in denen sie sich, ohne die Folgen zu bedenken, unter die Menge gemischt hatte. Sie sah sich selbst als junge Frau, auf einem Pferd reitend, ihre Haare geöffnet, die Büste des Vaters hochhaltend, umbrandet vom wütenden Gewoge schreiender, hungernder, mordlustiger Menschen, und wie es ihr gelang, sie wieder für ihn zu gewinnen. Wie oft war sie ausgezogen, einen Freund und Liebhaber zu finden, um ihn in Sicherheit zu bringen. Stundenlang hatte sie gebraucht, die Brücke über die Seine zu überqueren, und oft war ihre Kutsche vom verrohten Plebs umzingelt, schreiend ihren Tod fordernd. Wie oft hatte sie ihr Leben aufs Spiel gesetzt, sich wagemutig gegen alles Unrecht gestemmt, getrieben von Liebe zu Freiheit und Menschenliebe. Sie gehörte zu Paris und seinem Schicksal. Sie waren unlösbar aneinander gebunden. Eine grenzenlose Liebe zu dieser Stadt und ihren Bewohnern stieg in ihr auf und drohte sie zu überwältigen. Nun war seine Freiheit aufs Neue bedroht. Sie würde sie verteidigen. Es war ihr grandioser Auftrag.

Langsam drehte sie sich ihm zu, und mit weitaufgerissenen Augen, zitternd und zugleich unheimlich ruhig, sagte sie mit Nachdruck: "Bürger Konsul, das ist nicht der Grund, warum ich hier bin. Es ist nicht eine Frage, was ich will, sondern was ich denke." Ein Vorhang fiel in Bonapartes Gesicht herab. Seine Züge erstarrten, in seinen Augen steigerte sich Wut. Seine berüchtigte Wut. Sie hatte Mühe, ihr Zittern zu beherrschen. Er schwieg. Die Ruhe vor dem Sturm. So war sie eine Macht im Staat, sie sagte es selbst, war das Zentrum eines Kreises, der sich gegen ihn verschwor, und wagte es, es ihm hochmütig ins Gesicht zu sagen. Der Hochmut der Intellektuellen, die die Erzeugnisse ihres kostbaren Gehirns als letztendliche Instanz ansahen, die sich für besser hielten als er, der korsische Aufsteiger. Dachte er etwa nicht? Benjamin Constant, ihr Freund, fiel ihm ein, das eingebildete Genie. Seinen messerscharfen Verstand bewundernd, hatte er ihn zum Mitglied des Tribunats gemacht, von wo aus dieser ihn zum Narren machte. Eine grenzenlose Wut und Verachtung für Menschen seines Schlags stieg in ihm hoch. Aufbrausen, brüllen, Gegenstände werfen wollte er … . Er bezwang sich, nein, vor dieser Frau würde er sich keine Blöße geben. Er richtete sich gerade auf, schwellte die Brust, stellte einen Fuß fest auf den Boden, den anderen lose, wie ein klassische Statue, und preßte unter dünnen Lippen hervor: "Was Sie denken! Hmmm! Lassen Sie mich Ihnen sagen, was ich denke, und ich rate Ihnen gut hinzuhören… . Ich denke, Sie sollten Ihren Einfluß mit Vorsicht und Klugheit benützen. Es wäre am besten, Sie würden schweigen. Ich mag Ihre Ideen nicht. Sie sind unmoralisch und zersetzend. Es wäre auch in Ihrem besten Interesse, nicht weiter zu veröffentlichen. Frauen, die schreiben, kann ich nicht leiden." Er kam ganz nahe an sie heran und fixierte sie mit gefühllosen Augen, und jedes Wort auskostend und mit Nachdruck fuhr er fort: "Alles, was Sie sagen und tun, arbeitet gegen mich, und sich gegen mich zu verschwören, wäre höchst unklug, Madame. Sich gegen mich zu verschwören bedeutet sich gegen Frankreich zu verschwören, welches mir den Auftrag verliehen hat, es zu verteidigen. Es wäre Hochverrat. Falls Sie ... und Ihre Freunde ... sich anders entscheiden sollten, Europa ist zu klein für uns beide." Der Angriff war auch auf Benjamin gerichtet und seine Verteidigung der Republik. "Bürger Konsul, meine Freunde sind intelligent genug, für sich selbst zu denken." Überrascht von ihrer Unerschrockenheit, ihm zu widersprechen, lachte er kurz auf. Wußte sie nicht, daß er sie zerstören konnte? Wie unschuldig sie sich gab. Sie war durchtriebener, als er angenommen hatte war wie jeder andere, auf ihren Vorteil aus und verteidigte ihn mit Verstellung und Lügen? Jeder wußte, wie sie ihrem Liebhaber in den Ohren lag und seine Reden mit ihm übte. Ihr Ausschnitt war dabei wahrscheinlich besonders tief. Oder saß sie dabei nackt im Bett? Er stellte sich den dünnen nervösen Benjamin Constant an diesem vollen Busen vor und sagte böse: "Ich werde die Opposition um ihrer selbst willen nicht dulden. Dies ist kein Salon, Madame, dies ist Geschichte. Dies ist Schicksal. Pfuschen Sie nicht hinein." Es war ein schnarrender Befehl. Er hatte nun die Oberhand und schlug weiter zu. Seine Augen durchbohrten sie wie Pfeile, blieben verächtlich an ihren Brüsten hängen und studierten sie ungeniert. "Warum haben Sie nicht mehr Kinder? Sie sind dafür gemacht."

Es war sein Versuch, sie zu vernichten, der sie in Sprachlosigkeit versetzte. An ihrer wundesten Stelle hatte er sie getroffen, ihrer Unfähigkeit einen Mann zu halten, und demütigte sie gnadenlos. Sicherlich trugen ihm seine Spione zu, daß es nicht gut stand zwischen ihr und Benjamin, daß sie nicht mehr miteinander schliefen. Er hatte es fertig gebracht, sie auf eine unglückliche Frau zurückzuschrauben. Sie senkte die Augen. Sein höhnischer Blick drang in sie. Konnte er ihre Gedanken lesen und fühlen, welch schwärmerische romantische Gefühle sie für ihn gehegt hatte? Klein und machtlos fühlte sie sich, wie nie zuvor, selbst nicht in den Momenten, in denen sie von ihren Liebhabern im Stich gelassen wurde. Der Grund ihres Kommens, das Unrecht an Dubin, das sie zu ihm geführt hatte, war wie weggeblasen, belanglos zur Seite geschoben, verworfen, und ihre Überzeugungen wie Gehirngespinste aufgelöst. Sie suchte nach Fassung. Er holte zum tödlichen Schlag aus. "Es ist ein Kompliment. Ich ziehe Komplimente einer Warnung vor."

Seine Worte kamen wie von weitem und klangen hart in dem großen leeren Raum nach. Ihr wurde bewußt, wie seelenlos alles um ihn war und aufs Befehlen und Gehorchen hinauslief. Eine grenzenlose Enttäuschung senkte sich auf sie herab und wollte sie zu Boden drücken. Sie war maßlos ernüchtert, in einen Zustand geworfen, der ihr wie das Ende des Lebens vorkam. Für einen kurzen Augenblick sah sie die volle Wahrheit. Der strahlende Meteor war erloschen, in einen dunklen Abgrund gestürzt. Eine grenzenlose Leere tat sich auf.

Er öffnete die Tür. Die Audienz war beendet. Sie zögerte, ahnte, daß sie ihn nie mehr von Angesicht zu Angesicht sehen würde, hatte sie einmal die Schwelle zu seinem Zimmer überschritten. Verzweifelt suchte sie nach einem Anker auf neutralem Grund. Vielleicht ließ sich alles mit der Zeit zum Guten wenden. Das Bild des leuchtenden Helden löste sich vom Grund ihrer Seele, jagte wie ein wildgewordenes Pferd davon, und sie klammerte sich verzweifelt an seine Mähne, um es festzuhalten. Sie wollte ihm zurufen, daß, wenn er auf sie hören würde, sie alle ihre Talente und Mittel, ihre volle Begeisterung in seine Dienste stellen würde. Ihr Mund öffnete sich, um etwas zu sagen, um das Zauberwort, das alles magisch wieder zurechtrücken würde, herauszulassen. Doch seine kalten und strengen Augen erstickten ihre Worte, und sie sah nichts als ein Feld von Trümmern, wo vorher das Bild eines im Grunde aufgeklärten Menschen zuhause war. Verschwunden war der Menschenfreund, ersetzt von einer einzigen unheimlichen konzentrierten Energie und einem eisigen Willen. Die Würfel waren gefallen.

Sie ging. Die Tür fiel laut hinter ihr zu. Sie blieb stehen. Sie war ganz allein. Sie begann zu laufen. Tränen flossen ihr das Gesicht herunter. Dann begann sie zu rennen, voller Schmerz und maßloser Wut.

6

Gleich nach Germaines Verschwinden ging Juliette. Doch die meisten der Gäste blieben. Ein Drama entwickelte sich vor ihren Augen, dessen Fortgang sie sich nicht entgehen lassen wollten. Es war spannend herauszufinden, ob ihre berühmte Gastgeberin empfangen wurde und ob sie etwas erreicht hatte. Sie schlossen Wetten ab. Man erwartete sie bald zurück, denn es war schwierig geworden, vom ersten Konsul unangemeldet empfangen zu werden, und ganz besonders für eine Frau, die ihn unablässig kritisierte. Es dämmerte schon draußen, und sie war noch nicht zurück. Es war offensichtlich, ihre Gastgeberin hatte es geschafft, den Konsul zu sprechen. Die Kerzen wurden angezündet, das Essen aufgetragen, und man aß mit gutem Appetit. Germaine machte es ihren Gästen leicht, von ihrer Großzügigkeit zu profitieren. Die Küche im Hause war gut und reichlich und an Wein wurde nicht gespart. Als alles verzehrt war, erlahmte die Stimmung zunehmend. Ohne Germaines Gegenwart verschwand das Leben aus der Gesellschaft und ließ müde, streitsüchtige und gelangweilte Geister zurück.

Sie lebten etwas auf, als Benjamin Constant auftauchte. Dieser ließ sich erschöpft in einen Sessel fallen und blickte aus seinen kurzsichtigen Augen blasiert in die Runde. Die Gäste gingen zum Angriff über. "Sagen Sie, Constant, was sagt das Tribunat zu den Angriffen auf die Pressefreiheit?" "Dürfen wir nur noch seichte Dichtung und Lobeshymnen auf den Konsul veröffentlichen?" warf ein Mann mit Dichtergesicht ein. Constant zuckte mit den Schultern und musterte Schlegel unverblümt, den neuesten Zuwachs des Salons. Schlegel fühlte seinen abschätzenden Blick aus halbgeschlossenen Augen auf sich, und das war ihm unangenehm. Sah jener durch seine sorgfältige Aufmachung, sah seine Schwäche, seine Häßlichkeit? "Well march we on, To give obedience, 'tis truly owed", zitierte Constant lässig. Er wußte also, wer er war und hatte von seinem Ruhm als Übersetzer Shakespeares gehört. Zweifellos ein sehr gebildeter Mensch, der mehrere Sprachen beherrschte. Geschmeichelt, setzte Schlegel das Zitat fort: "Mete we the med'ine of the sickly weal, And with him pour we, in our country's purge, Each drop of us." "Seien Sie willkommen im Land der politischen Literaten", unterbrach ihn Constant wie von oben herab. "Ich ... ich bin unpolitisch", stotterte Schlegel verlegen und ärgerte sich sofort über seine Ehrlichkeit. 'Ich mag ihn nicht', dachte er und wandte sich wieder dem senilen Gelehrten zu, der genau da fortfuhr, wo er in seiner Vorlesung unterbrochen wurde.

Wie betäubt legte Germaine die Strecke zu ihrer Residenz zurück. Die Scham über die erlittene Demütigung brannte in ihr, und sie zitterte vor maßloser Empörung. Seine harten Augen verfolgten sie wie das Auge Gottes im Katechismus ihrer Kindheit. Sie sah das ironische Aufflackern, die lauernde Brutalität, die grenzenlose Geringschätzung, und es schüttelte sie am ganzen Körper. Immer noch fühlte sie sich wie ausgezogen, kühl durchsucht nach ihrem schwachen Punkt, entblößt in ihrem Kummer. Fieberhaft ging sie in Gedanken durch alle Einzelheiten ihrer Begegnung. Was war fehl gelaufen? Sie verstand nicht, daß sie ihm den Stock, mit dem er sie schlug, selbst in die Hand gegeben hatte: der Fehlschlag, die untergebene Frau zu spielen, die ihre Klugheit und Denkvermögen in weibliche Verführungskunst verpackte. Ihre beharrende Unabhängigkeit brachte seinen Ordnungssinn und seine korsische Männlichkeit aus dem Gleichgewicht. Er wollte genau das von ihr, was sie nicht geben konnte, eine berechnende, verführerische Weiblichkeit, auf seine Bedürfnisse geeicht. Er war unfähig einzusehen, daß es keine berechnete Verweigerung ihrerseits war, denn er konnte sich nicht vorstellen, daß die attraktive Frau sich ihrer Weiblichkeit nicht sicher war. Darin mißverstand sie ihn ebenfalls. Sie war überzeugt, er hatte ihren wundesten Punkt, ihr mangelndes Selbstvertrauen als Frau entdeckt, und glaubte, er verhöhnte und erniedrigte sie deswegen.

Germaine war sich ihrer Weiblichkeit in der Tat nicht sicher. Sie verführte durch ihre Brillanz und Begeisterung, und es lag an den Verliebten, das fehlende ewig weibliche Element zu suchen, was meist, zu Germaines großem Leidwesen, mißlang. Es mißglückte, weil diese von einer gängigen Vorstellung von Weiblichkeit ausgingen, die sie blind für Germaines ganz eigene Form machten. Ihre Selbsterfahrung als Frau glich einem Bild, das durch die Verbindung von Punkten miteinander entsteht. Bei ihr waren eine große Anzahl Punkte unverbunden, und sie wartete im Grunde ihrer Seele auf jemanden, der die Zeichnung vollenden würde. Ihr weibliches Wesen war mangelhaft eingebunden in ihre Realität und dieser Mangel schmerzte sie, und sie versuchte, sich davon durch unentwegte Taten und Worte abzulenken. So beharrte sie nun auf der Annahme, daß edle Ideale ein gemeinsamer Boden zur Verständigung wären. Doch je mehr sie auf ihren Ideen bestand, desto widerwärtiger, ja ganz unerträglich wurden sie ihm. Bald sah er sie als eine lästige Person, die ihn herausforderte und ihn nicht in Ruhe ließ. Die Frau, nicht die Denkerin, war in Ungnade gefallen, doch sie würde darauf bestehen, daß es ihr Denken war, das sie unversöhnlich gegeneinander setzte. Sie glaubte, sie führten einen Krieg der Ideen, während im Grunde eine Schlacht zweier Persönlichkeiten auf dem Urboden der Sexualität ausgefochten wurde.

Uginet empfing sie am Eingang und nickte ihr aufmunternd zu. Benjamin war also endlich gekommen. Erleichtert ging sie mit großen Schritten die Treppe hoch, deren Stufen ihr plötzlich steil vorkamen. Was sollte sie nur ihren Gästen sagen, wie die Demütigung, die sie erlitten hatte, vor den forschenden, neugierigen Augen verstecken? Nichts liebten die Pariser mehr als das Drama gesellschaftlichen Aufstiegs und Fallens. Die Launen des Glücks waren ihr liebstes Schauspiel. Ihr Stern am Himmel der Bedeutenden prangte vielen allzu hell. Selbst einige ihrer Bekannten lauerten nur darauf, daß er sich verdunkelte oder gar erlosch. Sie verwarf den Gedanken. Sie durfte sich nicht von einem Rückschlag entmutigen lassen. Derlei machte sie stärker und entschiedener, jedenfalls was die öffentliche Arena betraf. Doch diese Krise war anders als die vielen vorausgegangenen. Etwas war unwiederbringlich verloren gegangen, eine Hoffnung gestorben, ein

Vertrauen für immer gebrochen. Eine Vorahnung von Verhängnis und Verlust ergriff sie. Ein unbekannter Abgrund tat sich auf, der sie zu verschlingen drohte. Sie hielt an und stützte sich an die Balustrade der Treppe. Sie war niedergeschmettert und tief entmutigt. Der Duft von Gänsebraten, ihr Lieblingsgericht, den ihre Gäste verzehrt hatten, hing noch in der Luft und stieg ihr in die Nase. Olive würde eine Portion für sie aufwärmen lassen. Die Aussicht auf den Genuß gab ihr ihre Kraft zurück. Nur nicht anhalten, weiter drängen, das würde sie retten.

Sie betrat den Raum. Alle schauten sie erwartungsvoll an. Schweigend ging sie mit festen und ruhigen Schritten in die Mitte des Raums, zu Benjamin, der auf seinem gewohnten Platz in einem bequemen Sessel hingegossen war. Mitgenommen sah er aus, war ungewaschen und ungekämmt. Wahrscheinlich kommt er direkt von seinen Huren, dachte sie aufgebracht. Wenn sie nur einen wirklichen Mann an ihrer Seite hätte! Sie warf ihm einen vorwurfsvollen Blick zu. Er hielt ihren Blick aus und blieb sitzen. Die kühle Ironie in seinen grünen kurzsichtigen Augen machte sie rasend. Sie wollte ihn schütteln, ihm die Schamröte in das bleiche Gesicht treiben, darüber, daß er sie im Stich gelassen hatte. Sie fühlte sich verlassen und verraten, und dieses Gefühl brachte die elende Erniedrigung durch Bonaparte voll zurück. Eine ungeheure Wut stieg in ihr auf, drohte sie zu ersticken, sie wollte schreien, sich auf ihn werfen, das Glas Champagner, das ihr ein Diener hinhielt, auf den Fußboden schmettern. Wie verrückt zwirbelte sie das Ende ihres Schals und lief rot an. Ihre Gäste tauschten alarmierte Blicke. Von ihren Schreianfällen hatten sie gehört. Sie fühlte die erschreckten Blicke aller auf sich und wandte sich von Benjamin ab. Man wollte von Bonaparte hören und was sich bei ihm zugetragen hatte.

"Wer, denkt er, wer ich bin!" war alles, was sie herausbrachte. Man schaute sie verständnislos an. "Ein Opportunist!...", fuhr sie fort. "Stellen Sie sich vor, er dachte, daß alles, was ich von ihm wollte, das Geld ist, das der Staat meinem Vater schuldet!" Ihre Stimme war umgeschlagen, und sie kämpfte gegen Tränen. "Wir haben uns in ihm getäuscht, alles ist anders, als wir glaubten. Wir haben uns blenden lassen von seinem liberalen, fortschrittlichen Gehabe. Dabei ist er nichts als ein berechnender, machthungriger Aufsteiger."

Ablehnung, Mißtrauen, Bestürzung lagen in den Blicken der Gäste, die ihr bedeuteten, daß sie lieber nicht die Wahrheit wissen wollten. Vielleicht trauten sie ihr auch nicht, glaubten, sie übertreibe. Verzweifelt überlegte sie, wie sie ihnen die Augen öffnen könnte. Wie eine Kämpferin beugte sie sich vor und sagte mit eindringlicher Stimme: "Er haßt Ideale, er haßt Ideen.

Liebe Freunde, wir haben unsere Hoffnungen auf einen Ideophoben gesetzt." Sie holte tief Atem und setzte mit zitternder Stimme hinzu: "Wir haben unsere Freiheit verloren und bewegen uns auf eine Tyrannei zu." Betretenes Schweigen folgte. "Bei allem Respekt, Madame, Sie scheinen zu vergessen, daß Frankreich die fortschrittlichsten Zivilgesetze in Europa hat", widersprach Portalis, unterstützt von eifrigem Kopfnicken der meisten Gäste. "Fortschritt!" rief Chenier voll ironischer Empörung aus. "Fortschritt, sagen Sie mir, wo ist der Fortschritt? Wo die Freiheit des Individuums garantiert? Der Staat hat sich die Freiheiten angeeignet, die dem Individuum zustehen." "Ich bitte Sie, wir haben Schutz gegen nächtliche Untersuchungen, und jeder ist gleich vor dem Gesetz", kam es zurück. "Frauen ausgenommen, Frauen haben keinerlei Recht vor dem Gesetz", sagte Germaine bitter, "Frauen haben alle Rechte verloren, die sie in der Revolution gewonnen haben." Doch niemand wollte auf dieses Thema weiter eingehen. "Talent und Verdienst fördern den Mann, nicht das Privileg der Geburt", warf ein Bonapartist in die Wagschale, und ein anderer fügte im Brustton der Überzeugung hinzu: "Bonaparte garantiert die Sicherheit. Vergesssen Sie nicht, es gibt fanatische Gegner, Royalisten und Jakobiner mit langen Erinnerungen und schlechten Angewohnheiten. Sie verschwören sich alle, alle durch die Bank gegen Bonaparte." Die Namen Cadoudal, General Pichegrue, die Verschwörer des Bombenattentats in der Rue Niçaise, überführt und zu Tode gebracht, fielen und die Stimmen ereiferten sich.

Es wurde offensichtlich, der große Teil der Gäste war nicht bereit, ihre Meinung über Bonaparte als den großen Mann der Stunde und Retter Frankreichs aufzugeben und damit die Illusion von Wohlsein und Sicherheit. "Es passiert uns nichts, solange wir ihn nicht kritisieren", erklärte jemand kategorisch. "Wir können ein Glas als halb voll sehen, oder als halb leer", gab ein anderer zu bedenken. Gab es doch beileibe genug an Bonaparte zu loben. "Denkt daran, wie großzügig er Moreau behandelt hat", erinnerte jemand mit Ehrfurcht in der Stimme. Geradezu milde habe Bonaparte sich gezeigt und das Leben des Generals geschont, obwohl dieser sich gegen ihn verschworen hatte. Germaine beeilte sich zu versichern, daß sie zu ihrer Freundschaft mit Moreau stünde und ihn immer noch zutiefst wegen seiner Prinzipientreue und Freiheitsliebe bewunderte. Geflissentlich überhörte sie den Unterton von Mißbilligung und übersah das Mißtrauen im Blick einiger. Ihre Gäste wurden unruhig. Ihre freimütig geäußerte Treue für den erklärten Verschwörer könnte Unheil für sie bedeuten. Aus dem vorherigen Freund war der Feind Bonaparte geworden, daran war nichts mehr zu ändern, und die, welche noch zu Moreau standen, würden ins Lager der Feinde verwiesen werden. Verkehrte ihre Gastgeberin nicht auch weiterhin freundschaftlich mit Bernadotte, der keinen Hehl aus seiner Ablehnung von Bonaparte machte? Was hatte sie so oft in seiner Residenz zu suchen? Was, wenn ein Zuträger unter ihnen war, der ihr Gespräch weitergeben würde? Germaine blickte um sich und bemerkte, daß ihre Gäste ihrem Blick auswichen. Waren sie enttäuscht, daß sie nichts bei Bonaparte erreicht hatte? Sie und ihr ganzer Einfluß hatten die Probe nicht bestanden. Der Schreck fuhr ihr in die Glieder. Was, wenn ihre Gäste abspringen würden, plötzlich absagen und ihr aus dem Weg gehen, sobald sie sich in der Öffentlichkeit zeigte, sich umdrehen, weglaufen, sobald sie auf einem Ball erschien, und ihr den Rücken im Theater zukehren, so wie sie es öfters während der vergangenen turbulenten Jahre erfahren hatte. Sie hatte eine panische Angst davor, allein und verlassen zu sein. Plötzlich schien ihr alles verloren. Bonaparte hatte die Menschen in seiner Gewalt. Sie liebten seine Erfolge, seine Macht, seinen Glanz. Sie würden alles rechtfertigen, was er tat. Schon formulierten seine Anhänger die kommenden Rechtfertigungen, die seltsame Logik, mit der sie alles, was Bonaparte tat, akzeptieren würden. "Es gibt Zeiten, in denen die öffentliche Ruhe das wichtigste ist." "Die Ruhe des Staates ist die erste Pflicht." Das war das Signal zum Abschied für alle, die sich für Bonaparte entschieden hatten und wußten, was es von ihnen forderte. Sie verabschiedeten sich schnell, und Uginet sorgte dafür, daß ihr Abgang glatt vor sich ging. Es wurde still im Salon.

"Schweigen senkt sich über Frankreich", sagte Benjamin. "Das Schweigen eines Kirchhofs." Verzagtheit legte sich wie ein Schatten auf die kleine Gruppe der Getreuen, die in dem von Kerzen hell erleuchteten großen Raum verloren wirkte. Bei dem Gedanken an ein unterdrücktes, zum Schweigen verdammtes Frankreich verflog Germaines Furcht. "Frankreich verdient Besseres", verkündigte sie und setzte mit fester Stimme hinzu: "Wir müssen gegen die Zerstörung von Dubins Laden protestieren." Die Augen ihrer Gäste richteten sich bestürzt auf sie. Suard seufzte. Er kannte Germaine seit ihrer Kindheit, war ständiger Gast im Salon der Mutter gewesen, kannte ihre Begeisterung und wußte, wie überheblich sie sich über die Wirklichkeit hinwegsetzte, wenn sie von ihrem Auftrag überzeugt war. Jetzt war sie dabei, sich blind in Gefahr zu bringen. Er hatte Angst um sie, wußte aber, es war verlorene Mühe, ihr Vernunft beibringen zu wollen. "Liebe Germaine, wir haben doch einen Treueeid geschworen, den Staat und die neue Verfassung zu unterstützen", mahnte er resigniert. Entschlossen schoß sie zurück: " Wir müssen es riskieren." Schweigen. "Habt ihr denn kein Rückgrat? Wo ist euer Mut?" Niemand sprach. Sie schaute in die kleine Runde.

Die Blicke vermieden sie, nur Nodier, der die ganze Zeit geschwiegen hatte, sah sie mit geweiteten Augen an. Sie wußte, sie hatte einen Verbündeten. "Ich werde für die Ausgaben aufkommen", versicherte sie ihm. Nodier nickte: "Der Ton wird ruhig und vernünftig sein. Der Erste Konsul hört auf die Vernunft." Suard seufzte und schüttelte ergeben den Kopf.

Als Schlegel mit den letzten Gästen hinausging, händigte Uginet ihm seinen Hut aus und sagte leichthin, er solle bald wiederkommen, Madame würde sich freuen, und das mit der Vorführung hätte sie ernst gemeint. Uginets Aufmerksamkeit tat Schlegel wohl, und er versprach, wieder vorbeizuschauen. Die Spannung zwischen Germaine und Constant war ihm nicht entgangen. Er war in ein Wespennest geraten, in dem alles sich auflöste. Der Stock war von außen und von innen bedroht. Er hatte genug Verfall erlebt, wollte Frieden und wußte im gleichen Moment, daß dem nicht so war, daß er sich nach Aufregung und Liebe sehnte und nicht von der Seite dieser großen Frau weichen wollte. Noch konnte er sich dagegen entscheiden, sagte er sich und trat hinaus in das nächtliche Paris.

7

Es war spät in der Nacht, als Germaine endlich mit Benjamin allein war. Die Kerzen im Schlafzimmer waren heruntergebrannt. Uginet ersetzte sie mit neuen. Wie hatte sie sich nach diesem Augenblick gesehnt und zugleich davor gefürchtet! Erschöpft legte sie sich auf das Bett und stützte ihren Kopf auf den Ellenbogen. "Umarme mich, Benjamin", forderte sie und ging gleich zum Angriff über: "Wo warst du denn? Ich habe dich so gebraucht." "Ich bin doch hier, was willst du denn", verteidigte er sich. "Meinst du, ich kann zufrieden sein mit deinem lauwarmen Herzen? Ich greife nach dir und fasse ins Leere", klagte sie heftig. Er hob die Schultern und stieß einen Seufzer aus. "Selbst wenn du hier bist, bist du nicht richtig da. Deine Halbherzigkeit macht mich krank. Umarme mich, Benjamin", verlangte sie erneut. Seufzend sank er zu ihr herab, schloß die Augen und legte seinen Kopf auf ihre Brust. Er hörte ihren kräftigen Herzschlag. Nichts hörte je für sie auf. Ihre Gefühle starben nicht, selbst wenn sie Platz machten für neue. Ihr Herz wuchs einfach mit. Er bewunderte sie und bedauerte zutiefst, daß er der war, der er war. Seine Liebeskraft war erschöpft. Wie oft hatte er versucht, es ihr klar zu machen.

Germaine glaubte ihm nicht. Sie hielt an dem ersten Eindruck von ihm, dem Bild eines erhitzten jungen Mannes fest, der ihr auf der Straße nach

Nyon nachgejagt war. Es war ein goldener Septembernachmittag gewesen, die Sonne warm, die Bäume an der schönen Straße dunkelgrün gesättigt. Ein Reiter galoppierte ihrer Kutsche nach und holte sie ein. "Madame, die Idee, Sie zu verfehlen, war mir unerträglich." Erstaunt blickte sie auf den seltsamen Mann, dessen kurzsichtige Augen unablässig blinkten, die blassen Augenwimpern im Licht der Sonne leuchtend. Sie sah den durchsichtigen Teint, auf den die Aufregung gelbe Flecken malte, das rote wilde Haar aufgetürmt, wie aufgeladen vom Strom seiner Eindringlichkeit. Er nahm die Augengläser ab und schaute sie an. Sie bemerkte seine leicht gebückte Silhouette, seine langen dünnen Glieder. Doch der Eindruck aller äußerlichen Nachteile verschwand vor der Belebung des Gesichtes, der Intensität in der Stimme und dem Leuchten der fast blinden Augen. Der seltsame Ritter der Straße appellierte an ihr romantisches Herz. Sie lud ihn ein, zu ihr einzusteigen. Die Kutsche raste weiter, und ihr Schicksal war besiegelt. Er war aus den traurigen Armen seiner Geliebten, der pietistischen Madame de Charriere, geflohen, und Germaine bekehrte ihn auf der Straße nach Nyon zu ihrem weltlichen Glauben.

Sie fand Gefallen an seiner geistreichen Unterhaltung und seinem freien Benehmen, Lust empfand sie aber keineswegs. Als er am gleichen Abend in ihr Zimmer trat, sie seine spindeldünnen Beine sah, die mageren Schultern nach vorne eingefallen, die Schulterblätter hervorstehend, die schmale Brust, wollte sie ihn nicht in ihr Bett lassen. Dort lag, in ihrer Vorstellung jedenfalls, noch ein schöner schwedischer Graf, der sie schnöde hinhielt und auf sich warten ließ. "Sie haben kein Recht, mein Herz zu zerreißen. Wenn Sie mich nicht lieben, werde ich vor Liebe sterben, und es wird Ihnen leidtun", erklärte er. Dies war Germaines hauseigene Logik, die er sich schnellstens aneignete. Er drohte mit Selbstmord und nahm Opium, das bei allen Beschwerden angewandte Allheilmittel im Haushalt Germaines. Wie Sokrates den Schierlingsbecher, leerte er feierlich ein Glas mit der dunklen Flüssigkeit vor ihren Augen und denen anderer Gäste und zog sich ins Gästezimmer zum Sterben zurück. Beeindruckt von der Inszenierung, rannte Germaine ihm schreiend nach, nahm ihn in ihre Arme wie ein Kind und versprach ihn zu lieben. Der Liebescoup war gelungen. Daß die Opiumdosis, wie jeder wußte, harmlos gewesen war, war ihr nicht wichtig. Entscheidend war, er hatte bewiesen, wie sehr er verstand, daß sie das Drama im Leben suchte, das ihr meist zu prosaisch war und nach einer höchstmöglichen Steigerung der Gefühle und Sinngebung durch eine ungehemmte Selbstdarstellung dürstete. Der junge Mann in seinen Endzwanzigern mit den Erfahrungen eines alten Mannes hatte den Einfall, seinen Wunsch, aus

Liebe zu sterben, auszuspielen, und das zählte für sie. Bald vereinten sich auf der gemeinsamen Bühne Geist und Seele und führten zu einer Ekstase der Wahrnehmung und der Worte, in der die körperliche Liebe nur ein von ihr geduldetes Anhängsel war.

Mit Benjamin begann ein neuer Akt im Schauspiel ihres Lebens. Nach Robespierres Fall nahm sie ihn mit nach Paris und führte ihn in die Gesellschaftsschichten der Macht ein. Ihren ganzen Einfluß setzte sie ein, ihn zu fördern. Sein großes Talent hatte das Recht, aufzutreten und die Pflicht, Gutes zu tun. Nahtlos verband sich auf diese Weise das Gemeinwohl mit dem privaten Glück. Daß sie das Territorium, das sie für ihn eroberte, auch für sich beanspruchte, störte Benjamin, im Gegensatz zu seinen Vorgängern, nicht. Daß sie nach außen auf die Weltbühne drängte, sah er als den natürlichen und berechtigten Ausdruck ihres Wesens und als ihr rechtmäßiges Erbe. Seines eigenen Talents sicher, fühlte er sich nicht von dem ihrigen bedroht. Germaine und Benjamin gingen als glänzendes Doppelgestirn am Horizont der Meinungsbildung auf, das Paris beschien. Ihr Aufstieg mündete in seinem Sitz im einflußreichen Tribunat, das offizielle Mandat Bonapartes, sich über politische Belange zu äußern und sie zu beeinflussen. Es war die Krönung ihrer Arbeit, Sternstunden für sie und Benjamin. Die geschliffenen Formulierungen, mit denen er die Sache der Republik vertrat, waren Gegenstand allgemeiner Bewunderung, ausgenommen Bonapartes.

Doch ihre Liebe lief mit dem gesellschaftlichen Aufstieg nicht gleich. Nur gemeinsame Interessen und Gewohnheiten hielten sie noch zusammen. Das Gold wahrer Liebe, welches Benjamin in ihrer Kutsche auf der Fahrt nach Nyon zu fassen geglaubt hatte, war zu Staub zerfallen und hatte unfaßbar sein Leben mit Germaine überzogen. Er lag auf ihrem Salon, auf ihrem Geld und auf dem gemeinsamen Kind, Albertine. Es war ein hübsches Nachglimmen der alten Glut, das aber zu diffus war, sein Herz zu entzünden. Er fühlte sich alt und müde über seine Jahre hinaus. Zu gut kannte er die menschliche Natur und die eigenen Schwächen, und das Wissen lähmte ihn. Ihre Kraft, die ihn anfänglich zum Leben erweckt hatte, fraß ihn nun auf und trieb ihn zur Flucht.

Für Germaine hatte sein erstes Liebesgeständnis in Form seiner Selbstmord-Inszenierung gültigen Bestand. Es war wie eine einmal geleistete Bankanlage, deren Wert durch das Drama des gemeinsamen Lebens steil gestiegen war, es war das Pfund, mit dem sie wucherte. Mit dem sechsten Sinn der mehrmals Verlassenen spürte sie, daß er ausbrechen wollte, und bemühte sich umso mehr um ihn. Sie hielt ihm ihre Verdienste um ihn vor, wedelte ihm damit vor Augen, wie ein Gläubiger seinem Schuldner mit einem Bankauszug, der nicht rückgängig zu machen und stets gültig im Theater der Veränderungen war. Sie verlangte Liebesbeweise und Garantien, quasi Zinszahlungen für die Einlage ihrer Liebe. Sie diktierte ihm einen Treueeid, einen Schuldnervertrag, der festlegte, daß er sie nie verlassen würde. Er unterschrieb den Vertrag und verschwand prompt. Sie schickte ihm Uginet nach, und er kehrte ergeben in sein Gefängnis zurück, zurück zu den endlos langen Nächten, in denen Germaine forderte, weinte und mit einer fatalen Opiumdosis drohte. Sie waren aneinander gekettet, obwohl es seit langem keinen Frieden mehr in ihrem gemeinsamen Leben gab, nur noch Schlachten mit unentschiedenem Ausgang.

Ihr gemeinsamer Lebensentwurf war ausgelaugt, verfiel vor ihren Augen, steuerte unmißverständlich auf ein Ende zu. Germaine ahnte wohl, daß sie Benjamin nicht mehr liebte, doch sie wollte es nicht wahrhaben. Die Liebe war unberechenbar und sie würde sich erneuern, wenn sie nur durchhielten. Die Vertrautheit zwischen ihnen und die Ähnlichkeiten im Denken waren ihr unersetzlich und überwogen den Reiz einer neuen Liebe, den sie oft verspürte und manchmal suchte. Glücklich und erfüllt war sie nicht. Dennoch erfaßte sie Panik bei der Vorstellung, von ihm zu gehen. Trennungen jeglicher Art waren ihr unerträglich, und sich von einem Mann zu lösen, mit dem sie eng verbunden war, war ihr unmöglich, selbst wenn die Liebe verflogen war. So bestimmte immer der Liebhaber den letzten Akt ihrer Liebesdramen: er ging von der Bühne ab, sie blieb zurück. Verlassen zu werden war wie ein Todesurteil, das sie mit allen Mitteln verhindern mußte. "Benjamin, du bist der wichtigste Mann für mich. Die anderen zählen nicht. Niemand kennt dich so gut wie ich", flehte sie. Sah sie nicht über seinen ausschweifenden Lebensstil hinweg? Übersah, daß er spielte, Wetten setzte, Bordelle besuchte, Schulden machte, bei denen sie ihm aushalf? Sie war tolerant, weil sie wußte, er war seinen Lastern gegenüber hilflos, und es müßig war, sie zu bekämpfen.

Ihre Müdigkeit war verflogen. Sie stand und ging zu dem Tischchen, auf dem sich eine kristallne Flasche befand, mit der braunen Flüssigkeit angefüllt. Sie schenkte ein Glas voll und setzte zum Trinken an. Benjamin war schnell bei ihr und nahm es ihr weg. Sie griff nach dem Glas. Er schüttelte mit dem Kopf, goß die Hälfte der Flüssigkeit in ein anderes Glas und reichte es ihr. Sie nahm es und leerte es begierig in einem Zug. Er trank das andere. Ihr nächtliches Ritual mit allen Schattierungen von Angriffen, Vorwürfen, Tränen, Gegenangriffen und Tröstungen kam nun in vollen Gang. "Dein Leben ist nichts ohne mich", behauptete Germaine. Benjamin bemühte sich, gelassen zu bleiben. "Außer, daß ich in Frieden leben würde …

in einer ruhigen, privaten Existenz ... ." "Und Bücher schreiben, die Staub ansammeln ... Benjamin, du würdest mit so einem Leben nicht zufrieden sein ..." "Du weißt besser, was mein Los ist ...", antwortete er hitzig. "Ja, das weiß ich", rief sie aus und stampfte mit dem Fuß auf. "Ich wäre nichts ohne dich," sagte er bitter. "Ich schulde dir alles." "Ja, du schuldest mir alles. Geld, das Kind, welches du ignorierst", erklärte Germaine. "Ich bin nicht der Mann, den du suchst, Germaine", versuchte er einzulenken. "Du bist genau der richtige Mann, Benjamin", behauptete sie und glaubte es selbst in diesem Augenblick. "Niemand versteht mich so gut wie du, du bist mein Seelenfreund." "Meine Seele ist deiner nicht gewachsen, Germaine. Sie ist schwach. Sie ist krank und braucht Ruhe." "Du willst schwach sein. Du bist nicht schwach", setzte Germaine dagegen. "Ja, so einfach ist das. Du kannst es dir bloß nicht vorstellen, daß jemand nicht ... deine Kraft hat, deine gigantische Energie. Du willst etwas in mich hineinzwingen, was nicht in mir ist." "Ich glaube dir nicht", beharrte sie wie ein eigensinniges Kind, "du warst keinesfalls schwach, damals, als du mir nachgeritten bist." Sie wurde mehr und mehr aufgebracht, schüttelte mit dem Kopf, daß sich ihr Haar aufbauschte, knüllte das Ende ihres Kleides, stieß mit dem Fuß einen Packen Zeitungen weg, der ihr im Weg lag.

'Wie seltsam', dachte Benjamin, 'die Frau, die Bewegung und Veränderung im Geist suchte, bestand auf Beständigkeit in den Dingen des Herzens'. Er ahnte, daß ihre ununterbrochene Betriebsamkeit aus einer Panik kam, die sie angesichts des ständigen Wechsels des Lebens verspürte. Das Herz sollte das Bollwerk gegen die Dinge sein, die sie nicht beeinflussen und ändern konnte. Sie wollte Beständigkeit in der Liebe und suchte sie bei Männern, die dazu unfähig oder zu schwach für sie waren. Dadurch erfuhr sie die Stetigkeit des Herzens meist nur im Negativen, im Nachlaufen, Weinen und Nachtrauern. Er sah die Tragik der Situation. Ihre Forderungen kamen ja aus einem großen Herzen, das nach Liebe verlangte, und ihr Verlangen war das Recht ihrer Natur. Doch er war unfähig, ihr Herz zu füllen und seine unruhige Sehnsucht zu stillen. Wenn sie dies nur sehen und sich von ihm lösen könnte, ihn fortschickte. "Ich bin nicht dein Vater", seufzte er. "Ich wünschte du wärst es", schluchzte sie heftig auf.

Sie sah ihn erwartungsvoll an. Er zuckte hilflos mit den Schultern. Es machte sie rasend. "Ich verliere meinen Respekt für dich, Benjamin. Du nimmst alles an, was ich dir anbiete, aber du weigerst dich, bei mir zu sein. Die Wahrheit ist, du hast den Mut nicht, mit mir zu leben. Aber die Kraft, ohne mich zu leben, bringst du auch nicht auf. Du hast einfach überhaupt keinen Mut. Aber du nützt mich aus. Du hältst mich in einem Halbleben...", warf sie ihm vor. "Und du hältst mich auf einem Platz der Knechtschaft und Abhängigkeit", verteidigte sich Benjamin. Er war nahe an sie herangetreten und sah sie wütend an. Sie frohlockte innerlich. Sie hatte es fertig gebracht, seine Gefühle hervorzulocken. Nun wagte sie sich weiter vor. "Du hast kein Herz. Das ist es. Sonst würdest du verstehen, daß ich glücklich sein will, und du würdest alles tun, mich glücklich zu machen." Ihr ganzes Unglück lastete plötzlich auf ihr und machte sich freie Bahn in einem hemmungslosen Schluchzen, wie bei einem Kind. Ihr Haar hing lose herab, ihre Schminke lief in Streifen die Wangen herunter. Er konnte ihren Anblick nicht ertragen, schlang seine Arme um sie und bat sie mit beschwörender Stimme: "Germaine, niemand wird dich ersetzen, niemand." "Schwöre es", schluchzte sie. "Ich schwöre es", seufzte er. Sie ließ sich auf den Boden fallen und zog ihn mit sich. Ihr Busen quoll aus dem Ausschnitt. Mutterlos aufgewachsen, zog es ihn wieder zu diesem Busen, und er strich zögernd und leicht mit der Hand darüber. Sie umschloß ihn mit ihren Armen.

Doch der Boden wankte nicht mehr unter ihnen, die Entfernung löste sich nicht mehr auf. Er spürte ihre Verzweiflung, ihre Hoffnungen, ihr Verlangen, das aus ihrem warmen, großen Körper strömte. Ihr Unglück rührte ihn, und er weinte über die eigene Unfähigkeit, die mutige und tapfere Frau im Innersten zu trösten. Er war ein hilfloser Beobachter ihrer Qual, die er nicht auflösen konnte, selbst wenn er es gewünscht hätte. Dabei, seinen Abgang zu planen, war er Mittäter ihres Unglücks. Doch ändern konnte er es nicht, so wenig wie sie nicht anders konnte, als sich an ihn zu klammern. Er vergab ihr, daß sie ihn durch ihre Forderungen marterte. In der Tat, er verstand sie wie kein anderer, und laut sagte er zärtlich: "Glaube mir, Minette, ich würde dich lieben, wenn ich es könnte."

Tränen liefen ihm über das Gesicht, sein Gesicht drückte Zärtlichkeit aus und gaben ihr die Illusion der Erneuerung, nach der sie wie nach einem Strohhalm griff. Sie glaubte sich wieder im Vorhof des Tempels ihres Glücks und richtete ihren Blick auf seinen Eingang, übersehend, daß er nach draußen drängte. Sie wühlte sich förmlich in seine Brust und drückte sich an ihn. Wie ein Kind vertraute sie sich ihm an, wie jemandem, von dem nur Gutes zu erwarten war. Die Unschuld ihres Herzens, ihr kindlicher Glauben an ihn berührten ihn zutiefst, mehr als all das, was er an ihr bewunderte, und es zerriß ihn, daß er die Unschuld ihres Herzens verletzte. Doch er mußte sich retten. Mit einer unwillkürlichen Bewegung befreite er sich von ihr. Aufgeschreckt, sah sie ihn überrascht an. Jeden Zug seines Gesichts kannte sie, die Müdigkeit, die Ironie, das Mitleiden, doch nicht den Anflug von Widerstand und Distanz, der nun auf ihm zu lesen war. Erschrocken griff sie nach ihm, blitzschnell, wie eine Ertrinkende nach einem Rettungsring, und hielt ihn fest. "Geh nicht. Bleib." Er sah die Panik in ihren Augen und wußte, daß es ihm auch diesesmal unmöglich war, sie abrupt zu verlassen.

Er führte sie zum Bett, legte sie hin, deckte sie zu. "Minette", sagte er zärtlich und streichelte sie. "Versprich mir, daß du mich nie verlassen wirst", bettelte sie. "Ich verspreche es", log er. Alles war erlaubt, um ihr Weinen zu verhindern. Er hob das Bettlaken, schlüpfte darunter, legte sich neben sie. Angezogen lagen sie still nebeneinander. Sie drehte sich ihm zu. Sie hielten sich. Manchmal hatten sie aus Verzweiflung miteinander geschlafen, zusammengetrieben aus Erschöpfung und Unglück. Jedesmal war es eine klägliche Vereinigung gewesen, die alles noch schlimmer machte. "Benjamin, du wirst nie mit einer durchschnittlichen Frau glücklich werden." Dann schlief sie erschöpft ein. 'War er etwa glücklich mit einer außergewöhnlichen Frau?', fragte er sich bitter. Der Mund, der nie rastete, war entspannt, der Ausdruck auf ihrem Gesicht fast kindlich. Er sah sie mit Wehmut an. Vielleicht wäre alles anders geworden, wenn sie geheiratet hätten.

Fahles Morgenlicht drang durch einen Spalt in den Vorhängen. Als bald darauf die ersten Schreie der Ausrufer von Paris erklangen, das Geräusch von groben Wagenrädern auf dem Pflaster hereindrang, die ersten Waren in die eleganten Häuser des Viertels geliefert wurden, löste Benjamin sich vorsichtig aus den Armen Germaines, stand auf und schlich sich aus dem Zimmer. An der Haustüre weckte er den schlafenden Portier. Uginet eilte schnell aus seinem Quartier und fing ihn ab. "Lassen Sie mich in Frieden", wehrte Benjamin ab. "Monsieur, wie ein Dieb sich in der Nacht wegzuschleichen, ist Ihrer beider nicht würdig." "Ich bin ein Sklave, der seine Ketten zerreißt", widersprach Benjamin müde und schlüpfte in das silbrige Licht der Morgendämmerung.

Schlegel war in einem aufgewühlten Zustand, als er Germaines Residenz mit den letzten Gästen verlassen hatte. Er begann zu laufen. Ziellos, von Neugierde geleitet, folgte er allem, was immer ihn aus der Ferne lockte. Wie ein Schiff ließ er sich in unbekannte Gewässer treiben, die eindrucksvolle Erscheinung Germaines vor Augen, wie eine Galleone, vollbusig, tatkräftig, Energie verströmend, sein Schiff vorwärtstreibend. Endlich kam der Morgen. Er fröstelte vor Kälte und Müdigkeit. Die Obdachlosen zogen ihre Lumpen enger, drückten sich näher aneinander. Streunende, halbverhungerte Hunde winselten, als sie den Duft des ersten Brotes schnupperten, das die Bäcker in den Läden auslegten und das die Bettler mit sehnsüchtigen Augen anstierten. Seine Füße trugen ihn nun wie von selbst in die Richtung von Germaines Residenz, und er betrat die Brücke, die ihn zum linken Seineufer bringen würde. Benjamin erkannte er gleich an seiner langen dünnen Gestalt mit den vorhängenden Schultern und dem wiegenden Gang und wollte umkehren. Doch Feigheit würde er nicht zulassen. Er ging weiter. Als sie einander näherkamen, warf Benjamin ihm einen spöttischen, wissenden Blick zu. Schlegel kniff den Mund zusammen und hielt dem Blick stand. Benjamin verlangsamte seinen Schritt, blieb kurz stehen, wandte sich ihm zu und sagte wie von ungefähr: "Bildung und Witz sind die Waffen des Gelehrten. Sie müssen sie nur ins Feld führen, Monsieur Schlegel."

Schlegel verstand allzu gut. Die letzten Zuckungen einer erlöschenden Liebe. Er hielt an, stützte sich auf die Brückenmauer und blickte auf die Seine, an deren Ufer kleine Barken verankert waren. Alles wirkte friedlich, rosig gemalt von den ersten Strahlen der Morgensonne. Erinnerungen überfielen ihn und brannten in den Eingeweiden. Ihre spöttischen Augen, der wissende Mund, die anmutige Haltung des Kopfes, ihr leichter Gang. Sie lächelte ihm zu, lachte ihr freies Lachen, zeigte die schönen Zähne. Eine männliche Gestalt tauchte neben ihr auf, sein Gesicht unbestimmt bis auf die blauen Augen, die ihn herausfordernd anblitzten. Hohn und Kälte gingen von ihr aus. Dann verschwand das Bild des Paares. Tränen stiegen in ihm auf. Er blickte auf. Venus verblaßte am Himmel. Er dachte an Germaine und verspürte den Wunsch, ihren Schmerz aufzufangen und zu erleichtern. Deutlich sah er die leere Stelle, die sich mit Benjamins Abgang auf der reichhaltigen Seelenkarte der großen Frau auftat. Wie gerne er sie füllen wollte! Die Aufforderung, es zu versuchen, war ihm vom abtrünnigen Liebhaber geradezu in den Schoß gelegt worden. Hoffnung regte sich zaghaft in ihm. Konnte eine Abfuhr schlimmer sein, als ohne Liebe zu leben? Er eilte in seine Pension, ruhte etwas, wusch sich, wechselte die Wäsche, pflegte sich ausgiebig, und ging gegen Mittag zu Germaines Residenz.

Die Kutsche de Staëls war nicht im Vorhof. Sie war ausgefahren. Doch Uginet empfing ihn freundlich. Im Hause herrschte Betriebsamkeit. Die Dienerschaft war dabei, den Salon in ein provisorisches Theater zu verwandeln. Stühle wurden herangeschleppt und in Reihen aufgestellt, eine Plattform in Teilen hereingeschoben und zusammengefügt, ein dunkelroter Samtvorhang davor aufgehängt, Putten aufgesetzt, die den Vorhang zu halten schienen. Uginet ließ Schlegel bewirten und brachte ihm eine Kopie der 'Phädra'. Bald würde er als Theseus angekleidet und frisiert werden. "Bringen Sie mir besser das Kostüm des Hypolitus", sagte ihm Schlegel. Uginet verstand sofort. Gottseidank. Der Ausbruch der Krise war hinausgeschoben. Die Vorstellung war auf den frühen Nachmittag angesetzt. Genügend Zeit für Schlegel, seine Rolle zu üben. Das Stück kannte er gut, von damals, als Schiller, der Nachbar und Freund in Jena, mit seiner Übersetzung beschäftigt war. Dann war auch diese Freundschaft zerfallen.

8

Zur selben frühen Morgenstunde, als Benjamin Germaine verließ, begann Napoleon Bonaparte, der leicht fror, seinen Arbeitstag mit dem gewohnten sehr heißen Bad. Das kleine Badezimmer war von siedendem Dampf erfüllt. Bonaparte saß in einer Kupferbadewanne und Bourrière, der Sekretär, las ihm ausländische Depeschen vor. Zeitungen wurden hereingebracht, und Bourrière begann, die Leitartikel vorzulesen. "Lassen Sie es, die schreiben doch, was ich ihnen vorschreibe." Constant, der Leibdiener, eine der für ihn wichtigsten Personen, brachte Rasierzeug und die Kleidung für den Tag. Zugleich zählte er die Namen der Leute auf, die im Vorzimmer warteten und um eine Audienz baten. Bonaparte nickte oder schüttelte den Kopf und Constant eilte davon, um die Wahl des Meisters an die hoffnungsvoll Wartenden weiterzugeben. Der Leibarzt Corvisart kam an, und kommentarlos reichte ihm Bonaparte den Arm und streckte die Zunge heraus. Der Arzt fühlte den Puls und prüfte die Zunge; Bonaparte zog ihn auf, der Arzt blieb ernst und streng. Kaum hatte Bourrière inzwischen Stellung an seinem Schreibpult genommen und mehrere leere Seiten nebeneinander ausgelegt, begann Bonaparte zu diktieren, mehrere Schriftstücke auf einmal, sprang von einem zum anderen und Bourrière paßte sich an, wechselte geschickt von einem Schreiben zum anderen.

Es war eine lückenlos laufende Orchestrierung, und Bonaparte führte den Stab. Fouchés Auftritt war fällig, Bonaparte legte Wert auf Pünktlichkeit, und schon tauchte dieser auf. Lautlos wie ein Katze näherte er sich der Kupferwanne mit leichten und ebenmäßigen Bewegungen. Man hörte sein Kommen nie. Das war das Unheimlichste an ihm. Plötzlich stand er da und sagte nichts. Er war ein Mann mit einem undurchdringlichen Gesichtsausdruck, scharfen und skeptisch blickenden Augen, die in tiefen Augenhöhlen unter hohen Augenbrauen lagen. Die starke lange Nase und der Mund verrieten kalte Entschlossenheit und Willenstärke. Schlank und von gerader Haltung, wirkte er selbstsicher und wartete gelassen, nicht etwa auf einen

Befehl oder eine Einladung, sondern weil er ein Meister der Pause war, die ihm das Szepter in die Hand gab. Es machte keinen Unterschied, daß er vor Bonaparte stand, denn dieser war nicht der erste Machthaber, für den er gearbeitet hatte, und er machte sich keine Illusionen über die sittliche Natur der Macht. Ohne sich zu bewegen, sondierte er die Lage schnell, registrierte genau die Stimmung Bonapartes, beobachtete unauffällig jede seiner kleinen Gesten, wie er die Hände in das warme Wasser fallen ließ, anstatt sie auf den Wannenrand zu legen. Das Treffen zwischen Germaine und ihm war also zu seinem Gefallen ausgefallen. Fouché war erleichtert, ließ es sich aber nicht anmerken. Er ließ sich nie etwas anmerken. Auch nicht, als Bonaparte das Attentat in der Rue Niçaise den Jakobinern in die Schuhe geschoben hatte und ihn, den ehemaligen radikalen Jakobiner, der für den Tod des Königs gestimmt hatte, zwang, eine Liste der Verdächtigen zu liefern, um ihn damit zu reizen und sich hinreißen zu lassen, Farbe zu bekennen. Fouché war kühl geblieben, auch als die Unschuldigen nach Cayenne verschickt wurden, ungeachtet dessen, daß er den Beweis geliefert hatte, daß die Royalisten hinter dem Attentat gestanden hatten. Er ließ sich nicht fassen.

Mit dem untrüglichen Sinn des Menschenkenners spürte er, daß Bonaparte ihm nicht traute, sogar etwas fürchtete und ständig darauf aus war, ihm zu beweisen, daß er keine Angst vor ihm hatte. Einen Spion hatte dieser auf ihn angesetzt, über dessen Umtriebe er sich bestens auf dem laufenden hielt. Bonaparte hob den rechten Arm aus dem heißen Wasser, und Fouché händigte ihm seinen Bericht aus, die tägliche Erntearbeit seiner Agenten. Bonaparte war wieder überrascht, wie fein Fouchés Hände waren. Sie paßten nicht zu der kalten Brutalität, zu der dieser fähig war, wenn es die Situation verlangte. Gnadenlos war der frühere Priester gegen den Klerus vorgegangen, der sich dem Konkordat entgegenstellte. Diese Brutalität war ganz und gar unheimlich, denn zur gleichen Zeit war er milde und zurückhaltend. Nie handelte er aus persönlicher Aufwallung und Rache. In dieser Zurückhaltung war er fast unmenschlich, und das war es, was Bonaparte am meisten zu schaffen machte. Der begann zu lesen und befahl: "Schießen Sie los, Fouché, was treiben die Journalisten?" Fouché ließ Namen fallen, markierte manche als möglichweise gefährlich, plädierte für eine Gnadenfrist für andere. Bonaparte kam in Fahrt. Die Presse war ein Schlachtfeld, wo Namen, Einfluß, Gedanken und Tendenzen, in Kampfstellung aufgestellt, nach seinem Plan zu marschieren hatten. Zeitungen, die sich gegen ihn richteten, waren zu schließen. Doch Fouchés Widerstand gegen unüberlegte Maßnahmen war ebenso eine fortlaufende Schlacht. Fouché plädierte für Mäßigung und ließ sich von Bonapartes Gehabe nicht einschüchtern. Was im Grunde harmlos war, lohnte sich nicht zu verfolgen, lohnte nicht, den Ruf des Autokraten zu begründen. Meinungen legten sich von selbst. “Harmlos, vielleicht”, rief Bonaparte aus, übertrieben irritiert, “aber es gibt einfach zu viele, verstehen Sie, Fouché! Tun Sie, was Sie tun sollen. Sorgen Sie dafür, daß die Verleger den Eid auf mich schwören, und wenn sie zögern, jäten sie das Feld aus.” Fouché schloß die Augen kurz und öffnete sie wieder, ein Zeichen, daß er Bonapartes Worte zur Kenntnis genommen hatte. Doch die Konferenz war nicht beendet. Bonaparte hatte etwas auf Lager, und wie gewohnt hielt er es zurück, um es wie eine unerwartete Verstärkung in die Schlacht zu schicken. Doch Fouché ließ sich nicht täuschen und wartete ruhig auf die Attacke, die nicht auf sich warten ließ. “So, sagen Sie mir Fouché, haben Sie dem kleinen Drucker gründlich die Leviten gelesen?” fragte Bonaparte höhnisch. Fouché nickte. “Das Gefängnis machte Eindruck. Wir haben ihn inzwischen entlassen.” “Gut, er hat seine Lektion gelernt, hoffe ich.” Fouché schwieg. “Hat er es?” bohrte Bonaparte. “Nicht so, wie wir es gehofft hatten.” Er händigte Bonaparte einen Flugzettel aus. ‘Warum hatte er solange gewartet, ihm damit aufzuwarten’, dachte Bonaparte verunsichert. Er überflog den Zettel und explodierte, haute mit den Fäusten auf das Wasser, daß es herausspritzte. Vorsichtshalber war Fouché ein paar Schritte zurückgetreten. Bonaparte ließ nun seiner Wut freien Lauf und brüllte: “Dieser Typ. Er muß verrückt sein. Was läßt ihn glauben, daß er sich leisten kann, sich zu meinem Feind zu machen!” ... Und die Stirn Fouchés, ihm den Flugzettel vorzuenthalten. Warum? “Das kommt nicht von einem einfachen Drucker. Jemand anderes mußte dahinter stehen”, schnaubte Bonaparte.

Constant goß schnell heißes Wasser in den Zuber, wie um den Zorn seines Meisters zu besänftigen. Doch das Gegenteil passierte. Die Hitze des Körpers trieb die Wut bis zum Siedepunkt. Dieser schlaue Fuchs! Für wen arbeitete er eigentlich? “Sie steckt dahinter, ich weiß es!” Er war überzeugt gewesen, daß er sie klein gekriegt, genügend eingeschüchtert und gewarnt hatte. Doch sie hatte ihn getäuscht. Daß sie seine Warnung in den Wind blies, war eine weitere Täuschung. Zum Narren machte sie ihn. Mehr, den Krieg erklärte sie ihm. Ganz tief in ihm regte sich Bewunderung für ihren Mut, aber das machte ihn noch ärgerlicher. Bonaparte schaute Fouché herausfordernd an. Erklären solle er sich gefälligst. “Kein Schaden wurde angerichtet. Ich habe den Drucker überwachen lassen. Die Flugzettel wurden abgefangen”, wich Fouché aus. Mehr gab es nicht zu sagen, und er verabschiedete sich. “Finden Sie den Schuldigen, und zwar sofort, ich warte”, brüllte ihm Bonaparte wütend nach.

Er stieg aus dem Zuber und stampfte verärgert auf den Fußboden. Wie er Kälte haßte! Constant schürte das Feuer im Kamin nach. Mustapha wickelte ihn in vorgewärmte Handtücher und trocknete ihn systematisch ab, ihn leicht von unten bis oben abklopfend, hielt anschließend einen Spiegel hoch und Constant begann, ihn zu rasieren. Bonaparte brütete, diktierte dem Sekretär und unterstrich seine Gedankengänge mit ruckartigen Bewegungen, denen sich Constant geschickt mit dem scharfen Rasiermesser anglich. Anschließend tauchte er eine Zahnbürste in eine Opiumlösung, tunkte sie in ein Pulver in einer Schachtel aus Buchsbaumholz, Bonaparte öffnete den Mund, und Constant bürstete die schönen kräftigen Zähne. Bonaparte legte großen Wert auf Sauberkeit. Als der Leibdiener seine Brust mit einer feinen Seidenbürste abschrubbte und den ganzen Körper mit Kölnisch Wasser einrieb, wurde Bonaparte immer aufgeregter. Während er sich wie ein Kind anziehen ließ, mechanisch tat, was man von ihm verlangte, sah er Germaine de Staël vor sich. Sie lachte vergnügt, ihre Augen hatten etwas Triumphierendes und mokierten sich über ihn. Folgsam hob er die Füße, und Constant zog ihm lange Strümpfe aus weißer Seide an, darüber leichte Socken aus Kaschmir, dann die Unterwäsche aus feinsten Stoffen, schließlich lange enge Hosen aus weißem Kaschmir. Abgelehnt hatte sie ihn, und sie lachte ihm nun höhnisch zu, ihren Busen unverschämt enthüllt, eine mittelmeerische Mutterfigur, die ihn aus den Tiefen anzog und ablehnte. Heftig warf er die Arme nach oben, als Constant wartend mit dem Unterhemd aus Flanell dastand, und bald fühlte er die Wärme des Stoffs angenehm auf seiner Haut. Das Bild der Urfrau, das ihn anlachte, lud unter anderen Umständen dazu ein, sich die Kleider vom Leib zu reißen. Hier wurde er mehr und mehr eingehüllt. Das frustrierte ihn ungemein, und als er in das Hemd aus Kaschmir gesteckt und eine kleine Krawatte aus Mousselin um den Hals gebunden bekam, stieg wilde Zerstörungslust in ihm auf.

Als kurz darauf Berthier und die Brüder auftauchten, war sein Ärger auf dem Höhepunkt, und er rief aus: "Was sagt ihr zu eurer guten Freundin, der Baronesse. Sie zettelt eine Verschwörung gegen mich an." Sie schauten ihn verständnislos an. Er wird es ihnen zeigen. Er schnippte mit der Hand, und Rustam brachte ihm den durchnäßten Flugzettel, den Bonaparte triumphierend hochhielt. "Hier. Schaut euch das an." Die Brüder nahmen den Flugzettel und lasen den Text. "Hast du Beweise, daß es von ihr ist?" "Ich brauche keine, sie steht dahinter, ich weiß es, ich kann sie hören und sehen, ... ich kann sie riechen", brauste Bonaparte auf, und der Duft ihres Maiglöckchenparfüms stieg ihm wieder in die Nase. "Ihr Salon ist ein Zentrum der Subversion." "Ihr Salon wird von Mitgliedern der Regierung besucht, wie ...", warf Berthier ein. "Ja ...", fiel Bonaparte ihm wütend ins Wort, "... wie von dir, Berthier, meinen eigenen Brüdern, meinen Ministern und Generälen. Ihr alle hängt an ihrem Busen und kratzfußt vor ihrem Schoßhündchen, diesem Constant, diesem eingebildeten Ideologen. Was glaubt er, wer er ist, mich über die Freiheit belehren zu wollen, wie einen Schuljungen ... und sagt mir nicht, daß sie nicht dahinter steht. Ich kann sie vor mir sehen, wie sie mit ihm übt ...," und mit dem Fuß aufstampfend, fuhr er fort: "...Wie ich diese Ideologen verabscheue, mit ihren hochmütigen Ideen. Wie Ungeziefer im Pelz sind sie. Ich werde sie abschütteln. Und ihn hab ich, gegen meinen Instinkt, ins Tribunat geholt, weil ihr mich dazu überredet habt...," und sie drohend ansehend, "... es ist Zeit, daß ihr euch entscheidet, auf welcher Seite ihr steht."

Berthier und die Brüder schwiegen. Es war nicht ratsam, Napoleon zu widersprechen, wenn er sich in Wut steigerte. Und es machte ihn maßlos wütend, daß die edlen Geister, die er auserwählt hatte, um seiner Regierung intellektuellen Glanz zu verleihen, zur Freiheit ermahnten und der Republik nachweinten. Und all diese Typen blickten zu ihr auf, wollten sich am liebsten in ihren breiten Schoß legen und ihrem Gefährten willfahren.

Constant legte ihm nun den Kragen aus schwarzer Seide um den Hals. "Was hat sie nur gegen mich?" schnaubte Bonaparte. "Was sagt sie über mich?" Er schaute die Brüder fordernd an. "Was sagt sie, raus mit der Sprache", befahl er. Joseph antwortete: "Sie nannte dich einen Ideophoben." "Ideophoben", rief Bonaparte außer sich aus und stampfte auf den Fußboden. "Sie könnte mich ebenso einen Hydrophoben nennen." Er stieß die Arme zur Seite, wie Schwerter zerschnitten sie die Luft, und Constant zog ihm unbeirrt eine runde Weste aus weißem Pique an. "Ihr Salon ist ein Bienennest, und sie ist die Königin. Nehmt die Königin weg, und das Nest fällt zusammen."

Mit unhörbaren Schritten hatte sich Fouché genähert und stand schweigend neben den Brüdern. Er hatte einen unfehlbaren Sinn für den wichtigen Augenblick und tauchte immer auf, wenn große Entscheidungen getroffen wurden. Sein Beruf verlangte es. "Fouché. Sorgen Sie dafür, daß Constant aus dem Tribunat entfernt wird, und wenn Sie schon dabei sind, werden Sie gleich ihre anderen Freunde los, Danou und Chenier und Ginguené, oder wie sie heißen... ." Die Brüder und Berthier schauten ihn entsetzt an. "Ja, es ist mir egal, wie viele Sie rausschmeißen", sagte er trotzig. "Alle, die mir nicht gut gesinnt sind. Ich will Unterstützung und Lob und werde die Leute belohnen, die das liefern."

Dann setzte er mit kalter Stimme hinzu: “Und verhaften Sie den Drucker.” Fouché antwortete nicht. Bonaparte wurde ungeduldig. “Er hat mit dem Text nichts zu tun”, sagte Fouché schließlich und ließ sich Zeit mit einer weiteren Erklärung, ignorierte Bonapartes siedende Ungeduld und sagte endlich ruhig: “Ein Monsieur Nodier steht dahinter..., und Monsieur Nodier wünscht sich beim Ersten Konsul zu entschuldigen.” “Hah, entschuldigen möchte er sich. Einfach so. Das möchte ich schriftlich sehen. Bis dahin verhaften Sie ihn, machen Sie ihm Angst. Statuieren Sie ein Exempel”, kommandierte Bonaparte. Dieser Fuchs von Fouché hatte wahrscheinlich die ganze Zeit gewußt, wer dahinter stand und hatte nichts gesagt, um ihn zu schützen. “Bestimmt ein Freund von ihr, und behaupten Sie mir nicht, daß es nicht so ist.” Sein Ton duldete keinen Widerspruch. “Und jetzt werde ich diese Frau zerdrücken”, fuhr er triumphierend fort und trat nahe an Fouché heran, der gelassen blieb: “Können wir es uns leisten, eine Märtyrerin aus Neckers Tochter zu machen?” Diese überlegene Reaktion irritierte Bonaparte ungemein. Fouché war Germaine gutgesinnt, aber auch in diesem Fall, gestand sich Bonaparte ein, ließ er seinen Blick nicht von persönlichen Gefühlen beeinflussen. Er hatte Recht. Bonaparte bezwang sich. “Sie wird Paris verlassen, sie hat es nicht wieder zu betreten. Der ganze Umkreis von 20 Wegstunden ist ihr verboten”, sagte Bonaparte unbewegt.

Die Gesichter der Umstehenden zeigten Schock. Joseph machte Anstalten zu widersprechen, aber Bonaparte hob die Hand in Abwehr. “Sag nichts, es ist sinnlos! Mein Entschluß ist gefaßt.” Seine Stimme war hart und schneidend, und niemand wagte, ihm zu widersprechen. Er hatte sie nun alle in seiner Hand, und diese Macht genoß er, sagte nichts mehr, entließ sie auch nicht, nötigte auf diese Weise die Brüder und Fouché, stumm den letzten Handreichungen seines Leibdieners zuzusehen. Wie die Könige vor ihm ließ er sich im Beisein derer anziehen, die ihm in Gehorsam zu dienen hatten, zwang sie zuzusehen, wie ihm Constant die blendend geschnittene blaue Jacke der ‘Chasseurs’ anzog und ihm in weiche englische Lederstiefel half, die bis über die Mitte der Wade reichten. Er war eindruckvoll gekleidet.

Bonapartes Stimmung wurde mit einem Schlag sichtlich besser. Mit federnden Schritten schritt er durch den Raum. Endlich hatte er den Tritt gefaßt, den er bislang vermieden hatte, die Intelligentsia zum Schweigen zu bringen. Ganz leicht wurde ihm plötzlich bei dem Gedanken, sich nicht weiter mit störrischen Geistern herumplagen zu müssen. Er hatte die Zügel ergriffen. Er würde sich erkenntlich zeigen gegenüber denen, die bereuten, widerriefen, ihnen eine versöhnende Hand ausstrecken, sie belohnen mit Amt und Würden und Reichtümern. Er würde sie kaufen und dazu bringen, ihre Talente in seine Dienste zu stellen. Das alles würde leichter sein, wenn sie, diese unmögliche Frau, aus Paris verschwände. Die Stimmen gegen ihn würden bald erlahmen. Den Wind wird er ihr aus den Segeln nehmen, die Gallionsfigur in stillen Wassern brachlegen. Er würde seinen Spaß haben und sehen, was sie dagegen unternehmen würde. Nein, aus seinem Leben will er sie nicht ganz verschwinden lassen, doch nach seiner Pfeife wird sie tanzen. Die Vorstellung möbelte ihn ungemein auf, und er wollte vor Vergnügen tanzen, so daß Constant Mühe hatte, die hübschen zierlichen Sporen aus Silber an die Stiefel zu binden.

Bonaparte wirkte nun größer, lächelte, war guter Laune und rieb sich die Hände. Er ging ein paar Schritte auf Fouché zu, der mit steinernem Gesichtsausdruck ruhig dastand. "Finden Sie mir einen Mann, Fouché, der ihr nachgehen und über ihre Unternehmen berichten wird. Einen Mann, der weltgewandt ist, gute Manieren hat, intelligent, gut belesen, adeliger Herkunft, wenn möglich, einen Mann, auf den wir uns verlassen können ... mit einem gewissen Savoir-faire mit Frauen. Und lassen Sie die Order des Exils sofort ausführen." "Ich werde sie persönlich überbringen", antwortete Fouché, und ging, bevor Bonaparte Zeit hatte, ihm die Einzelheiten seines Auftrags zu diktieren.

Allein mit den Brüdern, wagte sich Joseph noch einmal vor. "Denke an ihren Namen. Ihr Vater war unser Held." "Ein Dummkopf ist er, der sich erdreistet, vorherzusagen, was ich tun oder nicht tun werde. Ein Zeichen, daß er sich darauf beschränken soll, sein Geld zu zählen, wird ihm gut tun. Nein, ich werde meinen Entschluß nicht ändern. Sie ist eine Intrigantin. Sobald sie glaubt, die Wellen hätten sich gelegt, wird sie wieder anfangen. Ich kenne sie. Es wäre grausam, sie in dem Glauben zu lassen, daß sie in meiner Gunst steht." "Die öffentliche Meinung wird gegen dich sein", prophezeite Lucien. "Die öffentliche Meinung ist eine Hure", entgegnete Bonaparte verächtlich. "Ich werde das Risiko eingehen, sie zu reizen." Kaum hörbar ließ sich Joseph vernehmen: "Ich möchte mich von deinem Entschluß distanzieren." Die Brüder gingen schweigend. "Familie!" stieß Bonaparte aus. "Können sie mich nicht einmal ohne Argumente unterstützen!"

Dann sah er Berthier an. Sein Gesicht war offen, frei von versteckten Absichten und Scheinheiligkeit. Ein Mann von Ehrlichkeit und Treue, der ihm zu seinem entscheidenden Sieg an der Brücke von Lodi verholfen hatte. Er war ihm dankbar und wollte ihn immer um sich haben, er war sein Resonanzboden. Wie einfach alles mit einem Militär war, wie klar. "Mal sehen, was es mit der öffentlichen Meinung auf sich hat. Was meinst du, Berthier?" Berthier sah ihn gerade an. "Die öffentliche Meinung wird auf der Seite einer hilflosen und unglücklichen Frau sein." "Hilflos? Ha!" schnappte Bonaparte. "Du machst Witze, Berthier. Du weißt so gut wie ich, daß sie nicht harmlos ist. Du weißt so gut wie ich, daß sic Bernadotte frequentiert und die Generäle, die sich gegen mich verschworen haben. Fouché hat da gute Arbeit geleistet." "Das bedeutet nicht, daß sie gegen dich konspiriert." "Es macht keinen Unterschied. Die Wirkung ist dieselbe. Wo immer sie ist und was immer sie auch macht, die Leute mögen mich weniger."

Er fixierte den Freund streng. Berthiers Gesichtsaudruck blieb offen und ohne Verstellung, und Bonaparte nahm seine mutige Verteidigung für die Freundin, die seinen Zorn riskierte, als Beweis seines festen Charakters. Nun wollte er ihn ganz für sich gewinnen, ihn überzeugen. Er lächelte und mit sanfter Stimme sagte er: "Berthier, es ist nicht nötig, den Beweis zu erbringen. Es ist genug, daß sie sich zu Glaubensgrundsätzen bekennt, die unseren Zwecken völlig zuwider laufen. Ganz Paris hat ihr letztes Buch gelesen. Sie lobt England als das Ideal der Regierung, ein Land, das unser größter Feind ist. Sie hält den Protestantismus als die Religion des Fortschritts hoch, wir wollen uns auf den unterordnenden Einfluß der katholischen Kirche verlassen, sie fordert Freiheit für die Frau und die Scheidung, wir brauchen gehorsame Frauen, die ihren Ehemännern folgen und ihnen Söhne zur Welt bringen." Er hielt an, und mit wehmütiger Stimme sagte er: "Ohne Söhne ist alles sinnlos, ist alles, was man schafft, ohne Sinn." Er fing sich wieder und fuhr in seiner Lektion fort: "Ihre Prinzipien sind tief in ihr eingegraben und sind unversöhnlich mit den unsrigen. Sie glaubt an ihr Schicksal als ein politisches Wesen und egal, wie privat sie sich gebärdet, sie ist eine Kraft und wird es immer sein, es sei denn... ." Berthier erschrak. "... Es sei denn", wiederholte Bonaparte und fuhr fort, "... es sei denn, wir verhindern, daß sie gehört wird, daß sie weit genug weg ist." "Das Exil wird sie umbringen", entgegnete Berthier. Bonaparte lachte vergnügt auf: "Warte ab, laß sie zeigen, aus was sie gemacht ist. ... Übrigens, der Sohn, der älteste, darf auf der Schule in Paris bleiben. Aber laß sie darum bitten." Die Vorstellung der großen Frau auf den Knien, um etwas bittend, tat ihm gut.

9

Als Germaine, bald nachdem Benjamin gegangen war, aus einem todähnlichen Schlaf aufschreckte und bemerkte, daß sie allein war, durchzuckte sie ein Vorahnung von Unheil, wie ein Blitz den Sommerhimmel über Coppet. Sie sprang aus dem Bett und rannte aus dem Zimmer. Uginet stand schon zu Frage und Antwort bereit. Er versicherte ihr, daß Benjamin so war wie immer, als er ging, und ihm nichts Außergewöhnliches an ihm aufgefallen war, was Anlaß zur Besorgnis geben könnte. Sie klammerte sich an seine Notlüge und warf sich in den Strom nie abreißender Tätigkeit, der sie auf seinen großen, unruhigen Wellen mit fortriß. Nichts endete, alles floß weiter. Auch die Beziehung zu Benjamin, darauf bestand sie. Der Tag war ausgefüllt. Ein Kommen und Gehen von Leuten, Briefchen und Notizen gingen hinaus und wurden erhalten, die Kinder, mehrere Besuche bei Freunden und solchen, deren Freundschaft sie suchte. Es gab keine Minute Leerlauf.

Die Zuschauer waren schon fast alle angekommen, als sie in ihre Residenz zurückkehrte, in ihre Suite hastete, alles von sich warf, und Olive und ihre Zimmermädchen sie mit geübten Bewegungen in die klassische Heldin Phädra verwandelten. Sie wurde unruhig, als Benjamin nicht erschien. Uginet meldete ihr, daß Monsieur Schlegel für Benjamin einspringen würde. Der korrekte kleine Mann in der Rolle des Helden? Das würde interessant werden. Ihre Neugierde lenkte sie von der wahren Bedeutung der Situation ab. Außerdem hatten sich Zuschauer eingefunden. Pariser hatten ein kurzes Gedächtnis, und der Fall Nodier war offensichtlich schon vergessen.

Zur gleichen Zeit, als im Salon ein kleines Orchester zu spielen begann und ein Sopran Rameaus gezierte Arie der Phädra zum besten gab, betrat Fouché bei den Tuilerien seine Kutsche. Im Salon verebbte inzwischen der Schmerz der Phädra in einem letzten Triller, öffnete sich der Vorhang und gab den Blick auf einen klassisch griechischen Schauplatz frei. Säulen aus Pappmaché rahmten Stufen. Palmen und Zypressen ergänzten die Szene. Es war still, die Bühne blieb leer, die Erwartung stieg. Dann erschien Germaine. Ein "Ahh" ging durch den Zuschauerraum. Sie trug eine Tunika, dessen feiner Stoff ihre vollen Körperformen abmalten. Ihr dichtes Haar fiel lose über die Schultern. Langsam, voller Würde, schritt sie auf die Mitte der Bühne, und nach einer Pause begann sie mit unheimlicher Inbrunst zu zitieren. Sie war die von Leidenschaft zerrissene, unglückliche Phädra, die ihr Schicksal der unerwiderten, unerlaubten Liebe beklagte und damit zu Tränen rührte. Hier durfte sie ihren Gefühlen freien Lauf lassen und sie auf die Spitze treiben, ihr verwundetes Herz öffnen, ihre Demütigungen und ihr angehäuftes Liebesleiden hinausschreien. Das strenge Maß der Verse fing sie auf und hielt sie zusammen. Es war ein Ritual der grenzenlosen Gefühle, das sie befreite und zugleich band.

Fouchés Kutsche fuhr durch das große runde Tor in den Ehrenhof und hielt vor dem Eingang. Ein Lakai eilte herbei und öffnete die Tür. Fouché stieg aus, warf einen kurzen Blick um sich, seufzte und ging zum Eingang. Haltung und Miene waren unmißverständlich herrschaftlich, und die Lakaien am Eingang beeilten sich, ihn einzulassen. Er wurde von Uginet in der Eingangshalle in Empfang genommen. Alarmiert, ohne es sich anmerken zu lassen, führte er Fouché die Freitreppe hoch und öffnete leise die Tür zum Salon. Fouché trat geräuschlos ein und blieb stehen. Es war dunkel, und man bemerkte ihn nicht. Er ließ sich Zeit, nahm die Umgebung in ihren Einzelheiten auf, dehnte die letzten Minuten, in denen das Leben der Freundin noch in den alten Bahnen fließen durfte, und gab ihr, wie einer Verurteilten, eine Gnadenfrist. Sie tat ihm leid, und zugleich genoß er das seltsame Gefühl der Macht. Ein paar Schritte, ein paar Worte, und ihre Welt würde auseinanderfallen. Wie ahnungslos sie war! Sie sprach mit halbgeschlossenen Augen, legte ihr Innerstes bloß, gab großen Gefühlen Gestalt, daß sie wie faßbar im Raum standen. Ihre Eindringlichkeit rührte auch ihn. Es war ganz still. Sollte er das Ende der Vorstellung abwarten? Nein, es war ein gute Gelegenheit, ihren Umkreis zu warnen, die er sich nicht entgehen lassen durfte. Mit leisen Schritten ging er zur Bühne und stellte sich daneben auf, wie der Schatten des Schicksals, bereit, jeden Augenblick zuzuschlagen. Die Zuschauer bemerkten ihn mit Schrecken. Sie verstanden sofort, einige standen jäh auf und machten sich aus dem Staub.

Germaine erlebte ihre letzten ahnungslosen Sekunden, in die unruhiges Scharren von Füßen und Murmeln aus dem Zuschauerraum drangen. Sie blickte auf, nahm Fouché wahr, und ihre Augen weiteten sich vor Überraschung. Angst überkam sie. Sie bog sie ab und gab sich der Illusion hin, daß er als Bewunderer ihrer Vorführung auftrat. Dann begann er zu sprechen, mit freundlicher, leiser Stimme: "Germaine, entschuldigen Sie mich, ich bedaure, Ihnen mitzuteilen, daß Sie Paris innerhalb von 24 Stunden zu verlassen haben. Ich komme direkt vom Ersten Konsul." Dann wandte er sich zu den Zuschauern und verkündigte: "Mesdames et Messieurs. Es tut mir leid, Ihren Abend zu stören, doch ich muß Sie bitten, das Haus zu verlassen, damit Madame mit den Vorbereitungen ihrer Abreise beginnen kann." Seine Stimme war leise, aber der unerbittliche Unterton war unüberhörbar. Die Zuschauer saßen wie gebannt, dann standen sie fast alle gleichzeitig auf, und sich gegenseitig anstoßend, machten sie sich so schnell wie möglich davon. Ungläubig beobachtete Germaine die Flucht der Freunde, und alles verschwamm vor ihren Augen. Wie von weitem hörte sie Fouché weitersprechen: "Madame, Sie müssen Paris innerhalb von 24 Stunden verlassen, und es ist Ihnen verboten, eine Bannweite von 20 Wegstunden zu unterschreiten. Diese Entscheidung ist endgültig." "Nein", schluchzte sie auf, "ich werde sofort zu Konsul Bonaparte gehen." "Madame", entgegnete Fouché beschwichtigend, wie zu einem bockigen Kind, "Konsul Bonaparte ließ sich nicht dazu bringen, seinen Entschluß zu ändern. Es tut mir wirklich leid." Der Saal war nun ganz leer, die Musiker hatten schnell ihre Instrumente eingepackt und schlossen sich den anderen Geflüchteten an. Wie gelähmt blickte Germaine dem Schauspiel zu. Dann war es plötzlich totenstill. Fassungslos starrte sie auf den verlassenen Saal und dann auf Fouché. Sie würde ihm einfach nicht glauben. Er sah ihre geweiteten, entsetzten Augen, die sich mit Tränen füllten, und er wünschte, er könnte alles ungeschehen machen. Sie öffnete ihren Mund, nichts kam heraus, nur ein gequältes Einziehen des Atems. 'Wenn sie nur nicht zu schreien beginnt', dachte er. Das wäre ihm unerträglich. "Sie haben drei Tage Zeit", hörte er sich sagen und fuhr fort: "Falls Sie Pässe brauchen, ich werde dafür sorgen, daß Sie keine Schwierigkeiten haben."

Es überlief sie heiß, und sie rang nach Luft. Warum sollte sie Pässe brauchen? Coppet, die Schweiz, stand ihr mit den Papieren, die sie hatte, offen. War es eine versteckte Drohung? Angst mischte sich mit kaltem Entsetzen. Doch von Fouché ging keine Drohung aus. War es eher der weitere Wink eines Menschen, der ihr immer gut gesinnt war? Wohin sollte sie gehen? Wieder nach England? Die Realität drang nun voll in sie ein, die Verbannung aus Paris, die Ausweisung aus dem Paradies, das Exil. Ohne Paris leben! Das war ein fürchterlicher Gedanke, den sie nicht in sich hineinlassen wollte. Das übrige Frankreich bedeutete ihr wenig. Nur Paris zählte, und sie wurde hinausgeworfen, wie eine Aussätzige, die nicht in das blankgescheuerte Haus Bonapartes paßte! Dies war ganz anders als bei allen vorherigen Ausweisungen. Es war keine Zeit der Krisen, der großen Umwälzungen, der weitverbreiteten Willkür der Oberen, deren Ende abzusehen war, es war eine glänzende, befriedete Zeit des Aufbaus mit klaren Gesetzen. Hatte sie nicht ein volles Recht, dazu zu gehören? Hatte sie nicht Frankreichs Krisen durchlitten, war mitgegangen, beinahe mitgehangen? War sie nicht im Triumph zurückgekehrt und gab ihr Alles, um Frankreich groß zu machen? Und das alles galt nichts, konnte mit einem Wort des Cäsars weggeblasen werden? Sie konnte es nicht fassen. Sie war wie eine unschuldig zu Tode Verurteilte, die ihre Anklage nicht begriff und wußte, daß sie machtlos war. Sie schloß die Augen, wollte alles in den Bereich des Alptraums versetzen. "Madame", sagte Fouché leise. Sie öffnete die Augen. Er stand neben ihr, und sie wußte, es war kein Traum. Das Unfaßbare hatte begonnen, ihr Leben aufzufressen. Sie blickte in den leeren Raum, der noch kurz vorher mit ihren Anbetern und Freunden, viele darunter seit Jahren Nutznießer ihrer Freizügigkeit, gefüllt gewesen war. Wo waren sie geblieben? Es war, als ob sie in ein endloses, dunkles Wasser blickte, das gurgelte, sich wie ein Maelstrom drehte und öffnete, sie in seine unbestimmten Tiefen hinabzuziehen drohte, wo die Zerstörung auf sie wartete. Der Raum wirkte fremd, so als ob er nicht mehr ihr gehörte. Alles drehte sich um sie.

Sie hörte nicht mehr, wie Fouché ihr versicherte, daß Auguste in Paris bleiben durfte, um zu studieren, und daß er ihre Bittschrift an den Konsul diesbezüglich schon aufgesetzt habe. Sie brauche nur zu unterschreiben. Die schreckliche Demütigung, die völlige Mißachtung ihrer Rechte wühlten in ihrem Inneren, brachten alle ihre Verwundungen aus vielen Quellen zum Fließen, vereinigten sich zu einem Strom der Empörung und des Schmerzes, der ihr den Atem nahm. Sie begann zu beben und zu zucken, öffnete den Mund und stieß einen durchdringenden Schrei aus. Er zerschnitt den Raum und den Panzer von Fouchés Herz. Sie wankte. Fouché fing sie auf und stützte sie behutsam, und innerlich Abbitte für dieses Unrecht leistend, war er froh, daß er es war, der ihr die Hiobsbotschaft gebracht hatte. Germaine sah nichts als tiefstes Dunkel. 'Das ist Verzweiflung', schoß es ihr durch den Sinn, 'die totale Abwesenheit des Lichts'. Sie ließ sich auf die Knie sinken, suchte verzweifelt nach einem Halt. Die Gestalt des Vaters tauchte aus ihren Tiefen auf. "Papa", schluchzte sie. Er war wie eine wunderbare lichtumflutete Erscheinung, die ihr mit einem Schlag Trost spendete. Sie richtete sich auf und verließ mit schnellen Schritten wankend den Raum.

Schlegel beobachtete die Szene aus dem Hintergrund der Bühne. Wie angewurzelt saß er auf einer Bank, von wo aus er gespannt auf seinen Auftritt gewartet hatte. Ihr Schrei schnitt ihn entzwei, er krümmte sich förmlich vor Mitleid. Noch nie hatte er solch einen herzzerreißenden Schrei gehört. Die Tränen stürzten aus ihm heraus. Er schämte sich ihrer nicht. Der gefrorene See uneingestandener Schmerzen, der schwer in ihm lastete, hatte aufzutauen begonnen. Sein Herz begann zu schmelzen und die Hoffnung auf Erneuerung übermannte ihn. Niemand, auch er selbst nicht, hatte es bislang vermocht, ihm Erleichterung zu verschaffen. Keiner schien ihn zu bemerken, war er doch zu Seiten des Blickfelds. Da warf ihm Fouché im Vorbeigehen einen durchdringenden, abschätzenden Blick zu, der ihn frösteln machte. Schlegel verstand den Blick als Aufforderung, das Haus zu verlassen, stand gehorsam auf, trocknete sich die Tränen und verließ brav den Raum.

Germaine hastete die Freitreppe hinunter und stürzte aus dem Haus. Fouché folgte lautlos, und Schlegel erschien als letzter. Uginet fing ihn ab, und mit einem mitfühlenden Blick auf seine bloßen Gelehrtenarme, weiß und unmuskulös, raunte er ihm eindringlich zu: "Bleiben Sie bitte, Monsieur. Ihre Gesellschaft ist höchst willkommen." Schlegel zögerte, Uginet machte eine einladende Geste und manövrierte ihn in die Bibliothek. Zumindest hatte er so die Gelegenheit, das Kostüm des griechischen Helden abzulegen.

10

Draußen beeilte sich ein Lakai, die Tür zu ihrer Kutsche zu öffnen, sie warf ihm ein "Monsieur Necker", hin, sprang hinein, und schon setzte sie sich in Bewegung. Papa, bitte sei zuhause, trommelte es in ihr. Die Häuser der engen Pariser Straßen zogen an ihr vorbei. Entsetzlich langsam ging es vorwärts, und die Straßen schienen ihr endlos lang. Ihre Ungeduld wurde unerträglich. Ihr Schmerz ballte sich in ihr zusammen, aber sie unterdrückte ihn. Sie mußte aushalten, sich zusammennehmen, bis sie zum Vater kam. Sie verfiel in eine Schreckstarre, in der ihre überreizten Sinne alles genau registrierten. Sie hörte die Metallkufen der Räder über jeden einzelnen Stein mahlen, sie zählte die Kurven. Die ganze Zeit bangte sie, daß sie etwas daran hindern könnte, zum Vater zu gelangen. Sie betete, daß kein Unfall, keine umgestürzte Kutsche, keine Meuterei hungriger Leute vor einem Brotladen ihr den Weg verstellten. Die Kutsche hielt. Was war los? Ein Lärmen war zu hören. Sie hielt den Atem an, wagte nicht, aus dem Fenster zu blicken, sie hatte die Kraft nicht dazu, setzte sich steif auf. Das Ende ihrer Tunika zwischen ihren Händen war zerknüllt von ihren fahrigen Fingern. Dann ging es weiter, und endlich wurden die Geräusche lärmenden Straßenlebens spärlicher, die Häuser lichteten sich, Baumkronen drangen ins Bild. Der Stadtrand war erreicht. Vater hatte sich aus der Stadt auf seinen Landsitz zurückgezogen, er machte sich nichts aus ihrem Treiben. Seit dem Tod der Mutter zählten nur noch ihre Besuche und die Niederschrift seiner Erinnerungen. Sie beschwor sein Bild, und wie ein Mantra wiederholte sie leise: Alles wird wieder gut. Endlich bog die Kutsche weit aus, und das Geräusch der Räder verriet eine gutgepflasterte Auffahrt. Sie stand auf, hielt sich am Türgriff fest, bückte sich und sah hinaus. Die Tür zu den Stallungen war zu. Vater war zuhause. Noch bevor die Kutsche ganz zum Halten kam, drückte sie die Tür auf, sprang heraus, rannte atemlos auf die Haustüre zu, drückte sie auf und stürzte hinein, hinauf in den ersten Stock, in dem das Arbeitszimmer des Vaters sich befand.

Sie stieß die Tür auf. Er saß mit dem Rücken zu ihr gekehrt, an seinem Schreibtisch unter dem Fenster mit dem Blick auf den schönen Park, die Perücke neben sich, im Schlafrock am späten Nachmittag, an seiner Pfeife rauchend, über sein Manuskript gebeugt. Bei dem plötzlichen Türenschlagen zuckte er auf und drehte sich ihr zu. Als er sie in ihrem Theaterkostüm auf sich zukommen sah, mit verschmiertem Gesicht, nach Atem keuchend, überfiel ihn Schrecken. "Papa", rief sie aus. Der Ton ihrer Stimme, ihre Körpersprache und der Ausdruck ihres Gesichts sagten ihm, daß etwas Außergewöhnliches passiert war. Doch er zwang sich, gelassen zu bleiben, war er doch der feste Fels in der Brandung ihrer Leidenschaften. Ruhig stand er auf, stand leicht gebückt vor ihr und öffnete die Arme. "Minette." Germaine warf sich förmlich in ihn hinein. Er fing sie auf. Nun durfte sie ihren Schmerz voll herauslassen. Die erste Woge ihrer inneren Flut stieg auf, zwang sich durch die Kehle und entlud sich in wildem Schluchzen. "Minette, was ist passiert?" fragte er wie zu einem Kind. "Papa, etwas ganz Entsetzliches ... Bonaparte ... nein ...", stieß sie hervor, schluchzte laut auf, holte Atem, " ... Bonaparte ... ich muß Paris verlassen." Necker war erleichtert. Er klopfte ihr beruhigend auf den Rücken und streichelte ihre Wange. Schlimmeres hatte er befürchtet. Solange die Kinder gesund waren und sie im Ganzen vor ihm stand, war nichts für immer verloren. Alles konnte sich geben, nur der Tod war für immer, wie Suzanne für immer gegangen war. "Ach, mein Liebling, wenn es nur nichts Schlimmeres ist." "Papa, was könnte schlimmer sein?" rief sie aus, und mit der Stimme eines gekränkten Kindes fuhr sie fort: "Du mußt Bonaparte sagen, daß er diese Order rückgängig machen soll. Nur du kannst es, Papa. Zwinge ihn." Er antwortete ihr nicht, sondern strich ihr beruhigend über das Haar. Der Klang seiner dunklen Stimme, die Berührung seiner warmen Hände beruhigten sie, und sie wurde wieder das kleine Mädchen, das in seinen Armen Zuflucht gesucht hatte, fühlte sich getröstet und hörte langsam auf zu weinen. "Papa, du bist der mächtigste Mann auf der Welt. Die Leute lieben dich. Wenn du deine Stimme erhebst, wird Bonaparte es nicht wagen, sie zu ignorieren", hielt sie ihm mit kindlichem Vertrauen in der Stimme entgegen. "Ach, mein Liebling. Ich bin ein alter Mann. Man hört mich nicht mehr. Meine Zeit ist vorüber." "Sag das nicht, Papa." Sie löste sich von ihm und sah ihn erschreckt an. Für sie war er immer noch der energiegeladene Mann, mit aufrechtem Gang, kernigen Schritten, dem kühnen, unternehmungslustigen Blick, dem hochgehaltenen Kopf, dem selbstbewußten Gesichtsausdruck. "Weißt du, Minette, hör mir gut zu, natürlich kann ich einen Brief an Bonaparte schreiben, aber es wird nichts nützen. Bonaparte ist auf dem Pfad zur Autokratie, und nichts wird ihn aufhalten. Nur eine Katastrophe. Es ist sein Schicksal." Wie einen Propheten blickte sie ihn gebannt an. Sein Blick war weit weg, und leise fuhr er fort: "Minette, vielleicht mußt du weit fort sein, um dein Schicksal zu finden." Der ernste Ton verlieh seinen Worten Gültigkeit. Sie fühlte sich seltsam aufgehoben und getröstet. Sie hatte ein Schicksal, und der ihr liebste Mensch, der Vater, wußte es. Mit zärtlicher Stimme fuhr dieser fort: "Du bist eine Necker ... . Halte dich gerade und halte den Kopf hoch. Vertraue deinem Schicksal, es meint es gut mit dir." Es waren süße Worte für sie, die in ihr Innerstes eindrangen und sie beglückten. "Warum kann ich keinen Mann wie dich finden, Papa, der mich auf immer liebt!"

'So ist die Geschichte mit Benjamin endlich zu Ende', dachte Necker. 'Nun brauchte sie ihn umso mehr, und vielleicht würde sie endlich auf ihn hören'. "Laß uns heimgehen, Minette. Es ist so schön und friedlich in Coppet. Es ist ein so guter Platz, um die Kinder aufzuziehen. So ruhig und sicher, und so schön ist der Blick auf den See und die Berge." Sehnsucht schwang in seiner Stimme, und als er ihren bestürzten Gesichtsausdruck sah, setzte er hinzu: "Genf ist so nahe. Dort hast du Gesellschaft." 'Coppet!', dachte Germaine entsetzt. Für den Vater war es Heimat, für sie ein offener Kerker. Vor Langeweile wird sie sterben. Der schöne Blick auf den See mit den zackigen schneebedeckten Gipfeln der Alpen sagte ihr nichts. Für den Vater bedeutete Paris nichts mehr, sie konnte sich nirgendwo anders je zuhause fühlen. "Papa, laßt uns zusammen reisen, ich geh, wohin du willst, du und ich und die Kinder ... . Die Welt wird sehen, daß Bonaparte uns auf die Straße gejagt hat und empört sein. Dann kehren wir im Triumph nach Paris zurück." Die Vorstellung ihres Siegeszugs durch Europa gefiel ihr. Überall würde der rote Teppich für den großen Necker ausgerollt werden, der beste Mann auf Erden, berühmt und geliebt zugleich. Von ihrer Idee begeistert, blickte sie ihn erwartungsvoll an. Er schüttelte mit dem Kopf und antwortete nicht. Plötzlich sah sie seine müden Augen, die sich nach nichts anderem als nach Frieden sehnten, das graue schüttere Haar, die Runzeln, die hängenden Wangen. Bis zu diesem Augenblick hatte die Zeit ihm nichts antun können. Nun hatte sie die Wirklichkeit eingeholt, die sich hinter ihrem Idealbild versteckt gehalten hatte.

Des Vaters Schultern fielen nach vorne, er stand gebückt. Seine Hände waren voller Altersflecken und zitterten, die Lippen dünn. Nirgendwo war das Zeichen einer weiblichen Hand zu sehen. Das Zimmer roch nach Tabak und nach der abgestandenen Zeit eines alten Mannes, der mit der Welt abgeschlossen hatte. Es war tödlich still, nur das Ticken der kostbaren Standuhr war zu hören. Für den Vater versprach die verrinnende Zeit die Erlösung aus seiner Einsamkeit, sie war sein liebster Gefährte. Sie mahnte es an die Zeit, die ihr entglitt, und das war ihr unerträglich. Er war einsam, lebte mit seinen Erinnerungen, die er geduldig zu Papier brachte, für sie und die Nachwelt. Sie sah den alten zerschlissenen Schlafrock, die schlichte Umgebung seiner persönlichen Dinge. Der Schreibtisch war abgestoßen, und nur seine Rauchutensilien, das Tintenfaß, die Feder, das Papier zierten ihn. Der reichste Mann Europas lebte frugal und einfach. Das war kein Mann, der die Dinge magisch zurechtrücken konnte. Es war eine vernichtende Wahrnehmung, die sich in sie senkte und sie zu Boden drückte. Eine Amsel begann draußen zu singen. Es klang ungeheuer süß und schnitt ihr ins Herz, das zum Bersten voll war vor Mitleid und Liebe für den Vater. Dieser sah sie hoffnungsvoll an, auf ihre Antwort wartend. Sie schüttelte den Kopf. "Papa, damals, als wir exiliert wurden, hattest du Mutter." Sie war allein, eine Frau, die sich an den Liebhaber klammerte und versuchte, ihn am Gehen zu hindern. Sie sah sich tagelang, wochenlang auf Besuche warten, vergeblich hinter den dicken Mauern des Schlosses Ausschau halten nach einer neuen Liebe, einem Mann, der sie faszinieren würde, und vergeblich versuchen, die langweilige Gesellschaft Genfs zu ertragen. Coppet war voller Uhren, es war ein Schreckgespenst, ein Todesschein. Nein, nur in Bewegung bleiben, der Hoffnung, dem Abenteuer, das hinter jeder Wegbiegung auf sie wartete, nachjagen.

Necker wußte, hatte sie sich einmal etwas in den Kopf gesetzt, war sie nicht davon abzubringen, und fragte resigniert: "Wohin willst du denn gehen? Willst du wie eine elende Zigeunerin herumziehen, ohne festen Sitz, ohne den Schutz eines Landes? Das ist gefährlich, auch für die Kinder." Sie antwortete ihm nicht. "Laß mir wenigstens die Kinder", bettelte er. Das konnte sie nicht. Sie brauchte die Kinder. "Papa, ich nehme Albert und Albertine mit. Sie sind so klein", und die enttäuschten Augen des Vaters bemerkend, beeilte sie sich zu sagen: "Auguste wird hier bleiben. Paßt du auf, daß er lernt?" Der Vater nickte resigniert. Er hatte keine Bedürfnisse außer seiner Familie. Ja, sie war die wichtigste Person in seinem Leben. "Ich werde dir jeden Tag schreiben, ich verspreche es, Papa, und du mir auch." Solange es ihn gab, konnte sie mit allem fertig werden. Er war der Urboden ihres Lebens, der sie nährte, und aus dem ihr ein nie endender Strom aus Liebe und Fürsorge zufloß. Er gab ihr eine Sicherheit, die im tiefsten Winkel ihres Herzens fortbestand, und auf dessen Grund sie sich ihrem gedankenlosen, oft leichtsinnigen Wagemut überlassen konnte, denn immer hatte er sie aufgefangen und die Dinge wieder gutgemacht. Was, wenn ihm etwas zustieße? Eine Vorahnung, die sich erfüllen sollte, daß sie ihn vielleicht zum letzten Mal sah, nahm von ihr Besitz, und eine Woge der Angst benahm ihr den Atem. Sie stemmte sich dagegen, küßte ihn, streichelte ihm über das dünne Haar und schickte sich zum Gehen an. Sie mußte sofort gehen, oder sie würde es nicht fertigbringen, ihn zu verlassen. "Warte", sagte er. Er setzte sich an den Schreibtisch und schrieb eine Note, faltete sie zusammen und gab sie ihr. "Das ist für Uginet." Uginet war eigentlich sein Majordomo, den er ins Haus der Tochter geschickt hatte und der aus Treue zum Vater immer noch die braune Livree des Neckerhaushalts aus der Zeit vor der Revolution trug. Tapfer schritt Germaine zur Tür, doch halben Wegs drehte sie sich noch einmal um, sah ihn traurig stehen, rannte zurück, warf die Arme um ihn und mit einer Stimme, die fast vor Schmerz und Liebe erstickte, sagte sie: "Papa, wenn dir etwas passiert, sterbe ich." Dann riß sie sich los und wurde hinausbegleitet von einem Diener, in der Livree des Ancien Regime, der ihr freundlich zunickte.

In Germaines Residenz sorgte Uginet für Schlegel, der sich die Bewirtung gern gefallen ließ, brachte Essen und Trinken. "Darf ich Sie über den Stand Ihrer Gebundenheit fragen, Monsieur Schlegel?" fragte Uginet. Schlegel antwortete: "Ich war verheiratet... ich bin geschieden," und Uginets konsternierten Blick bemerkend, erklärte er: "In meinem Land kann man sich unter bestimmten Umständen scheiden lassen." In diesem Moment fegte Germaine in den Raum und froh darüber, Uginet zu finden, übergab sie ihm die Note des Vaters. Er las sie, und mit einem Lächeln sagte er: "Wir haben uns schon darauf eingestellt, mit Ihnen zu reisen, Madame, Olive und ich, auch ins Ausland. Die Vorbereitungen zur Abreise sind übrigens schon im Gang." Dann zog er sich schnell zurück, und Germaine war mit Schlegel allein. Sie machte sich keine weiteren Gedanken darüber, warum er da war, wunderte sich nur, daß er, der Fremde, der plötzlich in ihr Leben getreten war, der einzige sein sollte, der bei ihr aushielt. Unvermittelt fragte sie: "Haben Sie gesehen, Monsieur Schlegel, wie schnell meine Zuschauer verschwanden? Bald werden alle sich davon überzeugen, daß es meine eigene Schuld war, daß ich ins Exil geschickt werde... . Ein paar treue Freunde werden mir vielleicht schreiben. Doch man wird mich vergessen, und bald wird es so sein, als ob ich nie gelebt hätte!" Verstört starrte sie ins Leere. "Madame, ich verstehe, was es bedeutet, verlassen und vergessen zu werden." Sie hörte auf und sah sein kleines Gesicht mit den intensiven Knopfaugen. Er wirkte klug und aufrichtig und war vielleicht bedeutender, als er schien. "Und alle Freunde verlieren..., und hilflos ansehen zu müssen, wie das ganze Leben auseinander fällt?" fragte sie, und Tränen füllten ihre Augen. Er zog sein makellos sauberes und gebügeltes Taschentuch hervor und hielt es ihr hin. Sie übersah es. "Ja", antwortete Schlegel, "... ja, ich war in dieser Situation, Madame, glauben Sie mir ... glauben Sie mir." Immer, wenn eine Frau weinte, war es die Schuld eines Mannes, und er fühlte sich im Innersten aufgerufen, die Sünden seines Geschlechts wieder gut zu machen. Er beugte sich vor und wischte ihr behutsam die Tränen aus dem Gesicht. "Ich weiß, Sie kennen mich erst seit gestern, aber darf ich mich Ihnen als Freund anbieten? Es scheint mir, Sie brauchen einen Freund wie mich." Er war der ideale Freund, der alles verstand. "Sie müssen fort, weit weg", hörte er sich unvermittelt sagen.

"Weit fort", hallte es in ihr wieder. Weit fort mußte sie, in ein unbekanntes Land. Etwas Neues sehen. Das war der Ausweg. Der Gedanke erregte sie. Der neue Freund verkörperte die unerwartete Wendung, das Interessante in dem scheinbar Uninteressanten, die lockende Ferne, war ein Fingerzeig des Schicksals, der ihr den nächsten Schritt zeigte. Dann hatte sie einen Einfall, sah ihn begeistert an, und fast zwitscherte sie vor Aufregung: "Können Sie mich durch Deutschland begleiten? Können Sie mir die wichtigsten Sehenswürdigkeiten zeigen und mich bei den bedeutenden Leuten einführen?" Er traute seinen Ohren nicht. Nach Deutschland zurückkehren, aus dem er vor kurzem geflüchtet war, wo ihn alles an sie und ihn erinnerten? Würde er ihnen ausweichen können? Vielleicht. Berlin, Weimar würden die Ziele sein. Die Provinzstadt, in der sie lebten, konnten sie auslassen. Doch was war mit ihren Erwartungen? Zu den Kreisen der Mächtigen hatte er keine Beziehung und konnte ihr auf diesem Gebiet nicht dienen. Wie sollte er ihr erklären, daß es nicht an ihm lag, sondern daß in Deutschland die Verhältnisse anders waren als in Paris, wo die Literaten mit Politikern Umgang hatten und öffentliche Stellung zum Geschehen nahmen. Es gab kein deutsches Gegenstück zu diesem Nodier, der den Kopf für ein politisches Prinzip hinhielt. Gelehrte und Schriftsteller widmeten sich rechts des Rheins ausschließlich der Wissenschaft und der Kultur. "Madame ...", er hielt inne, nur nicht zu eifrig klingen, nur die Würde bewahren, war seine Devise, "... Madame, ich bin sicher in der Lage, Sie mit Gelehrten und Schriftstellern bekannt zu machen, aber ... ." "Das ist ein guter Anfang", unterbrach sie ihn, “machen Sie mich mit jeder Person bekannt, die etwas Interessantes denkt und zu sagen hat und sich der Poesie widmet, wie Ihr Monsieur Goethe. Seine Geschichte des jungen unglücklichen Werther hat mich außerordentlich berührt. Welche Feinfühligkeit! Ich muß ihn treffen.” Wie neu belebt war sie. Sie lächelte ihn aufmunternd an, er gab vor, seine Entscheidung hinauszuschieben, die er im Grunde schon getroffen hatte: “Es wäre mir ein große Ehre ... aber ...”, sagte er gemessen: “Kein aber”, fiel sie ihm ins Wort. “Bitte sagen Sie ja”, bat sie und, ohne sein Antwort weiter abzuwarten, resümierte sie: “Monsieur Schlegel, es ist entschieden. Sie werden mich in Ihr Land begleiten, und mich mit Ihren großen Geistern und Plätzen bekanntmachen.” Wieder einmal hatte er sich überrumpeln lassen, aber als sie ihn anstrahlte, erinnerte er sich ihrer Tränen und der Rückschläge, die sie in der kurzen Zeit, seitdem er in ihr Leben getreten war, erhalten hatte. Eine Frau wie sie sollte nie leiden. Und ganz unwiderstehlich war das Gefühl, gewollt zu sein. Er stand auf und gab ihr seine Zustimmung mit einer Verbeugung bekannt. Aufregung und Genugtuung mischten sich mit Beklommenheit und Spannung. Würde er ihr genügen? Er, der Pfarrersohn, der sich alles selbst erarbeitet hat? Schon im Aufbruch, sah sie das Spiel wiederstreitender Gefühle in seinem Gesicht nicht, griff schnell nach seiner Zustimmung und verschwand. Uginet steckte den Kopf in die Tür und zwinkerte Schlegel zufrieden zu.

* * * * *

Drei Tage später waren die Pässe für eine Reise ins Ausland besorgt, das Notwendige eingepackt, Rechnungen bezahlt, für die Dienerschaft gesorgt, letzte Besuche gemacht und empfangen. Fouché hatte vier Gendarmen geschickt, die, im Ehrenhof aufgestellt, die Vorgänge überwachten. Germaines große Reisekutsche stand abreisebereit. Zwei weitere Kutschen wurden beladen, die Palmen aus Pappmaché auf das Dach einer Kutsche gehievt und befestigt. Schlegel, im tadellosen Reisekostüm, paßte auf, daß sein Koffer sorgfältig untergebracht wurde. Uginet trug Neckers Büste aus dem Haus und verstaute sie. Dann folgten das Reisetoilettenetui und schließlich der Reiseschreibtisch. Germaine trat aus dem Haus, gefolgt von Olive mit Albertine und Albert im Reisekostüm. Keiner ihrer Freunde und Bekannten war anwesend, um sie zu verabschieden. Sie wandte sich Auguste zu, der traurig herumstand, und umarmte ihn. “Mein Sohn, versprich mir, zu arbeiten.” Gegen Tränen ankämpfend, sagte er mit der rauen Stimme des Stimmbruchs: “Ja, Mama, ich versprech es.” “Und besuche Großvater jeden Sonntag.” Sie hielt sich an ihm fest und wollte weinen, als sie der Klang einer Kutsche ablenkte. Sie sah auf. Juliette war gekommen, schwebte aus ihrer zierlichen Stadtkutsche und flog in Germaines Arme, die vor Freude aufschluchzte. “Germaine, sei versichert, daß jemand, der eine Frau wie du ins Exil schickt, für mich immer ein Tyrann sein wird”, sagte Juliette laut und scherte sich nicht um die Anwesenheit der Gendarmen. “Danke dir, Juliette”, lächelte Germaine unter Tränen und drückte die treue und mutige und so bezaubernde Freundin. “Schreibe mir oft, versprich es”, ermahnte Juliette sie. Die Dienerschaft, die sich aufgereiht hatte, um sich von ihrer Herrin zu verabschieden, begann zu weinen und zu schluchzen. Unbehaglich traten die Gendarmen von einem Fuß zum anderen. Schließlich löste sich Germaine von Juliette und, die Kinder an der Hand führend, ging sie zu ihrer Kutsche, wo Uginet und Schlegel auf sie warteten. Nachdem die Kinder hineingehoben waren, half Schlegel Germaine galant beim Einsteigen und stieg mit einer forschen Bewegung selbst ein. Uginet und Olive bestiegen die zweite Kutsche. Ein Kurier zu Pferde, der ungeduldig auf das Signal zur Abfahrt gewartet hatte, drückte die Beine in den Bauch seines Pferdes, es machte einen Satz und schon klirrten seine Hufe auf dem Pflaster. Germaines Reisekutsche setzte sich in Bewegung und rollte, von den Gendarmen begleitet, durch den Ehrenhof, gefolgt von den beiden anderen Kutschen. Vor dem hohen Eingangsbogen streckte Germaine ihren Hals, um einen letzten Blick auf ihre geliebte Residenz zu werfen. Juliette und Auguste standen auf der Treppe und winkten. Doch Auguste blickte nicht in ihre Richtung, sondern hing mit bewundernden Blicken an Juliette, war dabei, sich in sie zu verlieben, wie alle anderen Männer. Das Leben ging weiter, ohne sie, dachte sie bittersüß. Wann wird sie Juliette, die alles verkörperte, was Paris an weiblicher Schönheit und Verfeinerung anzubieten hatte, wiedersehen? Wird Auguste ein voller Mann sein? Und Benjamin! Wird er ihr nachreisen, wie er versprochen hatte? Dann passierten die drei Kutschen den großen Eingang und bogen nach rechts in die Rue de Grenelle ein, nach Osten, in Richtung Grenze und Rhein. Germaine unterdrückte ihre Tränen. ‘Ich werde zurück sein, ich lasse mir das nicht gefallen’, sagte sie sich und drückte die Kinder an sich.

11

Germaine täuschte sich. Man hatte sie nicht sofort vergessen, jedenfalls nicht, was die höchste Macht im Staat anbelangte. Sie war die erste und wichtigste Nummer auf der Tagesordnung Bonapartes. Er stand in seinem Arbeitszimmer und warf einen kurzen Blick auf ein Dossier, das ihm Fouché geschickt hatte. Es gehörte zu dem jungen Mann, der selbstbewußt und ruhig vor ihm stand. Bonaparte nahm sich Zeit, ihn auf sich wirken zu lassen. Der junge Mann gefiel ihm auf Anhieb. Die besten Empfehlungen hatte er: an seinem Ägyptenfeldzug teilgenommen, wegen Tapferkeit ausgezeichnet, nun im diplomatischen Dienst, Ende Zwanzig, hatte eine starke Ausstrahlung, war gutaussehend, mit ausgezeichneter Haltung, wirkte konzentriert und aufgeweckt, und zur gleichen Zeit hatte er ein Fluidum von etwas Feinfühligem und Melancholischem, das er aber gut zu verbergen verstand. Bonaparte wollte ihn gewinnen und lächelte leicht. Das Lächeln, von dem er wußte, es war unwiderstehlich, würde er nach Bedarf steigern. "Citoyen, Christian Duchavier", sagte er, trat näher und sprach mit freundlicher Stimme: "Wissen Sie, was ich verlange?" Der junge Mann sah ihn ruhig an und antwortete: "Baronesse Madame de Staël wurde exiliert. Ich bin beauftragt, ihr nachzufolgen, wohin sie auch immer gehen mag und über ihre Tätigkeiten zu berichten." Seine Stimme war angenehm, seine Aussprache verriet Bildung und die Sicherheit einer alten Familie. Bonaparte lächelte erneut, die Dosis der Liebenswürdigkeit erhöhend. Duchavier sah ihn ruhig an und fragte: "Citoyen Consul, darf ich nach dem Grund für diesen ungewöhnlichen Auftrag fragen, und warum Sie persönlich sich darum kümmern?" Unwille stieg in Bonaparte hoch über die unaufgefordete Frage, und zugleich gefiel ihm die sichere Kühnheit des jungen Mannes. 'Er hat Prinzipien, er ist kein Schmeichler und Angsthase', dachte er und laut sagte er: "Ich schätze Ihre Kühnheit, Duchavier. Ich gebe zu, es wird Ihrer Wirksamkeit zugute kommen, wenn Sie die Hintergründe kennen ... ."

Er atmete tief und ging ein paar Schritte umher. "Sehen Sie, diese Frau hat einen enormen Einfluß auf die öffentliche Meinung. Ich habe ihr das persönlich klarzumachen versucht ... und doch besteht sie darauf, gegen die Entscheidungen meiner Regierung zu agieren. ... Verstehen Sie, es ist nicht persönlich. Sie ist, in der Tat, eine sehr talentierte Frau ... eine interessante, eine ...", Faszination schwang in Bonapartes Stimme mit, "eine durchaus anziehende Frau, Mutter zweier gesunder Söhne ...", die Stimme wurde neutral, "... und leider eine sehr törichte Frau ... kurz gesagt, sie ist eine Gefahr für Frankreich." Duchavier schien nicht beeindruckt, und

Bonaparte versuchte es auf einer anderen Schiene: "Ich möchte, daß Sie Ihre Anwesenheit in ihrem Leben bemerkbar machen ... das wird Ihnen ein Leichtes sein." Wieder lächelte er ihn gewinnend an, und als er fortfuhr, klang seine Stimme fast weich. "Duchavier, lassen Sie mich Ihnen eine Frage stellen... Eva bot Adam einen Biß des Apfels an, und er nahm an. Glauben Sie, Sie können der Versuchung widerstehen?" Duchavier streckte sich, hob den Kopf zur Seite und fragte erstaunt: "Schlagen Sie vor, daß ich ihr Freund werden und sie täuschen soll?" Bonaparte antwortete nicht, und Duchavier fuhr mit Entrüstung in der Stimme fort: "Um mich auszuzeichnen? Um meines Fortkommens willen? ... Citoyen Consul, ich bin ein Mann der Ehre und habe nicht die Gewohnheit noch die Neigung, mich uneingeladen in die intimen Angelegenheiten einer Frau einzumischen. Mit Verlaub, ich denke, dieser Auftrag ist nicht für mich geeignet."

Duchavier verneigte sich, ein Zeichen, daß er um Entlassung bat. Bonaparte war beeindruckt von seiner Ehrlichkeit und Unabhängigkeit. Ja, er war genau der richtige Mann für seine Absichten. Er wird es weit bringen, falls er ihm treu blieb. "Ein Mann der Ehre", sagte er respektvoll, trat nahe an ihn heran und schenkte ihm ein bezauberndes Lächeln. "Ja, Sie haben recht, die Ehre ist das einzige, was bleibt, wenn alles andere genommen ist. Sie sind in der Tat der Sohn des Baron Guy Duchavier. Ein tragischer Held der Revolution. Ein junger Mann, der Ehre des Familiennamens verpflichtet. Das gefällt mir... . Verstehen Sie mich richtig, ich verlange nichts Unehrenhaftes von Ihnen. ... Einfach gesagt, ich möchte, daß Sie die Kraft herausfinden, die sie treibt. Das wird mir helfen, sie zu verstehen und zu leiten." Duchavier verstand ihn nicht, und Bonaparte erklärte: "Wissen Sie, jede Kampagne hat zwei Phasen. Zuerst der Sieg und dann die Kampagne um die Herzen der Frauen."

Bonaparte bemerkte wachsendes Interesse in Duchaviers Augen. Er hatte einen Nerv getroffen. Der junge Baron hatte Kultur und Respekt vor den Frauen. Mit eindringlicher Stimme fuhr er fort: "Ich würde es vorziehen, das Herz der Dame zu gewinnen, und ... ich bitte Sie, mir dabei zu helfen. Finden Sie heraus, wer sie ist, was sie denkt und fühlt ...", und als ob er etwas von sich selbst preisgäbe, setzte er mit Nachdruck hinzu: "... Das könnte sehr faszinierend sein." Bonaparte wirkte persönlich und menschlich, besorgt um das Wohl einer Dame, die er schätzte. Duchavier sah ihn interessiert an, und Bonaparte bemerkte es zufrieden. Er konnte Menschen gut lesen und den Moment erkennen, in denen er sie überzeugte. Sein Lächeln erblühte nun voll, und nach einer Pause fragte er aufgeräumt: "Nun, Baron Christian Duchavier, sind Sie bereit, diesen Auftrag zu akzeptieren?" Duchavier beugte den Kopf leicht nach vorne. "Ja." Bonaparte seufzte und gewährte Einblick in sein Dilemma: "Verstehen Sie nun, daß sie für Frankreich gewonnen werden muß, oder daß ich sie zerstören muß?"

Bonaparte hatte erreicht, was er wollte. Schnell und freundlich verabschiedete er den jungen Mann und sah ihm verstohlen nach, als dieser mit schönen Bewegungen den Raum durchschritt und von Mustapha durch die Tür gelassen wurde. Beinahe bedauerte er, ihn nicht um sich zu behalten, und für einen Moment beneidete er fast seine Widersacherin um die Gegenwart des gewinnenden jungen Mannes und diesen um die Freiheit, sich ihr zu nähern. Denn interessant war sie, das mußte man ihr lassen, auch wenn er ihre Unabhängigkeit verabscheute. Ob er wohl mehr Erfolg bei ihr haben würde als er? Der Gedanke ärgerte ihn sofort. Er hob die Hand und schloß sie schnell und drehte sich abrupt um.

Im Vorzimmer wurde Duchavier von Fouché abgefangen, der ein Dossier in der Hand hielt, ihn wohlwollend ansah und sagte: "Bonjour Monsieur Baron." Dann öffnete er ein Dossier und reichte ihm Papiere. "Hier ist Ihr Pass für Deutschland, mehrere Begleitschreiben, von Konsul Bonaparte selbst unterschrieben, Sie werden sie brauchen, hier eine Liste der französischen Konsulate in Deutschland mit den Namen der dazugehörigen Orte, Landkarten und Geld in verschiedenen deutschen Währungen." Duchavier blickte ihn konsterniert an. Fouché übersah es, lächelte kurz gewinnend und begleitete ihn zum Ausgang. Dabei übermittelte er ihm die letzten Nachrichten über die Reiseroute de Staëls und der Gesellschaft, in der sie sich befand. Am Ausgang wartete ein Adjudant mit einem dicken Paket. Fouché nahm es ihm ab und überreichte es Duchavier. "Germaine de Staëls Artikel, Pamphlete und ihre Bücher, alles, was sie geschrieben hat, eingeschlossen ihren letzten Roman", und mit einem Anflug von Weichheit setzte er hinzu: "Sie werden sie sicher interessant finden", dann wurde die Stimme wieder undurchdringlich: "Und senden Sie mir einen täglichen Bericht." So hatte man mit seiner Zusage im voraus gerechnet, dachte Duchavier verdutzt, und Zweifel an der Ehrlichkeit seines Auftrags regten sich. War er nur ein Zacken im Zahnrad eines größeren Plans? Was immer dieser war, er schien von höchster Wichtigkeit zu sein, denn Fouché selbst war eingeschaltet. Mit einem langsamen Augenaufschlag blickte dieser ihn durchdringend an und sagte einfach: "Das Wohlergehen Madame de Staëls ist mir persönlich wichtig." Dann senkte er seine Augen und ging. Duchavier unterdrückte seine Zweifel und blickte auf die Listen der Konsulate. Der Name Roger Detertre sprang ihm in die Augen. Der Freund? Was war mit ihm geschehen? Lange hatte er ihn nicht gesehen, seit Ägypten war er aus seinem Gesichtskreis verschwunden. Er soll geheiratet haben, eine gute Partie, die ihm, aus einfachen Verhältnissen stammend und sehr ehrgeizig, weiterhelfen sollte. Wo war er? An einem Ort, von dem er nie gehört hatte und den er nicht einmal aussprechen konnte. "Wuüourrzbourg?"

Alles fließt, ist ohne Anfang und Ende. Alles Feste, Bodenständige hat keinen Bestand. Alles ist aufgelöst, so als ob es nie bestanden hätte. Sie blickt mit vor Entsetzen geweiteten Augen auf den breiten Strom, der unbeirrt und mächtig an ihr vorbeizieht. Das Wasser schluckert feindselig und glänzt abweisend. Dunkelgrau wie Schiefer, widerspiegelt es die graue Wolkendecke, die sich am Himmel breitgemacht hat. Kleine weiße Schaumkronen kräuseln sich zu hübschen Mustern, die sich bilden und auflösen, und ihr Blick verliert sich darin. Sie macht sich Mut. Keinen Augenblick lang aber vergißt sie die ungeheure Flut des Wassers, die zu Seiten ihrer Lider anschwillt. Sie hebt den Blick und sucht das Weite, das Versprechen festen Bodens, und stößt sich an den dunklen Bergen am anderen Ufer, die sie nicht willkommen heißen. Dunkelgrün und abweisend, verstellen sie die Welt, in die sie eindringen möchte, von der sie sich Neues und Erneuerung verspricht, und schieben ihrer Hoffnung einen Riegel vor. Ihr Mut verläßt sie. Niedergeschlagen zieht sie den Blick vom anderen Ufer zurück und läßt ihn auf das Wasser fallen. Wie ein launisches Tier windet sich der Strom durch das weite Flußbett. Smaragdgrün blitzt seine Unterseite auf, so als ob er sich ihr höhnisch zuwendete. Ihr schaudert. Sie setzt ihre Beine fest auf die Erde, das Reich der Kutschenräder und Pferde, das sie viele Male erobert hat. Die Welt des Wassers vor ihr ist unberechenbar, ihr Feind, der sie herausfordert und sie seltsam anzieht. Sie will umkehren, und weiß zugleich, das sie es nicht wird. Sie weicht nie aus, geht immer blind und angstzerrissen in das Zentrum ihrer Ängste. Die wilde Hoffnung auf etwas Neues kehrt zurück und reißt sie mit sich in die Richtung des Wassers. Nichts hält sie nun davon ab, sich auf den Rücken des wilden Tieres zu begeben. Mit aller Wucht wirft sie sich in die Mitte der eigenen Tollkühnheit, treibt die Angst auseinander, die sich bleischwer zusammenballt, peitscht ihren Mut auf, wie der Wind das Wasser. Nichts läßt sie gelten, was ihr dabei im Weg steht, am allerwenigsten die Vernunft.

Ein Sturm sei angesagt. Umso besser, die Bühne verlangt nach Drama. Ein plötzlicher Wind fährt aus der Höhe hervor, bläht den Rock auf, zerrt am Turban, streift spielerisch die Oberfläche des Wassers, treibt Schaum und Wassertröpfchen auf und verschwindet. Alle Warnungen von Gefahr schickt sie ihm nach. Die Pferde bocken, stemmen sich gegen die schaukelnde Fähre, sind taub gegen Zureden. Der Kutscher schwingt die Peitsche. Die Fähre wird vom Ufer abgestoßen. Sie flüchtet sich in die Kutsche und blickt auf das Wasser. Graublau und durchsichtig zeigt es ihr die kalte Schulter, gibt sich scheinbar geschlagen. Sie ahnt die Wut, die sich im Bauch des Ungeheuers sammelt, und wartet gespannt auf seine Entladung. Wie zum Vorspiel wölbt es willkürlich seinen Rücken, bauscht sich zu großen Wellen auf und streckt sich wieder glatt aus. Der

Kampf zwischen ihr und dem Wassertier hat begonnen. Eine zitternde Aufregung erfaßt sie, aus der verdrängten Angst preßt sie neuen Mut. Die Fähre wird schneller, von unsichtbarer Hand mitgerissen. Die Schutzzone des Ufers ist verlassen, die Launen der ungezähmten Natur greifen zu. Wie aus dem Nichts fahren dunkle, schwere Wolken im Nordwesten auf und ballen sich drohend zusammen. Eine Geste der Himmelsgötter, die ihrem Trotz gilt. Der Wind heult erneut auf, ein kalter Vorbote des Unheils. Der erzürnte Himmel verbündet sich mit dem Wasser, das in toller Zerstörungslust aufbraust. Wie ein Dreizack fährt eine neue Bö in das Wasser und wirft es unter Schäumen und Zischen zu Bergen auf, die sich überschlagen und zusammenstürzen, hinuntergezogen von der Kraft des Ungeheuers. Gebannt starrt sie auf das Schauspiel, die Lider wie abgeschnitten. Die Mähnen der Pferde flattern wild im Wind. Sie drücken die Köpfe an die Brust, starr vor Angst und in ihr Schicksal ergeben. Die Ruderer legen sich ins Zeug und werden von den aufgeputschten Wogen angefallen, so daß ihre Kleidung an den muskulösen Körpern klebt. Unbeirrt stemmen sie sich mit voller Kraft in die Ruder. Der Wind macht sich stark und rüttelt ungeduldig an der Kutsche. Regen bricht in massiven Bahnen aus den Wolken, fällt prasselnd auf die Fähre und versperrt die Sicht. Der Sog der Tiefe zieht an ihr. Es kracht und ächzt unter ihr, es klopft an der Fähre. Die Welt wird zu Ton und Gefühl, alles verbündet sich zu einer einzigen Bewegung in einem wilden Tanz.

Sie steigt aus der Kutsche und stellt sich auf, legt ihr Gewicht auf die festen Beine, wie auf Pfeiler, spürt sich und den eigenen Körper, auf dem der Regen aufschlägt, am wilden Herzschlag der Natur. Eine irre Freude reißt sie mit, ein Rausch überfällt sie, der die Panik durchbricht und über die Todesangst triumphiert. So müßte es in einer Schlacht zugehen! Sie nimmt den Turban ab, lädt den Wind ein, ihr in die Haare zu fahren, der sich gleich darauf einläßt. Nun erwartet sie jede Windbö mit Spannung und lauscht zugleich auf das Raunen der Tiefe, reitet auf dem wildgewordenen Ungeheuer, das seine Kräfte losläßt, sie abschütteln und verschlingen möchte. Maßlos erregt, ergreift sie den Stab aus Widerstand und Trotz und dirigiert die Symphonie des Unheils. Sie wiegt sich im Rhythmus der wild geschüttelten Fähre, lacht trotzig auf. Ihre Augen leuchten. Endlich reiben sich die Kräfte aus der Tiefe müde an ihrem Widerspiel und erlahmen allmählich. Die Lust am Wüten gegen die einsame Frau vergeht, denn sie stellt sich der Angst und macht das Spiel mit. Der grenzenlose Aufruhr, der sie zu vernichten droht, holt die eigenen Kräfte hervor, die ihren Ursprung im Schoß der Natur haben. Nicht Gegensatz, sondern Gleichklang fühlt sie mit dem blindwütigen Brausen. Trotz aller tollen Ungezähmtheit folgt es einem höheren, stillen Gesetz, welches das Chaos bindet und in annehmbare Formen leitet. Die Wolken sind geleert, die Ladung ausgegossen, die Drohung verflüch-

tigt. Das Wasser glättet sich, zeigt sich hübsch, kräuselt sich zu feinen, flachen Wellen, wie das Haar einer Pariserin, so als ob es gefallen wollte. Sie hat gewonnen. Doch sie ist eine großherzige Siegerin, schließt den großen Strom für immer in ihr Herz, zollt ihm Bewunderung, ist ihm dankbar für die Läuterung, zu der er sie zwang, und die sie nun von ihrem vorherigen Leben ablöst. Innerlich jubelt sie und blickt begierig auf das näherrückende Ufer, das die Regenwand in weißen Dunst gehüllt hat. Ihr neugieriger Blick reißt Löcher in die dampfende Trennwand, in die sich die grünen Berge drängen, um dann wieder im hellen Schleier zu verschwinden, bis ihre Ungeduld den Nebel endgültig vertreibt und das Ufer in klaren Konturen vor ihr liegt. Die Berge, mit Weingärten überzogen, sind von menschlicher Hand gebändigt. Die Kräfte der Zivilisation bündeln sich in einem kleinen Ort am Fuß der Berge. Saubere Dächer scharen sich um einen roten Kirchturm. Die Strahlen der untergehenden Sonne brechen durch und hellen die Weinberge auf, zeigen ordentliche Reihen vor, von sauberen Wegen getrennt. Die Dächer der Häuser leuchten auf. Die ganze Welt ist in warme Rottöne getaucht, die alles überziehen. Selbst das Wasser nimmt das Rot an, und das Licht setzt goldene Flocken auf seine besänftigten Wellen. Die Strahlen der Sonne dringen tief in sie ein und entzünden so etwas wie eine erste Liebe für diese neue Welt, seltsam beklommen und zart.

12

Germaine wollte so schnell wie möglich vorwärts kommen. Vom ersten bis zum letzten Lichtstrahl des Tages schnitten ihre drei Kutschen durch die Landschaft, passierten kleine Städte und Dörfer nach Osten, der Grenze zu. Germaine hatte endlos lange Tage in ihrer Kutsche gewohnt. Unzählige Male war sie zwischen Coppet und Paris hin und her geeilt, immer im schnellsten Tempo, atemlos, von Unruhe vorangetrieben, auf der Jagd nach einem Ereignis, zu einem geplantem Unternehmen, dessen Bedeutung in ihren Augen wuchs, je näher sie ihrem Ziel kam. Ihre Dienerschaft und ihre Kutscher warfen sich ins Zeug, schonten nie Pferde und sich, um mit ihrer Unruhe Schritt zu halten. Dieses Mal war es nicht anders. Nur gab es nun kein bestimmtes Ziel, keinen Termin, keine Persönlichkeit, die sie erwartete, nur ein großes unbestimmtes Nichts, in dem unbekannte Beschwerlichkeiten und Gefahren lauerten. Es war wie eine Flucht aus dem Paradies, aus dem sie verstoßen war in die Fremde, die sie unweigerlich gegen alle ihre Instinkte und Wünsche anzog. Sie trieb vorwärts, als wäre sie magisch von der Angst vor dem Neuen angezogen. Ihre Ängste richteten sich auf die bevorstehende Überquerung des Rheins, des großen Flusses. Je näher sie ihm kam, desto mehr fürchtete sie sich vor dem unbekannten Element. Der Fluß nahm fast allegorische Züge an, als eine unbekannte Kraft der Natur, die sie für immer von ihrem alten Leben trennen würde. Eine Mutprobe war es allemal. Doch vielleicht auch das Tor zu einem Neubeginn, sagte sie sich vor. Nur nicht darüber nachdenken. Sie wollte die Herausforderung im Sturm nehmen, den Schwung der schnellen Bewegung nützen.

Die kleine Kohorte erreichte den Rhein und hielt an. Es war später Nachmittag. Ein kühler und grauer Tag. Germaine schaute fröstelnd aus dem Kutschenfenster auf den Fluß, der dunkel und kalt glänzte und unbeirrt und mächtig an ihr vorbeifloß. Er machte einen ungeheuren Eindruck auf sie. Es war schlimmer, als sie sich es vorgestellt hatte. Gleichgültig floß er an ihr vorbei, und alles zog er mit sich auf ein unbekanntes Ziel zu. Sie sah die kleinen Stromschnellen und betrachtete fasziniert die Wirbel auf seiner unruhigen Oberfläche. Mit Schaudern dachte sie an die Tiefe des Wassers. Es roch seltsam, nach nasser Verwesung und Tang, und sie dachte an tote Fische und Leichname im feuchten Grab. Das Gras am Ufer leuchtete fett, und das Wasser überspülte es in regelmäßigen Abständen. Sie dachte ans Ertrinken. Sie versuchte, sich Mut zu machen und blickte zum anderen Ufer. Graue, nebelverhangene Berge versperrten ihr den Zugang. Die unbeweglichen Berge waren unverrückbare Zeichen ihrer Ohnmacht, stellten ihr die Zustände vor, die sie nicht ändern konnte, verkörperten alles, was Grenzen bedeutete, die sie nicht selbst erwählt hatte. Tiefe Ängste rührten sich in ihr, und ihre Augen blieben erschreckt am Wasser hängen. Sie hatte keinen festen Boden mehr, alles war in Fluß gekommen. Sie stand zwischen zwei Polen, die sie in gegensätzliche Richtungen zogen. Nur nicht nachdenken, nur vorwärts, ehe sie den Mut verlor.

Eine Fähre lag da. Einige Männer waren im Begriff, sie am Ufer festzubinden. 'Warum, der Tag ist nicht zu Ende', fuhr es in sie. Doch schon stieg Uginet aus der zweiten, bescheideneren Kutsche und ging zu den Männern, um die Überfahrt auszumachen. Sie beobachtete ihn gespannt. Die Männer schüttelten den Kopf. Er wiederholte seine Fragen. Sie verstanden ihn nicht. Sie verstanden offensichtlich kein Französisch. Pikiert von soviel Unzivilisation, kam er zurück.

Schlegel sprang behende aus der Kutsche, um einzugreifen. "Sagen Sie dem Kapitän, Geld spielt keine Rolle", rief ihm Germaine nach, und ihre Stimme klang dringlich. Schlegel machte den Kapitän aus und sprach mit ihm. Er kam zurück und sagte. "Die nächste Fähre geht erst morgen früh. Es gibt ein gutes Gasthaus in der Nähe." "Nein", unterbrach sie ihn verzweifelt: "Ich will heute noch übersetzen. Bieten Sie ihm das Doppelte." Die Vorstellung von einer schlaflosen Nacht in einer kleinen Herberge, mit dem reißenden Fluß vor Augen, war ihr unerträglich. Schlegel ging zum Kapitän zurück. Dieser schüttelte mit dem Kopf. Schlegel kam zurück. "Madame, ein Sturm wird aufkommen. Der Kapitän rät von einer Überfahrt ab." "Ich sehe keine Anzeichen von einem Sturm. Sagen Sie ihm, er kann die Summe selber nennen." Sie klang trotzig und wütend. Schlegel ging noch einmal zum Kapitän und verhandelte mit ihm. Schließlich stimmte dieser zu. Der Kutscher trieb die Pferde an. Sie bockten, weigerten sich, die Fähre zu betreten. Der Kutscher zog, schob und schlug mit der Peitsche auf sie ein. Schließlich gaben die Tiere nach, und die drei Kutschen rollten auf die Fähre. Eine Bauersfrau mit einem Handfuhrwerk kam wie aus dem Nichts und schlüpfte auf das Gefährt, offensichtlich froh, weiter zu kommen.

Schlegel und Albert, der ganz aufgeregt war, gingen an Deck. Germaine blieb mit Albertine in ihrer Kutsche. Die Fähre stieß vom Ufer ab, und für ein paar Momente schaukelte sie heftig, beruhigte sich schnell wieder und fiel in ein leichtes Wiegen. Germaine blickte aus dem Fenster und sah, wie der Abstand zum Ufer wuchs. Das ist geschafft. Doch ein Blick auf das laut schwappende Wasser, und ihre Spannung kehrte zurück. Die Fähre fuhr plötzlich rascher. Die Strömung riß sie förmlich mit sich. War das normal? Das Wasser floß schneller, und die Wellen schlugen höher. Der Fluß war ihr

Feind, unfaßbar und an Macht zunehmend, je mehr sie sich vom festen Ufer entfernten. Sie sah die Bauersfrau auf ihrem Karren sitzen und gleichgültig auf das Aufbegehren des Wassers blicken. Wie konnte sie nur so ruhig sein! Germaine drückte Albertine an sich.

Dunkle, schwere Wolken fuhren wie aus dem Nichts im Nordwesten auf, und ein kalter Wind kam auf und schüttelte die Fähre, brachte sie zum Schaukeln auf den aufgepeitschten Wellen. Das Wasser gurgelte, zischte und krachte gegen die Fähre. Germaine hielt sich die Ohren zu und zog die Vorhänge schnell vor. In dem Augenblick fiel ihr Albert ein. Sie zog die Vorhänge wieder auf und blickte angsterfüllt hinaus. Die Mähnen der Pferde sausten im Wind, wie erstarrt hielten diese die Köpfe an die Brust gepreßt, die Augen angstweit geöffnet, die Nüstern gebläht. Die Ruderer kämpften mit aller Kraft gegen die schier haushohen Wogen. Sie waren völlig durchnäßt. Der Wind blies in die Wellen, so daß sie aufschäumten und zu ihrer Kutsche spritzten. Auch der Wind machte sich über diese her und schüttelte sie durch, daß es nur so krachte und ächzte und sie zu zerbrechen drohte. Dann brachen die Wolken entzwei, und der Regen prasselte auf das Dach herab, der Geruch von feuchtem Leder stieg ihr in die Nase. Die Elemente waren losgelassen.

"Albert", schrie sie. Durch die nasse Regenwand sah sie ihn an der Reling stehen, wie berauscht von dem Schauspiel, ohne Sinn für Gefahr. "Albert, um Gotteswillen, geh runter", schrie sie noch einmal. Aber der Wind schlug ihre Stimme in ihre Richtung zurück. Albert kletterte höher auf die Reling und öffnete die Arme. Ein Stoß, und er wankte, versuchte seine Balance zu finden, verlor sie und stürzte vornüber. Sie stieß einen durchdringenden Schrei aus. Da kam Schlegel ins Bild. Er sprang zu Albert und hielt ihn fest, zog ihn herunter, und strich ihm über den Kopf. Germaine war am Ende ihrer Fassung. Sie begann zu weinen. Albertine umschlang sie.

Das Wüten des Sturms erschien ihr wie eine Ewigkeit. Wieder schaute sie nach der Bauersfrau. Diese kauerte immer noch ergeben auf ihrem Handwagen. Sie blickte auf, als ob sie die verstörten Augen de Staëls spürte und zuckte gleichmütig mit den Schultern. Plötzlich hielt Germaine es nicht mehr aus, das Unheil passiv in ihrer Kutsche abzuwarten. Nur sich bewegen, denn solange sie sich bewegte, konnte sie sich die Angst vom Leib halten. Sie drückte die Tür gegen den Wind auf und trat mutigen Schritts in die regendurchpeitschte und windheulende Welt. Der Wind griff in ihren Schal, und sie kämpfte gegen ihn und wickelte den Schal fest um sich herum, hielt ihn trotzig fest und stemmte ihre Beine fest auf den Boden der Fähre. Das wäre noch schöner. Sie war kein Schwächling, den man umwerfen konnte. Der Regen trommelte auf sie herab. Sie kümmerte sich nicht darum, ließ sich nicht einschüchtern. Zimperlich war sie nie gewesen. Erkältungen und dergleichen kannte sie nicht. Hatte sie nicht etwa Bauernblut in sich, von den Neckers aus Pommern her? Fasziniert beobachtete sie das Naturschauspiel, während sie von Wind und Regen gebeutelt wurde. Etwas rührte sich in ihrem Innersten. Es war nicht Angst, sondern mehr ein tiefes Frohlocken über die wilde Freiheit der Elemente. Sie fühlte sich ihnen fast verwandt. Die Entfesselung chtonischer Kräfte wühlte eine tiefere Schicht in ihrem Inneren auf, aus der ihre ungeheure Lebenskraft kam. Sie vergaß die Gefahr und lachte auf. Albertine beobachtete die Mutter mit einer Mischung aus Angst und Erleichterung.

Der Wind legte sich plötzlich, es hörte auf zu regnen, das Wasser beruhigte sich, das Ufer kam näher. Bald würden sie es geschafft haben. Germaine holte Albertine, und sie traten an die Reling zu Albert und Schlegel. Ein leichter Nebel verschleierte die näherrückenden Berge. Ab und zu gab es freie Stellen, in die sich die grünen Berge drängten, um dann wieder hinter dem Nebel zu verschwinden. Albertine blickte mit großen Augen auf das Versteckspiel der grünen Riesen. Vielleicht schlafen sie nur, und mit flüsternder Stimme fragte sie: "Ist das, wo die Elfen und Feen leben?" Schlegel antwortete: "Ja, das ist hier, aber hinter den Bergen." Albert, auf dessen bleichem und abgekämpftem Gesicht kindlicher Stolz über das bestandene Abenteuer lag, fiel ein: "Und böse Ungeheuer und Riesen?" Schlegel hörte das Bangen in der heiseren Stimme und antwortete "Ja, Albert, aber sie leben tief im Wald versteckt, nicht hier. Weit weg", und mit beruhigender Stimme fügte er hinzu: "Sie können dir nichts tun, weil sie Angst vor einem Ritter haben, der sie besiegen kann." "Einem Ritter auf einem weißen Pferd mit einem glänzenden Schwert." "Ja, so einer, aber ich habe diesen Ritter selbst noch nicht gesehen."

Der Nebel verzog sich, und das Ufer lag in klaren Umrissen vor ihnen. Ein kleiner Ort nistete zu Füßen der Berge, die mit Weinstöcken überzogen waren. Schieferbedeckte Dächer drückten sich eng aneinander. Ein spitzer Kirchturm ragte aus ihrer Mitte heraus. Alles wirkte überschaubar und geordnet. Der Wein wuchs in ordentlichen Reihen, von sauberen Wegen getrennt. Kein Unkraut wurde dort geduldet. Dann brachen die Strahlen der untergehenden Sonne durch die Wolkendecke, tauchten die neue Welt in warme Rottöne und erwärmten Germaines Herz. Selbst der Fluß wirkte friedlich. Wie in ein Märchen von Perrault war sie versetzt, in einen befriedeten Seelenzustand, für den sonst kein Platz und keine Zeit in ihrem Leben war. Als sie die Verzückung der Kinder bemerkte, überließ sie sich der Erfahrung der Verzauberung.

Die Fähre legte an. Schlegel bot Germaine den Arm und half ihr in die Kutsche. Albertine folgte ihr. Sie ging mit Albert zu Fuß an Land, aufrecht und bewußten Schritts. Als die Fähre auf festen Boden rollte, wurde Germaine von einem Hochgefühl ergriffen. Die erste Begegnung mit dem fremden Land war auf ihrer Seite. Wie erneuert betrat sie es, staunend über die Folge des wilden Wütens der Elemente und stiller, geordneter Zivilisation. Das seltsame Neue zog sie an, ließ sie vergessen, was sie verlassen hatte.

Sie mußten den Zoll passieren und hielten an einem Schlagbaum an. Der Offizier im Dienst erschien, angezogen von der ungewöhnlichen Reisegesellschaft. Er tauchte am Fenster von Germaines Kutsche auf und musterte die ungewöhnliche Frau mit Neugierde. Sie wirkte wie eine Zigeunerin mit ihrem Turban und zugleich wie ein Herrscherin in ihrem offensichtlichen Reichtum, in jedem Fall sicher und selbstbewußt. Er spürte ihren neugierigen Blick auf sich und bemühte sich, gelassene und standesgemäße Fassung zu bewahren. Er bereitete ihr Unbehagen. Sie wußte, durch Schlegels Unterricht in der Kutsche, daß ihr Napoleons Ruhm in deutschen Ländern vorausgegangen war und besonders in den westlichen Rheinländern Begeisterung ausgelöst hatte. "Wohin fahren Sie?" fragte der Offizier neutral. "Nach Weimar", fiel Schlegel ein: "Nach Weimar?" Der Offizier musterte Germaine erneut. Er konnte sich nicht von ihrem Anblick lösen. Zu ungewöhnlich war sie in ihrer auffallenden Aufmachung, mit ihrer sprühenden Energie, hinter der sie ihre Angst vor dem uniformierten Mann erfolgreich verbarg. Uginet händigte dem Zollbeamten die Reisepapiere aus. Er studierte sie genau und ließ sich Zeit. Die Papiere sind in Ordnung. Warum aber braucht er so lange? "Madame de Staël, die Madame de Staël?" fragte er gedehnt und schaute sie ungläubig an. "Ja, das bin ich", antwortete sie mit unbeteiligter Stimme.

Und es wurde ihr zum erstenmal voll bewußt, daß sie durch ihr Exil öffentlich zur Gegnerin Bonapartes gestempelt war, ein Kainsmal trug, sichtbar für jeden, der etwas zu sagen hatte. Wer würde sie schützen gegen die, die ihre Ausweisung zum Freibrief nähmen, sie zu schikanieren und schlecht zu behandeln? Sie wartete mit Spannung auf ein vernichtendes Urteil. Würde er sie zurückschicken, festnehmen, ausfragen? Sie hielt den Atem an. Er blickte noch einmal auf die Papiere. Sie bemerkte seinen sehnigen Hals, der sich am festen Kragen seiner Uniform zu reiben schien. Dann sah er auf und blickte sie mit ehrfurchtsvollen Augen an. "Madame, es ist schwierig zu glauben, Sie in Person zu treffen, und völlig unerwartet … . Es ist mir eine Ehre", sagte er freundlich, und Bewunderung schwang in seiner Stimme. "Willkommen und eine gute Reise." Er verbeugte sich, gab die Papiere Uginet. Schlegel erkundigte sich noch nach der besten Unterkunft, bestieg die Kutsche und die Reisegesellschaft setzte sich in Bewegung.

"Mama, wieso kennt dich dieser Mann?" fragte Albert, beeindruckt von dem kühlen Auftritt des Offiziers. "Mamans Bücher machen sie berühmt, du Dummkopf", sagte Albertine schnippisch. "Du weißt wirklich gar nichts." Erleichtert sank Germaine in das Polster zurück. Man kannte sie, man las ihre Bücher auch auf der anderen Seite des Rheins. Vielleicht hatte sie ein Land betreten, das voller neuer Reize und Überraschungen war. Das mußte sie alles ganz schnell Papa berichten. Sie griff zu Feder und Papier und begann zu schreiben.

13

Seit Tagen waren sie nun unterwegs. Sie passierten kleine Städte, winzige Dörfer und reisten auf vielen schlechten Straßen, wo man ihnen nachgaffte, schliefen in bescheidenen Gasthäusern, aßen schlechtes Essen und begannen sich an das dunkle Brot mit der harten Kruste zu gewöhnen, das Schlegel so anpries. Sie zogen durch Einöden und kämpften sich durch diese endlosen, dunklen Wälder, die sie in ihre unheimliche Tiefe zu verschlingen drohten. Germaine schirmte sich gegen die Wildnis, aus der das Dunkel hervorkroch und seltsame schwere und süße Gerüche drangen, und hielt den Vorhang zugezogen. Manchmal schreckte sie ein scharfer Vogelruf auf, gefolgt von einem Todesschrei, vielleicht der eines Hasen, der einstimmte in das untergründige Klagelied der natürlichen Welt, die sie abstieß. Sie zog die Vorhänge zu und machte die Kutsche zu ihrem imaginären Salon. Sie versenkte sich in ihre Bücher, schrieb unendlich viele Briefe, die, sobald sie fertig waren, dem Kurier, der neben ihnen herritt, übergeben wurden, der davonstob, um sie bei der nächsten Poststation abzugeben und bald darauf wieder erschöpft neben Germaines Kutsche auftauchte.

Germaine war seltsam fasziniert von dem fremden Land. Daß sich in diesem rauen Land eine Zivilisation geformt hatte, war schwierig, sich vorzustellen. Die Gasthäuser, die sie besuchten, waren immer verräuchert und die Menschen schienen dumpf. Doch dazu stand im Kontrast, daß selbst in den unbedeutendsten Orten von irgendwoher Musik in den harmonischsten Tönen herwehte, oder irgendein Chor sang. Ihre Eindrücke regten Germaine zum Nachdenken an. Sie wollte wissen, warum die Dinge so waren, wie sie ihr vorkamen. "Sagen Sie mir alles über Deutschland, was Sie wissen, Monsieur Schlegel", und sah ihn interessiert an, so als ob sich eine Antwort in wenigen Worten zusammenfassen ließe. Schlegel ließ sich nicht entmutigen und begann einen Vorlesungskurs über Geschichte, angefangen bei den Germanen. Sie griff nach den Perlen seines ungeheuren Wissens und formulierte ihre neuen Erkenntnisse, schrieb sie nieder und probierte neue Verbindungen aus. Sie war unentwegt aktiv. Auch ihr Deutschunterricht hatte ernsthaft begonnen. Schlegel behauptete sich spielend auf dem Feld des gebildeten Weltbürgers gegen ihre unablässigen Vorstöße. "Sie sind doch der gebildetste Mann der Welt", lobte sie ihn, und ähnliche bewundernde Ausrufe folgten. Ihre Komplimente, die sie freizügig austeilte, entschädigten ihn etwas für die Arbeit mit Albert, der entsetzlich hinten nach war, was sein schulisches Wissen betraf. Bald war Schlegel die Rolle zugefallen, ihn hochzupäppeln.

Fasziniert von ihrer Energie, die sie verströmte, beobachtete Schlegel sie heimlich, registrierte, wie sich der Ausdruck ihres Gesichts ständig änderte und rätselte, was in ihr vorging, suchte zu ergründen, was verborgen war unter ihrer rastlosen Tätigkeit. Verliebte er sich vielleicht schon in sie, fragte er sich, und der Gedanke erregte ihn. Es lief gut für ihn, denn während der langen Tage gab es viel Gelegenheit, seine Vorzüge, sein Wissen, seine eleganten Redewendungen und seine ironische Sehweise zur Geltung zu bringen. Er verstand es, die berühmte und verwöhnte Frau zu unterhalten und zum Lachen zu bringen. Doch die Blicke, die er ihr verstohlen zuwarf, merkte sie nicht. Nur Albertine fühlte instinktiv, daß der aufgedonnerte Mann, der sich weltgewandt und glatt und amüsant gab, ein Herz voller Sehnsucht nach Nähe hatte. Sie hatte es schon oft erlebt, wie sehr ihre Mutter sensible Männer anzog, so als ob sie sich Heilung eines verborgenen Schmerzes von ihrer Lebenskraft erwarteten. Sie spielte mit ihren Puppen und hörte den Märchen zu, die Schlegel ihr spannend erzählte. Ebenso geschickt ging er mit Albert um, erklärte ihm mit Lammsgeduld zum hundertsten Male grammatische Grundbegriffe und korrigierte dieselben Rechtschreibfehler.

Nun fuhren sie durch einen besonders einsamen Wald. Die Bäume standen dicht gedrängt auf dickem Moos, das jeden Laut erstickte. Es schien, daß diese Landschaft nichts von einem Menschen wußte. Albertine zog ihre Puppen dichter an sich. Albert stellte seine Zinnsoldaten in Verteidigungsstellung und baute im Geiste an einer neuen Strategie. Plötzlich drang heiseres Schreien von mehreren Stimmen in die abgeschlossene Welt der Kutsche. Es waren häßliche Töne. Die Kutsche ruckelte, verlangsamte sich. Germaine legte ihre Feder hin und schaute nach, was die Störung zu bedeuten hatte. Ein paar ärmlich gekleidete Männer hängten sich an das Zaumzeug der Pferde. 'Mein Gott, Räuber.' Sie bedeckte Albertines Augen. Der Kutscher brüllte, knallte mit der Peitsche, die Pferde drohten durchzugehen, er riß grausam an den Zügeln, die Pferde wieherten vor Schmerz und sprangen vorwärts, die Kutsche wurde nach vorne geworfen, die Räuber versuchten, sich am Zaumzeug festzuhalten und wurden mitgeschleppt. Der zweite Kutscher zielte mit der Peitsche nach ihnen. Germaine feuerte sie an. Die Räuber gaben auf, wurden von Furcht ergriffen und flohen.

Mit Mühe waren sie einem Raubüberfall entgangen. Die Räuber hatten nicht mit der Erfahrung von Germaines Kutschern gerechnet, die eine ungewöhnliche Lehrzeit während der Revolution durchgemacht hatten, als ihre Kutsche mehrmals von einem Mob umzingelt wurde, der kreischend ihren Tod forderte. Geistesgegenwart, schnelle und brutale Schläge hatten sie gerettet. Seltsam, wie ruhig sie in diesen Situationen geblieben war. Erst im nachhinein war ihr der Schreck in die Glieder gefahren. Diese armseligen, halb verhungerten Räuber konnten sich nicht mit dem Pariser Mob vergleichen. Auch Albert hielt sie für Stümper. "Die haben das falsch gemacht", offerierte er. "Sie hätten die letzte Kutsche angreifen sollen, dann wären wir alle stehen geblieben."

Endlich hörte der Wald auf und gab den Blick auf eine bergige Landschaft frei, in die menschliches Wirken Ordnung gebracht hatte. Ein Teppich an Feldern und Wiesen breitete sich aus, in die kleine ordentliche Dörfer hineingestrickt waren. Schlegels Nüstern weiten sich in einer Aufwallung von Heimatliebe. Die Landschaft hielt, was sie versprach. Sie fuhren an duftenden Wiesen vorbei, in der roter Mohn schaukelte. Sie hielten an. Die Kinder stoben vor Freude lärmend über die Wiese zu einem kleinen Laubwäldchen. Uginet trat in Aktion, und unter seiner Aufsicht stellten die Diener alles zu einem Picknick bereit. Es fehlte an nichts. Das weiße Damasttuch, die geschliffenen Gläser, die mit leuchtend rotem Wein gefüllte Karaffe, das Silberbesteck mit "N" eingraviert, das Service, das den Kopf Neckers aufwies. Das eingelegte Huhn, Hartwurst, Käse, getrocknete Früchte. Nur das frische Brot fehlte und wurde ungern durch Zwieback ersetzt.

Germaine machte einen Rundgang über die Wiese. Auf der Suche nach neuen Reizen inspizierte sie die Umgebung wie ein Exotikum, lief mit festen Schritten, ohne zu sehen, wohin sie trat, als ob sie auf einem festen Weg ginge. 'Wie ein General, der ein Land für einen Feldzug auskundschaftet', dachte Schlegel, der Mühe hatte, mit ihr Schritt zu halten. Er suchte nach einem Thema, sich einzubringen, denn ihr gefiel die ständige Unterhaltung, und sie erwartete, daß er sie unterhielt. "Madame, die Natur...", begann er mit einer Spur von belehrendem Pathos. Sie unterbrach ihn sofort: "Ich weiß, Monsieur Schlegel, die Natur hat ihre Schönheiten. Aber ich ziehe jede Gelegenheit in anregender Gesellschaft zu sein, dem schönsten Panorama vor." Schlegel streckte die Waffen nicht. "Madame, die Natur vermag uns zu erneuern", belehrte er sie mit fast strenger Stimme, und Germaine hörte mit halbem Ohr zu. Die verborgene Bedeutung der Natur interessierte sie nicht sonderlich. Bei dem Wort "Weltseele" jedoch horchte sie auf. Nun war Schlegel nicht zu halten. Feierlich sprach er von der Natur als Symbol eines höheren Seelensystems, das alle ihre Erscheinungen einbände.

Germaine blickte um sich, wie um die Erscheinungen, von denen Schlegel sprach, zu fassen und bemerkte die Mohnblumen. Rot war ihre Lieblingsfarbe. Spontan kniete sie sich nieder, um sie zu näher zu betrachten, so als hätte sie sie zum erstenmal in ihrem Leben gesehen. Hingerissen war sie von dem Bau der Blüte, dem satten Rot der Blütenblatter und dem schwarzen Blütenstand, im reizvollen Kontrast zu den Blüten. Schlegel stand etwas steif neben ihr und beobachtete sie. Sie beugte sich selbstvergessen vor und saugte Farben und Licht und Formen auf, den Mund halbgeöffnet, als ob sie das Anschauliche kosten wollte. Er verspürte den Wunsch, sie zu berühren und wußte im gleichen Moment, daß er die Barriere nicht durchbrechen konnte. Seine Worte waren an ihr heruntergeglitten bis zu dem Moment wo er, um sie zu beeindrucken, mit Schellings Begriff von der Weltseele aufwartete. Und dabei war er so weit fortgereist, um dem Schatten des ehemaligen Freundes zu entfliehen. Es waren nun dessen kühne Gedanken, die seinen Worten Flügel gaben. Es tat ihm weh. "Ist das die Weltseele?" fragte sie und ihre Hand streckte sich nach einer Mohnblume aus. Sie wollte sie besitzen und pflückte sie unsanft. Die Blätter fielen ab. Sie verlor ihr Interesse. Der Ausflug in die Weltseele der Natur war für sie beendet.

Die fertige Essenstafel erwartete sie. Sie setzten sich auf Klappstühle. Uginet kam mit einer Wasserkaraffe und goß Wasser auf Germaines Hände. Olive trocknete sie. Dann wurden sie bedient. Germaine aß mit gutem Appetit. Die Kinder rannten beglückt durch das Laubwäldchen. Albertine versteckte sich. Albert sollte sie suchen. Er mogelte, lugte, beobachtete, wohin sie ging. Sie glaubte sich gut versteckt und bedeckte vorsichtshalber die Augen mit ihren Händchen. Aber Albert fand sie schnell. Sie protestierte, den Betrug ahnend und lief vor Wut hinter ihm her. Uginet fing sie ein, und Olive achtete darauf, daß sie gut aßen.

Ein hagerer, großer Mann kam des Wegs. Ein armseliges Bündel, an einen Stock gebunden, hing ihm über der Schulter. Er sah müde und hungrig aus und warf einen verwirrten Blick auf die vornehme tafelnde Gesellschaft, das weiße Tischtuch, die blitzenden Kristallgläser, die reichlichen Lebensmittel und ging schnell weiter. "Rasch, Uginet, geben Sie ihm eine Flasche Wein und Käse", rief Germaine. Uginet stand auf, nahm das Gewünschte, folgte dem Mann und gab es ihm. Dieser nahm die Gabe an, schüttelte verwundert den Kopf und setzte seine Wanderschaft fort. Germaine war plötzlich froh. Sie lehnte sich zurück und sah in den Himmel, an dem runde Schafswölkchen in Richtung Osten zogen. Sie dachte, daß dieser wunderbare Sommerhimmel über Paris lagerte und von dort den Bogen über sie und all die guten Dinge, die auf sie warteten, spannte. Sie blickte auf das kantige Portrait des Vaters auf ihrem Teller und lächelte.

"Erzählen Sie mir von Ihrem Goethe", forderte sie Schlegel auf. "Was mag er am liebsten?... Die Liebe, wie sein Werther?" "Die Ruhe liebt er am meisten, heilige Ruhe", antwortete Schlegel. Es klang fast wie eine Warnung, nicht zuviel zu erwarten. Sie blickte ihn verständnislos an, und er lenkte ein und erzählte von den seltenen Abendgesellschaften, die er bei dem großen Mann erlebt hatte, und wie charmant dieser gewesen war. Sie hörte ihm gerne zu, genoß die Gesellschaft des interessanten Gesprächspartners und bemerkte nicht, daß ihn traurige Erinnerungen einholten. Er glaubte, sie seien ihm auf dem Gesicht geschrieben, so elend war ihm auf einmal. Er sehnte sich darnach, etwas von sich selbst preis zu geben, von den enttäuschten Hoffnungen jener Zeit in Jena zu sprechen, von der Sehnsucht, die in ihm wühlte. Sie würde diese Art von Rede sicherlich begrüßen, nahm sie ja selbst kein Blatt vor den Mund, wenn es um große Gefühle ging, und die seinigen waren doch um soviel bescheidener. Er öffnete den Mund und hörte sich sagen: "Madame, ich werde Sie mit dem interessantesten Kopf Deutschlands bekannt machen."

Wieder war er aufgetaucht, der Freund, in dem Moment, in dem er persönlich wirken wollte, und schien ihn höhnisch anzulächeln. "Wer ist es?" "Er heißt Schelling, Joseph Schelling." "Sicher lebt er in Berlin." "Nein, er lebt in einer kleinen Residenzstadt, Würzburg." Germaine konnte sich schlecht vorstellen, daß ein großer Geist in der Provinz lebte, bis ihr Voltaire einfiel, der seine alten Tage auf einem Landgut in der Schweiz beschlossen hatte. "So ist er ein alter Mann." "Nein, er ist jung, gerade dreißig." Sie schaute ihn neugierig an, und er ließ sich hinreißen, zu sagen: "Er war schon mit vierundzwanzig berühmt, als er sein erstes großes Werk herausbrachte. Er war ganz jung und schon Professor." "Kennen Sie ihn persönlich?" "Wir waren gute Freunde." Gegen seinen Willen schwang Stolz in seiner Stimme. "Und sein Französisch ist ausgezeichnet."

"Wann sind wir in Wuurzburg?" fragte sie. "In ein paar Tagen." Sie stand auf und wollte weiter, so schnell wie möglich zu diesem genialen Geist gelangen. Die Zivilisation lockte sie ungemein. Sie hatten keine Zeit zu verlieren. Uginet packte alles schnell zusammen und verstaute es. Die Kinder waren enttäuscht, sie wollten nach dem lästigen Essen wieder herumtollen. Schlegel versprach, ihnen das Märchen von den Geschwistern, die im Wald ausgesetzt waren, noch einmal zu erzählen. Sie warfen einen beunruhigten Blick auf das Laubwäldchen und eilten bereitwillig in das Gefängnis der Kutsche zurück.

14

Nach weiteren langen Reisetagen erreichten sie Würzburg. Die reizvolle Lage der Stadt am Fluß, von Weinbergen umschlossen und einer mächtigen Burg überragt, wirkte angenehm auf Germaine. Sie schaute neugierig aus dem Fenster. Die Straßen waren gut gepflastert, die Fassaden der Häuser harmonisch eingeteilt und gut erhalten. Sie fuhren an prächtigen Kirchenfassaden vorbei. Die Menschen waren ordentlich gekleidet.

Sie bogen in einen offenen Platz ein, der ebenmäßig angelegt und von stattlichen Häusern mit Giebeln eingefaßt war. Vor einem eleganten Hotel machten sie Halt, sicher dem besten des Orts. Der Besitzer und seine Belegschaft eilten herbei und bewunderten Germaines prächtige Kutsche. Schnell bildete sich eine Gruppe von Menschen, die sich das ungewohnte Schauspiel nicht entgehen lassen wollten. Uginet und Schlegel halfen Germaine und den Kindern beim Aussteigen. Müde und verschwitzt, waren sie glücklich über die Aussicht, die Enge der Kutsche für ein paar Tage zu verlassen. Schlegel verhandelte mit dem Hotelbesitzer. Ja, es gäbe Platz für alle, in allen Preislagen und Größen hätte er Zimmer.

Stolz führte der Besitzer die Gäste in das Hotel. Es wirkte geräumig und behaglich. Die Wände waren mit warmem Holz verkleidet, und der Parkettboden glänzte. Es roch nach Bohnerwachs und nach gediegenen Gerichten. Der Besitzer führte die Gesellschaft eine breite Treppe hinauf durch einen weiten Korridor bis zu einer großen Tür, die er selbstzufrieden aufstieß. Mit weltmännischer Miene verkündete er: "Meine beste Suite, Madame."

Sie betraten eine gutmöblierte und blitzsaubere Folge von Zimmern. Die Wände waren hell tapeziert, die Vorhänge weiß und duftig, die Möbel hatten angenehme Linien. Germaine ergriff sofort Besitz von allem. Sie bestaunte den riesigen Kachelofen, die Stühle, die Sessel und, mit Freude, ein Stehpult, das sie berührte, um sich gleich damit anzufreunden. In diesem Raum würde sie Gäste empfangen. Dann warf sie einen Blick in das Schlafzimmer, das von einem riesigen Gestell mit einem dicken Federbett dominiert wurde. "Ich habe ein sehr schönes Zimmer für die Kinder", erklärte der Hotelier. "Neben meinem, bitte." "Und für den Herrn." Ja, ein paar Tage würde sie es hier aushalten können. Ein kurzer Blick aus dem Fenster beruhigte sie. Wenigstens sieht man Leben. "Danke, Monsieur, wir bleiben." Erleichtert, daß er nicht als Bedienter eingestuft wurde und nicht um ein angemessenes Zimmer kämpfen mußte, folgte Schlegel dem Hotelbesitzer und Olive, die die Kinder führte, aus dem Zimmer. Schon kam Uginet mit Neckers Büste und stellte sie sorgfältig auf einem Seitentisch ab. Diener brachten ihr Reisepult, Toilettenetui und das Gepäck. Uginet öffnete die Koffer und begann, sie auszupacken. Germaine ließ ihn frei hantieren. Sie brauchte keine Anweisungen zu geben.

Plötzlich wurde sie von einem Anflug von Niedergeschlagenheit befallen. Sie lief herum, fühlte sich deplaziert in diesem fremden Zimmer in der fremden Stadt. Sie ging zum Fenster und suchte nach etwas, was sie aufheitern könnte. Aber nur wenige Passanten gingen vorbei. Am Abend würde es sicherlich ganz still draußen sein, wie in Coppet. Wie sie die Stille fürchtete, in der sie schlaflos und gespannt auf das heisere Bellen von Hunden lauschte, das die lange Nacht von Zeit zu Zeit durchbrach. Das Leiden der Kreatur schürte dann die eigenen Ängste. 'Was um Himmels Willen habe ich hier zu suchen!'

Uginet entging ihre Verzagtheit nicht. Er unterbrach das Auspacken, öffnete mit ruhigen und sicheren Bewegungen einen hölzernen Kasten, holte ein kristallenes Glas und eine bauchige Medizinflasche heraus, mit einem Aufkleber, auf dem 'Laudanum' in der Handschrift eines Apothekers stand, und prüfte den Stand der dunklen Flüssigkeit. Er goß etwas davon in ein Glas und zählte die Tropfen ab. Dann füllte er Wasser aus einer anderen Flasche nach, bis das Glas voll war. "Mach es stark, Uginet." Uginet gab etwas mehr von der schwarzen Flüssigkeit zu der Mischung und reichte ihr das Glas. Sie trank es gierig. Die Wirkung war schnell. Sie entspannte sich und ließ sich mit einem Seufzer der Erleichterung auf einen Sessel fallen.

Olive kam, schlug das Bett auf und legte das Nachthemd aus. Dann begann das abendliche Ritual des Zubettgehens. Sie nahm Germaine den

Turban ab und bürstete ihr dichtes Haar. Germaine lehnte den Kopf zurück. Die Geste und die sanfte Berührung der Haarbürste versetzten Germaine in ihr Pariser Schlafzimmer. Sie schloß die Augen und gab sich der Illusion hin. Doch die Gerüche und die Geräusche, die auf sie eindrangen, stimmten nicht. Tränen rollten unter ihren Lidern hervor. Olive sprach ihr gut zu. "Die Kinder sind zufrieden. Monsieur Schlegel kennt interessante Leute hier. Morgen ist ein anderer Tag, Madame. Alles wird gut werden."

Spät, mitten in der Nacht, war sie die einzige, die nicht schlief. Sie blickte mit Abscheu zum Fenster hinaus. Der Platz unter ihrem Fenster war menschenleer, außer einem Nachtwächter und einigen halbverhungerten Hunden war keine Seele zu sehen. Sie starrte fassungslos in diese Leere. Es hatte zu regnen begonnen. Die kleine Welt um sie rückte näher und schloß sie ein. Sie bedrückte sie, und sie hatte Mühe zu atmen. Sie drehte sich schnell um und lief zur Büste des Vaters. "Papa, wenn du hier wärest, wäre alles in Ordnung." Dann eilte sie aus ihrer Suite und suchte das Zimmer der Kinder. Sie schliefen tief. Das lockige rote Haar Albertines rahmte ihr feines Gesichtchen, und Germaine schlüpfte in einer Aufwallung von Liebe in ihr Bett und kuschelte sich an ihre zarte Gestalt, mit der sie ihrem Vater nachschlug. Sie schnupperte an ihrer feinporigen, samtenen Haut und der Geruch vergegenwärtigte ihr Benjamin. Sie hatte ein Stück von ihm. Sie dachte an die bedingungslose Liebe der Tochter, und eine Welle der Liebe durchfuhr sie. Sie fühlte sich aufgehoben. Das Klirren von Pferdehufen und das gedämpfte Knarren der Räder einer Kutsche auf regennassem Pflaster drangen von ferne an ihr Ohr. Es waren geliebte Geräusche, die ihr Mut machten. Solange Menschen kamen und gingen, solange alles in Bewegung blieb, war nichts für immer verloren. 'Es wird alles gut werden', murmelte sie im Geist mehrmals beschwörend, und als die Töne plötzlich abbrachen, war sie schon in einen unruhigen leichten Schlaf gefallen.

15

Eine einfache Kutsche hielt vor einem hübschen Haus im Rokokostil. Der Kutscher stieg herab und öffnete die Tür. Bonapartes persönlicher Attaché, Christian Duchavier, stieg aus. Es regnete in Strömen. Er schritt zur Tür und pochte laut. Ein verschlafener Butler öffnete die Tür einen Spalt. Der Konsul Detertre sei nicht mehr zu sprechen. Morgen… . Der Attaché wurde ungeduldig und drängte sich am Butler vorbei ins Haus. In seiner Berufsehre gekränkt, sagte dieser drohend: "Monsieur Detertre hat sich für die

Nacht zurückgezogen." "Er wecke ihn", antwortete der Attaché bestimmt. Und als der Butler zögerte, setzte er hinzu: "Ich komme von Bonaparte." Der Butler erstarrte vor Erfurcht und eilte beflissen davon in Richtung Treppe.

Auf dem oberen Treppenabsatz erschien ein Mann, der älter aussah, als er war, in einem seidenen Morgenanzug, den er sich gerade übergeworfen hatte und zuband. "Was ist hier los?" fragte er und bückte sich, um besser zu sehen. Der Attaché ging ein paar Schritte und trat in sein Blickfeld. "Christian!" "Roger!" "Was machst du hier?" entfuhr es dem letzteren. Zärtlichkeit und Freude lagen in seinem Ausruf. "Ich komm aus Paris." Detertre kam eilig die Treppe herunter. Die beiden Männer umarmten sich fest. Aus Paris. 'Was ist los', schoß es Detertre durch den Kopf. "Bitte, komm rein."

Der Butler half dem Attaché aus dem Mantel. Detertre gab ihm Anweisungen: "Pierre, mache das Zimmer für Monsieur Duchavier fertig. Aber bring uns zuerst einen Cognac", und zu Duchavier sagte er: "Du siehst aus, als ob du einen vertragen könntest. Die teutonischen Regengötter machen sich wieder einmal stark." Vom oberen Treppenabsatz nörgelte eine hohe, dünne Frauenstimme. "Was ist los, Roger?" "Ein alter Freund ist gerade angekommen. Geh zurück ins Bett, Henriette. Ich werde ihn dir morgen früh vorstellen." "Kommst du nicht ins Bett zurück?" "Bald, Henriette", rief er mit kaum unterdrückter Ungeduld zurück.

Detertre führte den Attaché in den Salon und lud ihn ein, sich zu setzen. Er war beunruhigt über die unerwartete Ankunft des Freundes und versuchte, es zu verbergen. Der Attaché spannte ihn auf die Folter und sprach von privaten Dingen, die ihn im Augenblick nicht interessierten. "So, du bist verheiratet, Roger." "Ja", seufzte der, "ich dachte es würde mir zu einem besseren Posten verhelfen ... sie hat gute Verbindungen, Vermögen, Namen, aber offensichtlich hat es nicht viel geholfen. Ich versaure in einem Provinznest. Aber setz dich doch, Christian."

Die Männer machten es sich so bequem wie möglich in den unbequemen Sesseln im ägyptischen Stil. "Wie lang ist es her? Wir haben uns seit unseren Armeetagen nicht gesehen, seit dem Feldzug in Ägypten ... . Mein Gott, das war was. Weißt du noch, wie krank wir waren?" Der Attaché nickte. "Ich hab nicht gedacht, daß wir lebend aus dem Lazarett wieder rauskommen würden. Die Pest haben die wenigsten überlebt." Die gemeinsam bestandenen Abenteuer sollten zur alten Vertrautheit zwischen ihnen verhelfen. "Christian, ich habe gehört, du machst deinen Weg in Paris, während ich in dieser kleinen Residenz vor mich hindämmere."

Detertre versuchte einen leichten Ton anzuschlagen, aber der Attaché bemerkte den Anflug von Aufgedunsenheit im Gesicht des Freundes, die Rundung in der mittleren Körpergegend, die schütteren Haare, spürte die Langeweile hinter dem aufgekratzten Gehabe. "Der Dienst ist nicht sehr aufregend. Die Stadt selber ist einigermaßen charmant, wenn man sich auf sie einläßt, wie auf die Mädchen, die wir gekannt haben. Es geht einem einigermaßen gut, wenn man Musik mag. Die Leute hier sind verrückt auf Musik. Sie haben sogar eine Oper mit regulären Sängern. Manchmal macht ein berühmter Sänger auf Durchreise Halt. Und dann, ich muß es zugeben, gibt es eine aktive intelligente Schicht, erstaunlich für eine so kleine Stadt. Aufregend, wenn man sich für Philosophie interessiert. Sicher, es ist nicht St.Petersburg oder Wien oder Berlin." Er legte eine Pause ein, und die Frage, die ihn bedrängte, platzte heraus: "Aber sag mir, Christian, was ist der Grund, daß du mich aufsuchst?"

Der Butler brachte den Cognac und servierte mit Bedacht. Der Attaché probierte. Das Getränk war von bester Qualität. Er genoß die Wärme, die in ihm aufstieg und ließ sich Zeit. Er schaute sich im Raum um. Die Möbel waren der letzte Schrei, teuer, wirkten deplaziert an diesem Ort, zu groß für den Raum, die Vorhänge schwer und in den neuen gesättigten Farben des Empire. Die Hausfrau hielt im Stil der Zeit mit, hatte sicherlich etwas ihrer beträchtlichen Mitgift in die Ausstattung der Wohnung gesteckt. In einer Vitrine waren kostbare Kristallgläser und ein Essensservice aus feinstem Limoges mit ägyptischen Motiven ausgestellt. Darunter befand sich auch ein großer Teller mit dem Portrait Neckers, wie er zu dessen Zeit in Mode gewesen war. Es roch muffelig, als ob selten gelüftet würde. Der Attaché ließ seinen Blick auf dem Teller ruhen. Detertre hing am Mund des Freundes, der endlich, nach einem weiteren Schluck Cognac, antwortete: "Du wirst es nicht glauben. Ich bin hier, um das Benehmen einer bestimmten prominenten und einflußreichen Person zu bewachen." Detertre wunderte sich gleich, wer das sein könnte. Ihm war niemand bekannt, der auf diese Beschreibung passen könnte. "Es handelt sich um Baronesse Madame de Staël." "Madame de Staël ist in Würzburg?" "Ja, mit Kind und Kegel. In Begleitung eines Herrn Schlegel, ein Professor, der hier bekannt sein soll." "Ich versteh nicht. Und du hast den Auftrag, die Bewegungen einer Frau, einer Schriftstellerin, einer dilettantischen Politikerin, die zufällig einen berühmten Papa hat, zu überwachen? Warum?" "Bonaparte hat sie verbannt." "Verbannt? Einfach so? Mme de Staël? Ich habe gedacht, sie war ein Mitglied des heiligen inneren Zirkels. Was ist passiert? Was hat sie gemacht?" fragte Detertre schockiert. "Roger! Ich frag mich genau dasselbe. Alles, was ich bis jetzt weiß, ist, daß Bonaparte sie als Gefahr ansieht. Er scheint sich selber nicht entscheiden zu können, ob sie eine harmlose Verrückte ist oder eine gerissene, machiavellische Person mit dem Ziel, seine Zukunftspläne zu verhindern. In jedem Fall, im Augenblick ist es meine Aufgabe, herauszufinden, was sie vorhat, und davon Bericht zu erstatten."

Detertre war sichtlich mitgenommen von den Neuigkeiten. Betraf es ihn zwar nicht persönlich, gottseidank, so fühlte er sich doch beklommen angesichts der Änderungen im fernen Paris, die bis zu seinem Außenposten drangen. Daß er so wenig davon mitgekommen hatte, machte ihn klein und unbedeutend in seinen Augen. Sie tranken schweigend und hingen ihren Gedanken nach. "Kommst du nicht endlich ins Bett", quengelte es vom oberen Treppenabsatz. Detertre goß den Rest Cognac im Glas hinunter. "Meine Gegenwart wird verlangt. Pierre wird sich gut um dich kümmern. Ich sehe dich morgen früh. Gute Nacht, alter Freund."

Der Attaché blieb noch ein bißchen, ließ sich sein Glas nachfüllen, froh darüber, nach der langen Reise am Ziel zu sein. Morgen würde er versuchen, diese berühmte Frau zum erstenmal zu sehen. Detertre beneidete ihn vielleicht sogar um seinen Auftrag. Ihr Ruf, das hatte er inzwischen mitbekommen, war in manchen Kreisen nicht der beste. Wer sie wohl wirklich war, die Tochter des berühmten Neckers, den sein Vater aufrichtig bewundert hatte? Selbst bei dem abgebrühten Fouché war eine seltsame Schwäche für sie durchgekommen. Er würde seine Aufgabe mit behutsamer Strategie angehen. Er mochte Frauen und war gut erzogen. Bisher hatte er sich aber allen Gelegenheiten zu einer festen Bindung entzogen. War er überhaupt fähig, Liebe zu empfinden? Oft genug hatte er erfahren, daß ihm schöne Frauen die Sinne reizten, aber dabei war es immer geblieben. Heiraten, ohne Liebe, dazu sah er keinen Grund. Und nun, nachdem er den ehemalig tollkühnen Freund wie ein gezähmtes und gutgefüttertes Haustier vorfand, in dieser überladenen, beengenden Wohnung gehalten, war er froh, der Versuchung nach geregelten Verhältnissen widerstanden zu haben. Der Freund tat ihm fast leid. Er hatte, so schien es, eine falsche Entscheidung getroffen.

16

Der Tag brachte einen wolkenlosen Himmel. Es hatte sich während der Nacht ausgeregnet. Sonnenlicht drang durch die weißen Vorhänge in Schlegels Zimmer und versprach einen schönen Sommertag. Schlegel lag bewegungslos im Bett und versuchte, sich in den neuen Tag hinein zu finden. Er war noch im Bann eines Traums, der sich endlos wiederholte. Das Bild einer Kutsche, die lautlos davon fuhr. Ein Liebespaar winkte ihm zu. Sie strahlten vor Glück. Er winkte zurück, aber ihr Blick ging über ihn hinweg, sie nahmen ihn nicht wahr. Sie waren ganz mit sich selbst beschäftigt. Er rief ihnen zu, er wollte der Kutsche nachlaufen, aber seine Füße gehorchten ihm nicht. Er schrie ihnen nach zu warten. Sie hörten ihn nicht. Tränen stiegen in ihm hoch, und Schluchzen zerbrach den Traum und entließ ihn aus der Nacht.

Wie erschlagen fühlte er sich von diesem Traum. Mit der gewohnten Selbstdisziplin stand er auf und verrichtet seine Toilette mit Bedacht. Er rasierte sich sorgfältig, benützte Creme und Gesichtswasser, rieb den Körper mit Kölnisch Wasser ab. "Allerliebst geschniegelt und gesalbt...", mit diesen Worten hatte sie ihn liebevoll aufgezogen, und das Echo ihres hellen Lachens klang in seinem Ohr. Dann unterzog er seine Haare einer gründlichen Behandlung, massierte die Kopfhaut mit Haarwasser, bürstete das Haar bei offenem Fenster und frisierte es mit Pomade. Hoch sollten sie stehen, ihn um ein paar Zentimeter größer machen und fest und steif bleiben unter dem Hut. Er legte sich die Kleidung zurecht. Nichts war zerknautscht, und alles war tadellos sauber. Alle Stücke waren aus feinem Material. Daran hatte er nicht gespart, als er nach Frankreich kam. Die Unterwäsche bestand aus Baumwolle, die Socken aus Seide, das Hemd und die Beinkleider aus feiner Wolle, die Weste aus Brokat, der Rock aus bestem englischen Tuch. Er liebte Luxus, und jedes Stück bereitete ihm Freude. Wie weich die Stiefel aus weichem Ziegenleder waren. Er zog sie mit Andacht über. Sie reichten ihm bis zu den Knien. Es waren seine Fußsoldaten, die ihm willig zur Verfügung standen, und die er gut behandelte. Nun band er eine große Seidenkrawatte. Nach neuester Mode bedeckte sie den ganzen Hals und buchtete sich großzügig mit vielen kleinen Fältchen aus. Sie bestimmte den ersten Eindruck, glaubte er, und deshalb sparte er da nicht. Schließlich kam der Hut dran. Er setzte ihn behutsam auf die Haare, darauf achtend, daß sie an den Seiten im richtigen Schwung und in vorteilhafter Länge zu sehen waren. Er prüfte seine Erscheinung noch einmal kritisch vor dem Schrankspiegel. Wenn die Leute seine Kleidung musterten und ihn als wohlhabend und bedeutend einstuften, war er zufrieden. Niemand brauchte zu wissen, daß er seine Kleidung selber pflegte und gelernt hatte, seine Hemden und Anzüge so zu falten, daß sie nicht verknitterten. Er verließ das Zimmer. Mit frühstücken wollte er sich nicht aufhalten und sich auf keinen Fall in seinen Plänen stören lassen. So ging er schnell die Treppe herunter durch die Halle ins Freie. Zielsicher schlug er die Richtung zur Universität ein, die nicht weit vom Hotel entfernt lag. Er hatte sich schon erkundigt. Die Leute auf der Straße drehten sich nach ihm um und schauten ihm nach. Das war gut. Sein Herz schlug schneller. Er wünschte, er könnte innerlich kühl bleiben, so wie er nach außen erschien. Er würde sich in der Hand behalten. Wie würde er den Freund vorfinden? Ob er sich geändert hatte? Nachdem er mit Caroline lebte, als Mann und Frau? Wie würde er auf sein unerwartetes Erscheinen reagieren? Wie sollte er sich verhalten, und was sollte er sagen?

Er kam ans Ziel und lief an großen Fenstern im Erdgeschoß vorbei. Er warf einen Blick hinein und sah einen großen, gut ausgeleuchteten Raum mit hoher Decke. Ein Mann stand über einen Tisch mit Gegenständen gebeugt, mit dem Rücken zu ihm. Er erkannte Schelling, und es traf ihn wie ein Schlag. Unmißverständlich war die selbstbewußte Haltung, der starke Nacken, die Spannung im etwas gedrungenen Körper, der Energie und Gesundheit ausstrahlte. Er erkannte das blonde wellige Haar. Schelling richtete sich auf, ging mit ein paar nachdrücklichen Schritten um den Tisch und beugte sich erneut darüber. Schlegel erkannte das Profil. Das kantige Gesicht mit dem markanten Knochenbau, die hohe, breite Stirn, das feste Kinn mit dem Grübchen, die ausladenden gewölbten Augenbrauen, die tiefliegenden großen Augen, die kleine Nase und den großen Mund mit der vollen Unterlippe, der sinnlich und zugleich entschlossen wirkte. 'Alles an ihm hat die Ausstrahlung des Siegers', dachte Schlegel bitter. Er beobachtete ihn gebannt. Schelling war immer völlig auf das konzentriert, was er tat, und bemerkte nicht, was um ihn herum vor sich ging. So nahm er auch jetzt die ungewöhnlich elegante Männerfigur draußen nicht wahr.

Als Schelling sich wieder aufrichtete, entfernte sich Schlegel schnell. Er ging in das Gebäude, fand die Tür, die er als die richtige vermutete und klopfte an. Keine Antwort, er klopfte lauter. Ein lautes "Herein" ertönte. Er zögerte. Feste Schritte kamen auf ihn zu, die Tür wurde aufgerissen, und die beiden Männer standen sich gegenüber. Schellings Augen wurden größer, verrieten eine Bestürzung, die schnell zurückgenommen wurde. Die Überraschung war gelungen, freute sich Schlegel. "Komm rein, Wilhelm, ich muß Dir was zeigen", sagte Schelling gelassen und so natürlich, als ob sie sich jeden Tag sehen würden. Schlegel trat ein. "Leg ab!" Schlegel nahm den Hut ab. Schelling hängte ihn an einem Kleiderständer auf, an dem keine weitere Kopfbedeckung hing. Schelling trug keinen Hut. "Welche Überraschung! Seit wann bist Du hier?" "Seit gestern. Ja, eine Überraschung kann man es nennen. Ich habe auch gedacht, daß ich länger im Ausland bleiben würde. Ich habe Paris abrupt verlassen ... . Ich begleite Madame de Staël." Schlegel versuchte, beiläufig zu klingen. "Bonaparte hat sie ins Exil geschickt. Und ich werde sie als eine Art Literaturberater durch Deutschland führen." Warum gab er bloß so schnell seine besten Trümpfe preis? ärgerte er sich. Doch Schelling hatte kaum zugehört. Er war auf den Gegenstand auf dem Tisch fixiert. Dort stand eine seltsame Säule, bestehend aus metallenen Flächen, Silber und Zink mit Scheiben aus Pappe dazwischen. "Was um Himmels Willen ist denn das?" entfuhr es Schlegel. "Eine Voltasäule", erklärte Schelling mit Begeisterung, "die den Fluß elektrischer Energie nachweist." "Ich hab gedacht, du bist Philosoph." Schelling lachte gutgelaunt auf.

Schlegel gab Interesse vor, bückte sich, lief um den Tisch herum. Schelling beobachtete ihn ruhig, seinen Kommentar abwartend. Schlegel wich seinem Blick aus. "Ich bin froh, daß du vorbeigekommen bist, Wilhelm", sagte Schelling unbefangen. 'So einfach ist das für ihn. Alles ist für ihn in Ordnung. Nachts schläft er den Schlaf des Gerechten, friedlich neben Caroline', dachte Schlegel und sagte: "Es ist gut, dich wiederzusehen, Joseph", und glaubte es fast selbst. Die eigenen Worte störten die alte Liebe zu dem siegessicheren, begabten Mann aus ihrem Schlaf auf. Auf den ersten Blick hatte er ihm gefallen, damals in Jena. Man mußte ihn lieben oder hassen, denn der junge Mann war das Wunderkind in ihrem Kreis, mit 24 zum Professor für Philosophie berufen. Er brachte Leben in Carolines Mittagstisch, der ihr Budget aufbesserte und für geistige Anregung sorgte. Nichts blieb das Gleiche seit jenem Tag, an dem er zum erstenmal in die Stube trat, aufmerksam und selbstbewußt. Er sprach wenig, und nie nahm er an leichter Konversation teil. Doch wenn man ihn aufforderte, von seiner Arbeit zu erzählen, kam Leben in ihn, und er sprach mit großer Eindringlichkeit und Klarheit von seinem philosophischen System. Alle verstanden, daß sie sich in der Gegenwart eines seltenen schöpferischen Geistes und einer außergewöhnlichen Persönlichkeit befanden. Und Caroline verstand sehr schnell, ihn aus seiner Reserve zu locken.

"Wie lange werdet ihr bleiben?" "Nur ein paar Tage", sagte Schlegel und machte sich im selben Moment klar, daß Schelling nicht beunruhigt war. "Und wie geht es unserer Caroline?" gab Schlegel hitziger als beabsichtigt zur Antwort. Schelling antwortete nicht, sondern blickte ihn nur ruhig aus tiefblauen Augen an. Schlegel bemerkte einen Anflug von Trauer, oder täuschte er sich? Es traf ihn unerwartet. "Joseph, die Zeit heilt alle Wunden", sagte er leise. Wieder wollte er dem Freund zu Hilfe eilen, bereit, die eigene Verwundung zu vergessen.

Schelling antwortete nicht. Dann wandte er sich der Säule auf dem Tisch zu, so als ob er ausdrücken wollte, ich muß jetzt arbeiten, und sagte: "Ich bereite eine Vorlesung vor für diesen Nachmittag. Bitte komme und bring Madame de Staël mit. Es wird ungewöhnlich sein. Du wirst staunen." Und wie um jeder weiteren Diskussion vorzubeugen, setzte er einfach hinzu: "Caroline wird auch dabei sei. Sie wird sich freuen, dich zu sehen."

17

Die Ankunft der seltenen Gäste hatte sich schnell herumgesprochen. Müßiggänger lungerten vor dem Hotel herum, um einen Blick von der exotischen Frau mit dem Turban und dem großen Ausschnitt zu erhaschen. Man konnte sich einiges zusammenreimen aus der prächtigen Kutsche, dem livrierten Butler, dem aufgeputzten Begleiter, wahrscheinlich der Liebhaber, sicher nicht der Ehemann, den fröhlichen Kindern mit der losen, bequemen Kleidung und dem Kindermädchen. Und als Germaine und Schlegel die Kutsche am späten Nachmittag bestiegen, waren Schaulustige, vor allem Kinder und alte Leute, vor dem Hotel versammelt, um das Ritual des Ausgangs zu beobachten, in dem Uginet Madame zur Kutsche begleitete und Schlegel ihr mit galanter Hand beim Einsteigen half.

Die Strecke zwischen dem Hotel und dem Auditorium der Universität war kurz, aber ein Umweg nötig, um sie mit der Berline und dem Gespann von vier Pferden zurück zu legen. Zu laufen war nicht Germaines Gewohnheit. Am Ziel angekommen, fanden sie keine anderen Zuhörer vor. Der Platz war leer. Die Vorlesung hatte schon begonnen. Sie eilten in das Gebäude. Die Tür zum Saal war geschlossen. Germaine plauderte mit lauter Stimme. Ein Angestellter hielt Wache und führte die Hand zum Mund, "Psscht". Er nahm seinen Posten ernst und wollte sie nicht einlassen. Die Frau schon gleich gar nicht. Eingeladene Gäste aus dem Ausland seien sie! "Da könnte ja jeder daherkommen", meinte er patzig. Schlegel redete hitzig auf ihn ein. Schließlich ließ der Türwärter sich erweichen, schlug das Kreuz über der ordentlichen Beamtenbrust, ermahnte sie, ganz leise zu sein und hinten im Saal stehen zu bleiben, und öffnete die Tür zum Saal.

Der Saal war ein Auditorium, das ungefähr fünfzig Besucher faßte. Er war voll. Auf den Sitzreihen, die in fortlaufend höherwerdenden Stufen angeordnet waren, saßen Männer in schwarz, bewegungslos und stumm und blickten nach vorne zum Saalende, wo Schelling an einem Vorlesungspult stand, neben ihm ein Tisch mit der Voltasäule, und mit tragender, wohlklingender Stimme sprach: "Wir organisieren intuitiv die Erfahrungen des Lebens in Gegensätzen: der tiefste Abgrund und der höchste Himmel wohnen in unserer Brust. Die Tiefe der Verzweiflung und der Zenit der Freude, die Abscheu vor dem Feind und die Treue und das Vertrauen zu dem Freund, das Chaos der Dissonanz und die Süße der Harmonie."

Schelling gefiel Germaine sofort. Sie nahm seine Bewegungen wahr, seine Energie, seinen offenen Gesichtsaudruck. Sie verstand das meiste, nicht nur weil er klar und deutlich sprach, sondern in ihren Augen ein verwandter Geist war, der ähnlich dachte. Niemand bemerkte ihre Gegenwart, nur zwei Männer nahmen sie zur Kenntnis und beobachteten sie, der Attaché und Detertre, die durch ihre hellere Kleidung aus den Reihen der schwarzen Anzüge herausstachen. Germaine machte ein paar Schritte nach vorn, Schelling bemerkte sie und unterbrach: "Ich möchte meine besonderen Gäste willkommen heißen: Madame Baronesse de Staël und den eminenten Herrn August Wilhelm Schlegel", und mit einer einladenden Geste sagte er: "Bitte, treten Sie näher."

Alle Köpfe drehten sich nach hinten um, hinauf zum Eingang und folgten Germaines Einzug. Sie ging mit energischen Schritten und bemerkte nicht, daß Schlegel ihr nicht folgte. In der ersten Reihe war alles besetzt. Ein Herr mittleren Alters, lang und schmal, mit wachen Augen und einer auffallend großen Adlernase stand auf, verbeugte sich kurz vor ihr und bot ihr seinen Platz an. Entzückt über soviel Ritterlichkeit, nahm sie sein Angebot an, setzte sich und nahm Schelling in genauen Augenschein, der mit seiner Vorführung weiterfuhr.

"Gibt es eine Verbindung zwischen dem Wesen des Universums und unserer fühlenden Fähigkeit, es zu erfassen? Gibt es einen Geist, der alles Stoffliche verbindet, formt und beseelt? Heute will ich Ihnen die Existenz einer unsichtbaren Kraft der Natur zeigen. Ich werde Ihnen zeigen, daß diese Kraft in allem Stofflichen wohnt und ebenfalls in einem Gegensatz angelegt ist."

Schlegel war stehen geblieben und suchte den Raum mit den Augen ab. Es war ein typischer Vorlesungssaal mit einem großen Podest. Wahrscheinlich wurde er für Anatomievorlesungen benützt. Ein oberer Rang nahm die Breitseite des Raumes ein und zog sich teilweise zu seinen Seiten entlang. Schlegel schaute hinauf und sah Carolines blonden Lockenkopf kurz am Rand des Ranges auftauchen und schnell wieder verschwinden. Vor aller Augen verdeckt, nahm sie an dem Auftritt des Ehemanns teil. Er fand die Treppe, die zur Tribüne führte und versuchte, so leise wie möglich hinaufzugehen. Das Holz knarrte leicht, und es roch nach Bohnerwachs und Staub. Licht kam durch ein langes, schmales Seitenfenster und malte Streifen auf die Stiege. Er ging langsam auf Zehenspitzen. Oben angekommen, blieb er stehen und beobachtete Caroline. Sie hatte sich nicht verändert, sie war immer noch so anziehend und wirkte jung. Alles paßte bei ihr. Die geschmackvolle Kleidung in pastellenen Farben, die ihren schlanken Körper und ihr schönes Decolleté vorteilhaft zur Geltung brachte, die Lockenfrisur. Wie anmutig sie war. Wie sie den Kopf hielt, leicht geneigt auf dem schlanken Hals, und wie aufmerksam sie zuhörte. Der Raum um sie war von ihrer Gegenwart erfüllt. Sie war eine eigene und vollständige Welt.

Caroline fühlte intuitiv seine Gegenwart und drehte den Kopf. "Wilhelm", sagte sie mit Musik in der Stimme. Sie stand auf und bedeutete ihm näher zu kommen. Alles war so einfach bei ihr, so gelassen und treffsicher. Er ging zu ihr hin. "Caroline", flüsterte er bewegt. Sie umarmten sich kurz. Schweigen folgte. Sie lud ihn ein, sich neben sie zu setzen und richtete ihre Aufmerksamkeit zurück auf die Worte Schellings, der begonnen hatte, sich mit der Säule zu beschäftigten und von seinem Urheber, Professor Volta aus Padua, zu sprechen. "Ich werde nun eine Vorstellung dieser unsichtbaren Kraft geben und ein Experiment wiederholen, das Professor Volta kürzlich in Paris vorgestellt hat."

Germaine war hingerissen. Die ganze Situation war ein Abenteuer, etwas Neues, was sie noch nicht erlebt hatte, denn Frauen waren von den Vorlesungen in der Pariser Akademie ausgeschlossen. Sie dachte mit Genugtuung, daß Herr Volta dort vor kurzem seine Säule in Anwesenheit Bonapartes selbst vorgestellt hatte, welcher ihn daraufhin mit Titel und reichem Honorarium beehrte. Sie stand auf, um die Säule besser zu sehen und bemerkte nicht, daß die Männerversammlung wenig Verständnis für ihre Begeisterung hatte. "Darf ich einen Volontär haben", fragte Schelling. Sie bezog es auf sich und sagte: "Ich volontiere." Hälse reckten sich, Getuschel verbreitete sich, als sie zum Tisch ging. Der Attaché folgte ihr erstaunt mit den Augen. Detertre schüttelte ungläubig den Kopf und flüsterte: "Jetzt weißt du, warum Bonaparte sie loswerden wollte." Die Versammlung wurde zur Audienz für Germaine. Schelling nahm ihre Hand und befeuchtete sie mit einem Schwamm. "Madame, bitte legen Sie ihre Hand jetzt auf das obere Ende." Sie folgte seiner Anweisung. "Nun, legen Sie bitte die andere Hand hierher." Er nahm ihre andere Hand und legte sie an das untere Ende. "Sie werden nun ein leichtes Prickeln spüren. Es wird nicht unangenehm sein. Bitte sagen Sie mir, wenn Sie etwas fühlen." Schelling rückte die Säule noch einmal zurecht und wartete. "Fühlen Sie etwas?" fragte er. Germaine hob ihren Arm mit Begeisterung, und in einer Mischung aus deutsch und französisch trompetete sie hinaus: "Ja, ich merke ein Prickeln in meinen Fingerspitzen." "Was Sie fühlen, ist Elektrizität, eine Bewegung von reiner Energie. Eine unsichtbare Kraft hat sich offenbart." Germaine spielte ihre Rolle ohne Hemmung. "Kann Ihr Experiment auch die unsichtbare Energie des Herzens sichtbar machen, die zwischen Mann und Frau?" fragte sie laut und ernst. Gelächter und Kichern ertönten. "Nein, meine Herren, ich bitte Sie. Das ist eine interessante Frage." Und zu Germaine gewendet, fuhr er fort: "Die Angelegenheiten des Herzens und die Arbeitsweise des Universums mögen durchaus verwandt sein." Mehr Gelächter. Und mit einer Verbeugung zu Germaine: "Ich werde gerne bei Gelegenheit darauf zurück kommen. Ich danke Ihnen, Madame, für Ihr Interesse."

Schelling begleitete Germaine zu ihrem Platz und kehrte zum Tisch zurück. Die Vorstellung ging weiter. "Ich werde nun zeigen, daß der Akt der Versöhnung zwischen zwei Gegensätzen Energie freisetzt, genug, um diese kleine Menge an Kanonenpulver anzuzünden." Schelling stellte einen Behälter auf die Säule. Mit einem Puff folgte eine kleine Explosion. "Sehen Sie, meine Herren, der Prozess des Getrenntseins und Einswerdens ist sowohl grundsätzlich als auch energetisch. Es ist das einzige und absolute Prinzip der Natur und der organisierten Welt, der Grundsatz des Lebens selbst. Es ist offensichtlich, die organisierte Welt hat sich noch nicht selbst ausgelöscht. Wie denn und mit welchen Mitteln bleiben entgegengesetzte Kräfte, die fähig sind, sich selbst zu zerstören, getrennt? Lassen Sie uns annehmen, daß es Mittel gibt, durch die entgegengesetzte Kräfte in Harmonie zueinander stehen, in der Tat miteinander in einen Tanz der Schöpfung treten ... ."

Oben auf dem Rang hatten Schlegel und Caroline Germaines Auftritt beobachtet. Sie fragte sich, in welchem Verhältnis er zu de Staël stand. Es entging ihr nie etwas, aber sie zeigte ihre Wahrnehmung nicht. Er war ihr dankbar dafür, daß sie ihm den freien Raum ließ, in dem er sich ungestört seinen Hoffnungen und Träumen hingeben konnte. Sie hatte soviel Feingefühl. Caroline wandte sich ihm zu: "Ich bewundere, wie natürlich sie ihre

Ansprüche geltend macht." Sie musterte ihn, und er streckte sich vor Stolz, als ob das Kompliment auch ihm gälte. Beifall drang von unten herauf. Germaine fiel begeistert ein. Die Vorführung war beendet.

Gemurmel erhob sich, in dem Unwille und Reizung mitschwangen. Alle blieben sitzen, Köpfe wurden geschüttelt, Reaktionen und Gedanken ausgetauscht. Germaine spürte die feindseligen Schwingungen und wartete gespannt auf die erste Kritik. In dieser kurzen Ruhe vor dem Sturm der Entrüstung tauchte der freundliche Herr, der ihr den Platz angeboten hatte, vor ihr auf und sagte mit einer leichten Verbeugung und in tadellosem Französisch: "Madame, Baronesse. Ich bin Baron Montgelas, Ministerpräsident Bayerns. Ich bin entzückt, Sie zu treffen. Ich bin ein großer Bewunderer Ihres Vaters." Sein Blick war aufrichtig. "Ich danke Ihnen, daß Sie das sagen. Ich fühle mich sofort bei den Leuten zuhause, die gut von meinem Vater denken, Herr Baron." "Und was gibt uns die Ehre Ihres Besuchs?" Sie fühlte, daß sie es mit einem weltoffenen Geist zu tun hatte und antwortete: "Bonaparte fand meinen Salon zu offen und meine Ideen zu provokativ." Montgelas schien sofort zu verstehen. "Und deshalb haben Sie die Gelegenheit ergriffen zu reisen ..., bis eventuelle Mißverständnisse ausgebügelt werden." " Ja, so kann man es sehen", meinte Germaine vergnügt. Mit soviel Schliff hatte sie in der Provinz nicht gerechnet. "Ich offeriere meine Gastfreundschaft... ach, das paßt wunderbar ...", sagte er lebhaft, "morgen abend gebe ich einen kleinen Empfang für einige Würdenträger des Staates. Madame, würden Sie mir bitte die Ehre Ihrer Anwesenheit geben?" "Mit Vergnügen", antwortete Germaine angetan. Dann beanspruchte der erste Angriff auf Schelling ihre Aufmerksamkeit.

Ein älterer Herr war aufgestanden und fragte lauernd: "Herr Professor Schelling, wollen Sie etwa behaupten, daß die Weltseele auch in der Säule jenes Herrn Volta residiert?" Schelling antwortete freundlich: "Könnte man nicht spekulieren, daß die Kraft, die Leben einhaucht, auch in Steinen, in Bäumen, in den Sternen und in unserer eigenen Seele lebt...?" Ein anderer Herr stand auf und führte den Angriff weiter: "Sie haben nicht bewiesen, daß ein offensichtliches Band zwischen der Seele des Menschen und dieser neu entdeckten unbekannten Kraft besteht. Was mich betrifft, Herr Professor Schelling, so ist Ihre sogenannte Naturphilosophie eine Philosophie des Nichts." "Meine Herren, wie Sie gesehen haben, wird Energie durch die Verbindung von Gegensätzen freigesetzt. Ist dies nicht eine Sichtbarmachung des letzten Planes Gottes? Ich danke Ihnen, Ihre Bemerkung gab mir die Gelegenheit, diesen Punkt klarzustellen." Ein anderer Herr stand auf und rief verärgert aus: "Ist dies hier eine Kanzel oder eine Akademie der

Wissenschaften? Der König gründete diese Akademie. Hat er Sie gebeten, über Gott vorzulesen?" Mehrere Stimmen drückten Beifall aus über diesen Angriff. Schelling aber ließ sich nicht aus der Ruhe bringen und antwortete: "Ich fordere Sie in diesem Punkt heraus. Müssen wir Gott verneinen, um in die Geheimnisse seines Wirkens einzudringen? Müssen wir die Seele verneinen, um die Funktionen des Körpers zu erforschen? Ich glaube nicht, meine Herren, lassen Sie uns für einen Moment, hypothetisch, annehmen, daß die wirkliche und die ideale Welt identisch sind … ."

Germaine war aufgestanden, ging auf Schelling zu und sagte in französisch: "Ich danke Ihnen, Herr Schelling, für eine begeisternde und spannende Zeit. Ich habe Ihre anregende Vorführung über die Kräfte des Lebens enorm genossen. Und ich bin einfach hingerissen von Ihrer Theorie über die Versöhnung von Gegensätzen. Mein Leben ist ein Zeugnis Ihrer Theorie, und nun haben Sie mir den wissenschaftlichen Grund für meine Entscheidungen vermittelt." Sie strahlte die Zuhörer an, nickte ihnen auffordernd zu und sagte mit Begeisterung: "Sie sind ein Pionier, Monsieur Schelling, ein origineller Denker und vielleicht ein Dichter." Schelling nahm das Kompliment mit einer Verbeugung an. Germaine genoß ihren Auftritt gründlich. "Ich bin entzückt, daß solch kühne Brillianz exsistiert." Sie nickte den Zuhörern zu, die aber nicht reagierten. Sie wartete. Der Attaché beobachtete die Szene mit Spannung. Da klatschte Montgelas mit den Händen und rief: "Wahre französische Bravour, die manch schwierige Situation zu retten vermag." Einige fielen ein und applaudierten. Die Vorführung endete mit dieser positiven Note. Die Zuhörer standen auf und begannen sich zu zerstreuen. Germaine trat näher zu Schelling und sagte: "Bitte kommen Sie in mein Hotel. Ich wohne im 'Goldenen Hirsch'. Bitte kommen Sie morgen vormittag. Ich werde nur für ein paar Tage hier sein. Ich möchte gerne mehr über Ihre Theorien erfahren." "Danke, Madame, es wird mir eine Ehre sein", antwortete Schelling.

In diesem Moment gesellten sich Caroline and Schlegel zu ihnen. Caroline und Germaine wechselten einen Blick, und Schlegel sagte zu Schelling: "Ein Coup. Bravo, mein Freund", und leise setzte er hinzu: "Madame de Staël liebt Talent und Originalität noch mehr als Gesellschaft. Sie ist als sehr großzügig bekannt. Du hast Glück." Eine Spur zu herablassend kam das heraus, Schelling war irritiert, sagte aber nichts. Statt dessen legte er seinen Arm um Caroline und wandte sich Germaine zu: "Madame, darf ich Ihnen meine Frau, Caroline Schelling, vorstellen?" "Ich bin entzückt", antwortete Germaine. Caroline beugte den Kopf leicht zur Seite und lächelte Germaine an. "Mes homages, Madame." Die beiden Frauen musterten sich. Dann wandte sich Schlegel zu Caroline. Germaine beobachtete sie. "Darf ich dich morgen besuchen?" fragte er. "Du darfst", sagte sie leise und küßte ihn leicht auf die Wange. "Morgen vormittag", setzte Caroline munter hinzu.

Die Gesellschaft bewegte sich zum Ausgang. Schlegel bot Germaine den Arm und führte sie hinaus. "Welch eine schöne Frau!" entfuhr es ihr. "Und Sie kennen sie also." "Ja. Diese schöne Frau war früher meine Frau." Germaine schaute ihn bewundernd an. Draußen angekommen, wartete ihre Kutsche auf sie. Caroline und Schelling gingen an ihr vorbei, mit sich selbst beschäftigt. Germaine blickte ihnen nach, ein schönes Paar, offensichtlich gerne beieinander. Sie sah, wie er sie um die Taille faßte, und wie ihre Schritte aufeinander abgestimmt waren. Der Anblick faszinierte sie, und sie entschloß sich, den Weg zum Hotel zu Fuß zurückzulegen. Schlegel begleitete sie.

Auf dem Heimweg schwieg Schelling. Er befand sich noch in dem Zustand erhobener Wachsamkeit und Spannung. Der Drachentöter, der das Schwert gegen Vorurteil und konservative Selbstgefälligkeit erhoben hatte. Tapfer hatte er sich geschlagen, angefeuert von der berühmten Madame de Staël. "Was denkst du von ihr?" fragte Caroline. "Ganz französisch, im Benehmen, aber das Innere besser", antwortete er. Doch das Urteil, welches ihm das wichtigste war, stand noch aus. "Ein Triumph, Joseph", sagte sie, als ob sie seine Gedanken lesen könnte. Das genügte. Es war das Zauberwort, das ihn von aller Spannung befreite, das seinem Tun des Tages einen währenden Stempel aufdrückte. Daß sie verstand, machte ihn immun gegen das Urteil der anderen, gegen Neider und Intriganten. Er lachte glücklich auf. "Es scheint, du hast einen großen Eindruck auf Mme de Staël gemacht. Du mußt ihre Einladung ernst nehmen und sie besuchen", sagte sie. "Dir entgeht nichts, oder?" entgegnete er. Sie lächelte ihn an. Stolz und Zärtlichkeit lagen in ihren hellen Augen, und ihr geöffneter Mund zeigte vollkommene Zähne. Sehnsucht wallte in ihm auf. "Die anderen sind dir ein aufgeschlagenes Buch, nicht wahr, während du, mein wunderschönes Weib, unergründlich bist." Er faßte sie eng um die Hüfte und küßte sie auf den Mund.

Sie weiß seit langem, daß Glück aus ihr selbst kommt. Alle Erfahrungen, zu der sie Neugier und Verlangen treiben, bringen ihr diese Botschaft. Sie sieht das Leben immer bewußt, wie ein Geschenk, und nichts hält sie davon ab, es zu gestalten, zu formen, zu deuten. Es ist ihre Freiheit, ihr grundsätzliches Recht. Sie bezieht alles Leben auf ihr Inneres, denn Glück ist eins sein mit sich selbst. Sie zieht alles zurück, was sie erlebt, denkt und fühlt und verwahrt es in ihrem Inneren. Der Kern ihres Wesens liegt verborgen. Sie hütet ihn sorgfältig, wie einen Schatz, dessen Ort und Beschaffenheit nur sie kennt. Ihr Innerstes ist eine kristallene Kugel, in dem sich das Licht in tausend Regenbogenfacetten bricht. Sie braucht den Blick nach innen, in ihr eigenes Geheimnis. Behutsam geht sie mit sich um, damit sie nicht zerbricht. Sie schöpft ihre Kraft aus dieser zarten Quelle, aus der das Licht kommt, das in ihren Augen wohnt. Sie benötigt den Zugang zu sich selbst. Er ist ein Prozess, in dem sich alles Willkürliche klärt und alle Erfahrung gebannt wird. Die eigentliche, unerschütterliche Welt ihrer Urteile und ihrer ureigensten Sehweise, die allein ihr gilt und nur von ihr gesehen wird. Es ist die Ebene, auf der sie Zwiesprache mit dem Leben hält. Ihre kristallene Kugel ist schwebend und leicht. Nähme sie sie heraus, verwandelte sie sich zum Stoff, würde schwer wie Stein, der sie wie eine Gefangene an die Erde und die Dinge bände. Es wäre ihr unerträglich, und sie müßte ihn vergraben und damit sich selbst. Sie braucht ihr aus Geist und Licht gemachtes inneres Gebilde, in der sie die Welt umgestaltet. Ihr Weg zu sich ist ein liebevolles, sorgfältiges Ritual, das sie erhält und über Höhen und Tiefen trägt.

Sie ist in ihrem kleinen Reich, ihrem blauen Zimmer, in dem alles stimmt. Ihr zierlicher Schreibtisch mit dem passenden Stuhl steht am ganz richtigen Platz, auf den Zentimeter genau empfunden. Sie sitzt davor, hübsch zurecht gemacht, als ob sie Gäste erwartete. Dabei ist ihr Gast sie selbst, und der Dialog findet statt mit ihrem Inneren. Sie bindet Gedanken und Gefühle an den silbernen Faden des Wortes. Wie Perlen hebt sie jedes ihrer Worte auf, die ihr mühelos zufließen, untersucht es liebevoll und fädelt es auf zu Ketten, daß sie zusammen passen in Rhythmus und Wortlaut. Nur die trefflichsten, bedeutungsvollen kommen in die nähere Auswahl. Streng und anspruchsvoll ist sie, wägt ab, ersetzt, probiert den Fluß der Worte, läßt die Bilder, die sie beschwören, an sich vorbeiziehen. Einfach, vollkommen und still sollen sie sein, geläutert von der Zufälligkeit der rohen Erfahrung und des bloßen Einfalls. Zur Ruhe legen sollen sie die Leidenschaft, die in ihrer Natur liegt, ihre leichtsinnige Freude, ihre Lust auf Abenteuer und auf Eroberung, ihr Begehren und ihren Ehrgeiz ableiten. Vor den Augen der Beständigkeit, die sie im Innersten sucht, sollen ihre geheimnisvoll leuchtenden Wort- und Sinnketten bestehen, Flügel annehmen, sich von der Vergänglichkeit des menschlichen Daseins ablösen und wie klare Sterne am Himmel der Ewigkeit leuchten. Sie sind ihre ureigenste Schöpfung, und sie selbst wird Teil dieses Kunstwerks. Die Götter sehen Hochmut darin, sind eifersüchtig auf die Schönheit ihrer stummen Wortgebilde und strafen sie oft grausam, nehmen ihr die vier Kinder. Doch sie hält an ihrem Wortsein fest. Es gibt ihrem vom Himmel bestimmten Schicksal Sinn. Das ist ihre Freiheit, die sie sich von niemandem nehmen läßt. Daß sie ihre Eigenschöpfung durch das Wort für sich behält, es nicht nach außen verströmt, ist Urangst davor, sich zu entblößen. Sie traut den Menschen nicht. Sie schützt ihr Schaffen vor ihrer Rohheit und ihrem Neid. Anders und unabhängig ist sie, das befremdet ihre Zeitgenossen. Diese sind erpicht darauf, sie in den Staub zu stoßen, immer begaffen sie sie neugierig, klatschen, verleumden sie und lauern auf die Gelegenheit, ihre wunde Stelle zu entdecken, in die sie in ihr Inneres stoßen und sie tödlich treffen können. Sie fürchtet sich vor dem öffentlichen Blick in ihr Inneres, der das Verborgene ausleuchtet, hervorzieht und zerstört. Was sie darstellt, ist fein und aus dem Stoff gemacht, der sich auflöst vor dem verständnislosen und feindlichen Blick. So bleibt ihr eigentliches Werk, ihr Wesen, ihr Talent, in ihr bewahrt, vor den Augen der Welt verborgen.

Nur Schelling ahnt ihr Geheimnis, mit dem Urinstinkt des schöpferischen Genies, das aus ihm herausbricht und keine Grenzen annimmt. Mit ungebrochener Kraft zum Leben und zum Lieben besiegt er ihre Todessehnsucht. Endlich weiß sie sich verstanden, aus tiefstem Herzen und mit jeder Faser des Seins. Ja, er sieht, wie kostbar ihr Talent ist, wie einzigartig ihr Wesen, wie tragisch ihre Selbstbeschränkung. Sie ist ihm unentbehrlich. Alles an ihr, selbst ihre Entsagung, zehrt auf seltsame Weise von ihrem verborgen gehaltenen Geheimnis, das das seine voll aus dem Granit seines Wesens, wie von einem Zauberstab berührt, zum Fließen bringt. Ihre Seelen sind zutiefst verbunden. Beide sind sie Weltverwandler, die die Welt seelisch und begrifflich neu gestalten. Ihre Liebe ist ein goldener Faden, der zwischen zwei Polen gespannt ist. Er sitzt am äußeren, sie am inneren. Er blickt nach außen, sie blickt nach innen. Er greift kühn aus. Sie ist der Mißgunst der Menschen und Götter nur gewachsen, solange sie ihr Glück im Inneren sucht. Ihr inneres Glücklichsein ist die Quelle ihres gemeinsamen Glücks und zugleich der Keim seiner Zerstörung. Er kann nicht ohne sie sein. Er fürchtet, daß er sie aufzehrt und daß sie zerbricht. Sie lächelt schmerzlich. Es ist Zeit, zur Feder zu greifen. Das, was aus ihrer Weltverwandlung ans Licht darf, fließt nun auf das Papier, in ihrer sorgfältigen, regelmäßigen Keilschrift, klar und übersichtlich ist das Gesamtbild. Briefe, die alles Erleben unmittelbar bannen und neu formen, in denen sie, sorgfältig, langsam, bewußt Wort an Wort setzt, in ihrer steilen Schrift, die ihren Willen zur Mäßigung der Impulse und ihre kühle Intelligenz ausdrücken. Oft hält sie inne, wägt ab, sucht nach dem besten Ausdruck. Sie schafft eine Gegenwelt, in der Harmonie und Ausgeglichenheit vorherrschen. Ihre Briefe sind ihre eigentlichen literarischen Werke. Briefe an die Freundin der Jugend, in denen sie die einfachsten Handlungen des Haushalts, die täglichen Lasten der Frau, Kopfweh, das Umkehren von Hemdenkrägen, das Waschen der Vorhänge literaturwürdig macht. Briefe an geistesverwandte Freunde, die von Literatur und Kunst sprechen und ihre Beobachtungsgabe und Ironie zur Schau stellen. Sie hat sich in der Hand, und wenn der Brief an eine berühmte Persönlichkeit geht, schreibt sie ihn noch einmal ab. Makellos soll er sein. Selbst die Briefe, die an Schelling gehen, wenn sie unter der Trennung von ihm leidet, vor Sehnsucht zerrissen ist, sind wie durch ein hellblaues Seidentuch gefiltert, das alles mildert und besänftigt. Schließlich wendet sie sich seinem Manuskript zu. Ihr Abschreiben ist mehr als nur eine mechanische Tätigkeit. Sie liebt seine Begabung, den mühelosen Fluß seiner Worte. Sie erkennt ihr Eigenes in ihm, und ihr Nachzeichnen seiner Buchstaben ist wie ein Gespräch von Liebenden. Ihr Talent geht in dem Werk des Mannes auf. Sie weiß es und schätzt sich glücklich, daß es diesesmal Liebe, eine tiefe, schicksalhafte Liebe ist, die ihr Opfer sinnvoll macht.

18

Schon nach einem Tag hatte Germaine sich ihre Umgebung zu Eigen gemacht und ihren gewohnten Lebensrhythmus aufgenommen. Allem um sich herum drückte sie einen unmißverständlichen Abdruck auf. Ihr Quartier im Hotel erinnerte an ihre Pariser Umgebung. Nur kein Stillstand und nur keine Stille. Sie brauchte Bewegung und Stimmen. Der Tag begann für sie auch hier mit einem festen Ritual. Wie in Paris saß sie im Bett, noch in ihrem Nachthemd aus feinster Brüsseler Spitze, dicke Kissen im Rücken, und arbeitete an ihrem Reiseschreibtisch. Sie prüfte die Ausgaben des vorherigen Tages. Uginet hatte ihr Quittungen und Notizen, fein säuberlich nach Kategorien getrennt, vorgelegt, und sie war sie mit ihm durchgegangen. Nun trug sie die Ausgaben in ein Hauptbuch ein, und ihr Mund formulierte die Zahlen schweigend. Jeder Pfennig war vermerkt, das Trinkgeld für Hotelpersonal und Kutscher eingeschlossen. Olive plazierte Germaines prächtige Toilettengarnitur neben das Bett und begann mit der Morgentoilette. Wie gewöhnlich bürstete sie Germaines Haare. Albert und Albertine, die noch im Schlafanzug auf dem Teppich spielten, wurden von einem Zimmermädchen hinausgeführt, um sie anzuziehen. Eine andere Aufwärterin räumte die Reste vom Frühstück auf ein Tablett und trug es hinaus. Uginet brachte Notizen und Briefe, Zeitungen und handhabte die Briefe, die Germaine geschrieben hatte, faltete und versiegelte sie sorgfältig und nahm sie mit. Das war der Zeitpunkt, in dem er in Paris die ersten Gäste ansagte und Germaine sich entschied, ob sie sie empfangen würde. Heute meldete Uginet niemanden an. Ein Gast wenigstens, tröstete sie sich, würde bald erscheinen. Und die Bedeutung, die sie ihm zumaß, entschädigte sie für das Fehlen vieler.

Das Zimmermädchen brachte eine zierliche Waschschüssel mit einer weißlichen, pappigen Flüssigkeit. Olive prüfte die Temperatur, nahm einen Waschlappen und befeuchtete Germaines Haar. Dann, mit geschickten und geübten Bewegungen, drehte sie das Haar um die Stirn in Locken und klebte sie fest. Zur gleichen Zeit wusch und manikürte das Zimmermädchen Germaines Hände. Germaine hielt nicht still, und Olive und das Mädchen hatten Mühe, ihren oft jähen Bewegungen zu folgen. Es war wie in Paris, die gleichen Toilettengegenstände, die gleichen Gesichter, der gleiche Widerstreit zwischen dem Schönmachen und der Tatkraft.

Schelling wurde angemeldet und vorgelassen. Gerade zur rechten Zeit, die Frisur war fertig, der Turban gebunden, und schon trat Schelling ins Zimmer. Er zuckte leicht zurück, als er Germaine im Bett sitzen sah. Doch sie ließ Verlegenheit nicht aufkommen. Strahlend forderte sie ihn auf: “Bitte, treten Sie näher, Monsieur Schelling.” Sie hielt ihm ihre Hand entgegen zum Handkuß, mit dem Handrücken nach oben. Er zögerte, sie bemerkte es und drehte die Hand seitwärts. Er nahm sie, und sie antwortete mit einem festen Handdruck. Ohne weitere Einführung fuhr sie fort: “Ich liebe Ihre Ideen von Gegensätzen. Ich konnte es kaum erwarten, unser Gespräch von gestern fortzusetzen.” Schelling stellte sich neben ihr Bett. Sie machte eine einladende Bewegung sich zu setzen, aber er entfernte sich ein paar Schritte. “Madame, es ist mir ein Vergnügen, unser Gespräch weiter zu führen.” Er schaute sie erwartungsvoll an, bereit, alle ihre Fragen zu beantworten. Sie hakte sich in seinem wachen Blick fest und fragte: “Sagen Sie, mein junger Löwe, kennen Sie die Liebe?” “Liebe?” entfuhr es ihm ungläubig. Hatte er richtig gehört? “Ja, bitte”, bestätigte sie, und als ob es das natürlichste der Welt sei, über intime Dinge zu reden, fuhr sie fort: “Fühlen Sie sich ganz frei, über alles zu reden oder zu fragen. Keine Frage und keine Antwort sind zuviel für mich.” Sie sah ihn ermunternd an. “Ich liebe meine Frau”, antwortete er einfach und sah sie an. “Bemerkenswert”, seufzte Germaine. “Wenn ich das sagen darf, die Liebe eines Mannes für die Macht überwiegt gewöhnlich seine Liebe für eine Frau. Und ein Mann, der fähig ist, die eigene Ehefrau zu lieben ... tief zu lieben ..., ist selten.”

Sie beobachtete ihn genau, wollte alles von seinen Augen und seinem Mienenspiel ablesen. “Können Sie mir mehr über diese Liebe mitteilen?” Etwas sträubte sich in ihm, er wollte sich verabschieden und das Weite suchen, aber die Wärme in ihren Worten und der Ernst in ihrem Ausdruck bewogen ihn, ihr Antwort zu stehen. “Ich wüßte nicht, wie ich beginnen sollte, sie zu beschreiben. Sie ist wie eine Kraft der Natur ... unabänderlich.” In seiner Stimme lag etwas Flehendes, das sie aufhorchen ließ. “Ich beneide sie”, sagte Germaine. “Können Sie mir sagen, wie ihre Liebe zu Ihnen beschaffen ist?” ‘Diese Frau kennt keine Grenzen’, dachte Schelling. “Was meinen Sie damit?” “Bitte, ich wollte Sie nicht beleidigen. Ich bin einfach sehr romantisch. Sagen Sie, sie muß Sie tief und aus vollem Herzen lieben.” Sie sah ihn dabei freundlich an. Schließlich antwortete er: “Ich glaube, ja.” Er fühlte ihren durchdringenden Blick und wehrte sich dagegen. Wie kann ich mich nur zu diesem Geständnis hinreißen lassen, fragte er sich, und fühlte, wie das Leid in ihm hochkam und das Schweigen zwischen ihnen füllte. Mit ihren Fühlern für alles, was im Innern wühlte und glühte, registrierte sie seinen Schmerz. Sie bewunderte ihn zutiefst, denn sie fühlte die Weichheit der Gefühle hinter seiner männlichen Ausstrahlung und seine große Leidenschaftlichkeit unter dem Firnis von Selbstkontrolle. Am liebsten würde sie ihn umarmen und ihm sagen: 'Sie sind ein Mensch, weil Sie zu leiden verstehen'. Zugleich wurde ihr ganz klar, daß dieser Mann unerreichbar war für sie. Er sucht nicht, er ist angekommen, dachte sie, und er hat schon gewonnen. Und laut sagte sie sanft: "Monsieur Schelling, solch eine Liebe ist schwierig zu finden. Mein Herz ist berührt. Und ich fühle Trauer in Ihnen." Sie wartete seine Antwort nicht ab.

Uginet, der ins Zimmer trat und Obst und Getränk hereinbrachte, bot den Übergang zu unverfänglicherem Grund. Sie händigte ihm das Hauptbuch aus und wies ihn an: "Bitte Uginet, senden Sie eine Kopie meiner Ausgabenliste an meinen Vater." "Ich werde mich sofort darum kümmern", sagte Uginet und ging.

Germaine setzte sich gerade in ihrem Bett auf. "Haben Sie jemals daran gedacht, in die Politik zu gehen, Professor Schelling?" 'Wenigstens langweilig ist sie nicht', gab Schelling zu und suchte nach der richtigen Antwort. "Nein, Madame, ich bin Philosoph. Ich finde keine Nahrung für die Seele in der Politik." "Es geht nicht um die Seele, es geht um Macht. Macht ist das einzige, was der Liebe an Befriedigung gleichkommt." Und mit Nachdruck, so als ob sie ihn überzeugen müßte, sagte sie: "Aber Sie haben Talent, Sie haben große Ideen und Leidenschaft, Sie haben die Macht, andere durch Ihre Worte zu bewegen. Die Welt braucht Männer wie Sie." Wie naiv sie war! Wußte sie nicht, daß der gebildeten Schicht in Deutschland der Zugang zum öffentlichen Leben versperrt war? Daß er sich auf Grund gesellschaftlicher Grenzen und nicht aus freier Wahl auf eine ideale Welt begrenzte? "Madame, ich danke Ihnen für Ihre Komplimente. Ideen haben eine Macht, die nicht vergeht." "Welchen Wert haben Ideen, wenn sie in Bibliotheken verstauben, anstatt unter die Leute zu kommen und den Gang der Dinge zu beeinflussen?" entgegnete sie schnell und wunderte sich über den Nachdruck in Schellings Stimme. Warum bestand er auf Weltferne, wo er das Zeug zu einer öffentlichen Stellung hatte? Sie hatte einen Blick für diese Dinge, und er erinnerte sie an einen General mit seinen klaren Gedanken und seinem festen Charakter. "Ich glaube auch an die Macht der Ideen", sagte sie etwas enttäuscht, "aber sie gehören in das öffentliche Leben. Die Welt ändert sich und benötigt freie Geister und starke Seelen."

Hier war sie wieder auf bekanntem Terrain. Ihr eingegerbter Wunsch, einem Mann, dessen Fähigkeiten sie bewunderte, helfen zu wollen, ihn in die Arena des Ruhms und Erfolgs zu treiben, regte sich. Dabei paarte sich Großzügigkeit mit dem Instinkt, ihre Hausmacht zu vergrößern. "Ich werde einen Brief an meinen Verleger schreiben und ihn bitten, Ihre gesamten Werke herauszubringen." Daß die Ideen dieses jungen Genies nicht Funken schlagen und das öffentliche Denken und Handeln beeinflussen würden, konnte sie sich nicht vorstellen. Bei Rousseau und Voltaire hatte sie erlebt, daß die Änderungen der Geschichte von der Gelehrtenstube ausgegangen waren. Schelling nickte: "Ich wäre Ihnen sehr zu Dank verpflichtet."

Uginet brachte eine Einladung. Sie öffnete das Kuvert und las: "Baron Montgelas lädt zu einem Empfang für heute abend ein." Hier war eine Gelegenheit, ihr Förderungswerk für das widerstrebende Genie fortzusetzen. "Sie müssen dabei sein, Monsieur Schelling, Sie und Ihre Frau." "Ich bin sicher, wir sind nicht eingeladen." "Ich werde mit Montgelas sprechen. Er kann nicht erwarten, daß ich ohne meine Freunde in Gesellschaft gehe." Schelling nickte entgeistert.

Die Überraschungen hörten nicht auf. Und die nächste folgte, als sie ihn mit unbefangener Stimme aufforderte: "Nun, Monsieur Schelling, sagen Sie mir in ein paar Worten, was denken Sie über Gott, die menschliche Freiheit und die Unsterblichkeit der Seele." "In ein paar Worten?" "Ja, ein Genie braucht nur ein paar Worte." Sie schaute ihn herausfordernd an. Gut, er wird sich nicht lumpen lassen. "Einverstanden. In ein paar Worten: Gott manifestiert sich nur in Freiheit, und die Sehnsucht der Seele ist unsterblich." Angetan von seiner Willigkeit, auf sie einzugehen, fragte sie leicht: "Warum verzehren wir uns nach Unsterblichkeit, wenn es unsere Aufgabe ist, voll zu leben? Nichts ist so interessant wie das Leben... ." Er antwortete nicht sofort. Sie schaute ihn neugierig an. Seine Augen waren weit weg. "Das Leben ist mit dunklen Schrecken angefüllt ..., es ist von dunklen Trieben beherrscht, Gott herrscht über den Himmel, aber diese Welt dreht sich zwischen Himmel und Hölle, und das Schicksal des Menschen ist von Grund auf tragisch ... . Ohne die Hoffnung auf Unsterblichkeit fällt die Seele in einen Abgrund." Diese Wendung hatte sie nicht erwartet und angesichts dieser unverstellten Verzweiflung, wußte sie nicht sofort, was sie sagen sollte. Schelling verbeugte sich und ging. Sie blickte ihm nach.

Sie hatte viel aus ihm herausgeholt, Grenzen versucht zu durchbrechen und besänftigte Geister aufzustören. Sie hatte Erfolg gehabt, aber nun war sie mit der Gegenwart von Schrecken, Trauer und Verzweiflung allein. Warum war er gerade in dem Augenblick gegangen, als er sich ihr zu öffnen begann? Wirkte nicht in allen intelligenten und begabten Menschen ein unwiderstehlicher Drang, in die Seele zu leuchten, ihre Vorgänge ans Licht zu bringen und zu beschreiben? Wußten sie nicht, daß man sie dadurch bannen konnte? Schelling war, wie die meisten ihrer Objekte, vor dieser Untersuchung geflohen. Sie war ratlos, fühlte sich bedrückt und ernüchtert. Es kam ihr so vor, als ob sie als Person verlassen und die Fülle des Lebens mitgenommen wurde. Sie sprang aus dem Bett. Die Mittel gegen diese Niedergeschlagenheit waren zu rüsten, die folgenden Schritte zu planen und vorwärtszudrängen in die Räume des nächsten Augenblicks, der gefüllt werden mußte. Sie schrieb eine Notiz an Baron Montgelas.

19

Caroline begann ihren Tage wie immer, allein in ihrem Reich. Es war so still, daß sie ihren eigenen Atem hören konnte. Sie vernahm die Geräusche von draußen nicht. Sie mochte es so. Sie hatte sich eine Umgebung geschaffen, die ganz sie ausdrückte und unterstützte. Ein einfach, aber schön geschnittenes Zimmer mit einem großen Fenster, das den Blick auf einen kleinen Platz mit Lindenbäumen freigab, von wo aus sie an klaren Tagen die Weinberge sah. Die Wände des Zimmers, blau, ihre Lieblingsfarbe, umhüllten sie schützend wie der blaue Mantel die Madonna auf den Bildern der frühen niederländischen Maler, die ihr Schlegel nahegebracht hatte. Ein leichtes lichtes Blau, das den seidigen Sommerhimmel hereinholte, unter dem sie und Auguste zusammen fröhlich gewesen waren, damals in Boklet, vor vier Jahren. Jeder Blick aus dem Fenster, wo sich die Blätter der Lindenbäume mit dem Licht unterhielten, brachte die Erinnerung an ihr Glück zurück. Hier war es auch, das Grün der langen Lindenalleen, unter denen sie mit Auguste geschlendert war. Die weißen Vorhänge aus feiner Baumwolle, durch die das Licht drang, und die sich mit dem feinsten Windhauch einließen, waren wie eine Botschaft des Himmels, die sie alle Erdenschwere vergessen ließ. Dann verlor sie das Gefühl für Zeit und fiel in einen sanften Zustand der Resignation, in dem alle inneren Stimmen verstummten.

Zwei Orangenbäumchen dufteten in weißen Kübeln und rahmten ein hübsches Sofa ein. Gesund, mit satten Blättern, gegen das Klima des Nordens auf der Seite ihrer Sehnsucht nach südlicher Heiterkeit. Auch ohne Früchte standen sie in voller Schönheit. Stiche mit Ansichten von Rom leisteten ihren Träumen von linden Südwinden Gesellschaft. Ihre Bücher waren ihr großer Schatz. Sie bedeckten eine ganze Wand. Eine Büste von Goethe war prominent davor plaziert. Der große Mann, der wie niemand von all den Großen, denen sie begegnet war, begriff, welch Glück im Rückzug verborgen lag. Ruhe, heilige Ruhe. Sie verstand ihn und glaubte sich verstanden von ihm, und dieses lautlose Einverständnis war ein Silberfaden des zarten unsichtbaren Gewebes der Entsagung, das sie umhüllte. In der Nähe des Fensters stand ein Spinett. Auf ihm befand sich die Büste eines jungen Mädchens mit einem zarten Gesicht. Davor stand eine Vase mit weißen Rosen. Sorgfältig gestapelte lose Seiten in der fließenden Schrift Schellings lagen auf dem zierlichen Schreibtisch bereit. Viele Stunden würde sie mit seinem Manuskript zubringen, es aufmerksam lesen und Notizen machen. Ein Liebesdienst, der sie mit immer neuer Bewunderung für die kraftvollen Gedankengänge ihres jungen Mannes erfüllte. Ja, sie liebte ihn.

Der gestrige Ausbruch war eine Ausnahme gewesen. Sie wollte Schellings Triumph miterleben. Auch sie hatte Teil am Bau seiner Gedankenwelt, und als er sie bat, dabei zu sein, stimmte sie zu, darauf bestehend, versteckt vor aller Augen zu sitzen. Mit dem gestrigen Abend aber war die Welt in ihre Existenz eingedrungen und hinderte sie nun, ihr tägliches Ritual wieder aufzunehmen. Ja, sie war beeindruckt von de Staël, die sich ihr so unvoreingenommen und aufgeschlossen zugewandt hatte. Der Wunsch, sie besser kennenzulernen, war kurz aufgeflackert, aber sie sagte sich, die gesunde, kraftstrotzende und tatkräftige Frau sei eine Erscheinung aus einem Reich, zu dem sie nicht mehr gehörte, zu dem sie nicht mehr die Kraft hatte. Und Wilhelm, der sich so hübsch herausgeputzt hatte und sich so bemühte, gefällig zu sein. Sie hatte seinen Eifer gespürt, mit dem er an einem neuen Lebensentwurf bastelte und fühlte sich weit weg von diesem Streben zum rohen Stoff neuer Erfahrung. Sein tapferer Versuch, ihr zu zeigen, daß er ihr nichts nachsah, rührte sie. Sie wußte, daß dem nicht so war und hatte deshalb seinem Besuch zugestimmt. Er hatte ein Recht darauf.

Draußen überquerte Schlegel den kleinen Platz vor Carolines Haus. Das Wiedersehen mit ihr hatte ihn bewegt, mehr als er vorausgesehen hatte. Etwas war nicht zur Ruhe in ihm gekommen. Er wußte nicht, was es war, und wie er es überwinden konnte, und in diesem Zustand verfiel er darauf, sich bestens zu kleiden und seine Toilette mit größter Sorgfalt zu verrichten. Waren dies nicht die erprobten Mittel, mit Konflikten umzugehen, seine Empfindlichkeit zu verstecken, die Unsicherheit zu vertuschen? Er wußte, daß er kein schöner Mann war. So hatte er sich frühzeitig angewöhnt, sich elegant zu kleiden, nach der neuesten Mode, die besten Stoffe zu verwenden, einen ausgezeichneten Schneider zu haben und sein Haar in die Form zu bringen, die für sein Gesicht am vorteilhaftesten war. Er lernte die Krawatte perfekt zu binden. Und er scheute sich nicht, französische Parfüms in großen Mengen zu benützen. Seine Eitelkeit war ein unerbittlicher Meister, und er war immer willens, seinen Dienst an ihm zu verrichten. Nun war er eine auffallende Erscheinung. Er konnte den Erfolg seiner Bemühungen an diesem Morgen an der Reaktion der Passanten ablesen. Sie drehten sich nach dem eleganten Mann um, und als er jemanden murmeln hörte, daß er Franzose sein müsse, fühlte er sich bestätigt. Sein Schritt wurde sicherer, und er wirkte selbstbewußt. Er würde das Wiedersehen meistern. Bisher hatte er erreicht, sein Gesicht zu wahren, und es würde ihm auch diesesmal gelingen. Und doch versetzte ihn der Gedanke, Caroline in ihrer privaten Welt zu erleben, in einen Zustand seltsamer Erregung.

Caroline war noch in ihm. Dies war ihm seit gestern klar. Seltsam, die tiefe Wirkung dieser Frau in ihm. Sie zog ihn immer noch an, so wie beim ersten Mal, als er sie im Haus ihres Vaters, des berühmten Professors Michaelis, in Göttingen traf. Er war junger Student gewesen, ehrgeizig und dem weiblichen Geschlecht sehr zugetan. Sie war frisch verwitwet, nach dem plötzlichen Tod ihres Mannes mit den zwei kleinen Kindern aus dem düsteren Harz zurückgekehrt und blühte in der lebhaften, geistig anregenden Umgebung der akademischen Zirkel ihrer Heimatstadt auf. Mit ihrem Lachen, ihrer leichten und geschickten Art, eine Konversation zu führen, ihrer geschmackvollen Erscheinung, ihrer Lust am Leben hatte sie ihm auf Anhieb gefallen. Sie verstand ihn und war an seinen Plänen interessiert, auch an seinem ehrgeiziges Vorhaben, die Dramen Shakespeares zu übersetzen, und ihr Englisch war vollkommen. Alles schien ihm an der Seite dieser Frau möglich. Er nahm seinen Mut zusammen, warb um sie und wurde abgewiesen. Doch verachtete er die Freundschaft nicht, die sie ihm anbot. Er wußte, daß er in die Rolle als vorzüglicher Freund paßte und dadurch weiterhin Zugang zu ihr hatte. Vielleicht konnte er sie in der Zukunft für sich gewinnen. Er gewöhnte sich daran, sie unablässig zu umgeben und übte sich in der Rolle des empfindsamen Freunds, der alles verstand und nie verurteilte. Ihm gefiel ihr Mut und ihre überzeugte Art, sie selbst zu sein.

Schlegel liebte Frauen, die ein eigenes Bild von sich selbst besaßen und danach lebten. Ihre Unabhängigkeit war ein Aphrodisiakum. Der Wunsch, von einer Frau geliebt zu werden, die weiblich und zugleich unabhängig in ihrem Denken und entschlußfähig war, gab seinem Handeln und Denken Richtung. Was ihm an Männlichkeit fehlte, würde er durch Ritterlichkeit und Witz ersetzen. Es würde Situationen geben, in denen diese Eigenschaften für eine Frau wichtiger wären als sexuelle Anziehung. Wie schnell war der Ruf einer Frau zerstört! Wie schnell geriet sie in wirtschaftliche Not.

Caroline brauchte bald einen solchen Freund. Ihre Natur und ihre Neugierde trieben sie dazu, Grenzen zu überschreiten, sich Freiheiten herauszunehmen in ihrem Handeln und in ihren Worten, die ihr Feinde schafften. Sie schlug eine rettende bürgerliche Partie aus, die ihr einen soliden

Namen und finanzielle Sicherheit garantiert hätten, weil ihr der Kandidat nicht gefiel. Sie wollte am Puls der Zeit sein, in Mainz, als es Republik war. Sie tanzte unter dem Freiheitsbaum und gab sich einem jungen französischen Offizier hin, von dem sie schwanger wurde. Die einziehenden Preußen verfuhren grob mit ihr und allen, die in Verdacht standen, mit den Franzosen sympathisiert zu haben, und sperrten sie mit der kleinen Auguste in die Festung Königsstein ein. Da war er wieder auf den Plan getreten, bemühte sich um ihre Freilassung und arrangierte die heimliche Geburt ihres Kindes, und das alles von seinem Gehalt als Hauslehrer in einem vornehmen Haus in Amsterdam. Der Moment, in dem er als Retter auftreten durfte, war gekommen. Caroline nahm seine Hilfe dankbar an und belohnte ihn mit ihrer Einwilligung zur Heirat. Freilich, er wollte mehr als Dankbarkeit, er wollte von ihr geliebt werden und gab sich der Hoffnung hin, daß sich die Liebe einstellte. Sie schlüge den Funken, der seine Sehnsucht, selbst lieben zu können, Liebe zu geben, erfüllen würde. Fehlte ihm der Mut, selbst zu lieben? War es mehr ein Wunsch, die Ekstase der Liebe zu fühlen und ein anderes erhöhtes Lebensgefühl zu erlangen, als die Liebe selbst? Wie eine stille und bescheidene Glut hatte dieser Wunsch nach Liebe in ihm geruht, darauf wartend, endlich zu Feuer zu werden. Die besondere Frau, würde sie ihn erfüllen? Caroline, die unerreichbare, die ihn endlich als Ehemann annahm. Und waren sie nicht wirklich glücklich gewesen, wenigstens zu Anfang ihrer Ehe? Doch warum war es nie zum Auflodern in ihm gekommen?

Klaviertöne drangen durch sein wehmütiges Sinnen. Er erkannte die Melodie. Ja, sie kam aus dem geöffneten Fenster, hinter der er Carolines Wohnung vermutete. Auguste hat dieses Lied oft gesungen, und Caroline hat sie dazu begleitet. Dieses wunderbare Geschöpf mit der Stimme eines Engels. Ihr Gesang verfolgte ihn oft im Traum, und er erwachte in Tränen. Sie hatte sein Herz gebildet, ihn eine andere Art von Liebe erfahren lassen und die Hingabe für sie, in der sich sein Herz erfuhr, hatte ihn über das Fehlen der großen Leidenschaft hinweggetröstet. Er hätte sie nicht mehr lieben können, wenn sie sein eigenes Kind gewesen wäre. Caroline spielt also wieder. Es wühlte seinen Schmerz um dieses Kind auf. Vielleicht war ihr Spiel das Signal, daß sie bereit war, die Vergangenheit mit ihm zusammen zu betreten, die Stelle wieder zu besuchen, wo sich alles durch die unfaßbare Tragödie auflöste und ihr schöner gemeinsamer Lebensentwurf zerfiel. Wieder dieser Stich im Herzen. Die tiefe Kränkung, die er durch sie erfahren hatte, rührte sich. Was war geschehen? Er hatte sie nicht erobern können. Sie verliebte sich in den Freund. Warum, was hat er falsch gemacht?

Er würde es herausfinden, heute, er wollte es, er würde sich der Wahrheit stellen, gleich wie weh sie ihm tun würde. Er mußte die Wahrheit wissen. Er mußte frei werden, um sich Neuem zuwenden zu können.

Er öffnete die Haustür und ging die Stufen zum ersten Stock hinauf, dem Klavierspiel folgend. Vor der Wohnungstür wartete er, bis er sich gesammelt hatte und zog die Klingel. Das Klavierspiel stoppte. Es folgte eine Stille, in die langsam leichte Schritte einfielen, die lauter wurden. Sein Herz schlug, er prüfte den Sitz der Frisur, glättete die Jacke, richtete sich gerade auf. Er suchte die eleganteste Pose für den Strauß weißer Rosen, die er ihr mitbrachte. Sie mochte weiße Rosen. Für einen Augenblick wünschte er, daß alles um Jahre jünger wäre, daß sie ihn als Liebhaber empfangen würde, bereit, ihn lieben zu lernen. Sie öffnete die Tür, und die Gegenwart ihrer schönen Gestalt füllte seinen Blick.

Mit ihrer leichten, musikalischen Stimme sagte sie einfach und ruhig: "Wilhelm. Da bist du ja. Wie schön. Bitte, komm rein." Er reichte ihr den Strauß weißer Rosen. Sie nahm ihn erfreut und sog ihren Duft ein, der an Äpfel erinnerte. 'Jede Bewegung sitzt bei ihr', dachte er sich. "Wie aufmerksam von dir, Wilhelm. Du weißt noch, wie sehr ich weiße Rosen liebe. Doch komm. Ich muß sie gleich ins Wasser stellen." Sie ging ihm mit ihren behenden Schritten voran. Er folgte ihr, schon befangen von ihrem Charme. Er sah, wie sie sich bewegte, sicher, mit weichen Bewegungen, die aus ihrem straffen Körper kamen. Die Zeit konnte ihr nichts anhaben. Sie hatte die Vierzig überschritten, aber sie wirkte jung und ungemein anziehend. Sie führte ihn in ihr Blaues Zimmer, in ihr Reich, denn sie wußte gut, warum er gekommen war, und was für ihn auf dem Spiel stand. Während sie die Rosen in eine Vase setzte, schaute er sich um. Das Zimmer war so unverwechselbar ihre Welt, dieselbe, die er in Jena mit ihr geteilt hatte. "Es ist mir alles vertraut." Er lief behutsam im Zimmer umher. Er berührte das Sofa, bemerkte die Gesundheit der kleinen Orangenbäumchen, die Bücher. Wieder bewunderte er ihren sicheren Geschmack, mit dem sie mit einfachen Mitteln eine schöne Umgebung schuf. Wie geschickt sie war. Sie beobachtete ihn ruhig und bemerkte, wie ihre Welt ihn wieder beeindruckte.

"Das Klavier". Er ging hinüber und spielte einige Akkorde. Er schaute die Büste Augustes an, und ein zärtlicher, schmerzlicher Ausdruck kam in sein glattes Gesicht. Caroline bemerkte es und wurde weich. "Weißt Du noch, als wir ihr das Klavier zu Weihnachten schenkten? Wie glücklich sie war?" fragte er leise. Caroline schüttelte ihren Kopf. Sie wollte nicht überwältigt werden. Sie wollte sich in der Hand behalten. Vielleicht hatte sie sich zuviel zugetraut und mit ihrem Klavierspiel die Büchse der Pandora geöffnet. Sie schaute Schlegel an, und der mitleidvolle Blick, sein unverhülltes Leiden, so unerwartet, nahm ihr die Fassung. "Ach, Wilhelm. Ich brauche nicht an sie erinnert zu werden. Oft und ohne Warnung überfällt mich die Erinnerung. Sie ist immer da." Ihr Schmerz traf ihn. Er hatte immer versucht, ihr inneres Leben zu seinem eigenen zu machen. Er wollte ihr nahe sein. Es war ihm nicht gelungen, und zur gleichen Zeit konnte er sich nie von ihr entfernen, obwohl er vorgab, unabhängig zu sein. Der Abstand von ihr, den er sich seit dem Vorfall mit Schelling aufgebaut hatte, war wie weggeschmolzen. Er litt in diesem Moment mit ihr, und mit belegter, kaum hörbarer Stimme sagt er: "Ihr fehlt mir so, du und Auguste." Sie antwortete schlicht: "Ich weiß, Wilhelm."

Dann riß sie sich los, mit ihrer gewohnten Selbstdisziplin. Stimme und Haltung änderten sich. Sie lud ihn ein, sich zu setzen. Sie holte Gläser aus dem Zimmer nebenan und eine Flasche Weißwein. Er öffnete sie und goß die Gläser halbvoll. Lachend nahm sie ihm die Flasche aus der Hand und füllte die Gläser randvoll. Sie liebte Weißwein. Er brachte die leichte Seite ihrer Natur hervor, sie konnte dann frivol und leichtsinnig sein, und sie gefiel ihm dabei. Sie toasteten sich zu, und sie trank ihr Glas schnell leer. Er füllte nach. Sie hob wieder das Glas und über seinen Rand hinweg lächelte sie ihn an. Er sah das helle, herausfordernde Licht in ihren Augen, den spöttischen Mund, bereit, ihren Einfällen nachzugehen und in Worterfindungen zu schwelgen. Die Lust, mit Worten zu spielen und sich dabei zu amüsieren, hatten sie gemeinsam. Darin haben sie sich immer wunderbar verstanden. Sie ließen ihren Gedanken freien Lauf, alberten herum und machten sich über die Philister in ihrem Kreis lustig. Sie regte ihn dazu an, andere nachzuahmen, in Geste und Wort, und er konnte beißende Reime schmieden und im Zimmer herumstolzieren, daß die Funken nur so sprühten. Sie lachte dann ungehemmt, beugte sich über vor Lachen. Waren gute Freunde dabei, lagen sie förmlich unterm Tisch, wie damals, als sie sich kranklachten über Schillers 'Glocke', das brave Pathos hausbackener Tugenden. Sie waren ungeheuer frei miteinander in diesen Momenten. Es war nun wie in alten Zeiten, als sie sich freimachten von den kleinen Umständen ihrer Existenz und der Mißgunst der Kleingeister durch ihre freche und respektlose Ironie über die Mitmenschen. Er war wieder dankbar für diese Freude wie damals und ließ sich hinreißen: "Ach, Caroline, das Leben sprudelt aus dir in seiner schönsten Form." Sie merkte auf, weil ein neuer Ton in seinen leicht gespreizten Worten lag, die er immer wie ein Schild vor seinen Gefühlen einsetzte. Etwas Weiches, Leidendes. Er hatte die Regungen seines Herzens immer versteckt. Nur die Würde bewahren. Er hatte es ihr leicht gemacht, sein Anstand. Er machte nie Szenen, aber er zeigte auch nie, wie tief er bewegt war. Sie ahnte, was ihn ihm aufwellte und staunte wieder, wie er es abbog und mit leichter Hand verschlüsselte, was in ihm umging.

Er blickte auf ihren Schreibtisch, auf das Manuskript Schellings: "Ermuntert er dich zu schreiben?" "Wilhelm, hast du vergessen, daß ich die meiste Zeit unserer Ehe deine Arbeiten kopiert habe? Ich habe unendlich viele Tage in deiner Stube damit zugebracht. Und du hast es gerne angenommen." "Du hast mehr getan als nur kopieren", protestierte er. "Mein Shakespeare wäre ohne dich nicht so gelungen." "Und doch ist alles immer nur unter deinem Namen erschienen." "Ich hätte es nicht ohne dich tun können." "Danke, Wilhelm". Sie prosteten sich zu.

Wenigstens hatte sein Nachfolger ihn darin nicht übertroffen. Der glänzende Star am Philosophenhimmel profitierte von Caroline in der Rolle der Mitschreiberin, so wie er damals, als seine Übersetzungen seinen Ruhm begründeten, Nutzen aus ihrer Begabung gezogen hatte. Doch vielleicht war das einer der Fehler gewesen, durch die er sie verloren hatte. "Ich hätte dich mehr ermutigen sollen zu schreiben. Ich hätte darauf bestehen sollen." Sie antwortete nicht. Er hätte es durchaus vertragen, wenn sie etwas Eigenständiges geschrieben hätte. Er war großzügig in seiner Anerkennung ihrer Talente, stolz auf sie gewesen und hatte sie ermuntert. Besonders Friedrich, der Schwager, der sie anfangs anhimmelte, war ständig darauf aus, einen Roman aus ihr herauszuholen. Sie hatte daran zu arbeiten begonnen, aber es schnell aufgegeben. Sie legte niemandem, auch sich selbst nicht, Rechenschaft ab über die Weigerung, sich als Schriftstellerin zu versuchen. Wie sollte er verstehen, daß sie Angst davor hatte, sich zu entblößen? Daß Grundangst, zerstört zu werden, sobald sie die Worte, die in ihr lebten, der Öffentlichkeit preisgab, sie davon abhielt, ihren Roman zu schreiben? Wie sollte sie ihm nahebringen, daß dieses Hemmnis im Zentrum ihres Wesens lag und es zu verstehen der Schlüssel zu ihr war? Er hätte tiefer in sie hineinblicken müssen. Diesen ergründenden Blick hatte er nicht. Im Gegensatz zu Schelling. Als dieser sah, wer sie war, ihr Inneres ahnte, verliebte sie sich in ihn. Nichts konnte sie davon abhalten, selbst der eigene Wille war machtlos gewesen. Ihre Liebe war stärker als alle Konvention, alle Rücksicht, der Unterschied des Alters, selbst als die Krankheit, in die sie sich geflüchtet hatte. "Bitte, Wilhelm. Mein Leben gehört mir", sagte sie schließlich. "Ich weiß. Ich konnte dich nie umstimmen, meine Unabhängige."

Caroline spürte Bitterkeit hinter seinen Worten und wußte, sie konnte ihr nicht ausweichen. "Warum bist du gekommen, Wilhelm?" "Ich bin ein Pilger, auf der Suche nach seinem früheren Selbst." "Und was findest du?" Er begann langsam zu sprechen, mit seiner hohen, dünnen Stimme, fast neutral, ruhig, ohne Argwohn der eigenen Bitterkeit gegenüber und zwang sich, sie dabei anzusehen. Sie hielt seinem Blick stand. "Ich finde mein früheres Selbst, wie es unsere Gäste unterhält, während du und er verliebte Blicke austauschen. Mein früheres Selbst, wie es euch beide auf diesem Sofa überrascht ..., wie mein Herz in Stücke zerrissen wird und ich um Selbstbeherrschung ringe. Mein früheres Selbst an jenem Sommermorgen, wo ich deiner Kutsche nachwinkte, im vollen Wissen, daß du auf dem Weg ihn zu treffen warst. Nachts hab ich an die Decke gestarrt und dabei an dich und ihn zusammen gedacht."

Plötzlich stieg Zorn in ihm auf, nahm mit ungewohnter Heftigkeit von ihm Besitz. "Vergessen wir, daß wir Mann und Frau waren. Und vergessen wir, daß er mein bester Freund war." Er ließ seinen Gefühlen freien Lauf und brauste auf: "Ja, und ich verteidigte ihn, gegen den Klatsch und gegen die öffentliche Verdammung. Vergessen wir deine Eskapaden mit ihm, oder daß ich dich wieder aufgenommen habe, obwohl ich starb, als ihr euch liebtet." Er holte Atem. "Ich wünschte, ich hätte ihn vor die Tür gesetzt, gleich zu Anfang."

Sein Gesicht spiegelte die Demütigung und die Leiden eines Mannes wieder, dessen Frau sich in den besten Freund verliebte und mit ihm vor den Augen der ganzen Welt durchbrannte. Damals hatte er sich hinter der Fassade des gleichmütigen, großzügigen Freundes versteckt. Denn hatten sie nicht einen Pakt geschlossen, der ihnen beiden die Freiheit zugestand, sich anderen zuzuwenden, und hatte er nicht von diesem Pakt Gebrauch gemacht? Da waren die berühmten Schauspielerinnen und Sängerinnen gewesen, denen er den Hof machte. Da waren seine kurzen Reisen allein gewesen. Und Caroline hatte keine Eifersucht gezeigt. Wie dumm er gewesen war, diesen Mangel an Eifersucht für ein Zeichen von menschlichem Fortschritt, von Aufklärung zu halten. Und als sie ihm Hörner aufsetzte, wollte er gerecht sein und die eigenen kleinen Untreuen nicht vergessen. Er versuchte zu übersehen, daß seine Liebschaften ihn nicht ausfüllten, während ein Strahlen aus ihrem Wesen, das aus ihrem Innersten kam, von Erfüllung sprach. Er war draußen geblieben vor der Tür ihrer Vertrautheit, zurückgelassen, vergessen. Er fühlte sich verraten, und eine ohnmächtige Wut, ein grenzenloser Schmerz über diesen Verrat drohte ihn zu überwältigen.

Er sah sie an. Sie wich seinem Blick nicht aus. Ganz ruhig sagte sie schlicht: "Es tut mir leid, Wilhelm, es tut mir wirklich leid." Er spürte ihre Betroffenheit und stemmte sich dagegen. Er mußte sich behaupten, nichts zudecken. Dieses eine Mal. "Es muß offensichtlich für jeden gewesen sein, daß du mich nicht geliebt hast, jedenfalls nicht so wie ihn, oder?" Da war sie gestellt, die Frage, die er nie gestellt hatte, nicht zu stellen gewagt hatte. Vielleicht wußte er die Antwort oder wollte sie nicht wissen, oder auch primitive Angst, die Liebe durch Nachforschung zu verscheuchen, hatte ihn davon abgehalten.

Caroline kannte ihn gut und sein Mut, seine Verzweiflung einzugestehen, rührte sie. Wenn er sich nur so ungehemmt ausgedrückt hätte, sich als Mann gezeigt, seine Liebe, seine Eifersucht ausgedrückt, vielleicht hätte sie sich in ihn verlieben können. Nein. Er war nicht der Mann, den sie lieben konnte. Sie hatte es versucht. Aber sie hatte ihn gern gehabt, von Herzen gern gehabt. Und das schien weit wichtiger als eine leidenschaftliche Liebe. Die Art von Liebe, die zerstörte. Freundschaft baute auf, und die Heiterkeit, die sie miteinander verband, jedenfalls am Anfang, erschien ihr wertvoller als dieses nagende innere Ziehen nach der Gegenwart des anderen, das krankmachte. Sie wollte es ihm wieder sagen, wie kostbar ihre Freundschaft gewesen war, aber das war nicht, wonach ihm der Sinn stand. Er wußte, daß sie ihn nicht geliebt hatte. Und als ob er ihre Gedanken lesen könnte, sagte er mit zitternder Stimme: "Ich will es hören." Sie mußte ehrlich sein. Er hatte ein Recht darauf. Sie würde nichts verschönern. "Du hast Recht, Wilhelm. Liebe war es nicht. Ich habe dich nicht geliebt."

Die Wahrheit fiel in ihn ein, in eine dunkle Grube der Verzweiflung. Und seltsam, sie zerstörte ihn nicht. Alles wurde leer und still und weit in ihm, und er fragte sich, was an Stelle der bohrenden Fragen und der Wut treten würde. Er beobachtete und lauschte in sich hinein. Da war es. Dankbarkeit stieg in ihm auf, daß sie so ehrlich war. Seltsam, es war nicht genug, die Wahrheit zu wissen, man mußte sie hören. Worte, die für einen Augenblick nur existierten und für immer verschallten, waren es, die die häßlichen Falten des Selbstzweifels glätteten. Dann überkam ihn eine seltsame Euphorie, ein Weiten und Hoffen, in das die Worte Carolines wie von weitem eindrangen. "Ich bezahlte einen schrecklichen Preis, Wilhelm." Ganz leise sagte sie das, aber mit unheimlicher Eindringlichkeit. Er sah sie an, ihre weiten Augen in dem blassen Gesicht, bemerkte, wie zerbrechlich sie war unter ihrer Selbstdisziplin und ihrem Willen. "Auguste wurde aus dieser Welt gerissen. Es war ungerecht. ... Armer Joseph. Unsere Liebe ist verflucht." Ihre Wangen röteten sich, Erregung stieg ihr ins Gesicht. "Es ist so ungerecht." Sie zitterte am ganzen Leib. " Ich werde nicht aufgeben. Weder mein Recht, Joseph zu lieben, noch Augustes Recht zu leben. Nie, Wilhelm, nie."

Er wollte sie trösten, in den Arm nehmen und brachte es nicht fertig. Sein Kummer um die verpaßte Chance auf Liebe erschien ihm plötzlich klein vor ihrem Leiden als Mutter. Ihr Verlust ließ sich nicht ersetzen wie eine Liebe zwischen Mann und Frau. Er und Joseph, der Freund, der ihn verraten hatte, gehörten auf eine andere Ebene. Für einen Augenblick tat der Freund ihm fast leid. Vielleicht besaß er das Glück gar nicht, das er, der gehörnte Ehemann, sich in leuchtenden Farben ausgemalt und das ihn elend vor Eifersucht und verletzter Eitelkeit gemacht hatte. Vielleicht war ihnen beiden der Zugang zu dem Raum verwehrt, in dem das Herz dieser wunderbaren Frau schlug. Denn es pulste nicht für den Liebhaber, den Mann, sondern für die Fortsetzung des eigenen Lebens im Kind. Er fühlte ihre grenzenlose Einsamkeit, die nur die Götter aufheben konnten, die sie verschmähte. "Ich glaube nicht an ein gerechtes Geschick, Wilhelm", sagte sie. 'Sie hat keinen Glauben', dachte er schaudernd, so wenig wie er selbst einen besaß. Stand sie am Abgrund?

Sie fing sich wieder und wechselte mit unheimlicher Disziplin das Thema. "Wilhelm, ich bin froh, dich zu sehen. Du siehst gut aus. Es scheint dir gut zu gehen. Du wirkst zufrieden." "Ach Caroline, wenn du wüßtest, wie allein ich mich oft fühle." "Ich weiß. Aber du trägst es mit solch eleganter Haltung. Das ist deine Ehre." Wie sie immer noch verstand, ihn sanft zurechtzurücken. "Nur du kannst dies sehen, Caroline, aber ich hoffe, mein Schicksal ist es nicht, allein zu bleiben." "Wilhelm, laß dein Herz sprechen. Laß dich davon leiten, es ist es wert." Sie sagte es liebevoll. Sie wünschte ihm Glück, und er fühlte sich befreit genug, um es anzunehmen.

Sie wirkte müde. Er stand auf und verbeugte sich spielerisch: "Farewell: thou art too dear for my possessing, And like enought thou know'st thy estimate ... ." Mit einem Lächeln fiel sie ein: "... The charter of thy worth gives thee releasing: My bonds in thee are all determinate." Schlegel umarmte sie mit Rührung und küßte sie flüchtig. Mit einer Geste deutete er an, daß er sich selbst hinauslassen würde und ging.

Caroline blieb reglos stehen und versuchte, ihre Kräfte zu sammeln. Am besten, sie würde sich nun über ihre Arbeit machen. Doch ihr Blick drängte ins Weite. Die Weinberge verschwammen vor ihren Augen. Die Vorhänge bewegten sich. Ein warmer Wind blies übermütig und blähte sie auf. Dann fielen sie wieder in sich zusammen. Sie beobachtete die Bewegung gebannt. Dann nahm sie die Vase mit den Rosen und stellte sie neben die Büste, betrachtete sie. Sie vertiefte sich in das reizende Gesicht Augustes. Die Anmut der leicht gebeugten Haltung des schmalen Kopfes, das zauberhafte Lächeln ihrer feinen Züge, der grenzenlose Charme von Unschuld und Vertrauen entzückten sie aufs Neue. Das junge Mädchen schien sie voller Zärtlichkeit anzusehen. Caroline spürte die vertrauensvolle Liebe, die sich der Liebe der Mutter sicher sein durfte, und die sie der Mutter tausendfach vergalt. Die Realität um sie versank, und sie streichelte die Wange der Büste. Ihre Hände fühlten wieder die zarte, weiße Haut, die sich, wenn sie scherzte und vorsichtig Grenzen überschritt, mit einer feinen Röte überzog. Ihre klare silbrige Stimme erfüllte die Räume ihrer Seele, entzückte sie wie damals, als Auguste noch lebte und ihr Gesang die Räume des Hauses erfüllte. Tränen stiegen in ihr auf. Dies war ihr Heiligtum, das nur sie wie ein Priesterin betreten konnte. Hier spürte sie die Seele des herrlichen Kindes und die Gegenwart des kostbaren Wesens. Es war ihr Altar, an dem sie sich preisgeben durfte. Nur hier ließ sie ihren Tränen freien Lauf, nie vor Schelling. Sie wollte ihn nicht in seinem Versuch entmutigen, sie für das Leben durch die Liebe wiederzugewinnen. Sie wollte ja selbst glauben, daß er den Kampf um sie gewann. So vermied sie es, das Reich der Trauer in seiner Gegenwart zu betreten. Nur manchmal, wenn sie allein war, überließ sie sich dem Schmerz und fürchtete sich zugleich vor ihm. Er war wie ein Sog in die Tiefe, die sie anlockte, so daß sie ihm schnell Grenzen setzte. Immer stand sie zwischen der Versuchung, sich fallen zu lassen, sich aufzulösen, dem geliebten Kind nachzufolgen und ihrem Entschluß, ihre Liebe zu Schelling zu leben. Der Wind rührte sich erneut und schüttelte die Rosen sanft. Blütenblätter fielen auf den Boden. Trotz stieg in ihr auf und sie rief, zitternd vor Spannung: "Die Götter schulden mir Rechenschaft. Sie sollen es wissen. Ich erkenne ihre Tat nicht an."

Draußen eilte Schlegel über den Platz. Alles schien ihm heller und schöner. Mit jedem Schritt fiel die Vergangenheit von ihm ab, und es schienen sich neue Wege zu eröffnen. Weg von der unlösbaren Trauer, der Last der Tragödie. Weg von den kleinen provinziellen Umständen. Das Bild der vitalen de Staël, mit dem Hunger in ihren Augen, ihrem Reichtum, ihrer Großzügigkeit stand vor ihm und beschleunigt seine Schritte. Er würde sie lieben. Sie brauchte ihn. Er würde sie davon überzeugen. Er würde an ihrer Seite sein und den Weg zu ihrem Herzen finden.

Der Platz war zu dieser heißen Mittagsstunde fast leer. Die Sonne hatte die Erde aufgewärmt, und Hitze stieg daraus hoch. Es war still, den Vögeln war es zu heiß. Nur das Geklapper von Geschirr drang aus geöffneten Fenstern und der Geruch von Sauerkraut und frischem Brot. Ein paar Katzen sonnten sich auf der warmen Erde, auf die das Licht kleine Kringel warf und mit den Schatten der Lindenblätter zitternde Muster webte. Schelling war auf dem Heimweg. Staub wirbelte unter seinen geraden Schritten auf, und der Geruch von Sommer stieg ihm in die Nase. Er dachte an kühle Wasser, satte Wiesen und Wälder. Bald werden sie aufs Land fahren und ihre gewohnte Ruhe finden. Der Gedanke beschwingte ihn. Er dachte an de Staël, im Bett sitzend in feinster Spitze mit dem bunten Turban. Sie kam ihm wie ein verwöhntes Kind vor, das alles haben konnte und auf seinen Rechten bestand. Wie ein aufgeputzter Paradiesvogel, der ins Fettnäpfchen tappte. Beinahe aus der Fassung hatte sie ihn gebracht. Nun ließ sie sich nicht davon abbringen, ihn zu Montgelas mitzuzerren und Caroline mußte auch mit. Sie würde bestimmt ablehnen.

Da sah er Schlegel in Gedanken versunken ihm entgegenkommen und verlangsamte seine Schritte. Er wollte ihm nicht begegnen. Wie fehl am Platz dieser in seiner eleganten Aufmachung war. Hierher gehörte er offensichtlich nicht mehr. Mit seiner anstrengenden Baronesse soll er so schnell wie möglich weiterfahren. Sie brachten Unruhe in ihr Leben. Wer weiß, welchen Aufbau ihr Besuch Carolines zerbrechlicher Verfassung aufgesetzt und ihre mühsam erreichte Harmonie ins Wanken gebracht hatte. Wie anders sie mit diesem eitlen Gockel gewesen war, leichten Sinnes und zum Spott aufgelegt. Lieben hatte sie ihn unmöglich können. Als er sich in sie zu verlieben drohte, hatte er sich diese kokette Seiten ihres Naturells vor Augen gehalten und sich einzureden versucht, daß sie nichts für ihn war, obwohl er im Innersten wußte, daß er schon verloren war. Manchmal sehnte er sich nach dem ausgelassenen glockenhellen Lachen der Schlegelzeit, ihrem strahlenden Lächeln, das tief in seine Träume eingedrungen war und seine unausgelebte Sexualität quälte. Aber es war ein Lachen, das damals jedem gehörte, und er wollte sie nur für sich, ganz für sich allein. Der Gedanke, sie nun die meiste Zeit zuhause zu wissen, allein, auf ihn wartend, gefiel ihm, wenn er sich in seine Arbeit in der Akademie vertiefte, und zugleich ergriff ihn immer eine jähe Angst um sie, denn er wußte, daß ihr Alleinsein auch eine Entsagung vom Leben war. Alles hing von der Stärke ihrer Liebe ab, und obwohl er sich ihrer Liebe gewiß sein durfte, spürte er dennoch, daß sie dem Leben entglitt. War es ein Todeswunsch, den sie vor ihm verbarg? Dann sah er sich als einen mächtigen Strom, der sie auf seinen ruhigen Wassern in Ewigkeit mit sich forttragen würde. Als Schlegel außer Sicht war, beschleunigte er seine Schritte und, vor dem Haus angekommen, flog er förmlich die Treppe hinauf, riß die Haustür auf und warf sie hinter sich zu.

Das Geräusch der Tür, die ins Schloß fiel, riß Caroline aus ihrer Entrücktheit. Schellings Schritte gingen durch den Flur. Es war ungewöhnlich, daß er um diese Zeit nach Hause kam. Fast nie unterbrach er seinen festen und disziplinierten Tageslauf, der mit intensivster Arbeit in seinem Arbeitsraum in der Akademie ausgefüllt war. Aber dann fiel ihr sein Besuch bei der Staël ein. An seinem Schritt konnte sie Ungeduld heraushören. Sie löste sich aus ihrer Träumerei und ging zu ihrem Schreibtisch zurück, um eine gelassene Haltung einzunehmen. Schelling klopfte und kam schon herein, und mit ihm eine Woge von Energie und männlichem Eroberungswillen. Er suchte nach Anzeichen von Schlegels Besuch. Er sah die Gläser und die leere Weinflasche. Dann erblickte er die Rosen und die Blütenblätter am Boden.

Er nahm sie in die Arme und drückte sie. Sie fühlte seine geballte Kraft in dem festen Körper, so wie er ihre zerbrechliche Empfindsamkeit, die ihn bis ins Innerste rührte. Er würde sie beschützen, und sie würde ganz wieder zu Kräften kommen. Er preßte sie fester, hielt sie eng an sich, so als ob er sich vergewissern wollte, daß sie da war und als ob er ihr mit seiner inbrünstigen Umarmung etwas von seiner Gesundheit und Vitalität vermitteln könnte. Jede Umarmung war ihm ein neues Wunder, brachte den Moment zurück, wo er sie zum erstenmal umfassen durfte. Diese wunderbare Frau, die ganz von ihm Besitz ergriffen hatte und sein Lebensglück war, die er endlich entgegen allen ungünstigen Umständen und Widerständen hatte sein nennen dürfen. Er fühlte ihre zarte Gestalt, mit ihren schönen Formen, ihren straffen kleinen Busen, das wohlgeformte Fleisch. Er sah ihren feinen Hals, der den leicht gebeugten Kopf in einer schönen Linie unterstützte. Alles an ihr war voller Stil und natürlicher Eleganz. Sie war eine reife Frau auf der Höhe ihrer Schönheit, für ihn eine vollendete Schöpfung der Götter. Er küßte ihren Hals und strich ihr über das Haar, das in natürlichen Locken sich jeder festen Frisur entzog, und ihr ungestümes Temperament, das sie so gut zu verstecken verstand, verriet. Immer wenn er sie, wie jetzt, berührte, triumphierte er innerlich, daß er sie gewinnen konnte. Er suchte ihren Blick, wollte die Gewißheit darin sehen, daß sie dem Leben gehörte. Er hob ihren Kopf, und sie lächelte ihn an. Er ließ von ihr ab. Sie schaute ihn fragend an. "Madame de Staël hat uns zu einer Gesellschaft bei Montgelas eingeladen." "Sie hat uns zu Montgelas eingeladen?" "Ja, sie bestimmt, wer dort heute abend hingeht." Caroline lachte vergnügt auf. Schelling stutzte. Sie stellte sich de Staël vor, wie sie die Gästeliste des Barons aufbesserte und lachte wieder. Endlich jemand, der frischen Wind in die muffige Gesellschaft der Provinzstadt brachte und sich über deren Standesdünkel hinwegsetzte. Das wollte sie sich nicht entgehen lassen. War es Mut oder Naivität, das spielte keine Rolle. Es war in jedem Fall aufregend. Carolines Stimmung schlug um. "Wann geht es los?" "Ja, willst du etwa gehen?" fragte er ungläubig. “Ja”, antwortete sie lachend, etwas überzogen, und gab ihm einen Nasenstüber.

20

Germaine verbrachte den Nachmittag mit den Vorbereitungen zu dem Empfang. Olive hatte sämtliche Kleider ausgelegt, die für den Abend in Frage kamen, und Germaine schob ihre Wahl vor sich her. Zuviel erschien ihr neu und unbekannt. Deshalb war ihr Schlegel willkommen, als dieser sich zu den täglichen Lektionen einstellte. Er war aufgeräumt und angeregt. Seine Zukunft hatte begonnen. “Madame, ich bin so froh, daß ich hier mit Ihnen sein kann”, sagte er mit forscher Stimme. Sie wunderte sich nicht über den spontaneren Ton, den er anschlug, denn sie sah die Welt immer in persönlichen Begriffen. “Monsieur Schlegel, Sie sind ein Genie. Noch vor ein paar Tagen dachte ich, mein Leben sei vorbei, und hier bin ich auf dem Weg, vom Ministerpräsidenten von Bayern empfangen zu werden. Ach, ich fange ein neues Leben an.” “Erinnern Sie sich, Madame, ich habe an diesen Neubeginn geglaubt. In Paris”, stimmte er begeistert ein. Sie nickte ihm kurz zu und ging zur Tagesordnung über. “Machen Sie sich fertig, für den Empfang, Monsieur Schlegel.” Wenigstens nahm sie ihn mit, dachte er erleichtert und hörte sich sagen: “Madame, möchten Sie, daß ich Sie begleite?” und ärgerte sich im gleichen Moment, seine Unsicherheit zu enthüllen. Aber Germaine überging, was hinter der Frage stand, und antwortete kurz: “Aber natürlich.” Olive hielt ein grünes Kleid hoch. “Was meinen Sie, Monsieur Schlegel?” Er schüttelte den Kopf. Olive hielt ein rotes Kleid hoch. “Das würde ich empfehlen. Rot ist Ihre Farbe, Madame.”

In der Residenz des französischen Konsuls waren die Vorbereitungen für den abendlichen Empfang bei Montgelas ebenfalls im vollen Gang. Der Attaché stand in Unterhemd und Unterhose vor einem großen Spiegel im Ankleideraum des Konsuls und wartete. Detertre kam mit einem Anzug zurück. “Dieser paßt mir nicht mehr. Er ist sicher genau richtig für Dich.” Der Attaché probierte das Gewand. Detertre beobachtete ihn mit dem Stolz des Freundes und einer Prise Neid. Er klopfte sich auf die sichtbare Wölbung seines Bauchs, zwang ihn in seine Hose und machte den oberen Knopf mit Gewalt zu. “Du hast nicht gedacht, daß du einen Anzug hier brauchst. Du hast den Fehler gemacht, dein Schlachtfeld nicht zu kennen. ... Aber weißt du, ich bin hier schon seit vier Jahren und dies ist die erste wirklich interessante Sache. Kaum tauchst du auf, und schon kommt der Stein ins Rollen."

Der Attaché hatte den Anzug angezogen und sah blendend darin aus. "Ich bin ehrlich gesagt überrascht, daß du keine Verlobte hast. Mit deinem Namen, deinem Aussehen könntest du in den neuen Reichtum heiraten", sagte Detertre. "Roger! Gute Ehen sind im Himmel geschlossen", lachte der Attaché und brauchte den Freund eigentlich nicht an diese Binsenweisheit zu erinnern. Dieser stimmte gutmütig zu. Nichts konnte der Freund sagen, was die Freude über ihr Zusammensein stören könnte. Es war zu schön zusammen zu sein, mit den gemeinsamen Erinnerungen, der gleichen Sprache und der Aussicht auf ein neues geteiltes Abenteuer: die Jagd auf eine besondere Beute. Heute abend würden sie sich ihr annähern. Die Taktik war geplant. Die Tochter des berühmten Necker, dem seine Familie begeistert zugejubelt hatte. Aufregend war dies allemal.

Bei den Schellings war die offizielle Einladung zu Montgelas' Empfang eingetroffen. Eine kapriziöse Leichtigkeit lag in der Luft. Im Schlafzimmer zog Schelling die beste Hose an, Caroline band den Unterrock an der Taille fest und bewegte sich aufreizend auf ihn zu. Sie brachte sein tadellos gebügeltes Hemd. "Ich habe den Kragen umgedreht", erklärte sie lachend, "damit er den Hals des besten Mannes in der Welt wie neu umschließt." Dabei sah sie ihn herausfordernd an und strich ihm leicht über den Hals. Wie leicht sie sein Begehren entfachte, das wie ein Drachen in ihm ruhte und sich oft und leicht regte. Sie ging zum Bett, wo einige Kleider lagen und hielt sie hoch. Schelling zog gehorsam das Hemd an und beobachtete sie aus den Augenwinkeln. "Ich bin seit ewiger Zeit nicht mehr auf einer Soirée gewesen", sagte sie betont schwärmerisch und warf ihm einen tändelnden Blick zu: "Was soll ich anziehen?" Er blickte auf die Kleider auf dem Bett, ging zum Schrank und zog ein Kleid heraus. Es war aus fließender weißer Baumwolle. Klassisch, etwas altmodisch vielleicht, aber es machte sie zeitlos. "Dieses ... ! Ich liebe es an dir." Er half ihr ihn das Kleid. Es paßte noch.

Das Bild von Caroline in diesem Kleid in der Gemäldesammlung Dresden stand vor ihm. Sie war in Begleitung des Ehemannes und von Freunden gewesen. Er wurde herzlich in den Kreis einbezogen. Es war Hochsommer gewesen. Eine zauberhafte Zeit begann, in der alles in leichter Schwebe stand. Alle waren sie im besten Envernehmen gewesen, die Brüder Schlegel, Caroline, Tieck gaben sich der Illusion hin, die Freundschaft mit Liebe verbinden zu können und alle Konflikte zu meistern. Sie tändelten auf der

Schwelle von Verliebtsein zu Liebe herum und merkten nicht, wie die festgefügten Verhältnisse einstürzten. Caroline, ihrer erotischen Wirkung sicher, hatte leichthin von ihr Gebrauch gebraucht. Sie war gern leichtsinnig.

Nun drehte sie sich anmutig im Kreis, um das Kleid vorzuführen. Der weiche Stoff floß in vielen Fältchen über die festen Formen ihres Körpers, dessen Konturen sich in reizvollen Linien abmalten. Ihr Körper war noch so schlank wie damals. Das Gesicht frisch, ohne Falten. Sie sah das Verlangen in seinen Augen und fragte leichthin: "Was hatte sie denn an, heute morgen?" "Fast nichts." "Fast nichts?" lachte sie vergnügt. Er war dabei, sich die Krawatte umzubinden. "Etwas aus Spitze, das nicht viel verdeckt hat." Sie ging nahe an ihn heran, rückte die Krawatte zurecht und liebkoste ihn flüchtig. "Wo hat sie dich empfangen?" "Im Bett." "Im Bett?" rief sie aus. "Ja, sich von einer Schar von Zimmermädchen putzen lassend, während sie versuchte, einen Politiker aus mir zu machen." Caroline lachte aus vollem Hals. Es war lange her, daß er sie so lachen gehört hatte.

Für einen Moment sah er sie in einem Pariser Salon, glänzend, in anzüglicher Unterhaltung, elegant verpackt. In dieser Stimmung ließ sie sich zu leichtfertigen Bemerkungen und Handlungen hinreißen, in einer Aufwallung, das Verbotene zu tun. Er selbst hatte sie ihrer Fähigkeit zum Rausch zu verdanken. Die Erinnerung daran war nicht zu löschen gewesen, behauptete sich durch alle Versuche zum Verzicht und gegen die Vernunft. Ihr erotisches Wesen hatte ihr Schicksal bestimmt. Doch es war keine dunkle, verstohlene, hastige Handlung gewesen. Wie eine Göttin hatte sie sich in einem Moment der Eingebung über alle gesellschaftlichen Gesetze gestellt. Sie hatte sich ruhig ausgezogen und begonnen, seine Jacke aufzuknöpfen. Er hatte es nicht erwartet und sie fragend angesehen. Ihr sicherer Blick durchschnitt den gordischen Knoten aller Bedenken und Zweifel und ließ seinem Begehren freien Lauf. Sie schuf ein eigenes moralisches Gesetz, wo ihre unerlaubte Liebe und Begierde sein durften. Seine sexuelle Unerfahrenheit löste sich durch sie in ein instinktives Wissen auf, die aufgestaute Sehnsucht in Lust.

"Ich kann es kaum erwarten zu sehen, wie unsere alten Holzköpfe von Politikern und Denkern auf Madame de Staël reagieren werden." Ihre helle Stimme riß ihn aus seinen Träumen. "Bleib an meiner Seite, versprich es", sagte er mit dringender Stimme, während er noch mit seiner Krawatte kämpfte. Sie antwortete nichts, ging leichten Fußes zu ihm hin und küßte ihn am Nacken unter dem Haaransatz. Er drehte sich schnell herum und umschlang sie. "Ich liebe dich ..., du schönste Frau in der Welt." Sie schmiegte sich an ihn: "Was, wenn ich dich heute abend verführe? Vor aller

Augen? Hättest du das gern?" Wenn er nur diesen Moment festhalten könnte, sie so sehen, wie sie jetzt war, die göttliche Verführerin, die zum Leben drängte und ihn erfüllte.

21

Im großen Saal der Residenz glänzten die zierlichen Rokokostuckarbeiten im Licht der Kerzen und vervielfältigten die Szene tausendfach in den kostbaren Spiegeln. Die hohen Türen zur Terrasse standen offen, und man sah blühende Kastanienbäume im goldenen Licht eines Sommerabends. Eine kleine Gruppe von Streichern und Holzbläsern spielte Stücke von Beethoven, das neueste, was in der Musik zu finden war. Diener liefen mit Tabletts herum und boten Wein an. Die Gäste standen in kleinen Gruppen zusammen und unterhielten sich angeregt. Die Atmosphäre war erfüllt von Aufregung und Erwartung. Niemand wollte es sich entgehen lassen, die berühmte Frau persönlich kennenzulernen, deren Name von skandalösen Affären mit berühmten Männern kündete. Baron Montgelas, Ministerpräsident Bayerns, der sich zeitweise aus München in der Stadt aufhielt, hatte die beste Gesellschaft Würzburgs um sich versammelt, um den berühmten Gast willkommen zu heißen: Staatsmänner, die ihre Orden zur Schau stellten, ausländische Diplomaten, Mitglieder des Militärs, höherer Klerus und Minister, und, als eine separate Gruppe, die abseits von Hof- und Regierungsmännern stand, einige bedeutende Mitglieder der Akademie. Die Frauen, in der Minderzahl, waren nach der letzten Mode des Empire gekleidet, die der Akademiker etwas bescheidener als jene der Diplomaten und Regierungsträger, und posierten sichtlich etwas unbeholfen in der ungewohnten Umgebung. Der Duft von verschiedenen Parfüms und Puder stand im Raum, untermischt mit einem Hauch von Mottenpulver, so als ob mancher Gast den besten Anzug aus der Winterlagerung zum erstenmal herausgeholt hätte.

Caroline stand gelassen neben Schelling, der sich angeregt mit einem Kollegen unterhielt. Sie sah sich um, genoß den schönen Raum und atmete den Duft von Bäumen und warmer Erde ein, der von draußen hereinströmte. Sie war eine auffallende Erscheinung, schlank und jugendlich, in einem ganz passenden, zeitlos schönen Kleid, voller Anmut und innerer Sicherheit. Die Frauen der Akademiker musterten sie mit unverhohlener Faszination und tuschelten miteinander. "Sie glaubt, sie ist etwas Besonderes. Aber wißt ihr, was sie wirklich für eine ist? ... Eine Radikale." Und mit Nachdruck: "Eine Republikanerin. Ein Franzosenliebchen. Mir kann sie nichts vormachen." Die Sprecherin schaute triumphierend im Kreis umher und sah zufrieden die klatschgierigen Augen. Ihr nächstes Kaffeekränzchen würde gut besucht sein, wo sie ihr Wissen ausladend teilen würde, wenn nötig ausmalend erfinden. Schelling nahm Carolines Arm und drückte ihn an sich. "Sie muß ihn verhext haben", bot eine zur Erklärung an. "Was sieht er bloß in ihr? Sie weiß bestimmt nicht einmal, wie man Wäsche wäscht und eine gute Suppe kocht." Die Frauen nickten einmütig.

Germaine war in der Residenz angekommen und ging ungeduldigen Schrittes die prächtige Freitreppe hoch, über die sich eine herrliche Decke mit luftigen Fresken wölbte, eine barocke Phantasiewelt aus Göttern und Helden darstellend, und fand es kaum glaublich, eine so schöne Baukunst in dieser kleinen Stadt vorzufinden. Schlegel an ihrer Seite gab den kunstgeschichtlichen Begleittext und erklärte Themen und Bedeutung der Aufgangshalle. Sie hörte kaum hin, zu aufgeregt war sie über die Aussicht, in großer Gesellschaft zu sein. Die Erwartung färbte ihre Wangen rot und beschleunigte ihre Schritte.

Oben angekommen, wurden sie von dem Zeremonienmeister am Eingang des Saals erwartet. Er pochte mit seinem Stab auf den Boden und rief aus: "Madame, Baronesse, Anne-Louise-Germaine de Staël-Holstein". Wie altmodisch, dachte Germaine, aber sie genoß die feierliche Begrüßung. Alle Blicke waren auf sie gerichtet. Neugierde und Klatschlust schlugen ihr entgegen. Die Gäste starrten sie erstaunt an. Sie wußten nicht, wie sie eine so sonderbare Erscheinung einordnen sollten. Das fing bei der Kleidung an: ein rotes Samtkleid mit einem tiefen Ausschnitt, ein Turban von nachtblauer Seide mit Silberfäden, die das Licht der Kerzen zurückwarfen, und einer riesigen Paradiesvogelfeder auf dem Kopf, die bei jeder Bewegung wippte. Das Kleid war ausladend und lang, und wie eine Schleppe fegte es über den Fußboden hinter ihr. Ein fülliger, langer, leuchtend gelber Kaschmirschal hing lose über den Schultern. Sie hielt eines der Enden in der Hand und wirbelte es herum. Der starke Duft von Maiglöckchen umgab sie wie eine Wolke. Sie erinnerte an einen exotischen Vogel. Hinter ihr tauchte ein schmächtiger Mann auf, der ebenfalls nicht einzuordnen war. Was sich sagen ließ, war, daß er auffallend elegant gekleidet war, und geübte Augen merkten, daß er farblich auf Germaine abgestimmt war, die seidig glänzenden Hosen dunkelblau, der Rock rot und die Krawatte silbern.

Der Gastgeber küsste de Staël die Hand und übernahm die Einführung. Es war eine delikate Situation, die Gegnerin Napoleons im verbündeten

Bayern zu empfangen, die diplomatisches Spitzengefühl verlangte. "Madame Germaine de Staël, Schriftstellerin, Finanzierin", sagte er galant, und mit einem Zwinkern in den Augen fuhr er fort: "Gesandtin des guten Willens Frankreichs, direkt von Bonaparte in alle Länder Europas entsandt." Dann verbeugte er sich leicht, und mit großen Charme verkündete er: "Madame Baronesse, im Sinne aller aufgeklärten Menschen Europas heiße ich Sie willkommen." Die Gäste klatschten und erwarteten, daß die Vorstellungstour begann. Aber Germaine hatte anderes vor und ließ mit lauter Stimme vernehmen: "Ich danke Ihnen, Herr Baron. Ich bin tief bewegt über die Wärme Ihres Empfangs. In der kurzen Zeit, die ich hier bin, habe ich den Genius Ihrer Stadt lieben gelernt. Ich finde einen wachen Geist vor, der neue Bereiche erforscht und neue Begriffe erfindet, wo die Naturwissenschaft und die Philosophie sich begegnen."

Die Gäste applaudierten. Die Dame war mitreißend. Sofort drängten sie sich näher an sie heran, um sie zu begrüßen. Aufgeregtes Raunen erhob sich. "Sie schreibt? Über Staatsaffairen?" wunderte sich ein männlicher Gast. "Sie sieht gar nicht so aus." "Sie schreibt über eine andere Sorte von Affairen", sagte eine Frau und gefiel sich in ihrer augenblicklichen Wichtigkeit. "Über tragische Herzensaffären." Da setzte eine andere hinzu: "Ja, über Liebhaber, Kinder ... von verschiedenen Männern, sagt man. Skandalös." "Herrliches, gottloses Frankreich", seufzte ein Mann und erntete entrüstete Blicke der Frauen.

Montgelas führte Germaine am Arm durch die Gesellschaft, um sie den Gästen vorzustellen. Sie bewegte sich mit Schritten wie eine erdhafte Person, die zum Kern der Sache kommen wollte. Sie strahlte ihr Gegenüber an, sah es offen und konzentriert an, zeigte Interesse, war ganz bei der Sache. Ohne große Umschweife fragte sie nach Familie, Gesundheit, Kindern, Tätigkeit und ganz direkt, ob jemand glücklich war oder nicht. "Was sind Ihre Träume?" fragte sie und schon ging sie weiter. "Sie sind sehr anziehend und wirklich hübsch", sagte sie jemand anderem mit ehrlicher Bewunderung. Sie benahm sich, als ob sie sagen wollte: Ich bin ein Mensch wie ihr, bitte glaubt es mir. Man mußte sie entweder sofort ablehnen oder lieben. Besonders die Frauen waren von ihr angetan. Eine fragte: "Madame, ich muß Ihnen sagen, ich habe mir die Augen ausgeweint, als ich Ihren Roman 'Delphine' gelesen habe. Es hat mein Leben verändert. Sagen Sie, ist die Geschichte wahr?" Andere Frauen scharten sich um sie. Freundlich antwortete Germaine: "Natürlich ist sie wahr, aber es ist jedem Leser selbst überlassen, die Wahrheit zu entdecken." Wie natürlich sie ist, ganz ungeziert und gar nicht eingebildet auf ihren Titel, dachten sie.

Montgelas zog sie weiter und hielt vor einem Mann mit aufgewecktem Gesichtsausdruck. Mit leichtem Stolz sagte er: "Herr Meyer, unser Minister für Bildung." "Entzückt, Madame. Ihre Ideen von dem Adel der menschlichen Natur ..., glauben Sie, daß die Menschen gut geboren sind oder glauben Sie, daß die menschliche Verfassung sich verbessern kann in einer moralischeren Gesellschaft?" Germaine liebte dieses Thema und antwortete mit Eifer: "Natürlich! Das Edle des Menschen entfaltet sich in einer Gesellschaft, die die natürliche mit der moralischen Ordnung verbindet. Aber der Prozeß muß in der Kindheit beginnen." Germaine bemerkte, wie der Blick des Bildungsministers hinunterwanderte und an ihrem vollen Busen hängen blieb. "Ich glaube an das Stillen von Kindern. Ich stillte meine bis zu vier Jahren." Hier war er, der erste kleine Verstoß durch ihre unverstellte Offenheit, die ohne Kalkül war. Die Gäste, die um sie herumstanden, hatten Mühe, ihre Verlegenheit zu verbergen. Aber Germaine war sich der Wirkung ihrer Worte nicht bewußt. Sie sagte spontan, was ihr in den Sinn kam, ohne ihr Gegenüber vorher einzuschätzen. Sie ging davon aus, daß, wenn sie Wahres und Ehrliches sagte, sie jedem die Augen für ihre Sehweise öffnen würde. 'Seltsam, wie ihre Brillianz neben solcher Offenheit steht', dachte Montgelas verdutzt und gab ihr durch einen sanften Druck am Arm zu verstehen, weiterzugehen. Er ahnte, daß diese Naivität ihr Lindenblatt war und hoffte, es würde an diesem Abend nicht zum Vorschein kommen. Bei einem Prälaten machten sie Halt: "Seine Eminenz, Bischof Neuhuber."

Der Bischof hielt ihr seinen Handrücken entgegen, die übliche Aufforderung zum ehrerbietigen Kuß. Sie aber nahm die Hand und schüttelte sie. Als Protestantin, Kind der Aufklärung und der Revolution dachte sie nicht daran, ihre Farben zu verstecken. Der Bischof fing sich und sagte spitz, mit einem Seitenblick zu Montgelas: "Madame, wir sind unendlich entzückt, daß Frankreich durch Bonaparte Frieden mit der heiligen Mutter Kirche schließt." "Ihre Eminenz, ich bin entzückt, daß Frankreich die Freiheit der Religionsausübung gewährt. Gottes Plan für die Rettung jedes Individuums muß geehrt und respektiert werden. Doch, ein moderner Staat sollte es nicht zulassen, daß die heilige Mutter Kirche in den Dienst eines politischen Programms gestellt wird." Montgelas war zufrieden über diese Antwort, die Germaine als Parteigängerin für seine Sache auswies. Er nickte dem Prälaten höflich zu, der eisig antwortete: "Wir vertrauen darauf, daß ein moderner Staat lernt, die Kirche und ihre Rechte zu respektieren."

Erneutes Kopfnicken, und Montgelas ging weiter mit Germaine am Arm. "Madame, wie Sie sicher merkten, seine Eminenz ist nicht mein Freund. Der bayrische Staat ist dabei, den Besitz und die alten Privilegien der Kirche aufzulösen. Ich selbst treibe dies voran." "Und dies ist möglich?" fragte sie. "Es ist nicht einfach, aber die Autorität Bonapartes kommt uns zunutze. Unser König ist ein persönlicher Freund Bonapartes und stellt sich seiner Vision für ein modernes Europa nicht entgegen." Es gab Germaine einen Stich. "So ist Bonaparte für Sie ein Herold des Fortschritts!" rief sie aus. "Ja, Madame", antwortete Montgelas freundlich. "Wir sind weit weg von Paris." Es tat ihr weh. Nicht nur Paris hatte sie verloren, sondern auch ihr Ideal, und sie verstand nicht, warum die Dinge ganz anders gekommen waren, als sie erwartet hatte.

Eine ungewöhnliche Familiengruppe riß sie aus ihrem schmerzlichen Sinnen. "Graf von Wolkenstein, seine Frau, geborene Baroness von Auendorf und ihre sieben Töchter." Dieselben achtzehn graublauen Augen hießen sie mit Neugier und Zuneigung willkommen. Der Familienvater verkündete: "Madame, ich wollte, daß meine Töchter Sie treffen. Ich möchte, daß sie sich Sie zum Vorbild nehmen." Germaine strahlte: "Ich fühle mich geehrt. Sie sind ein sehr glücklicher Mann." Sie schüttelte den sieben Töchtern, die sich sehr ähnlich sahen und beglückt die berühmte Frau anhimmelten, die Hände.

Der Attaché und Detertre hatten den Einzug Germaines und ihre Wirkung auf die Gesellschaft beobachtet. Detertre bediente sich mit so viel Essen wie möglich und schüttete ein Glas Wein nach dem anderen hinunter. "Nicht schlecht der Wein", murmelte er anerkennend. Der Attaché behielt Germaine im Auge. Genüßlich kauend, fragte Detertre: "Was siehst du?" "Ein faszinierendes Charisma." Da schwenkte Montgelas in seinem Rundgang ein und kam zu ihnen herüber: "Monsieur Detertre, unser französcher Konsul." Detertre schluckte an seinem Bissen, und Germaine kam ihm zu Hilfe. Sie verzichtete auf die üblichen Höflichkeitsformeln und rief aus: "Ich bin entzückt!" Detertre hatte nun den Mund frei und kratzfußte: "Das Entzücken ist ganz auf meiner Seite. Madame, es scheint, Sie sind hier so beliebt wie in Paris." "Monsieur ist sehr charmant." Wie angenehm leicht seine Art war. Sicher war er von ihrem Exil unterrichtet, aber er hatte gesellschaftlichen Schliff, der ihm auferlegte, daß die Verehrung der Frau in der Gesellschaft über die nüchterne politische Wirklichkeit ging. Sie lächelte ihn wohlwollend an, und er fühlte sich dazu angeregt, die weitere Vorführung zu übernehmen: "Madame, darf ich Ihnen Baron Christian Duchavier vorstellen, frisch aus Paris angekommen." Der Attaché neigte den Kopf zu einer leichten Verbeugung. "Citoyen Christian Duchavier", antwortete er und betonte die republikanische Anrede. "Zu Ihren Diensten, Madame."

Es klang echt, dachte sie. Sie wechselten einen kurzen Blick. Er gefiel ihr sofort. Sie wandte ihren Blick ab. Daß sie ihn nicht fixierte, war ihr ein untrügliches Zeichen, daß sie von ihm beeindruckt war. Dann blickte sie ihn wieder an. Sie traf einen neugierigen und zugleich distanzierten Blick, der dem ihrigen ruhig begegnete. Sie sah in seine weiten, hellblauen Augen, die in tiefen Höhlen lagen. 'Was sich wohl dahinter verbirgt?' schoß es ihr durch den Sinn, und der Wunsch rührte sich in ihr, es herauszufinden. Er drückte männliche Festigkeit und zugleich Güte aus, die für einen Mann seines Alters unerwartet waren. Sie studierte sein Gesicht. Es war länglich und großknochig, die Züge fast grob, doch alles paßte zusammen, die hohe Stirn, die kräftige Nase, der große Mund mit den vollen Lippen, die eine schöne Linie umschrieben, das feste Kinn mit einem tiefen Grübchen, das auf musische Anlagen schließen ließ. Sie sah ihn genau an, und doch konnte sie ihn nicht fassen. Er war überrascht von ihrem Anflug an Schüchternheit und hütete sich, seinen Vorteil daraus zu ziehen. Sie machte den Eindruck von etwas ganz Einmaligem auf ihn, und zum erstenmal war er mit seinem seltsamen Auftrag zufrieden, diese Frau kennen lernen zu müssen. "Monsieur Christian Duchavier! Wie seltsam. Ich bin auch frisch aus Paris angekommen." Sie blickte ihn herausfordernd an. "Ein Zufall, ohne Zweifel, nicht?" Er würde nichts verstecken, aber auch nichts preisgeben. Die wichtigen Dinge offenbarten sich zur rechten Zeit. Daran glaubte er. "Wie Sie sicher wissen, Madame, ist Bayern ein wichtiger Verbündeter von Frankreich." Er blickte ihr in die Augen, sah etwas Gehetzes und Weiches, und er hörte sich sagen: "Vielleicht kann ich Ihnen behilflich sein. Es wird mir eine Ehre sein." "Wie könnten Sie mir behilflich sein, junger Mann?" packte sie mit entwaffnender Direktheit zu. "Ich kann Ihnen nützlich sein ... Ihnen Schutz bieten". "Schutz bieten!" rief sie aus und verstand nun, daß seine Gegenwart etwas mit ihr zu tun hatte. Sie fixierte ihn empört: "Bonaparte hat keine Rechtsprechung hier, oder täusche ich mich?" "Sie täuschen sich nicht, Madame." Soll er etwa die Absicht haben, eine Frau zu überwachen, selbst nachdem er sie in die Wildnis verjagt hat? Sie war aufgebracht. Sie wirkte plötzlich unglücklich und entmutigt, und er spürte, wie sie dagegen ankämpfte. Bewunderung stieg in ihm auf. "Sie sind tiefblickend, Madame." Der Wunsch sich zu offenbaren und sich als ihr Ritter zu erklären, rührte sich in ihm, aber er unterdrückte ihn. Das war nicht sein Auftrag. Er durfte sich nicht den Blick verstellen lassen. "Ich bin privat hier. Sonst nichts. Schauen Sie mich näher an, und Sie werden lediglich eine Frau vorfinden", versetzte sie fast klagend und fügte schnell hinzu: "Ich nehme an, ich werde mehr von Ihnen sehen." "Sehr wahrscheinlich, Madame." Sie vermied seinen Blick, nickte ihm zu, richtete sich gerade auf und ließ sich von Montgelas wegführen.

Schlegel wurde am Eingang zum Saal von Germaine getrennt. Das brachte ihm schmerzlich seinen unbedeutenden Status zu Bewußtsein. Er würde dies ändern müssen. Er mußte unabdingbar für Germaine werden. Egal, was sich zwischen ihnen abspielen sollte, er brauchte die öffentliche Anerkennung an der Seite einer so berühmten Frau. Er mischte sich unter die Gäste, und er zog die gesellschaftlichen Register, von denen er wußte, daß sie wirken würden. Er gesellte sich zu einer Gruppe von Frauen, die für eine leichte Tändelei aufgeschlossen schienen. Sie wissen nicht, wer ich bin, stellte er mit Entsetzen fest. Sein Ruf war offensichtlich nicht über Jena und Berlin hinausgedrungen. Außer Liebesromanen und Modejournalen lesen sie sicher nichts, können also nichts von mir wissen, tröstete er sich und posierte, machte Komplimente und erntete belustigtes Lachen. Auf Grund seiner eleganten Garderobe nach dem letzten Schrei, dem feinen Parfüm, der sorgfältigen Haarfrisur hielten sie ihn für einen Franzosen, und er spielte die Rolle, wie man ein anderes Gewand anprobiert. "Mesdames, Ihr Französisch ist tadellos, und Sie stehen an Witz den Pariserinnen nicht nach. Paris würde Ihnen gefallen. Es lebt vom Amüsement." "Ach, es muß sehr anstrengend sein, immer amüsant zu sein", seufzte eine. "Keineswegs! Es wird zur zweiten Natur. Madame, Sie würden jeden Pariser Salon zieren." "Ist Schmeichelei Ihre erste Natur, Monsieur Schlegel." "Sie regen mich dazu an, Madame." Die Frauen lachten. Sie waren angetan. Er war froh, daß er sich auf die Kunst der leichten Konversation verlassen konnte, wenn er sein Gesicht wahren wollte.

An anderer Stelle gingen einige Professorenfrauen zum Angriff auf Caroline über. Eine hatte Schlegel erkannt und sich bei dem Ehemann versichert, daß es sich bei dem feinen Franzosen wirklich um ihn handelte. "Sagen Sie, Frau Schelling, wie fühlt man sich, mit dem zweiten und dem dritten Ehemann im gleichen Raum zu sein?" Caroline wählte ihren tödlichsten Charme und setzte ihr bezauberndstes Lächeln auf: "Ich muß Sie enttäuschen, seien Sie versichert, Frau Paulus, ich fühle mich ganz prächtig." Ein älterer, weißhaariger Professor fand Carolines Lächeln unwiderstehlich und rettete sie, unbewußt, aus den Klauen der Provinzerynnien. Er verbeugte sich: "Madame, die Vorlesung Ihres Mannes war so, ach so interessant. Er brachte Leben in unsere Akademie. Ich hoffe, Sie werden uns helfen, ihn hier zu behalten." Bewunderung lag in seinen Worten. Er küßte ihr die Hand. Die lauernden Professorenfrauen waren abgeschlagen.

Montgelas steuerte nun eine Gruppe von hohen Würdenträgern an, die unangefochtenes Selbstbewußtsein ausstrahlten und auf Distanz hielten. Er war sich keinesfalls sicher, wie sie den Gast aufnehmen würden und fast bereute er, sie eingeladen zu haben. Sicher waren sie nicht an eine selbstständige Frau gewöhnt, die Aufsehen erregte und der man den Empfang eines gekrönten Hauptes bereitete. Würden sie sie kühl ablehnen, und was ebenso schlimm wäre, versuchen, ihm einen Strick aus seinem Umgang mit der Frau, die Bonaparte ausgewiesen hat, drehen? Exiliert oder nicht, er war kein blinder Vasall Bonapartes, und dies war eine Gelegenheit, Unabhängigkeit im Urteil und Verhalten zu zeigen. Sollte dann ruhig die Hölle los sein, wenn es bekannt würde, daß sie ausgewiesen war. Die Aussage würde gemacht sein. Die Reaktion des Bischofs war zu verkraften. Der Klerus hatte das Sagen nicht mehr. Anders war es mit dem Militär und den Ministern. Er ahnte, daß er im Begriff war, eine Löwengrube zu betreten, aber in seinen Augen war Germaine de Staël es wert, ein Risiko einzugehen, wenn er ihr seine Verehrung und seine Solidarität für ihre Grundsätze beweisen wollte.

Vorsichtshalber begann er mit einem freundlichen, würdigen Herrn, von dem er sich keine Spitzen erwartete. "Madame, Baron von Hompesch, unser Finanzminister." "Madame, ich bin entzückt, die Tochter des großen Jacques Necker kennenzulernen. Ihr Ruhm ist Ihnen vorausgeeilt." Er schaute sie ehrfürchtig an. "Madame, ist es wahr, daß Sie während der letzten Jahre der Monarchie einen Volksaufstand beendet haben, indem sie durch die wütende Menge geritten sind, mit Ihrem offenen Haar, Ihrem ... hmm, wie soll ich sagen, mit tiefem Ausschnitt, mit bloßer Brust, wie das lebendige Abbild der Heiligen Geneviève, der Patronin von Paris, und die Büste Ihres Vaters hochgehalten haben?" "Ja, das ist wahr", antwortete sie begeistert, "das ist passiert." Der Finanzminister kam in Fahrt: "Madame, Ihrer großartigen, theatralischen Geste war es zu verdanken, daß die öffentliche Ordnung wieder hergestellt wurde." "Und der Platz meines Vaters im Herzen der Leute", beeilte sich Germaine hinzuzufügen. Sie konnte sich die Gelegenheit, das Lob ihres Vaters zu singen und seinen Platz in der Geschichte zu bestimmen, nicht entgehen lassen und sagte stolz und gemessen: "Mein Vater hat immer daran geglaubt, daß soziale Gerechtigkeit und der Reichtum einer Nation Hand in Hand gehen."

Montgelas war erleichtert über die wohlwollende Aufnahme ihrer Worte in diesem Kreis, als ein Mann mittleren Alters, in Generalsuniform, mit Orden auf der breiten Brust und mit der Aura des mächtigen, von sich selbst überzeugten Mannes, hervortrat. Er blickte von oben herab, der Nacken steif, das Gesicht ganz Wille und Eindeutigkeit. Anstatt sich zu verbeugen, klopfte er Germaine leicht auf die nackte Schulter. Sie sah erstaunt auf und traf einen gleichgültigen Blick. "Ihr Vater, Madame, war ein faselnder Idiot." Germaine war wie vom Donner gerührt. Sie traute ihren Ohren nicht. Sie mußte falsch gehört haben. "Wie bitte?" brachte sie heraus. "Madame, Ihr Vater war ein faselnder Idiot", wiederholte der General kaltblütig. Sie hatte richtig gehört. Seine Worte schnitten durch die Luft, hallten wie ein lautes Echo wieder, drangen wie spitze Pfeile in sie ein, sie wollte sie abwehren, sich tot stellen, aber sie trafen sie mitten ins Herz. Das Blut schien aus ihr zu weichen. Die Luft blieb ihr weg. Die Zeit schien still zu stehen. Sie hörte und sah die Gäste nicht mehr. Sie stand allein im Bannkreis einer ungeheuren Stille, wie gelähmt, ohne Stimme, ohne Tränen. So ist es, wenn man stirbt, dachte sie. Dann regte sich etwas in ihr. War es Scham, war es Empörung? Sie sah die Augen des Vaters auf sich gerichtet, voller Liebe und Bestürzung, und schreiende Wut stieg in ihr hoch und brach sich Bahn: "Wie wagen Sie es?" Ihre Stimme zitterte. "Ja, ich wage es. Soziale Gerechtigkeit, der Reichtum der Nationen, der König verliert seinen Kopf. Geht das auch Hand in Hand? Wie Sie die Dinge umdrehen!" antwortete er herablassend. "Was meinen Sie damit?" Germaines Stimme war voll zurückgekommen und klang herausfordernd. Sie zwirbelte wie verrückt das Ende ihres Schals und nickte aufgeregt mit dem Kopf. Die Paradiesvogelfeder wippte auf und nieder. Sie fixierte ihn, ihre dunklen Augen untertassengroß. Von diesem groben Menschen würde sie sich nicht unterkriegen lassen.

Montgelas wollte eingreifen. Er zog an Germaines Arm. Doch seine Beute wollte sich der General nicht entgehen lassen. Er warf Montgelas einen eisigen Blick zu und trat näher zu Germaine. Etwas begann in ihr unter dem kalten Blick zu zittern, der sie ungeniert von oben bis unten musterte. Dieser eingebildeten Frau wird er's zeigen. Ihn beeindruckt sie nicht, und er wird sie an den Platz zurückweisen, wohin sie gehört. Frauen sollen beim Stricken bleiben. Wer weiß, vielleicht findet sie am Ende Anhänger, und die Frauen und Mädchen ahmen ihr Beispiel nach und wollen mitreden in Dingen, die sie nichts angehen. Und ihre verrückte Aufmachung! Wenn alle Frauen so rumliefen, wo kämen sie hin. Hat nicht der Wolkenstein, der Dummkopf, versucht, aus der Not eine Tugend zu machen und die sieben Töchter aufzuwerten, indem er vor der Neckertochter katzbuckelte? Es gab nichts daran zu rütteln, aber sieben Söhne, die gute Soldaten stellen, wären ihm lieber. Frauen sollten gefällig sein. Der Montgelas, der ihnen diesen Paradiesvogel zumutet, wird sich umzusehen haben. Dann sagte er laut: "Ich meine, was ich sage. Ihr Vater ist verantwortlich für den Untergang der

Monarchie." Schnell schoß Germaine zurück: "Und ich staune nur so über Ihre Fähigkeit, die Dinge zu verdrehen. Mein Vater diente dem König und dem Volk uneigennützig." Der General war nicht beeindruckt. Ihre Pfeile prallten an ihm ab wie an einem eisernen Panzer und kamen auf sie selbst zurück. In der Hitze des Gefechts merkte sie es nicht. Sie warf ihren Kopf zurück und fixierte ihn herausfordernd:. "Sie scheinen nicht zu wissen, daß mein Vater dem König zwei Millionen Louis d'Or seines eigenen Vermögens gab, um Weizen aus dem Ausland zu kaufen und damit das Volk vor dem Verhungern rettete. Eine Summe, die übrigens uns Frankreich noch schuldet. Wissen Sie eigentlich, wieviel dies ist? Das Lösegeld für einen König." Ihre Stimme war leidenschaftlich und trotzig geworden. Verdammt, diese Frau gibt nicht auf, ich werd ihr's zeigen. Im Geist sah er sie vor sich auf dem Boden liegen, zerstört, um Gnade flehen, und die Vorstellung gefiel ihm. Er höhnte: "Ein Lösegeld für einen König, in der Tat, und was passierte dann mit dem König? Er hätte heute noch seinen Kopf ohne die blöde Ansprache Ihres Vaters in Versailles ... verantwortungsloses Gerede. Er lieferte den König ans Messer. Wir sind informiert, Madame, wir sind informiert."

Montgelas rang verzweifelt um einen Einfall, die Dinge zurechtzubiegen. Er verstand, daß der General auch ihn treffen wollte, hier gegen seine Reformen zu Felde zog. Wie unklug, ihn eingeladen zu haben. Mit dem sechsten Sinn für Drama horchte die Gesellschaft auf. Wie elektrische Wellen ging es durch den Saal. Die Musik brach ab. Das Geplauder verebbte. Die Gäste richteten sich zur Szene hin aus und sahen Germaine und den General in unmißverständlicher Kampfstellung. Er, breitbeinig, mächtig aufgetürmt, beutelustig auf die bloßen Schultern de Staëls herabschauend, sie, nervös den Zipfel ihres Schals zupfend, die Beine gespreizt, den Kopf nach hinten geworfen, den General herausfordernd ansehend, nickend, wie das Ticken einer Zeitbombe, die jeden Moment explodiert, ihr Gesicht verzerrt. Die Gäste drängten sich näher hin. Der Sog des Skandals war unwiderstehlich.

Germaine war tief getroffen. Was hatte der Vater, was hatte sie getan, um solch brutale, unverblümte Zerstörungslust hervorzurufen? Sie fühlte sich wie nackt ausgezogen vor dem unvermindert anzüglichen Blick des Generals, der auf ihr klebte, und stammelte mit lauter Stimme: "Mein Vater, ... ist ein guter Mann. Er diente dem Volk, und das Volk liebt ihn ... ." Sie brach verzweifelt ab, und blickte mit leerem Blick verstört in die Runde. Im Saal knisterte es vor Spannung. Die Menge roch Lunte und wollte Blut sehen. Der General kannte sich darin aus, wie man einen Gegner erledigte, der sich auflehnte, anstatt sich geschlagen zu geben. Diese törichte Frau! Sie wollte es nicht anders. Er holte aus, um ihr, wie einem Gegner im Feld, den Todesstoß zu versetzen: "Wir brauchen die Güte Ihres Vaters hier nicht. Wir brauchen keinen Herrn Necker, und zum Glück hat Frankreich jetzt einen Bonaparte, der weiß, wie man eine Gesellschaft zu organisieren hat. Von oben herab." Er warf ihr einen abschätzigen Blick zu, trat im Geist nach ihr, als sie endlich am Boden zerstört vor ihm lag und sich geschlagen gab. Germaines Verletzung war ins Riesenhafte angewachsen und beraubte sie allen Schutzes. Ihr Schutz war der Vater gewesen, der nun vor aller Welt abgewertet war. Sie schrumpfte zum kleinen Mädchen, das den Vater anhimmelte und keine eigene Macht hatte. Sie war allein. Der Vater, der sie retten könnte, war weit weg. Die Scham der Demütigung trieb ihr brennende Röte ins Gesicht. Sie konnte niemanden ansehen. Die Sprache hatte sich tief in ihr verwundetes Inneres zurückgezogen. Sie sah im Geist eine am Boden kauernde Gestalt, stumm vor Schmerz und Trauer, die ein schwarzes Tuch über das Gesicht zog. Sie drehte sich um und begann blind weg zu laufen. Nur hinaus. Nur weg. Verschwommen sah sie die offen stehenden Türen am Ende des Raums und ging darauf zu. Jeder Schritt bereitete ihr Mühe. Sie fühlte, wie alle Augen auf sie gerichtet waren und fühlte die Billigung mancher über ihre Erniedrigung. Sie begann schneller zu laufen.

Caroline hatte die Szene mit wachsendem Erschrecken beobachtet. Sie hatte Germaines Rundgang im Saal gesehen und bekam den Vorfall mit dem General von Anfang an mit, bevor die restliche Gesellschaft die Ohren spitzte. Als der General seine Tatze auf Germaines Schulter legte, zuckte sie förmlich zusammen. Sie wollte hinlaufen und seine Hand wegschlagen. Wie banal und dumm dieser Mensch war, und wie unverschämt er de Staël ansah! Sie bebte vor Empörung und zitterte zugleich vor der brutalen Macht, die er ausstrahlte, und die nicht zögern würde zu zerstören. Vernunft, das Recht, die Menschenliebe gab es in seinem Reich nicht. Was gab ihm das Recht, sie zu erniedrigen? War sie eine Verbrecherin? schrie sie innerlich. Ihr Verbrechen: eine Meinung, die sie öffentlich zum Ausdruck brachte? War dies ein Tribunal, wo sie fertig gemacht werden sollte? Der General, Ankläger und Henker zugleich? Sie fror vor seinem anzüglichen Blick, der Germaine wie eine Zigeunerin behandelte, ohne Anstand. Ja, de Staël forderte durch ihre Aufmachung heraus, sie erinnerte an eine Marketenderin und ein prosaisches Gemüt, das keinen Sinn für Geist und Seele hatte, konnte sich leicht lustig machen über sie. Sie wollte hinlaufen und den General wegstoßen. Niemand stand zu ihr und verteidigte sie. Wie Hyänen, auf Beute lauernd, scharten sie sich alle um den Vorgang und schauten mit Lust dem Autodafé zu, der Verbrennung durch die öffentliche Scham und Erniedrigung.

Sie war an dieser Stelle gewesen, erniedrigt und gedemütigt worden, und der Schrecken saß ihr wieder in den Gliedern, die Scham und die Angst waren wieder gegenwärtig und brannten in ihr. Sie sah sich in die dunklen Räume der Feste Königsstein gezerrt, verhöhnt, verlaust, kalt, hungrig, geächtet, mit dem Kind und schwanger. Sie war mit dem Leben davongekommen, aber sie blieb gebrandmarkt. Sie war aus der Reihe getanzt. Das genügte. Das war für immer ein Freibrief für Beleidigung und Geringschätzung. Ihre Heimatstadt Göttingen hatte sie auf Lebenszeit verbannt, als "die Republikanerin" abgestempelt. Sie hatte sich von der Welt zurückgezogen und wußte, es gab kein Entkommen für sie. Man spürte sie immer auf, wie die Hexe im Mittelalter. Kaum hatte sie sich heute vorgewagt, war sie zur Zielscheibe kleinlicher Frauen geworden. Nie würde man aufhören, sie zerstören zu wollen. Sie zitterte vor Empörung.

Schelling bemerkte Carolines Aufregung und nahm ihren Arm, um sie zu beruhigen. Aber sie konnte ihren Blick nicht von Germaine lösen. Sie sah die Verwundung in ihrem Gesicht und ihren verzweifelten Versuch, Würde zu bewahren. Das lange, schwere Kleid war ihr im Weg. Sie vergaß es hochzuhalten und trat darauf. Eine ungeheure Empörung stieg in Caroline hoch. Sie wollte schreien, so laut, daß alle Welt zusammenlief, und nie mehr aufhören. Ohne ein Wort zu verlieren, machte sie sich von Schelling frei und folgte Germaine nach, mit aufrechtem Gang und erhobenen Hauptes. Schelling unterdrückte die Regung, sie zurückzuholen. Sie war sich ihrer Sache so sicher, wie selten. Was konnte man ihr noch anhaben? Wie noch treffen, strafen? Mit jedem Schritt fühlte sie sich mehr und mehr vom Korsett der gesellschaftlichen Meinung befreit. Mit traumwandlerischer Sicherheit passierte sie das Spießrutenlaufen der erstaunten Gäste, unberührt vom Geraune und Gegaffe, die sie begleiteten. Alle Augen folgten ihr. Caroline holte Germaine ein, nahm sie am Arm, ging langsam und aufrecht neben ihr und verschwand mit ihr durch die Tür.

Die unerwartete Wendung erstaunte und wurde zufrieden aufgenommen. Was war vorgefallen? Man wollte mehr wissen. Der Vorfall versprach sich auszudehnen. Manche sahen zu Schelling hin, der die lauernden und mitleidigen Blicke an sich abprallen ließ. Schlegel trat neben ihn. Schelling übersah die Geste der Solidarität, wollte auf keinen Fall in die Nähe des Lagers des Verlassenen gedrängt werden. 'Du Dummkopf' dachte Schlegel. Das war alles sehr schnell vor sich gegangen. Montgelas beherrschte sich mit Mühe. “General, Madame ist mein Gast”, stöhnte er. “Hätte ich gewußt, was für eine Drachensaat Sie da hereinholten, wäre ich nicht gekommen, und Ihre Tage an der Macht sind gezählt, Montgelas”, schnarrte der General und sah sich selbstgefällig um.

Der Attaché hatte die Szene mit Abscheu beobachtet. Der Moment war gekommen einzuschreiten. Er baute sich ruhig vor dem General auf, und nahm die Haltung eines geübten Offiziers an, eine Geste, die der General verstand. “Es gelingt mir nicht, Ehre in der Demütigung einer Frau zu sehen, indem man die Liebe zu ihrem Vater angreift, ... und ich bin sicher, daß Konsul Bonaparte meiner Meinung wäre. Ich bitte Sie, daß Sie sich beruhigen.” Der General hörte die Drohung, die seine Überlegenheit angriff und doch zu geschickt ausgedrückt war, um als eine Herausforderung zum Duell zu gelten. Der Kerl war wohl zu feige dazu. “Guten Abend, General”, setzte der Attaché fordernd hinzu. Der General ließ die Überlegenheit des Attaché an sich abgleiten. Hier war sein Feld, und er kannte seine Pappenheimer. Er warf beifallsheischende Blicke um sich. Doch die Gäste senkten die Augen und wandten sich ab. Der Beifall für seinen Auftritt verflüchtigte sich. Der Attaché wurde der neue Held der Stunde. Er hatte Eindruck gemacht. Er war der edle Ritter, der romantische Träume bei den Frauen auslöste und Anerkennung bei den Männern. Alle sahen plötzlich in dem General einen Grobian und waren empört über sein Benehmen. Er würde sie alle noch in Verruf bringen, als provinziell und ungeschliffen. Die Stimmung schlug um. Die Gäste scharrten mit den Füßen, und Ausrufe des Unwillens erhoben sich. So stampfte der General hinaus. Der Attaché wandte sich an Montgelas: “Baron, es scheint mir, Ihre Gäste brauchen Ihre Aufmerksamkeit.” Die Musik nahm das abgebrochene Stück wieder auf, der Wein floß, die kleinen Happen, die Diener auf Tabletts anboten, füllten die Räume zwischen aufgeregtem und entrüstetem Gemurmel. Nun galt es abzuwarten, bis der berühmte Gast sich wieder sehen ließ.

Auf der Terrasse steuerte Germaine auf das Geländer zu und sank darauf in sich zusammen. Endlich durfte sie ihren Tränen freien Lauf lassen. Es war ein wunderschöner, lauer Abend. Der Blick ging auf eine Allee von Kastanien, die in reifer Blüte standen. Auf den vollen Kronen prangten die Blütenkerzen übermütig aufrecht und leuchteten im fahlen Spätlicht des Sommerabends. Caroline nahm die Schönheit der Anlage und der prallen Gesundheit der blühenden Bäume ganz auf. Sie spürte ihr Leben wie seit langem nicht mehr, war ganz da. Das schwere Maiglöckchenparfum Germaines stand in der Luft. Germaine rang um Fassung. Caroline klopfte ihr beruhigend auf den Rücken, der vor Schluchzen bebte. Innerlich weinte sie mit Germaine, und zugleich fühlte sie sich erleichtert. Sie verstand, wer diese große Frau war, was sie wollte und warum sie so unglücklich war. Es fiel nicht ins Gewicht, daß sie aus einer anderen Welt kam, anders dachte und fühlte, eine andere Sprache sprach. Sie verstand, daß Germaine innerlich vor Empörung schrie darüber, daß ihr Anspruch auf die Welt in Frage gestellt war, und sie dennoch nicht bereit sein würde, diesen aufzugeben. Sie sah, wie müde sie war, wie abgekämpft, wie das Alter begann zuzugreifen. Der Hals zeigte Falten, der Spalt zwischen den Brüsten war gewellt, tiefe Ringe unter den Augen erschienen, als der Puder sich unter den Tränen auflöste.

Obwohl Germaine ganz mit sich beschäftigt war, fühlte sie unbestimmt die Gegenwart Carolines. Schließlich beruhigte sie sich etwas, und Caroline sagte sanft: "Sie haben nichts verloren. Sie sind soviel größer in meinen Augen." Germaine antwortete nicht. Vielleicht hatte sie Caroline nicht gehört. Dann, allmählich, verebbte ihr Schluchzen. Wie ein Kind, das nicht mehr wußte, warum es eigentlich weinte und mit unschuldiger Freude plötzlich das Leben wieder wahrnahm, schaute sie Caroline erstaunt an und lächelte. "Meinen Sie das wirklich?" "Ja, wirklich." Caroline lächelte zurück.

Dann wurde sich Germaine der seltsamen Situation bewußt. Sie bemerkte die Terrasse, die Bäume, die hoch über sie aufragten, den Nachthimmel, an dem die ersten Sterne schimmerten. Sie blickte ungläubig auf Caroline, die sie ruhig anlächelte, und Dankbarkeit stieg in ihr auf, daß sie bei ihr war. Wie kam sie dazu? Sie kannte sie doch gar nicht. Sie studierte ihr Gesicht, das vom schwachen Schein der Kerzen auf der Terrasse erleuchtet war. Nicht eigentlich schön, nicht jung, gleichwohl sehr anziehend, schien es zu sagen: Ich verstehe alles, Sie brauchen sich nicht zu verstecken. Der Ausdruck in ihren leuchtend blauen Augen ließ sich im flackernden Kerzenlicht nicht fest bestimmen. Zeigten sie Trauer und Resignation, daß es ihr das Herz zusammenzog, oder sah sie Neugierde und Lust auf das Leben? Der Mund war schön, entspannt. Eine freudige Erregung erfaßte Germaine, und das Unglück auf ihrem Gesicht löste sich auf. Caroline seufzte erleichtert und blickte in den sternigen Nachthimmel. Germaine folgte ihrem Blick. Im selben Augenblick fielen Sternschnuppen herab. Beide stießen sie einen Ruf des Entzückens aus. "Schnell, wünschen Sie sich etwas", rief Caroline. "Glück ... Liebe", trompete Germaine heraus. Caroline lachte fröhlich auf. Germaine stimmte ein. Die Welt war plötzlich schön, es war nur ihre Welt, eine im Ansatz gemeinsame Welt, in der sich die Begeisterung über alle Schmerzen und Rückschläge erhob, Flügel annahm und sie mit forttrug. Sie hatte neues Land betreten, in dem Hoffnung und neuer Mut sie begrüßten. "Ich danke Ihnen dafür, daß Sie hier sind," sagte Germaine. Von Rührung mitgerissen, umarmte sie Caroline. Caroline nahm ihr Taschentuch und trocknete behutsam Germaines Tränen. Dann öffnete sie ihr Täschchen, holte Puderdose heraus. "Darf ich?" fragte sie, Germaine nickte und hielt ihr Gesicht hin. Caroline puderte Germaines Gesicht und schob die Haare behutsam unter den Turban zurück. Dann blickte sie auf ihr Werk und nickte Zustimmung.

Schelling tauchte an der Tür zur Terrasse auf. Germaine gab Caroline ihre Visitenkarte, die sie sich eigens für diese Reise hatte drucken lassen. Caroline las 'Anne-Louise-Germaine de Staël-Holstein, Paris' und war gerührt über die Verunsicherung und die Rebellion, die sich hinter den eleganten Buchstaben in Gold auf bestem Papier verbargen. Darunter stand, in hastiger, offener Schrift, die Adresse des Würzburger Hotels. "Bitte, besuchen Sie mich. Bald! Morgen! Morgen vormittag?" bat Germaine. "Mit Vergnügen", antwortete Caroline. Sie gingen zurück zum Ballsaal. Montgelas und hinter ihm Schlegel erschienen am Eingang und nahmen Germaine in Empfang. Als sie den Saal betrat, wurde sie mit Beifall begrüßt. Schelling führte Caroline am Arm, ging mit gemessenen Schritten ruhig mitten durch den Raum und verschwand mit ihr durch den Eingang.

Der große Mann kommt in ihre Kinderstube, blickt sie mit lachenden Augen an, beugt sich zu ihr herunter, hebt sie auf, so daß ihr Gesichtchen auf einer Ebene mit dem seinen ist. Sie jauchzt vor Freude. "Ma fille, ma petite Minette", sagt er zärtlich. Sie biegt sich zurück und bestaunt sein Gesicht. Es ist das Gesicht schlechthin, das sie nicht müde wird anzusehen. Die breiten Schläfen, die hohe gewölbte Stirn, die buschigen Augenbrauen, die kühn blitzenden Augen in tiefen Augenhöhlen, die lange kräftige Nase mit der hervorstehenden Nasenwurzel, der große Mund geschwungen, mit Grübchen in den Enden, das ausragende breite Kinn. Alles ist väterlich-männlich an ihm, stark, entschlossen und fest. Er ist der Ritter ihrer Märchen und die Güte selbst. Er ist ihr Gott. Liebe füllt ihr kleines Herz und weitet es aus. "Mon père." Sie schlingt ihre Ärmchen um seinen Hals, und er drückt sie liebevoll an sich. Sie spielen zusammen. Er nimmt die Perücke ab und setzt sie ihr auf. Zu groß für ihren Kopf, rutscht sie über die Augen herunter. Er versteckt sich, krabbelt leise davon, und sie, unfähig zu sehen, tapst herum, ruft ihn, stößt an Tischbeine und Stühle, tastet sich an der Wand entlang, bis sie ihn findet. Sie schreit auf vor Vergnügen. Die Mutter kommt dazu und Ablehnung liegt auf ihrem Gesicht. Der Vater liebt die Mutter und die Tochter auf unterschiedliche Weise. Die Mutter ist vorbildlich als Ehefrau und Mutter. Sie macht, was der Ehemann verlangt, schreibt außer Briefen nichts. Sie verzichtet auf den Ausdruck ihrer Talente und ihrer Gefühle, besonders dem Kind gegenüber. Sie scheut keine Mühe, es auf eine große Rolle in der Gesellschaft vorzubereiten. Um Mann und Tochter zu dienen, unterhält die hochgebildete und brillante Suzanne einen berühmten Salon, in dem sie sich selbst zurücknimmt. Sie baut eine Brücke zwischen geistiger und weltlicher Macht, die dem fähigen Schweizer Bankier Necker zum Aufstieg verhelfen soll.

Für den wöchentlichen Salon wird die kleine Tochter herausgeputzt. Der Reifrock wird über die hochgestreckten drallen Ärmchen geworfen, an der kleinen Taille festgebunden, das kostbare Kleidchen mit edlen Stickereien übergestreift, das feine seidige Häubchen auf die dichten Haare gestülpt, die Seidenschühchen über die Füße gezogen, der goldene Armreif über die runden Händchen gestreift, der an den von Fettgrübchen markierten Gelenken zum Halten kommt. Während der Vater in seinem Arbeitszimmer bleibt, theoretische Erörterungen des Salons langweilen ihn, wird das kleine Mädchen mit einbezogen in die Sternstunden der Philosophen, Enzyklopädisten und Machthaber im Hause Necker. Die nach Änderung drängenden Kräfte der Zeit bündeln und schärfen sich, fordern zur Tat auf. Vierjährig, auf einem Schemel zu Füßen der Mutter sitzend, lauscht sie den angeregten Stimmen im Salon und ahnt, daß es um große Begriffe geht, die mit Glück zu tun haben. Später weiß sie, es handelt sich um das Naturrecht und das Recht des Menschen auf Glück. Sie weitet sich vor der Leidenschaft des Geistes. Der Raum wird heller und größer. Begeisterung regt sich in ihr aus dem Grund ihrer Kinderseele, lodert auf, verbreitet sich und strebt nach Erfüllung. Sie blickt die Mutter an, sucht nach dem Ausdruck von Liebe und findet ihn nicht. Wo ist die Mutter, die sie in den Arm nimmt? Warum bleibt die schlanke Frau, die sich so sicher bewegt in ihrem kostbaren Kleid mit Spitzen und Rüschen, mit dem tiefen Ausschnitt und dem ausladenden Reifrock, ihr so fern? Warum bleiben die geistreichen, dunklen Augen in ihrem schmalen und gut geschnittenen Gesicht mit der hohen Denkerstirn unter der gepuderten Perücke so kühl? Das Kind fühlt sich einsam. Die Begeisterung macht sich von ihrem Kummer los und springt über zum Fluß der Worte, die sie umbranden. Sie läßt sich davon mitreißen, spürt, wie sich Gefühle in ihr regen und steigern, wie sie nach außen drängen. Das geht wie von selbst. Sie stellt eine Frage, alle klatschen, die Mutter nickt stolz. Ihre Laufbahn als große Redekünstlerin hat begonnen, der sie geschwind und immer atemloser folgen wird.

Bald wird sie in ein Mieder gezwängt, der kindliche Busen hochgedrückt, das eigene Haar unter einer gepuderten, schier haushohen Perücke mit riesigen runden Locken versteckt. Mit halbgeöffnetem Mund hört sie entzückt den großen Geistern zu und nimmt an ihrem Gespräch teil. So überzogen ist sie, daß sie als Neunjährige einen Nervenzusammenbruch erleidet und aufs Land geschickt wird. Untröstlich weint sie darüber, daß sie von der Quelle ihrer Lust abgeschnitten ist. Das Trauma heilt nie und legt ihr die Abscheu vor der Natur in die Seele. Ihr Durst nach mütterlicher Liebe treibt sie an; die Aura von Einfluß und Macht, von geldlichem und geistigem Reichtum umgibt sie. Aufwärts steigt der Vater, wird Finanzminister Ludwig XVI. und hat Zutritt zum Hof. Aus dem Kind wird ein junges Mädchen, aber das Bild des Vaters bleibt dasselbe: Der Gott, der allmächtige, der ihr ein einzigartiges, allumfassendes und erfüllendes Glücksgefühl einhaucht. Sie betet ihn an, kniet in Gedanken vor ihm, die ergebene Mutter neben sich. Der Vater ist auf dem Podest der Macht, gekrönt vom Lorbeerkranz der Tugend. Gibt es etwas, das er nicht vermöchte? Unerreichbar für jede andere Menschenseele beugt er sich ihr zu, Liebe und Bewunderung in den Augen. Sie soll bei Hofe eingeführt werden. Ein schüchterner Tanzlehrer bringt ihr Schritte bei. Der Vater unterbricht ihn ungeduldig, umschlingt fest ihre Taille und tanzt mit ihr, drückt sie an sich. So führt ein Mann eine Frau, entschlossen und sicher. Sie vergißt es nicht. Immer spürt und sucht sie seinen festen Arm um ihre Taille. Die alte Welt versinkt unter Zuckungen. Der Vater hilft der neuen Welt ins Leben, von der jungen Frau mit Begeisterung begrüßt. Er ist der große Beweger, das Zentrum der Geschichte, der Vertreter der besten und edelsten Ideen. Das weite Herz für das

Volk, das auf den Plan der Geschichte tritt. Mit Forderung, Wut und Zerstörung. Es achtet und liebt den Vater. Er öffnet die Privatschatulle und gibt die Hälfte seines Vermögens, damit das Volk nicht zu hungern braucht.

Sie sitzen beim Mittagstisch. Es ist ein warmer Tag, die Tür zum Balkon steht offen. Plötzlich ertönt ein tiefes Murmeln von draußen, das näher kommt und lauter wird, wie eine Welle ansteigt und zu einem mächtigen Röhren umschlägt. "Necker, Necker." Die Mutter wird blaß. Was will die Meute? Schnell die Türe schließen, ehe der erste Stein fliegt. Der Vater steht ruhig auf und geht furchtlos auf den Balkon. Sie rennt ihm nach, die Mutter hält sie am Kleid fest, sie reißt sich los. Eine unheimliche Stille. Dann bricht es aus. Aus tausend Kehlen ruft es "Retter, Retter." Die Menge wird wild vor Freude. Die zerlumpten, hungrigen Menschen, ungewaschen, barfuß, huldigen dem Vater. Minettes Stolz und ihre Liebe steigern sich ins Unerträgliche, drohen ihr Herz zu sprengen. Sie weiß schon, es ist der größte Moment ihres Lebens. Er soll sich immer wiederholen und kommt nie wieder. Das Blut scheint ihr aus den Adern zu weichen, alles dreht sich um sie, die Schreie der Menge klingen wie Jubelrufe, sie wankt, sinkt nach unten, verliert ihr Bewußtsein. Der Vater fängt sie auf und trägt sie ins Zimmer zurück. Ein ungeheuer süßes Gefühl erfüllt sie, als sie aufwacht und sich in seinen Armen weiß, umbrandet von dem Jubel der Menge. Für alle Zeit will sie dieses Gefühl bewahren. Immer wird sie sein Gesicht so vor sich haben wie in diesem Augenblick. Ein Mann auf der Höhe seiner Laufbahn, ein Liebling der Götter, grandios. Nie wird sie die Anzeichen des Alters und der schwindenden Kraft sehen, nie wahrhaben, daß er nicht die Fäden der Geschichte auf immer in der Hand behalten wird. Der Mythos stirbt nicht. Ideal und Wirklichkeit verschmelzen in seiner Gestalt. Sie idealisiert ihn grenzenlos und damit sich selbst. Er vertritt die gute Macht, vom Schicksal dazu aufgerufen und ernannt. Seine Rechtmäßigkeit ist auch die ihrige. Für immer. Sie läßt sich nicht verdrängen, nicht zum Schweigen bringen. Ein Dasein an der Seite eines mittelmäßigen, ungeliebten Ehemanns kann ihr nicht genügen. Sind Liebe und Glück für immer an den Vater geknüpft? Er ist der beste Mann auf Erden, und er liebt sie. Sie wird ihn eines Tages verlieren, das ist unerträglich. Sie wird ihn suchen und nie mehr finden. So soll sich alles ändern und zugleich nichts.

22

Schelling hatte Caroline untergehakt. Schweigend wanderten sie durch die schlafende Stadt, über die Brücke. Der Mond war aufgegangen. Der Fluß floß gemächlich unter ihren Blicken vorbei und glänzte silbern im Mondlicht. Die Weinberge ruhten friedlich in der stillen Nacht. Caroline war in einer erregten Hochstimmung, ihr Schritt beschwingt. Sie gingen an dem Friedhof vorbei, in den sie sich oft flüchtete, wenn sie ins Freie wollte, wie andere in einen Park. Sie hatte ihre Lieblinge unter den Gräbern dort und feste Bekannte unter den alten Frauen, die den Schatten des Lebens bei den Toten suchten. Sie kannten sie und nickten ihr freundlich zu, ohne je ein Wort mit ihr zu wechseln. Das war nun weit weg. Schelling wußte von ihren Besuchen dort, doch sie sprachen nie darüber. Als sie das große Tor passierten und an der Mauer entlang gingen, sah Schelling sie verstohlen von der Seite an. Sie wirkte heiter, wie losgelöst von dem Band des Todes, das sie insgeheim festhielt. Ihr Gesicht war entspannt. Eine tiefe Genugtuung lag darauf, und ein Licht schien aus ihrem Inneren zu kommen. Sein Herz schlug schneller. Begehren überflutete ihn und füllte sein Inneres. Am liebsten wollte er sie gegen die Friedhofsmauer drücken und küssen, sie mit seiner maßlosen Liebe erfüllen und die Geister der Reue, der Trauer, der Selbstvorwürfe für immer verbannen.

Doch etwas hielt ihn davon ab. Es kam ihm, daß er mit der ersehnten Wandlung möglicherweise wenig zu tun hatte. Hatte sie sich nicht seit de Staëls Ankunft abgezeichnet? Was sich wohl während des kurzen Treffens auf der Terrasse abgespielt hatte? Er fühlte sich ausgeschlossen. Eifersucht stieg in ihm auf. Jene Frau war ein Eindringling. Sicher hatte sie den ganzen Vorfall mit dem groben Morl provoziert. "Wahrscheinlich hat sie ihn gleich ins Kreuzfeuer genommen, ihn verhört auf Glauben und Wissen", sagte er ungehalten und ging schneller und zog Caroline mit sich. Sie ahnte, was in ihm vorging, sie legte ihre Hand auf seinen Arm, lächelte ihn liebevoll an, suchte seinen Blick. "Ist das ein Grund, sie fertigzumachen?" Er schämte sich seiner Gefühle, hielt sich für kleinlich und selbstbezogen und hoffte, daß sie ihm nicht ins Gesicht geschrieben waren. Caroline war ihm so nah und doch so fern. Sie gingen ruhig weiter. "Morgen bin ich bei der de Staël dran", flötete sie hell und lachte vergnügt. Nein, stöhnte er innerlich und fragte laut, eine Spur zu hitzig: "Wollte sie nicht abreisen?" Caroline zuckte gelassen mit den Schultern. Mein Gott, wohin sollte dies führen? "Sag mal, bist du gar nicht stolz auf mich?" fragte sie ihn leichthin. Natürlich war er stolz auf sie, unbändig stolz, als sie de Staël nachgegangen war. "Das muß ich dir doch gar nicht erst sagen", antwortete er. Tapfer war sie von Grund auf. Welch großen Mut hatte sie ihm gegenüber bewiesen, als sie ihn ohne Vorbehalte liebte! Das Geklatsche der Gesellschaft kümmerte ihn wenig. Sollten sie sich ruhig den Mund zerreißen. Er liebte diese seltene Frau, und sie war die seine. Allein das zählte. So sollte es bleiben, für immer. Was ihn beunruhigte, war die Angst, sie zu verlieren. Diese war untergründig stets vorhanden, denn ihre Gesundheit war angegriffen, und die Trauer war immer da. Diese war wie ein ganz leiser, beinahe unmerklicher, dunkler Ton, der in allem vibrierte, was sich zwischen ihnen abspielte. Die Zeit, die alles heilte, war sie auf ihrer Seite? Wann würde der Ton verstummen, oder war er plötzlich verschwunden? Er erschrak. War die ersehnte Befreiung an einen Ausbruch aus ihrer intimen gemeinsamen Welt geknüpft? Hatte er Carolines Drang nach Freiheit vergessen? Entschlüsse reiften langsam in ihr und waren, wenn sie einmal fertig ins Zentrum ihres Bewußtseins aus der Tiefe gedrungen waren, unumstößlich. Sie konnte dann über Gräben springen und Menschen und Dinge hinter sich lassen. Was, wenn sie plötzlich aufhörte, ihn zu lieben? Der Gedanke machte ihm Angst. Wenn sie von ihm wegginge? De Staël war ein Komet, der immer einen Schweif hinter sich her zog. Er dachte an Schlegel, der sich geradezu darum zu reißen schien, von ihr nachgeschleift zu werden. Wie ein in Samt und Seide gekleideter Affe war er in ihrem Schlepptau erschienen. Caroline war zu eigenständig, um je einer anderen Person nachzulaufen. Trotzdem, er war in einem Widerspruch gefangen. Er begrüßte die befreiende Wirkung de Staëls auf Caroline und fürchtete sie gleichzeitig.

Zur gleichen Zeit kehrte Germaine in ihrer Kutsche zum Hotel zurück. Schlegel saß neben ihr und beobachtete sie heimlich. War sie enttäuscht von ihm? Was hätte er für sie auf dem Empfang tun können, um ihre Ehre zu retten? So wie der junge Franzose, der aus dem Nichts auftauchte, dieser Springinsfeld? Er fühlte seine Ohnmacht und hoffte auf ein Wort und Zeichen von ihr, das ihn von seinen Zweifeln befreien würde. Brauchte sie keinen Trost und Unterstützung von ihm? Doch sie war tief in Gedanken versunken, ganz im Bann der Ereignisse des Abends. Sie kam sich vor wie nach einer Schlacht, die ein tödliches Ende zu nehmen gedroht hatte. Bei dem Gedanken an den General schluchzte sie laut auf, und Schlegel reichte ihr schnell das Taschentuch. Dann lächelte sie unter Tränen. Sie sah Caroline neben sich auf der Terrasse stehen. Die geheimnisvolle Frau war ihr zugetan, und alles hatte sich zum Guten gewendet. Ein Mensch war ihr zu Hilfe geeilt. Tränen begannen von neuem zu fließen. Morgen würde sie

sie wiedersehen. Sie freute sich darauf. Und da war der junge Attaché gewesen. Sie sah ihn vor sich, seine schlanke, aufrechte Gestalt und seinen ruhigen Blick voller Interesse und Seele. Montgelas hatte ihr zugetragen, wie Baron Duchavier ihre Ehre verteidigt hatte. Sie fühlte große Genugtuung darüber. Er hatte die Ehre Frankreichs verteidigt. Warum traf sie ihn ausgerechnet hier in der Fremde? Welch böses Schicksal hatte da seine Hand im Spiel? Jeden Salon in Paris würde er zieren, und doch hatte sie nie etwas von ihm gehört. Aber was hatte er vor? Ihr zu schaden? Passiv abwarten würde sie nicht. Die Zügel würde sie in der Hand behalten. Neue Freunde und Widersacher hatten sich über Nacht eingestellt. Bestenfalls ein schwaches Abziehbild ihres Pariser Lebens, das sie vor Langeweile und Verzweiflung retten würde, hatte sie erwartet, und nun war sie innerhalb zweier Tage in Höhen versetzt und in Tiefen gefallen, wie es nicht intensiver in Paris hätte sein können. Sie nickte Schlegel anerkennend zu und sagte: "Schlegel, Sie sind ein veritabler Charmeur. Die Frauen fliegen nur so auf Sie." Er nahm ihre Hand, küßte sie und hielt sie für einen Moment. Sie teilte ihm seinen Bereich zu, einen für sie unerheblichen, weit weg von ihren wirklichen Kämpfen.

Im Konsulat gingen der Attaché und Detertre zu einem Nachttrunk in den Salon. Pierre brachte Cognac. Detertre schenkte selbst ein. "Direkt aus Paris", sagte Detertre stolz und zog genüßlich das köstliche Aroma des teuren Getränks ein. "Es hat seine Vorteile, wenn Geld im Haus ist." Der Attaché tat ihm den Gefallen, schnupperte an dem Cognac und seufzte vor sinnlichem Vergnügen. Detertre war glücklich. Er war voller Bewunderung für den Freund. Welch eindrucksvolle Figur er doch machte! "Du hast dem selbstgefälligen Barbaren von General schön die Leviten gelesen." Der Attaché lachte und nahm einen weiteren Schluck. Detertre beobachtete ihn und dachte: 'Er hat Schliff. Vielleicht macht es das Leben in Paris. Während ich hier versauere, entwickelte er sich dort zum meisterlichen Diplomaten. Nein, der Freund hatte etwas Feines an sich, das man nicht lernen konnte', gestand er sich in einer Aufwallung von Liebe ein. "Das Ganze war aufregend, nicht wahr, Christian? Was wirst du Bonaparte berichten? Mal sehen, ... wie wäre es mit: Madame de Staël hat einen General zu einem Wutausbruch verleitet ... bei einem offiziellen Empfang voller Staatsgäste. ... Und du hast dich beinahe mit dem Typen duelliert, um ihm Respekt beizubringen für die Botschafterin des guten Willens ... ." Er lachte heftig. "Wer war die andere Frau?" wich der Attaché aus. "Ich weiß nicht. Das würde ich aber liebend gern heraus finden. Ich wußte nicht, daß mir bisher soviel Charme in der Provinz entgangen ist. ... Übrigens, hast du die Rippchen in Biersoße versucht? ... Toll, sag ich dir. Ich hätte nach dem Rezept fragen sollen."

Die Zurückhaltung des Freunds irritierte Detertre. Er wollte wissen, was dieser über de Staël dachte und wählte eine Strategie, von der er sich den Erfolg erhoffte. "Christian, denkst du, eine Frau wie die de Staël möchte ... besessen werden?" Der Attaché durchschaute die Frage und konterte: "Was meinst du?" Detertre gab nicht auf: "Nun, ich muß gestehen, ich würde sie gerne in meine Arme schließen, fest drücken, bis sie sich ergibt und mich mit Küssen und süßen Worten erstickt." Der Attaché biß nicht an. Er stand auf, ging zur Vitrine und nahm das Portrait Neckers auf dem großen Teller in Augenschein. Zuhause hatten sie ein ganzes Service davon. Die Meute, die alles kurz und klein schlug, zertrümmerte es, damals als sie den Vater wegschleppten. Er betrachtete Neckers Gesicht genau und sah die Ähnlichkeit zwischen Vater und Tochter: Dieselbe Nase, derselbe große Mund, die Kopfhaltung die gleiche.

Detertre wurde frustriert. Der Freund hatte sich doch sonst nicht geziert, über die Frauen zu reden, denen sie zusammen begegnet waren und mit denen sie oft ein Techtelmechtel angefangen hatten. Was war los? Er fühlte sich ausgeschlossen, in einer gemeinsamen Vergangenheit zurückgelassen, die dem Freund anscheinend nichts mehr bedeutete. Die Gegenwart überstieg für diesen den Reiz des Vergangenen, während er sich allzu gern im Gewesenen aufhielt. Detertre zog ein anderes Register. "Ich kann verstehen, warum Bonaparte von ihr besessen ist." Der Attache lachte amüsiert, setzte sich wieder zu ihm, gab aber nichts von sich preis. Sie leerten schweigend ihre Gläser. Der Attaché verabschiedete sich. "Zeit, meinen Bericht zu schreiben." "Pass nur auf, daß deine Gefühle sich nicht einschleichen", rief ihm Detertre nach.

Detertre schenkte sich ein neues Glas ein und beobachtete den Freund, wie er die Treppe nach oben ging. Lust zu seiner Henriette zu gehen, hatte er keine. In diesem Moment pochte es an der Tür. Erschreckt fuhr Detertre hoch. Wer kann das sein? So spät am Abend? Hatte er etwas falschgemacht? Der Attaché drehte sich um und blieb auf der Treppe stehen. Pierre, der Butler, ging nachsehen und kam mit Uginet in die Eingangshalle zurück. Uginet warf einen geübten Erkundungsblick auf den Attaché. Mit der sicheren Würde des wichtigsten Mannes in de Staëls Haushalt sagte er: "Madame de Staël hat mich gebeten, dies dem Citoyen Duchavier persönlich zu überbringen." Der Attache ging zum Fuß der Treppe zurück und sagte: "Ich bin Citoyen Duchavier." Uginet händigte ihm ein Buch aus. Es war eine Kopie von 'Delphine'. "Bitte richten Sie Madame de Staël meinen Dank aus." Pierre geleitete Uginet zur Tür. Der Attaché ging ruhig die Treppe hinauf und verkniff es sich, das Buch gleich zu öffnen, um zu sehen, ob es eine persönliche Notiz enthielt. "Bleib nicht die ganze Nacht auf zum Lesen", warf Detertre hin.

Er seufzte. Der unerwartete Gast aus Paris hatte in kürzester Zeit alles durcheinander gebracht. So ein Weibsstück hatte er noch nie erlebt. Und wie sie heute abend auftrat! Wenn sie sich so in der Provinz benimmt, was stellt sie erst in Paris an? Kein Wunder, daß Bonaparte sie loswerden wollte. Doch zugleich beneidete er den Freund, der sich nun in ihren Liebesroman versenken und glauben würde, daß die saftige Frau zu ihm persönlich spräche, während er mit seiner unwirschen dünnen Henriette im Bett rechnen konnte, die sich über die Schwierigkeiten, gutes Fleisch zu finden oder ähnliche prosaische Angelegenheiten auslassen würde.

Die Lampe des Gästezimmers im Konsulat brannte den Rest der Nacht über. Kaum war der Attaché ins Zimmer getreten, öffnete er das Buch voller Erwartung. Wie wohl ihre Handschrift aussah? Doch keine Notiz von ihrer Hand war beigelegt. Er drehte das Buch nach unten, schüttelte es, kein Blatt fiel heraus. Mit Erstaunen bemerkte er, daß er darüber enttäuscht war. Er setzte sich auf das weiche Bett und vertiefte sich in die Lektüre, obwohl er das Buch gleich nach Erhalt seines Auftrags als Pflichtlektüre gelesen hatte. Plötzlich nahm es Farbe an. Das Bild einer dunkelhaarigen, vollbusigen Frau, die Wangen gerötet vor Wut und Scham, die Augen funkelnd vor Empörung, überlagerte die Heldin des Romans, deren seelische Vorgänge offen vor ihm ausgebreitet waren. Er hörte förmlich ihre Stimme, und ihre Liebesklagen waren wie die feinen Klänge einer Harfe, die tief in seine Seele drangen. Von seltsamer Sehnsucht erfaßt, ließ er sich in seine Träume fallen, umarmte die weiche Decke aus dunkelrotem Seidendamast, die parfümiert war, und wie von einem Wiegenlied eingelullt, schlief er gegen Morgen ein.

23

Harfenmusik leitete Caroline zur Tür Germaines, wo sie von Uginet empfangen wurde. Sie zögerte, hörte der Musik zu. Es war ein modisches, oft gespieltes, gut eingeübtes Stück, der seichten aber gefälligen Art, wie man es in einem eleganten Salon zu hören bekam. Uginet öffnete die Tür langsam und leise, um das Spiel nicht zu unterbrechen. Germaine spielte es vor Albertine, die nahe bei ihr saß und aufmerksam ihren Fingern zusah. Albertines Gesicht spiegelte das Glück, mit der Mutter zusammen zu sein, wider.

Es war ein Bild der Einstimmigkeit. Mutter und Tochter trugen ähnlich helle und leichte Kleider aus demselben Schnitt. Der Turban de Staëls war weiß und einfach. Caroline war sichtlich betroffen. Uginet entging das nicht. "Ist alles in Ordnung, Madame?" fragte er behutsam. "Ja, bitte machen Sie sich keine Sorgen um mich, Monsieur." Sie holte tief Atem, richtete sich gerade auf und trat ins Zimmer.

Germaine bemerkte sie und winkte ihr lebhaft zu. Caroline bat sie durch eine Geste, weiter zu spielen. Germaine nickte und beendete eilig ihr Stück. Dann sprang sie auf, lief Caroline entgegen und streckte ihr beide Hände hin. "Welche Freude, Sie wieder zu sehen, Madame Schelling." Sie küßte sie überschwenglich auf die Wange. "Das war sehr schön", sagte Caroline. Germaine lachte: "Madame Schelling, Sie sind sehr liebenswürdig, aber mein Spiel ist lediglich passabel, bestimmt nicht schön." "Nein, bestimmt, es war schön, wirklich." Germaine seufzte: "Alles um Sie scheint schön. Selbst ich finde mich in Ihrer Gegenwart schön."

Albertine hatte die Besucherin mit neugierigen Augen betrachtet. Sie bemerkte das einfache und doch hübsche hellblaue Kleid, die schlanke Figur, den kleinen Strohhut, der keck auf den blonden Locken saß und den leichten Schritt. Es war ihr nicht recht, daß auch hier die Zeit mit der Mutter durch Besuche abgekürzt wurde. "Madame Schelling, das ist meine Tochter, Albertine", sagte Germaine. Und zu Albertine: "Albertine, dies ist Madame Schelling." Albertine musterte Caroline, die sie freundlich ansah, und, anstatt einen Knicks zu machen, gab sie Caroline die Hand und sagte kühl: "Guten Tag, Madame." Caroline musterte sie freundlich. Das gefiel Albertine. Die Besucherin nahm sie wahr. Ihr Lächeln war nicht das oberflächliche Lächeln, an das sie von vielen Erwachsenen gewöhnt war. Olive kam herein: "Es ist Zeit für deinen Spaziergang, Albertine." Diese bemerkte zu Caroline: "Ich hoffe, ich sehe Sie bald wieder, Madame Schelling." "Das hoffe ich auch, Albertine." Es klang überzeugend. Albertine ging mit Olive. Caroline sah ihr nach.

"Welch wunderbares Kind", entfuhr es Caroline. "Danke. Haben Sie Kinder, Madame Schelling?" fragte Germaine. "Nein", antwortete Caroline schnell. Germaine hörte den seltsamen Unterton in dem kleinen Wort, der seine Knappheit Lügen strafte. Sie blickte Caroline an, die ihrem Blick auswich. Caroline ging zum Fenster und blickte hinaus. Es war unmißverständlich, sie wollte dieses Thema nicht weiter verfolgen. Germaine seufzte. Caroline gehörte zu den Menschen, die ihre Geheimnisse verborgen hielten. Nie verstand sie, daß man sich nicht mitteilen mußte, was einem am Herzen lag. Sie stellte sich neben Caroline, die das Leben auf dem Platz unter ihnen beobachtete. “Sie haben eine schöne Aussicht”, sagte Caroline. “Ja?” fragte Germaine erstaunt. “Ich schaue nur hinaus, wenn ich auf Post oder einen Gast warte.” Sie warf noch einen kurzen Blick auf das Geschehen draußen, sah nichts, was sie interessierte und zog die Vorhänge mit einer energischen Bewegung zu. “Sie müssen mir alles erzählen. Kommen Sie. Setzen Sie sich.” Sie steuerte auf die Sitzgruppe zu.

Uginet trat ein und brachte einen Korb mit Obst, Keksen und Kuchen sowie eine Flasche Weißwein. Er stellte Dessertteller hin, legte Servietten aus und kleine Obstmesser. Er entkorkte die Flasche und goß die Gläser voll, reichte sie den Frauen. Germaine erhob ihr Glas: “Auf Sie, Madame Schelling.” Caroline folgte ihrem Beispiel: “Auf Sie, Madame.” “Nennen Sie mich Germaine”, unterbrach sie Germaine. “Auf Ihr Wohl, Germaine. “Auf Ihr Wohl, Caroline, nicht?” “Ja, Caroline.” Sie stießen an. “Caroline, Sie können sich nicht vorstellen, was es für mich bedeutet hat, daß Sie mir auf die Terrasse nachgegangen sind. Ohne Sie wäre ich gestorben, glauben Sie mir.” Sie schaute Caroline mit großen Augen an und seufzte tief. “Ich muß Ihnen aus vollem Herzen danken.” “Nein, ich bin Ihnen zu Dank verpflichtet”, widersprach Caroline. Germaine sah sie fragend an. Caroline ging nicht weiter darauf ein. Wie konnte sie der weltgewohnten Frau klar machen, wie zurückgezogen sie lebte und warum? Sie schaute sich im Zimmer um. Es wirkte bewohnt: Bücher, Zeitschriften, Schals, Rosen überall. “Es ist wie in meinem Haus in Paris”, erklärte Germaine. Sie sah Carolines Blick über die Gegenstände wandern.

“Darf ich Ihnen was zeigen, etwas sehr Besonderes?” Germaine sprang auf und führte Caroline zu einem Sortiment von Schals, auffallend in Farbe und aus kostbarem Material. Sie berührte einen liebevoll, schwenkte einen anderen, drückte an sich, knüllte zusammen, warf auf den Boden. Das ging alles sehr schnell, ihre Bewegungen rissen nicht ab und dabei sprach sie unaufhörlich. “Sie verkörpern die Geschichte meiner Lieben. Dieser hier stammt von Narbonne.” Sie hielt einen blutroten, breiten Kaschmirschal hoch. “Ich rettete ihn von der Guillotine. Ich machte ihn zum Kriegsminister. Wir flohen zusammen nach England. Er wurde der Vater meiner zwei Söhne. Als die Gefahr vorüber war, endete unsere Geschichte. Er hat mein Herz gebrochen. Ich habe es ihm oft gesagt, aber es hat ihn nicht berührt. Verstehen Sie es, wie ein Mann es fertigbringt, von einer Frau wegzugehen, die ihn noch liebt?” Sie sah Caroline mit weiten Augen an, so als ob die endlich die ersehnte Antwort wüßte. Caroline schüttelte leicht den Kopf. “Ist es nicht ein wunderschönes Stück?” fragte Germaine und strich mit der Hand über das weiche Material. “Ja, es ist wunderschön.” “So feurig und schön, wie er." Dann zog sie einen purpurroten Schal aus Brokat aus dem nun verwurschtelten Haufen aus Schals heraus. "Diesen hat mir Talleyrand geschenkt, der ehrgeizigste Mann, den ich je gekannt habe. Mit meiner Hilfe wurde er Außenminister. Unbeschreiblich charmant. Wissen Sie, Ich habe die verschiedenen Arten gezählt, in der er 'Guten Tag, Madame' sagte. Ich zählte bis zu 28. Und dann wurde mir klar, daß ich 28 verschiedene Arten 'Auf Wiedersehen, Madame, leben Sie wohl' gezählt hatte." Sie lachten zusammen. "Stellen Sie sich vor, zehn Jahre hat er jeden Tage in meinem Salon gesessen, und dann blieb er auf einmal weg, ohne Erklärung. Er wollte seine eigene Karriere nicht gefährden." Sie seufzte. "Es ist lange her, aber ein Verrat tut immer weh. Männer können so einfach alles abbrechen. Für mich hört nie etwas auf."

Sie suchte, nahm behutsam einen gelben Schal aus glänzender Seide hoch und legte ihn um Carolines Schultern. "Er steht Ihnen wunderbar, Caroline, kein Wunder, er war ein blauäugiger Schwede." Den breiten weißen Schal mit Goldfäden legte sie betroffen zur Seite. An Benjamin wollte sie nicht denken. Caroline tippte auf einen dünnen, hellblauen Schal aus durchsichtiger Seide. "Wer war er?" fragte Caroline. "Eine zarte Seele. Er starb jung. An Schwindsucht." "Er ist wunderschön", schwärmte Caroline. Germaine hielt den Schal hoch und stimmte ein: "Ja, das war er. Er hatte soviel anzubieten. Ich liebte ihn auf ganz besondere Weise." Ihre Stimme wurde weich. "Der einzige Mann, der mich nie verlassen hat. Der Tod hat ihn daran gehindert. Sagen Sie, Caroline, warum müssen die feinsten Seelen jung sterben?" Dann legte sie den Schal um Carolines Schulter und schaute sie entzückt an. "Er bringt Ihren hellen Teint und ihre blauen Augen hervor", und impulsiv setzte sie hinzu: "Bitte nehmen Sie ihn, er paßt so gut zu Ihnen." "Nein, nein," wehrte Caroline ab, "ich kann ihn nicht annehmen ..., er gehört doch zu Ihnen, besonders nach dem, was Sie mir darüber gesagt haben." "Doch, ich bitte Sie. Der Gedanke, daß Sie ihn tragen, tröstet mich. Caroline, bitte nehmen Sie ihn an", drängte Germaine. Sie hatte es sich in den Kopf gesetzt, daß Caroline den Schal haben sollte. Da ließ sie keine Ausrede gelten, und ohne auf ihre Zustimmung zu warten, setzte Germaine hinzu: "Sie müssen ihn oft tragen, versprechen Sie es." Sie blickte sie entwaffnend an. "Also gut", seufzte Caroline, und mit einer hübschen Bewegung legte sie sich den Schal zurecht. 'Wie schön und sicher sie ist, wie Juliette', dachte Germaine. Dann eilte sie plötzlich schnell davon ins andere Zimmer, kam mit einem kleinen Fläschchen in der Hand zurück. Sie öffnete es. Der Duft ihres Maiglöckchenparfums strömte heraus. Sie schüttete viel daraus auf ihre Hand und betupfte damit Carolines Brust. "Sie wurden sicherlich niemals verlassen, Caroline, oder habe ich Unrecht?" Es klang ohne Arg, einfach neugierig. Caroline war nicht schockiert. Sie kannte Germaine ja schon. "Aber doch, Germaine. Welche Frau wurde es nicht?" wich Caroline aus. Germaine antwortete schnell. "Juliette, meine Freundin. Juliette Recamier wurde noch nie verlassen. Die Männer werfen sich ihr zu Füßen, bereit, alles für sie zu opfern." Germaines Blick wurde träumerisch. "Sie will nichts von ihnen und bekommt alles." Sie schüttelte in Gedanken ungläubig mit dem Kopf. "Aber nichts wollen, können Sie sich das vorstellen? Ich bring es nicht fertig, nichts zu wollen, ich will alles, und alles entgleitet mir." Sie sah Caroline an, die Aufforderung, sich zu dem Thema zu äußern, lag in ihrem Blick, und als Caroline nichts sagte, fuhr Germaine fort. "Zu gefallen, einfach zu gefallen, was gäbe ich nicht darum! Alle meine Bücher, meinen Ruhm."

Caroline hörte Germaines Wortfluß fasziniert zu. Man konnte ihre Worte als leichtsinniges Geplauder lesen oder als ein rückhaltloses Geständnis einer oft unglücklichen, viel enttäuschten Frau. Und als solches verstand sie es. Aber, wie konnte sie so offen, so gefährlich offen sein! Caroline sah sie fragend an, so als ob sie sich darüber wunderte, daß sie mit dieser naiven Offenheit noch im Ganzen war, äußerlich unbeschadet durch das Leben gekommen war. Wie konnte diese welterfahrene Frau, die ihr Bett mit den gerissensten Politikern geteilt hatte, so ahnungslos sein? Hatte sie die Menschen nicht kennengelernt, nicht begriffen, daß man ein unschuldiges Herz in einer so übermächtigen und reichen Person wie sie nicht tolerieren würde? Was hatte sie verstanden? Hatte sie keine Angst? Sie hielt den Kopf hin, ließ sich von jedem darauf schlagen und wirkte trotzdem wie eine Frau, die voller Hoffnung und Unschuld war. Sicher kann sie wie ein Mädchen erröten, dachte Caroline.

Uginet brachte einen Strauß Rosen, die abgegeben worden waren. Ein feiner Apfelduft strömte von ihnen aus. Germaine griff ungeduldig danach und las die Begleitkarte. "Von Montgelas!" Sie sah um sich, nahm einen anderen Blumenstrauß aus einer Vase heraus, er wirkte noch frisch, stellte das neue Bouquet in die Vase und warf den alten Strauß in den Abfallkorb. Uginet fischte ihn heraus und ging.

"Kommen Sie, bedienen Sie sich", sagte Germaine, legte Kekse auf Carolines Teller und aß selbst davon. Dann beugte sich Germaine vor und nahm Carolines Hand. "Madame Schelling, lassen Sie mich Ihre Freundin sein." Es klang mehr wie ein Entschluß als ein Vorschlag, und die Hand griff besitzergreifend nach ihr. Aber Caroline zog ihre Hand nicht zurück. "Ich glaube nicht an Freundschaft zwischen Frauen." "Dann lassen Sie mich Ihnen das Gegenteil beweisen", erwiderte Germaine und sah sie mit weitgeöffneten Augen an. Sie war ein offenes Buch der Wünsche. "Sie können meiner Freundschaft gewiß sein. Ich werde alles für sie tun". Ihr intensiver Blick ließ nicht von Caroline ab. Es gab nichts Halbes für Germaine. Sie setzte sich voll ein für diesen Moment und erhoffte, ja erwartete es auch von ihr. Caroline nickte bejahend. Das mußte genügen. "Wunderschön. Sie machen mich glücklich. Es gibt nichts Schöneres als zwei Seelen, die sich verstehen", rief Germaine begeistert und legte Kuchenstücke auf die Teller.

Der Duft des Maiglöckchenparfums stieg Caroline in die Nase. Sie fühlte sich von Germaine vereinnahmt und war gleichzeitig von ihr eingenommen. Die große Frau schien aus Gegensätzen zu bestehen, die unentwegt miteinander wetteiferten, und doch schien sie wie aus einem Stück. Sie war anmutslos und zugleich liebenswürdig. Ihre Offenheit, die einer gedankenlosen Anbiederung glich, war sie nicht vielmehr der reine Wunsch nach Nähe? Sie beobachtete sie, wie sie aß, schnell und viel. Auf ihrem Gesicht waren ihr Appetit aufs Leben zu lesen, ihr Hunger nach Abenteuer, ihr Durst nach Anregung, ihre Lust zur Tat, ihre Abscheu vor Langeweile. Ihr großer Mund stand, selbst als sie kaute, halboffen, bereit, einen Redefluß zu verabschieden. Es war kein schönes Gesicht, dachte Caroline, und doch konnte sie ihre Augen nicht davon abwenden. War es eine innere Seelengröße und das höchste Ideal, welches ihre Züge veredelte, zusammenband und ihr volles Gesicht verschönte? Sie kannte keine Frau, die so unverblümt alles sagte, was ihr in den Sinn kam. Was würde sie als nächstes wissen wollen? Es machte sie schwindelig. Sie war gewohnt, vor anderen Menschen, besonders vor Frauen, auf der Hut zu sein. Sie kannte auch keine Frau, die sie dazu anregte, sie selbst zu sein. Germaine lauerte nicht darauf, sie einzuordnen und zu beurteilen. Man konnte sie nur ablehnen oder lieben, dachte Caroline.

Spontan griff Caroline nach Germaines Hand, die den Handdruck fest erwiderte. Germaine füllte die Weingläser neu auf. Sie tranken sich zu. Germaine strahlte sie an: "Auf Ihr Glück, Caroline ...! Nun berichten Sie mir von sich. Sie müssen sehr glücklich sein in Ihrem Leben. Wollen Sie mir etwas darüber erzählen?" "Alles was ich Ihnen dazu sagen kann, ist, daß ich versuche, glücklich zu sein." "Caroline, Sie überraschen mich. Sie haben all das, wonach ich mich sehne. Die beständige Liebe eines besonderen Mannes, der Ihnen gehört. Ihr Mann liebt Sie zutiefst. Ich kann Ihnen nicht sagen, wie berührt ich war. Jedes seiner Worte über Philosophie war im Grunde eine Liebeserklärung an Sie. Doch, sagen Sie mir, täuschte ich mich, ich fühlte einen Schmerz in Ihrem Mann. Er schien traurig zu sein. Wissen

Sie, er hat es nicht ausgedrückt. Aber ich habe es trotzdem gefühlt. Sagen Sie, lieben Sie ihren Mann?" Sie sah sie gerade an. Caroline schluckte. Wie es ihre Art war, hatte Germaine flugs ein neues Geschütz aufgestellt und befeuerte die Festung ihrer Zurückhaltung. Natürlich hatte die Seelenforscherin Schelling auf Herz und Gefühl geprüft, und diesem war es nicht gelungen, sie von einer glücklichen Verbindung mit Caroline zu überzeugen. Germaine sah sie wartend an. Mein Gott, die Fragen, die sie stellt. Erwartete sie allen Ernstes, daß ich ... ? Sie brach ihren Gedankengang ab und ergab sich einfach: "Ja, ich liebe ihn." Germaine seufzte erleichtert und fuhr fort: "Es muß schön sein, jemandem ganz nah zu sein, zu lieben und geliebt zu werden. Ich habe so eine Liebe nie erlebt und kann nur davon träumen." Caroline setzte schnell dagegen: "Sie haben, wovon andere Frauen nur träumen können, Titel, Reichtum, Berühmtheit, Ihre eigenen Mittel, Ihre Unabhängigkeit." "Sie sind sehr großzügig, Caroline. Sie wollen mich trösten. Aber glauben Sie mir, all das bedeutet wenig, wenn eine wahre Liebe fehlt. Als ich ein junges Mädchen war, träumte ich davon, meinen Vater zu heiraten und Frankreich an seiner Seite zu regieren", und mit ihren Händen gestikulierend setzte sie fort: "Statt dessen wurde ich an einen sehr enttäuschenden Mann verheiratet. Baron de Staël war ein Trinker, ein Langweiler. Er starb plötzlich vor ein paar Jahren." Germaine lehnte sich zurück, schloß die Augen und ein schwärmerischer Ausdruck lag auf ihrem Gesicht: "Ich war so bereit zu lieben, mein Alles zu geben, als ich ihn heiratete ..., und dann war ich so unglücklich mit ihm ... . Ich habe nach der echten, großen Liebe gesucht, und wie oft habe ich geglaubt, ich hätte sie gefunden. Jedes Mal wurde mein Herz gebrochen. Sie öffnete ihre Augen wieder und sah Caroline an: "Aber besser das Herz bricht, als den Traum auf das Glück aufzugeben, meinen Sie nicht, Caroline?"

Germaine griff nach einer Orange, schälte sie mit ihren Händen und teilte sie in Stücke. Das Aroma der Schale verbreitete sich. Der Saft lief über ihre Hände und auf ihr Kleid. Sie beachtete es nicht. Sie steckte eine Scheibe in den Mund. "Mmmh", stieß sie genüßlich aus. "Sie ist gut. Bitte", sagte sie, reichte Caroline einige Scheiben hinüber und steckte andere in ihren Mund. "Glauben Sie, daß eine Frau wie ich jemals das wahre Glück finden kann?" Caroline antwortete: "Ich weiß es nicht", und als sie die Enttäuschung auf Germaines Gesicht sah, setzte sie hinzu: "Aber vielleicht ist der Mut, nach Glück zu streben, auch ein gewisses Glück. Ganz bestimmt ist es ein Geschenk des Himmels." "Ist das alles?" fragte Germaine ungläubig und Caroline erläuterte: "Ja, vielleicht. Man kann es von der guten Seite ansehen. Vielleicht ist das Verlangen, das nicht erfüllt wird, der Schlüssel zu anderen Welten, die wir nie betreten würden, wären wir total glücklich." "Nein", rief Germaine entsetzt. "Das wäre schrecklich. Es klingt mir nach Verzicht." Sie musterte Caroline ungläubig. "Ich weiß, Ihre Dichter halten viel von der Sehnsucht, die nicht erfüllt wird. Das mag gut sein für die Literatur, aber es ist ein Unglück für das Leben. Ich sehe keinen Sinn in diesem Unglück. Caroline, Sie sind mir ein Rätsel. Würden Sie wirklich an Ihre Theorie glauben, wären Sie jetzt im Kloster und nicht in den Armen Ihres Schelling. Ach, ich liebe Sie schon. Sie müssen mir bald Ihr Geheimnis mitteilen. Versprechen Sie es?"

Caroline ließ die Scheiben langsam auf der Zunge zergehen. Orangen hatte sie nur einmal vorher in ihrem Leben gegessen. Damals in Mainz. Beim Empfang des Kommandanten Justine. Die schönen Hände des jungen Leutnants schoben ihr eine Scheibe in dem Mund. Seine schwarzen Augen waren voller Heiterkeit und Verlangen. Eine Kapelle spielte, sie tanzten und wurden mitgerissen von der zündenden Musik der Carmagnole, die die Seele berauschte und alles in ihr freisetzte. Mit jeder Drehung fielen ihre Hemmungen ab. Sie wurde fortgerissen, taumelte mit Wonne in den Abgrund einer langen Liebesnacht, in der ihr Verlangen das enge Korsett aus Mief und Verbot zerriß und das lose Gewand der Freiheit anlegte, das sie nie wieder abgelegt hatte, aber verbarg.

Caroline hörte die zündende Musik jener Nacht. Sie stand auf, ging in die Mitte des Zimmers und machte ein paar Tanzschritte. Germaine folgte ihr mit den Augen. "Haben Sie die Carmagnole getanzt, Germaine, damals?" fragte Caroline. "Aber natürlich. Von ganzem Herzen. Jeder hat ihn getanzt... ." Caroline versuchte sich in einigen Tanzschritten. "Ja, so geht's", rief Germaine, eilte zu ihr und machte ein paar Schritte. Caroline sang mit ihrer hellen Sopranstimme: "Dansons la Carmagnole. Vive le son, vive le son." Germaine fiel ein mit ihrer tiefen Altstimme und sie sangen den Revolutionstanz zusammen. Sie stampften mit den Füßen auf den Fußboden, schneller und schneller und drehten sich im Kreis. Ihre Röcke flogen. Caroline hielt an und lachte Germaine zu: "Sie haben Recht, Germaine, man muß nicht verzichten müssen. Sie müssen nicht Ihre Bücher und Ihren Ruhm aufgeben für eine Liebesnacht. Machen Sie das auf keinen Fall", rief sie übermütig. Sie lachten und lachten und weinten plötzlich, und das mischte sich. Uginet öffnet die Tür leise und blickte erstaunt.

24

Schlegel streifte durch die Stadt. Er studierte die wichtigsten Baudenkmäler und machte sich Notizen. Gut wollte er sich gut vorbereiten und Germaine zu einer Stadtführung einladen. Sie würde die Einladung annehmen, davon ging er aus, denn ihre Neugierde auf Deutschland war geweckt, sie war an allem interessiert und wollte alles wissen. Im Geiste hörte er ihre Fragen und formulierte seine Antworten. Sie würde von einem Thema zum anderen springen und die seltsamsten Verbindungen herstellen, aber er würde auf alle Fragen eine Antwort wissen und System in ihren Lernprozess bringen. Er würde sie in Geschichte, Kunst und Literatur Deutschlands einführen, alles folgerichtig aufbauen und klar darlegen. Er wußte, dies war seine Stärke. Er beschloß, seine Erkundigungstour mit dem Besuch in einem Buchladen zu beenden, um sich mit Büchern für Germaine einzudecken.

Forsch betrat er einen schönen Raum, einladend, mit getäfelten Holzwänden und schöngebauten Regalen aus Holz, die sich parallel in den Raum streckten. Schelling zwischen zwei Reihen bemerkte er sofort. Er hatte nicht mit ihm gerechnet, und seine Gegenwart gab ihm einen Stich. Er beobachtete ihn und fühlte sich dabei wie ein Verräter, aber er brachte es nicht fertig, unvoreingenommen und freundlich auf ihn zuzugehen. Es roch stark nach altem Holz und Papier, verstaubten Büchern und frischer Druckerschwärze. Der Geruch von Jahrhunderten. Schelling war ganz vertieft in sein Tun, bemerkte nichts und niemanden um ihn herum. Alles war Konzentration und gesammelte Kraft bei ihm, und selbst in seiner bewegungslosen Stellung wirkte er selbstsicher und herrschend, vielleicht weil seine Haltung gerade war und die breiten Schultern entspannt. Seine vollen Locken hingen ihm über die Stirn. Schlegels Schultern fielen herab, er fühlte sich mutlos und unbedeutend. Die stickige Luft um ihn bedrückte, die Stille, die Bücherwände bedrängten ihn. Er begann, nervös mit dem Kopf zu pendeln und klopfte sich wie zur Beruhigung die Frisur zurecht. Schelling war in der französischen Abteilung und bemerkte ihn nicht, auch nicht als Schlegel näher trat, um zu sehen, was Schelling so beschäftigte. Es war ein dicker Band der Dramen Racines, der einen Spalt im Bücherbord hinterlassen hatte. Schlegels Stimmung schlug zu Angriffslust um. Er ging leise auf die andere Seite des Regals, und mit einer nervösen und schnellen Bewegung zog er einen Band heraus, und noch einen, und noch einen und schuf damit einen Durchblick zu Schelling. Endlich blickte dieser von seinem Buch auf und sah das Gesicht Schlegels, eingerahmt von dem Spalt. Er bemerkte die Herausforderung auf seinem Gesicht und die vor Erregung roten

Flecken auf den Wangen, zog mißbilligend die Augenbrauen etwas hoch und nickte zur Begrüßung leicht mit dem Kopf. Seine Augen blieben unbeteiligt und uninteressiert, und er wandte sich wieder seinem Buch zu. Er wollte nicht gestört werden. 'Er macht immer, was er will, schert sich nicht darum, wie es mit mir steht', dachte Schlegel bitter, und Rachegefühle kamen in ihm auf. "In der französischen Abteilung an diesem schönen Morgen, mein Freund!" hänselte er. "Warum nicht in der französischen Abteilung?" antwortete Schelling irritiert, ohne aufzusehen. "Ja, warum eigentlich nicht! Bitte verzeih, ich möchte nicht unhöflich sein, aber wie fühlt man sich als eifersüchtiger Ehemann?" Der Hieb traf ins Schwarze. "Eifersüchtiger Ehemann? Das ist lächerlich. Ich bin nicht eifersüchtig", schoß Schelling zurück, schneller, als es ihm recht war. "Oh, nein. Ich erkenne die Symptome. Ein verlorener Blick, eine seltsame Niedergeschlagenheit, in den Buchläden herumwandern und nach einem Schlüssel zu suchen für das, was sich abspielt", höhnte Schlegel. "Hör auf damit, Wilhelm", sagte Schelling kurz angebunden, aber Schlegel ließ sich nicht stoppen. "Deine gemütliche kleine Welt wird plötzlich in Frage gestellt, und du hast nicht die geringste Idee, was passiert und was du machen sollst."

Schellings Gesicht wurde blaß vor Ärger, die Augen blitzten. Er holte tief Atem, dann hatte er sich wieder in der Hand. Mit erzwungener Ruhe schob er sein Buch zurück. Schlegel aber war in Fahrt gekommen und glaubte sich im Vorteil. Er griff durch die Spalte von seiner Seite, holte das Buch heraus und öffnete es triumphierend. 'Wie ein Schulmeister, der die unerlaubte Lektüre eines Schülers entdeckt', dachte Schelling verächtlich. "Phädra! Madame de Staëls liebstes Schauspiel. Alles über Liebe und Verrat. Der grundsätzliche Stoff des Lebens." Schelling ignorierte ihn und lief mit schnellen Schritten weg. Schlegel bemerkte die Verwirrung in seinem Gang und sah, wie sich sein Rücken versteifte. Also, er hatte eine Wirkung auf den Unbewegten, und das gefiel ihm. Schnell folgte er ihm, holte ihn ein und ging nahe neben ihm her. "Es kann durch die gegensätzlichen Kräfte der Natur bewiesen werden, weißt du", sagte er mit einer Prise Spott in der Stimme, die Schelling nicht entging. Der Duft von Kölnisch Wasser stieg ihm penetrant in die Nase. Es fehlte gerade noch, daß dieser Fatzke ihn am Arm fassen und am Weggehen hindern würde, dachte Schelling. Am liebsten würde er ihn an seinem teuren modischen Kragen packen und abschütteln. Er fühlte den bohrenden Blick Schlegels auf sich, sah auf und erblickte Haß und Schmerz in dessen Augen. Es traf ihn unverwartet, und er hörte sich sagen: "Du verstehst es ganz falsch, Wilhelm. Ich bin nicht eifersüchtig. Ich mache mir Sorgen. Ich habe Angst." Seine Stimme war sanft. "Du,

Angst!" entfuhr es Schlegel. "Ja", antwortete Schelling einfach. "Daß sie es fertigbringen wird, Caroline zum Leben zu erwecken, und daß du sie dann verlieren wirst", entfuhr es Schlegel.

Er hatte diesen Prozess des langsamen Entgleitens durchlitten, konnte sich aber nicht vorstellen, daß es Schelling ebenso gehen würde wie ihm, obwohl er es dem früheren Freund in diesem Moment wünschte. Einmal wollte er es erleben, einmal, daß den arroganten Sieggewohnten die Sicherheit im Stich lassen würde. Er wollte ihn machtlos sehen, mißverstanden und herabgesetzt, den stolzen Kopf nach unten gesenkt, die Schultern herabhängen, das Gesicht blutleer, das Innere ausgehöhlt und wie gelähmt. "Ja, ... Madame de Staël. Es ist seltsam, was sie in den anderen auslöst", warf Schlegel hin und bemerkte nicht, daß er eigentlich von sich sprach und sich dem Freund wieder annäherte.

Schelling ärgerte sich, daß er sich Schlegel gegenüber geöffnet hatte, äußerte, ohne ihn anzusehen, einen kurzen Gruß und eilte stracks hinaus. Schlegel wollte ihm nachlaufen, ihn schütteln und verletzen. Er wollte Tränen sehen, Blut. Er war blaß und zitterte, der Schweiß brach ihm aus. Er sah krank aus. Die Maske der tadellosen Erscheinung war ihm entglitten, und er litt darunter. Der Buchhändler trat zu ihm und fragte, ob er ihm behilflich sein könnte. Seine gewohnte Selbstbeherrschung gewann die Oberhand.

Später, am Nachmittag, sprach Schlegel bei Germaine vor. Er hatte eine gute Auswahl von Beispielen der deutschen Literatur getroffen und stellte sie ihr vor. Sie war zufrieden mit ihm, und schon sah er sich und sie nebeneinander in der Kutsche sitzen, lesend und diskutierend. Gedichte würde er ihr vorlesen und erklären, und die Poesie würde sie langsam, aber sicher einander näher bringen. Sie würde beeindruckt von ihm sein, und er hielte ihre Hand. Die Vorstellung dieses Idylls machte ihn schwärmerisch. Und wer weiß, alles war noch offen und möglich. "Madame, wir werden die Bücher auf dem Weg nach Weimar lesen", sagte er gewichtig und pries an: "Dann werde ich Ihnen die Autoren dort vorstellen." Er hoffte, die Aussicht auf Berühmtheiten würde sie zu einer baldigen Abreise anregen.

Sie blickte ihn interessiert und forschend an. Er frohlockte, weil er meinte, er habe sie mit dieser Vorstellung gewonnen. Dann fiel er aus den Wolken seiner Träume, als sie sagte: "Monsieur Schlegel, erzählen Sie mir von Caroline. Alles, was Ihnen in den Sinn kommt ... . Ich höre." Und bevor er seine Haltung bestimmen und seine Antwort zurechtrücken konnte, fuhr sie fort: "Hatte sie Kinder?" Er nickte bejahend. "Wieviele? Wo sind sie?” Sie wird alles sowieso, erfahren dachte er, es ist besser, ich vertrete meine Rolle selbst. Er lief im Zimmer herum und setzte mit leichtem Pathos an: “Ja, ihr letztes verlor sie vor drei Jahren, sie ist eine Mutter. Sie hatte vier Kinder. Alle starben im frühen Kindesalter.” “Um Gotteswillen, wie ist es passiert?” rief Germaine entsetzt aus. “Das Mädchen wurde krank und ... ”, seine Stimme wurde weicher, “und es starb ... innerhalb weniger Tage ... ”, ein Schluchzer entwich aus seinem Inneren, “in großer Qual.” Er war sichtbar von der Erinnerung an den Tod des jungen Mädchens mitgenommen, der Schmerz malte sich auf seinen Zügen ab, und er hoffte, sie würde nicht weiterfragen. Er sah ihren angeregten, neugierigen Gesichtsausdruck, den Kopf begierig vorgestreckt. Sie würde ihn nicht schonen. Sie nahm alles von der eigenen Warte aus wahr und war eingleisig auf ihre eigenen Gefühle eingestimmt. Alles sollte ans Licht, stets und bei jedem.

“Erzählen Sie mir mehr, ich will alles wissen”, drängte sie. Es war nicht seine Art, schmerzliche Dinge hervorzuholen, aber seitdem er sie kannte, spürte er den Drang sich auszudrücken. Das hatte ja schon damit begonnen, als er dem Wunsch nachkam, Caroline und Schelling in Würzburg aufzusuchen. Er hatte die Geister der Vergangenheit gleich am ersten Tag aus der Flasche gelassen, und nun bauten sie sich mächtig vor ihm auf und forderten ihn heraus, sich zu stellen. Verletzung, Wut, Rache, unerfüllte Sehnsucht, Selbstvorwürfe, alles war vermischt. Sie sah ihn unvermindert neugierig an. Er drehte sich um und ging langsam im Raum herum, während er sprach. Er war weit weg. “Es war ein Sommer voll wunderbar seidig weicher Tage. Caroline und Schelling waren in einem Badeort zusammen, Boklet hieß er”, er hielt kurz inne und sagte mit Nachdruck: “Sie war damals mit mir verheiratet, wie Sie wissen.” Er blickte sie verstohlen an, hoffte, sie wäre beeindruckt von ihm, aber sie sah ihn nur ungeduldig an. “Auguste wurde plötzlich krank und starb innerhalb weniger Tage.” “Nein”, stöhnte sie, “wie schrecklich”. “Ja”, fuhr er fort, “alle Hilfe kam zu spät. Es gab Gerüchte, Caroline hätte zu lange gewartet, bis sie einen Arzt rief; stattdessen hätte Schelling eine unerprobte medizinische Methode eines schottischen Arztes, eines gewissen Doktor Browns, an der Patientin ausprobiert.” Er mußte anhalten, denn er sah die sterbende und leidende Auguste vor sich. Tränen stiegen in ihm hoch, und fast unhörbar sinnierte er: “Sie hatte etwas ganz besonderes, Auguste. Sie war noch ein Kind, aber mit der Seele eines Dichters. Und sie konnte wundervoll singen. Jeder verfiel ihrem Zauber.” “Wie entsetzlich für Caroline”, flüsterte Germaine. “Sie war das älteste Kind Carolines. Ihr Vater und ihre Geschwister starben vor ihr. Sie und Caroline haben alles zusammen durchgemacht. Sie war immer an der Seite ihrer Mutter." Er begann wieder herumzulaufen, als er daran dachte, wie das kleine Mädchen die Inhaftierung Carolines durch die Preußen nach dem Fall von Mainz geteilt hatte und dabei war, als Caroline ihr Kind heimlich zur Welt brachte, ... für das er die Mittel bereitstellte. Germaine hatte gebannt zugehört, und Angst überflutete sie. Sie dachte an ihre Kinder, und wie sie alle Kinderkrankheiten überstanden hatten. Sie schauderte bei dem Gedanken, daß ihnen etwas zustoßen könnte. Sie stand auf und zwirbelte vor Erregung das Ende ihres Schales. "Und Caroline, was war mit Caroline?" "Caroline schiebt sich die Schuld an ihrem Tod zu. Sie wurde nie mehr die gleiche, die sie vorher gewesen war ... Auguste war Carolines Ein und Alles." Er fing wieder an herumzulaufen. "Sie war ... voller Lebenslust und Spott ... Sie hätten sie sehen sollen."

Germaine bemerkte nun den veränderten Gesichtsausdruck Schlegels, der unverstellt seinen Schmerz verriet. Sie war gerührt und dachte, welch guter Mensch er doch sei. Sie hatte nicht vermutet, daß sich hinter der Maske des lebhaften und weltgewandten Geistes Leid und Kummer verbargen. Sie sah ihn, und weil sie ihn sah – es war einer der seltenen Momente, in denen sie den anderen wahrnahm –, begann er ihr zu gehören, und sie würde ihn nicht gehen lassen. Sie war sich dieses Entschlusses nicht bewußt, denn sie blickte nicht in sich hinein. Alles strömte vielmehr immer aus ihr hervor. In Krisen schwemmte sie solch einen Entschluß aus sich heraus. Dieser wurde offenbar und nahm die Wucht eines Naturgesetzes an, dem sie sich beugte und es ebenso vom anderen verlangte.

"Und dann haben Sie sich scheiden lassen, Schlegel?" Ihre Frage holte ihn in die Gegenwart zurück. Sie klang erstaunt. Wie sollte sie auch verstehen, daß jemand einen geliebten Menschen freiwillig gehen lassen konnte. "Ja, aber nicht aus Rache, ... sondern weil ich die Wünsche ihres Herzens nicht ändern konnte!" "Wie konnten Sie sie nur gehen lassen?" fragte sie ungläubig. "Ich glaube nicht daran, einen Menschen gegen seinen Willen zu halten", antwortete er mit Nachdruck. Er verschwieg, wie sehr er sich um Caroline bemüht hatte, sie wieder aufgenommen, öffentlich gegen die Verleumdungen über Schelling und sie Stellung bezogen hatte, indem er eine Verteidigung in dem Jenaer Anzeiger hatte drucken lassen. Seine Großmut hatte dem blühenden Klatsch ein Ende gemacht. Aber er, er hatte sich zum Gefangenen der eigenen Großherzigkeit gemacht. Alles war zugedeckt worden, hatte im Inneren weiter geschwelt und brach plötzlich mit ungeahnter Wucht an die Oberfläche. Dabei wollte er viel lieber alles Vergangene vergessen und die Zukunft beginnen. Sie kam ihm entgegen und fragte: "Glauben Sie, Schlegel, daß ein sehr starker Wille ein gebrochenes Herz ganz machen kann?" "Madame, wenn der Wille die Liebe beherrschen könnte, dann ...", entfuhr es ihm. Wie gerne wollte er ihr sagen, wie sehr sie ihn anzog, daß die Vergangenheit durch sie verblaßte, daß er durch sie wieder Hoffnung auf Glück hatte, Sehnsucht spürte, ... durch sie ..., doch er bog ab. Er befürchtete ins Leere zu stoßen und sich ihr Vertrauen durch eine voreilige Erklärung zu verscherzen. Er mußte die Dinge langsam reifen lassen, das war sein Los und Herzensdinge verschlüsselt zu sagen, war seine Stärke. Seine Worte würden mit der Zeit in sie eindringen und ihr Herz ihm zuwenden. "Ja, wenn tiefe Sehnsucht das Herz packt ... ." Sie unterbrach ihn: "Sehnsucht ... Monsieur Schlegel?" Sie klang enttäuscht. "Sehnsucht nach ewiger Liebe", beeilte er sich zu erklären. Und schon rettete er sich in den Mantel eines Großen: "Wie Shakespeare sagt: 'Love alters not with his brief hours and weeks, but bears it out even to the edge of doom.'"

Uginet war eingetreten und brachte ein Briefchen. Sie riß es auf und las: "Ich danke Ihnen für Ihre Aufmerksamkeit, Madame, Ihr Buch hat mir die Gelegenheit gegeben, Sie kennen zu lernen ... ." Sie las weiter und hörte Schlegel zugleich zu, der fortfuhr zu zitieren. Ein Ausdruck von Wohlgefallen kam in ihr Gesicht. Sie lächelte vor Zufriedenheit. Das alles war sehr unterhaltend und anregend, dachte sie. Dann fixierte sie Schlegel mit einen träumerischen Ausdruck in den Augen. "Wie reizend!" Dabei lachte sie kurz auf. Es war wie ein Pfeil in das schüchtern geöffnete Herz Schlegels. Er entschied sich, ihre Stimmung auf sich zu münzen, und mit klopfendem Herzen und unterdrückter Stimme wagte er sich vor: "Geehrte Madame. Was ich sagen möchte, ist, wenn es in meiner Macht stünde, wären Sie die glücklichste Frau der Welt." "Ich danke Ihnen für Ihren freundlichen Gedanken", antwortete sie ihm leichthin und lächelte ihn an, ohne ihn wirklich zu sehen. Sie hatte ihm wieder die Rolle des anregenden, belanglosen Freundes zugeteilt. In Gedanken war sie schon bei ihrer Antwort an den Attaché.

Uginet brachte ihr Tragepult, stellte Papier, Feder und Tinte bereit, und schon flog ihre Hand über das Papier. Schlegel zog sich auf sich selbst zurück. Hatte er zuviel preisgegeben? Nein, seine Literaturkenntnisse waren das Schild, das ihn vor Selbstenthüllung beschützte, auf das er sich verlassen konnte. Das war immer der Fall in solchen Augenblicken gewesen. Doch er wollte gehen, sich verstecken, sich wieder zusammensetzen. Gefolgt von Olive, brachen Albert und Albertine ins Zimmer und versperrten ihm den Weg zum Ausgang. An Flucht war nicht mehr zu denken. Albert trug eine Schachtel unter dem Arm, Albertine eine Puppe, die sie andächtig und zärtlich im Arm hielt. Sie hatte echtes Haar und ein lebensnahes Gesicht. Albert zog ihn mit sich auf den Fußboden und öffnete die Schachtel. Sie enthielt einen Satz von Zinnsoldaten, von der feinsten Qualität. Es war die Armee Bonapartes, die er voller Stolz aufzustellen begann. Schlegel half ihm. Während die hastig geführte Feder Germaines auf dem Papier kratzte, arrangierte er die Soldaten ihrem Rang nach. Der Rubikon ist überschritten, dachte er. Sie würden nicht abreisen. De Staël war auf den Geschmack gekommen. Er konnte es an ihrer Haltung ablesen, wie sie sich in ihr Schreiben warf, die Worte leise mitsprach, den großen Mund dabei bewegte. Ihre runden Schenkel malten sich unter dem am Stuhl eingeklemmten Stoff ihres Rocks ab. Vor Aufregung hatte sie es nicht bemerkt, als sie sich niedersetzte. Ihre Lebensgier war erwacht. Ein Stein war ins Rollen gekommen und würde sie alle mitziehen. Es würde Gewinner und Verlierer geben. Ein neuer Spieler war auf den Plan getreten. Was wird die Rolle sein, die ihm, Schlegel zufallen wird? Würde er sie annehmen oder stark genug sein, sie abzulehnen? Die Aussicht zukünftiger Qualen der Entscheidung machte ihn elend.

Sie hatte ihre Antwort fertig, faltete sie und gab sie Uginet. "Ich werde sie Monsieur Duchavier sofort überbringen", sagte dieser mit unbeteiligter Miene. "Danke, Uginet", bemerkte sie freundlich und errötete, wie ein junges Mädchen. Albertine war ans Fenster getreten und zeigte ihrer Puppe die Aussicht. Sie fragte mit piepsiger Puppenstimme: "Siehst du diesen Mann aus Paris? Was will der hier? Er macht mir Angst." "Hab keine Angst, er kann Dir nichts tun", antwortete Albertine mit ihrer normalen Kinderstimme und streichelte die Puppe wie zur Beruhigung. Germaine eilte zu ihr und folgte dem verstörten Blick der Tochter. Sie bemerkte den Attaché, der zu Pferd vor dem Hotel vorbei ritt und zu ihnen aufsah. "Woher weißt du, daß er aus Paris kommt?" fragte Germaine konsterniert und legte ihren Arm um Albertine. Warum reitet er hier vorbei? Was will er? In ihr Entzücken, mit ihrem Buch etwas im Herzen des jungen Mannes in Gang gebracht zu haben, mischte sich ein leises Gefühl von Bedrohung.

25

Schlegel war nicht der einzige, der Germaine über die Verhältnisse in Deutschland unterrichtete. Uginet brachte ein Briefchen nach dem anderen, das Wohl- und Mißfallen über den vorherigen Abend ausdrückte, und ihr ein gutes Bild davon vermittelte, daß ihre Erscheinung den örtlichen Frieden gründlich gestört hatte. Sie stieß auf ehrliche Sympathie, gespreizte Anerkennung sowie versteckte und ganz offene Ablehnung. Was allerdings ganz fehlte, war eine weitere Einladung. Die Aufforderung, weiter zu reisen, lag in der Luft.

Noch am selben Tag ließ sich Baron Montgelas bei ihr melden. Er küßte ihr die Hand und entschuldigte sich noch einmal für das grobe Benehmen des Generals. Sie bat ihn, sich zu setzen und bot ihm einen Likör an. Er nahm an. Er war nicht in Eile. Sehr sympathisch. Ein richtiger Staatsmann, dachte Germaine. Dann bat er mit vorsichtigen Worten um Verständnis. "Madame, ich denke, ich verstehe Ihre Welt und teile Ihre Werte, und ich kann gut begreifen, warum Sie und Bonaparte nicht zusammenpassen. Doch Bonaparte ist für meine Ziele ein unabdingbarer Verbündeter, ein mächtiges Symbol fortschrittlicher Gesetzgebung. Wir hatten keine Revolution hier, die etablierte Macht ist noch dieselbe und wehrt sich mit Händen und Füßen gegen die Durchsetzung modernen Denkens. Der General ist zwar ein großer Bewunderer Bonapartes als militärisches Genie, und er hofft sehnlichst auf einen baldigen schönen Krieg unter dem korsischen Cäsar, aber er verkörpert eine konservative, ja starre Haltung, die jegliche Art von Reform ablehnt. Er ist dabei nicht der einzige. Ich möchte die allgemeine Schulpflicht einführen. Sie stößt auf granitenem Widerstand bei Militär und Klerus. Wie Sie wissen, für gehorsame Soldaten braucht man ungebildete Leute. Lesen und Schreiben regen zum Hinterfragen und Denken an. Der Klerus ist beunruhigt."

Germaines Bewunderung für diesen aufgeklärten Menschen wuchs. "Monsieur Baron, Sie ehren mich mit Ihrem Besuch. Ich werde Ihnen keine weiteren Schwierigkeiten bereiten. Ich betrachte meinen Aufenthalt hier von nun an ausschließlich als Privatbesuch." Erleichtert küßte Montgelas ihr die Hand und versicherte ihr, alles in seiner Macht Stehende einzusetzen, um ihr einen angenehmen Aufenthalt zu verschaffen. Es gäbe viel zu sehen, wundervolle barocke Kirchen, schöne kleine Städte und Landschaften in der Umgebung. Sie plauderten noch eine Weile angenehm, Montgelas brillierte, Germaine war angetan. Dann verabschiedete er sich mit Stil.

Germaine glaubte ihren eigenen Worten. Die Aussicht, für eine unbestimmte Zeit frei von Angriffen und Demütigungen zu sein, war um so verlockender, als eine private Beschränkung Aufregendes versprach. Sie würde sich neu erfinden. Sie würde auf eine innere Entdeckungsreise gehen. Sie würde die Kunstschätze der Stadt besuchen und ihr Deutsch verbessern. Die Freundschaft mit Caroline und die Faszination von ihrem Wesen boten ihr diese Alternative geradezu an. Und da war der Attaché. Solange alle ihre Handlungen im Rahmen eines privaten Besuchs blieben, konnte er ihr nichts anhaben. Die Bedrohung, die ihr Wohlgefühl verdunkelte, als er unter ihrem Fenster vorbeiritt, verflüchtigte sich. Wie konnte sie herausfinden, wer er war und wie ihn für sich gewinnen? Im Grunde war er genau der Typ Mann, der sie anzog. Weltkundig, wortgewandt, und doch sensibel hinter der Fassade. Wenn sie nur die Waffe der Weiblichkeit einer Caroline oder Juliette hätte. Wenn sie nur einfach gefiele, ohne ihr Feuerwerk von Worten, ohne ihren Einfluß spielen zu lassen.

Olive legte das Nachthemd aus und öffnete das Bett. Uginet mischte den Nachttrunk aus Laudanum. Schon wieder eine Nacht, die sie irgendwie herumbringen mußte. Panik ergriff sie. Was, wenn sie nicht schlafen konnte? Wenn ihr Paris und alles, was sie verloren hatte, vor Augen stand und ihr eingaben, daß sie sich hier mit kleinen Brötchen, die ganz unbedeutend waren, zufrieden gab? Was, wenn sie ihre Begeisterung verlor, wenn sie wie ein aufgeblasener Ballon vom ersten Nadelstich des Zweifels zusammenfiel? Wenn sie ins Schwarze blickte, wie in die tödlich stille, hereinbrechende Nacht der Provinz? Nichts bedrohte sie mehr als ein unbewegtes Herz. Es war wie Sterben.

Impulsiv ging sie zum Fenster. Sie brauchte nicht nach Interessantem zu suchen, es bot sich ihr in der Gestalt des Attachés an, der an ihrem Fenster vorbeigeritten war. Es traf sie wie ein Schlag. Mit einer Mischung aus Faszination und Angst folgte sie seinen geschickten Bewegungen, die im schönsten Einklang mit den Bewegungen des Pferdes waren. Am Ende des Hotels angekommen, wendete er sein Pferd und ritt zurück in ihre Richtung. Unter ihrem Fenster blickte er auf, und als er sie sah, zog er fest am Zügel des Pferdes, daß es augenblicklich zum Stehen kam. Er warf ihr einen Blick zu, den sie nicht deuten konnte. Sie erstarrte, war wie gelähmt. Dann drückte er fest die Schenkel in die Weichen des Pferdes, so daß es jäh vorschnellte. Etwas Drohendes ging von dieser Geste aus, und wie um sie zu beruhigen, drehte er den Kopf nach oben und lächelte. Benommen trat sie vom Fenster zurück. Die Hufe des trabenden Pferdes klirrten und übertönten ihr klopfendes Herz, das sich in plötzlicher Furcht zusammenzog. Es war eindeutig, er überwachte sie und machte keinen Hehl daraus. Sein hübsches Schreiben war lediglich der Lack der Höflichkeit. Er gehörte nicht zu ihrem Paris, sondern vertrat das Paris Bonapartes, das lange Schatten auf sie warf. Sie fühlte sich wie ein gefangenes Tier.

Olive trat neben sie und zog schnell die Vorhänge zu. "Minette, kommen Sie, Sie brauchen Ruhe." Sie bemutterte Germaine wie ein Kind, nahm ihr den Turban ab, bürstete ihr liebevoll die Haare, wusch ihr Hände und Gesicht, half ihr aus ihrem Kleid und in ihr Nachthemd und brachte sie unter gutem Zureden ins Bett. Das gewohnte Ritual beruhigte Germaine, und bevor sich die Dämonen der Nacht einstellten, fiel sie wider Erwarten in einen tiefen Schlaf, der ihr eine seltene Pause vor ihrer neuen Existenz gönnte.

Als sie am folgenden Morgen aufwachte, fühlte sie sich erfrischt. Sie erinnerte sich, wo sie war, sprang aus dem Bett und lief zum Fenster. Es gab einen blauen Himmel, alles war verschönert durch das köstliche Morgenlicht, die Passanten gut aufgelegt. Die Schrecken der Nacht waren wie weggeblasen. Sie ließ sich schnell anziehen, Caroline würde jeden Moment auftauchen, um sie zu einer Besichtigungstour abzuholen. Da kam diese schon in einem leichten weißen Kleid mit dem neuen Schal und einer Feder auf dem Hut. Sie brachte ein Buch für Albertine, die es mit Begeisterung entgegennahm und sofort aufschlug. Sie sah den Namen 'Auguste Böhmer' im ex libris und fühlte intuitiv, daß es besser war, nicht nachzufragen. "Bring mir das weiße Kleid", forderte Germaine Olive auf. Während Germaine umgezogen wurde, schaute Caroline das Buch mit Albertine an. 'Der gestiefelte Kater', buchstabierte diese laut. "Es ist eine Geschichte über einen Kater, der für seinen Herrn freche Schnippchen schlägt. Er trägt Stiefel, damit er schneller laufen kann und Eindruck macht", erklärte Caroline. Die Illustrationen, die den selbstbewußten Kater zeigten, entzückten Albertine.

Als die beiden Frauen das Hotel verließen, wollte Germaine ihre Kutsche ordern. "Nein", lachte Caroline, "alles ist ganz leicht zu Fuß zu erreichen. Und es ist ein so schöner Tag." Sie begegneten Schlegel vor dem Hotel, nickten ihm gutgelaunt zu und brachen zu Fuß auf. Sie bemerkten nicht, wie Schlegel ihnen voll Widerwillen nachsah. Was, um Himmels Willen sollte er den ganzen Tag machen? Da stürmte Albert aus dem Haus und erlöste ihn von Selbstmitleid. "Kommen Sie, wir gehen reiten." "Ich kann nicht reiten." "Natürlich können Sie es, Sie können alles, Monsieur Schlegel", und zog ihn mit sich zum Pferdestall. Schlegels Stimmung besserte sich. Er würde reiten lernen, Eindruck schinden, wie der französische Stutzer, der sich unter dem Fenster de Staëls herumtrieb. Auf diese Weise wird er langsam, aber sicher Punkte sammeln für seine Position neben der großen Frau.

Die beiden Frauen gingen auf einem schmalen Weg, der den Bergabhang steil durchschnitt. Er war von hohen Büschen, die im hellen Grün standen, gesäumt. Ein schwerer Duft von Liguster lag über dem Weg. Aus den Weinbergen stieg der Geruch von Erde auf, die von der Sonne erwärmt wurde. Es begann, heiß zu werden. Der Gesang der Vögel verstummte. Germaine schnaufte und wischte sich den Schweiß vom Gesicht. Die Steinchen des Wegs waren durch die dünnen Sohlen zu spüren und taten ihr weh. Sie nahm sich vor, andere Schuhe zu kaufen. Caroline ging leicht und mühelos neben ihr her. Doch trotz der ungewohnten Forderung an ihren Körper genoß Germaine es auszuschreiten, den eigenen Schritt zu spüren, die Wärme zu fühlen, die durch die Bewegung wohlig in ihr aufstieg. Endlich gewannen sie ebenen Boden. Der Weg verbreitete sich, und sie gelangten zu einer kleinen Wallfahrtskirche, auf der Höhe eines Bergzugs liegend. Es war still. "Sehen Sie die wunderbare Aussicht", schwärmte Caroline mit einer weiten Bewegung und lächelte zufrieden. 'Und all' die Mühe für eine Aussicht', dachte Germaine. Schön war sie bestimmt: Die Stadt war ordentlich angelegt, mit vielen Barocktürmen gekrönt und von einer eindrucksvollen Burg überragt, die auf einer Anhöhe auf der anderen Seite des Flusses stand. Der Fluß machte eine liebliche Schleife. Es war still, kein Laut war zu vernehmen. Selbst nicht von der Kirche. Alles machte einen unwirklichen Eindruck auf Germaine. "Ein Bild der braven Ordnung, der festen Gesetzheit, der abgezirkelten Bereiche von Einfluß. Sicher, es ist schön, aber es bedrückt mich, Caroline. Ich kann die Burg nicht ansehen, ohne an die armen Menschen zu denken, die sie in Fronarbeit errichteten. Und wieviele Seelen schmachteten wohl in ihren Verliesen. Ich sehe die vielen barocken Türme der Kirchen, die ihren Baumeistern ein Lob singen, aber ich muß dabei an Ausbeutung und Intoleranz denken. Wie können Sie es aushalten Caroline, hier zu leben? Nichts scheint sich zu bewegen. Es würde mich ersticken." Sie wartete die Antwort nicht ab, sondern drehte sich abrupt um und schritt zur Kapelle. Diese war auch schnell abgehakt.

Dann gingen sie den Weg in die Stadt zurück. "Ich will Ihnen etwas zeigen. Das müssen Sie sehen, Germaine", sagte Caroline und führte sie in eine Kirche zu einem Schnitzaltar. Germaine war betroffen. Noch nie hatte sie ein so feines Handwerk gesehen, das die menschliche Gestalt derart realistisch wiedergab. Die Haare wirkten lebensnah, und jede Ader an den Händen war zu sehen. Sie war es gewohnt, Schönheit mit einem klassischen

Ideal zusammenzubringen. Italien war die unangefochtene Meisterin der Schönheit. "Meine Güte", rief sie aus und griff sich vor Rührung an die Brust. "Welche Kraft aus dem Inneren. Man vergißt, daß es nicht eigentlich schön ist." Caroline deutete auf eine Gestalt und flüsterte: "Man nimmt an, daß dies das Selbstbildnis des Künstlers ist." "Nein", rief Germaine und starrte ihn mit aufgerissenen Augen an. Tränen kamen in ihr hoch. "Welche Inbrunst und welche Resignation. Und er ist ein Bürger. Ich kann ihn fühlen." Ihr Blick blieb an seinen Augen hängen. Sie saßen in tiefen Höhlen, die am Rand zu den Schläfen nach unten sanken. "Er muß viel geweint haben", meinte Germaine. "Sicher hat er das", antwortete Caroline. "Man sagt, er war auf der Seite der Bauern, und deswegen wurden ihm die Hände gebrochen." "Mein Gott", rief Germaine empört. "Ich darf froh sein, daß Bonaparte ein aufgeklärter Tyrann ist und nicht Knochen brechen und Zungen ausreißen läßt. Ich habe Hunger, Sie nicht?" sagte sie dann unvermittelt und sie gingen.

Draußen steuerte Germaine auf die nächste Gaststätte zu und öffnete entschlossen die Tür. Sie überging die Tatsache, daß nur männliche Gäste anwesend waren und steuerte auf einen freien Tisch zu. Der Wirt kratzte sich verlegen am Kopf. Germaine machte ihm ein Zeichen, er solle herkommen. "Bitte bringen Sie uns die Spezialität des Hauses und den Wein, der auf Ihren Bergen wächst." Die Belegschaft des Gasthauses rannte und buckelte und tat ihr Bestes, die ungewohnten Gäste zufrieden zu stellen. Eine bauchige Flasche wurde gebracht und durchsichtiger Wein in runde Gläser gegossen. Germaine probierte. "Das hat der Schnitzer auch getrunken. Er schmeckt nach Tränen, und doch hat er etwas Süßes." Sie stießen an. Dann wurde das Gericht gebracht. Germaine starrte ungläubig auf die riesigen Kartoffelklöße, den Klumpen Fleisch, der in einer Soße schwamm, und machte sich sofort darüber her. "Mmmhh, das ist gut", lobte sie und aß mit großem Appetit. "Ich laß mir das Rezept vom Koch geben."

Die Gäste konnten ihre Augen nicht von den beiden Frauen abwenden. Sie spitzten die Ohren, konnten aber wenig mit dem Strom der Worte in der fremden Sprache anfangen, die aus der Dame mit dem Turban sprudelten. Sie verstanden "Riemenschneider", das richtig auszusprechen sie sich offensichtlich bemühte. Germaine verlangte nach Brot und wischte die Soße damit auf. Die Teller waren leergegessen, wurden abgetragen und der Nachtisch kam. Germaine machte sich voller Lust über das Stück Torte mit dicken Cremeschichten her, während Caroline mit einem Meringuetörtchen kämpfte. "Ich habe mich durch viele Bankette durchgegessen, Caroline, aber diese Torte kann es mit allem aufnehmen, was ich an Süßem gekostet habe." Ein Gefühl von Wohlbefinden überzog sie und sie lachte Caroline an. Sie bemerkte nicht, daß der Attaché an der Tür erschien, die Nase rümpfte vor dem Essensgeruch, sie erspähte und schnell wieder verschwand.

Dann wanderten sie über die Plätze der Stadt, betrachteten Fassaden, schlüpften in Kirchen und suchten nach den besten Blickpunkten. Die Zeit verging wie im Flug. Die Passanten gafften ihnen neugierig nach und verhakten sich in das Bild voller Gegensätze: Die volle Germaine, mit ihrem exotischen Turban, ihrem ausladenden Kleid und den Kaskaden eines fülligen Schals über den nackten Schultern, einem offen zur Schau getragenen Busen. Daneben die schlanke Caroline, verhalten in Blautönen, einen Seidenschal um den Hals drapiert, den zierlichen Hut keck auf den Locken.

Auf Grund der unerwarteten Stadtführung nahm sich der Attaché ebenfalls den baldigen Erwerb bequemerer Schuhe vor. Sein Pferd durfte er bei diesem Programm getrost im Stall stehen lassen. Der Weg zur Wallfahrtskirche war nur zu Fuß passierbar gewesen, und die modische Unart, Kunstdenkmäler anzusehen, die viel Laufen abverlangte, hatte sich auch hier schon eingenistet, denn das war, was die Frauen offensichtlich in den Kirchen taten. Es sah sie dort jedenfalls nicht in die Knie fallen. Bis hierher war sogar Bonapartes Kunstinteresse schon gedrungen. Hatte ihm Detertre nicht kürzlich von einer Tour mit einem Sonderbeauftragen in die Münchner Museen berichtet, wo dieser im Namen Bonapartes die interessantesten Kunstwerke beschlagnahmte und nach Paris schickte? Dabei war man mitten im Frieden und Bayern ein Verbündeter.

Sie haben Ausdauer, das mußte man ihnen lassen, dachte der Attaché und zog die nächste Runde um einen Platz. Das Bild der fest ausschreitenden Germaine hielt seine Aufmerksamkeit gefangen. Er spürte ihre geballte Energie, bereit, Pfeile in alle Richtungen abzuschießen und sich ihr Herrscherreich abzustecken. Im Ganzen eine zu große Figur für den kleinen Rahmen einer Stadt in Deutschland, in der sie nichts zu suchen hatte. Es war mühsam, ihnen unbemerkt zu folgen, weil sie immer stehen blieben, um etwas anzusehen und um sich blickten. Er war versucht, die Diskretion aufzugeben. Aber Erziehung und natürliches Spitzelgefühl gewannen die Oberhand. Er würde sie bloß erschrecken. Sie brauchte ein paar Tage ohne Aufregung. Detertre hielt ihn auf dem Laufenden über die Reaktion der Würzburger Gesellschaft auf ihren Auftritt. Kein Wunder, daß sie sich in unverfängliche Kunstgenüsse mit einer anziehenden Professorenfrau flüchtete. Aber so, wie er sie einschätzte, würde sie ihr Ausflug bald ermüden.

Die Frauen passierten die Oper und studierten das Programm. Ein Auftritt der berühmten Sängerin Berti war für den morgigen Abend angeschlagen. "Da müssen wir unbedingt hin", entschied Germaine. Und als sie an einem Schneiderladen vorbei kamen, hatte sie eine Idee. Sie stieß die Tür zum Laden auf, die einen schrillen Glockenton auslöste, und zog Caroline mit sich. Dem Schneider, der beim Ton der Glocke herbeieilte, blieb die Luft weg vor Erregung beim Anblick der beiden Frauen. Er war auffallend modisch aufgeputzt, und die Haare beschrieben eine verwegene Tolle. "Monsieur, können Sie Kleider innerhalb eines Tages schneidern?" "Aber ja, Madame, natürlich", antwortete er gespreizt in französisch. "Ich bin der beste Schneider am Ort und ziehe die höchsten Persönlichkeiten der Stadt an. Ich habe mein Handwerk in Paris aufgebessert. Sehen Sie", und er eilte zu einem Packen von Journalen, hob eines hoch und fuhr fort: "Ich beziehe die neuesten Pariser Modejournale. Man täuscht sich anzunehmen, es handele sich hier nur um Provinz, nein, klein aber fein ist alles hier und der neuen Zeit aufgeschlossen, und ... ." "Also, Sie können uns Kleider bis morgen abend fertig machen", unterbrach Germaine seinen Redefluß. "Ja, ich habe genügend Gesellen und Lehrlinge." Er klatschte in die Hände, und diese kamen an und schleppten auf seinen Befehl hin Stühle heran. Die Frauen setzten sich und der Schneider legte den Stoß Pariser Modejournale vor de Staël hin. "Haben Sie keine einheimischen Journale?" verlangte Germaine zu wissen. Der Schneider schaute pikiert, verschwand und kam mit den gewünschten Blättern zurück. "Aus Berlin", sagte er. Die Frauen blätterten sie durch, während der Schneider um sie herumschwänzelte, unerbetene Erklärungen abgab und Limonade und Zuckerzeug bringen ließ. Germaine wählte ein Modell und fragte Caroline, welches ihr gefiel. Sie legten sich auf zwei Modelle fest und setzten die Proben in Germaines Hotel fest. Zur Enttäuschung des feinen Schneiders waren es keine Pariser Modelle, sondern einheimisch angehauchte. "Ja, die nötigen Stoffe kann ich sofort besorgen. Der Brokat für die Mieder kommt aus der einheimischen Manufaktur", erklärte er stolz. Zufrieden verließen die Frauen den Laden.

Der Schneider war verstimmt und kommandierte zum Ausgleich seine Gesellen herum. Daß man ihm keine Pariser Modelle zutraute, wurmte ihn. Nicht einmal nach dem Preis hatte die Dame gefragt. Vielleicht glaubte sie, sie käme billiger weg. Er wird sich an ihr so weit wie möglich schadlos halten. Am selben Tag tauchte Uginet auf und belehrte ihn eines Besseren. Bis auf den Pfennig verhandelte er für Germaine, prüfte den Stoff auf tadellose Qualität und angemessenen Preis und verlangte, daß die Gesellen und Lehrlinge ihren angemessenen Anteil von dem Auftrag erhielten. 'Genau, was wir hier brauchen, Flausen im Kopf der Unteren', dachte der Schneider mit Abscheu, während er dienstbeflissen Frage und Antwort stand.

26

Die neuen Kleider wurden gerade rechtzeitig im Hotel angeliefert. Sie waren wundervoll gearbeitet. Der eitle Schneider hatte nicht zuviel versprochen. Er hatte Eleganz hineingebracht. Germaine war in bester Stimmung. Während ihr Olive die Haare richtete, spielten ihre Kinder um sie, sie schaute ihre Aufgaben nach, Uginet berichtete über die Ausgaben des Tages. Diese Betriebsamkeit, gepaart mit Erwartung, erinnerte sie an ihr Leben in Paris. Dort hatte sie kaum je einen Abend zu Hause verbracht. Irgendwo aus war sie immer gewesen, wo sie Aufregung und Anregung erwarteten, in anderen Salons oder im Theater. Kam eine berühmte Sängerin nach Paris, war es ein Muß, sie zu hören. Nun traf Caroline ein und wurde in das neue Kleid gesteckt. Germaine war aufgeregt.

Zur selben Zeit schlenderte Schelling in die Innenstadt und betrat einen Juwelierladen. Er antwortete kurz auf den Gruß des Besitzers und vertiefte sich in die Betrachtung der Auslagen in verschiedenen Vitrinen, offensichtlich nach ihrem Wert getrennt. "Darf ich Ihnen etwas zeigen?" fragte der Besitzer und ging in Bereitstellung vor einer Vitrine, in der kleine Schmuckstücke ausgestellt waren, schmale Ringe und Broschen. So wie er den Kunden einschätzte, würde der Geldbeutel nicht üppig sein. Schelling ignorierte ihn. Nichts gefiel ihm. Dann sah er eine Perlenkette aus kleinen und sehr ebenmäßigen Perlen, in einem gesonderten Glaskasten ausgestellt. Er deutete darauf und sagte: "Zeigen Sie sie mir bitte." Der Besitzer zögerte. Der Kunde ahnte offensichtlich nicht, wieviel sie kostete. Sie war von der Art, wie sie in alten Zeiten ein Höfling des Fürstbischofs erwarb, diskret für dessen Geliebte. Er breitete sie betulich auf Samt vor Schelling aus. Schelling sah die silbrig glänzenden Perlen auf der feinen Haut Carolines vor sich. "Ich nehme sie", sagte er. Der Besitzer schluckte. Er nannte den Preis. "Können Sie die Kette hübsch verpacken. Sie ist ein Geschenk", verlangte Schelling. Eigentlich wollte er das Geld für eine gemeinsame Reise nach Italien verwenden. Beschwingt ging er nach Hause mit der kostbaren Erwerbung unter dem Arm.

Vor der Oper war ein großer Andrang, und Uginet bahnte den Frauen ihren Weg. "Excusez-moi", rief er laut aus, und die Menge machte Platz und bestaunte die beiden eleganten Frauen. Innen standen Logendiener bereit und führten sie, begleitet von Uginet, zu ihren Plätzen. Uginet gab dem Logendiener seine Anweisungen und ging. Die Plätze waren in einer Loge, nahe an der Bühne, die besten des Hauses, abgesehen von der ehemalig fürstbischöflichen Loge, die in der Mitte des Saales sich befand. Sie hatte bequeme, gutgepolsterte Samtsitze mit weiten Armlehnen und Fußstützen und eine kleine Garderobe mit Spiegel. Der Theaterraum war entzückend, in heiterem Rokokostil ausgestattet, der in gute Laune versetzte. Die Verzierungen ausgiebig, Rocailleformen überall und verspielte pausbäckige Putti, die in Trompeten bliesen und Reigen tanzten. Der Saal war brechend voll. Die berühmte Sängerin wollten sich die Bewohner der Stadt nicht entgehen lassen. Alle Blicke wanderten zu den beiden Frauen in ihren eleganten Kleidern aus weißem Brokat, die im Licht der Kerzen festlich glänzten. Germaine saß ungezwungen auf ihrem bequemen Stuhl, die Ellbogen auf der samtenen Reling aufgestützt und studierte alles mit unverhohlener Neugierde.

Ein zierlicher Trompetenstoß ertönte, und die Vorstellung begann. Es wurde still im Saal. Das Orchester spielte eine hinreißende Ouvertüre, die die Zuschauer auf eine tragische Geschichte einstimmte. Die Geigenbogen zitterten im Höchsttempo auf und ab, ein Violincello schluchzte auf, ein Flötensolo entführte in höhere Seelengefilde. Germaine griff nach Carolines Hand. Sie war schon im Innersten getroffen, als der Vorhang aufging und die berühmte Sängerin im Kostüm einer mythologischen Figur auftrat. Sie trug Panzer und Helm, auf dem ein Wald von Federn schwappte. Die Szene zeigte eine Insel, die die Figur verstört in Augenschein nahm. Es gab Grund zur Klage. Davon überzeugte die Berti mit dem ersten Ton, der die Herzen zerriß. Ihre Stimme schnitt den Raum entzwei, wanderte schnörkelreich in die Tiefe der Qualen und kletterte in Windeseile über das hohe A auf das C zu. Sie blieb darauf stehen, ließ den Ball ihrer Stimme auf einer Luftsäule tanzen, daß die Zuhörer mitzuzählen begannen, brach ab, holte Luft und landete auf dem hohen F. Germaine lief es eiskalt über den Rücken, Caroline bekam Gänsehaut. Dann wanderte Bertis Stimme hinunter auf das C, schwoll an, wurde ganz leise, holte erneut Luft, zerhackte die Herzen mit ihrem Staccato auf dem C+ und brach ab. Tosender Beifall ertönte. Doch schon ging es weiter. Den Kastraten, für die diese Rolle eigentlich gedacht war, lief sie mit ihrer Bravour den Rang ab. Ihre Stimme schuf Perlen, jede vollkommen, kletterte auf Berge und Baumwipfel und landete in der dunklen Tiefe. Ein Halbgott klagte über den Verlust der Geliebten.

Germaine war überwältigt. Sie klopfte mit der Hand auf ihre Brust und überließ sich den Wogen ihrer Gefühle, die unter Tränen hervorbrachen. Der Schmerz der Liebe und des Verlassenwerdens stand körperlich im Raum. Es waren ihr Schmerz und ihre Klage. Die Berti trat ab, begleitet vom Fußgetrappel und wildem Klatschen der Zuhörer. Den Blick tränenverschleiert, sah Germaine fassungslos zu Caroline, die mit ihren Tränen kämpfte und sich um Fassung bemühte. Sie atmeten tief auf. Nun trat die entführte Geliebte auf und weinte sich in kristallklaren Koloraturen aus. Germaine stand auf und simulierte die Bewegungen der verlassenen Heldin. Diese glaubte, der Gott habe sie verstoßen. In einer ausladenden Arie faßte sie gerade den Entschluß, aus dem Leben zu scheiden. Wann würde diese arme Frau merken dürfen, daß ihr strahlender Held unschuldig war und sie liebte? Es war nicht auszuhalten. Am liebsten wollte Germaine hinunterrufen, um ihr Mut zu machen, auszuharren. Bald teilten die Zuhörer ihre Aufmerksamkeit zwischen dem Geschehen auf der Bühne und der Gestalt in der Loge, die lautlos mitsang und heftig gestikulierte.

Gegenüber hatten der Attaché und Detertre Platz genommen, gerade als die Kerzen im Saal ausgelöscht wurden. Für den Attaché war Germaine der eigentliche Star des Abends. Er konnte sie nun ungestört beobachten und verfolgte ihre tränenreiche Anteilnahme an der tragischen Liebesgeschichte auf der Bühne. Hemmungen hatte sie keine. Ihre Bewegungen waren bizarr, hätten lächerlich wirken können, aber für ihn waren sie überzeugend und sprachen von einem echten Gefühl. Sie war eine geborene Tragödin. Detertre bemerkte seine Faszination und, gelangweilt von den endlosen Tonleitern auf der Bühne, konnte er es sich nicht verkneifen zu bohren: "Sie und diese andere Frau sind unzertrennlich ... sind seelenverwandt." Es klang fast anzüglich. "Ich würde gerne Mäuschen spielen." "Deine Henriette würde dir das Leben zur Hölle machen." "Das macht sie ohnehin schon. Christian, du verstehst mich nicht. Hör zu, der Punkt ist der: Sie ist eine Frau. Setze ihr romantische Gedanken von Liebe in den Kopf, und sie wird zufrieden sein, für immer." "So wie deine Henriette?" sagte der Attaché grausam. Detertre überhörte es und sagte: "Was ich sagen will ist: Stell dir vor, die berühmte Madame de Staël ist nicht länger an der Politik interessiert, sondern wünscht sich nur noch eine private Existenz. Du würdest damit deinen Auftrag glänzend erfüllen, du wärst ein Held ... . " "Roger, ich wußte nicht, daß du so naiv sein kannst."

Die Violinen hetzten erneut hinauf und hinunter. Der Vorhang fiel herab. Beifall brauste auf. Der Logendiener kam herein und bot seine Dienste an. Germaine war wie benommen. Sie setzte sich langsam hin. Sie fühlte den Blick des Attaché auf sich, schaute auf und zuckte zusammen. Sie erkannte ihn gleich, den Blick auf sie gerichtet. Oder täuschte sie sich? Es war noch dunkel. Dann wurden die Kerzen angezündet. Er war es und nickte zur Begrüßung mit dem Kopf. Er schien höhnisch zu grinsen, oder verzerrte das flackernde Kerzenlicht sein Gesicht? Erschrocken wandte sie sich Caroline zu und flüsterte: "Erkennen Sie ihn?" "Er war bei Montgelas' Empfang, nicht wahr?" antwortete Caroline. "Er folgt mir überall hin." "Ich kann mir einen guten Grund vorstellen", antwortete Caroline. "Das wäre schön. Aber das glaube ich nicht." "Warum sollten Sie es nicht glauben? Er taucht überall auf, wo Sie sind." Germaine schaute sie überrascht an und fragte entgeistert: "Was meinen Sie?" "Er folgt Ihnen überall nach. Gestern hing er uns den ganzen Tag auf den Fersen", versetzte Caroline lachend. Germaine war wie vom Donner gerührt. Das galante Briefchen war weiter nichts als ein Täuschungsmanöver gewesen. Er war ein Spion, das war alles. "Ja, sehen Sie, er kann nicht ohne Sie sein." "Das ist nicht der Grund", keuchte Germaine. "Nein?" fragte Caroline. "Er ist hier, um mir nachzuspionieren. Er sucht nach einem Weg, mir zu schaden." Caroline sah sie ungläubig an. "Vielleicht können Sie ihn für sich gewinnen." "Ja, das wäre einfach für Sie. Vielleicht können Sie mir sagen, wie."

Tausend Gedanken stürmten auf Germaine ein. 'Was hatte er vor? Warum war er hier? Lauerte er nur darauf, daß sie einen Aufstand anzettelte, ein lautes Spektakel, in dem sie Bonaparte anklagte, anfinge zu schreien, wozu sie nun unbändige Lust tief in ihren Eingeweiden verspürte? Hatte sie sich nicht schon in Szene gesetzt? Sie war wie gelähmt und rührte sich nicht von der Stelle. Der Logendiener brachte Erfrischungen und Getränke. Germaine bekam nichts hinunter. Detertre hob sein Glas und prostete herüber. Germaine begann, nervös mit dem Zipfel ihres Schals zu spielen, stand auf, nahm Carolines Arm und ging schnell hinaus. Dort warteten die Gäste auf sie, die ungeduldig auf das Erscheinen der berühmten Frau gehofft hatten. Sie wollten sie sehen, sprechen, anfassen. Der Auflauf der Menge war ihr zuviel, und sie kehrte schnell in die Loge zurück. Die Loge gegenüber war leer. "Sehen Sie, Caroline, ich kann keinen Schritt machen, ohne daß er mir nachfolgt", flüsterte sie und sank entgeistert auf ihren Platz. "Es wird Ihnen nichts geschehen, Germaine", versuchte Caroline sie zu beruhigen.

Endlich ging es weiter. Die Kerzen wurden ausgedrückt, und die Musik schlug auf hellere Töne um. Der Halbgott und die geliebte Entführte würden sich wiederfinden und in die Arme schließen dürfen. Die Musik steigerte Germaines Gefühle, und ihre Phantasie ging mit ihr durch. Sie sah den Attaché hinter ihr herschleichen, sich verhaftet in den frühen Morgenstunden, ein Tuch über sie geworfen, in eine Kutsche geschleppt, nach Frankreich entführt und in ein Verlies geworfen. Sie hatte Gerüchte dieser Art gehört. Sie dachte an das Spionnetz Fouchés und die Geschichten, die darüber im Umlauf waren. Was, wenn ihr alter Freund Fouché umschwenkte? Nein, redete sie sich selbst gut zu, alles, was der Attaché tun konnte, war, Berichte über sie nach Paris zu schicken. Aber konnte er ihr nicht alle möglichen Untaten und Aussagen andichten, gegen die sie sich nicht verteidigen konnte? Und das Schlimmste war, würde sie ihm den Stoff für ihr Verderben nicht freiwillig liefern? Würde der Damm, hinter dem sich ihre Worte stauten, nicht irgendwann brechen, ihre Empörung sich freie Bahn machen und ihre besten Vorsätze, vorsichtig zu sein, mit sich reißen? Sie würde von selbst in das Netz gehen, das man für sie ausgespannt hatte.

Auf der Bühne hielt sich das Liebespaar endlich in den Armen und jubelte über sein Glück in einem virtuosen Duett. Molltöne schwangen mit, das tragische Ende anzeigend. Germaine versuchte, sich zu beruhigen. Solange sie sich auf das private Leben beschränkte wie Caroline konnte ihr nichts passieren. Doch ein Leben, das der Suche nach privatem Glück gewidmet war, hatte sie nur bei anderen gesehen. Sie musterte Caroline, die ganz in die Musik versunken war, von der Seite. Unglücklich wirkte sie nicht. Wenn sie nur eine große Liebe hätte! Das würde alles ändern. Oder nicht? Sie versuchte, sich ein Leben vorzustellen, in dem alle ihre Energien, die wie ein Naturgesetz nach außen auf die politische Bühne drängten, sich nur nach innen richten durften. Schon vermißte sie die öffentliche Dimension ihres Lebens. Ohne Beteiligung an den Ereignissen des Tages, ohne Diskussionen darüber, fühlte sie sich, als ob ein Teil ihres Selbst abgeschnitten wäre. Wie konnten Caroline und Schelling nur mit dem Blick nach innen zufrieden sein? Was war das seltsame Vakuum zwischen ihrem seelenvollen und gedankenreichen Dasein und dem öffentlichen Leben? Wo blieben das Selbstbewußtsein des Denkens und der Ideale, die nach Verwirklichung drängten, wo der citoyen, der Staatsbürger? Der citoyen war Duchavier und das Band zu Frankreich und Bonaparte. Die Brücke zu ihrer öffentlichen Rolle. War seine Anwesenheit nicht der Beweis dafür, daß sie nicht abgeschrieben war? Er hielt ihr das Netz fester Verflochtenheit mit allem, was ihre Zeit wichtig machte und ohne das sie nicht leben konnte, vor Augen. Doch sie sollte sich darin verfangen und zu Tode strampeln, das war der Plan. Was sollte sie tun? Sie war ganz verzweifelt. Sie fühlte sich ausgestoßen, allein gelassen, mißverstanden, vergessen, ohne wirkliche Heimat. Sie würde bald abreisen, tröstete sie sich, noch bevor der Attaché es mitbekäme.

Sie stand auf und blickte zur Loge gegenüber. Erschrocken sank sie auf ihren Sitz zurück. Er war wieder da. Er war nicht abzuschütteln. "Caroline", stöhnte sie. "Da ist er wieder." Caroline nickte unbefangen und nahm ihre Hand. "Ja, Germaine." Sie warf einen Blick auf den Attaché und wisperte: "Ich glaube, er interessiert sich für Sie. Mein Gefühl trügt mich sicher nicht. Was immer er zu tun hat, er hat Sehnsucht nach Ihnen. Sicher fühlt er sich fremd hier wie Sie und sucht Ihre Nähe." Germaine hing an Carolines Lippen. Sie wollte ihr glauben. War sie nicht die Priesterin der Liebe und die Worte aus ihrem Munde die Wahrheit? Caroline lächelte ihr aufmunternd zu. Germaine lehnte sich erschöpft zurück und ließ sich in die Arme der Musik fallen, die sie tröstete.

27

Schelling versuchte inzwischen, durch den Abend zu kommen. Er ging in die Küche. Caroline hatte einen Teller mit gekochten Eiern, sauren Gurken und Wurstaufschnitt und eine Flasche Bier für ihn bereitgestellt. Der Brotkorb stand daneben mit dem Brotmesser. Das Brot war in ein besticktes Tuch eingewickelt, das er kürzlich in ihren Händen gesehen hatte. Alles war so ordentlich aufgeräumt, alles an seinem Platz. In der Ecke stand der große Holzzuber, in dem sie sich badete. Er half ihr immer, das heiße Wasser vom Herd in den Zuber zu gießen, bis er voll war. Manchmal sang sie, wenn sie sich badete. Er liebte das und hörte ihrer schönen Stimme zu, die sich mit dem Plätschern des Wassers vermischte. Alles, was sie tat, war schön, die einfachsten Dinge des Lebens wurden unter ihren Händen kostbar, wie Stroh wurden sie zu Gold. Er hatte keinen Hunger.

Er ging in das Wohnzimmer, das zugleich sein Arbeitszimmer war und versuchte zu arbeiten, aber er konnte keinen klaren Gedanken fassen. Das Geschenk stand vor ihm auf dem Tisch. Er konnte es kaum erwarten, ihr Gesicht zu sehen, wenn sie die Perlenkette sehen würde. Sie war seine Muse, die seine Gedanken beflügelte und das Tor zu seinen schöpferischen Quellen sorgsam hütete. Sie sorgte dafür, daß ihn nichts ablenkte und gab ihm das Gefühl, daß alles, was er dachte und zu Papier brachte, von Wichtigkeit war. Während er las und schrieb, betätigten sich ihre Hände mit irgendeiner Handarbeit. Das Strickzeug lag immer bereit. Manchmal eine Stickarbeit, die er bewunderte. Bisweilen stopfte sie, besserte aus. Sie wirkte zufrieden und heiter. Er las ihr eine Passage vor, sprach von einer Idee, und sie ging mit Einsicht darauf ein. Oft strömte ein Gefühl von Glück in sein Herz, gefolgt von der Angst, daß es nicht von Dauer sein möchte. Dann stand er auf und umarmte sie, wie um sich zu versichern, daß sie bei ihm war. Sie mahnte ihn dann sanft an seine Arbeit, die doch für den folgenden Tag fertig sein sollte. Manchmal überhörte er ihre Einwände und trug sie ins Schlafzimmer. Sie war die Quelle aller Geheimnisse des Lebens und zu ihr vorzudringen, war die Triebfeder seiner schöpferischen Kraft. Wie sie ihm fehlte! Er verbrachte fast nie einen Abend ohne sie. Und es war doch nur ein Abend, daß sie weg war, oder nicht?

Er stand erregt auf, ging in das Schlafzimmer und öffnete ihren Kleiderschrank. Keines ihrer besseren Kleider fehlte. Was hatte sie an? Was ging vor sich? Es war ein weiterer Öltropfen in dem Feuer, das seine Unruhe schürte. Er ging in das Arbeitszimmer zurück. Die Stunden schienen ihm endlos lang.

Endlich hörte er die Wohnungstür. Caroline kam still herein. Er sah ihr neues Kleid. Es stand ihr gut, aber es wich von ihrem gewöhnlichen einfachen Stil ab. "Welch ein schönes Kleid", sagte er anerkennend und entschloß sich, nicht weiter nachzufragen. Er war zu ungeduldig, um nach der Oper fragen. "Setz dich, ich habe eine Überraschung für dich." Sie folgte. Er händigte ihr das Geschenkpaket aus. Sie schaute ihn erstaunt an. Er nickte ihr stolz zu. Sie packte es ganz behutsam aus. Es enthielt eine Schachtel aus dunkelrotem Samt. Sie hielt den Atem an, zögerte, schloß die Augen und öffnete die Schachtel. Langsam öffnete sie die Augen. Die Perlenkette lag auf dunklem Samt wie eine schlafende silbrige Schlange. Sie schluchzte kurz auf. Dann hob sie sie ungläubig auf und hielt sie zwischen beiden Händen, ihre vollkommene Schönheit bestaunend. Schelling atmete tief. Die Überraschung war gelungen. Sie sah auf und bemerkte, wie stolz er aussah. "Sie ist so schön, Joseph, aber sie kostet doch viel zu viel." Schelling nahm ihr schweigend die Kette ab und legte sie um ihren Hals. Er beugte sich zu ihr hinunter und küßte ihren Hals, dann die Perlen und wieder ihren Hals mit zunehmender Leidenschaft. Caroline berührte die Perlen. "Perlen. Gefrorene Tränen." Ihre Worte trafen Schelling im Innersten und brachten den Fluß seines Begehrens zum Halten, wie ein Damm. Er ließ von ihr ab. Ihr Hals war plötzlich wie ein Tabu, das er nicht durchbrechen konnte, und seine Gefühle stauten sich hinter dem Damm und erdrückten seine Geduld.

Er sah sie verzweifelt an. Sie begegnete seinem Blick. Er spürte die Distanz, die hinter allem bei ihr stand, selbst in den Momenten, in denen sie sich ihm hingab. Er sah sie ganz deutlich und nichts konnte ihn, wie üblich, davon ablenken. Auch nicht, als sie ihn in gewohnter Weise leicht anlächelte und ihre Augen senkte. Mit großer Wucht brach es aus ihm heraus: "Muß der Geist Augustes immer zwischen uns stehen?" Sie antwortete nicht gleich, stand auf, erschöpft von der Ausweglosigkeit. Sie ging. Wie konnte sie so einfach weggehen! Schelling folgte ihr und packte sie am Arm. "Laß mich", sagte sie sanft. "Nein. Ich lasse dich nicht gehen, in deinen heiligen Tempel der Trauer, in dem du deinen Kummer wie ein Heiligtum aufbewahrst und mich ausschließt." "Laß mich los", bat Caroline ruhig. Er ließ ab von ihr. Sie ging in ihr Blaues Zimmer, drehte sich ihm zu und sagte ruhig: "Joseph, es tut mir so leid. Aber ich kann es nicht ändern." Sie setzte sich an das Klavier und begann zu spielen. Augustes Melodie. Sie floß ihr ohne Zögern in die Finger.

Schelling wollte ihr nachlaufen, doch er wagte es nicht, über die Schwelle zu ihrem Zimmer zu treten. Voller Wut und Angst schrie er: "Geh doch! Geh doch zu ihr! Zu dieser komischen Frau mit dem Turban und den Paradiesvogelfedern. Mit ihrem endlosen Gerede. Nähre deine Seele an ihrer Verrücktheit." Sie schlug fester in die Tasten. Sie wollte ihn nicht hören, ignorierte ihn. Das machte ihn ungeheuer wütend. Er schrie laut, daß es ihr Spiel übertönte: "Du bringst Schande über dich und mich. Hast du keinen Respekt für uns und keine Bedenken zu zerstören, was wir aufgebaut haben?" Er wußte, wie hilflos er klang. Es ging ihm ja nicht um ihren Ruf, um ihre Arbeit. Er schämte sich fast, kam sich wie ein kleiner Prinzipienreiter vor, aber der Schmerz und die Wut drohten ihn zu ersticken. 'Wie leicht er es sich macht', dachte sie mit Bitterkeit. Sie stand auf, und zu seinem Erstaunen warf sie die Tür vor ihm zu. Von dem Knall wachten die Tauben, die auf ihrem Fenstersims schliefen, auf und flatterten verstört davon. Ihre Handlung überraschte ihn. Sie hatte reagiert. War ihre Wut nicht die Sprache des Lebens, verriet der Ausbruch von Gefühlen nicht die Vitalität, auf die er hoffte. Es waren Zeichen von Hoffnung, die ihn frohlocken ließen und zugleich normal reagieren. Er hämmerte an die Tür. Caroline begann wieder zu spielen. Die Melodie schwoll an, um sein Pochen zu übertönen.

Seine Wut steigerte sich und mischte sich mit Frustration und Verzweiflung. Er ließ sich nicht wegschieben, ausstoßen. Ihre Rückkehr zum Leben sollte ihm gelten und nicht irgendeiner hergelaufenen verrückten Frau. Er hatte das Recht darauf, und er wollte sie ganz und für sich allein. Die Geduld, auf ihre innere Erneuerung zu warten, der Versuch zu verstehen, waren wie weggeblasen. Er stieß die Tür auf, er packte sie, hob sie hoch und trug sie ins Schlafzimmer.

Er legte sie aufs Bett, entschlossen, durch ihre Barriere zu brechen und sie zu erreichen, zu ihrem innersten Kern vorzustoßen, in dem sich ihr Lebenswillen verbarg und ihn in Besitz zu nehmen. Mit der Kraft seiner jungen Jahre, seiner brennenden Leidenschaft für sie, die sich nie erschöpfen konnte, weil er nie in ihr Inneres gelangte, wollte er die Gewölbe öffnen, in denen sich die Schatten, der Gram und ihr Rückhalt eingenistet hatten. Er wollte sie füllen mit seinem Drang nach Leben, nach Zukunft, nach vollem Dasein. Er hob den Rock ihres Kleids und begann sie zu liebkosen. Er haßte dieses fremde Kleid und wollte es am liebsten zerreißen. Er begegnete ihrem Blick. Sie war weit weg. Seine Wut und sein Begehren steigerten sich und gaben seinen Berührungen eine Intensität, die wie Feuer auf ihrer Haut brannte. Er vermied ihren Blick, aber spürte, daß ihr Körper auf seine Berührung reagierte. Sie bewegte sich sanft. Sie schlang ihre Arme um ihn. Es war wie ein Signal, das ihn in einen dunklen Abgrund fallen ließ, in dem seine sexuelle Leidenschaft hell aufloderte. Er drang in sie ein und fand sie aufgeregt. Sie gelangten zum Höhepunkt, und dann verebbte alles zu einer totalen Stille und Leere. Er sah die Perlenkette auf ihrer Haut. Sie glänzte im Dunkel. Er suchte ihre Augen. Sie hielt sie fest geschlossen. Tränen drangen unter ihren Lidern hervor. Ihr Schmerz drang in den Leerraum, der sie beide umschloß. Verzweiflung packte ihn. Sein Kopf sank auf ihre Brust, und tiefe Schluchzer kamen aus seinem Innersten. Er hatte sie verfehlt. Sie hielt ihn, strich ihm sanft über die Haare. War dies das Ende?

28

Es war gegen vier Uhr morgens, die Stunde, wo der von Schlaflosigkeit gequälte Mensch zermürbt auf dem Lager lag, ein Hund irgendwo bellte, ein Vogel im Traum aufschreckte, und der Nachtwächter von Müdigkeit überwältigt wurde. Germaine trank ein weiteres Glas des Laudanums, das auf ihrem Nachttisch stand. Zwei Gläser waren schon leer. Ihre überdrehten Sinne lauschten auf die Geräusche der Nacht. Sie hörte Pferdehufe. Das machte ihr Angst. Sie zog die Decke über den Kopf und weinte.

In einer kleinen deutschen Stadt nahe an der französischen Grenze hallten die Pferdehufe auf dem Kopfsteinpflaster einer menschenleeren Straße wider. Eine Kutsche fuhr das Sträßchen hinunter und hielt an. Ein paar Männer stiegen aus, sahen sich um. Die Straße war verlassen. Sie huschten schnell in eine Seitengasse, kamen auf die Hauptstraße, gingen leise und schnell auf ein Haus zu und klopften an die Tür. Es wurde ihnen aufgemacht. Ein Diener in Spitzenjabots stand verschlafen da. Sie drückten ihn zur Seite und schoben sich in das Haus. “Wo ist das Schlafzimmer?” fragten sie ihn. Der Diener zögerte verdutzt und erhielt einen Stoß in die Rippen.

“Dort”, schluckte er und deutete unbestimmt. “Los, zeig Er es.” Der Diener ging voran zu einer Tür. Die Männer stießen sie auf und betraten ein Schlafzimmer, das sparsam möbliert war. Ein Stuhl, Kommode, Waschtisch mit Waschschüssel, ein Kleiderschrank und ein einfaches Bett, das unter einem Fenster stand. Mondlicht flutete auf die bleichen Züge eines jungen Mannes, der unruhig schlief. Die Männer traten an sein Bett und rüttelten ihn. Der junge Mann riß die Augen auf. Sie weiteten sich vor Schrecken, als er die unbekannten Gesichter über sich gebeugt sah. Er verstand sofort. Er kannte diese Art von Gesichtern. Die ewigen Handlanger, die alles ausführten, was man von ihnen verlangte. “Kommen Sie, stehen Sie auf”, befahl einer. “Schnell.” Der junge Mann stand auf. Er war groß und fein gebaut, mit zarten Schultern. Sein Gesicht war vornehm geschnitten, der Teint weiß, mit einer großen Nase. In seiner Haltung und Bewegung verbreitete er das Fluidum von angeborenen Privilegien. Es berührte die Männer unangenehm, und der Anführer schnarrte: “Beeile Er sich, Er braucht sich nicht groß anzuziehen.” Der junge Mann zögerte und ging zum Schrank. Sie griffen nach ihm. “Lassen Sie mich, ich komme von selbst mit”, wehrte er mit zwingender Gelassenheit und Autorität in der Stimme ab, so daß die Männer von ihm abließen. Der junge Mann zog sich den Rock über, schlüpfte in seine Hosen, zog sich die Schuhe an. Am Ausgang drehte er sich um, ging zurück zur Kommode und nahm eine Miniatur, steckte sie in seine Westentasche und folgte den Männern. Der Diener warf sich dazwischen. “Lassen Sie den Herzog”, rief er. Die Männer schlugen ihm ins Gesicht. Der Diener wich zurück. Der junge Mann ging zu ihm und sagte leise: “Es tut mir leid, Jacques. Aber lassen Sie es gut sein.” Er griff in seine Hosentasche, zog eine Goldmünze heraus und gab sie ihm. Der Diener begann zu weinen. Der junge Mann drehte sich um und ging mit den Männern zur Tür hinaus. “Gehen Sie leise”, ermahnten die Männer. Er beachtete sie nicht. Erhobenen Kopfes ging er leise mit eleganten Bewegungen neben ihnen her. Sie bogen in eine Seitengasse ein, an deren Ende eine Kutsche wartete. Sie war deutscher Machart. Man war ja in Deutschland. Nur die Männer und er waren Franzosen. Als sie die Kutsche erreichten, öffneten die Männer sie hastig. Sie wollten ihn hineinschieben. Er blieb stehen und sah sie an. Sie zuckten zurück. Er stieg in die Kutsche, die sich schnell in Bewegung setzte in Richtung Grenze zu Frankreich.

In Paris brannte zur gleichen Zeit Licht im Arbeitszimmer Bonapartes. Er stand mit seinen Generälen über eine riesige Landkarte gebeugt. Stecknadeln zeigten die Zugangsrouten nach Deutschland. “Der Großherzog von

Hessen, die Stadt Frankfurt, Westfalen haben zugestimmt, der Koalition beizutreten", referierte Berthier. "Gut, sie sind weise und ersparen sich die Zerstörung ihres Landes. Sie werden uns gute Soldaten und Nachschub stellen. Auf Bayern kann ich mich verlassen. Was ist mit Preußen und Österreich?" "Sie haben abgelehnt." "Störrische Nationen. Sie werden es bereuen."

Fouché trat mit seinem lautlosen Schritt zu der Gruppe. "Schießen Sie los, Fouché!" Fouché begann seinen Bericht mit neutraler Stimme: "Der neue Index der verbotenen Bücher ist fertig." Bonaparte streckte die Hand mechanisch nach dem Index aus, überflog ihn kurz, nickte, gab ihn Fouché zurück und widmete sich wieder der Landkarte. "Und?" "Ihre Order, die Herzogin von Chevreuse zu exilieren, wurde ausgeführt ... ." "Wie ist die Reaktion?" "Schwierig zu sagen, die Zeitungen druckten Ihre Begründung, Sire, ... hier ist ein Dossier über Nodier." "Schicken Sie ihn in die Provinz. Das wird ihm gut tun." Fouché nickte und fuhr fort: "Ein Bericht von Baron Duchavier." Bonaparte schaute auf und nahm den Bericht entgegen. "Warum geben Sie ihn mir nicht gleich?" fragte er unwirsch und las ihn begierig. Sein Gesichtsausdruck wechselte. Er lachte. Ein Lachen, das einen Sturm in sich trug. "Baronesse de Staël hat etwas gegen Generäle. Dem schlüpfrigen Montgelas ist es zuzuschreiben, daß sie in höchster Gesellschaft auftaucht, wo sie ihr Handwerk weiter treiben kann ... . Ich werde mich beim König beschweren... . Was hab ich dir gesagt, Berthier! Von wegen hilflos." Der Getadelte zuckte die Achseln und gab vor, mit der Landkarte vollauf beschäftigt zu sein. Es ärgerte Bonaparte, daß er die Freundschaft zu dieser Frau Berthier nicht austreiben konnte. "Fouché, was sollen wir tun? Was meinen Sie?" "Es gibt dringendere Probleme als den Einzug von Madame de Staël in die bayrische Gesellschaft." "Zum Beispiel?" "Fouché hob die Augenbrauen und sagte: "Die royalistische Verschwörung hebt ihr häßliches Haupt." "Haben Sie Namen?" "Nein." "Finden Sie welche!" "Man sagt, daß eine Verbindung zu dem jungen Bourbonprinzen, dem Herzog von Enghien besteht, der zur Zeit in Deutschland lebt." "Haben Sie Beweise?" "Noch nicht ... aber sie sind vielleicht nicht notwendig in diesem Fall. Ich bin dabei, der Sache nachzugehen." Bonaparte schaute Fouché überrascht an. Der wirkte zufrieden. Er war ihm unheimlich. "Sie sind ein Fuchs, Fouché." Dieser verbeugte sich kaum merklich und sagte: "Sire, die Sendung aus München ist angekommen, das gewünschte Bild ist dabei", und ging leise davon. Bonaparte warf ihm einen Blick nach. "Die Luft von Paris ist voller Dolche...", und sich wieder seinen Generälen zuwendend, befahl er: "Nun zurück zu Preussen und seiner Niederlage." Der zufriedene

Gesichtsausdruck Fouchés war ihm nicht entgangen und irritierte ihn. Er ahnte, daß Machenschaften hinter seinen Worten standen, die vor ihm verborgen wurden. Er sollte ihn loswerden, den Intriganten, aber er brauchte ihn. Der Gedanke machte ihn wütend.

Fouché war in der Tat zufrieden. Sein Gegenspitzel hatte also die Aktion nicht mitbekommen. Niemand außer ihm und Talleyrand wußten, daß der junge Herzog von Enghien in Deutschland verhaftet wurde und wenn alles gut ging, schon auf französischem Boden auf dem Weg nach Paris war. Fouché war sich mit dem gerissenen Außenminister einig darin, daß man sich die Anwesenheit des Herzogs in jedem Fall sichern sollte. Er konnte es sich nicht leisten, daß jemand Lunte roch und ihm der Herzog verschwand, nach England auswich, von wo aus die ganzen Umtriebe ihren Ausgang nahmen. Sicher, es war ein schmutziges Geschäft und außerdem illegal, aber er hatte keine Alternative.

Was Madame de Staël betraf, so hatte Fouché seine eigene Strategie. Er schaute nach dem Rechten. Solange sie nichts wirklich Schlimmes anrichtete, würde er sie beschützen. Das bedeutete, er brauchte eine andere Quelle der Information über sie. Denn es war nur eine Frage der Zeit, bis der Attaché sich in ihrem Netz verfing, sie mit Sternenblick ansah und verklärte. Dieser Detertre würde sich kaufen lassen, nach allem, was er von ihm in Erfahrung gebracht hatte. Seinen Feinden mußte er immer eine Nasenlänge voraus sein.

29

Die Gemäldesammlung befand sich in der Residenz des Fürstbischofs, der die Regierungszügel an Bayern verloren hatte. Sie war neuerdings, wie in Frankreich, der Öffentlichkeit zugänglich gemacht worden. Es war ein schöner Raum, in dem das Tageslicht durch große Fenster drang. Draußen war ein trüber Tag. Den Farben der Gemälde war das Leuchten überlassen. Die Bilder hingen eng neben- und übereinander. Es roch nach frischer Tünche. Es war ein Werktag, und es gab wenig Besucher. Germaine hatte Albertine mitgebracht. Caroline führte sie zu einem riesigen Gemälde. Es war eine 'Himmelfahrt Mariä' von Guido Reni. Die überlebensgroße Figur der Madonna füllte das Bild. Sie war dabei, zum Himmel aufzusteigen und blickte mit verzückten Augen nach oben. "Das ist mein Lieblingsbild. Ich komme oft hierher wegen diesem Bild", erklärte Caroline und vertiefte sich darin. "Warum gefällt es Ihnen?" fragte die frühreife Albertine. "Ich mag es, weil die Madonna schwebt. Sie wirkt ganz leicht, obwohl sie einen vollen Körper hat. Und schau ihr Gesicht an. Sie spürt keinen Schmerz mehr. Sie ist von allem befreit." Germaine fiel ein: "Ich finde, sie sieht nicht befreit aus. Ihr Schmerz steht ihr auf dem Gesicht. Sie möchte, daß wir mit ihr fühlen. Sie leidet, denn sie hat ihren Sohn verloren." Sie münzte ihre Aussage auch auf Caroline, aber diese sagte nichts, und Germaine fuhr mit entschiedener Stimme fort: "Der Maler wollte unsere Herzen öffnen für das Leiden anderer. Wie alles, was die Menschen tun, soll auch die Kunst im Dienst des menschlichen Fortschritts stehen." "Nein, die Kunst lebt um ihrer selbst willen", widersprach Caroline, "nicht um ein Programm zu erfüllen." "Ich verstehe nicht", protestierte Germaine verdutzt. Caroline lachte: "Die Kunst muß frei sein. Sie werden dies in Weimar zu hören bekommen, mehr als Ihnen lieb sein wird." "Ja, was meint man damit? Ist dies nicht ein Bild, das uns berührt, weil es eine Mutter zeigt, die ihr Kind verloren hat?" fragte Germaine. "Ja, es berührt uns, aber nicht wegen des Themas, sondern weil es künstlerisch ist. Die Kunst überhöht die menschliche Erfahrung, und dadurch befreit sie uns davon." Germaine blickte Caroline verständnislos an. Warum gab sie nicht zu, weshalb sie das Bild so liebte? Weil sie sich heimlich davor ausweinen konnte? Statt dessen wartete sie mit einer seltsamen Kunsttheorie auf, die freilich interessant war, aber wo war ihr Herz in all diesem? Und warum diese Lust, sich von den konkreten Dingen des Lebens abzuwenden, wo doch alle Erfüllung in der Erfahrung lag? Sie sah Caroline forschend an. Sie spürte die undefinierbare Ausstrahlung von Sicherheit in ihr, vermeinte darin den Nachschein von Sättigung zu entdecken, die nur die Liebe verlieh. Sie leuchtet wie nach einer Liebesnacht, dachte sie und sah sich weinend und steif vor Angst in ihrem einsamen Bett liegen. Aber nichts in Carolines Worten ließ auf die Erlebnisse der vergangenen Nacht schließen. Sie erklärte sich nicht, sprach nicht von sich selbst, sprach fast nichts, sondern überließ ihr das Reden. Sie war ihr nicht wirklich nahe gekommen. Caroline sprach verschlüsselt, bog ihre Versuche ab, in ihr Herz zu blicken. Ihre schönen Worte waren wie exotische Vögel in einem goldenen Käfig, die sie nicht freisetzte.

Sie blieben nun bei dem Hochzeitsbild von Rubens stehen, das den Maler als jungverheirateten Mann zeigte, die junge Ehefrau neben ihm. Das Paar saß in einer Geißblattlaube, voll praller Gesundheit und materiellen Wohlbefindens, selbstbewußt in der vorderen Ebene des Bildes, erfüllt von Glück, die Lippen rot vor Liebe und Lebenskraft. Die Braut hatte ihre Hand auf den Handrücken des Mannes gelegt. Glück schwebte über dem Bild. Ihr Blick so sicher und zufrieden in der Gegenwart des Mannes, dessen Haltung und Gesichtsaudruck ihr Schutz und Liebe versprach. Albertine rief bewundernd aus: "Maman, schau, die Spitze sieht ganz echt aus. Man kann sie fast anfassen." Die kostbaren Stoffe der Kleidung, die Spitzen, die Seide, der Brokat, der ausgefallene Hut der Braut, ihre feinen Schühchen waren ein Ebenbild weltlichen Erfolgs. "Wie er sie liebt. Und wie sicher sie ist", sagte Germaine sehnsüchtig. "Es erinnert mich an Sie und Schelling", fügte sie hinzu. Caroline lächelte wehmütig.

Traurigkeit und undefinierbare Sehnsucht schwebten über beiden Frauen und ließen sich nicht abschütteln. Sie wollten sich nicht auflösen, wie die graue Wolkendecke sich der Sonne widersetzte. Germaine war stiller als gewöhnlich. Sie fühlte sich seltsam ratlos. Caroline war niedergedrückt vor Trauer und fühlte sich dennoch ungewohnt abgehoben, schwerelos wie Renis Madonna. Wie sollte es weitergehen? Sie war voller Resignation, und gleichzeitig rührte sich so etwas wie eine neue Hoffnung in ihr. Sie war dankbar für die Gegenwart Germaines, die von seltsamer Mutlosigkeit niedergedrückt schien. Die berühmte Frau, die jeder beneidete. Wie traurig und enttäuscht sie wirkte, müde und abgespannt. Der Zug um ihren Mund zeigte es allzu deutlich. Aber sie gab nicht auf, stand taumelnd von jedem Schlag auf und suchte weiter blind nach Glück, das sie im Anderen suchte. Sich mitzuteilen bedeutete für sie im Vorhof des Glücks zu sein. Sie sah etwas in ihr, wollte es und versuchte, ihr nahe zu kommen. Sie brachte Unruhe in das Leben aller, die ihren Weg kreuzten. Selbst wenn sie ihnen nicht nachjagte, brachte sie etwas in Gang. Ihre Kraft und ihr Wollen waren wie Strahlen, die alles durchdrangen. Etwas war durch Germaine in Carolines Leben in Bewegung geraten, das seinen Gang gehen mußte. Nichts war mehr genau dasselbe, und sie war fast erleichtert. Der Anspruch, glücklich zu sein, war gewichen. Alles lag offen und unbestimmt vor ihr, und sie hatte keine Angst.

Der Attaché war den Frauen in die Gemäldesammlung gefolgt. Nun kam er auf sie zu, zog den Hut, und mit einer leichten Verbeugung sagte er: "Guten Tag, Mesdames." Und zu Albertine gewandt: "Guten Tag, Mademoiselle." Germaines erste Reaktion war Freude, ihn zu sehen. Er war eine schöne Abwechslung. Es war kein Zufall, daß er hier war, er war ihr gefolgt. Bei Tageslicht ging nichts Bedrohliches von ihm aus. Er war höflich, fast herzlich, er bedachte Caroline mit einer weiteren Verbeugung. Dann wandte er seine Aufmerksamkeit ihr zu. "Wie gesagt, ich habe die Lektüre Ihres Romans sehr genossen, und nun regen Sie mich dazu an, mich mit der Malerei zu beschäftigen. Ich bin Ihnen zu Dank verpflichtet. Sie haben mir die Augen geöffnet." Er warf ihr einen forschenden Blick zu. Ihr Herz schlug schneller. Er war sehr anziehend. "Ich freue mich. Das Wichtige an meinem Buch ist mein Versuch, die Menschen zu größerer Toleranz anzuregen und den Frauen das Recht zuzugestehen, ihre Leben selbst zu bestimmen." Er sah sie ruhig an. Ob er verstand? Sie spürte Carolines Gegenwart neben ihr und erinnerte sich an ihre Worte in der Oper. Ihre alte Lust zum Angriff regte sich: "Junger Mann, können Sie mir sagen, was ist wichtiger, die Liebe zur Macht oder die Macht der Liebe?" Caroline verkniff sich ein Lachen, drehte sich um und ging zu Albertine. – Der Attaché schien ernsthaft zu überlegen. Ihr Maiglöckchenparfüm stand im Raum. Ihre Hände hielten das Ende ihres Schals. Die Feder auf ihrem Turban stand still. Sie wartete. Endlich antwortete er: "Die ganze Welt ringt um Macht, Madame, aber nicht aus Liebe, sondern aus Angst ..., oder so scheint es mir. Angst ist unser größter Feind und unser bester Verbündeter." Er legte eine Pause ein und beobachtete ihre Reaktion. Dann sagte er sanft: "Aber die Liebe ist wie die Gnade Gottes. Sie wird über alle ausgegossen, die es wert und die es unwert sind." Ihre Blicke verhakten sich. Er verlor sich in ihrem Blick, der ihm ihre Angst und ihre Sehnsucht verrieten. Er atmete ihr Parfüm ein und wurde benommen von seinem Duft. Er sah ihren kräftigen Hals, in dem die Halsader pochte. Mit ihrer energischen Hand zog sie den Schal enger um die Schultern. Wieder kam der seltsame Wunsch in ihm hoch, diese mächtige Frau beschützen zu wollen.

Germaine gefiel seine Antwort ungemein. Aber was bedeutete die Anspielung auf die Angst? Es erinnerte sie an die kryptischen Aussagen Fouchés. War es eine versteckte Warnung? Sie sah ihn fragend an. Er antwortete ihrem Blick, und sie hätte triumphieren können, denn etwas Weiches, Romantisches lag in seinen Augen, aber sie sah es nicht. Eine Woge von Bangigkeit kam dazwischen, und sie fühlte sich von seinem Blick entlarvt. Waren ihre Beklommenheit und ihre Ratlosigkeit nicht ersichtlich, standen sie nicht geradezu greifbar im Raum? Merkte er nicht, wie unsicher sie als Frau war, und wie verlassen sie sich fühlte? Albertine kam nahe an sie heran und beobachtete den Attaché genau. Würde der die Mutter entführen? Germaine fühlte den Druck ihres Körpers. Der Kreis der Angst brach. Sie senkte die Augen kurz, hob sie wieder und sagte mit neutralem Ton: "Unter anderen Umständen würde ich dieses Thema gerne weiter erforschen. Aber ich muß Sie ernsthaft bitten, mich in Ruhe zu lassen. Wie ich schon gesagt habe, ich bin privat hier." Davon war sie selbst nicht überzeugt und ahnte, daß auch er es nicht war. Aber sie würde ihre Rolle selbst bestimmen, und sie mußte diesen jungen Mann in seine Schranken weisen. Sie hob ihren Kopf, blickte ihn streng an und sagte anklagend: "Außerdem ängstigen Sie meine Tochter." Er hielt ihrem Blick stand. Sie nickte und ging mit Albertine zu Caroline. Diese hakte sie unter, und sie schlenderten weiter. Sie stützten sich gegenseitig und sprachen sich schweigend Mut zu. Germaine fühlte sich ihr plötzlich näher. "Ich möchte ein Gemälde von uns machen lassen, Caroline, Sie und ich. Was meinen Sie?"

Das Atelier lag in einer Seitengasse der Stadt. Das große Fenster war nach Norden gerichtet, auf dessen Sims eine schwarze Katze saß. Germaine hatte den Namen des örtlich bekannten Malers schnell ausfindig gemacht. Hier hatte sie die Zeit für die langweiligen Sitzungen, die ein Portrait verlangte und ihr in Paris zu lang waren, und hier hatte sie Caroline. Sie waren noch am selben Tag hingegangen, in sein Studio hineingeschneit, und sie hatte den Künstler dazu gebracht, alles liegen und stehen zu lassen und sich sofort an die Arbeit zu machen. Germaine und Caroline standen nun im Kostüm griechischer Göttinnen auf einer Plattform. Germaine erinnerte an eine vollbusige, saftige Renaissance-Figur aus Venedig. Der Maler war ein sinnlicher Mann mittleren Alters mit einem Schmerbauch, der seine besten Jahre hinter sich hatte. Trotzdem war er anziehend und verbreitete eine freie, sinnliche Atmosphäre um sich. Schnell hatte er einige Skizzen von den beiden gemacht. Ein Lehrling assistierte. Es roch nach Farben und Bindemittel. Überall lagen Requisiten herum: Hüte, Kostüme, Tuniken, Federn, falsche Degen. Eine große Staffelei mit einer frischen Leinwand stand in der Mitte des Raums. Von Zeit zu Zeit ging er zu den Frauen hin, berührte sie vorsichtig und etwas länger als notwendig an verschiedenen Stellen, um ihre Haltung zu korrigieren. "Die Haut ist ein Geheimnis. Sanft wie Samt. Der Ton der Haut und das Licht. Eine mystische Hochzeit. Das einzufangen ist, worauf es ankommt." Er nahm Germaine bei den Armen und drehte sie leicht, bis sie im richtigen Licht waren. "Sehr schön. Wie eine Königin müssen Sie sitzen." Und zu Caroline, die still und aufrecht saß: "Das ist richtig, stolz und ruhig wie Athena. Wunderbar." Dann ging er feierlich zur Staffelei zurück.

"Ach, jedesmal, wenn ich Frauen male, ist es eine Huldigung an Aphrodite", gestand der Maler mit schwärmerischer Stimme. Dann wählte er einen feinen Pinsel aus denen, die ihm der Assistent hinhielt und machte damit eine paar liebkosende Bewegungen über die Leinwand. "Linien! Jede Linie ist eine Reise in einen tiefen inneren Raum, gefährlich und geheimnisvoll", flüsterte er und ließ die Worte auf seiner Zunge zergehen. "Jetzt hol das Rot", befahl er dem Assistenten. Dieser ging, mischte Farben auf einer Palette und kam damit zurück. "Nein, du Dummkopf, du weißt, ich hasse dieses Rot, es ist nichtssagend. Feuer brauchen wir." Er warf einen Blick auf

Caroline und sagte: "Schnell, gibt mir das Blau von da drüben. Ein delikates Blau, wie der frühe Morgenhimmel." Der Assistent eilte davon und brachte das Gewünschte. "Und jetzt mische Zinnoberrot."

Der Maler nahm nun Caroline in Augenschein und arbeitete konzentriert. Dann winkte er sie zu sich. Sie war überrascht. Das Bild, das ihr entgegenlächelte, hielt ihr einen Spiegel ihres Inneren hin, das sie vor allen verborgen hielt. Auf den ersten Blick zeigte es, was man oft an ihr pries: Ihr geheimnisvolles Lächeln, ihre lebhaften Augen, die anmutige Kopfhaltung. Doch der Maler hatte tiefer geblickt, und unter seinen Händen war die Wahrheit hervorgekommen. Sie war müde, ihre Kräfte wie ausgezehrt. Die Haut war durchsichtig und leuchtete wie die einer Schwindsüchtigen. Die Blautöne steigerten den Eindruck einer Außerweltlichkeit. Eine Sehnsucht nach Auflösung ging von dem Bild aus. War ihr Lebensentwurf mit Schelling endgültig gescheitert? Ihr sorgsam gehütetes Gleichgewicht unter dem Anprall des vollen Lebens zerstört? Ihre Liebe an der eigenen Gebrochenheit zerschellt? Der Maler hatte sie genau beobachtet und sagte selbstgefällig: "Schöne Frau, lassen Sie sich Zeit. Sich selbst anzusehen, ist das Schwierigste der Welt." Caroline warf einen erneuten Blick auf das Bild. Nun sah sie ihren Widerstand, den Trotz und die Lebenslust, die Zeichen des Lebens, den Widerspruch, der sie zerriß. Dann verflüchtigte sich der Eindruck. Sie mußte sich entscheiden, wollte sie leben oder nicht. Sie mußte sich erneuern oder zu Grunde gehen. Aber wo würde sie diese Quelle der Erneuerung finden, und hatte sie die Kraft dazu?

"Mein Gott, wären Sie in Paris, Sie wären berühmt, wie unser Monsieur David", schwärmte Germaine. Sie war vor Erregung aufgestanden und sah sich im Atelier um. Ihr Blick verfing sich an einem kleinen Bild, das an der Wand des Studios hing. Sie stand wie angewurzelt davor und starrte es unentwegt an. Es zeigte eine wilde, romantische Landschaft in rosigen Tönen mit einem schäumenden Wasserfall im Vordergrund. Germaine betrachtete es mit wachsender Faszination. Ohne den Blick von dem Bild abzulassen, fragte sie: "Ist es weit von hier?" "Ein paar Tage", gab der Maler zur Auskunft.

"Germaine, falls Sie dort hin möchten, ich würde mit Ihnen reisen", sagte Caroline. Germaine drehte sich ihr langsam zu. Ihre Augen wurden riesengroß und blieben auf dem Fenster haften. "Ja, gehen wir", antwortete sie fast tonlos. "Sofort, noch heute." Caroline folgte dem Blick Germaines, der aus dem Fenster starrte. Sie sah ein Café, das am Straßeneck auf der gegenüberliegenden Seite lag. Der Attaché und Detertre saßen dort an einem Tisch.

Sie erkennt die Szene des Wasserfalls wieder, als wäre sie ihr schon immer in der Seele gelegen. Ihr eigenes strömendes, sich verströmendes Lebensdrama ist vor ihr ausgebreitet. Die unaufhörliche Abfolge von gewaltigen Wassermassen, die sich zu einem Schlund ballen, aufschäumen und donnernd in die Tiefe stürzen, ist der Puls ihres Lebens, und mit jedem Herzschlag fühlt sie den großartigen Vorgang. Wie das Wasser, kommt ihre Urkraft aus zielsicherem Ursprung und drängt vorwärts. Sie weiß, sie ist zu einem grandiosen Leben bestimmt, zu einem bedeutsamen Schicksal, zum Mächtigen. Alles Kleine saugt sie auf und sammelt es zum Großen. Die Begeisterung, der allumfassende Impuls ihres Wesens, bricht sich Bahn wie das Wasser und zieht alles an sich. Alle Ströme vereinen sich in ihr. Heftig nimmt sie Ufer, die sie zum Wachsen braucht, weitet sich aus und räumt in die Tiefe. Unaufhaltsam eilt sie schicksalhaft einem Ziel zu. Es ist ein leidenschaftlicher Fluß, angetrieben von ihrer Suche nach sinnvoller Apotheose des Lebens, ihrem ungeduldigen Vorwärtstreiben zu einem Höhepunkt. Das reißende Fließen und Anschwellen der Kräfte ist ihre Lust am Gespräch, die nie aufhört in ihr. Die Wassermassen, die zum Abstürzen drängen, sind die Ballung ihrer Gefühle, sind ihre Lust zur Liebe, die alles an sich reißen und der mit Schauer und Angst erwarteten Offenbarung entgegentreiben. Nichts anderes als dieses mächtige Treiben und Drängen und Ziehen gilt für sie. Nur diese Kraft des Verströmens von Leben ist Wahrheit und birgt das Versprechen der Erfüllung. Sich dagegen zu stemmen ist sinnlos. Ihr Wesen, das nach dem Großen geht, ist ihr Schicksal. Sie treibt voran, der Auflösung und dem Untergang zu. Sie hungert nach immer Neuem, das eben noch Gewesene wird sofort alt, das Neue muß her. Menschen und Erlebnisse werden einverleibt, oder sie ziehen vorbei wie Landschaften am Ufer. Atemlos im Erleben treibt sie alles auf die Spitze und ahnt lustbebend, daß sie auf die Auflösung und den Untergang zutreibt. Sie schaudert vor dem Absturz ihres Lebensstroms und vor dem unvermeidlichen Fall in die Tiefe und sehnt sich dennoch mit unbezwinglicher Wucht darnach. Betäubt vor Lust will sie hinein und ängstigt sich, was mit ihr geschehen wird. Sie will das Bekannte festhalten und zugleich hat sie Angst davor, daß alles zum Stillstand kommt und sie den Lebensmut verliert. Ist Stillstand nicht der Tod? Ist Stille das Nichts? So wirft sie sich in den rasch ziehenden Strom und geht das Risiko des Absturzes ein. Die Vorstellung der Fallhöhe macht sie schwindeln und versetzt sie in einen Rausch der Allmacht. Alles sammelt und häuft sich an, wird absolute Kraft, vollständiges Reißen, ein unabhängiges Lebensgesetz. Sie strebt nach Auflösung, die sie von ihrem ruhelosen, angstbesetzten Treiben befreit. Sie sehnt sich danach, daß die Unruhe endlich aufhörte und sie sich in ruhigen Gewässern fange, daß ihr Lebensdrang friedliche Bahnen finde. Das Versprechen lockt und wartet in der

Tiefe auf sie, ist der süße Sirenengesang für die von Lebenshunger und Liebesdurst Getriebene und von Enttäuschung und Erschöpfung Vertriebene. Der ersehnte Friede wird nicht sein. Schon weiß sie in demselben Augenblick, in dem ihr Strom am Abgrund ankommt und in die Tiefe blickt, daß sich der Sinn ihres Verströmens nicht offenbaren, und sie mit einem neuen Anlauf von vorne beginnen wird. Alles zischt und schäumt um sie, die unbekannte Tiefe enthüllt sich, bodenloses Entsetzen ergreift sie, für einen winzigen Augenblick herrscht vollständige Stille. Dann wird sie mitgerissen, in die Höhe geworfen und stürzt. Wie fasziniert betrachtet sie den unaufhörlichen Vorgang. Aus weit aufgerissenem Schlund stürzen die immer nachdrängenden Fluten. Die Kaskaden ihrer Gefühle und Worte, ihre schönsten Hoffnungen und Erwartungen enteilen vor ihrem tränenverschleierten Blick. Umhüllt von der Gischt der dahinstürzenden Leidenschaften, betäubt vom Donnern der in der Tiefe aufprallenden Wassermassen, begegnet sie dem eigenen Urbild. Alles wird zu Schaum und bildet einen weißen Vorhang, der die Tiefe des Abgrunds und die Beschaffenheit der Felswand verbirgt.

Er ist das duftige weiße Frühlingskleid, das sie so liebt, und anzieht, wenn sie verliebt ist und die Wirklichkeit nicht sehen will. Der feine Stoff bezaubert, wie er Licht und Luft durchläßt, der schöne Wurf der Stoffbahnen entzückt. Sie trägt das Kleid aus hellem Licht und zerstiebendem Wasserschaum, wenn sie an die Dauerhaftigkeit der Liebe glauben möchte und die Heiterkeit sucht. Es macht sie blind vor dem Abgrund und taub gegenüber dem Donnern aus der Tiefe. Sie will blind sein, will diesen schwebenden Stoff der feinen weißen Gischt zulassen, in dem sich das Licht bricht und Edelsteine in leuchtenden Farben versprüht. Umgeben vom Getöse der Auflösung hüllt sie sich in das Versprechen von zartem Glück, will sich täuschen lassen darüber, wie schnell die Schaumkronen der Hoffnung auf Glück und Liebe verfliegen. Ihre Gefühle sind zu massiv, brechen durch die feingewirkten Schleier und stürzen ab. Der Wasserfall ist der geheime Schlüssel zu ihrem Leben, ihr Urbild, das sie wiedererkennt und mit weitaufgerissenen Augen in sich aufnimmt. Sie verströmt und sie fällt mit ihm. Ist ihr Leben nicht eine nie abreißende Folge von Beginnen, Wachsen und Abstürzen? Wiederholt sich dieser Vorgang nicht immer wieder, besonders in der Liebe? Solange sie Kraft hat, wird das Strömen und Fallen nie aufhören. Es hält sie zusammen.

30

Als Schelling an diesem Nachmittag nach Hause kam, sah er die Kutsche Germaines vor dem Haus stehen. Er ahnte nichts Gutes und rannte die Stufen zur Wohnung nach oben. Er versuchte, sich zu beherrschen, verlangsamte seine Schritte, als er zum Schafzimmer ging, in dem er Caroline vermutete. Er sah den Koffer sofort, der auf dem Bett stand, zur Abreise bereit. Vom Bett wollte er ihn reißen, ausleeren, mit den Füßen stoßen. Caroline war im Reisekostüm. Er wollte es ihr vom Leib zerren, sie hochheben, aufs Bett werfen, sie schütteln, schreien, sie so festhalten, daß sie sich nicht mehr rühren konnte. Er bezwang sich und schaute sie mit aufgerissenen Augen an. Sie schüttelte leicht mit dem Kopf. Tränen stiegen in ihm auf. Sie konnte seinen Schmerz kaum ertragen und senkte die Augen. Eine Ewigkeit verging. Dann ging sie zum Koffer, um ihn zu schließen. Schelling kam ihr zuvor und schloß den Koffer. "Es ist fast Hochsommer, Caroline." "Ja, ich weiß, Joseph." Sie setzte ihren Hut auf. Er beobachtet sie. "Erlaube." Er rückte ihn kesser zur Seite. Ihr Mut drohte sie zu verlassen. Sie ging einen Schritt weg von ihm. Nur keine Berührung, oder sie würde schwach werden. "Caroline, ich bin entschlossen... ." Sie unterbrach ihn mit einem kurzen Lächeln. Er wollte ihr sagen, daß er auf sie wartete. Es war nicht der richtige Zeitpunkt, und es war sinnlos, sie umstimmen zu wollen. Er mußte sie gehen lassen.

Er hob ihren Koffer vom Bett. Draußen wartete die Kutsche de Staëls. Sie verließen die Wohnung, gingen die Treppe hinunter aus dem Haus und zur Kutsche. Der Kutscher sprang vom Bock herunter und öffnete den Schlag. Dann nahm er den Koffer ab und verstaute ihn auf dem Gepäckständer. Gesichter an den Fenstern der umliegenden Häuser erschienen. Es war Schelling egal, aber Caroline nahm die gierigen Augen wahr, lächelte Schelling zu und umarmte ihn, als ob nichts vorgefallen wäre. 'Welch eine Schauspielerin', dachte Schelling bitter. 'Hat sie mir nur alles vorgespielt, all diese Zeit?' Caroline stieg in die Kutsche. Der Kutscher wollte die Tür hinter ihr schließen. Schelling kam ihm zuvor. Er schloß die Tür langsam. Der Kutscher stieg auf den Bock und lupfte die Zügel. Die Pferde setzten sich in Bewegung, die Kutsche begann zu rollen. Caroline wandte sich schnell ab. Schelling stand da, starr, um Fassung bemüht. Zugleich reizte die Welt seine Sinne, die schmucken Fassaden der Häuser, der hübsche Platz, die vollen Bäume, sie erschienen ihm größer, näher, bedeutungsvoller und zugleich weit weg, ohne jegliche Beziehung zu seinen inneren Stürmen. Der Duft der Lindenblüten drang auf ihn ein, Lachen ertönte von irgendwoher und machte ihm die eigene Distanz zur Fröhlichkeit schmerzlich bewußt. Passanten gingen ihrer Wege, strebten einem Ziel zu, scheinbar mit ihrer Welt in Einklang. Auf ihn warteten das leere Haus, absolute Stille und die Schatten ihrer zerbrochenen Liebe. Er hatte alles verloren. Schwermut drückte ihn nieder, so wie er sie einmal gekannt hatte, damals als Caroline ihn verabschiedete und zu Schlegel zurückkehrte, nachdem Auguste gestorben war. Sie hatte ihren Tod mit ihrer Liebe verknüpft und wollte Abbuße leisten, indem sie auf ihn verzichtete. Sie war nicht von ihrem Entschluß abzubringen gewesen, und er hatte mehrere Jahre gebraucht, sie umzustimmen. Wie benommen ging er ins Haus zurück. Was hatte er falsch gemacht? Er fand keine Antwort, und der Schmerz drohte ihn zu erdrücken. Er begrüßte die Wut, die in ihm aufstieg, die Wut auf de Staël, die sich nahm, was ihr gefiel, und das sorgsam aufgebaute Gebäude ihres Lebens mit ihrem Egoismus zum Einstürzen gebracht hatte. Wäre sie doch nie gekommen! Und Wilhelm, der sie angeschleppt hatte! Dieser eingebildete, parfümierte Geck. Sollte er wütend sein auf ihn oder ihn aus tiefster Seele bemitleiden? Was wollte er mit dieser Frau, die danach hungerte, in der Seele begegnet zu werden? Dazu bräuchte es den Donnerblitz eines Zeus. Noch war Zeit, Caroline am Abreisen zu hindern und der de Staël die Meinung zu sagen. Doch Caroline würde zu ihrem Entschluß stehen. Sie litt. Das war das Schlimmste. Er hatte es nicht geschafft, sie von ihrer Last zu befreien. Er weinte.

Vor dem Hotel trugen Uginet und ein Diener das Reisegepäck heraus. Germaine und Albertine waren zur Abreise bereit. Germaine verabschiedete sich von Schlegel, der offensichtlich ungehalten war. Sie setzte sich darüber hinweg und sagte bestimmt: "Ich weiß, Albert ist in guten Händen bei Ihnen, Monsieur Schlegel. Wenn etwas ist, halten Sie sich an Uginet. Er wird mich hier vertreten." Sie umarmte Albert. "Albert, du mußt machen, was Uginet sagt. Versprich es. Ich sehe dich bald wieder", und mit Sorge in der Stimme fügte sie hinzu: " Ganz bald, Albert, ich verspreche es." "Bin ich ein kleines Kind, oder was?" schmollte dieser und ging davon. Die Kutsche mit Caroline kam an. Germaine und Albertine stiegen in Begleitung Olives ein. Schlegel schaute der Kutsche nach, schäumend vor Wut und empörte sich laut: "Was bin ich, der Tutor für ihren ungezogenen Sohn? Wie kann sie annehmen, daß ich hier sein werde, wenn es ihr beliebt zurückzukommen?"

Der Stallknecht führte zwei Pferde am Zügel, mit Albert an der Seite, und gab Schlegel die Zügel des offensichtlich unterlegenen Pferdes. Die Herabsetzung war mehr, als er ertragen konnte: "Diese alte Mähre. Ich weigere mich." Er steigerte sich in blinde Wut und brüllte: "Für was hältst du mich eigentlich?" "Geben Sie dem Herrn ein besseres Pferd", befahl Albert selbstbewußt. Der Stallknecht folgte dem Befehl. Albert übergab die Zügel seines Pferdes Schlegel und ging dem Stallknecht nach. "Ich suche es selber aus", rief er. In diesem Moment erschien der Attaché, ging um das Hotel und kehrte schnell zurück. Sein Verdacht hatte sich bestätigt. Die Baronesse war wie vom Erdboden verschwunden. Er näherte sich Schlegel. "Guten Tag, Monsieur... ." "Schlegel", sagte dieser mit Nachdruck. Schlegels Pferd riß an den Zügeln, und Schlegel hatte Mühe, es zurückzuhalten. "Sire, ich vermute, Sie möchten, daß ich Ihnen Auskunft über das Reiseziel von Madame Baronesse gebe. Es tut mir leid, ich kann Ihnen nicht helfen." Der Attaché sah Schlegel forschend an: "Sind Sie der Tutor des jungen Barone de Staël?" Schlegel verstand, daß seine Würde auf dem Spiel stand und sagte mit erzwungener Ruhe: "Mich zu beleidigen, wird Sie nicht weiterbringen."

In diesem Augenblick kam Albert angaloppiert. Die Mutter war fort, und schon waren die Zügel seines gedankenlosen und schnellen Temperaments gelockert. Er ritt im vollen Tempo auf Schlegel zu und machte im letzten Moment eine scharfe Volte. Der Attaché mußte sich in Sicherheit bringen. Albert lachte. Das Pferd, das Schlegel hielt, befreite sich von seiner ungeübten Hand und wollte davon schießen. Der Attaché reagierte schnell und griff nach dem Zügel, beruhigte es wieder und gab es Schlegel zurück. "Ich danke Ihnen", sagte Schlegel. Albert, der eine weitere Schleife geritten war, kam gesittet zurück. Der Attaché grüßte ihn mit einer leichten Verbeugung. Albert fühlte ehrfürchtige Scheu und Sehnsucht nach einem männlichen Vorbild. Der Attaché verabschiedete sich und nickte Schlegel zu: "Ich hatte nicht die Absicht, Sie zu beleidigen, Monsieur Schlegel, entschuldigen Sie bitte." Dann schwang sich der Attaché auf sein Pferd und ritt davon, gefolgt von den bewundernden Blicken Alberts. "Sie hätten ihn zu einem Duell herausfordern sollen, Monsieur Schlegel." Und als keine Reaktion kam, wartete er mit einem Argument auf, von dem er intuitiv wußte, es würde ins Schwarze treffen. "Maman mag Männer, die es wagen." "Da ich mit Sicherheit den Kürzeren ziehen würde, wer würde sich dann um dich kümmern?... Außerdem, das Duell ist nichts für einen literarischen Menschen." "Wer sagt das? Sie müssen sich nur richtig wütend werden lassen." Schlegel schwieg. Sein Pferd zu kontrollieren, verlangte seine ganze Aufmerksamkeit. Albert gab auf und ritt davon, und Schlegel folgte ihm steif und aufrecht.

Die weiteren Nachforschungen, die der Attaché, von Detertre unterstützt, über den Verbleib der Madame de Staël anstellte, blieben ergebnislos. Das Hotelpersonal schaute sie verständnislos an. Uginet verzog sein Gesicht ironisch und schwieg. Montgelas wußte von nichts. Detertre hatte den Geistesblitz, daß de Staël vielleicht mit der neuen Freundin losgezogen war. Sie gingen zu Schelling. Der war kurz angebunden und zeigte ihnen die Tür. Der Attaché war entmutigt. Wie konnte er sie nur entkommen lassen? Es war so schnell gegangen. Wieso hatte sie sich so schnell zu der Flucht entschlossen? In Gedanken ging er alle ihre Schritte durch. Sie war erregt gewesen, als sie sich von ihm in der Gemäldesammlung verabschiedete. Und dann war sie in das Malatelier gegangen. Was hat sich dort abgespielt? Er stattete dem Maler sofort einen Besuch ab. Er gab vor, mit dem Gedanken zu spielen, sich portraitieren zu lassen und ließ sich vom Maler bereitwillig die jüngste Probe seines Talents zeigen, das Doppelportrait der Frauen. Germaine hatte inzwischen mehr Gestalt auf der Leinwand angenommen. Er versenkte sich in das Bild. Bei erstem Hinsehen war sie das Abbild einer starken, selbstsicheren Frau, die ihr Leben unter Kontrolle hatte. Die Augen aber widersprachen diesem Eindruck. Er erkannte ihre Sehnsucht, ihre Trauer, ihre Spannung wieder. Der volle schöne Mund zeigte Enttäuschung und Müdigkeit, die Haltung des Kopfes ihre Ratlosigkeit. War es nicht offensichtlich, daß sie keine kalte, berechnende Machtperson war? Waren ihr nicht eine große Seele, ein mitfühlendes Herz auf den Leib geschrieben? Er dachte an Bonaparte. Das Recht des Stärkeren hatte gesiegt, nicht die Gerechtigkeit. Der Gedanke bedrückte ihn. Es war augenscheinlich, daß sie ihre Richtung verloren hatte und sich treiben ließ. Was sah sie in der anderen Frau?

Seine Augen ließen vom Bild Germaines ab und richteten sich neugierig auf Caroline. Sie ließ sich nicht einordnen. Sie stand für sich, jenseits von Raum und Zeit. Eine Frau voller Geheimnisse, offen und kritisch der Blick, ironisch und verstehend der Mund, erotisch als Frau, unergründlich als Person, zurückhaltend und doch loyal. Die Faszination, die sie auf die ruderlose Germaine ausübte, war nachvollziehbar. Zugleich war sie ein Sinnbild für Germaines Gestrandetsein. Deren Netz an Beziehungen, ihr Einfluß auf das öffentliche Leben war zerstört. Ihr privates Vorhaben war ein tapferer Versuch, das Loch, das ihre Ausweisung gerissen hatte, abzudecken. Caroline war ihr Anker, der ihre aufgezwungene Privatheit, die sie so heftig gegen ihn zu Felde führte, verbarg. Er verhakte sich noch einmal in die Augen Germaines. Sie litt unter ihrem Verlust und unter der Furcht, zugrunde zu gehen, sollte sie nicht an ihr gewohntes Lebensgeflecht anknüpfen können. Er war fasziniert von ihr. Es erschreckte und entzückte ihn zugleich. Er mußte sie finden und sich versichern, daß ihr nichts zustieß. Der Gedanke, daß es ja seine Aufgabe war, sie im Auge zu behalten, fiel dabei weniger ins Gewicht als der Wunsch, ihr nahe zu sein und ihr auf irgendeine Weise beizustehen. Das Rubensbild von diesem Vormittag stand vor ihm: Er sah sich neben Germaine de Staël sitzen. Ihre Hand lag vertrauensvoll auf seinem Arm.

Er lobte das Doppelportrait. Der Maler lächelte. Er erkannte den Verliebten, wenn er einen sah. Als der Attaché fragte, ob er wisse, wo die Frauen seien, antwortete er: "Ich weiß es nicht." Er sah ihn enttäuscht an. "Alles, was ich weiß ist, daß die Baronesse von meinem Bild da drüben angetan war." Er führte ihn zu dem Bild. "Den Wasserfall gibt es wirklich, und sie hat nach dem Weg gefragt."

Wenig später packte der Attaché das Nötigste, erklärte Detertre, wo er zu finden wäre und ritt aus der Stadt. Sobald er freies Land erreichte, zwang er sein Pferd, schnell zu galoppieren. Er hatte viel Zeit verloren.

31

Germaine und Caroline waren unterwegs. Es war eine Flucht für beide, die Germaine in ein Abenteuer umzuwandeln entschlossen war. Die neue Situation beschwingte sie. Caroline war gespannt auf das Unbekannte. Es war bequem in Germaines Kutsche. Sie war geräumig genug und nahm die Schlaglöcher viel besser als die Postkutschen, an die sie gewöhnt war. Olive versorgte sie mit kleinen Leckerbissen und teuren Getränken. Alles lag offen vor ihnen, und mit jeder neuen Meile wurde die Stimmung leichter. Der Wasserfall war ihr Ziel, aber wer wußte, ob es ihn überhaupt gab. Sie waren wie auf der Suche nach dem goldenen Vlies. Das Land war kleinteilig, die Straßen kurvig und schlecht, voller Schlaglöcher, so daß sie oft langsam fahren mußten. Und wieder diese ewigen dunklen Wälder aus Nadelhölzern. Es lohnte nicht, hinaus zu sehen. Doch Caroline blickte aufmerksam aus dem Fenster. Nichts zog unbeachtet an ihr vorbei, und sie machte Albertine auf alles Sehenswerte aufmerksam. "Schau, wie hübsch die Berge da drüben sind im Licht." Germaine sah hinaus und nichts als einen mittelhohen Gebirgsrücken, nicht mit den Alpen ihrer Heimat zu vergleichen, die sie meist auch kalt ließen. "Siehst du die hohen Bäume auf der Wiese da drüben? Sie zeigen an, daß es dort einen Bach gibt." Alles um sie herum wurde interessant und merkwürdig durch sie und erhielt einen seltenen Reiz. Als sie durch Wälder fuhren, öffnete Caroline das Fenster und atmete tief ein. Ihr Ausdruck entspannte sich, und sie wirkte heiter.

Sie fuhren durch kleine Dörfer und Städtchen. Überall staunte man der eleganten Kutsche nach. Burgen standen auf Anhöhen, nahmen die schönsten Plätze des Landes ein. Auf den Feldern stand das Korn schon hoch. "Ich gebe zu, es ist sehr pittoresk", setzte Germaine an, "aber ich sehe immer das Unrecht, das hinter der schönen Fassade liegt. Das Leben der Menschen ist an die Scholle gebunden und wird durch die Macht der Oberen in Schach gehalten. Es ist immer unrecht, wenn sich die Menschen nicht verbessern dürfen." Ein Fuhrwerk kam des Wegs. Ein Paar saß darauf. Als sie an ihnen vorbeifuhren, sah der Mann sie haßerfüllt an, schaute ihnen nach und schüttelte die geballte Faust in die Luft. Es erschreckte Albertine. "Maman, hast du das gesehen?" fragte sie. "Es erstaunt mich nicht. Er hat sicher einen guten Grund", antwortete Germaine. Ob sie sich des Widerspruchs bewußt ist? dachte Caroline. Sie hat all diese Privilegien, die dieser Mann haßt, und stellt sie unübersehbar zur Schau. Als ob Germaine ihre Gedanken lesen konnte, erklärte sie: "Der Fortschritt geht langsam voran. Er hängt davon ab, daß die Menschen Rechte erhalten, das ist das Wichtigste." "Ich beneide Frankreich darum, daß es ihm gelungen ist, die alte Ordnung umzuwerfen. Hier ist leider alles beim Alten geblieben, vielleicht sogar noch schlimmer geworden. Die Fürsten und Potentaten haben Angst bekommen. Es tut mir immer weh, wenn ich Willkür und Armut sehe, denn es scheint keinen Ausweg dafür zu geben", gab Caroline von sich. Germaine sah sie zufrieden an. "Das war das erstemal, daß Sie sich über die Gesellschaft geäußert haben, Caroline." "Ich habe in Mainz gelebt, als es Republik war. Ich war voll begeistert von dem Versprechen einer neuen Zeit. Die Ernüchterung war furchtbar, und es fällt mir schwer, auch nur daran zu denken", sagte sie schnell und hüllte sich in Schweigen.

Sie kamen zu einem kleinen Ort. Er wirkte lieblich. Die Häuser waren hübsch und lagen hinter Vorgärten, die voller Blumen und Gemüse standen. Am Ende des Orts gabelte sich der Weg. Ein stattlicheres Haus lag da. Es stand in einem großen Garten, der voller Obstbäume war. Es lachte sie einladend an. Hier konnte man nach dem Weg fragen. Sie hielten an. Sie stiegen aus und streckten die Beine. Ein Herr mit Brille und dem feinen Gesicht eines Gelehrten kam zur Tür des Hauses heraus und trat an das Gartentor. "Guten Tag." Caroline fragte nach dem Weg. "Bitte kommen Sie herein", forderte er sie freundlich auf und sah sie aus gescheiten Augen an. Es war der Pfarrer des Ortes, der die Gelegenheit zur Gesellschaft ergriff. Er führte sie ins Haus in sein Arbeitszimmer, das voller Regale war, vollgepfropft mit Büchern. Die Ehefrau kam dazu, eine zufriedene Frau, eine Schar Kinder hinter sich. "Frau, bring uns bitte Limonade und von dem

Kuchen." Sie ging wieder. Die Kinder lugten neugierig auf Albertine. "Darf ich, Maman?" fragte diese. "Ja, natürlich, Albertine", antwortete Germaine, "geh spielen und mach dich ruhig schmutzig", worauf Albertine glücklich davonrannte. Der Pfarrer war ein geistreicher und unterhaltender Mann und Germaine staunte, wie gut er französisch sprach. Ja, er hatte von de Staël gehört und war unendlich entzückt, sie bei sich begrüßen zu können. In Göttingen hatte er studiert, Kurse bei Professor Michaelis, Carolines Vater, belegt. Dessen Vorlesungen über das Alte Testament waren außerordentlich beliebt gewesen. Viele gingen nur hin, weil sie seine fast zotigen Witze hören wollten, mit denen er den Stoff interessant machte. Man merkte, der Pfarrer genoß die Gegenwart gebildeter Erwachsener. "Ich schreibe Romane und Gedichte. Eine schöne Abwechslung von den Predigten", erklärte er. "Und wo kann man sie kaufen?" fragte Germaine. "Ich schreibe für mich, es interessiert mich nicht, sie zu veröffentlichen." Die Frau brachte Kuchen und Limonade, und sie bedienten sich. "Ja, man meint immer, es passiert hier nichts. Aber glauben Sie mir, alles, was die Menschen tun und fühlen, finden Sie auch hier. Und die Natur", sagte er schwärmerisch, "sie ist die unversiegbare Quelle aller Inspiration." Dann las er eines seiner Gedichte vor, das die kleinen Freuden der Natur und die großen Schmerzen der Liebe besang. Germaine staunte. "Ein inniges Gedicht", sagte sie, und probierte das Wort "innig" zum erstenmal aus.

Es war Zeit aufzubrechen. Sie gingen in den Garten hinter dem Haus, um Albertine zu holen. Sie tollte mit den Kindern herum. Ein Kinderwagen stand im Schatten. Die Frauen gingen hin, um den Säugling zu bewundern. Der hatte die Augen offen. Sie waren tiefschwarz und die Haut des Kindes olivfarben. Nichts erinnerte an die blondhaarigen und blauäugigen Sprößlinge des Pfarrerehepaars. Die Frau war hinzugetreten und bemerkte den verdutzten Blick der Frauen. "Es ist ein Pflegekind. Seine Mutter konnte es nicht behalten. Der Vater des Kindes ist nicht der Ehemann. Sie lebt von ihm getrennt. Sie sind Adelige. Es muß geheim bleiben. Ihr Diener hat das Kind gebracht." Die Frau nahm den Säugling hoch und hielt ihn liebevoll. "Aber bei uns hat er es gut." "Darf ich ihn halten?" fragte Caroline. Die Frau reichte ihr das Bündel. Caroline sah es zärtlich an, und Tränen traten ihr in die Augen. Sie versteckte ihr Gesicht in dem weichen Tuch. Es hätte ihr kleiner Sohn sein können, die Frucht ihrer Mainzer Liebesnacht. Die schwarzen Augen. Er war so hübsch und stark gewesen und fiel plötzlich einer Kinderkrankheit zum Opfer. "Er ist ein kräftiges Kind. Die Masern hat er schon überlebt", erklärte die Frau. Albertine kam herangestürmt, ihr feines Kleidchen mit Obstflecken bedeckt, ihr Mund rot von den Kirschen, die sie mit den anderen Kindern gepflückt hatte. Sie blickte neugierig auf das Kind. Caroline zeigte es ihr und gab es dann behutsam der Frau zurück, die es wieder in den Wagen legte. Sie verabschiedeten sich und bestiegen die Kutsche. Die hatte sich schon in Bewegung gesetzt, als die Pfarrersfrau ihnen noch schnell einen Korb voller Kirschen und Kuchen hinhielt. Sie nahmen dankend an. Olive leerte den Korb in einen Behälter, und dann fuhren sie weiter.

"Ich kann mir nicht vorstellen, Romane und Gedichte vor sich hinzuschreiben, die fast niemand zu sehen bekommt", sinnierte Germaine. Für sie waren Worte das Schlachtroß im Feld, in dem die Schlacht um den menschlichen Fortschritt geschlagen wurde. Sie sah Caroline verständnislos an. Caroline antwortete: "Es ist eine Art Gebet für ihn, eine Art Unterhaltung mit der Schöpfung." Germaine hing interessiert an ihr. "Alles, was sich seinem Auge und Ohr anbietet, ist für ihn ein Gleichnis für das Große, wenn es auch noch so klein ist." "Welches Große?" fragte Germaine. "Die Kräfte des Universums, die Anwesenheit Gottes. Er sucht die Wahrheit im Kleinen und Verborgenen." "Sie meinen, er sieht Gott in einem Grashalm?" fragte Germaine. Caroline lachte. "Nein, das genügt nicht. Die Wahrheit muß man der Öffentlichkeit zugänglich machen", erklärte Germaine kategorisch.

Die Welt der glanzvollen Gesellschaft der großen Gesten war weit weg, und die Welt des Kleinen wurde immer merkwürdiger. Sie fuhren an einer Kirche vorbei, die von einer niedrigen Mauer umschlossen war. Kreuze ragten über ihren Rand. Sie hörten Orgelmusik, die sie magisch anzog. Es war Zeit, eine Pause zu machen. Sie hielten an und gingen der Musik nach. Sie öffneten das Tor zum Friedhof. Eine große Eiche stand nahe an der Kirchentür, die sofort ihre Aufmerksamkeit anzog. Ein großer, dünner Mann war dort an einem Seil angebunden. Er hüpfte herum und sah dabei aufmerksam auf die Erde, wie ein Kind, das Himmel-und-Hölle spielte. Sein Schema war das Schattenbild des Baums. Er vermied die hellen Stellen, wo das Sonnenlicht lag, und hüpfte mit großer Genauigkeit auf die dunkel abgezeichneten Äste. Die Besucherinnern traten erstaunt näher. Er beachtete sie nicht, sah dann plötzlich auf, sprang aufgeregt auf und nieder und stieß kurze Lacher aus, unterbrochen mit "Ja, ja, ja." Es war ein merkwürdiger Eindruck, die komische Gestalt neben den Gräbern, an einem Seil angebunden. Er war jung, sein Gesicht regelmäßig, seine Augen ungewöhnlich intensiv, lachten sie an und sahen sie doch nicht. Verstört gingen sie an ihm vorbei in die Kirche hinein und waren überwältigt von dem Spiel der Orgel. "Er spielt Bach", flüsterte Caroline. Das Licht der Sonne lag auf den weißen

Wänden. Der Raum war schlicht. Nichts lenkte das Auge vom Hören ab. Die Musik brauste auf. Der Organist trat in die Pedale. Die tiefen Register dröhnten wie aus dem Urgrund auf und untermalten eine unablässig laufende flötengleiche Melodie, die sich behauptete. Die musikalische Aufwallung beruhigte sich und die Töne fluteten gleichmäßig und befriedet wie ein ruhiger Fluß durch den Raum. Neue Tonreihen kamen wie Nebenflüsse dazu, verschlangen sich und liefen nebeneinander her, bis sie sich im breiten Fluß auflösten. Es war ganz unwirklich. Germaine wurde von dem Spiel aufgewühlt. Es war wie die Dynamik ihres Wesens, das unbestimmt vorwärts drängte. "Ça me fait peur!" rief sie aus und sie griff nach Carolines Hand. Das Spiel endete. Der Organist bemerkte die Besucherinnen und kam von der Chorempore herunter. Er schüttelte ihnen die Hand. "Sie wundern sich vielleicht, wer das draußen ist?" und ohne eine Antwort abzuwarten fuhr er fort: "Glauben Sie mir, er ist harmlos. Aber ich muß ihn festbinden, weil die Leute vor ihm Angst haben. Ich will ihn doch behalten. Er versteht alles, aber er kann nicht sprechen. Die Musik liebt er. Ich spiele ihm jeden Tag vor. Bei schlechtem Wetter ist er hier drinnen." Germaine brach in Tränen aus. "Ihr Spiel war so schön." "Es ist lediglich eine Gabe Gottes, und er hat mir gezeigt, wie ich sie nutzen soll. Es ist gut hier. Die Stiftsfrauen, denen die Kirche gehört, sind gut zu uns. Ich war Kantor in Nürnberg, vorher. Übrigens, er heißt Emmanuel." Sie gingen hinaus. Albertine flüsterte. Germaine nickte, worauf Albertine mit Olive forteilte und bald mit ihrer Lieblingspuppe zurückkam. Sie ging zu dem jungen Mann und zeigte ihm, wie er die Puppe halten sollte, an sich drückend und über das Haar streichend. Dann reichte sie ihm die Puppe. "Für Sie, Emmanuel", sagte sie, "es ist meine liebste Puppe, sie heißt Antoinette." Er nahm sie, drückte sie unbeholfen an sich, hüpfte vergnügt auf und ab und lachte unbändig. "Es ist besser, Sie gehen jetzt", sagte der Organist. "Es reicht für ihn." Sie nickten und gingen.

Germaine kam aus dem Wundern nicht mehr heraus. Die Idee vom Kleinen beschäftigte sie, und sie schrieb alle ihre Eindrücke auf. Nachts fielen sie in einen tiefen Schlaf, in Betten, die überraschend weich, in Gaststätten, die überraschend gemütlich waren. Nach ein paar Tagen kamen sie zum Ziel ihrer Reise, in eine kleine Stadt, von der aus der Ausflug zu dem Wasserfall beginnen sollte. Sie quartierten sich in einem Gasthaus am Marktplatz ein. Morgen würden sie die Wanderung zum Wasserfall vornehmen.

Der Tag war heiß, schon in der Frühe, als sie aufbrachen. Die Kutsche fuhr sie bis zum Beginn eines Fußwegs. Die Frauen machten sich mit Albertine auf. Sie trugen große Strohhüte und gutes Schuhwerk. Der Weg führte durch eine zauberhafte Landschaft, an Feldern vorbei, auf denen das Korn reifte, und die von Mohn- und Kornblumen durchsetzt waren. Das Gras auf den Wiesen stand hoch. Sie waren noch nicht abgemäht und standen voller Blumen. Albertine war aufgeregt. Sie wollte Blumen pflücken. "Später, Albertine", bestimmte Germaine, derer sich eine seltsame Erregung ermächtigt hatte. Am Himmel zogen aufgebauschte Haufenwolken vorüber. Die Hitze stach richtig. Die Luft schien still zu stehen. Ein dichter Wald nahm sie auf, und Kühle stieg aus dem dichten Moos auf. Der Weg wurde steil. Albertine war entzückt. Sie fand Beeren und schwelgte in ihrer Vorstellungswelt von Feen und Elfen. Der Wald endete und ging in eine Hochwiese über, durch die ein Bach plätscherte, der schnell über Felsbrocken floß. Albertine wollte bleiben, doch Germaine war unruhig und wollte weitergehen, das Ziel erreichen. Caroline bot an, mit Albertine zu bleiben und sie später einzuholen.

Albertine sah sehnsüchtig auf das Wasser. "Ziehe deine Schuhe aus und steig hinein", schlug Caroline vor. Albertine folgte begeistert und watete in dem Bach. Caroline legte sich ins Gras. Sie beobachtete die Wolken. Eine Lerche stieg senkrecht unter gedrängtem Gezwitscher in den Himmel. Klatschmohn stand bewegungslos, leuchtete in der Sonne, wie auf ein Signal wartend. Da regte sich plötzlich der Wind und hauchte allem Bewegung ein. Der Mohn zitterte, die Blätter der nahestehenden Bäume raschelten, das Gras wiegte sich in sanften Wellen. Caroline schloß die Augen, und das Plätschern des Bachs, mit den Kadenzen der kleinen Stromschnellen, wo das Wasser über große Steine lief, drang in sie ein. Alles wurde ruhig in ihr. Die Harmonie und Schönheit der Natur triumphierten. Alles stand in der Schwebe. So wollte sie es. Schellings Bild ließ sie nur in leichten Umrissen zu.

Albertine stieß einen Schrei des Entzückens aus und kam aufgeregt angerannt, die Hände geschlossen. Sie hatte Mühe, die Balance beim Rennen zu behalten. "Nicht schauen!" rief sie aufgeregt. Caroline schloß gehorsam die Augen. "Geben Sie mir Ihre Hand." Albertine setzte ihr vorsichtig etwas Kaltes, Lebendiges darauf, das sich wie eine feingliedrige Kreatur anfühlte. "Jetzt", rief sie. Caroline öffnete die Augen. Ein grasgrüner Laubfrosch saß auf ihrer Hand. Sie bewunderten, wie vollkommen schön er war. Voller Schrecken äugte er mit herausstehenden Augen um sich. Dann sprang er fort und ward nicht mehr gesehen. Ein Storch segelte vom Himmel herunter, pickte anscheinend den Frosch hoch und flog fort damit. Albertine war sprachlos. Caroline schlang ihren Arm um sie und versuchte, sie zu trösten:

“Der Frosch spürt nichts und außerdem, der Storch muß seine Kleinen versorgen, die würden sonst verhungern.” “Ich hasse den Storch”, rief Albertine unter Tränen. “Ich mag die Natur nicht, wie Mama, sie ist grausam.”

Von weit weg verirrten sich die Klänge einer Blaskapelle. Hatte der Wind, der ganz plötzlich stärker wehte, die Klänge auf seinem kalten Rücken hergetragen? War es eine Einbildung? Unmißverständlich war die Botschaft, die sich den Augen bot. Dunkle Wolken verjagten die friedlichen Haufen und drängten vom Horizont mit Macht nach. Der Wind stieß in die Bäume, die unter der unsanften Behandlung ächzten. Sie liefen schnell weiter in die Richtung, in die Germaine gegangen war.

Germaine stand am Rand einer tiefen Felsenschlucht, die stufenweise in Terrassen nach unten abfiel und starrte gebannt auf die weißen, schäumenden Wassermassen, die senkrecht in die Tiefe stürzten. Ihr Blick verlor sich in dem Schauspiel. Sie bemerkte nicht, daß es angefangen hatte, zu regnen. “Maman, Maman!” Albertines ängstliches Rufen riß sie aus ihrer Abwesenheit. Albertine rannte zu ihr und zog sie weg vom Rand der Schlucht. Innerhalb weniger Sekunden war es dunkel, und das zögernde Tropfen verwandelte sich in ein Toben losgelassener Elemente. Der Regen stürzte in dichten Schwaden herab. Ein heller Blitz zerteilte den Himmel und fuhr in den Grund nahe den Frauen. Die Harmonie des Morgens war einer wütenden, tobenden Schau übermenschlicher Kräfte gewichen. “Die Götter kegeln”, sagte Caroline zu Albertine, als der Donner sich krachend über den Himmel entlud. Sie suchten Schutz unter einem Felsvorsprung und blickten starr vor Angst und Faszination in den Sturm.

Der Attaché kümmerte sich nicht um Schutz, als der Sturm ihn überraschte. Im Gegenteil. Mit jedem Blitz zuckten seine Erwartungen heiß in ihm auf, und mit jedem Donner entlud sich seine Spannung. Endlich spürte er den eigenen Körper, der seltsam erregt war. Es war eine Lust, auf seinem Pferd dahin zu jagen. Er fühlte sich frei, stob über Wiesen und Felder, um abzukürzen, sprang über Bäche, und als er durch menschliche Siedlungen kam, verlangsamte er das Tempo nur um Weniges. Wie ein Phantom erschien er den Bauern auf den Feldern und den Menschen auf den Märkten der kleinen Städte. Er gönnte sich wenig Nachtruhe. So schnell wie möglich mußte er aufholen, bevor Germaine de Staël der Szenerie müde wurde und wegreiste. Wenn nichts dazwischen kam, würde er heute abend ankommen. Der Maler hatte ihn genau unterrichtet über das anliegende Städtchen mit dem gemütlichen Gasthaus, in dem die Ausflügler, die es seit neuestem gab, Unterkunft fanden.

Der Regen hatte aufgehört. Die Sonne kam unter dem dunklen Himmel hervor, an dem sich die Wolken schnell verzogen und machte sich über die Feuchtigkeit her, deren Geruch über allem lag. Bald bezeugten nur noch die Wasserlachen auf der Erde den Ausbruch des gewaltigen Wetters. Das Wasser verdunstete vor der Hitze und stieg sichtbar aus der Erde auf. Es war, als ob der Sturm nur in der Vorstellung gewütet hatte, so schnell verschwanden seine Anzeichen.

Germaines Kutsche rollte auf den Marktplatz. Dort wurden Stände aufgestellt. Das Geklapper von Holzbrettern, Hämmern und Sägen ertönte. Jemand pfiff eine Melodie, irgendwo wurde Musik aus einer Ziehharmonika herausgepreßt, ein Hund bellte. Das Vieh brüllte. Frauen kehrten vor ihren Häusern. Der Regen hatte ihnen die Arbeit erleichtert. Schmutz war auf den Seiten des Platzes angeschwemmt und wurde weggeschafft. Es roch nach Bratwürsten. Ein Puppenmeister baute an einer kleinen Bühne nahe am Gasthaus. Die Frauen und Albertine stiegen aus der Kutsche, bis auf die Haut durchnäßt, schmutzig, müde und hungrig. Olive und der Gastwirt mit Frau kamen erleichtert aus dem Haus angerannt und nahmen sie in Empfang. Der Puppenmeister reagierte auf die Ankunft der ungewöhnlichen Gesellschaft mit einer Vorschau seiner Kunst. Er verbeugte sich, äffte die Bewegungen der Frauen nach, teilte Handküsse in die Luft aus, scharwenzelte um eingebildete Damen herum. Die Leute auf dem Platz hielten in ihrem Tun ein und beobachteten die kostenlose Vorstellung. Gelächter erschallte.

32

In der besseren Gesellschaft Würzburgs sorgte die schnelle Abreise der Germaine de Staëls zunächst für angenehmen Gesprächsstoff. Dann aber legt sich der Wirbel um sie. Ihre Anwesenheit hatte sich wie eine unerwartete Insel dem gleichmäßigen Fluß der Dinge entgegengestellt und ihn gezwungen, sich zu teilen. Doch nun, nachdem sie abgereist war, war der Fluß wieder zusammengekommen und floß unbeirrt weiter. Baron Montgelas hatte einige Rügen für seine Gastfreundschaft eingeheimst, als es bekannt wurde, daß Germaine de Staël von Bonaparte aus Paris verjagt worden war. Man hat es ja gewußt, daß etwas nicht mit ihr stimmte, trumpften die einen auf, die anderen dagegen fanden es empörend, daß man eine Mutter mit kleinen Kindern in die Fremde jagte. Es brachte Bonaparte in ein zweifelhaftes Licht und kam Montgelas zu Hilfe. Seine Geste erschien nun großmütig und ein Beweis, wie zivilisiert man war. Alle gaben zu, daß de Staëls Versuch, der Fremde etwas abzugewinnen, bewunderswert war.

Detertre vermißte den Freund. Nach seiner Abreise hatte er nichts als seine tägliche langweilige Routine. Es passierte ja so gut wie nichts. Ein paar Briefe gingen hin und her, ein paar Empfänge bei Ministern. Ein großer Teil des Tages ging in das Verfassen von endlosen Berichten über Nichtigkeiten. Von Bonaparte war so gut wie nichts zu spüren, und er fühlte sich abgedrängt. Er war ja in einem verbündeten Land, das vor sich hin lebte. Es gab keine Spannung, die diplomatisches Geschick verlangt hätte, womit er sich hätte die Sporen verdienen können, und alles war lokal und sehr klein, worüber sich die Menschen aufregten. Montgelas, mit seinen Reformversuchen, war der einzige, der anregenden Stoff lieferte, etwas zu denken und zu besprechen gab. Das Schlimmste war, Henriette war unzufrieden mit seinem Posten und hatte ihm den Vormittag mit Keifen und Klagen vermiest. Sie hatte mit einem Leben in Frankreich gerechnet, wenn nicht in Paris, dann in einer der größeren Städte, mit einer regen bürgerlichen Schicht neuen Reichtums, die sich in dem Versuch, sich gesellschaftliches Ansehen zu verschaffen, mit den Bonapartisten verbünden würde. Statt dessen war sie hier in die Provinz verbannt und mußte ihre ganze Kraft darauf verwenden, die richtigen Weine und die passenden Zutaten für ihre Küche aufzutreiben, denn er, wie sie ihm ständig unter die Nase rieb, er wollte ja immer gut essen. Aus Langeweile hatte er sich einen richtigen Bauch angegessen.

Ihre Schelte wurde immer unerträglicher. Wenn sie nur ein Kind hätte! Ihre Beziehung wirkte durch das Fehlen eines Kindes steril. Inmitten ihres häuslichen Unfriedens fiel die Ankunft einer Depesche aus Paris. Henriette blieb in der Tür zum Arbeitszimmer stehen. Vielleicht endlich die ersehnte Abberufung? Detertre wollte ihr nicht zeigen, wie unzufrieden er selbst war mit seiner Lage, und wie er es kaum erwarten konnte, daß etwas geschähe, um sie zu ändern. Daher öffnete er die Depesche langsam und bedacht und las. Er traute seinen Augen nicht und las die Depesche mehrmals. Die Botschaft war unmißverständlich. Er hatte den Auftrag, Baron Christian Duchavier zu bespitzeln und Reporte über ihn zu verfassen. Er konnte es nicht glauben. War er nicht Diplomat und kein Geheimagent? Er vergewisserte sich noch einmal, daß er richtig gelesen hatte. Ja, der Auftrag war von Fouché unterzeichnet. Von der höchsten Instanz. "Was sagt es?" fragte Henriette. Er wollte ausweichen. Sie ließ nicht locker. Er berichtete und fügte gleich hinzu, daß er dem Auftrag nicht nachkommen würde. Henriette war entrüstet. "Natürlich kommst du ihm nach. Das ist deine Chance und du schuldest es mir, daß du etwas machst, was in Paris ankommt."

"Und was ist mit meiner Freundschaft?" fragte er empört. Sie argumentierte geschickt. "Es ist doch kein Verrat, die Wahrheit zu berichten." "Doch das ist es. Die sogenante Wahrheit hinter dem Rücken des Freundes weiterzugeben, der ahnungslos ist, ist Verrat." "So, und woher weißt du das so genau?" entgegnete ihm Henriette ungerührt. "Vielleicht ist er gegen dich angesetzt und berichtet, daß du nichts tust und nichts bewegst." Detertre widersprach ihr. "Ich tue alles, was ich kann auf meinem Posten." "Paris sieht das anders. Du bist total vergessen, weil du ein Feigling bist, und dies ist deine Chance, dich in Erinnerung zu bringen." "Duchavier würde mich nie bespitzeln. Es liegt nicht in seinem Charakter!" rief Detertre verzweifelt aus. "Ja, aber es liegt durchaus in seinem Charakter, eine Frau zu bespitzeln. Der Angst zu machen, dagegen hat er nichts", argumentierte Henriette kalt. "Er kennt sie nicht, daher ist es kein Verrat", wagte er sich zum letzten Mal vor. "Das tut nichts zur Sache."

Henriette stand ungerührt und fest wie ein Holzblock vor ihm und argumentierte, bis er klein beigab. Er tröstete sich mit dem Gedanken, daß er den Freund im besten Licht darstellen würde und redete sich ein, daß er ihn dadurch sogar beschützte und glaubte es fast. Er goß sich einen großen Kognak ein und sinnierte, baute an den Fundamenten des Verrats und an seiner Rechtfertigung. Hatte Duchavier nicht Glück, daß der Auftrag, ihn zu überwachen, in seine Hände gefallen war? Hatte er nicht versucht, den Freund dazu anzuregen, die Frau de Staël zu verfolgen? Sie war nicht dumm, gottseidank. Sie hatte eine Lehre aus ihrem Fehltritt während der Soirée gezogen und lustwandelte seitdem am Arm der Professorenfrau in den Gefilden des Kunstgenusses. Er würde wetten wollen, daß ihr Christian bald recht käme, sobald sie Lust auf einen Mann hatte. Wenn der nur nicht so stur wäre! Auf dem Land wird es weiß Gott genügend romantische Gelegenheiten geben, dachte er mit einem Anflug von Neid, aber kaum Gelegenheit für subversive Tätigkeiten und er, Detertre, würde daher kaum in die Lage kommen, moralisch unehrenhaft handeln zu müssen. Er dachte an Paris und die Karrieren, die ohne ihn gemacht wurden, und Ehrgeiz rührte sich in ihm, den er für erloschen gehalten hatte. Was, wenn er mit einer saftigen Nachricht aufwarten könnte, die den Attaché in ein zweifelhaftes Licht setzen würde? Das würde sein Fortkommen fördern. Eine Falle könnte er dem Freund sogar stellen und sich dabei einreden, er handle im Dienst des neuen Frankreichs, das man schützen müsse. Er merkte mit Entsetzen, auf welche Bahn ihn der Sog des Ehrgeizes zog. So schäbig würde er sich nicht benehmen. Doch zugleich wurde er sich bewußt, daß er in ein Netz gegangen war, aus dem nicht zu entkommen war.

Er setzte sich und begann mit seinem Bericht der gemeinsamen Tage. Er konnte es drehen und wenden, wie er wollte, die Faszination des Attachés von Germaine de Staël klang durch. Das war sicher nicht schlimm, auch nicht, daß er Mitgefühl für sie zeigte. Anders wäre es, wenn er darauf einging, wie eingenommen sich der Freund von ihren Grundsätzen gezeigt hatte, als welch gelehriger Schüler ihrer Schriften er sich erwies. Es war während eines reichlichen Essens gewesen, das Henriette für sie gekocht hatte. Er erinnerte sich genau daran, denn diese hatte mit verächtlichem Schnauben auf Christians Ausführungen über de Staëls Ideale und seine Sympathie für ihre Lage reagiert: "Für exaltierte Frauenzimmer haben wir nichts übrig, rein gar nichts." Und mit einem verächtlichen Blick hatte sie Christian angesehen, so als ob sie sagen wollte: Der läuft mit offenen Augen in die Falle und laut gesagt: "Männer ändern zu wollen, ist verlorene Liebesmühe." Dabei wollte sie ihn ständig ändern! Oder kannte sie ihn besser als er sich selbst? Er kam in Fahrt und schilderte, wie Christian den aufgeplusterten General zurechtgewiesen hatte, ihr überall hin nachgefolgt, und er, Detertre, ihn dabei begleitet, um den Schein der Zufälligkeit zu wahren. Schließlich sei die Baronesse abgereist, aufs Land, und der Attaché sei ihr nachgereist. Es ergab sich ein Bild des korrekten edlen Ritters, der seinen Auftrag mit Anstand ausführte. Für französische Augen enthielt es darüberhinaus alle Indizien des Mannes, der hinter einer Frau her war und es mit romantischer Taktik versuchte. Er überlegte hin und her, ob er diese Richtung einschlagen sollte und Verliebtheit durchblicken lassen sollte. In welches Licht würde es den Freund bringen? Nun, verliebtes Gehabe war ja nicht unerlaubt, war gang und gäbe in der Pariser Gesellschaft, und es vorzutäuschen, war auch erlaubt, wenn es einem guten Zweck diente. Die Mischung von Liebe und Politik ließ die Vermutung eines geschickten Schachzugs zu, eines durchdachten Plans, in dem der Attaché das Vertrauen der Baronesse gewinnen wollte, um sie zu unvorsichtigen Taten und Bemerkungen hinzureißen. Er schuf sich dadurch den Boden, auf dem er sie dann festnageln würde.

Detertre wußte ganz genau, daß dem nicht so war, daß es nicht in Christians Charakter lag, einer Frau persönliches Interesse aus Ehrgeiz vorzugaukeln. De Staël täte ihm ausgesprochen leid, wenn dem so wäre, aber er war sich gewiß, daß der Freund solch niedrigen Verrats unfähig war. Der Gedanke an die Geradheit des Freundes machte ihn elend. Er fühlt sich unterlegen, zurückgeblieben. Er stellte sich den Freund als Liebhaber der Baronesse vor und er beneidete ihn um das Erlebnis. So etwas schien ihm nun auf immer verwehrt. Er war gefangen in einem prosaischen Verhältnis mit einer oberflächlichen Frau, in seinem Posten gefangen. Eine Geliebte konnte er sich nicht leisten, denn Henriette verwaltete das Geld. Er schrieb den Bericht noch einmal. Gegen kleinliche Rachegedanken kämpfend, wog er jedes Wort ab. Henriette kam ins Zimmer und stand schweigend mit den Armen in die Seiten gestemmt. Der Freund war nicht schlecht weg gekommen in seinem Bericht, ganz im Gegenteil, tröstete er sich und er schickte ihn ab.

33

Die fortdauernde Anwesenheit des eleganten Herrn und des wilden Sohns von de Staël, der wie verrückt mit seinem Pferd auf der Wiese im Park herumritt, bildeten willkommenen Gesprächsstoff, und das Bild, welches man sich zusammenreimte, gefiel Schlegel keineswegs: Der verlassene Liebhaber, der sich mit der Rolle des Erziehers und Betreuers begnügen mußte und offensichtlich von dem schneidigen Franzosen zu Pferd abgelöst wurde.

In akademischen Kreisen war Carolines Abreise ein heißes Thema, besonders während der Kaffeekränzchen der Professorenfrauen. Einige sahen sich bestätigt: "Man hatte es doch immer gewußt, daß sie abhauen würde! Das war schon klar, als sie bei Montgelas der Baronesse nachgelaufen ist. Stellt euch vor, wie der Schelling sich vorgekommen ist. Das Leben der Professorenfrau ist ihr zu langweilig! Was, wenn sie zurückkommt! Der Schelling wäre schön dumm, sie wieder aufzunehmen!" In Gedanken stellten sich die Frauen schon ihre heiratsfähigen Töchter als Ersatz für die lose Frau des verlassenen Professors vor. Die Kollegen bedauerten Schelling, der einsam in einem Wirtshaus zu Mittag aß und sich Wurst und Käse für das Abendbrot selbst einkaufen mußte. Das hatte er nun von seiner angebetenen ehemaligen Schlegelfrau. Von solch exzentrischen Weibsbildern sollte man die Finger lassen, wenn man ungestört arbeiten wollte. Hatte er wirklich gedacht, sie würde bei ihm bleiben?

Schelling vergrub sich in seine Arbeit und beachtete die forschenden Blicke der Nachbarn nicht, noch das Getuschel in der Akademie. Auch in einer Krise befühlte er den Puls der gesellschaftlichen Meinung nicht. Sie existierte so gut wie nicht für ihn, so wenig wie ihn die Gesellschaft interessierte. Er suchte sie nicht, nicht die Zerstreuung und die Zustimmung, die sie auszuteilen vermochte. Immer in Gedanken versunken, erschien er frei und unabhängig. Der aufrechte, energiegeladene Gang, der scharfe Blick, die präzisen Worte gaben ihm eine männliche Ausstrahlung, anziehend für die Oberen der Gesellschaft, die ihn mit ihrer Förderung bedachten. Baron Montgelas gehörte zu seinen größten Bewunderern.

Anders lag der Fall bei Schlegel. Er liebte die Zustimmung der gesellschaftlichen Kreise und die Ablenkung, die sie gewährten. Sie war das Forum, in dem manche seiner Talente zur Entfaltung kamen und seine Eitelkeit befriedigten. Für seine geistreichen und schnellen Antworten, seine spritzigen und ironischen Bemerkungen brauchte er ein Publikum. Germaines Pariser Salon war die ihm angemessene Umgebung, und der vielversprechende Einstieg schien ihm gelungen gewesen. Die gemeinsame Reise sollte sich als reisender Salon entwickeln; Weimar und Berlin warteten, mit ihm als unabdingbarem Führer und Partner. Stattdessen war er abgestellt, hatte abzuwarten und sich um die Bildung eines Knaben zu kümmern, der partout nicht gebildet werden wollte. Er sah sich wieder in der Situation des um seine berechtigten Hoffnungen Betrogenen. Er wanderte in der Stadt herum, lungerte in den Buchläden, in der Gemäldesammlung, machte Notizen und übte sich in der Reitkunst. Sein Versuch, ein neues Leben zu beginnen und die Vergangenheit einfach zu vergessen, schien ihm mißlungen. Ja, lachten die Umstände ihm nicht geradezu hämisch ins Gesicht, mit jedem Blick eines neugierigen Passanten? Was um alles in der Welt sollte er bloß hier?

Mehr und mehr dachte er an Schelling. Wut stieg aus seinem Innersten und ließ sich nicht unterdrücken. Seine Schritte lenkten ihn in die Richtung der Akademie. Er ging an den großen Fenstern vorbei und warf einen verstohlenen Blick in den Raum, in dem er Schelling vermutete und sah ihn, wie immer tief in Konzentration versunken, anscheinend fähig, trotz aller Erschütterungen sich in den Ausbau seines Werks zu versenken, der ihm Ruhm und Erfolg brachte. Schlegels Gestalt spiegelte sich im Fenster. Seine Schultern fielen nach vorne, der Hals war zusammengezogen, der Kopf vorgebeugt, er wirkte unsicher. Die äußere Verkrampfung veranschaulichte ihm schmerzlich seinen angegriffenen Seelenzustand. Er kam sich wie ein schäbiger Voyeur vor, der getrieben war von dem Bedürfnis, sich am Bild des Gegners zu erlaben. Er, der so auf sein korrektes Auftreten und weltmännisches Benehmen achtete, schlich sich mit krankem Herzen herum, darauf hoffend, nicht entdeckt zu werden, oder wollte er entdeckt werden? Er ging schnell davon, aber seine Füße trugen ihn wie von selbst wieder zurück. Er war unweigerlich angezogen von dem Gegenstand seiner Wut, der Quelle seiner Malaise, offensichtlich für jeden, der Augen im Kopf hatte. Oder war es schon eine Besessenheit? Er fühlte sich klein und schwach und machtlos, lächerlich in seiner teuren Kleidung, mit der riesigen Seidenkrawatte, der tadellosen Frisur, dem teuren Parfüm, den Hut mit dem Spiegel im Inneren, in dem er sich immer häufiger besah, um sicher zu gehen, daß nichts an seiner Erscheinung auf einen Mangel an Kontrolle schließen ließ. Doch, als er so wie von ungefähr an der Akademie vorbei ging, dann über den Platz vor der Wohnung Schellings wandelte, sich zwang, langsam zu gehen und den Kopf aufrecht zu halten, schämte er sich wie ein Ertappter auf einer kleinlichen Tat. Er kam sich vor wie ein Hochstapler, und die teure Kleidung erschien ihm wie eine Maskerade, und er begann zu schwitzen. Er verdrängte den Gedanken, daß Schelling litt, leiden mußte und wurde ungerecht in seinem Zorn. Schelling geriet ihm zum Symbol all der Qualitäten, unter deren Mangel er litt. Die männliche Sicherheit, die ihm Liebe eintrug, das strahlende Talent, das ihm Stellung und Ruhm einbrachte, die Fähigkeit, sich in sich selbst zu versenken, die ihm Befreiung gewährte.

In der Nacht kam er nicht zur Ruhe. In seiner Verzweiflung ließ er die Wut von ihm Besitz ergreifen und spürte mit Schrecken, daß sie nur die Kehrseite einer tiefen Verletzung war. Er hatte Caroline freigesprochen, sich von ihr gelöst, und nun sah er, daß seine Enttäuschung durch Schelling ihn mehr an ein inneres Unglück festband als Caroline. Wie ein Kind wollte er vor Schmerz weinen, doch es gab niemanden, der ihn verstehen und trösten konnte. Ja, Caroline hatte ihn verstanden, mit liebevollem Aufziehen und mit kleinen Komplimenten, sein tiefes Gefühl von männlicher Unzulänglichkeit beruhigt und ihm Selbstbewußtsein verliehen, und er weinte ihr nach mit nachlassender Bitterkeit. Germaine war eine unentschiedene Liebesgeschichte, es gab Hoffnung, sie würde mit ihm in Weimar und Berlin sein. Sein Elend hatte mit Schelling zu tun. Erleichtert über diese Einsicht, entschloß er sich, Schelling zur Rede zu stellen, um sich zu retten.

Am folgenden Tag trafen sich die beiden Männer und wanderten zu einem Biergarten. Es war ein heißer Tag, die Hitze stach, die Luft war stickig. Nach außen waren sie das Bild zweier vergnügter Männer, die gerne zusammen waren. Unter einem schattigen Kastanienbaum setzten sie sich auf Holzbänke und bestellten Bier und eine Brotzeit. Beide litten, beide wußten es von einander, und beide zeigten es nicht. Schlegel leerte einen Krug nach dem anderen, um sich Mut anzutrinken. Sie prosteten sich zu. "Wie in alten Zeiten", verkündigte Schelling. "Ja, wie in alten Zeiten", fiel Schlegel ein, hob den Krug gleich noch einmal und fuhr fort: "Übrigens, zu deiner Information war ich in meine Frau verliebt." Schelling bemerkte die Kriegslust in Schlegel und entschied sich, darauf einzugehen: "Da hättest du mich täuschen können." "Ja, nicht jeder trägt seine Gefühle offen zur Schau ..." "Was meinst du damit?" unterbrach ihn Schelling. "Entschuldige, ihr habt euch um Diskretion bemüht, das muß ich euch lassen... es ist nicht eure Schuld, daß jeder von eurem Techtelmechtel wußte, nur ich nicht." Schlegels Ironie war bitter und wollte einen Streit. Schelling wich nicht aus: "Egal, ob du sie geliebt hast oder nicht, du warst zu feige, für sie zu kämpfen." "Ist kämpfen und gewinnen alles, was du denken kannst?" "Wie du, wenn du ehrlich bist", gab Schelling fast grob zurück. Schlegel schaute ihn bestürzt an, und Schelling tat sich keinen Zwang an. "Du hattest nicht den Mut zu kämpfen, du hättest ja verlieren können. Es war soviel einfacher, den edlen Ritter zu spielen, und sich für die Großmut bewundern zu lassen." "Woraus du ohne Widerspruch deinen Vorteil zogst", schoß Schlegel zurück. Schelling ließ sich Zeit mit seiner Antwort: "Ich habe dich nicht darum gebeten, deinen Artikel zu schreiben. Du konntest es nicht erwarten, deine Großzügigkeit unter Beweis zu stellen. Bravo!" Er gab Beifall vor. Dann stand er auf und machte Anstalten zu gehen. Der Kies unter seinen Füßen kratzte, und ein paar Steinchen flogen zur Seite.

Schlegel sprang auf und versuchte Schelling zurückzuhalten, hielt ihm am Ärmel fest und fuhr ihn an: "Weißt du, du bist ein brutaler Kerl." Schelling machte sich los und ging zum Ausgang des Gartens. Alle anderen Gäste schauten neugierig auf das Schauspiel. Die beiden Männer bemerkten sie nicht. Schlegel folgte Schelling auf den Fersen und schrie: "Du meinst, du kannst immer einfach fortlaufen und mich mit den Trümmern zurücklassen. Diesesmal nicht, mein Freund." Sie betraten die offene Wiese, die an den Biergarten grenzte. Schelling lief schnell, Schlegel ließ sich nicht abschütteln. Schelling blieb abrupt stehen. "Warum bist du hier hergekommen. Was willst du von uns?" Er packte Schlegel und drückte ihn an einen Baum, faßte ihn am Revers des feinen Anzugs, drohte ihn zu zerreißen: "Laß uns in Ruhe." "Uns", höhnte Schlegel und hieb zurück. "Wo ist sie denn?" Schelling war getroffen und hielt ein. Er bezwang sich und sagte: "Ich glaub dir nicht, daß du Caroline nachweinst. Sag, was du willst, du hast dich nur halbherzig auf sie eingelassen. Mut hast du keinen gehabt, das war's. Anderen Frauen den Hof zu machen, gelang dir besser. Geliebt hast du sie nicht, tu nicht so, als ob." "Was weißt du davon?" entfuhr es Schlegel, er packte Schelling und schüttelte ihn. Die Wut gab ihm erstaunliche Kraft. "Also, was frißt Dich auf? Spuck es aus, wenn du den Mut hast", forderte ihn Schelling heraus. Schlegel hielt ein, sie sahen sich voller Zorn an. "Du hast mich verraten", stieß Schlegel aus. Die Männer ließen voneinander ab. " Dich verraten? Bist du verrückt. Du wußtest von Anfang an, was los war. Dann habe ich dich um eine Scheidung gebeten, und du hast zugestimmt." "Ja, so einfach war das. Du Dummkopf, du eingebildeter Fatzke! Ist es dir je gekommen, warum ich eingewilligt habe? Konnte es vielleicht einen anderen Grund geben, als den, daß ich Caroline angeblich nicht liebte?" Schelling schaute ihn verdutzt an. Schlegel zitterte und versuchte, sich zu beherrschen. Schelling verstand nicht. Jener fuhr mit klagender Stimme fort: "Du hattest alles, was ich gerne gehabt hätte. Ich bewunderte dich so maßlos. Du konntest schweigen und jeder wollte wissen, was du dachtest. Du hast ein paar Sätze von dir gegeben, und man hörte den Geist eines Genius. Deine Freundschaft war mir das Wichtigste. Ich fühlte mich vollständig durch dich. Meinst du, es macht Spaß, immer den geistreichen Unterhalter zu spielen?" Und nach einer Pause fuhr er fort. "Caroline liebte mich nicht. Ich kann es annehmen, denn sie hat es versucht. Wir drei gehörten zusammen, für eine kurze Zeit. Aber weil ich zwischen dir und ihr stand, habe ich nicht gezählt, wurde abgeschoben. Von dir. Oder nicht?" Schelling schwieg. "Verteidigt hab ich dich in meinen Artikel, als deine Gegner deine Eskapaden mit Caroline zum Vorwand nehmen wollten, dich zu zerstören; meinen Kopf hab ich für die Schläge hingehalten, die für dich bestimmt waren. Und warum, aus Eitelkeit? War das alles, was du mir zutrautest? Eitelkeit und Selbstliebe?" Schellings Gesicht zeigte Unwillen. Erneute Wut ergriff Schlegel. Er stürzte sich förmlich auf Schelling, als ob er ihn umwerfen wollte und schrie: "Ist dir je der Gedanke gekommen, daß mein sogenannter Großmut der Wunsch war, dich glücklich zu sehen? Warum? Weil ich liebte, du Idiot."

Schlegel ließ von Schelling ab. Ein Seufzer aus tiefster Brust entstieg ihm. Endlich war es heraus, was ihn zutiefst quälte. Ruhig setzte er fort: "Du hast mich verraten, nicht weil du mir die Frau weggenommen hast, sondern weil du mich mißverstanden hast. Du hast mich übersehen, und das tat mir weh. Ich hab dich gesehen, immer, deinen Glanz, deine Überlegenheit. Nein, ich war nicht neidisch auf deinen Erfolg. Als dein Kolleg das begehrteste der Universität wurde, habe ich mich gefreut. Ich hab auch verstanden, daß sich Caroline in dich verliebte. Diese Niederlage konnte ich annehmen, weil du es warst. Aber du hast nichts mitbekommen, was in mir vorging, nichts verstanden, was ich Dir aus Liebe opferte. Mit der Arroganz eines Siegers hast du einfach alles wie selbstverständlich an Dich genommen."

Schelling stand bewegungslos da und sah Schlegel an. Er sah die weiten, mit Tränen gefüllten Augen, fühlte das empfindsame Herz, das sich nach Nähe sehnte und diese von sich aus nicht zuwege brachte. Wie ein Kind wartete er verzweifelt, daß man ihn sähe und liebte, in den Arm nahm und ihn von der Qual der Selbstzweifel erlöste. Er war so. Er konnte nicht anders sein. Schelling ahnte, daß Schlegel am meisten darunter litt, daß sein Lieben so zaghaft war, daß man es nicht wahrnahm. Er mußte eine tiefe Unsicherheit in sich tragen, die ihn darin hinderte, Gefühle in sich wachsen zu lassen und sich davon mitreißen zu lassen. Diese waren schon im Ansatz verdammt. So war, anstatt einer starken Liebe, mit der er gewinnen konnte, immer eine zaghafte Sehnsucht in ihm, die in ihm wie ein Geschwür wucherte. Sein geschickter Umgang, sein Wissen, seine Eleganz versteckten seine Qualen. Tränen stiegen in Schelling hoch. Er hatte den empfindsamen Menschen, der ihm sein Herz hinhielt, hinter der gefälligen Fassade nicht gesehen, vielleicht nicht sehen wollen. Hätte er seine Qualen lindern können? "Es tut mir leid. Ich sah dich nicht, ich sah nur, was ich sehen wollte … ." "Ja, du hast mich allein gelassen." "Es tut mir leid, Wilhelm. Ich habe manches lernen müssen, seitdem." Seine Stimme war belegt.

Schlegel sah Schelling an und erblickte den Schmerz in seinem Gesicht. Zum erstenmal zeigte der Überlegene ihm seine Schwäche, ließ es zu, daß er sah, was sich in ihm abspielte. Schlegel war gerührt. Sie gingen schweigend weiter, Schlegel erleichtert, Schelling plötzlich überwältigt von seinem Kummer. "Gott, wie sehr ich sie liebe", brach es aus ihm heraus. "Ihre Schönheit, ihr Geist, ihr klarer Verstand, ihr anmutiges Wesen. Ach, Wilhelm. Ich war überzeugt, daß wir es schaffen würden, nachdem Auguste starb. Ich habe versagt." Ein Schluchzer entfuhr ihm. Er ist derselbe, wie immer mit sich beschäftigt, er nimmt sich den Raum, den er braucht, dachte Schlegel und merkte, daß sich seine Gefühle für den Siegesgewohnten nicht geändert hatten, daß er ihn immer noch so mochte wie damals, gerade deshalb mochte, weil er sich seiner so sicher war, so wie jetzt seines Schmerzes und seiner Ohnmacht. Wenigstens ließ er ihn an sich heran und teilhaben an dem, was ihn im Innersten bewegte. Hatte er nun den Freund endlich gewonnen? Schlegel war auf einmal mit sich in einem. Und schon regte sich der alte Wunsch, dem Freund erneut helfen zu wollen. "Du hast Recht, Joseph. Du bist gescheitert, aber nicht so, wie du meinst. Du hast versagt, weil du das Unmögliche erwartet hast. Caroline hat eine Festung um sich errichtet, und da kannst du nichts machen, Joseph", und einer Eingebung folgend fügte er hinzu: "Auch de Staël kann ihre Mauern nicht niederreißen, nur Caroline selbst." Schelling sah ihn dankbar an. Schlegel war zufrieden: "Wenn du wüßtest, was für einen ungeheuren Groll ich auf dich hatte, Joseph. Ich fütterte mich mit Fantasien über deinen Fall. Und nun empfinde ich keine Freude darüber, dich so unglücklich und resigniert zu sehen. Keinerlei Zufriedenheit. Du tust mir in der Seele leid, Joseph." Schelling nahm Schlegels Mitleid an. Der vergebliche Kampf um ein Glück, das ihm entglitten war, hatte ihn demütig gemacht. Es war nicht wichtig zu gewinnen. Es war wichtig zu verstehen. Und zu vergeben. Sie gingen schweigend nebeneinander her. "Eine Stelle in der Akademie wird frei. Wenn du möchtest, werde ich dich empfehlen." Schlegel schaute ihn ungläubig an. Unbändige Freude stieg in ihm auf, gemischt mit Tränen. "Danke, Joseph." Die beiden Männer umarmten sich fest. Sie hatten nicht bemerkt, daß Wolken aufgezogen waren, daß es seit einiger Zeit über ihnen donnerte und blitzte. Dann ging der Sturm los, und ein Wolkenbruch kam auf sie herunter. Sie rannten zur Gaststätte des Biergartens und, völlig durchnäßt, drückten sie sich hinein ins Trockne. In der Gasttube stieg ihnen der Geruch von frischem Bier angenehm in die Nase.

34

Der Rest des Tages war damit ausgefüllt, die Nachwirkungen des Ausflugs zu beseitigen. Die Wirtsleute hatten einen großen Waschzuber ins Zimmer Germaines gestellt und schleppten nun Kannen mit heißem Wasser an. "Es täuscht", bestand die Wirtin, "obwohl die Sonne wieder scheint, die Kälte ist schon in den Knochen und muß so schnell wie möglich heraus. Besonders im Sommer ist die Unterkühlung gefährlich." Kuchen und Tee aus Kräutern wurden gebracht, und bald löste sich alles in körperliches Wohlgefallen auf.

Albertine war sehr blaß. Caroline befühlte ihre Stirne. Den besorgten Blick Carolines bemerkend, sagte Albertine leise: "Ich bin oft blaß, besonders wenn ich müde bin." Und leiser, so daß es nur Caroline hören konnte: "Ich bin froh, daß Maman glücklich ist." Caroline spürte die Last auf den zarten Schultern des kleinen Mädchens, das alle Seelenvorgänge der Mutter mitbekam, die die Waagschale zwischen Leiden und Freuden zu Gunsten des Glücks neigen wollte und doch nichts als ihre kindliche Ohnmacht fühlte. Es erinnerte sie schmerzlich an Auguste, die ihre keimende Liebe zu Schelling geahnt und sie zu trösten und zu ermutigen versucht hatte. Wie bereitwillig sie den Beistand der Tochter aufgenommen hatte. Caroline nahm eine Haarbürste und bürstete Albertines lockiges rotes Haar. Ihre Hände folgten wie von selbst einem alten Ritual. Sanft und liebevoll zog sie mit der Bürste durch die rote Krause und hielt mit der anderen das Haar fest, um Ziehen zu verhindern. Die Locken streckten sich unter dem sanften Durchzug der Borsten und schnellten zurück zu ihrer natürlichen Gestalt, sobald die Bürste durch war. Caroline bürstete die Schläfen frei, versuchte die Locken hinter das Ohr zu bändigen, dann lockerte sie die gezähmten wieder auf, bürstete sie vom Hals weg, von unten nach oben, und als sie fertig war, begann sie von Neuem. Albertine genoß die Behandlung und schloß die Augen. Die Sorgen um die Mutter waren verflogen. Caroline war in ihr Tun versunken. Die Hände, die sich mühelos, wie von selbst bewegten, öffneten unbemerkt und sanft die Kammer zu ihrer Schmerzen.

Von draußen drangen Geräusche. Es wurde gehämmert, Balken und Bretter herangeschleppt und fallen gelassen, begleitet von Rufen und Schreien und Lachen. Germaine liebte diese Töne von menschlichem Tun. Er war wie ein Mantel, der sie einhüllte und ihr wohlige Wärme schenkte. Alles war heute gut gelaufen. Sie fühlte eine unbekannte Zufriedenheit. In diesen Teppich von freundlichen Lauten brach das Klappern von eiligen Pferdehufen ein, das schnell lauter wurde und vor dem Haus abbrach. Es war wie ein Schuß, der sie aufstörte und blitzartig in ihre gewohnte Unruhe versetzte.

Sie hatte einen extra Sinn für die Sprache von Pferdehufen entwickelt. Ihr Leben war eingespannt in ein unaufhörliches Kommen und Gehen von Liebhabern, Freunden und Feinden und atemlosen Kurieren. Immer wartete sie auf etwas, in schlechten Tagen auf die unerwartete Wendung, die alles gut machen würde, in guten Tagen voller Vorahnung vor der Botschaft der Ungunst der Menschen. Die Geräusche des Kommens und Gehens komponierten das Leitmotiv ihres ruhelosen Lebens, das Auftreten und Abgehen der Spieler ihres Glücks ankündigte, wie die Personen auf einer Bühne. Nur daß das Drama ihres Lebens nie zu Ende ging, keine Pausen und abgeschlossenen Akte kannte. Sie konnte aus den sich nahenden Pferdehufen heraushören, ob sie Gutes oder Schlechtes brachten. Immer lauschte sie auf die unmißverständlichen Töne dieser Melodie, und die Tage, die leer ausgingen, waren ihr eine Mahnung über die Vergänglichkeit des Lebens. Es war wie ein kleiner Tod. Dies war meist nur in Coppet der Fall gewesen, wo sie alles an die Vergänglichkeit erinnerte und das Ticken der Uhren, dieser schönen kostbaren Standuhren aus feinsten Genfer Werkstätten, ihr unerträglich wurde. Dann konnte sie nicht von dem verlorenen, unwiederbringlichen Tag lassen und wanderte schlaflos in ihrem Schafzimmer herum. Heute war es anders gewesen. Das Naturschauspiel des Wasserfalls hatte ihre Seele erfüllt, und eine erschöpfte Stille zwischen den beständigen Auf- und Abschwüngen war eingetreten.

Sollte die Idylle nur eine kurze Illusion gewesen sein? Hatte sie ihr altes Leben eingeholt, angekündigt von dem Trommeln der Hufe? Die Waagschale, die immer zum Unglück neigte, war nun von Bangigkeit wie mit Steinen beschwert und drückte auf den Boden ihres Herzens. Sie war wie gelähmt und versuchte ihrer Panik Herr zu werden. Lachen drang von draußen herein. Sie stand auf und ging ans Fenster.

Der Puppenmeister war in vollem Gang seiner Kunst. Er verbeugte sich, rieb sich den Bauch, verdrehte sich, seufzte und schnaubte. Zur Begeisterung des Publikums simulierte er einen sexuellen Werbetanz, stolzierte wie ein Hahn herum, mit geschwellter Brust, wackelte mit dem Hintern. Sie folgte der Richtung seiner Augen, als er sich beifallsheischend verbeugte in Richtung Eingang zum Gasthaus, von wo die unmißverständlichen Geräusche einer Ankunft kamen. Sie lehnte sich weiter aus dem Fenster und entdeckte den Attaché, mit dem Gastwirt verhandelnd. Der Stallbursche nahm das erschöpfte Pferd in Empfang, das völlig naß und von weißem Schweiß bedeckt war, und führte es kopfschüttelnd weg. Der Attaché fühlte die Blicke, die vom oberen Stock auf ihn gerichtet waren und hob den Kopf. Germaine zog ihren blitzartig zurück. Es war gegen ihre Gewohnheit, sich zu verstecken, und es erschreckte sie. Was ging mit ihr vor? Im Schatten ihres kurzlebigen Friedens zerfiel ihr gewohnter Mut zu Staub. "Er ist hier", flüsterte sie. Die Farbe war ihr aus dem Gesicht gewichen. Wie eine Verbrecherin wurde sie gejagt. Und sie paßte sich schon der Rolle an. Wie schnell sie vom Fenster zurückgezuckt war, so als ob sie sich um jeden Preis verstecken müßte. Ob er sie gesehen hatte? Wie mit einem Dreizack zerstückelte Furcht ihr das Herz. Die Panik des Moments verschmolz mit den schon ausgestandenen vergangenen Krisen und Gefahren und wuchs ins Riesenhafte.

Das Idyll war auch für Albertine beendet. Die geflüsterten Worte der Mutter waren unüberhörbar für ihre auf sie gerichteten Sinne. Sie war schnell bei ihr und versuchte, ihr Mut zu machen: "Hab keine Angst, Maman. Ich bin hier und Frau Schelling. Wir werden auf dich aufpassen." Für einen Moment tauchte das Trugbild des verliebten Bewerbers am entfernten Horizont von Germaines Hoffnung auf. Sie verjagte es schnell. Doch Caroline fing die Schwingung ein und begann sich um Germaines Haare zu kümmern. Sie agierte, als ob es nichts Wichtigeres im Moment gäbe, als die vorteilhafteste Frisur für Germaine zu finden. Mit jeder Berührung der Bürste beruhigte sich Germaine. Sie lehnte sich zurück, dankbar für die Gegenwart Carolines. Diese schaffte einen Raum weiblicher Sicherheit, in der sich Germaines Panik auflöste und Raum schuf für einen Drang, etwas zu unternehmen, zu handeln und zurückzuschlagen. "Wir könnten einfach abfahren", schlug Caroline vor. "Nein, dies ist ein Ort so gut wie jeder andere, um mit meinen Ängsten fertigzuwerden", antwortete Germaine bestimmt. Schritte gingen über den Korridor draußen. Germaine sah Caroline an, die ihr zunickte, wie um ihr Mut zu machen. Germaine stand auf und verließ das Zimmer.

Sie folgte den Schritten nach. Der Gastwirt zeigte dem Attaché sein Zimmer und ging. Der Attaché bemerkte Germaine vom Ende des Korridors auf ihn zukommend. Es roch nach getrockneten Blumen, die in einem dicken Strauß auf einer Kommode standen. Die Dielen des Fußbodens knarrten, als sie festen Schrittes auf ihn zuging. "Haben Sie vor, mich verrückt zu machen?" platzte sie heraus. "Das ist nicht meine Absicht, Madame. Ich schwöre es Ihnen." Mit einer Geste lud er sie ein, in sein Zimmer zu treten. Sie zögerte, er sah sie freundlich an, dann ging sie mit entschlossenen Schritten hinein und der Attaché schloß die Tür hinter ihnen zu. Das Zimmer war groß, mit einem riesigen Bett in der Mitte, auf dem ein dickes Federbett sich wölbte. Der Attaché ging schnell zum Fenster, öffnete es und warf einen kurzen Blick auf die schöne Aussicht, auf die Felder und Wiesen, die das Städtchen auf dieser Seite einsäumten und an deren Rand dunkle Wäldchen lagerten. Das Getöse des Marktplatzes war gedämpfter auf dieser Seite des Hauses. Germaine beobachtete ihn. Er war verschwitzt, die Kleidung verknittert, die Schuhe staubig. Das Haar fiel ihm wirr um den Kopf. Er hatte Ringe unter den Augen, aber das Gesicht war belebt und anziehend. Der Hemdkragen stand offen und zeigte einen kräftigen Hals und den Ansatz seiner Brust. Seine Haut war glatt und hell. Sie dachte kurz daran, daß ihre Haut ihr Alter zeigte. Er strahlte eine junge Energie und Gesundheit aus, die Germaine ungeheuer anziehend fand. Das machte sie verzagt und zugleich noch aufgebrachter. Er wandte sich ihr zu und wartete, hielt Abstand, um sie zu beruhigen. Sie merkte es, und das setzte sie einen weiteren Schritt zurück. Sie hatte es mit einem gut erzogenen Menschen zu tun. Er sprach ihre Sprache, und das gab ihr Mut: "Sie haben kein Recht, auf diese Weise in mein Leben einzubrechen. Sie haben kein Recht." Er blickte sie mit offenen Augen an, und anstatt sich zu verteidigen, erklärte er: "Ich bin sehr froh, Madame, Sie gesund und sicher vorzufinden." Es klang ehrlich und brachte sie für kurze Zeit aus der Fassung. "Ach, ich verstehe, Sie sind hier, um mir Schutz zu gewähren", entgegnete sie ironisch. Er wartete. "Monsieur, für Sie ist das Wort 'Schutz' ein verhüllender Ausdruck für Spionieren. Sie sind ein Spion, nicht wahr?" Er schwieg. Sie steigerte sich in Wut: "Ein miserabler Spion, auf mich von Bonaparte angesetzt. Er ist ihr Herr. Geben Sie es doch zu." Fast schrie sie die letzten Worte. Er kam näher zu ihr heran und antwortete: "Bitte, Madame, nehmen Sie meine Handlung nicht als eine persönliche Geste." Seine Stimme klang sanft. Sie lachte bitter. Sie würde sich nicht fangen lassen. Ihr Herz, allzu bereit, das Gute im anderen zu sehen und nach einer glücklichen Wendung Ausschau zu halten, durfte nicht sprechen. "Ich danke Ihnen, Ihre Besorgnis ist mir wirklich eine Beruhigung." Sie blickte ihn an. Er verwirrte sie. Was veranlaßte diesen auffallenden, offensichtlich begabten jungen Mann, hinter ihr her zu jagen? Warum war er nicht in Paris? Ein Ehrgeizling war er, sonst nichts. Ihre Entrüstung schlug in eine bittere Enttäuschung um. "Ich bin oft eine Sprosse auf der Leiter des politischen Ehrgeizes eines Manns gewesen, aber ich muß sagen, Sie präsentieren mir eine neue Variation."

"Es ist nicht Ehrgeiz, der mich treibt, Madame", antwortete er schlicht. Sie schaute ihn skeptisch an. "Nein, sind Sie sicher? Macht und Ruhm ist wie ein Magnet für einen jungen Mann wie Sie." "Woher wissen Sie das, Madame? Um mit Ihren Worten zu sprechen, es ist nicht Liebe zur Macht, die mich in den Dienst Bonapartes trieb." "So ist es also die Macht der Liebe?" fragte sie höhnisch. Er überhörte die Frage. "Was ist es denn?" "Ich glaube an Bonaparte. Er ist ein großer Mann." Er klang überzeugend. Sie schluckte und wurde ruhiger. "Ich verstehe. Ich war auch blind, und jetzt sehe ich." "Ich bin nicht blind", setzte er entgegen. "Ich sehe eine Welt, in der die Menschen durch ihre Talente und ihre Taten vorankommen, eine Welt der klaren Gesetze, eine Welt, die es wert ist, zu entstehen und verteidigt zu werden." Sie antwortete ihm hitzig: "... in der der Preis blinder, unbefragter Gehorsam ist. Ich bin das lebendige Beispiel einer Person, die sich weigert, diesen Preis zu bezahlen. Und sehen Sie, was das bedeutet. Fortgejagt zu sein, wie ein Hund." "Madame, der erste Konsul sieht Sie als seinen Feind." "Feind!" lachte sie bitter auf. "Mit bloßen Worten als meine Waffen. Denken macht mich zum Feind, ist es das?" "Sie unterschätzen Ihre Wirkung, Madame. Ihre Worte sind nicht harmlos. Sie würden nicht zögern zu zerstören, was Bonaparte aufbauen möchte." Nun verstand sie, daß man sie mißdeutete, mißverstehen wollte, und es schmerzte sie. Er bot ihr die Auslese der Verleumdungskampagne in der Presse, die auf vollen Touren lief. Leise sagte sie, traurig und mutlos: "Warum glauben sie, daß mein Zweck die Zerstörung ist?" Er blieb ihr die Antwort schuldig. War es nicht offensichtlich für alle, daß ihr Sinnen und Trachten auf das Wachsen des Guten gerichtet war, nicht auf Zerstörung? Er war blind in der Tat. Sie fühlte sich müde und traurig und sich dagegen stemmend, besann sie sich auf ihre Wut. Sie lehnte den Kopf zurück und legte ihr Gewicht auf ihre Füße. "Ich habe ein Recht auf privates Leben. Ich verlange, daß Sie dieses Recht respektieren. Sie ignorieren meine Wünsche. Lassen Sie mich wenigstens in diesem gottverlassenen Ort in Ruhe. Wollen Sie mir nicht dieses kleine Zugeständnis machen?" bettelte sie fast. Sie zitterte vor Anstrengung.

Sie ging ein Paar Schritte in Richtung der Tür und trat in den Lichtstreifen, der von draußen hereinfiel. Dann wandte sie sich wieder zurück. Das Licht fiel auf sie. Er betrachtete sie gebannt. Ein Lied ertönte von draußen. Er sah ihre Weiblichkeit. Ihre vollen Haare fielen offen auf ihre Schultern und rahmten ihr Gesicht. Er fühlte ihre Leidenschaftlichkeit, die ihre Gesichtzüge verschönerte und ihre Augen mit Feuer füllte. Er war betroffen, wie verwundbar sie wirkte und wie ahnungslos sie war. Wußte sie wirklich nicht, daß ein privates Leben unmöglich für eine Person wie sie war? Hatte sie es nicht hundertmal erfahren? Warum weigerte sie sich, die Wirklichkeit zu sehen? Ihre Naivität rührte ihn. Oder war Sendungsbewußtsein ihr unerbittlicher Meister? Sie fing seinen fragenden Blick auf, der Verwunderung aussprach, und spürte, wie er in sie eindrang und ihre Wut in Frage stellte. Eine knisternde Spannung stand im Raum. Ihre Blicke verloren sich in einander. Sie wurde weich und wollte sich retten. Sie senkte die Augen und schickte sich an zu gehen. Er holte sie an der Tür ein. So wollte er sie nicht gehen lassen. Sie drehte sich zu ihm um und sah ihm direkt in die Augen, in denen Lichter tanzten. Ihre Gesichter standen sich nahe gegenüber. "Würden Sie mich töten, wenn es Ihr Meister befehlen würde?" Die Vorstellung traf ihn unvorbereitet, doch er wußte in diesem Moment, daß Bonaparte nicht über solch einem Befehl stünde, wenn er ihn für notwendig hielte. Er war blind, sie hatte recht, er wollte dies nicht sehen. Er schwieg betroffen. Germaine suchte seinen Blick. Er schüttelte mit dem Kopf. Sie spürte, wie sie die Oberhand gewann. "Gefalle ich Ihnen?" Sie schaute ihn an. "Haben Sie Angst, mich zu berühren." "Angst, Madame?" Er trat ein paar Schritte zurück. Versuchte sie, ihn mit ihren Fragen auf den Boden eines Scharmützels im Kampf der Geschlechter um den Sieg zu führen? Nein, dazu war sie zu ernst. Er verwehrte sich, in den ironischen Ton einer Plänkelei zu verfallen, hinter der sich die Pariser versteckten und vor echten Gefühlen schützten. So schwieg er und schüttelte nur mit dem Kopf. Sie ließ nicht locker: "Würde es Ihren Auftrag verletzten, mich anzufassen?" "Mein Auftrag ist, Sie kennenzulernen." "Ah, und eine Schwäche zu finden, von der aus man mich kontrollieren kann?" "Ich kann mir nicht vorstellen, daß irgend jemand es fertig bringt, Sie zu kontrollieren, Madame." Es klang überzeugt. Ihr Widerstand schmolz, und sie fragte mit Anteilnahme: "Ist es nicht gefährlich für Sie, mich kennenzulernen und mich zu gut zu verstehen? Haben Sie sich entschlossen, diese Gefahr anzunehmen?"

Er fühlte sich zurückgesetzt. Aber in ihren Worten lag keine Berechnung, und sie kamen nicht aus weiblicher Eitelkeit oder aus einem Überzeugtsein von der eigenen Wirkung. Sie öffnet ihre Tore weit, setzt sich jedem möglichen Angriff ahnungslos aus, dachte er, erneut überrascht, wie unvorsichtig sie war und Vertrauen in die Menschen setzte, ohne sie zu kennen. Oder durchschaute sie ihn? Er sah ihre forschenden Augen, ihren halbgeöffneten Mund, der vor Aufregung voll und rot war. Sie lächelte leicht. Ja, wer war er wirklich? Was sah sie in ihm? Er hätte es gerne gewußt und merkte, daß es ihm wichtig war, daß sie gut von ihm dachte. Sie wartete auf seine Antwort. "Ja, ich habe mich entschlossen... . Und Sie, Madame? Möchten Sie, daß ich Sie kennenlerne?" fragte er fast demütig. Sie lachte, öffnete die Tür und ging. Etwas in ihm begann zu frohlocken und zu singen. Wie ein schüchternes Mädchen war sie ihm vorgekommen, als sie ging und seiner Frage auswich. Diesem Eindruck widersprach der stolze Wille in der aufrechten Kopfhaltung, mit der sie aus dem Zimmer trat. Die Tür fiel ins Schloß. Er lauschte ihren festen Schritten, die sich entfernten, hörte das Öffnen und Schließen einer Tür. Dann war es still. Er zog sich aus und warf sich erschöpft aufs Bett. Er drehte sich auf den Bauch, schlang die Arme um das Kissen und fiel in einen tiefen Schlaf.

Germaine nahm das Bild der großen Augen, das männliche Gesicht, und die vollen Lippen des schönen Mundes mit in ihren unruhigen Schlaf. Sie träumte, daß sie allein stand in einer weiten Ebene ohne Menschen. Sie fühlte sich bedroht, die Nähe einer Armee ahnend, die jeden Moment mit Geschrei, Gejohle und gezogenen Säbeln auftauchen würde. Sie floh, fand einen Busch und versteckte sich mit Erleichterung dahinter, und schon war der Busch verschwunden. In panischer Angst suchte sie nach einem anderen und erreichte ihn mit zentnerschweren Schritten. Wieder verschwand das Gewächs sofort und ließ sie ohne Schutz, während die Männer näher kamen, erpicht darauf, sie zu töten. Als sie vor Erschöpfung hinter einen Busch niedersank, sah sie höhnende Gesichter über sich. Sie wollte schreien. Ein Gesicht löste sich aus der Menge. Es war der Attaché. Er zog sie hoch, und sein Gesicht war ganz nah. Es drückte Sanftheit aus. Und plötzlich waren die anderen Gesichter alle verschwunden. Er war dabei, sie zärtlich zu umarmen, und sie bewegte sich mit Sehnsucht seinen Armen zu. Als sie sein Gesicht aus der Nähe sah, war es der Vater, der sie unendlich liebevoll und mit Vorwurf in den Augen hielt. Dann verwandelte sich das Gesicht des Vaters in Bonapartes. Sie konnte nicht mehr atmen. Sie drängte sich ihm zu, obwohl sie starr vor Entsetzen war. Er lachte sie hämisch an, zufrieden über den Beweis ihrer Anbetung, und hob den Arm mit einem

Schwert. Sie warf die Arme hoch, um ihn zurückzuhalten, das Schwert sauste durch die Luft. Sie erwachte mit einem Schrei, in Schweiß gebadet. Wie gelähmt war sie vor Angst und in diesen hilflosen Zustand drang eine seltsame erotische Wonne. Sie sah den Attaché vor sich. Ihr Zerstörer, der gekommen war, sie verschwinden zu lassen, oder ihr Erlöser.

Der Schrei des Alptraums hatte Caroline aufgeweckt und ins Zimmer geholt. Sie trat ans Bett und hielt ihre Hand. "Ich hatte einen schrecklichen Traum. Bonaparte wollte mich ermorden." "Es war nur ein Traum." "Ich habe Angst." "Er sieht nicht so aus wie jemand, der fähig ist, eine schändliche Tat zu vollbringen." "Bonaparte will mich zerstören." "Das bedeutet nicht, daß es ihm gelingen wird." Wie Balsam war diese Vorstellung für die aufgestörte Seele Germaines. Sie entspannte sich. "Außerdem, Sie können den Attaché für sich gewinnen, Germaine." "Glauben Sie?" "Ja", antwortete Caroline. "Er ist ein leeres Gefäß, das darauf wartet, gefüllt zu werden." Caroline versicherte ihr, sich um Albertine zu kümmern. Und mit der Vorstellung, in den Armen des Attachés zu liegen, schlief Germaine wieder ein.

35

Der Marktplatz war voller fröhlichen Lebens. Von draußen kamen aufgeregte Stimmen, liebste Melodie. Nicht abwarten konnte sie, bis die anderen zum Ausgehen fertig waren, sie wollte sich sobald als möglich in den Trubel werfen. Olive half ihr schnell beim Anziehen. Sie wählte ein leichtes helles Sommerkleid mit einem luftigen Schal in rosa Tönen. Auf dem Kopf drehte ihr Olive ein zierliches Haargebilde, das ihr Gesicht weicher erschienen ließ. Das Maiglöckchenparfum durfte nicht fehlen. Als sie im Begriff war, das Gasthaus zu verlassen, tauchte der Attaché an ihrer Seite auf. "Darf ich Sie begleiten, Madame?" "Gerne, lassen Sie sich nicht davon abhalten, mich zu beschützen", antwortete sie gutgelaunt. Der schneidige Kavalier, der ihr den Arm bot, war aus dem Stoff ihrer Romanphantasien. Wäre sie nicht enttäuscht gewesen, wenn er sich nicht eingefunden hätte? Sie passierten den Stand des Puppenmeisters nahe am Gasthaus. Eine Kasperlepuppe mit einer riesigen Hakennase tauchte vor ihrem Gesicht auf und grinste sie mit grotesker Lebendigkeit an. Sie erschrak. Der Puppenmeister lachte hämisch über den Erfolg seiner Geste und humpelte hinter seinem Stand hervor. Er hatte ein Holzbein. "Das andere ist in Marengo geblieben. Die einen gewinnen und die anderen verlieren", klagte er. Dann lachte er mit Verachtung. "Das tut mir leid", sagte Germaine betroffen, und sie gingen weiter.

Die Menschen drängten sich zwischen den Reihen von Buden durch, die mit allerlei Waren angefüllt waren: Porzellan, Stoffe, Töpfe, Pflanzen, Kleidung, Schuhe, Hüte, Musikinstrumente, Kräuter und Salben, Marmeladen und Honig, getrocknete Früchte, Tiere. Germaine war bei einem Stand stehen geblieben, an dem Mundharmonikas angeboten wurden. "Können Sie mir zeigen, wie man darauf spielt?" fragte sie den Verkäufer. Dieser wollte zu einer Melodie ansetzten, als ihm der Attaché die Mundharmonika abnahm. Der Mann gab sie ihm etwas unwillig, und der Attaché spielte eine Carmagnole. Germaine war entzückt und hörte ihm bewundernd zu. Er sah sie mit lachenden Augen an. So hat er also eine leichte Seite, dachte sie zufrieden. Sein galantes Spiel war eine Zutat zu der wunderbaren Romanze, die sich in ihrer Phantasie zu bilden begann. "Sie haben erstaunliche Talente", lobte sie anerkennend, als er mit dem Spielen aufhörte. Er bestand darauf, das Instrument zu kaufen und überreichte es ihr als Geschenk. "Danke", sagte sie erfreut. "Nicht jeden Tag bekomme ich ein Geschenk von meinem Feind." "Sehen Sie mich heute als einen Freund. Ich werde mich bemühen, Sie nicht zu enttäuschen", und mit einer leichten Verbeugung setzte er spielerisch hinzu: "Zu ihren Diensten, Madame." Charmant war er, das mußte sie ihm lassen. Doch die Probe aufs Exempel der Freundschaft stand aus.

Der Platz bot noch weitere Merkwürdigkeiten. Eine Hundeschau war im vollen Gange. Ein zerlumpter Mann ließ einen dünnen Hund unbestimmter Rasse aufstehen und auf seinen Hinterbeinen laufen. Der arme Hund gab sein Bestes für die Brocken von Fressen, die ihm begeisterte Kinder zuwarfen. In der Nähe wurde ein Huhn geschlachtet von einer deftigen Frau, und die Federn flogen nur so. Man spießte es auf und briet es am Stock. Der Hund schnüffelte hungrig. Junge Kerle aus niedrigen Schichten, mit geflickter Kleidung und schlechtem Schuhwerk, standen vor einem Tisch, an dem ein Werber der Armee saß. Er lockte mit Geschichten von Abenteuern in anderen Ländern und Reichtümern. Und wie um seiner Verführungstaktik den Stempel der höheren Bestimmung aufzusetzen, ließ er mehrmals den Namen des "großen Bonaparte" fallen. Dessen Schatten reichte bis in diese kleine Provinzstadt in Deutschland, und folgte unmerklich auch der keimenden Freundschaft des schönen Paares, das zwischen den Buden schlenderte und alle Augen auf sich zog.

Seit gestern abend bezogen sie sich aufeinander. Sie hielt den Gedanken wach, daß er ihr Feind war und wünschte sich zugleich, daß er es nicht wäre.

Die Gelegenheit war gekommen, herauszufinden, wo er wirklich stand. Es war offensichtlich, er genoß es, an ihrer Seite zu sein und folgte ihr geduldig, als sie von Bude zu Bude lief, alles anfaßte und manches kaufte und er die Ausbeute ihrer Kauflust für sie zum Gasthaus zurücktrug. Sie wollte mit ihm allein sein.

Sie drängte zurück an den Ort, der sie auf seltsame Weise am Vortag berührt hatte und in ihr weiterklang. Das Rauschen des Wassers und die herabstürzenden weißen Wassermassen standen ihr deutlich vor Augen, das Getöse klang ihr ihm Ohr. Bald bestiegen sie ihre Kutsche und fuhren zu dem Beginn des Fußwegs, an dem sie gestern mit Caroline und Albertine aufgebrochen war. Sie gingen schnell nebeneinander her. Sie spürte seine Gegenwart körperlich, war seltsam beklommen, die Worte wollten nicht kommen. Er schwieg und schritt mühelos neben ihr her. Sie hörte seinen Atem. Wie hingezogen sie sich zu ihm fühlte! Er war schon fest in ihren Lebenskreis eingetreten, und sie versuchte, ihm in Gedanken seine Rolle zuzuteilen. Es gelang ihr nicht. Angst und zitternde Erwartung ballten sich zu einem unentwirrbaren Knäuel in ihr zusammen. Sie stiegen über Steine, und er bot ihr den Arm. Sie lehnte sich darauf, mehr als es nötig war. Sie spürte seinen sehnigen Arm. Elektrische Ströme schienen von ihm auszugehen und auf ihre Hand überzuspringen. Sie mußte an Schellings Vorführung denken. Alles war ineinander durch unsichtbare Kräfte in Beziehung gesetzt. Alles kreiste um sie, und der fremde junge Mann und sie standen im Zentrum des Universums. Diese Vorstellung gefiel ihr. Sie erinnerte sich an Carolines Worte vom leeren Gefäß, das gefüllt werden wollte. Sie hoffte auf eine zarte Seele in diesem disziplinierten Mann der Waffen, die angeblich darauf wartete, aufgespürt zu werden und gleichzeitig träumte sie, daß er sie entdeckte, sie wie der Vater das Kind auf den Arm nähme und ihr ein grenzenloses Glücksgefühl eingäbe. Sie spürte innig das Leben und die eigenen Kräfte. Sie war an dem Punkt, an dem sie zum Hochflug bereit war und das Risiko des Absturzes verdrängte, nichts mehr überlegte und nur vorwärts drängte, um nichts in der Welt dem zu entsagen bereit war, was sich anbahnte und Wirklichkeit zu werden versprach. Ihre Augen glänzten, sie barst vor Energie und Lebenslust, ihr voller Mund wurde groß und öffnete sich, darauf aus, die Fülle des Lebens in sich einzusaugen. Die Ausstrahlung des jungen Mannes neben ihr war wie ein Körper, den sie haben wollte, an sich reißen und vereinnahmen. Sie erlebte einen der Augenblicke, in denen sich ihre ganze Existenz zusammenzog und sie mit allem aussöhnte, für die sie lebte, und denen sie ewig nachtrauerte. Weit weg war ihre Bangnis. Sie war unwiderstehlich, wenn sie sich diesem Rausch des Seins überließ und ihr volles Wesen verströmte. Der Attaché beobachtete sie hingerissen, sein Atem ging schneller.

Als sie aus dem Wald kamen, hörten sie von weitem das Donnern des Wassers. Der Schrei eines Raubvogels zerschnitt die Luft. Sie schritten durch das weiche Gras der Wiese, das an ihren Beine kitzelte. Der gestrige Regen hatte es unheimlich grün gemacht, und es schien höher. Sie gelangten an den Rand der Schlucht und, nahe beieinanderstehend, blickten sie in das schäumende Wasser. Er war mehr von ihr als dem Naturschauspiel fasziniert und beobachtete sie. Ihr Blick verlor sich in den fallenden Wassermassen, sie schien ihn völlig vergessen zu haben. Energie strömte von ihr aus und brannte auf seiner Haut. Der Abgrund, an den sie ihn nahe herangeführt hatte, machte ihn schwindelig. Dann sah sie auf und ihn mit weitaufgerissenen Augen an. All ihre Emotionen spiegelten sich in ihnen. Ein unbekannter Triumph lag darin, eine Sicherheit, die einer römischen Göttin. Sie könnte die Welt erobern, dachte er. Ihre Naivität erschien ihm nun als eine grenzenlose Offenheit, in der er sich verlieren wollte. Sie lockte und drohte, ihn in die Tiefe zu ziehen. Eine Urfrau war sie und appellierte an etwas ganz Ursprüngliches in ihm. Er war wie gebannt. Da ging sie schnell weg von ihm und lief zu einer Stelle am Rand, von der eine wackelige Behelfsbrücke über den Abgrund führte. Sie bestand aus ein paar Balken, und als Reling war eine dicke, lose Schnur gedacht. Sie sah ihn herausfordernd an, und einer Aufwallung folgend, nahm sie allen ihren Mut zusammen und stieg auf den Steg. In wilder Aufregung setzte sie sich über ihre Angst vor dem Wasser hinweg. Ihr kühner Schritt forderte ihn heraus, wie zu einem Duell des Muts, und überlagerte die Angst um sie. Er folgte ihr ohne Zögern. Es war wie auf einem Kampffeld, wo alle Sinne zum Überleben wie an der Oberfläche der Haut lagen. Wie damals, als die Mameluken schreiend auf ihn zugeritten waren, und er ihnen nicht ausgewichen war. Sich ins Zentrum der Angst zu werfen, war wie ein Rausch, der ihn maßlos erregte, und den sie nun mit traumwandlerischer Sicherheit hervorgerufen hatte. Wie konnte ihn eine Frau in einen solchen Zustand versetzen? War es ihr Signal, daß sie sich ihm ergeben würde, wenn er die Mutprobe bestand? Er sah ihren geraden Rücken, der sich anspannte, den kräftigen Hals, auf den die braunen Locken unter dem Turban fielen. Sie zogen ihn hin, und die Vorstellung ihres Haares erregte ihn. Sie war ein Weib, das ihn verrückt machte und wie einen Mann in die Mitte der eigenen Angst warf. Er starrte auf die Neigung des Halses, der sich ihm schutzlos darbot. Ein Leichtes für das Schwert, für das Seil des Henkers? Er hörte ihren Atem, sah wie sich ihr Brustkorb hob und senkte im Versuch, die Panik zu unterdrücken.

Sie spürte ihn unmittelbar hinter sich und fühlte plötzlich seine Gegenwart als Bedrohung, die sich steigerte mit jedem Schritt, mit dem sie sich vom festen Boden entfernten. Das Wasser schlug klatschend unter ihr auf und erinnerte sie an die Tiefe. Wilde Angst meldete sich, sie kämpfte dagegen, nur weitergehen! Doch die Luft blieb ihr weg, und eine Welle von Übelkeit stieg in ihr auf. Die Knie wurden ihr weich, schienen unter ihr wegzusinken. Sie erstarrte, klammerte sich fester an das Seil. Die Balken wankten. Sie rang um Fassung. Gerade noch hatte sie die Geistesgegenwart, sich aufrecht zu halten. Sie fühlte ihn unmittelbar hinter sich, seinen Atem auf ihrem Nacken. Das Donnern des Wassers unter ihren Füßen und die Schreie eines Vogels füllten die Luft. Ihr Herzschlag stimmte laut ein. 'Er bräuchte mich jetzt nur leicht anzutippen', dachte sie. "Germaine, schauen Sie gerade aus und gehen Sie ganz langsam weiter", raunte er sanft und eindringlich. Sie fand ihren Mut wieder und erreichte das andere Ufer. Er folgte ihr. Sie sprang vor Erleichterung auf und nieder, wie der stumme junge Mann vor der Kirche, und lachte laut auf, triumphierend. Ihre Augen blitzten, ihr Körper verströmte übermütige Kraft, ihr ganzes Wesen Freude am Sieg über die Angst. Sie war eine Heldin. Eine Kriegerin. Ihm erschien sie wie eine Athena und eine Muttergöttin zugleich. Mit ihren Beinen stand sie nun fest auf der Erde, und ihre vollen Schultern richteten sich gerade auf. Er sah den schönen Busen, die runden, langen Arme, die ruhig herunterhingen und sehnte sich darnach, sie zu spüren. Sie wirkte glücklich und erleichtert. Sie hatte sich behauptet und war unabhängig, doch als sie ihn anlachte, lag in ihren Augen das Bitten eines kleinen Mädchens, das stolz auf sich war und auf ein Lob wartete. Er war verwirrt über die Vielfalt ihrer Signale und Gefühle und gab auf, sie durch den Verstand begreifen zu wollen. Er war unwiderstehlich von ihr angezogen, mußte sie spüren und herausfinden, wer sie war.

Er näherte sich ihr und warf seine Arme um sie. Sie ließ es geschehen und lächelte stolz und zufrieden. Es war ihm bewußt, daß er sie im Grunde vom ersten Augenblick an in die Arme schließen wollte. Er fühlte ihren festen Körper und ihre Kraft, die geschlagen, aber nicht verbraucht waren. Wie gut ihr Körper zu ihr paßte, dachte er. Volles Leben war in ihr und verlangte nach Taten und Bewegung. Die Wärme ihres Leibes ging in ihn hinein und löste seine Spannung. Mit einem tiefen, glücklichen Seufzer drückte er ihren Kopf an seine Brust und legte seine Wange auf ihren Kopf. Er wollte ihre Kopfbedeckung abnehmen und ihr durch das Haar fahren, es frei herunterfallen sehen. Doch er hielt sich zurück. Das war in ähnlichen Situationen eigentlich nicht seine Art. Nun aber wollte er nichts riskieren, was sie erschrecken und gegen ihn einnehmen würde. Jeden Moment wollte er auskosten. "Weiter unten gibt es eine bessere Brücke", und bevor sie Zeit hatte, sich über seine Kenntnisse zu wundern, erklärte er lachend: "Ich habe mich erkundigt. Es ist schließlich meine Aufgabe."

Auf dem Marktplatz war das Feiern im vollen Schwung, als sie zurückkamen. Auf einer Tribüne drehten die Leute zur Musik einer Blaskapelle. Sie mischten sich unter die Tanzenden und hielten sich aneinander fest inmitten des wilden Gehüpfes und Windens, wozu die fröhliche Blasmusik mitriß. Sie wurden angerempelt und drückten sich fester aneinander. Die Geräusche von aufgeregten Menschen, die aus dem Vollen der Gefühle schöpften und die Nähe des männlichen Körpers versetzten Germaine in einen entrückten Zustand. Ein wohliges Glück überströmte sie, ein einzigartiges Gefühl. Nur einmal hatte sie sich so gefühlt. Damals, als ihr Vater ihr das Tanzen beigebracht hatte, sie aus den gekünstelten Drehungen eines Tanzmeisters herausgeholt, sie fest in die Arme genommen und dem Enthronten gezeigt hatte, wie man eine junge Frau führte. Es war eine schöne Erinnerung, und sie ließ sich in sie hineinfallen. Die Arme des Attachés fingen sie auf. Wie vertraut er ihr vorkam, so als ob sie ihn schon für immer gekannt hatte. Ihre Augen waren geschlossen, ein glückliches Lächeln umspielte die vollen Lippen und zeigte die kräftigen Zähne. Sie wirkte jung, wie ein Mädchen. Er drückte sie vor Rührung. Sie öffnete die Augen und sah sein empfindsames Gesicht, seine klaren Augen voller Begehren. Sie schloß die Augen wieder und vertraute sich erneut seiner Umarmung an. Sie spürte heißes Verlangen in seinem straffen Körper, der sie an sich drückte, und war überwältigt von dem Gedanken, daß sie begehrt wurde. Ein süßes Gefühl durchzog sie. Alles weitete sich in ihr, das Wiegen des Tanzes drang in sie ein, und die Welt verwandelte sich in ein einziges Wogen, in das sie eintauchte wie in einen Ozean. Alle Fragen und Widersprüche verstummten. Tränen sprangen ihr aus den Augen. "Was denken Sie?" fragte er zärtlich. "Nichts". Sie lachte glücklich, denn es stimmte. Ihre Worte hatten sich zur Ruhe gelegt. Alles war ganz einfach geworden.

Sie stiegen von der Bühne herab und gingen durch eine Seitengasse in Richtung des Gasthofs. Niemand sollte sie aufhalten. Die Klänge der Musik, der lachenden und gluckernden Menschen waren ganz weit weg. Kreischendes Lachen aus vielen Kinderkehlen erhob sich und trieb sie an. Der Strom ihrer Liebe trug sie mit sich. Er wollte rennen, aber sie gingen so langsam, wie es ihre Ungeduld erlaubte, und ihre Vorfreude und Erwartung dehnten sich schier ins Unendliche und steigerten sich.

Im Gasthof ging der Attaché die Treppe vor ihr hoch. Er öffnete die Tür zu seinem Zimmer. Er trug sie über die Schwelle. Innen angekommen, schloß er sanft die Tür. Von draußen klang ein Polka und fröhliches Lärmen. Er nahm ihr sanft den Turban ab, löste die Spangen und Kämme. Ihr Haar fiel auf die Schultern. Langsam strich er darüber. Es erregte ihn. Dann streichelte ihr über die Schultern. Sie war wie gebannt unter der Berührung seiner Hände. Die Führung war ihr aus der Hand genommen, aber sie ließ es geschehen. Sie fühlte sich sicher, stand einfach da und lächelte ihn an. Seine Hand wanderte hinunter. Sie fing sie zwischen ihrem Hals und ihrer Schulter ein. Es war eine zarte Geste, fast wie die eines Kindes, und es überraschte ihn. Er ahnte, daß die mächtige de Staël als Frau scheu und unsicher und auf seltsame Weise unerfahren war. Er verließ sich auf sein Gefühl und tat das Richtige. Er zog sie langsam aus, betrachtete jeden Teil, der entblößt war, küßte und streichelte ihn. Endlich stand ihr voller Körper bloß im Raum, vergoldet vom Glanz des Nachmittagslichts. "Wie schön Sie sind", sagte er zu einer, die sich nie für schön gehalten hatte. Er führte sie zum Bett, legte sie ganz sanft nieder. Er wollte den Moment in die Länge ziehen. Er zog sich mit Bedacht aus. Sie betrachtete ihn mit fast kindlichem Staunen. Er setzte sich neben sie, liebkoste sie und legte sich ganz behutsam auf sie. Ihre weichen breiten Hüften nahmen ihn auf wie eine Wiege, und er ließ sich stöhnend fallen. Sie blickte ihn fast ängstlich an und sah eine unendliche Rührung und Zärtlichkeit in seinen Augen und sie ließ sich fallen, wie als kleines Mädchen in die Arme des Vaters. Sie warf ihre Arme um ihn und ließ ihn in sich eindringen. Alles Sinnen und Trachten, welches heimlich und teilbewußt aufeinander gerichtet war, brach frei, schoß voller Lebensenergie in die Höhe und riß sie mit. Er sah den Ausdruck eines Kindes vor sich und spürte zugleich den Körper einer Frau. Er reagierte mit all der Leidenschaft, zu der er fähig war. Seine Sexualität fand sich mühelos mit ihrer komplizierten, gebrochenen Weiblichkeit zurecht und vereinfachte alles. Sie war seltsam schüchtern, fast passiv. Er begriff, daß er dieser starken und anscheinend so erfahrenen und überlegenen Frau ein unbekanntes Glück zu vermitteln mochte und es rührte ihn zutiefst. Das Lachen und Schreien der feiernden Menschen draußen, begleitet von der Musik der Blaskapelle waren weit weg gerückt. Das Licht des Sommernachmittags warf einen goldenen Glanz in die Stube. Es war ein magischer Moment, in dem alles stimmte und wahr blieb, der den Wogen des Begehrens eine ungeheure Süße verlieh.

36

Draußen war eine Puppenschau in vollem Gang. Der Kasperl schlug mit seiner Pritsche auf einen Teufel ein, grob und unablässig, bis dieser zusammensackte und fix und fertig über den Rand der Bühne hing. Eine Prinzessin war aufgeregte Zeugin. Die Kinder johlten vor Vergnügen. Albertine und Caroline waren unter den Zuschauern. Albertine war seltsam verhalten. Caroline schaute sie forschend an. 'Wie blaß sie ist', erschrak sie. Sie berührte ihre Stirn. "Mein Gott, Albertine. Du hast Fieber." Albertine brach in Tränen aus: "Bitte nicht der Mama sagen." Sie fühlte sich schon den ganzen Tag nicht wohl. Caroline führte sie behutsam in den Gasthof zurück. Auf dem Weg gingen sie an einer Gruppe junger Männer vorbei, die unter Zurufen und Lachen einen riesigen Stamm hochhievten. Er hob sich vom Boden ab und kam senkrecht zu stehen. Er schwankte, die Männer zogen angestrengt an den Seilen im geübten Einklang. Der Mast stand sicher. Bänder an seiner Spitze flatterten im Wind. Alle klatschten. Der Anblick von soviel ungehemmter Kraft und Übermut war erdrückend für die kleine Albertine, und sie begann zu weinen. "Alles wird gut werden, Albertine", sagte Caroline mit beruhigender Stimme und strich ihr zärtlich über das Haar. Im Gasthaus trug sie das Kind nach oben und brachte es zu Bett. Olive kam dazu, und Caroline flüsterte ihr etwas zu, worauf Olive leise davonhuschte. Caroline setzte sich neben Albertine und nahm ihre Hand. Albertine kämpfte gegen Tränen. "Ich hab Angst." "Ich bleib bei dir, Albertine, alles wird gut werden. Versuche zu schlafen." Albertine lächelte: "Jetzt hab ich zwei Mamas." Bald war sie eingeschlafen. Olive kam mit weiteren Decken und einem Krug Wasser. Caroline hob den Krug und befühlte ihn. "Gehen Sie, Olive und lassen Sie das Wasser abkochen. Noch besser, Sie verlangen Kamillentee."

Olive ging. Caroline holte einen Stuhl, stellte ihn sacht neben Albertines Bett und begann ihre Krankenwache. Olive kam mit dem gewünschten Tee. Albertine atmete unruhig. Ein Arzt muß her, sie wird nicht warten wie damals bei Auguste. "Wir müssen den Arzt holen, sofort", drängte Caroline. Sie ging hinunter fand den Gastwirt inmitten einer lärmenden, brechend vollen Gaststube und machte ihm Zeichen, zur Seite zu kommen. Sie mußte fast schreien, um gegen den Lärm bierseliger Männer aufzukommen. "Sie müssen einen Arzt holen, sofort, das Mädchen ist krank." "Das ist schwierig heute", antwortete er und warf einen Blick auf die durstigen Kunden. Er brauchte alle Hände. "Morgen ist es was anderes." Die Gastwirtin spürte, daß etwas nicht in Ordnung war und kam dazu. Caroline ließ nicht locker:

"Morgen ist es zu spät. Das Kind ist sehr krank", sagte sie mit zwingender Dringlichkeit. Er sah auf seine robusten Kinder, die mithalfen, die Gäste zu bedienen. Diese verstanden sofort, daß sich etwas Ernsthaftes ereignet hatte, daß es um das feine französische Mädchen ging und scharten sich um die Mutter, die den Ehemann streng anblickte. Der stotterte heraus: "Also gut, sag dem Georg, er soll einspannen und den Arzt holen."

Caroline ging langsam die Treppen hoch. Sie versuchte, an nichts zu denken und keiner Erinnerung Raum zu geben. Sie ging leise an der Zimmertür vorbei, hinter der sie Germaine vermutete. Sie hatte gesehen, wie diese mit dem Attaché getanzt hatte und sofort verstanden, wohin es mit den beiden lief. Es war nicht nötig, in ihr Glück einzubrechen. Der Arzt würde kommen und sie wußte, wie man Fieber behandelte. Mehr war im Augenblick nicht zu machen. Sie stand für Germaine am Platz der Mutter. Der hingerissene Ausdruck auf Germaines Gesicht, als sie mit dem Attaché zum Gasthof ging, stand ihr vor Augen, und sie stellte sich vor, wie diese in den Armen des jungen Mannes lag, der sie so offensichtlich begehrt hatte. Zu begehren und begehrt zu werden war unwiderstehlich. Sie ging schneller, aber die Erinnerung holte sie ein. Sie sah sich und Schelling umschlungen auf einem Bett im lichtüberfluteten Zimmer in einem Gasthaus, ähnlich wie diesem. Sie spürte wieder den Sog, der sie mitgerissen hatte und von dem sie sich mit Wonne hatte mitreißen lassen. Ihre gesammelten Sehnsüchte durften endlich sein. Alles wurde plötzlich zu Begehren in ihr. Sie ließ sich davon forttragen und mit Lust durchbrach sie die gewohnten Grenzen der Selbstverneinung und riß die Schranken der Entsagung nieder. Und wenn das Leben hier zu Ende käme, sie würde es akzeptieren, hatte sie gedacht, und sich mit vollem Entzücken der Liebe in die Arme geworfen, um sich zu spüren bis zur Erschöpfung.

Zur selben Zeit hatte sie sich des Gedankens des Tods nicht erwehren können. War Liebe nicht unweigerlich mit dem Tod verbunden? Damals in Mainz? Der kleine Sohn, der so gesund und plötzlich nicht mehr war? Das Phantom des Todes ließ sich nicht vertreiben, drängte sich in ihre Umarmung und schuf eine Todessehnsucht, die die Kehrseite der Ekstase war. Sie war tragisch gespalten schon in der ersten Stunde ihrer Liebe zu Schelling. Ihre Vorahnung trog sie nicht. Sie lag selig in Schellings Armen, als Auguste sich plötzlich elend fühlte und von schnellem hohen Fieber überwältigt im Bett lag. Das Kind hatte verstanden, wie sehr sie Schelling liebte und wollte an jenem Nachmittag die Mutter nicht stören. Das arme Kind. Caroline sah alles genau vor sich. Wie sie schließlich am Spätnachmittag überglücklich und erschöpft in die Kammer ging, die sie und Auguste teilten und das Kind fast bewußtlos im Bett vorfand. Der Schock, der ihr damals in die Glieder gefahren war, ließ sie erneut erbeben. Sie mußte anhalten, um ihre Fassung wieder zu gewinnen. Sie sah die trocknen Blumen auf der Kommode. Mit einem Schlag war ihre Liebe in Frage gestellt gewesen, als unerlaubte Verfehlung, als ein strafbares Übertreten fester Schranken gebrandmarkt. Nicht von den Menschen, vom Tod. Eine Kluft tat sich auf, die sie von ihrem Glück trennte und selbst ihre Erinnerung daran färbte. Sie riß sich von ihren Erinnerungen los und eilte schnell ins Zimmer Albertines zurück, befeuchtete ein Tuch mit Wein und legte es auf Albertines Stirn. Sie würde ihr alle ihre Energien zuwenden, sie würde um ihr Leben kämpfen.

Germaine schenkte den Tönen, die ihre Insel der Seligkeit wie von weit weg umbrandeten, wenig Aufmerksamkeit. Alle Töne ballten sich zu einer Symphonie vom Leben zusammen als Begleitmusik zu ihrem Glück komponiert. War dies die Nähe, nach der sie sich so gesehnt hatte? Zugleich erhoben sich bange Stimmen: Würde diese sich auflösen, kaum daß sie da war? Durfte sie ihrem Glückgefühl trauen? Durfte sie ihm trauen? Sie lagen sich in den Armen, und trotzdem stürmten Fragen auf sie ein. Sie starrte zur Decke, beobachtete staunend sich selbst und ihn, so als ob sie nicht dazugehörte. Er schien es zu spüren und versuchte sie zurückzuholen. Er verstand instinktiv, wo der Weg zu ihr lag und vertraute seiner Eingebung und seinem Verlangen, das sie mit jeder Faser ihres Wesens begrüßte. Sie hatte ein unbestimmtes, jedoch heftiges Verlangen, zu ihrem eigenen Grund vorzustoßen. Sie hatte es aus einer seelischen Nähe erwartet und erfuhr durch ihn, daß er in ihrem eigenen Körper, in ihrer Sexualität lag. Er war fähig, ihre Sehnsucht an der Quelle ihres Lebensstroms zu finden und zu erfüllen. Sie vertraute ihm und gab sich ihm. Er streichelte sie behutsam, "Germaine", flüsterte er liebevoll und drückte sie an sich. Er führte sie weg, weg von allen ihren Bezügen, ihren Enttäuschungen, ihren vergeblichen Hoffnungen, den Halbheiten der Liebe, und sie fühlte, daß dieser junge Mann, der vor Lust benommene, ihre erste wahre Liebe geworden war. Sie fühlte, daß sie am Anfang eines Wegs stand, der zu ihr selbst führte, und sie wurde von Bangen ergriffen, daß etwas sie daran hindern könnte, diesen Weg zu gehen. Wenn seine Gefühle umschlügen, wenn ihre weiblichen Hemmnisse ihn vertrieben? Wenn Bonaparte...? Sie wollte nicht daran denken.

Er fühlte die Wunden ihrer Seele, ihre tiefen Enttäuschungen und Verletzungen, die er nicht in der berühmten Frau vermutet hatte, und es erfüllte ihn mit einer unbekannten, grenzenlosen Zärtlichkeit, die ihn in Erstaunen versetzte. Die Ekstase, zu der er sich in ihren Armen steigerte, war nun genährt von dem Wunsch, sie von ihrer tiefen Traurigkeit zu befreien. In seinen Armen sollte sie Heilung finden. Er umarmte sie mit all ihren Brüchen und ihrer einzigartigen Geschichte, und mit jeder Umarmung spürte er, wie ihre Spannung nachließ und ihr Vertrauen zu ihm wuchs. Liebe bedeutete für sie, in Gedanken und Gefühlen bei ihrem Vater zu sein, und sie verweilte dann in der Sicherheit kindlicher Gefühle. War sie deshalb unfähig, einen Mann freiwillig gehen zu lassen? War es eine Drohung, die Liebe des Vaters mit zu verlieren? Christian machte sie zur Frau, bereit, eine Schwelle zu übertreten. In seinen Armen wurde sie weich und traute ihrem Begehren, das er in ihr hervorlockte. Ihre Weiblichkeit wartete darauf, zu blühen, und es erfüllte ihn mit unbändiger Erregung zu denken, daß er derjenige war, der sie zum Blühen zu bringen vermochte. Sie kannte keine Liebestricks und raffinierten Feinheiten, aber ihre erotische Kraft war unverbraucht, sie entdeckte sie zum erstenmal und bildete sich durch sie. Ihre äußerliche Kraft, die in seltsamen Kontrast zu ihrer inneren Unsicherheit stand, entzündete sein Begehren. Ihre festen gerundeten Formen, das volle Haar, der kräftige Hals, die starken Hände, die weiten Hüften, die energievollen Bewegungen, ihre dichte Präsenz, waren eine Landschaft voller Reize, von der er mit Leidenschaft und Zärtlichkeit Besitz nahm und nie wieder lassen wollte.

Keine Umarmung hatte ihn je so erfüllt und zufrieden gemacht. Die vielen Liebesstunden mit schönen Frauen, Meisterinnen in der Liebe, hatten ihn nie im Innersten erreicht. Er war seltsam unbeteiligt geblieben, und nichts hatte seine Seele berührt. Er hatte leicht von jenen Frauen lassen können, rühmte sich seiner Eroberungen nicht und gab das Vergnügen in ihren Armen ohne Bedauern auf. Sollte es gelingen, sich zu finden? Er fuhr ihr mit der Hand über ihr Haar und strich es zurück. Sie griff nach ihr und sagte: "Du hast so schöne kräftige Hände", streichelte sie und lachte ihn glücklich an. Er umschlang sie mit der anderen und zog sie behutsam zu sich. Er sah sich um, wie um sich alles für immer einzuprägen: Die ausladenden Kronen der Kastanienbäume, eingerahmt von dem weitgeöffneten Fenster, die Gerüche von gebratenem Fleisch und Gebackenem, die hereindrangen. Die Musik, die nicht ermüdete. Das wilde Tanzen, das nicht aufhörte. Ihr Maiglöckchenparfum stieg ihm in die Nase, und er verlor sich in der Linie ihres Halses, auf dem die Schlagader hervorstand und stark pochte. Es war wie ein Wunder, das Wunder der Liebe, und Tränen stiegen in ihm auf. "Ich liebe Sie", flüsterte er und, jedes Wort auskostend, wiederholte er, "Ich liebe dich."

37

Es war im Morgengrauen, als Lucien Bonaparte sich in den privaten Gemächern Bonapartes meldete. Mustapha führte ihn in das Badezimmer des Bruders. “Du hast mich rufen lassen?” fragte Lucien. Napoleon stand neben einem großen Ölgemälde und antwortete nicht. Lucien trat hinzu. “Ich wollte, daß du meine neueste Anschaffung siehst. Die Schlacht zwischen Alexander dem Großen und Darius.” Lucien hatte nie vorher so ein Bild erblickt, die Darstellung einer Schlacht unter einem phantastischen Himmel und in einer Phantasielandschaft voller hoher Berggipfel und Seebuchten. Myriaden von Soldaten stießen aufeinander, hunderte Lanzen stachen in den Horizont. Im Zentrum sahen sich die beiden Gegner gegenüber, der kühne, furchtlose Alexander mit der geraden griechischen Nase, das junge Gesicht bartlos, den Kopf unbedeckt und die Augen riesengroß auf Darius blickend, den Gegner, der orientalische Despot mit Turban, begleitet von enormen Elefanten und furchterregenden Kampfwagen, aus deren Seiten Messer herausragten. “Da staunst du, nicht! Es ist von einem bayrischen Renaissancemaler. Ich verlangte es von König Max, und er konnte mir die Bitte nicht abschlagen. Schließlich ist er mein Freund.” Alles war mit größter Genauigkeit dargestellt, man konnte sich in den Details verlieren, und doch hatte das ganze einen großen Atem, strömte das Gefühl einer entscheidenden historischen Begebenheit aus.

Lucien fiel die Lust auf, die der Bruder bei diesem auf sanfte Art geraubten Kunstwerk empfand, und sie mißfiel ihm. “Du hast nach mir geschickt, damit ich deine Fantasien der Welteroberung teile?” fragte er irritiert. “Lucien, verstehst du nicht? Der Thron Frankreichs ist leer. Er ist für mich bestimmt.” Bonaparte rieb sich die Hände und sah Lucien gutgelaunt an. “Lucien, möchtest du ein Schloß? Such dir eines aus. Möchtest du ein Vermögen? Das kann bewerkstelligt werden. Eine blaublütige Prinzessin? Ich erlaube dir, dich scheiden zu lassen.” “Ich bin glücklich verheiratet.” “Ich erkenne die Heirat nicht an … Lucien, siehst du nicht? Jeder will etwas. Jeder will etwas von mir. Alle wollen sie Privilegien, und ich kontrolliere, indem ich Privilegien austeile. Zu regieren hat seine eigene Logik.” “Es gibt Leute, die nichts von dir wollen. Sie verschwinden einer nach dem anderen ins Exil”, wagte sich Lucien vor. Bonapartes gute Laune war mit einem Mal verflogen. “Sprich nicht von ihr.” “Ich bin mit ihr befreundet, und das wird sich nicht ändern. Letztenendes wäre uns allen gedient, wenn sie hier wäre, auch wenn ihre Meinungen unbequem sind.” “Nein, Paris ist zu klein für uns beide, und paß auf, was du sagst.” “Willst du, daß ich dir etwas vormache? Vergiß den 18. Brumaire nicht. Ich war an deiner Seite, habe Hals und Kragen für dich riskiert." "Darüber läßt sich streiten", schnitt ihm Napoleon das Wort ab. Lucien biß die Lippen zusammen und sagte schließlich: "Du hast dich geändert, Bruder. Selbst Mama macht sich Sorgen und meint, du gehst in die falsche Richtung." "So Mama denkt! Wirklich, Lucien ... Schade, daß du mir nicht folgen kannst. Die Macht hat ihr eigenes Gefälle, ob es dir gefällt oder nicht, und ich muß ihr folgen." Er pfiff durch die Zähne und setzte hinzu: "Manchmal muß man falsche Dinge für die richtigen Zwecke tun." Das waren Fouché Worte, als er ihn in Begleitung Talleyrands zu der Tat drängte, vor der er zurückschreckte. Lucien ging. Bonaparte schloß die Augen. Er hatte sich beim Bruder erleichtern wollen und wußte nun, daß es nicht mehr möglich war.

Er war ganz allein in seinen Entschlüssen. Er hatte sie gegeben, die Zustimmung zur Anklage des Herzogs von Enghien, die auf Hörensagen beruhte, die schnelle Verhandlung vor einem geheimen Militärgericht mit einem vorgefaßten Urteil. Doch waren das nicht Schritte, die wieder rückgängig gemacht werden konnten? Mit einem Wort, einem Federstrich konnte er über Leben und Tod entscheiden. Es ließ ihn schwindeln. Eine seltsame Lähmung befiel ihn, wenn er an den jungen Herzog dachte, alles wurde unklar und unentschieden. Man konnte diesem nichts nachweisen, aber es war nicht auszuschließen, daß er jedem Anschlag auf sein Leben in Gedanken zustimmte. Grundsätzlich hätte er sicherlich nichts dagegen einzuwenden, wenn er, der korsische Emporkömmling, verschwände, er war schließlich Bourbone. War das nicht fast dasselbe, wie selbst eine Verschwörung zu planen? Manchmal mußte man den Gegnern zuvorkommen, bevor diese selbst wußten, daß sie seine Gegner waren. So hatte Fouché argumentiert. Er blickte auf die Gipfel der Bäume im Garten der Tuillerien. Ein erster Vogel begann zu singen.

Einige Meilen östlich von den Tuillerien begann ein früher Vogel im Hof der Festung Vincennes zu singen. Nichts rührte sich, selbst die große Eiche nicht. Nicht weit von ihr war ein offenes Grab in der Erde ausgehoben. Der junge Herzog wurde von einer Gruppe von Soldaten geleitet. Er blickte gerade aus. Die Schritte der kleinen Truppe wurden von der Erde aufgesogen. Sie erreichte die Wand der Festungsmauer und stellte den Herzog davor auf. Der Offizier wollte ihm die Augenbinde anlegen. "Nein. Ich bin unschuldig." Der Offizier ließ von ihm ab und ging zu den Soldaten. "In Formation", kommandierte er, und die Soldaten bildeten eine Reihe gegenüber dem Herzog. Sie hoben ihre Gewehre in Richtung der zarten, großen Gestalt des Herzogs. "Feuer", brüllte der Offizier. Der Herzog bekreuzigte sich und hob die Arme gegen den Himmel. Sein letzter Eindruck war die Krone des Eichenbaums im ersten Strahl der Sonne und der verblichene Mond am Himmel. Eine Salve von Schüssen. Der Herzog sackte zusammen.

Im Kabinett Bonaparte brach wenige Stunden später Josephine im Negligé ein, außer sich und schluchzend. Sie sank in die Knie, stammelte, daß der junge Herzog von Enghien erschossen wurde und sah den Gemahl unter Tränen an, um eine Erklärung bittend. "Sie handelten zu schnell", stieß er hervor und wurde blaß.

38

Die Kastanienbäume standen als dunkle Masse gegen den nächtlichen Himmel. Das Lärmen der Kirchweih war verstummt. Die letzte Musik war verklungen. Es herrschte völlige Stille. Germaine lauschte in sie. Ein fernes Bellen, ein vom Schlaf aufgeschreckter Vogel. Ein Schuß fiel weit weg. Erschreckt setzte sie sich auf und blickte zum Attaché, der an ihrer Seite schlief. Sie legte ihren Kopf auf seine Brust und lauschte seinem Herzschlag. Er regte sich im Schlaf und schlang seine Arme um sie. Es beruhigte sie. Dann sammelte das Bellen aus einer einzigen Hundekehle andere Stimmen und steigerte sich zum lauten Crescendo, das an der Seele zerrte. Es galt dem Fuhrwerk des Wirts, das den Arzt durch den stillen Ort brachte und unter dem Haus hielt. Germaine hörte Schritte, mehrere aus verschiedenen Richtungen im Haus. Ihr Herz pochte ihr bis zum Hals, als Schritte vor ihrer Tür anhielten. Ein lautes Klopfen an der Tür. Der Attaché fuhr aus dem Schlaf auf, sprang aus dem Bett, war in Windeseile an der Tür und öffnete sie. Olive stand da und flüsterte aufgeregt. Germaine hörte den Namen Albertine fallen, und von Vorahnung getrieben, warf sie sich ihr Kleid über, eilte hinaus und stürzte durch den Korridor zu Albertines Zimmer. Sie riß die Tür auf. Mit wallenden Haaren stand sie da. Caroline hielt sie auf und machte ihr ein Zeichen, still zu sein. In dem Moment trat der Arzt ins Zimmer, ein kräftiger Mann mit einer Ledertasche. Er setzte sich an den Bettrand und nahm die Hand Albertines, die teilnahmslos mit geschlossenen Augen im Bett lag. Er befühlte ihren Puls und ihre Stirne, roch ihren Atem und an ihrer Haut und sein Gesicht wurde immer bedenklicher. Er machte sich keine Mühe, die Besorgnis zu unterdrücken, die ihm ihr Zustand bereitete. “Ein Fieber, Madame. Die Körpersäfte sind ernsthaft gestört.” “Ist es ernst?” fragte Germaine. “Ja, vor einigen Tagen ist ein Kind ein paar Häuser weiter von hier daran gestorben”, antwortete der Arzt kurz angebunden. Voller Panik rief Germaine: “Was ist zu tun?” Der Arzt seufzte. “Sie muß in heißem Wein gebadet werden.“ “Und?” fragte Germaine. “Man sollte sie... zur Ader lassen.” “Zur Ader lassen, das wird nicht mehr gemacht!” rief Germaine entsetzt aus und blickte auf die große Ledertasche des Arztes. Der Gedanke, Blut aus dem kleinen Ärmchen Albertines herauszuzwingen, war ihr unerträglich. “Wo ist der Vater des Kindes, wer trifft die Entscheidungen hier?” fragte der Arzt mit unverhohlener Irritation. Germaine war ratlos.

Caroline beobachtete die Szene mit Spannung. Sie kannte die Qual dieses Moments, das Gefühl von Ohnmacht und die zitternde Angst, das Falsche zu tun. Damals hatte Schelling die Entscheidungen getroffen. Er war überzeugt gewesen, daß die Methoden des schottischen Arztes Brown, die Ruhr zu bekämpfen, den herkömmlichen überlegen waren und hatte sich selbst an die Behandlung gemacht. Sie hatte sich von ihm die Entscheidung abnehmen lassen. Sie hatte das Schicksal ihres Kindes dem Liebhaber anvertraut. War dies das eigentliche Vergehen gewesen? fragte sie sich gequält. Und als sie endlich den Arzt gerufen hatten, beklagte dieser sich, daß man ihn zu spät gerufen hätte und machte diese Meinung öffentlich bekannt. Sie ging zu Germaine, die sie verzweifelt ansah. Wilde Angst und Hilflosigkeit lagen in ihren Augen. Sie war bereit, sich an jeden Strohhalm zu klammern. “Lassen Sie mich mit dem Arzt reden.” Germaine hing an ihren Lippen, nickte ihre Zustimmung, vertraute ihr grenzenlos, wie sie damals Schelling vertraut hatte.

Caroline seufzte tief, fing sich, trat zu dem Arzt und sagte: “Ich möchte ein Wort mit Ihnen reden.” Sie ging mit dem Arzt zur Seite. “Sagen Sie, Herr Doktor, was sind die Aussichten einer solchen Prozedur? Sie müsse viele Kinder in diesem Zustand gesehen haben. Bitte, sagen Sie mir die Wahrheit.” Ihre konzentrierte Ruhe veranlaßte den Arzt, nicht nach ihrem Recht fragen, diese Fragen zu stellen. Er zuckte mit den Schultern und antwortete: “Ich habe viele schwache, dünne, schlechternährte Kinder gesehen, die diese Krankheit ohne diese Behandlung überlebten, und ich habe starke Kinder gesehen, die trotz der besten Pflege nicht durchkommen. Das Schicksal entscheidet, Madame. Es steht nicht in unserer Macht.” Er sah die weitgeöffneten Augen, den unverblichenen Schmerz in Carolines Zügen und verstand. Fast behutsam sagte er mit warmer Stimme: “Der Tod des eigenen Kindes ist der größte Schmerz im Leben. Die Leute finden geheimnisvolle Wege, sich und ihre angeblich bösen Taten dafür verantwortlich zu machen. Im Fall, daß das Mädchen überlebt, müssen Sie der Mutter klar machen, daß unsere kläglichen Kämpfe mit Gut und Böse nichts im Universum des Tods zählen." Sie blickte ihn dankbar an. "Ich danke Ihnen, Herr Doktor. Ich wußte das eigentlich, hatte es aber vergessen." Sie lächelte ihn an. "Danke", wiederholte sie noch einmal, und er war erleichtert, daß er auf dem Feld, in dem Leben und Tod miteinander rangen, in diesem Moment nicht allein war. "Ihr Fieber muß herunter, das ist das Wichtigste." "Wir können das auch durch Schwitzen erreichen, nicht?" "Ja, Sie können es versuchen, und geben Sie ihr heiße Getränke, nicht kalte." Caroline ging zu Germaine. Der Arzt sammelte seine Sachen. "Ihr Fieber muß gebrochen werden." "Caroline, wird sie gesund werden... .. was sagt der Arzt?" "Psst", antwortete Caroline und sah sie streng an. Der Arzt verabschiedete sich. "Ich schaue morgen vorbei", sagte er zu Caroline und ging. "Bringen Sie Bettücher, heißes Wasser und Decken", bemerkte Caroline zu der Wirtsfrau, die im Nachthemd bei der Tür lehnte, bereit nach Kräften zu helfen. Germaine stand wie gelähmt da. "Es ist meine Schuld." "Nein, Germaine", widersprach ihr Caroline sofort und legte ihre ganze Überzeugungskraft in ihre Worte: "Nein, das dürfen Sie nicht denken. Es ist nicht Ihre Schuld. Glauben Sie mir, ich flehe Sie an." Ihre Worte erreichten Germaine, und die entsetzliche Ohnmacht wich von ihr. Sie setzte sich an den Bettrand. Albertine öffnete die Augen, sah Germaines verstörtes Gesicht, lächelte sie tapfer an und schloß sie wieder. Ihre Lider waren durchsichtig und zitterten. Sie wollte nach der Hand der Mutter greifen, aber sie war zu schwach dazu. Überwältigt vor Erschöpfung und Angst, begann Germaine still zu weinen. Caroline schloß sie in die Arme und wiegte sie hin und her wie ein Kind. "Wo bleiben sie bloß?" fragte Germaine und schaute jede Minute zur Tür. "Das Wasser muß erst heißgemacht werden. Es wird nicht zu lange dauern. Sie kommen bestimmt jeden Moment."

Endlich kamen die Gastwirtin und Olive mit Decken, Tüchern und heißem Wasser. Caroline und Olive tauchten die Tücher in das heiße Wasser, wanden es aus und wickelten Albertine damit ein, wie eine Mumie. Nur ihr blasses Gesichtchen blieb ausgespart. Sie deckten sie zu und setzten sich neben das Bett. Albertine phantasierte und bewegte sich unruhig. Wasser wurde neu erhitzt, frische Tücher gebracht und mit den alten ausgewechselt, Caroline versuchte, Albertine Kamillentee einzuflößen. Die Hähne krähten, der neue Tag kündigte sich an. Albertine rang mit dem Tod. Caroline hielt ihre Hand, Olive betete still. Gegen mittag kehrte die Farbe in Albertines Gesicht zurück, und sie öffnete die Augen. Als sie die Mutter sah, lächelte sie glücklich. Germaine brach in Tränen aus, ging auf die Knie und legte den Kopf auf das Bett. Albertine schloß die Augen und fiel in einen ruhigen Schlaf.

Caroline geleitete Germaine aus dem Zimmer. "Gehen Sie, Sie brauchen Ruhe. Ich bleibe bei Albertine." Germaine folgte brav wie ein Kind und ging benommen aus dem Zimmer.

Caroline ließ sich auf einen Stuhl sinken. Endlich durfte sie weinen, und sie weinte, leise, bis keine Träne mehr übrig war. Sie ging zum Bett und sah auf die schlafende Albertine. Sie erinnerte sich, wie liebevoll die sterbende Auguste sie angesehen hatte, auf sie und Schelling gerichtet. Sie und Schelling gehörten zusammen. Ihr Kind wollte sie glücklich sehen. Sie befreite Albertine behutsam aus den Tüchern. Mit jeder ihrer Bewegungen zerbröckelte die Mauer, die sie um ihr Innerstes errichtet hatte. Schelling hatte Auguste retten wollen, und sie hatte bedingungslos an ihn geglaubt, weil sie ihn liebte. Sie sah Schelling vor sich, seine ernsten blauen Augen, seinen schöner Mund, seine beherrschte Leidenschaft und spürte Sehnsucht nach ihm. Sie vermißte ihn schrecklich. Auguste hatte es verstanden und ihr vergeben, war es nicht in ihrem Blick gelegen? Sie fühlte sich befreit, unendlich erleichtert. Ihr Trauma zerfiel. Sie löste sich aus ihren Erinnerungen, deckte Albertine wieder zu, legte sich neben sie, nahm ihre Hand und schlief ein.

Benommen ging Germaine zu ihrem Zimmer, öffnete die Tür und fand den Attaché vor. Die Frage, die in seinem besorgten Gesicht stand, beantwortete sie mit einem Lächeln, und die Tränen der Erleichterung flossen erneut. Er sah übernächtigt aus. Mit Bangen hatte er ohne Schlaf auf sie gewartet. Er brachte sie sanft ins Bett, deckte sie behutsam zu, wie eine Kranke, brachte ihr Wasser, fütterte sie mit Brot. streichelte ihre Haare und hielt ihre Hand. Sie war fassungslos darüber, daß er da war. Er war kein Phantom, dem sie nachjagen mußte. Der Druck seiner schönen, warmen Hände bestätigte es, und die Erinnerung der Stunden ihrer Liebe flutete in sie zurück. Voller Seligkeit schlief sie ein. Er blieb am Bettrand sitzen und betrachtete sie, wissend, daß sein Schicksal eine neue Wendung genommen hatte.

39

Seit der Bericht des Konsuls Detertre über die Tätigkeit des Barons Duchavier hinausgegangen war, widmete er sich seiner täglichen Routine. Er schaute trübsinnig aus seinem Arbeitszimmer, las in Zeitungen und überlegte, wie er den Nachmittag herumbringen würde. Wenn nur der Freund noch da wäre. Ob er de Staël wohl schon herumgekriegt hatte? Schüttete sie nun ihr Herz aus über den bösen Bonaparte? Warum schickte er ihm keinen Boten? Fast war er versucht, ihm nachzureisen. Es läge sicher im Sinn Fouchés. Doch das hieße, den Freund näher in die Falle zu locken, in der er selber saß. Der Gedanke machte ihn elend. Raus aus dem Haus mußte er auf alle Fälle, unter irgendeinem Vorwand, und wenn es nur ein Spaziergang wäre. Es war zu früh für den ersten Kognak, seufzte er. Da schellte die Glocke. Der Schreck fuhr ihm in die Glieder. Er schaute auf die große Standuhr. Zu früh für die tägliche Post. Nur ruhig bleiben. Er stellte sich in Sichtweite der Tür auf.

Pierre, der Butler, öffnete die Tür. Dort stand ein französischer Kurier, verschwitzt und müde. Er hätte eine Botschaft für den Konsul. Da war die Antwort auf seinen Bericht. Detertre zitterte vor Aufregung, trat hinzu und nahm den großen versiegelten Briefumschlag selbst entgegen. "Danke. Pierre, sorge dafür, daß der Kurier bewirtet wird und sich ausruhen kann." Er nickte ihm zu und ging in sein Arbeitszimmer. War es vielleicht die ersehnte Abberufung? Henriette war erschienen, und, mit einem untrüglichen Spürsinn für Intrigen folgte sie ihm. Sie war ihm lästig, dachte aber nicht daran zu verschwinden, und, sich fügend, brach Detertre das Siegel des Briefumschlags unter ihrem fordernden Blick. Er enthielt zwei Briefe, einer an ihn adressiert, der andere an den Baron Duchavier. Er faltete den Brief an ihn auf und überflog ihn. Henriette studierte sein Gesicht. "Und?" Detertre wurde blaß. "Was, was denn? Sag schon!" "Der Herzog von Enghien wurde aus Deutschland entführt und in Vincennes erschossen ... ." Er holte tief Atem und versuchte, wichtig zu klingen: "Meine Aufgabe ist es, die Ängste der Verbündeten zu beruhigen." Henriette war enttäuscht. Großes und Kleines mischte sich hier, und sie sah sich weiterhin auf der Seite des Kleinen stehen. "Fängt schon an, mit der Erschießerei", schnappte sie unwirsch und ging. Er setzte sich hin und las den Report noch einmal in Ruhe. Die schnelle Urteilsprechung, die Begründung. Der Punkt über den Mangel an eindeutigen Beweisen war angesprochen. Doch aus Gründen der Staatsraison wurde das Urteil vollstreckt. Die Vernunft des Staates sei die letztendliche Rechtsinstanz, und in diesem Sinne solle er argumentieren.

Detertre kleidete sich zum Ausgang an. "So eilt es auch nicht", keifte Henriette, "iß erst. Es gibt Hasenbraten. Wenn du wüßtest, wie schwer es war, einen aufzutreiben." Er hörte nicht auf sie, setzte den Hut auf, zog die feinen weißen Glacéhandschuhe an, nahm den Spazierstock und verließ das Haus, gefolgt von einer Salve von Vorwürfen. Der Hase konnte warten, die Geschichte nicht. Er ließ sich bei Montgelas melden und wurde gleich vorgelassen. Er berichtete den Vorfall und setzte hinzu, daß man so gut wie sicher sein könne, der Herzog hätte an der Spitze einer royalistischen Verschwörung, die von England ausging, gestanden. Fouché hätte Spione aufgegriffen, die geständig seien. Aus Gründen der Sicherheit des Staates wäre Bonaparte gezwungen gewesen, die Verschwörung im Kern zu treffen. Montgelas stand erregt auf und fragte: "Haben Sie Beweise, daß er schuldig war?" "Nein, direkte Beweise gibt es nicht, aber alles weist daraufhin, daß er schuldig war. Es gibt eindeutige Indizien." "Indizien", rief Montgelas aus. Glaubte man, daß er sich die Wolle über den Kopf ziehen lasse? "Indizien! Keiner wird es glauben. Paris muß sich klarmachen, daß ganz Europa empört und außer sich sein wird. Ich fürchte, Konsul Bonaparte hat einen Fehler gemacht und die Dinge auf eine Bahn gesetzt, aus der es keine Umkehr geben wird." Er war außer sich und klagte: "Wissen Sie, diese einzige, feige Tat stellt alles in Frage, was ich hier versuche aufzubauen."

Die Aufgabe war erledigt, wenn auch nicht zufriedenstellend. Montgelas hatte vielleicht in einer Sache Recht. Der Vorfall war das Signal zu einer neuen Zeit. Irgend etwas würde sich hoffentlich für ihn zum Besseren regen. Die zweite Aufgabe war reizvoller. Er hatte sie vor Henriette geheimhalten können, und das freute ihn. Christian mußte die Botschaft erhalten und zwar schnell. Ein Grund, sie aufzuklären und sich sofort von ihr wegzumachen, bevor sie ihn mit Vorwürfen bedeckte. Die Aussicht auf eine Reise und das Wiedersehen mit dem Freund belebte ihn. Er würde keine Kutsche nehmen, sondern wie der Freund reiten. Er freute sich auf das Abenteuer.

Er eilte nach Hause. Er hatte Glück. Henriette war ausgegangen. Er gab Pierre seine Anweisungen, zog sich um, zwängte sich in sein altes Reitkostüm, ließ den oberen Knopf um die Taille offen und machte sich davon. Hoffentlich war Christian noch an dem Ziel, das er ihm mitgeteilt hatte.

Die kleine Reisegesellschaft war in der Tat noch im Städtchen. Alle Sorgen richteten sich auf Albertine, die langsam wieder zu Kräften kam. Germaine, die sonst so Ruhelose, die immer nach Neuem jagte, war, vielleicht zum ersten Mal in ihrem Leben, für die erzwungene Ruhe dankbar, denn ihre neue Liebe füllte die Zeit. Sie erlebte die Art von Glück, die sie in ihrem Roman idealisiert hatte: ein ständiges Beieinandersein. Der Attaché wich nicht von ihrer Seite. Er beobachtete sie mit Staunen. Alles an ihr war ihm ein Gegenstand der Faszination, besonders ihr Gesicht, das unverstellt ihre Stimmungen widerspiegelte. Als es einen Tag lang regnete, blieben sie im Bett. Er wurde nicht müde, sie zu umarmen, sie neu zu erforschen und ihre Lust hervorzulocken, in der sie unerfahren war und auf die sie sich schrittweise einließ. Oft und unangemeldet packte sie die Panik, ihn so schnell zu verlieren, wie sie ihn gewonnen hatte. Sie fürchtete, das Leben würde ihr entgleiten. Sie klammerte sich an ihn. Er sah sie voll Zärtlichkeit an, und die Aufwallung verebbte.

Paris, Bonaparte und das Trauma der Ausweisung schienen weit weg zu sein. Doch Bonapartes Schatten ließ sich nicht ganz verscheuchen. Von ihm konnte das Unheil kommen, das sie trennen würde. Er war der Imperator, der nur den Arm zu heben brauchte, und sein Befehl war Gesetz. Er war das Damoklesschwert, das über ihrem Glück hing. Während Germaine de Staël las und ihre Briefe schrieb, verfaßte ihr Geliebter weiter seine Berichte über sie und schickte sie ab nach Paris. Er nahm sich dabei in acht, sie in seinen Berichten nicht zu loben, sondern lakonisch und sachlich zu berichten, daß Germaine de Staël sich in der Sommerfrische auf dem Land mit einer deutschen Professorenfrau befände.

Bonaparte war der Dritte im Bunde ihrer Verbindung, denn ihr strahlender junger Liebhaber stand in den Diensten des Herrschers und hatte seinem Glauben an ihn nicht abgeschworen. Seine Nähe regte sie an, Bonaparte die Gunst des Zweifels zu gewähren, wozu sie allzu bereit war. War ihr Exil vielleicht nur ein Versehen, aus einem Mißverständnis zustande gekommen? Würde er nicht einsehen, daß er und Frankreich sie brauchten und sie zurückrufen, sobald er sie richtig hörte? Hatte sie ihn nicht einmal grenzenlos bewundert und aus ganzem Herzen an ihn geglaubt? War sie nur von seinem Charisma geblendet worden? Sie sah ihn vor sich, wie charmant und mitreißend er war. Im gleichen Moment tauchten seine kalten Augen vor ihr auf, und die Drohung in seinen Worten machte ihr Angst. Sie war gespalten. In den Armen ihres Geliebten wurde die Welt wieder ganz, das gefährliche Bild verflüchtigte sich. Ihr Urvertrauen in den Sieg des Guten regte sich. Selbst bei Bonaparte konnte sich die Waagschale in die Richtung der Einsicht und der Inspiration zum Guten neigen. Sie gab sich dann der süßen Hoffnung hin, daß sie bald heimgehen würde und sah sich schon an der Seite Christians in ihrem Salon, als Führer in einer neuen Welt, und ein Gefühl des schönsten Glücks überströmte sie. Solange nur der Auserwählte neben ihr stand. Sie sah ihn forschend an und entdeckte keines der bekannten Anzeichen, daß er ihrer müde wurde und auf Flucht sann. Mit der vollen Kraft ihrer unerfüllten Liebeserwartung wollte sie ihm nahe sein und näher kommen. Sie bezog sich jede Minute auf ihn, mußte sich ständig versichern, daß er da war. Dann warf sie sich ihm in einer überströmenden Aufwallung von Sehnsucht und Erstaunen in die Arme, und jedesmal fing er sie auf. Er wich nicht aus. Er hielt die Steigerung ihrer Erwartungen an ihn aus. Sie brauchte ihm keine Fesseln anzulegen.

Christian Duchavier fühlte sich Germaine de Staël gewachsen. Nicht nur war seine Lebenskraft ihrer ruhelosen Vitalität ebenbürtig, sondern seiner selbst sicher, sah er sich nicht gemindert durch ihre geistige Schnelligkeit und Brillanz. Ihr reger Geist faszinierte ihn, wie sie alles damit durchdrang, und wie sie alle sinnliche Wahrnehmung und Erfahrung in Worte umsetzte. Was für ihn zählte, war, daß er zu ihrem Kern vorgedrungen war, in dem sie still und rührend war und aus dem eine frauliche Leidenschaft aufkeimte. Er drang zur Quelle ihres Hungers nach Nähe vor, wo ihr Liebestrauma zum Vater, den sie ganz hatte, und doch nicht haben konnte, ihr eine Sehnsucht eingab, die sich nicht stillen und sie nicht zur Ruhe kommen ließ. Ihr Leben sprudelte aus einer Quelle der Liebe, die nicht zum Versiegen kommen würde. Sie wollte lieben und geliebt werden, sich verströmen und verstand doch so wenig von der Liebe einer reifen Frau. Ebenso wenig hatte er von der Liebe verstanden, bevor er sie kennen lernte, nicht an sie geglaubt, bestenfalls auf sie gehofft, tief in seinem Inneren. Wäre es ihm sonst gelungen, sich eine gute Partie vom Leib zu halten? Furcht davor, sich zu binden, hatte er nicht, und der Gedanke, seine Liebe zu Germaine de Staël aus diesem Grund zu hinterfragen, kam ihm nicht.

Detertre schaffte die Reise in schnellster Zeit. Das Wetter war freundlich, die Straßen trocken. Er kam in der kleinen Stadt an. Der Marktplatz zeigte noch die Spuren des Fests. Einige Stände standen noch teilweise, andere waren im Abbruch. Das Grün am Maibaum hing verwelkt. Er hielt vor dem Gasthaus an. Der Puppenmeister, der seine Bühne abbaute, beobachtete ihn, und als Detertre ihn bemerkte, deutete er grinsend in die Richtung des Gartens neben dem Gasthaus, von wo die Töne eines Tremolo herkamen. Der Puppenmeister machte obszöne Bewegungen und simulierte eine Hinrichtung, indem er sich mit der Hand quer über den Hals fuhr. Alarmiert stieg Detertre vom Pferd und wanderte zur Seite des Hauses. Die Musik des Tremolo wurde lauter. Es war eine süße Melodie, die gar nicht zum Gehabe des Puppenmeisters paßte.

Nachdem Detertre das Haus passiert hatte, konnte er den Garten überblicken. Er sah den Freund wohlbehalten an einem Tisch sitzen, lesend, ihm gegenüber Germaine de Staël, schreibend. Aus dem offenen Fenster war die Professorenfrau am Tremoloklavier zu sehen. Welch schöne Frau, dachte er, und war von ihrer gelassenen Ausstrahlung angezogen. Neben ihr, warm eingewickelt in einem Schaukelstuhl, saß Albertine, der Musik zuhörend. Detertre zögerte. Er sah, wie der Freund den Kopf hob, wie Germaine ihn anlächelte. Wie er ihre Hand nahm und küßte. Wie glücklich und entspannt sie aussah. Beinahe schön. Wie eine Frau, die sich geliebt wußte. Und der Freund! Er wirkte so gelassen und fröhlich. Das Bild innigen Glücks traf Detertre. Der Freund hatte ein Land betreten, das er nicht kannte und von dem er sich ausgeschlossen fühlte. Er ahnte, daß er mit seiner Depesche an den Freund der Herold der Zerstörung war, und es tat ihm leid. Hatte er vielleicht dazu beigetragen, das Idyll zu beenden? Er fühlte eine seltsame Genugtuung über seine heimliche Macht, verbunden mit den großen Bewegungen der Zeit, und er schämte sich seiner Gefühle. Natürlich gönnte er dem Freund seine Eroberung. Hatte er ihn nicht von Anfang zu ihr hinzustoßen versucht? Unter anderen Umständen wäre dies eine rundum gute Wendung, Christian Duchavier mit der berühmten Baronesse Germaine de Staël verbunden zu sehen, und er könnte sich rühmen, seinen Teil dazu getan zu haben. Doch in den wenigen Tagen, in denen die beiden ihrer Liebe hingegeben waren, hatten sich die Dinge für immer verändert. Unwissend über die letzten Ereignisse auf der Bühne der Geschichte, ahnungslos der Ränkespiele um sie, geriet das Liebespaar unweigerlich unter die Räder ferner Vorgänge. Er seufzte und ging zum Tisch hinüber. Christian sah ihn überrascht an und merkte zugleich mit Verwunderung, daß er ihn beinahe erwartet hatte. Detertre begrüßte Germaine und zog den Freund zur Seite. Germaine folgte ihnen aufgestört mit ihrem Blick.

"Ich habe schlechte Nachrichten, mein Freund." Er reicht ihm die Depesche, die an ihn gerichtet gewesen war. Der Attaché überflog sie. Germaine beobachtete ihn mit Spannung und Neugier. Sie sah den Schatten auf dem Gesicht ihres Geliebten, den Ausdruck von Bestürzung und Entsetzen. Sie hatte plötzlich fürchterliche Angst. Etwas Schlimmes war geschehen. Sie hielt es nicht länger aus und ging zu den Männern. Sie sah den betretenen Ausdruck auf Detertres Gesicht. Sie hing an den Lippen des Attachés. Dieser sagte mit flacher Stimme: "Der Herzog von Enghien wurde verhaftet, der Verschwörung mit der Absicht des Hochverrats angeklagt, für schuldig befunden und hingerichtet ... ." Germaine stieß einen durchdringenden Schrei aus. Die Musik brach ab, Caroline und Albertine wandten sich der Szene zu, die sich draußen abspielte. "Ein Mord!" schrie Germaine. "Ein himmelschreiendes Unrecht." "Nicht so schnell urteilen, vielleicht war er wirklich schuldig", offerierte Detertre eine Meinung, die er selbst kultivierte. Germaine schüttelte den Kopf heftig: "Ich kenne den Herzog. Ich weiß, er ist unschuldig." Ihr Blick verlor sich, und als sie wieder aufsah, waren ihre Augen geweitet, wie auf ein unsichtbares Objekt des Schreckens fixiert, und mit tonloser Stimme stieß sie hervor: "Es ist die Geburt eines Cäsars. Es ist Bonapartes folgerichtiger Fortgang zu autokratischer Macht." Sie staunte selbst über die Klarheit ihrer Vision. Der Wagbalken war zu Gunsten der kaltberechneten Macht ausgeschlagen. Bonaparte war nicht freizügiger, sondern härter geworden und hatte sich die Staatsraison auf die Fahne geschrieben, um damit gegen alle vorzugehen, die ihm im Wege standen. Sie glaubte nicht eine Sekunde lang, daß der junge Herzog schuldig war, und nie würde sie sich mit diesem Mord abfinden, ihn übersehen und hinwegdiskutieren. Sie würde kein Handlanger zum Bau einer Welt sein, die Verbrechen beging, um ans Ziel zu kommen. Der Zweck durfte die Mittel nicht heilen. Die Würfel waren gefallen, ihre Hoffnungen, nach Paris zurück zu kehren zunichte.

Detertre reichte dem Attaché die Depesche, die an diesen gerichtet war. Er brach das Siegel und las. Er nahm sich Zeit. Sie beobachtete ihn. Der Ausdruck auf seinem Gesicht zeigte Entsetzen, dann Fassungslosigkeit und Schmerz, puren Schmerz. Sie verstand sofort. "Christian!" Er sah sie nicht an. "Christian", wiederholte sie mit Angst in der Stimme, die ihn zerriß: "Du mußt sofort nach Paris zurück, nicht wahr?" Er sah sie noch nicht an. Er wollte sich fassen. Für wenige Sekunden war alles in der Schwebe. Sie kamen ihr wie eine Ewigkeit vor. Vielleicht täuschte sie sich! Aber warum schaute er sie nicht an? Sie wollte die Wahrheit in seinen Augen sehen. Sie sah ihn bettelnd an. Dann blickte er sie mit traurigen, verstörten Augen an: "Das ist der Befehl. Woher weißt Du das?" Das Damoklesschwert sauste herab und zerschnitt ihr Glück. Ein langes Schweigen folgte und lastete auf ihnen. Germaine rang um Fassung. Albertine und Caroline warfen ihre Arme um sie.

Der Attaché sah Detertre verstört an, der es vermied, dem Freund in die Augen zu blicken. Was ihn verstörte, war der Ton der Depesche: kalt, fast drohend, so als ob er sich rechtfertigen müßte. Von dem Charme, den Bonaparte und Fouché bei ihm hatten spielen lassen, war nichts mehr zu spüren. "Ich mache mich fertig. Wir können in einer Stunde aufbrechen", sagte er mit belegter Stimme.

Das Zimmer des Attachés war erfüllt von Sonnenlicht, wie vor wenigen Tagen, als sie sich zum erstenmal liebten. Germaine rang um Fassung. Ihre wunderbare junge Liebe verließ sie. Die Vorstellung war ihr schrecklich und alarmierte alle ihre Reflexe, ihn festhalten zu wollen. Sie wollte auf den Fußboden fallen, seine Beine umschlingen, schreien, mit Selbstmord drohen, alles tun, um zu verhindern, daß er das Zimmer verließe. Er mußte alles wenden, es mußte in seiner Gewalt liegen. Wenn er sie wirklich liebte, würde er das Schicksal nicht bezwingen? Er spürte ihre Verzweiflung und sagte: "Bitte Germaine, hilf mir zu tun, was ich muß." "Du mußt es nicht tun, du kannst dich weigern." "Und zum Deserteur werden?" Er sah sie an. "Würdest du imstande sein, einen Deserteur zu lieben? Einen Mann, der zu feige ist, für seine Handlungen gerade zu stehen?" Sie zwang sich, ruhig zu bleiben. Er verließ sie ja nicht. Sie setzte sich auf 's Bett und beobachtete, wie er die wenigen Gegenstände zusammensuchte und in seine Satteltasche verstaute. Wieder wollte sie schreien und sich an ihn klammern. Heute nacht würde sie wieder allein in ihrem Bett liegen, ratlos und schlaflos. Sie konnte den Gedanken, ihn zu verlieren, nicht ertragen, sie ging zu ihm, umschlang ihn mit ihren Armen von hinten, legte ihren Kopf auf seinen Rücken, fühlte mit jeder Faser ihres Körpers den seinen, um sich diesen Eindruck für immer einzuprägen. Er drehte sich um und hielt sie. Wie ein Kind wollte sie an seiner Brust schluchzen. So sollte er sich nicht an sie erinnern. Er brauchte Kraft für das, was ihm bevorstand. Sie mußte sich ihm stark zeigen. Er war es ja auch. Es war keine Wahl, sondern ein Befehl. Er war kein Feigling und kein Deserteur. Sie konnte mit dem Schicksal hadern, mit Bonaparte, aber nicht mit ihm. Ihr Gefühl von Ohnmacht, das der Exilbefehl mit sich gebracht hatte, regte sich und lähmte sie. Die Realität war brutal. Die Welt war in Freunde und Feinde eingeteilt, und die Fronten hatten sich verhärtet. Sie wußte, sie war auf der Seite der Feinde, und es war unentschieden, was mit ihr passieren würde. Der Mord an dem Herzog zeigte deutlich, daß sie nicht sicher war. Es hing nicht davon ab, ob sie sich ruhig verhielt oder nicht. Eine falsche Anklage, ein Vorwand konnte schnell gefunden werden. Sie schauderte bei dem Gedanken, daß sie rechtlos und schutzlos war. Der Attaché hatte ihr das Gefühl vermittelt, ihr Beschützer zu sein, aus dem Feind war ihr engster Freund geworden. Würde er gezwungen sein, wieder ihr Feind zu werden? Er war die Brücke zu Bonapartes Frankreich gewesen, die Verbindung zu dem verlorenen Paradies. Seine zivilisierte Art erinnerte sie daran, daß Frankreich seine Gegner mit Schonung behandelte. Damit war es vorbei. Ein brutalerer Geist war erstanden. Sie wurde fallengelassen in eine unbestimmte Zukunft.

Was, wenn ihm etwas zustieße? Die plötzliche Angst um ihn überlagerte ihr Entsetzen vor der Trennung. Sie sah ihn in Gedanken vor einem Erschießungskommando. Es war ein unaussprechliches Schreckensbild. "Würdest Du es zulassen, daß man mich erschießt?" fragte sie ihn stattdessen. "Nein, nein", antwortete er erregt. "Nicht, solange mein Herz schlägt." Ja, schlagen sollte es für immer. Solange er lebte, war Hoffnung. Sie weinte lautlos, glücklich und zutiefst unglücklich. "Ich werde Dir schreiben", versprach er und nahm seine Satteltasche. Sie gingen zum Ausgang des Zimmers. An der Schwelle blickte er zurück, so als ob er etwas vergessen hätte. Er beschwor die Erinnerung an den Moment vor einigen Tagen. Das Sonnenlicht lag hell auf dem Bett, der Gesang der Vögel drang herein, die vollen Kronen der Bäume im Fensterrahmen bewegten sich sanft. Erst vor wenigen Tagen hatte er Germaine zum Bett geführt. Sie war die Seine geworden, sie war Frau in seinen Armen geworden. Er hatte auf den tiefsten Grund der Liebe gesehen, und ihr Geheimnis hatte sich ihm offenbart. Er war tief bewegt.

Germaine war schon aus dem Zimmer getreten. Sie hatte nicht zurückgeblickt, sie blickte nie zurück, die Vergangenheit war ihr entrissen, die Gegenwart war ihr zu schmerzlich. Atemlos stürzte sie nach vorne. Er war dankbar dafür, daß sie es ihm nicht schwerer machte.

Unten vor dem Gasthaus hatten sich die Wirtsleute versammelt, um sich zu verabschieden. Georg, der Stallknecht, führte die Pferde vor. Der Puppenmeister war zu seinem Spielchen bereit. Als die Männer ihre Pferde bestiegen, spielte er Marschmusik auf einer Trompete und simulierte Befehle und Marschieren. Die beiden Männer ritten davon, schweigend und geradeaus schauend. Die Hufe klirrten auf dem leidlichen Kopfsteinpflaster. Staub flog auf. Die Luft flimmerte von der Hitze des Tages. Irgend jemand sang ein Lied. Irgend jemand fühlte sich wohl genug, um zu singen. Germaine stand wie gelähmt vor Unglück und blickte ihrer Liebe nach, wie er langsam zur Vergangenheit wurde. Caroline trat neben sie. Ganz am Ende der Straße drehte sich der Attaché noch einmal um. Germaine versuchte den Ausdruck in seinen Augen zu sehen. Er war zu weit weg. Der Puppenmeister hielt betroffen in seinem Faxen ein. Caroline legte ihren Arm um Germaine. "Wir können jederzeit aufbrechen, Germaine ... Albertine ist stark genug." Germaine ließ sich willenlos von Caroline in den Gasthof zurückführen.

Albertine saß in ihrem Zimmer, ihre Puppen fertig zur Abreise gemacht. Mit weinerlicher Stimme bettelte sie: "Ich möchte auch nach Paris zurück, Mama. Ich möchte Catherine wiedersehen. Sie hat bald Geburtstag." "Wir können nicht nach Paris, Albertine, wahrscheinlich für lange Zeit nicht." Albertine wollte es nicht wahrhaben, und ihr Schmerz wandte sich gegen die Mutter. "Er hat dich verlassen, wie alle anderen", folgerte sie mit ungewöhnlicher Grausamkeit." Germaine war bestürzt und schloß Albertine in die Arme. Schluchzen kam aus dem Kind heraus. Germaine ahnte, daß es auch Mitgefühl mit ihrem Schmerz war. "Nein, Albertine. Er hat mich nicht verlassen wie die anderen", sagte sie sanft, drückte sie und wiegte sie hin und her, dankbar für das Kind, für seine Gesundheit und für die Aufgabe, die ihr durch sie gestellt war. "Wir werden eines Tages wieder in Paris sein. Das verspreche ich dir, Albertine." Das Kind erwiderte ihren Druck und sah sie tapfer an. Sie hatte verstanden, daß die Mutter sie liebte und brauchte. Die Vorstellung einer glücklichen Mutter war ihr das Wichtigste.

Nachdem der Attaché einen letzten Blick auf Germaine geworfen, gab er seinem Pferd die Sporen und jagte wild davon. Detertre holte ihn mit Mühe ein. "Mein Gott, was ist nur in dich gefahren?" Das Gesicht des Freundes war verzerrt. "Dich hat es wirklich erwischt", seufzte Detertre und setzte hinzu: "Das ist das Problem. Das hat Bonaparte offenbar nicht gefallen." Er versuchte einen leichten Ton anzuschlagen, wie in alten Zeiten. Der Freund antwortete nicht. "Ich hab dir gleich gesagt, daß sie dir gefiel. Aber ich hatte mehr an eine schöne Affäre gedacht, bei ihrem Alter und mit ihren Kindern." "So, und das wäre dann wohl in Ordnung gewesen", entfuhr es dem Attaché. "Eine Affäre, die Bonapartes Zwecken dient, ist in Ordnung, eine Liebe nicht." Er war wütend. "So wie du auf de Staël eingegangen bist, sieht es nach Verrat aus", lenkte Detertre ein und merkte mit Schrecken, daß er sich vielleicht verraten hatte. Woher sollte Fouché wissen, daß der Freund sich ernsthaft verliebt hatte? Er schaute schnell weg. "Verrat", lachte der Attaché auf und versank in Nachdenken.

Sie ritten lange nebeneinander her. Detertre brabbelte vor sich hin: "Ich weiß, wie du dich retten kannst. Bonaparte drängt auf ordentliche Verhältnisse, er will die Männer in Regierung und Militär verheiratet und Kinder bekommen sehen. Das ist deine Chance. Versprich ihm, in eine Familie einzuheiraten, die hoch im Kurs steht. Du kannst dich dann immer noch verlieben. Dagegen hat Bonaparte nichts, solange die Diskretion gewahrt wird, wie er bei seiner Josephine." Der Attaché hörte ihn nicht. Dann sagte er plötzlich mit Leidenschaft: "Die wahre Liebe ist immer im Recht. Sie hat ihre eigenen Gesetze. Daran hat sich auch unter Bonaparte nichts geändert." Eine wilde Hoffnung bäumte sich in ihm auf: "Bonaparte hat ein falsches Bild von ihr", verkündete er und wußte in demselben Augenblick, daß das

Bild der geliebten Frau feststand. Die Zeit, in der alles im Fluß war, war vorbei. "Ja, ich kann sehen, daß der Konsul mich als einen Verräter sieht." Und wie zu sich selbst fügte er hinzu: "Ich bin dieses Risiko bewußt eingegangen. Ich werde dazu stehen. Ich werde sie nicht verraten." Der Freund hatte tief in sich blicken lassen, wie seit langem nicht mehr, seit der Zeit als sie zusammen sterbenskrank in einem Lazarett in Jaffa gelegen waren. "Ich werde für dich beten, Christian." "Ich danke dir. Ich werde für dich beten", antwortete der Attaché.

Germaines Kutsche ist ihr Reich, das ihr die Menschen und das Geschick nicht streitig machen. Immer wenn sie mit schnellen und entschlossenen Schritten auf ihre Kutsche zueilt, den Rock leicht hochhebt, mit einem Fuß fest auf das Trittbrett, mit dem anderen in die Kutsche selbst steigt, betritt sie das geheime Kabinett ihrer Wünsche und Interessen, von wo aus sie ihre Fäden spinnt. Das Innere hat sie nach ihren Vorstellungen ausstatten lassen, hat an nichts gespart, denn sie braucht eine reisende Welt, die bequem ist. Die gutgepolsterten und samtüberzogenen Sitze sind von bester Qualität. Befestigte Ruhekissen in der Höhe ihres Kopfes und bewegliche Fußstützen sorgen für Komfort. Die Lehne ihres Sitzes läßt sich leicht nach hinten verstellen, wenn sie ruhen möchte. Vorhänge aus Musselin und darüber schwere Überzüge erlauben ihr, die draußen vorziehende Welt teilweise oder ganz zu verhüllen. Ein kleines Buffet enthält Getränke und Eßbares, so daß nicht angehalten werden muß. Auch eine kleine Nottoilette ist eingebaut, die besonders das Reisen mit ihren Kindern erleichtert. Ein winziges bewegliches Waschbassin ist in einem anderen Kasten untergebracht. Kerzenhalter hinter Glasscheiben befinden sich an der Wand, damit sie ihr Schreiben und Lesen nicht zu unterbrechen braucht, wenn sich der Himmel unter einem Sturm verdunkelt oder die Dämmerung einbricht. Aber an frischer Luft mangelt es. Es riecht nach Stoff und Holz und Körperausdünstungen, und wenn es tagelang regnet, nach nassem Leder vom Dach der Kutsche her. Bei geöffnetem Fenster dringt der beißende Geruch von Pferdeschweiß, Kot und Wagenschmiere herein. Ein an der Seite befestigtes Regal ist für die Bücher bestimmt, die sie haufenweise mitnimmt. Unter den Sitzen befindet sich ein Stauraum für ihr kostbares Toilettenset sowie Kleider zum Wechseln und diverse Decken und Schals. Auf einem Sockel hat die Büste des Vaters ihren Platz. Selbst ihre Stadtkutsche ist so eingerichtet, daß sie jeden Augenblick zu einer langen Reise aufbrechen kann. Für eine solche hat sie immer das modernste Kutschenmodell, nun mit der neuen Federung, in dem das Gehäuse auf Riemen schaukelt und die brutalen Stöße über schlechten Straßen zu einem Ding der Vergangenheit macht. Sie trennt sich ungern von Bekanntem und seufzt doch erleichtert auf, sobald sich ihre Kutsche in Bewegung setzt. Solange sich alles bewegt, ist nichts für immer entschieden. Schon gleicht sich ihr Körper dem Schütteln und Auf- und Abschaukeln des Gefährts an. Dahineilen will sie, wenn schon, dann so schnell wie überhaupt möglich. Vier Pferde, die besten, sind eingespannt und von ihrem vorzüglichen Kutscher geschickt angetrieben. Meist eilt ihre Kutsche den beiden nachfolgenden voraus, die Diener und Gepäck befördern, weil sie es nicht erträgt, langsamer als die höchste Geschwindigkeit zu fahren.

Nur weiter. Durch ihre Bewegung hält sie die Welt am Laufen, ehe sie sich festfährt und sich etwas gegen sie entscheidet. Dann sind die Würfel noch nicht gefallen, sondern rollen mit ihr, auch die vergangenen. Vergangenes und Zukünftiges hält sich gleichsam in der Schwebe, Nachwehen und Vorahnung mischen sich. Alles bleibt im Vorhof der Entscheidung, wird beständig von den Kräften der Zeit durchschüttelt. Indem sie flieht, verhindert sie tödliches Stillstehen, das sie zur Gefangenen machen würde. Wenn sie in ihrer rollenden Kutsche der Wirklichkeit entkommt, bleibt ihr zitterndes Glücksbild intakt. Nur dann ist sie frei. Sie will die Uhr anhalten, die ihr droht, alles aus der Hand zu nehmen, bevor sie es nach ihrer Vorstellung geformt hat. Ausgespannt zwischen ihrer Beschleunigung und dem vergeblichen Versuch, sie anzuhalten, flieht sie und glaubt dabei an ihren Fortschritt. Sie will das Schicksal und den Gang der Dinge bestimmen und bewegt sich im Grunde nicht vorwärts, wie die rasenden Kutschenräder stillzustehen scheinen. Immer ist das Glück woanders, und nur ihre vergebliche Jagd darnach bleibt sich gleich. So kommt sie immer zu früh oder zu spät.

Müde wird sie, und ihr Körper schmerzt vom langen Sitzen. Doch schlafen darf sie nicht. Wenn sie die Erschöpfung zu überkommen droht, holt sie sich neue Kraft aus kleinen Inseln des Schlummers, die willkürlich in den Tageslauf gestreut sind. Das Laudanum ist das Mittelchen, das ihr zu diesen Pausen verhilft, und von dem sie abhängig ist. Die kristallne Karraffe mit der dunklen Flüssigkeit steht immer in Reichweite. Sie drückt sich fester in ihren Sitz, schließt die Augen und fühlt, wie die Kutschenräder sich unter ihr drehen. Die Bewegung des Gefährts geht in sie ein. Die Rhythmik der Kutsche ist ihr vorwärtsdrängender Herzschlag - hin auf eine Wegbiegung, wo neue Menschen und Abenteuer auf sie warten. Ihr Feuer erneuert sich schnell. Ihr Wesen, ihr Denken laufen unentwegt auf Hochtouren wie ihre Kutsche. Die Tat soll sie haben und alles Vergehende hinter sich lassen. Die Erlebnisse dürfen nicht reifen. Wie eine Schleppe schleift sie ihre Fäden hinter sich her.

Kaum hat sich die Kutsche in Bewegung gesetzt, greift sie zur Feder. Ihr Tragschreibpult aus grünem Maroquin ist immer in der Nähe, meist liegt es auf ihrem Schoß. Mit ihren Worten spinnt sie ihr Lebensgewebe, das sie schützt und Neues hervorbringen läßt. Schreiben ist ihre zweite Natur, ihr ständiger Begleiter, Freund und Beichtvater, seit frühester Jugend. Sie unterbricht alles, was sie gerade tut, wenn sich die Worte stauen und nach außen drängen. Dann fließen sie unaufhörlich aus ihr heraus, wandeln ständig alle Impulse und Eindrücke um. Nichts besteht wirklich ohne die Worte, ja sie spürt sich erst selbst durch sie. Sie sind Aufschriften, die die Wirklichkeit beweisen. Ihre Natur entlädt sich in einer ungebrochenen Kette von Antrieben, ihre lebhafte Fantasie beschwört eine endlose Parade von sich gegenseitig jagenden Bildern. Ihre Welt entsteht und verfällt, und nur Worte können das aufhalten. Nichts entkommt dem Zugriff ihrer Wortbildung. Sie blickt nicht in sich hinein. Die Worte bringen es an den Tag und formulieren beständig an der Wahrheit. In diesem Fluß gibt es kein Anhalten und keine Grenzen. Sie beugt sich vornüber, ihr Kopf ist gesenkt, der Hals angespannt, auf der Stirne entsteht eine tiefe Falte, der Mund ist halb geöffnet, und die Lippen sprechen die Worte lautlos mit, küssen sie wie zum Abschied. Ihre Hand fliegt über das Papier, setzt pausenlos Wort an Wort in ihren fließenden Buchstaben, deren Bögen sie aus Hast offen läßt. Ein unaufhörlicher Strom sind ihre Worte, und oft fallen Tränen auf das Papier und verschmieren das Geschriebene. Ihr ganzer Körper, Geist und Seele sind einbezogen in den Vorgang des Dahinschreibens. Jedes Wort, das einmal geschrieben ist, ist für immer freigesetzt, für die Welt bestimmt. Sie liest ihre Briefe nicht mehr durch. Gefeilt wird nicht. Kommen ihr Zweifel oder neue Ideen, schreibt sie einen neuen Brief. Alles, was sie denkt, sagt und schreibt, ist an andere gerichtet. Sie braucht den ständigen Widerhall. Nur das verschafft ihr vorübergehend Freiraum. Wie Brieftauben sendet sie ihre Billets in alle Richtungen und wartet bangend auf Antwort. Der enge Raum der Kutsche ist zugleich ihr Drehpunkt.

Aufstöbern und lenken will sie. Sie hat einen großen Auftrag an ihre Mitmenschen: das Gute zu mehren. Fällt das nicht zusammen mit dem Glück der Liebe und der Freiheit, durch das der Mensch sich selbst sein darf? Dabei meint sie sich selbst. Mit vollem und unschuldigem Herzen wirbt und klagt sie um ihre Zeitgenossen. Im fortlaufenden Dialog mit ihnen führt sie einen imaginären Salon. Ihre Selbstunterhaltung unterbaut sie mit neuem Stoff, den sie sich aus Büchern holt. In stummen Gesprächen erschafft sie sich die Welt, glanzvoll und hoffnungslos zugleich. So vermag sie als lebenssprühende Frau zu erscheinen, die Welt mitreißend und gestaltend. Nur manchmal ahnt sie, wie einsam sie in ihrem Unterfangen ist. Allein die Korrespondenz mit dem Vater hält ihr Lebensgebäude zusammen. Sie steht in der Schwerkraft einer Macht, die sie verstoßen, aber nicht entlassen hat. Sie bedroht sie, aber hat sie nicht ausgeschaltet. Ihre Leidenschaft widersteht der Bemächtigung durch ihn und weiß doch nicht, wie weit ihr Einfluß auf ihn reichen kann. Viel verlangt sie von sich und dünn ist der Boden, auf dem sie sich bewegt. Es ist ein ungleiches Duell.

40

Am folgenden Tag brachen die Frauen und Albertine auf. Germaine war ganz in ihren Schmerz gehüllt und schwieg. Sie hielt die Mundharmonika, die ihr der Attaché geschenkt hatte, in der Hand. Fragen stürmten auf sie ein. Was würde aus diesem allen? Eine bloße Erinnerung? Sie rebellierte gegen den Gedanken, daß ihr Glück schon im Vergangenen lag. Sie wollte es gegenwärtig, faßbar in Raum und Zeit, nicht in der Erinnerung. Sie blickte oft aus dem Fenster, hielt nach dem Kurier Ausschau, in der Hoffnung, von Duchavier eine Nachricht zu erhalten. Er hatte einen Brief aus Paris versprochen. Sie konnte also noch keine Nachricht haben und trotzdem hoffte sie darauf. Warum hatte er nicht schon vor Paris einen Kurier losgeschickt? Sie würde es an seiner Stelle tun, so wie sie schon unzählige Briefe an ihn verfaßt und ihren Kurier damit losgeschickt hatte. Er liebte sie nicht mehr. Das war es. Es war alles nur eine Einbildung gewesen, denn alles was stumm blieb und nicht mitgeteilt, war nicht wahr und nicht wirklich. Der Zirkel ihrer alten Liebesleiden drohte sie einzuholen. Daß sich ihr heißer Wunsch nach einer Nachricht von ihm nicht erfüllte, daß sie nicht den neuesten Beweis seiner Liebe in ihren Händen hielt, wenn es sie danach verlangte, setzte die Spirale ihrer Zweifel in Gang und brachte alle alten Begleiter, Panik, Angst und Unruhe mit. Er hatte sie verlassen, sich selbst überlassen. Sollte sie sehen, wie sie fertig würde mit ihrer angebrochenen Liebesgeschichte. Es war nicht recht, daß sie abgebrochen wurde und unvollendet blieb. Nichts war je vollendet und alles immer abgebrochen. Sie umklammerte die Mundharmonika. Wenigstens war sie in Bewegung. Sie würde ihm nachgehen, ihn einholen, tröstete sie sich, aber da fiel ihr ein, sie war ja im Exil und Paris war ihr verwehrt.

Die Kutsche trug sie in die Zukunft, die sich unbeschrieben vor ihr ausbreitete. Sie griff nach dem Zipfel ihres Schals und drehte ihn nervös zwischen ihrem Daumen und Zeigefinger. Albertine sah sie besorgt an. Eine Nachricht von ihm würde im Hotel sein, ja natürlich. Sie fieberte bei der Vorstellung. Doch was, wenn sie keine vorfände? Sie verwarf den Gedanken, doch er kam beharrlich zurück und versetzte sie in einen Zustand der Erregung, der unerträglich war, voller hochgespannter Erwartung und voller Angst, daß diese nicht erfüllt würde.

Wie konnte sie nur so an ihm zweifeln nach dem, was sich zwischen ihnen abgespielt hatte? Sie sah seine liebenden Augen und hörte, wie er zärtlich ihren Namen hauchte: “Germaine”. Sie warf die Hände vors Gesicht und schluchzte. Trennungen konnte sie einfach nicht ertragen, jede Art davon. Sie waren ein ewiges Verlassenwerden für sie. Mit der Inbrunst eines Kindes wünschte sie, daß der angebetete Geliebte nun alles zum Guten wenden würde, wie einst der Vater, sie nach Paris holte, mit ihr im Exil bliebe, immer an ihrer Seite. Aber er war eben nicht an ihrer Seite. Er war ein Trugbild. Hatte sie sich getäuscht in ihm? War alles nur ein Schachzug gewesen, um sie fertig zu machen? Ihre panischen Zweifel, denen sie leicht erlag, begannen sie zu quälen. Nein, sagte sie sich verzweifelt, es war alles wahr und gut und echt, er liebt mich, er hatte es ihr doch oft gesagt. Doch, warum hatte er sie dann verlassen? Warum? fragte sie mit trotziger Verzweiflung.

Caroline hing ebenfalls ihren Gedanken nach. Wie verzweifelt war sie gewesen, als sie abfuhr. In die Enge gedrängt, zum Punkt gebracht, wo alles zerbrach, erschöpft von ihrem Spiel, in dem sie Heilung vortäuschte, tapfer den geliebten Mann mit Gesten des Glücks und des Begehrens beruhigte, die ihr alle ihre Kraft abverlangten. Ohne Auguste hatte sie ihr Leben ohne Sinn gesehen und sich an Schelling schuldig gefühlt wegen dieses Gefühls, der sie ohne Vorbehalte liebte. Der Tod Augustes gehörte dem Geheimnis der Existenz, das sie nicht ergründen konnte. Die Liebe war der Sinn ihres Lebens. Es war ihr größtes Talent, das allen anderen Talenten eine Bestimmung gab. Sie würde nicht für die Augen der Mitmenschen schreiben wie Germaine de Staël. Sie wußte, daß sie zwischen der Liebe und ihrem Werk wählen mußte, und sie hatte die Liebe gewählt und wählte sie wieder. Sie konnte Liebe geben und einflößen und zu Werken inspirieren, die ohne sie nicht entstünden.

Caroline spürte Germaines Qual und faßte nach ihrer Hand. "Er hat mich gar nicht geliebt, sonst hätte er mich über Bonaparte gestellt", brach es aus Germaine heraus. "Nein, Germaine, das ist nicht wahr. Er liebt Sie. Er ist sich selber treu geblieben. So müssen Sie das sehen ...", antwortete Caroline. "Es gibt Pflichten gegen sich selbst, die man erfüllen muß. Man kann sich nicht selbst betrügen und glücklich sein." Caroline sprach von sich selbst. Es war ihre Wahrheit, die sie durchlitten hatte, und es gab ihren Worten eine Intensität, die durch den Nebel von Germaines Gefühlen drangen. Sich selber treu sein? Sich selbst genügen? Auf sich selbst zurückgeworfen, hilflos ihren Dämonen der unruhigen Nächte ausgeliefert? War dies der Preis ihres kurzen Glücks? Wo war die Tat, die sie erlöste, wo die Liebe, die sie von sich selbst forttrug? Wo ein Weg aus ihrer Qual? Verzweifelt suchte sie nach einer Antwort in Carolines Gesicht. Wie gelassen und gerundet in sich sie wirkte! Nichts kam von ungefähr bei ihr. Alles verstand sie. Alles schien sie zu meistern. Kein Wunder, jemand liebte sie, der am

Ende der Reise auf sie wartete. Caroline war die Herrscherin in einem Reich der Liebe, aus dem sie verbannt war, kaum nachdem sie es betreten hatte. Auch Caroline wird sie verlassen. Vielleicht konnte sie mit ihr weiterreisen? Nur ein Stück? Die Vorstellung belebte sie. "Reisen Sie mit mir, Caroline. Sie werden Weimar wiedersehen, und dann Berlin." Caroline stimmte nicht ein, und Germaine drängte: "Ihr Schelling kann nachkommen." "Was meinen Sie?" Caroline sah sie an: "Ich möchte nach Hause, Germaine. Es wird Zeit. Schelling hat sicher viele neue Seiten gefüllt. Ich werde sie lesen und anmerken. Er ist nicht so gesund, wie er aussieht, und er achtet nicht auf seine Gesundheit. Er ißt schlecht. Er arbeitet zuviel. Er vergräbt sich in sich. Wenn ich abends bei ihm sitze, meistens stricke oder sticke ich etwas, kann er arbeiten. Ich höre die Uhr ticken, ich beobachte ihn, er liest mir vor, was er geschrieben hat, ich beantworte seine Fragen." Carolines Stimme war zärtlich geworden. Wie schön er aussah, wenn er sich konzentrierte. Sie würde seinen Hals sehen, die Lust spüren, ihn zu berühren, und sie würde der Regung ihrer Lust nachgeben, aufstehen und ihn liebkosen. Nichts wird sich zwischen sie und Schelling stellen. Sie würde es nicht zulassen. Wenn er nur gesund bliebe. Sie fand die Schönheiten im Kleinen, die Liebe in den alltäglichen Dingen, im Ebenmaß ruhig dahin fließender Tage.

Mit einem Gefühl zunehmender Verlassenheit hatte Germaine beobachtet, wie heiter Caroline wurde. Sie wirkte abwesend, war schon in ihr früheres Leben getreten. Ihr kurzer gemeinsamer Weg hatte sich gegabelt, und sie kehrten in ihre verschiedenen Welten zurück. Caroline hatte sich gefunden, Germaine fühlte sich verloren. Caroline sagte lächelnd: "Liebe Germaine, es war schön, mit Ihnen zu sein. Ich werde Sie sehr vermissen. Sie haben soviel für mich getan, wieviel, werden Sie nie wissen können. Durch Sie ist mir das Leben wiedergeschenkt worden." Ihre Worte ergriffen Germaine zutiefst. Caroline war ihr ein Geheimnis geblieben. Dennoch war sie in sie eingedrungen, hatte ihr ihren Stempel aufgedrückt und etwas bewirkt. Sie bewegte etwas und war bewegt. Das war der Ausstauch von Leben und Liebe, der ihr so wichtig war. Caroline war ihre Muse der Liebe gewesen. Gehörte sie nun selbst in den Kreis der Liebe, sprach ihre unhörbare Sprache, die sich nicht lernen ließ? "Die Liebe ist wie die Gnade Gottes. Sie wird über alle ausgegossen, die es wert und die es unwert sind", so hatte ihr Geliebter sich ausgedrückt. "Aber nun verlassen Sie mich", sinnierte Germaine traurig. "Ja, aber Sie werden nicht allein sein, niemals." Germaine sah sie fragend an: "Sie werden sprechen, und die Menschen werden auf Sie hören. Tausende von Menschen werden sich an ihren Worten aufrichten. Wir wären um so ärmer, würden sie schweigen. Ich wäre es." Germaine trank ihre Worte gierig auf.

Dann wurde sie von Rührung übermannt, nahm Carolines Hand und sagte: "Ich werde Ihnen nie vergessen, wie Sie mir am Abend bei Montgelas zur Hilfe gekommen waren." "Ich würde Ihnen überall zur Hilfe kommen, in Gedanken werde ich es immer tun", antwortete Caroline. "Sie werden nie einen besseren Freund als Schlegel finden", setzte sie unvermittelt hinzu. Germaine stimmte zu: "Ja, er ist geistreich und gebildet." "Und Ihnen von Herzen zugetan", erwiderte Caroline. Albertine sah die Mutter mit Zustimmung an. Germaine dachte an Schlegel. Er würde ihr gute Gesellschaft leisten. Er kannte ihre Welt in Paris und war gut zu den Kindern. Sie begann, sich auf ein Wiedersehen zu freuen und die ersten Schritte in die Zukunft mit ihm zu planen.

Endlich sahen sie die schöne Stadt im Tal liegen, die mächtige Burg, den lieblichen Fluß. Es war in der Mitte des Nachmittags. "Setzen Sie mich bitte bei mir ab", bat Caroline. Sie drückte Albertine, umarmte Germaine, stieg behende aus der Kutsche und ging leichten Schritts davon. Sie eilte die Wohnung hinauf. Schelling war noch nicht da. Das war gut. Sie kaufte Essen, Blumen, wechselte die Kleidung, legte die Perlenkette an. Alles war bereit. Als wenig später Schelling über den Platz ging, trafen ihn die Töne des Klaviers mitten ins Herz. Er fühlte unbändige Freude. Es waren Jahre gewesen, daß Caroline diese Melodie gespielt hatte. Er eilte über den Platz. Die Klatschbasen, die ihn regelmäßig in den Nebenhäusern beobachteten, vergaßen vor Schreck, sich hinter ihren Vorhängen beim Gaffen zu verstecken. Schelling nahm mehrere Stufen auf einmal und vor der Wohnungstür angekommen, klopfte ihm das Herz bis zum Hals. Dann stieß er die Türe auf und ging schnurstracks zu Carolines Blauem Zimmer. Er blieb an der Schwelle stehen, sah, wie schön sie sich gemacht hatte, die Blumen, spürte die Aura des Glücks. Sie drehte sich um und stand auf. "Willst du nicht reinkommen?" sagte sie leichthin. Er blickte sie ungläubig an. Dann ging er langsam auf sie zu. Sie kam ihm entgegen, lächelte ihn an, hielt den Kopf seitwärts. Es war ein freies Lächeln, das ihn bezauberte, wie ganz am Anfang. Ihre Augen waren klar und drückten Zärtlichkeit aus. Sie sah gesund aus und war leicht gebräunt. Sie war wirklich zu ihm zurückgekommen. Es war wie ein Wunder. War sie ganz die Seine geworden?

41

Im Hotel wurde Germaine von Uginet empfangen. “Nein, Madame, es gibt keine Nachrichten von Baron Duchavier”, sagte er sofort. “Wir fahren morgen weiter, Uginet.” Schlegel war ausgegangen. Sie fand Albert guten Muts vor und war Schlegel dafür dankbar. Sie würde ihn so gut brauchen. Sie stürzte sich sofort in Vorbereitungen für die Abreise. Endlich meldete sich Schlegel zurück. Etwas an ihm kam ihr anders vor. Er schien distanziert, war einfacher gekleidet und stand aufrecht vor ihr. “Monsieur Schlegel, machen Sie sich fertig bitte, wir fahren morgen ab.” “Madame”, sagte er einfach. Sie horchte auf. “Ja?” “Es tut mir leid, aber ich werde Sie nicht begleiten können.” Er sah ihren erschreckten Blick, wandte sich ab, ging ein paar Schritte, wollte nicht schwach werden. Bevor sie nachfragen konnte, bot er ihr eine Rechtfertigung seines Entschlusses an: “Mir wurde eine Position an der Akademie angeboten, und ich habe mich entschlossen, sie anzunehmen.” “Nein!” rief sie entsetzt aus, und ihr Schock war nicht zu verhehlen. “Madame, Sie brauchen mich nicht”, versetzte er fast pathetisch und klammerte sich an den Gedanken, daß sie ihn jederzeit hinter sich lassen würde, sich mit dem Erstbesten beschäftigte, der ihr gefiel und ihm den Sohn als Aufgabe überlassen.

Sollte sie von allen verlassen werden? Sie wußte, sie mußte kämpfen. “Monsieur Schlegel, ohne Sie bin ich vom einzigen Band, das mich mit Paris verbindet, abgeschnitten. Ohne Sie werde ich alleine mit meinen Kindern im Exil herumirren. Sie sind mein Freund. Wir haben schon manches zusammen durchgemacht und überstanden, und das zählt.” Sie wollte ihn an seiner Seite. “Wie kommen Sie darauf, daß ich Sie nicht brauche! Ich flehe sie an, bleiben Sie bei mir.” Tränen kamen in ihr auf. “Wenn Sie gehen, vernichten Sie mich. Sie zerreißen mein Herz, das voller tiefer Löcher ist.” Sie schaute ihn flehend an. “Verstehen Sie nicht, es geht nicht nur um mein Wohl. Ich habe eine Aufgabe, die über mich selbst hinausgeht. Ohne Sie kann ich sie nicht ausführen. Ich brauche Sie, Monsieur Schlegel.” Die letzten Worte waren ohne ihr Zutun aus ihr heraus gekommen. In ihrem Bemühen, ihn umzustimmen, konzentrierten sich ihre Kräfte und daraus entstand plötzlich die Vorstellung einer Aufgabe in der Zukunft. Sie hatte eine Mission, das war ihr blitzartig klar, auch wenn sie nicht wußte, wie diese genau aussah und welche nächsten Schritte sie unternehmen würde. Sie spürte lediglich ihren kämpferischen Geist und wußte, daß sie nicht aufgeben würde. Das erleichterte sie ungeheuer. Mit Weichheit sagte sie: “Ich brauche Sie, Monsieur Schlegel, bitte verlassen Sie mich nicht. Ich verspreche Ihnen, ich werde Sie ehren. Und vielleicht wird Sie die Geschichte ehren." Sie klang echt, und sie hatte sich ihm geöffnet. Er sah ihre Tränen, ihr verstörtes Gesicht. Er konnte Tränen in einer Frau absolut nicht ertragen. Doch er muß sich retten, und damit Germaine seine Schwäche nicht bemerkte, verbeugte er sich und ging schnell davon.

Er ging hinaus zum Fluß und wanderte an seinem Ufer entlang. Mit ihrem Bitten und ihren Tränen hatte er nicht gerechnet. Er wollte diesen Triumph auskosten, begehrt zu sein, wenn auch nicht als Mann. Der junge Franzose hatte ihm darin den Rang abgelaufen. Aber dennoch, er wurde gebraucht und gewollt. Sie würde ihn aufzehren, auffressen, alles auf sich beziehen, aber auch dies war eine Art von Brauchen. Immer würde es jemanden geben, der ihm den Rang ablief, doch immer, so ahnte er, würde dieser aus irgendeinem Grund von der Seite Germaines verschwinden. Er würde derjenige sein, der sie nicht verlassen würde. Er würde darin allen anderen den Rang ablaufen. Sein Name würde immer mit dem ihrigen genannt werden. Und da war die Aussicht der großen Welt, der weite Atem der Geschichte, Reisen, bedeutende Menschen, die Veröffentlichungen seiner Werke in Frankreich. Und da waren ihre Tränen, gegen die er hilflos war. Da war Albert, der ohne Vater war und soviel Aufmerksamkeit brauchte. Er kehrte um, ging zurück in sein Zimmer, öffnete den Schrank und begann zu packen.

Germaine war wie zerstört nach Schlegels Absage und ohne Nachricht von Duchavier, als sich Pferdehufe dem Hotel näherten. Sie blickte auf die Straße hinunter und sah einen Kurier herangaloppieren. Ihr Herz klopfte schneller. Da kam Detertre plötzlich hinzu, hielt den Kurier an, sprach mit ihm, streckte die Hand nach ihm aus. Der Kurier schüttelte entschieden mit dem Kopf, ritt zum Eingang, stieg ab und ging hinein. Die Szene kam ihr seltsam vor. Warum war Detertre so erpicht darauf, dem Kurier die Post abzunehmen? Wenig später führte Uginet den Kurier zu ihr. Er hatte sich ebenfalls Uginet gegenüber geweigert, den Brief abzugeben. "Baron Christian Duchavier hat mir eigens eingeschärft, den Brief Madame persönlich in die Hand zu geben." Sie nahm den Brief entgegen. Uginet gab dem Kurier ein Trinkgeld und führte ihn hinaus.

Germaine öffnete den Brief mit zitternden Händen. Ihr schwindelte, ihr wurde heiß. Dann trank sie die Worte, las mit ihrem ganzen Körper: "Meine geliebte, einzige, wunderbare Frau. Wenn du meinen Brief in deinen Händen hältst, ist mein Schicksal vielleicht besiegelt. Habe keine Angst um mich, denn ich habe es ja auch nicht. Was immer sein wird, mein Leben ist erfüllt. Ich habe die Liebe kennengelernt. Sei nicht traurig, denn ich versuche, es auch nicht zu sein. Jeder Schritt, der mich von dir entfernt, bringt mich dir näher." Sie mußte anhalten, die Buchstaben verschwammen unter ihren Tränen, die auf den Brief tropften. Die Handschrift des Attachés stellte ihn lebendig vor, fest und fließend zugleich mit großen Unterschleifen. Ebenmäßig und klar, großer Gefühle fähig. Sie las weiter. "Ich sehe dich immer vor mir. Ärger steigt mit hoch, wenn ich an den groben General denke, träfe ich ihn jetzt, mit dem Degen würde ich ihn durchbohren, wie den Janitscharen, der Bonaparte beleidigte. Ich habe dich gewollt, in dem Moment, in dem ich dich in die Vorlesungshalle eintreten sah. Du wirktest so sicher, und ich bewunderte dich maßlos. Dann las ich deinen Roman, in der langen Nacht nach der Soiree, und war überrascht über deine Sehnsucht und über deine Anteilnahme am Glück der Menschheit. Du denkst und fühlst groß, aber ich denke an den kleinen Geist und das enge Herz der Menschen, und ich zittere um dich. Es zerreißt mich, daß ich dich nicht beschützen kann, nicht an Deiner Seite bin, wenn du von Angst ergriffen wirst, und Unruhe dich auffrißt. Ich sehe deine Augen, in denen deine große Seele liegt, und ich weine vor Schmerz darüber, daß ich dich nicht in meinem Armen halte." Germaine drückte den Brief an ihre Brust, atmete tief und fuhr fort: "Wie stolz du bist, wie mutig, wie wütend du sein kannst, und doch, wie verzagt. Ach, Germaine, wie glücklich du mich gemacht hast! Das Wunder der Liebe hast du mir geschenkt. Wir haben uns gefunden. Es hätte auch nicht sein können. Es stand in der Schwebe. Wie arm wäre ich geblieben. Ich sehe dich mit offenen Haaren in meinem Zimmer in dem Gasthaus vor mir stehen. Ich fühlte deine Sehnsucht und wollte dich in meine Arme schließen. Mein Herz klopft wild vor Angst, immer wenn ich daran denke, wie du auf den Balken über dem Wasserfall tratest. Ich verstand plötzlich, wer Du warst, mitgerissen, zur Tat drängend, ohne dir über die Konsequenzen klar zu sein. Du hast mich herausgefordert, ich folgte dir über den Abgrund. Wir wurden in jenem Augenblick Mann und Frau. Es war die Schwelle zu unserer Brautkammer. Meine wunderbare Germaine, aller Feinheiten des überzüchteten Pariser Lebens kundig, hast du doch das Band zu dem Urgrund nicht verloren, wo die Liebe ist. Dahin hast du mich geführt. Ich bebe vor Sehnsucht, wenn ich daran denke, wie ich dich zum erstenmal in die Arme schloß. Die dunkle Nacht, die uns barg, soll uns für immer halten. Zusammen haben wir dem Abgrund getrotzt und werden es weiterhin tun. Versprich es mir, Geliebte. Denke an mich, und es wird mir leichter fallen, mir selber treu zu bleiben. Die Ehre und die Liebe sind das einzige, was bleibt. Schreibe mir bald und beruhige mich. Du bist aus dem Stoff, aus dem die Großen der Geschichte gemacht sind. Du bist die legitime Stimme Frankreichs. Deine bloße Existenz wird die Welt verändern. Ich weiß, du kannst nicht schweigen. Du mußt tun, was dir bestimmt ist, und wozu dich deine Natur drängt. Die Welt braucht, was du anbietest. Und wenn du die Welt erobern wolltest, ich stünde dir zur Seite. In Gedanken bin ich es immer und bete um deinen Schutz. Wisse, jedes Wort, das du sagst, wird in Paris gehört. Paß auf dich auf, du wirst nirgends sicher sein, aber laß dich nicht von Angst beherrschen. Ich schließe Dich in meine Arme und küsse dich, bis alle deine Angst und dein Unglück von dir ablassen, und dich meine Liebe erfüllt. Auf immer. Ich liebe dich, meine einzige, wunderbare Frau. Christian Duchavier, Citoyen."

Da ließ sich Detertre melden. Er sah ihr tränenverschleiertes Gesicht und bewegte sich betreten von einem Fuß auf den anderen. "Madame, ich vermisse ihn auch", meinte er kläglich und murmelte, daß der Attaché gut weggekommen wäre und in guter Verfassung sich befände. Sie hörte ihn kaum. "Ich habe ein Geschenk für Sie." Er überreichte ihr ein Paket. Sie wickelte es aus. Es war ein großer Teller mit Neckers Konterfei in der Mitte. Gerührt drückte sie die Schale an sich und sah ihn an. Er wich ihrem Blick aus. In seinem Benehmen war eine seltsame Liebedienerei, die sie gut kannte von Menschen, die ihr nicht die Wahrheit sagten und es doch nicht mit ihr verderben wollten, und sie wunderte sich. Warum hatte er versucht, dem Kurier den Brief abzunehmen? Dann verstand sie auf einmal und reichte ihm den Teller zurück: "Nein, ich kann es nicht annehmen. Guten Tag, Monsieur." Er ging. Er tat ihr leid. Er war ein Spitzel, ein ganz armseliger dazu, ein Werkzeug des neuen Cäsars, der zynisch die Wünsche und Schwächen der Menschen benützte, um seine Machtposition zu stärken. Freund war gegen Freund angesetzt. So verriet Detertre den besten Freund, um hochzukommen. Er würde seines Lebens nicht mehr froh werden. Oder würde er sich in Zynismus retten und Bonaparte treu ergeben sein?

Sie war allein, aber nicht verlassen. Das Herz klopfte ihr vor Bangen, wenn sie an ihren Geliebten dachte. Sie brannte innerlich vor Sehnsucht nach ihm und stand entsetzliche Angst aus. Was würde mit ihm passieren? Doch er hatte seinen Weg gewählt, sich seiner Ehre verschrieben und sich in die Hand des Schicksals gegeben. Sie stand ganz still und hörte auf die Stimmen, die aus ihr kamen. Was war ihr Weg? Wo gehörte sie hin? Was sollte und konnte sie tun? Eine erwachsene Frau, berstend vor Energie und Begeisterung für die Sache der Menschlichkeit. Ihr Exil war kein Versehen, keine Ausnahme, es war das Symptom des keimenden Unrechts, das nun ins Ungeheure gewachsen war. Der Mord an Enghien war das eindeutige

Indiz dafür, daß sich Bonapartes kalter Machtwille über die Grenzen hinaus verbreitet hatte. Der Stein war ins Rollen gekommen, die Geschichte würde ihren Gang gehen, Bonaparte über Europa herrschen. Welche Welt würde er schaffen? Sie sah sie deutlich vor sich. Eine Welt, die er in allen Aspekten bestimmte, in welcher die Menschlichkeit der Machtpolitik der absoluten Autorität untergeordnet war, wenn es keine Stimmen gab, die sich dagegen stellten und die Menschen an die Werte der Revolution erinnerten. Sie war aus der Sonne von Bonapartes Welt verwiesen worden. Er hatte sie gezwungen, die Schattenseite seiner Welt vor allen anderen zu sehen. Sie würde als eine der Ersten Widerstand leisten, und das Licht des Rechten und Guten würde den Schatten des Tyrannen Schritt für Schritt vertreiben.

Sie schrieb schnell einige Briefe und Notizen, klingelte nach Uginet, der sie sofort austrug. Sie würde noch in dieser Stadt mit ihrer neuen Rolle beginnen, denn bis hierher war der Schatten des Tyrannen schon gedrungen, in der kläglichen Gestalt Detertres, in dem Dilemma des Montgelas, in der Heldenverehrung des brutalen Generals. Von hier aus sollte seine Rückwanderung beginnen.

42

Der Attaché legte die Strecke nach Paris in Rekordzeit von fünf Tagen zu Pferd zurück. Die körperliche Anstrengung der Gewaltritte kam ihm gelegen, seiner Erregung Herr zu werden und mit der Sehnsucht fertig zu werden, die in seinen Eingeweiden brannte. Angst hatte er keine. Nur Ungeduld. So schnell wie möglich wollte er seinem Schicksal entgegentreten. Ob Bonaparte wußte, daß er der Liebhaber de Staëls geworden war? Die Stimmung in Paris hatte sich verändert. Er bemerkte den Wohlstand, die Ordnung, die sich mit Bonaparte etabliert hatten. Aus den Zeitungen sprach Selbstzufriedenheit und eine durchsichtige Vorsicht. Er nahm sich den Luxus der Ruhe. Er wollte ausgeruht, im Vollbesitz seiner Kräfte sein, wenn er Bonaparte entgegentreten würde.

Am folgenden Tag machte er sich zu den Tuilerien auf. Eine Wache in neuer Uniform hielt ihn schon an dem Eingang auf. Das war neu. Noch vor einigen Wochen konnte er die Tuilerien einfach betreten. Man fragte nach seinem Namen, und er mußte sich in ein Buch eintragen. Er wurde untersucht und nach Waffen betastet. Der Degen wurde ihm abgenommen. Ein anderer Wachhabender führte ihn die breite Treppe hinauf zu den Räumen Bonapartes. Fouché ging an ihm vorbei, mehrere undurchdringliche Typen im Gefolge. Fouché erkannte ihn, nickte ihm nur unverbindlich zu, hielt nicht an, um ihn zu begrüßen. Dem Attaché schwante nichts Gutes. Er wurde an der Tür zum Audienzzimmer abgeliefert. Vor ein paar Wochen lungerte dort ein Wachposten herum, der ihm sofort Einlaß gewährte. Nun standen mehrere Wachposten mit gewichtigen Mienen. Seine Begleitung nannte seinen Namen. Ein Wachposten verschwand hinter der Tür. Man ließ ihn warten. Es war ein Kommen und Gehen von Offizieren und Bedienten. Alles strahlte Macht und Autorität aus. Endlich kam der Wachposten zurück und bat ihn, einzutreten. Bonaparte war nicht im Raum. Er war voller Offiziere und Generäle, in vollem Aufputz in schneidigen Uniformen und Minister, die herumstanden und warteten, bis sie an die Reihe kamen.

Mustapha trat zu ihm und forderte ihn auf, ihm zu folgen. Er führte ihn in das Studierzimmer Bonapartes. Dort stand der Herr über Leben und Tod und erwartete ihn mit kalter Ironie. Der Attaché spürte die unbezwingliche Energie, das Charisma, den Willen dieses Mannes im Raum. Es war unmöglich, sich seiner Wirkung zu entziehen. Er erinnerte sich, daß er diesem Mann nicht aus Gefühl verfallen war, sondern von seiner Vision überzeugt gewesen war. Doch eine Veränderung war mit Bonaparte geschehen in der kurzen Zeit seiner Abwesenheit aus Paris. Die Macht hatte ihn zu einem anderen Wesen gemacht und trennte ihn von dem Rest der Menschheit. Die ersten Schritte aus Macht und nicht aus Recht waren gemacht und hatten ihm die Aura des Herrn auf Leben und Tod verliehen. Er war nun fähig, Angst auszulösen, wußte es, und hatte bewiesen, daß er bereit war, dies als Waffe einzusetzen. Der Mord an Enghien war der Scheidepunkt gewesen. Es gab nun kein Zurück für Germaine. Er sah es sofort. Ein Sekretär war im Raum, sah nicht auf, schreibend. Mustapha schloß die Tür hinter ihm. Bonaparte rührte sich nicht. Dann bedeutete er ihm mit einer unwirschen Geste, näher zu treten. Der Attaché zwang sich, ruhig zu bleiben. "Sire, ich bin hier in Befolgung Ihres Befehls." Bonaparte musterte ihn schweigend. "Haben Sie etwas zu sagen?" "Sire, Sie haben meinen Bericht erhalten?" fragte der Attaché und riskierte den Zorn Bonapartes. Dieser antwortete ihm mit erstaunlich sanfter Stimme, fast freundlich, doch mit einer unmißverständlichen Wut darunter: "So, so haben Sie ihn genossen, ... den Apfel ... vom Baum des Wissens ...?" Eine lange Pause folgte. Der Attaché sagte nichts. Das Geheimnis war gelüftet. Er überschlug in Gedanken schnell seine Berichte. Nichts ließ sich aus seinen Worten schließen, daß er der Liebhaber Germaine de Staëls geworden war. Bonaparte beobachtete ihn. Der Attaché spürte, wie der Blick in ihn eindrang, ihn auszog, nach dem schwachen Punkt forschte. Es war der Blick des Zynikers, der die Motive eines gleichgearteten Gegenübers erkennen konnte, aber hilflos war vor den Motiven des Idealisten. Daher sein Zorn auf Germaine de Staël. Er ertrug ihre Aufrichtigkeit nicht. "Na, haben Sie gesehen, was ich meinte. Sie ist störrisch und naiv, bildet sich etwas ein auf Unabhängigkeit und trägt sie zur Schau", und mit Erregung in der Stimme setzte er hinzu: "Dabei hätte sie es gar nicht nötig, ist sie doch gar nicht häßlich. Sie ist anziehend, nicht im üblichen Sinn, das versteht sich. Sie ist wie ein Mann, der alles tut, um die Angst zu besiegen, und doch ist sie ein Urweib. Eine solche Frau muß man durch eine Eroberung entmachten, wenn nicht gar fertigmachen, ihr zeigen, daß sie schwach wie jede andere Frau ist und von ihrem Schmachten und Leiden um einen Mann aufgezehrt wird."

Er sah ihn spöttisch an. "Und wie war der Apfel?" fragte er. Auf die Antwort wartete er nicht. "Ich habe meine Quellen. Man hat mir bestätigt, was ich befürchtet habe. Ich habe Sie aufgefordert, die Dame kennenzulernen, meinetwegen zu verführen, wenn das nötig war, um ihr nahe zu kommen", die Stimme war angeschwollen, er fixierte den Attaché mit einem wütenden Blick und brüllte: "Ich habe nichts davon gesagt, daß Sie sich verlieben sollen. Sie sind ein Idiot. Sie gaben ihr das Gefühl, sie stünde in Ihrer Gunst, nun kann sie Sie an der Nase herumführen. Wie konnten Sie so dumm sein? Sie ist meine Gegnerin, habe ich Ihnen das nicht klargemacht?" Dem Attaché schwindelte, er fühlte sich auf abstoßende Art benützt und mißbraucht. Er sollte sich und de Staël durch eine schmutzige Affäre erniedrigen. Er hatte den Plan durchkreuzt. Fouché hatte ihn nicht ohne Grund abblitzten lassen, denn schließlich hatte er ihm Bonaparte empfohlen. Nicht aus schlechtem Gewissen, er hatte keines, denn er bezog Rechtfertigung allein aus der Wirksamkeit seines Systems, ein lückenloses Netz der Spitzel und Informanten, das nach allen vermeintlichen und wirklichen Gegner Bonapartes ausgeworfen war, über die Grenzen Frankreichs hinaus. Christian Duchavier wurde es bewußt, daß er auf schreckliche Weise getäuscht worden war. Die Ehre seines Namens war mißachtet. Er sah, wie würdevoll sein Vater das Schaffot bestiegen und die Angst besiegt hatte. Das war sein Erbe und seine Ehre. Er sagte nichts, er würde sich weigern, seinen Anstand zu rechtfertigen. Das war die Verpflichtung seines Namens und das Recht seines Charakters. Dieser Mann aber war sein Schicksal, er stand nicht länger im Dienst von etwas, sondern alles um ihm herum stand nun in seinem Dienst. Er verwaltete nicht länger das Schicksal der Menschen, er wurde es. Doch der Attaché zeigte keine Angst.

In dem Schweigen sammelt sich ein Sturm in Bonaparte: "Sie haben mich verraten", schnarrte er. Der Attaché reckte sich hoch auf. Sein Kinn wurde fest und entschlossen. Er betrat eine neue Ebene des Muts. Er sah Germaine vor sich, wie sie weinte, als er sie zum letztenmal sah. Es zerriß ihn und zugleich gab es ihm die Kraft. Er hatte seine Liebe seiner Ehre geopfert. Er hatte den Mut in ihren weitaufgerissenen Augen vor sich und ruhig antwortete er: "Sire, Sie haben nicht das Recht, mich des Verrats anzuklagen. Ich habe genau das getan, was sie mir aufgetragen hatten. Es ist mein Glaube, daß Sie von Anfang an wußten, wie es ausgehen würde, so wie Sie wußten, daß ihre Versuche, Germaine de Staël ihrer Macht zu entblößen, sie zu demütigen und zu vertreiben, sie stärker machen würden. Ich habe sie kennengelernt aus Wahl, Sire, nicht, weil Sie es befohlen haben." Bonaparte starrte den Attaché an. Er traute seinen Ohren nicht. Alles stand in der Schwebe. Die Spannung stand faßbar im Raum. Der Sekretär schaute verstohlen von seiner Arbeit auf. Der Attaché hielt dem Blick Bonapartes stand. Er wußte, er schwebte am Rand des Lebens oder Tods, und im Innersten war er nie so überzeugt gewesen, das Richtige zu tun. Es war die Krönung des Lebens, ein Moment, für den es sich lohnte zu leben. Er hat nichts zu verlieren. "Sie ist vom Schicksal ausersehen, eine öffentliche Stimme zu erheben." Eine lange Pause.

Bonaparte war beeindruckt von dem Attaché. Die Frage war nur, ob er es zeigen sollte. Ein Mann, der zu seinen Prinzipien stand, lag ihm ungemein, um so mehr, wenn es wie dieser unerschrockene Sproß einer alten Familie ein tapferer Offizier war, der sich in Ägypten ausgezeichnet hatte. Seit einiger Zeit kam ihm nicht länger zu Ohren, was die Menschen wirklich dachten. Selbst Berthier war nicht ehrlich, wenn er ihn fragte "was denkt Paris?" und "Gutes" zurückkam. Er spürte die Angst und den Ehrgeiz der Menschen, die er zu Gesicht bekam, und es machte ihn grausamer und zynischer. Hier war ein wirklicher Mann, der, obwohl er über ihn verfügen konnte, unabhängig von ihm war. Er gefiel ihm, er ging auf ihn zu und fragte: "Und Sie haben eine neue, privilegierte Einsicht in das Wirken des Geschicks?" In den ironischen und kalten Ton mischte sich Bewunderung und Interesse. Der Attaché war davon herausgefordert: "Bitte, geben Sie die Order, mich erschießen zu lassen, wenn dies mein Geschick sein soll." Und mit Nachdruck: "Lassen Sie sie umbringen, und Sie spielen mit dem Willen der Götter."

Ein Mann, der auf der Ebene des großen Schicksals dachte und handelte, war nach Bonapartes Geschmack. Ein Mann, der eine Frau, die er umarmt hatte, schonen wollte, war ihm lieb. Er kannte die eigene Schwäche Josephine gegenüber, die einzige, die ihm Zartheit abverlangte und ihn mit ihren Tränen umstimmen konnte, und er schämte sich dessen nicht. Sein

Ärger verflog. Der junge Baron hatte sich von ihren Tränen losgerissen, sie verlassen, um ihm treu zu bleiben. Er nahm das Ohrläppchen des Attaché zwischen Daumen und Zeigefinger. Der Sekretär war erleichtert. Es war ein Zeichen von Gunst. Bonaparte zog heftig an dem Ohr. "Duchavier, Ihr Mut bewegt mich erneut." Dann ließ er von ihm ab. Eine lange Pause. "Gibt es etwas, was Er möchte?" Die Frage war fast automatisch gestellt. Bonaparte teilte großzügig aus, wenn jemand in seiner Gunst stand. Das war, was von ihm gewollt wurde, und er gab nach, immer mit etwas Verachtung dabei. Diesem Mann würde er gerne gewähren, was er wollte. Ein guter Posten, eine Landschenkung, eine gute Mitgift für eine gute Heirat. Der Attaché schaute ihn an. " Sire, ich wünsche mein Offizierspatent zurück." "Bewilligt", schoß Bonaparte zurück, froh darüber, daß ihn Baron Duchavier nicht enttäuscht hatte. Seine persönlichen Techtelmechtel mit Germaine de Staël waren seine Angelegenheit. Er wußte nun, was er von ihr zu halten hatte. Sie waren Schicksalsgenossen. Der Attaché hatte ihn nicht verraten. Er schenkte ihm sein schönstes Lächeln und gab ihm ein Zeichen zu gehen.

43

Einladungen waren schnell hinausgegangen und eine Annonce in die Zeitung gesetzt. Baronesse Germaine de Staël bat um die Ehre der Anwesenheit bei ihrer Abschiedssoiree. Schlegel betätigte sich in seiner neuen Rolle und besorgte die Namen der Einzuladenden, half mit allem und stellte sich geschickt an. Germaine mietete einen Saal. Montgelas war ihr dankbar, daß sie ihn nicht um seine Hilfe bat und erwartete, ihr einen Saal zur Verfügung zu stellen.

Die geladenen Gäste drängten sich zu dem ungewöhnlichen Ereignis. Sie hatten nichts zu verlieren, riskierten nichts und konnten doch ihre Neugierde befriedigen. Die Baronesse würde abreisen. Man war deshalb zu nichts weiterem verpflichtet. Sie waren geschmeichelt über die Einladung und neugierig, wer dort sein würde. Sie kamen auf ihre Kosten. Germaine hatte an nichts gespart. Alles atmete Reichtum und Großzügigkeit aus. Hunderte von Kerzen brannten und badeten die Gäste in einem warmen Licht, das sich in den Sektgläsern und dem Schmuck der Frauen widerspiegelte. Germaine ließ auf sich warten. Man amüsierte sich miteinander und wartete gespannt auf das Auftauchen der Gastgeberin. Gesprächsstoff war die Gestalt des schönen Franzosen, der die Phantasie manch einer Frau angeregt hatte und plötzlich verschwunden war. Detertre wich allen Nachfragen aus. Allerlei Theorien kamen auf. Die am meisten verfing, war eine unglückliche Liebesgeschichte. Das machte die Neugierde auf das Aussehen der Baronesse umso größer.

Endlich kam Germaine an. Sie war prächtig gekleidet. Ein tomatenrotes Kleid mit Puffärmeln und Ausschnitt. Ein in den Ausschnitt eingelassenes Spitzenteil verhüllte den Busen. Die Taille war hoch angeschnitten. Ein schwarzer ausladender Schal aus feinstem Kaschmir hing ihr lose über die Schulter. Der Turban aus dem gleichen Stoff, reich zusammengefaßt, rahmte ihr großes Gesicht wie eine Aureole ein. Ihre Locken sorgfältig arrangiert. Ihre Hände bewegte sie unruhig. Sie ging mit schnellen Schritten durch ihre Gäste, die zur Seite traten, und hielt am Kopfende des Saals an, der eine provisorische Bühne aufwies. Die Gäste verstummten. Germaine erkannte einige der Gesichter von Schellings Vorlesung und Montgelas Soirée. Sie entdeckte Caroline und Schelling, daneben Schlegel mit den Kindern. Es war ihr Salon, ein neuer Salon. Sie atmete zufrieden. Sie liebte die Menge, ihre Geräusche berauschten ihre Sinne, steigerten ihre Spannkraft zu dem Punkt, an dem sich ihr Lebensanliegen wie ein Pfeil ablöste und mit surrender Dringlichkeit und Zielbestimmheit in das Licht der Öffentlichkeit trat. Sie fragte sich nicht lange, ob sie ein Publikum hatte, in dem ihre Pfeile treffen würden, sie setzte es voraus. Sie hatte dieses Wissen förmlich mit der Muttermilch aufgesogen und wie durch Osmose war die Erfahrung des Vaters mit der Menge auf sie übergegangen. Es war eine seltsame Ironie des Schicksals, daß in dieser kleinen Residenzstadt ihre Fähigkeiten, auf der Weltbühne zu handeln, eine neue Richtung erhielten. Sie begann zu sprechen. Ohne weite Umschweife kam sie zum Thema. Ihre Stimme war klar: "Meine lieben Gäste, wir beginnen eine neue Phase der Geschichte, die unser Leben ändern wird, egal, ob wir in Paris oder in dem kleinsten Winkel Europas sind. Alles, was wir am Leben lieben und für unser Recht ansehen, das Recht des freien Menschen, wird in der neuen Welt neu bestimmt und für uns entschieden. Wir alle lieben das Geheimnis des Lebens, doch in der neuen Welt wird es keinen Platz für das Geheimnis geben. Bonaparte kreiert eine eindeutige Welt. Alles wird klar sein, selbst die Wirbel und die Labyrinthe des menschlichen Herzens. Die absolute Klarheit wird uns von den belastendenden Bewegungen unserer Seele befreien. Gefühle, Träume, Wünsche werden gemessen, beschriftet und arrangiert werden nach einem höheren Plan. Der Kern unseres Wesens, das menschliche Herz, wird die Aufgabe von Ingenieuren. Sind die Dichtkunst und die Literatur nicht die Bedürfnisse unseres tiefsten Selbst? In Bonapartes großer, neuer Welt werden der intimste Ausdruck unserer Existenz, selbst die Liebe zu Belangen des Innenministeriums, um in Auftrag gegeben, beurteilt, belohnt oder verdammt zu werden. Ja, selbst die Liebe ist nicht davon ausgenommen."

Bei dem Thema Liebe, spitzen die Zuhörer die Ohren. Sollten sie nun auf ihre Kosten kommen? Sie war aufgebracht, das war zu merken. Was war mit ihrem feschen Liebhaber geschehen? Würde sie sie einweihen? Doch sie fuhr fort, wie eine begeisterte Predigerin: "In meinen Augen ist es unser heiligstes Privileg, zu denken, zu lesen und frei zu diskutieren. Aber warum sollen wir lesen und diskutieren? Es wird ja nichts geben, worüber wir uns uneinig sein könnten, denn jeder Aspekt des Lebens wird kodifiziert, in Stein geschrieben sein, wie die Gesetze des Moses. Ich glaube, die Welt nach Bonapartes Vorstellung wird modern und leistungsfähig sein. Aber sind Sie gewillt, Spontaneität und Inspiration, Gottes heiligste Gaben an uns, einem kalten System von Logik und Planung zu opfern? Wenn wir es zulassen, daß dieses System unser Leben beherrscht, werden wir in der Stille eines Friedhofs leben, in dem nur das Krachen der Kugeln des Henkers dringt. Es wird ein Paradies für Polizei und Spitzel. Laßt uns nicht gewillt sein, in solch einer Welt zu leben! Wir sind aufgerufen, die moralische Würde, die Tugend, die Frömmigkeit und die Begeisterung zu verteidigen. Sind sie nicht die ewigen Werte, die eigentlichen Säulen unserer Zivilisation? Für Bonaparte sind sie die eigentlichen Feinde Europas."

Ihre Rede war beendet. Manche klatschen, wie nach einem Monolog in einem Theaterstück. Montgelas trat vor, machte höfliche, doch unverbindliche Bemerkungen. Die Gäste hatten anfangs zugehört. Alle bekamen mit, daß Germaine de Staël etwas gegen Bonaparte hatte. Einige verstanden, daß sie zur Tat aufrief und wurden unruhig, ärgerlich, gelangweilt, bekamen Angst und trauten sich doch nicht weg vom Fleck. Die meisten begriffen die Bedeutung der Rede keineswegs und noch weniger, daß sie irgend etwas mit ihnen zu tun haben sollte. Es war eine französische Gepflogenheit, sich in der Politik zu streiten und nicht die ihrige. Was wollte diese Frau eigentlich von ihnen? Die Baronesse war eine theatralische Person, ausgefallen und nicht ganz für voll zu nehmen. Und die Aufmachung! So pompös! Vielleicht war dies alles nur ein Spiel, eine Laune. Der Champagner floß weiter, und daran hielten sie sich. Die Musik spielte auf zum Tanz. Doch die Stimmung war ernst geworden, und es machte keinen richtigen Spaß. Die Gäste verabschiedeten sich schnell. Bald würden sie den Sinn ihrer Worte vergessen. Germaine verschwendete keinen Gedanken an die Reaktion auf ihre Rede. Sie hielt ihren Auftritt für einen Erfolg.

Am nächsten Morgen in der Frühe war alles zur Abreise bereit. Die Theaterrequisiten, die falschen Palmen waren auf dem Dach der Kutsche untergebracht. In Weimar würden sie sicher gebraucht werden. Es gab kaum Menschen auf der Straße. Uginet trug die Büste Neckers aus dem Hotel und verstaute sie in Germaines Kutsche. Caroline und Schelling kamen dazu. Schelling und Schlegel umarmten sich. Caroline umarmte Germaine. Diese haßte Szenen des Abschieds, aber war doch froh, daß Caroline gekommen war. "Vergessen Sie nicht, Germaine, Sie leben einen Teil meines Lebens für mich", flüsterte Caroline. "Und Sie einen Teil des meinigen", antwortete Germaine. Caroline umarmte Albertine, die tapfer die Tränen zurückhielt. Schlegel half Germaine in die Kutsche einzusteigen. Der Kutscher wippte mit den Zügeln und das Gefährt setzte sich in Bewegung.

Caroline und Schelling machten sich auf den Heimweg. Eine Brise kam wie aus dem Nichts und blies den Schal um Carolines Hals in einen Schleier, der ihr Gesicht bedeckte. Trommelwirbel von einem Militärmanöver drang wie von fern zu ihnen und mischte sich in die Brise. Schelling hob den Schleier und blickte ihr in die Augen und sah, daß sie glücklich war. Es würde Krieg geben und alles auf den Kopf gestellt werden. Er drückte Caroline an sich. So lange sie bei ihm war, war alles gut. Er bangte um die Erhaltung ihres privaten Glücks und betete, daß es von den großen Bewegungen der Geschichte übersehen würde, als zu unbedeutend ausgespart und doch alles bedeutend für ihn. Die Geschichte der Welt spielte sich für sie im Inneren ab. Caroline verstand und fügte sich in heiterem Bescheiden.

44

Zur gleichen Zeit stand Bonaparte mit seinen Generälen in seinem Arbeitszimmer über eine gigantische Landkarte gebeugt. Der große Drahtzieher der Schicksale von Millionen von Menschen scherte sich wenig um privates Glück. Er sah seine große Armee über den Rhein ziehen und seine Überlegenheit beweisen. Auf seinen Fahnen stand der Sieg. Der Sieg der Revolution. Der Fortschritt in einer veralteten feudalen Welt. Eine moderne Welt. Vom Geschick war er dazu bestimmt, sie zu schaffen. Berthier sagte: "Die Konskription in den Provinzen ist erfolgreich durchgeführt. Die Armee ist bereit.“ "Ausgezeichnet. Ich werde die Preußen und die Österreicher in die Knie zwingen. Sie werden sehen, wie eine schöne Kampagne aussieht." Er rieb sich vor Vergnügen die Hände.

Die Generäle verabschiedeten sich, bis auf Berthier. "Und was sie betrifft, mein Freund, so agiert sie gegen mich. Ich werde ihr keinen Frieden schenken, sie bis zur Erschöpfung jagen. Ihre Kutsche wird ihr Gefängnis sein. Ich werde sie durch Europa jagen, meiner Armee nur eine Nasenlänge voraus." Er sah die roten Rosen, dachte an ihre dunklen Haare, ihre sprühenden Augen, ihren halbgeöffneten Mund, spürte sie, hörte sie, sah sie, fühlte die Anziehung, die sie verströmte und ihre Kraft, die sich nicht unterdrücken ließ. Eine törichte Idealistin, und zugleich eine Frau, mit der nicht fertig wurde, sie nicht beherrschen, nicht erobern konnte. Sie war ihm ein Dorn im Auge. Die Vorstellung wurde ihm lästig. "Er hat Recht, dieser Duchavier. Ich wußte es von Anfang an. Das bedeutet nicht, daß ich es akzeptiere." Er griff nach einer Rosenblüte und zerdrückte sie brutal in seiner Hand.

Bonapartes Nemesis raste zur selben Zeit in ihrer Kutsche durch das Land. Die Hufe der Pferde trampelten in schnellem Tempo auf den Grund. Die Pferde bewegten sich unter der Anstrengung mit Gespanntheit. Ihre Nüstern blähten sich auf, ihre Muskeln schwollen, wildes Wiehern begleitete die Fahrt. Germaine blickte aus der Kutsche. Der Wind fuhr in ihr Haar. Sie nahm den Turban ab, und die Haare flatterten frei im Wind. Ihre Augen waren von ihm in die Weite gezogen. Sie lachte vor Aufregung, als sie diese wunderbaren Geschöpfe sah. Waren sie nicht das Spiegelbild der eigenen Energie und Eindringlichkeit? Es war ein wundervoller Tag, das Firmament blau wie das Ei eines Rotkehlchens. Und wie ungebunden und frei dieses leichte Blau wirkte, so war Germaines Herz. Der Himmel spannte sich weit über ihr Universum.

Sie zog den Kopf zurück, schüttelte ihre Locken dramatisch nach hinten, ihr starker Hals voller Kraft und Liebe zum Leben. Sie war berauscht davon, und sie schloß ihre Augen halb und weidete sich an ihren neuen Erfahrungen und an ihrer Lebenslust. Ihre Haut glänzte, gerötet vor Aufregung und Sinnlichkeit. Ihre vollen Lippen formten eine vollkommene Einheit mit den Zügen ihres Gesichts, zusammen gebunden in ihrem warmen Hochgefühl. Für diesen kurzen Moment war sie ganz mit sich eins.

Sie bemerkte Schlegel und spürte seine Melancholie. Er dachte an die Position, die er ausgeschlagen hatte. Er schaute sie an, überwältigt von ihrer Kraft. Sie sah kindliche Ergebenheit in seinen Augen glänzen, darauf wartend erlöst zu werden. Sie nahm seine Hand und tätschelte sie liebevoll. "Monsieur Schlegel, Sie werden bei mir bleiben, bis ich sterbe. Versprechen Sie es mir?" Sie klang begeistert. "Ich verspreche es Ihnen", erklärte er feierlich und gab seine Unabhängigkeit für immer auf, kapitulierte vor ihr, würde ihr Sklave sein, sie seine Herrin. Er schloß die Augen und überließ sich seinem Schicksal. Sein neuer Platz war gefunden, zugeteilt von ihr und doch auch von ihm selbst gewählt. Es tat ihm wohl, zu wissen, daß er eine wirkliche Alternative gehabt hatte, und daß sie von dem geliebten Freund gekommen, erfüllte ihn mit stolzer Freude. Die Freiheit seines befriedeten Herzens erlaubte ihm, seine Unfreiheit mit de Staël zu wählen. Er war von den Leiden der Vergangenheit befreit und bereit, die Brust seiner Sehnsüchte zu entblößen und den nächsten Stoß der Ablehnung zu empfangen. Entschieden hatte er sich auch für das Unbekannte, Große, Weltliche, das ihn so anzog und das die berühmte Frau im Schlepptau mitzog. Er verehrte sie, und er würde sich darin treu bleiben. Sie war es wert. Er wandte sich den Kindern zu. Albert hatte seine Zinnsoldaten aufgestellt. Albertine, glücklich über die Stimmung der Mutter, las in dem Buch, das ihr Caroline geschenkt hatte. Beide sahen Schlegel erwartungsvoll an, auf eines seiner spannenden Märchen wartend.

Germaine de Staël blickte mit Zufriedenheit auf ihre kleine Familie. Sie atmete tief, schloß die Augen und spürte das Rollen der Wagenräder unter sich, die knirschend über die mit groben Steinen gepflasterte Straße fuhren. Bald würden sie in Weimar sein. Aufregung überkam sie. Sie griff zu Papier und Feder. Die Jagd nach dem Glück würde nie enden. Das Unglück wartete im Schatten.

Danksagung

Dieses Buch wäre nicht zustande gekommen ohne die Anregung und die unablässige Unterstützung vieler.
Meine Liebe zu Germaine de Staël verdanke ich meiner Mutter, Tabea Armanski. Durch sie habe ich die magische Verzauberung und die Begeisterung erfahren, die eine Gestalt aus der Vergangenheit auf das eigene Leben auszuüben vermag.
Mein besonderer Dank gilt Artur Brauner für die Anregung, aus diesem Stoff einen Roman zu machen. Sein treffender Blick, seine Weisheit und sein fortwährender Glaube an mich waren unabdingbar.
Meine Dankbarkeit gilt auch Corinne Pulver, die mich durch ihre wunderbare Biographie Madame de Staël anregte und mit großzügigen Hinweisen unterstützte.
Viel mehr als Dank schulde ich meinem Bruder, Prof. Dr. Gerhard Armanski, für das aufmerksame Lesen aller Entwürfe und seine vielen behutsamen Vorschläge. Sein sicheres Sprachgefühl und fundiertes Wissen bildeten einen Anker im Auf und Ab des Schreibens.
Tausend Dank an meine Schwester, Ute Armanski. Ihre unablässige Ermutigung und ihr klares Urteil haben mich in allen Stadien begleitet.
Meine Dankbarkeit gilt auch Dr. Heidi Ebertshäuser für ihren fachmännischen Beitrag zu Titel und Bildgestaltung.
Dank an Anne Kroeber für ihre laufende künstlerische Unterstützung.
Worte können meinen Dank an meinen Mann, John, und an meine Kinder, Carl, Claire und Julian, nicht beschreiben. Sie haben meine inneren und äußeren Reisen ins Land der Germaine de Staël mit Verständnis und Rat über lange Zeit begleitet. Eine ganz innige Danksagung an meine Sohn, Carl, der durch seine andere Daseinsweise als Autist meine Erfahrung und Sicht des Lebens unbeschreiblich bereichert.
Meine besondere Wertschätzung gilt meinem Verleger Dr. Thomas Neumann. Seine Vision und seine Achtung vor meiner Stimme waren mir eine Quelle des Muts.